LES FRÈRES D'ARMES

LANCEDRAGON
AU FLEUVE NOIR

La trilogie des Chroniques de Lancedragon
    1. Dragons d'un crépuscule d'automne
    2. Dragons d'une nuit d'hiver
    3. Dragons d'une aube de printemps
    4. Dragons d'une flamme d'été (grand format)
       par Margaret Weis et Tracy Hickman

La trilogie des Légendes de Lancedragon
    1. Le temps des jumeaux
    2. La guerre des jumeaux
    3. L'épreuve des jumeaux
       par Margaret Weis et Tracy Hickman

Rencontres de Lancedragon I
    1. Les âmes sœurs
       par Mark Anthony et Ellen Porath
    2. L'éternel voyageur
       par Mary Kirchoff et Steve Winter
    3. Cœur sombre
       par Tina Daniell

Rencontres de Lancedragon II
    4. La Règle et la Mesure
       par Michael Williams
    5. La pierre et l'acier
       par Ellen Porath
    6. Les Compagnons
       par Tina Daniell

Les Préludes de Lancedragon
    1. L'Ombre et la Lumière
       par Paul B. Thompson
    2. Kendermore
       par Mary Kirchoff
    3. Les frères Majere
       par Kevin Stein
    4. Rivebise, l'Homme des Plaines
       par Paul B. Thompson et Tonya R. Carter
    5. Sa Majesté Forgefeu
       par Mary Kirchoff et Douglas Niles
    6. Tanis, les années secrètes
       par Barbara et Scott Siegel

Trilogie des Agresseurs
    1. Devant le Masque
       par Michael et Teri Williams
    2. L'Aile Noire
       par Mary Kirchoff
    3. L'Empereur d'Ansalonie
       par Douglas Niles

Trilogie des Contes de Lancedragon
    1. Les sortilèges de Krynn
    2. Les petits peuples de Krynn
    3. Guerre et amour sur Krynn

Deuxième Génération (grand format)
par Margaret Weis et Tracy Hickman

Trilogie des Agresseurs II
    1. Hederick le Théocrate
       par Ellen Dodge-Severson
    2. Le Seigneur Toede
       par Jeff Grubb
    3. La Reine des Ténèbres
       par Michael et Teri Williams

Une âme bien trempée (grand format)
par Margaret Weis

Trilogie des Nations Elfiques I
    1. Le Premier Fils
       par Paul B. Thompson et Tonya R. Carter
    2. Les Guerres fratricides
       par Douglas Niles
    3. La Terre de nos pères
       par Paul B. Thompson et Tonya R. Carter

L'Aube d'un nouvel âge
par Jean Rabe

Trilogie des Héros
    1. La Légende de Huma
       par Richard A. Knaak
    2. L'Epée des Tempêtes
       par Nancy Varian Berberick
    3. Le Nid du Scorpion
       par Michael Williams

MARGARET WEIS
et
DON PERRIN

LES FRÈRES D'ARMES

Couverture de
LARRY ELMORE

Fleuve Noir

Titre original :
Brothers in Arms

Traduit de l'américain par
Isabelle Troin

This material is protected under the copyright laws of the United States of America. Any reproduction or unauthorized use of the material or artwork contained herein is prohibited without the express written permission of TSR, Inc.

Collection dirigée par
Patrice Duvic et Jacques Goimard

Représentation en Europe :
Wizards of the Coast, Belgique, P.B. 34,
2300 Turnhout, Belgique. Tél : 32-14-44-30-44.
Bureau français :
Wizards of the Coast, France, BP 103,
94222 Charenton Cedex, France. Tél : 33-(0)1-43-96-35-65.
Internet : www.tsrinc.com.
America Online : Mot de passe : TSR
Email US : ConSvc@aol.com.

Le Code de la propriété intellectuelle n'autorisant, aux termes de l'article L. 122-5, 2 et 3 a), d'une part, que « les copies ou reproductions strictement réservées à l'usage privé du copiste et non destinées à une utilisation collective » et, d'autre part, que les analyses et les courtes citations dans un but d'exemple ou d'illustration, « toute représentation ou reproduction intégrale ou partielle, faite sans le consentement de l'auteur ou de ses ayants droit ou ayants cause, est illicite » (art. L.122-4).
Cette représentation ou reproduction, par quelque procédé que ce soit, constituerait donc une contrefaçon sanctionnée par les articles L.335-2 et suivants du Code de la propriété intellectuelle.

©1998, 1999 TSR, Inc. Tous droits réservés. Première publication aux U.S.A.
TSR, Inc est une filiale de Wizards of the Coast, Inc.
ISBN : 2-265-06895-0

LIVRE PREMIER

    Je me moque de ton nom, Rouge. Je ne veux pas le connaître. Si tu survis à tes trois premières batailles, peut-être te le demanderai-je. Pas avant. Autrefois, je les mémorisais tous, mais c'était une sacrée perte de temps. Je commençais à peine à me familiariser avec un de ces gugusses quand il me claquait dans les pattes. A présent, je ne fais plus l'effort.

Horkin, Sorcier de Guerre

CHAPITRE PREMIER

La brume enveloppait la Tour de Haute Sorcellerie de Wayreth et une pluie fine tombait, ses gouttelettes scintillant sur les carreaux des fenêtres à colombages. Elles s'accumulaient sur les épais rebords de pierre, débordaient des gouttières et dégoulinaient le long des murs d'obsidienne avant de venir se rassembler en flaques dans la cour, occupée par une ânesse et deux chevaux équipés de sacoches de selle et de couvertures, prêts à partir pour un long voyage.

L'ânesse avait les oreilles pendantes et son dos ployait sous le poids de son chargement. C'était une bête gâtée, habituée au meilleur grain, à une écurie douillette, à une route ensoleillée et à une allure paisible.

Jenny ne voyait pas pourquoi son maître insistait pour se mettre en route par une journée pareille. Afin de manifester son mécontentement, elle avait résisté de toutes ses forces quand un colosse était venu la chercher. Il arborait désormais sur la cuisse gauche un hématome de la taille de l'Ansalonie.

L'ânesse aurait encore été bien au chaud dans sa stalle si l'humain n'avait pas recouru à une ruse mesquine. L'odeur tentatrice d'une pomme l'avait attirée dehors ; à présent, elle se tenait sous la pluie, très énervée et bien déterminée à faire payer au colosse le mauvais tour qu'il lui avait joué.

Le chef du Conclave et maître de la Tour de Wayreth, Par-Salian, observait Jenny de la fenêtre de ses appartements. Il vit remuer ses oreilles et frémit involontairement quand ses sabots arrière décochèrent une ruade à Caramon Majere, qui s'efforçait de lui fixer un baluchon sur le dos.

Caramon s'était déjà laissé surprendre une fois ce jour-là, et il était sur ses gardes. Lui aussi avait vu remuer les oreilles de l'ânesse et compris ce qu'elle mijotait, de sorte qu'il parvint à esquiver son attaque. Il lui flatta l'encolure et sortit une carotte de sa poche, mais Jenny baissa obstinément la tête. A en juger par son attitude,

Par-Salian – dont beaucoup de gens auraient été étonnés de découvrir qu'il connaissait si bien les animaux – eût juré qu'elle envisageait de se rouler par terre en signe de protestation.

Heureusement inconscient que ses précieux paquetages étaient sur le point d'être délogés, écrabouillés et imbibés d'eau boueuse par la capricieuse ânesse, Caramon chargea les deux chevaux.

Contrairement à Jenny, ceux-ci semblaient ravis d'échapper au confinement et à l'ennui de leur stalle ; ils avaient hâte de se lancer dans un trot guilleret, de se dérouiller les muscles et de voir du pays. S'ils piaffaient et hennissaient, c'était plutôt d'impatience, comme en témoignaient les regards avides qu'ils lançaient vers le portail.

Par-Salian regarda la route. De son perchoir, il voyait où elle conduisait, bien plus clairement que quiconque d'autre sur Krynn. Il voyait les épreuves et les obstacles… le danger. Il voyait également l'espoir, bien que sa lumière fût aussi diffuse et vacillante que la lueur du cristal au sommet du bâton d'un jeune mage.

Par-Salian avait acheté cet espoir à un prix exorbitant ; pour l'instant, il n'éclairait pas grand-chose d'autre que des périls supplémentaires. Pourtant, il devait garder la foi. Croire aux dieux, à lui-même et à celui qu'il avait choisi pour être son épée au cours de la bataille qui s'annonçait.

Pour l'instant, son « épée » se tenait dans la cour, secouée par une quinte de toux. Frissonnante et glacée jusqu'à la moelle, « elle » observait son frère jumeau – grâce à Jenny, il traînait la jambe gauche – préparer les chevaux pour leur voyage. Un guerrier tel que Caramon aurait aussitôt rejeté une « arme » pareille, car les apparences ne plaidaient pas en sa faveur : faible et friable, elle risquait de se briser à la première passe.

Mais Par-Salian en savait davantage au sujet de l'« épée » que l'« épée » elle-même. Il savait que sa volonté de fer, baptisée dans le sang et les flammes, forgée par le marteau du destin et refroidie par ses propres larmes, était désormais de l'acier le plus pur, le plus solide et le plus acéré.

Par-Salian avait créé une arme toute en finesse, mais à double tranchant : elle pouvait servir à défendre les faibles et les innocents ou à les massacrer. L'archimage ignorait quelle option elle choisirait, et il doutait qu'elle-même en ait déjà conscience.

Son « épée »… ou plutôt le jeune mage, portait des robes rouges neuves mais toutes simples, car il n'avait pas les moyens de s'en offrir de plus belles. Il se recroquevillait sous un rosier qui lui offrait une chiche protection contre la pluie. De temps en temps, ses épaules étaient agitées par des soubresauts, et il toussait dans un mouchoir.

A chaque quinte, son jumeau, fort et robuste, s'interrompait pour lui jeter un regard inquiet. Par-Salian vit le jeune mage se raidir sous l'effet de l'irritation ; il crut presque l'entendre rabrouer sévèrement son frère en lui ordonnant de le laisser tranquille et de se dépêcher.

Une autre personne se précipita dans la cour, juste à temps pour empêcher l'ânesse de se débarrasser de son fardeau. C'était un homme dans la force de l'âge à l'allure soignée. Il était vêtu de gris, car il ne voulait pas que les rigueurs du voyage abîment ses belles robes blanches.

Voir Antimodes mettait toujours de bonne humeur son vieil ami, qui le regarda saluer joyeusement son ânesse, lui gratter le crâne entre les deux oreilles et donner des instructions à Caramon avec force gesticulations. Par-Salian ne put entendre ce qu'il lui disait, mais un sourire naquit sur ses lèvres.

Antimodes était le mentor du jeune mage. Il leva la tête vers la fenêtre où se tenait Par-Salian. Bien qu'il ne puisse le voir depuis la cour, il le connaissait assez bien pour deviner sa présence attentive. Il fronça les sourcils afin de manifester sa désapprobation. Car la brume et la pluie étaient l'œuvre du chef du Conclave, qui contrôlait le temps autour de la Tour de Haute Sorcellerie. S'il l'avait voulu, il aurait pu offrir une belle éclaircie à ses invités pour leur départ.

En réalité, Antimodes se souciait du climat comme d'une guigne. La véritable raison de sa colère – une colère si forte qu'elle avait jeté une ombre sur leur amitié –, c'était la façon dont Par-Salian avait orchestré l'Epreuve du jeune mage.

La pluie était pour le chef du Conclave une façon de lui répondre : « Je suis désolé, mon vieux compagnon, mais nous ne pouvons pas toujours vivre en plein soleil. Les rosiers ont aussi besoin de pluie pour pousser, et cette sinistre pénombre n'est rien comparée aux ténèbres qui nous attendent ! »

Comme s'il avait entendu les pensées de Par-Salian, Antimodes secoua la tête et se détourna d'un air bougon. Son pragmatisme l'empêchait de goûter pleinement le symbolisme employé par Par-Salian, et il aurait quand même préféré voyager au sec.

Le jeune mage avait observé la scène. Quand son mentor reporta son attention sur l'ânesse irritée, il leva à son tour le nez vers les appartements du chef du Conclave. Par-Salian sentit ses yeux dorés, aux pupilles en forme de sablier, se poser sur lui et piquer sa chair comme la pointe d'un couteau. Qui pouvait savoir quelles pensées dissimulait ce regard étrange ?

Raistlin ne comprenait pas encore ce qui lui était arrivé. Par-Salian redoutait le jour où cela se produirait. Mais ça faisait partie du prix qu'il avait dû payer.

Le jeune mage se sentait-il amer et plein de ressentiment ? se demanda-t-il. Son corps avait été brisé, sa santé compromise. A partir de maintenant, il serait toujours malade, se fatiguerait vite, souffrirait constamment et devrait s'appuyer de plus en plus sur son jumeau. Le ressentiment serait son compagnon naturel.

A moins que Raistlin ne comprenne que l'acier de sa lame en valait la peine. Mais sans doute pas : pour le moment, il n'avait pas conscience de sa propre force. Si les dieux le voulaient, il aurait le temps de la découvrir. Il était sur le point de recevoir sa première leçon.

Tous les archimages du Conclave avaient participé à l'Epreuve de Raistlin ou entendu parler de ce qui s'était passé par leurs collègues.

— Son âme ne lui appartient plus, avait déclaré Ladonna, le chef des Robes Noires. Et qui sait quand son propriétaire se manifestera pour réclamer son bien ?

Le jeune mage avait besoin qu'on l'instruise dans le domaine de la magie *et* dans celui de la vie.

Une enquête discrète avait permis à Par-Salian de découvrir un professeur qui lui dispenserait l'instruction appropriée. Un improbable instructeur, qui aurait sans doute été très étonné de découvrir quelle mission on venait de lui confier. Mais un homme en qui l'archimage avait toute foi.

Conformément aux ordres de Par-Salian, Antimodes avait demandé au jeune mage et à son jumeau s'ils voulaient l'accompagner dans l'est au printemps, afin de suivre un entraînement de mercenaires au sein de l'armée du célèbre baron Ivor de Langarbre. Cela leur permettrait de gagner leur croûte et de développer leurs talents martiaux.

Des talents dont ils auraient besoin plus tard, à moins que Par-Salian ne se trompe du tout au tout.

Cela dit, rien ne pressait. On était encore au début de l'automne, la saison où les guerriers commençaient à ranger leurs armes et à se mettre en quête d'un endroit confortable pour passer l'hiver au coin du feu en se vantant de leurs exploits. Le jeune mage aurait de longs mois pour se remettre... ou plutôt, pour s'adapter à son handicap, car il ne guérirait jamais.

Un travail légitime éviterait à Raistlin d'exhiber ses talents dans les foires locales en échange d'espèces sonnantes et trébuchantes, comme il l'avait fait dans le passé pour la plus grande indignation du Conclave. Peu importait que les illusionnistes ou les apprentis magiciens se donnent en spectacle, mais cela ne seyait pas à un nouveau membre du Conclave.

Par-Salian avait une autre raison d'envoyer Raistlin au baron. Une raison que le jeune homme ne découvrirait jamais, avec un peu de chance. Mais Antimodes avait des soupçons. Il savait que son vieil ami ne faisait jamais rien par plaisir, la moindre de ses décisions ayant un but spécifique.

Et il s'était juré de découvrir de quoi il retournait, car il était le genre d'homme qui chérit les secrets comme un avare ses pièces d'or, les comptant et les recomptant sans se lasser. Jusqu'ici, Par-Salian avait gardé bouche close, refusant de se laisser attirer dans le plus astucieux des pièges.

Enfin, le petit groupe fut prêt à partir. Antimodes grimpa sur le dos de son ânesse. Raistlin se hissa en selle avec l'aide de son frère, qu'il accepta de mauvaise grâce et sans la moindre reconnaissance. Avec une patience exemplaire, Caramon s'assura que son jumeau était bien installé, puis enfourcha aisément son propre étalon.

Antimodes passa le premier et ils se dirigèrent vers le portail. Caramon chevauchait tête baissée pour se protéger de la pluie. Avant de s'engager sur la route, l'archimage jeta un dernier regard vers la fenêtre de Par-Salian pour marquer son irritation.

Raistlin, qui fermait la marche, arrêta sa monture pour voir une dernière fois la Tour de Sorcellerie, et Par-Salian devina ce qui devait lui passer par l'esprit. Il avait nourri les mêmes pensées autrefois.

« Comme ma vie a changé en l'espace de quelques jours ! Je suis entré en ce lieu fort et confiant, j'en ressors faible et brisé, avec une vision maudite et un corps maladif. Pourtant, j'en ressors triomphant, avec ma magie. Pour elle, j'aurais vendu mon âme... »

— Oui, souffla Par-Salian, suivant les trois compagnons du regard jusqu'à ce que la forêt magique de Wayreth les dissimule à sa vue. Oui, tu l'aurais fait. Tu *l'as* fait. Mais tu n'en as pas encore conscience.

La pluie tombait plus fort. Antimodes devait le maudire, à présent. Par-Salian sourit. Ils retrouveraient le soleil dès qu'ils quitteraient la forêt ; ses rayons seraient si forts qu'ils ne chevaucheraient pas longtemps dans des vêtements humides.

Antimodes était un homme fortuné qui aimait son confort ; il veillerait à leur procurer une chambre dans une bonne auberge. Et il payerait la note, s'il trouvait un moyen de le faire sans offenser les jumeaux dont la bourse était presque vide, mais dont la fierté aurait pu remplir les coffres royaux de Palanthas.

Par-Salian se détourna de la fenêtre. Il avait trop à faire pour rester là à observer la pluie.

Histoire de protéger son intimité, il jeta sur la porte un sort de verrou magique si puissant que même Ladonna n'aurait pu le dissiper. Sa consœur ne lui avait pas rendu visite depuis très longtemps, mais elle se plaisait à arriver sans se faire annoncer et aux moments les plus inopportuns. Par-Salian ne voulait pas qu'elle – ni aucun des mages qui vivaient dans la Tour ou y séjournaient – le surprenne au cours de la tâche qu'il allait entreprendre.

Le moment n'était pas encore venu de révéler le peu qu'il savait. Il devait d'abord en apprendre davantage, découvrir si ses soupçons étaient fondés, s'assurer que les informations glanées par ses espions étaient exactes.

Certain que personne d'autre que Solinari, le dieu de la magie blanche, n'aurait pu entrer dans la pièce, Par-Salian s'assit derrière son bureau de fabrication naine – cadeau d'un thane de Thorbardin en échange de services rendus –, sur lequel reposait un gros livre relié de cuir.

C'était un ouvrage très ancien et presque oublié. Par-Salian l'avait découvert par le biais des références qu'y faisaient d'autres textes ; sinon, il n'aurait pas eu connaissance de son existence.

Même ainsi, il avait passé de nombreuses heures à le chercher dans la bibliothèque de la Tour de Haute Sorcellerie, qui abritait tant d'ouvrages que son contenu n'avait jamais été répertorié.

Et qui ne le serait jamais, sauf dans la mémoire du chef du Conclave, car il y avait là des livres dangereux dont l'existence devait être tenue secrète.

Par-Salian avait découvert ce livre dans le coin d'un placard, rangé intentionnellement ou par erreur dans une boîte marquée « Jeux d'Enfants ». A en juger par les autres artefacts qu'elle contenait, elle provenait de la Tour de Haute Sorcellerie de Palanthas et remontait à l'époque de Huma, où les mages avaient dû ravaler leur fierté et plier bagage en hâte plutôt que de déclarer la guerre au peuple d'Ansalonie. Dans le chaos consécutif au Cataclysme, elle avait été mise de côté et oubliée.

Par-Salian brossa de la main la couverture du livre, le seul qui fût dans la boîte. Il balaya la poussière, les toiles d'araignée et les crottes de souris qui masquaient partiellement le titre gravé dans le cuir.

Un titre qu'il pouvait déchiffrer du bout des doigts.

Un titre qui lui donnait la chair de poule :

LE LIVRE DES DRAGONS

CHAPITRE II

Gardiens magiques et meurtriers de la Tour de Haute Sorcellerie, alignés tels des soldats pour la revue, les arbres de la forêt de Wayreth se dressaient gigantesques, silencieux et sévères sous le plafond bas des nuages.

— Une garde d'honneur, murmura Raistlin.

— Pour des funérailles, grommela Caramon.

Il n'aimait pas cet endroit à la végétation ambulante, qui apparaissait autour de vous en pleine nuit alors que vous vous étiez endormi dans un champ plat comme le dos de la main, et ne faisait montre d'aucune pitié envers les visiteurs indésirables. Aussi fut-il soulagé quand ses compagnons et lui le quittèrent enfin…

La forêt de Wayreth garda le mauvais temps avec elle.

Otant son chapeau, Caramon leva son visage vers le soleil pour profiter de la chaleur de ses rayons.

— J'ai l'impression de n'avoir pas vu la lumière du jour depuis des mois, grogna-t-il en jetant par-dessus son épaule un coup d'œil soupçonneux à la forêt qu'enveloppait un mur de brume grise. Je suis bien content de quitter cet endroit, et j'espère ne jamais y revenir.

— Tu n'as aucune raison de le faire, répliqua Raistlin. Crois-moi, personne ne t'y invitera jamais. Et moi non plus…

— C'est une bonne chose, dit Caramon, satisfait. Je ne vois pas pourquoi tu voudrais y retourner, de toute façon. Pas après… (Il capta l'expression sinistre de son jumeau, vit la lueur dorée de son regard, et bafouilla :) Pas après… enfin, ce qu'ils t'ont fait.

Le courage du colosse, qui s'était dissipé dans la Tour de Haute Sorcellerie, renaissait miraculeusement dans la tiède chaleur de cette belle journée d'automne, loin de l'ombre des arbres menaçants.

— Ce que les mages t'ont fait… C'est mal, Raist ! Je peux bien le dire, à présent que nous sommes loin de cet horrible endroit.

Maintenant que je suis sûr que personne ne va me changer en cafard pour avoir dit ce que je pensais.

« Sans vouloir vous offenser, ajouta Caramon en regardant l'archimage vêtu de gris. J'apprécie tout ce que vous avez fait pour mon frère, mais je trouve que vous auriez dû empêcher vos amis de le torturer. Toute cette mascarade était-elle nécessaire ? Raistlin aurait pu mourir. Il a failli mourir, d'ailleurs ! Et vous n'avez pas levé le petit doigt.

— Assez, Caramon ! cria son jumeau, choqué.

Il jeta un regard anxieux à Antimodes, qui ne parut pas s'offenser des propos du colosse. On aurait presque dit qu'il les approuvait. Néanmoins, Caramon se conduisait comme un bouffon... pour changer.

— Tu t'oublies, mon frère ! s'emporta Raistlin. Excuse-toi...

La gorge du jeune mage se serra ; soudain, il fut incapable de respirer. Il lâcha les rênes pour s'agripper au pommeau de sa selle, si faible et nauséeux qu'il craignit de vider les étriers.

Se penchant en avant, il tenta désespérément de déglutir. Ses poumons brûlaient comme le jour où il avait été si malade, des années auparavant, après s'être effondré sur la tombe de sa mère. Il toussait et toussait, mais ne parvenait pas à reprendre son souffle. Des flammes bleues dansaient devant ses yeux.

C'est la fin, songea-t-il, terrifié. *Cette fois, je n'y survivrai pas !*

Puis les spasmes cessèrent brusquement, et il put de nouveau respirer. Sa vision s'éclaircit et il se redressa dans sa selle.

Sortant un mouchoir, il y cracha de la salive et du sang, puis s'en servit pour s'essuyer les lèvres. Enfin, il le fourra très vite sous la cordelette de soie qui lui ceignait la taille, le dissimulant parmi les plis de sa robe rouge pour ne pas que Caramon le voie.

Son jumeau avait mis pied à terre et se tenait près de lui, les bras tendus pour le rattraper s'il tombait de sa selle. Pourtant, Raistlin éprouvait davantage de colère envers lui-même qu'envers Caramon. Il s'en voulait de l'instant de faiblesse où il avait eu envie de sangloter : « Pourquoi m'ont-ils fait ça ? Pourquoi moi ? »

Il foudroya son frère du regard.

— Je suis parfaitement capable de tenir en selle sans assistance, déclara-t-il. Fais tes excuses à l'archimage, et continuons notre route. Et remets ton chapeau, ou le soleil fera frire le peu de cervelle qui te reste.

— Inutile de t'excuser, Caramon, intervint Antimodes. Tu as parlé avec ton cœur. Il n'y a pas de mal à ça. Ton inquiétude pour Raistlin est parfaitement légitime. Louable, même.

Prends ça dans les dents, songea le jeune mage. *Vous savez, n'est-ce pas, maître ? Vous ont-ils laissé regarder ? M'avez-vous vu tuer mon jumeau ? Ou du moins, une image de lui. Mais ça n'a pas la moindre importance : désormais, vous avez conscience que je suis capable de commettre une telle vilenie.*

Je vous dégoûte, n'est-ce pas ? Vous ne me traitez plus comme avant. Je ne suis plus la découverte exceptionnelle, le jeune prodige que vous étiez si fier d'exhiber. Vous m'admirez à contrecœur. Vous avez pitié de moi. Mais vous ne m'aimez pas.

Pourtant, Raistlin garda le silence. Caramon remonta en selle, et ils se remirent en route sans un mot.

Ils n'avaient pas parcouru cinq lieues quand le jeune mage, plus faible que jamais, fut forcé d'admettre qu'il n'irait pas plus loin. Les dieux seuls savaient comment il avait tenu le coup jusque-là, car il se sentait si mal qu'il dut accepter que Caramon lui passe un bras sous les aisselles pour l'aider à entrer dans l'auberge.

Antimodes s'empressa de réclamer la meilleure chambre de l'établissement, malgré les protestations du jeune colosse qui assura que la salle commune leur suffirait, et commanda du bouillon de poulet pour ménager l'estomac de Raistlin.

Caramon s'assit au bord du lit de son jumeau, le couvant d'un regard inquiet, jusqu'à ce que le jeune mage n'y tienne plus et lui ordonne de vaquer à ses occupations.

Mais Raistlin ne put trouver le repos. Il n'avait pas sommeil. A défaut de son corps, son esprit restait très actif. Il pensa à Caramon, qui devait être en train de flirter avec les serveuses et de boire trop de bière dans la grande salle. Antimodes en profitait sans doute pour épier les autres clients et rassembler des bribes d'information.

A la Tour de Haute Sorcellerie, tout le monde se doutait qu'il servait d'espion à Par-Salian. Un puissant archimage, capable de se téléporter d'un bout à l'autre de Krynn en prononçant quelques paroles magiques, n'arpentait pas les routes poussiéreuses d'Ansalonie à dos d'ânesse pour le plaisir.

Raistlin se leva et alla s'asseoir à une petite table, près de la fenêtre. Dehors, des épis de blé se balançaient doucement dans un champ doré, entouré par une haie d'arbres et surplombé par un ciel d'azur.

Aux yeux de Raistlin – ces yeux aux pupilles en forme de sablier, conçus autrefois pour punir l'arrogante sorcière renégate Relanna –, les épis brunissaient et se desséchaient avant de se briser sous le poids de la neige. Les feuilles des arbres se racornissaient et tombaient dans la poussière, où elles gisaient jusqu'à ce que le vent hivernal les emporte.

Le jeune homme détourna le regard de ce spectacle décourageant. Ces minutes de solitude lui étaient précieuses, et il voulait en profiter pour étudier. Aussi ouvrit-il sur la table le petit volume qui contenait des informations sur le précieux Bâton de Magius, un artefact que Par-Salian lui avait remis à titre de... compensation ?

Non, ce n'était pas ça. Raistlin avait choisi de subir l'Epreuve. Comme tous les candidats, on l'avait informé que son existence en serait transformée.

Certains de ses prédécesseurs étaient morts pendant l'Epreuve, et tout ce que leur famille avait reçu, c'était un baluchon contenant leurs affaires personnelles et une brève lettre de condoléances du Conclave.

D'une certaine façon, Raistlin avait eu de la chance : il était sorti de l'Epreuve avec sa vie, à défaut de sa santé. Et avec un esprit intact, même s'il lui semblait parfois perdre la raison.

Le jeune mage tendit la main pour effleurer le bâton, qui n'était jamais loin de lui. Pendant leur séjour à la Tour de Haute Sorcellerie, Caramon avait conçu un moyen de l'attacher à sa selle de sorte qu'il puisse s'en saisir très vite en cas de besoin. Ses doigts le picotaient quand il touchait le bois lisse imprégné de magie qui produisait sur lui l'effet d'un tonique en soulageant sa douleur : celle du corps autant que celle de l'esprit et de l'âme.

Raistlin avait l'intention de lire, mais il se rendit compte que ses pensées vagabondaient, et qu'il n'arrivait pas à se concentrer sur autre chose que l'étrange faiblesse qui l'affligeait. Contrairement à son jumeau, il n'avait jamais été très robuste.

Le destin lui avait joué un tour cruel en accordant à Caramon une santé de fer, un physique avenant et une inébranlable bonne humeur. Pour sa part, Raistlin avait hérité d'un corps chétif, d'une apparence ordinaire et d'une nature méfiante.

En compensation, le destin – ou les dieux – l'avait gratifié d'un esprit vif et de pouvoirs magiques. Tandis que l'énergie du bâton coulait dans ses veines et le réchauffait, le jeune homme songea qu'il n'enviait à son frère ni la bière dont il avalait de pleins tonneaux ni ses innombrables conquêtes.

Pourtant, la fièvre qui le consumait, les quintes de toux incessantes, l'impression que ses poumons étaient emplis de poussière semblaient un prix bien élevé à payer. Elles ne le tueraient pas, lui avait assuré Par-Salian. Non que Raistlin crût un seul mot sortant de la bouche de l'archimage : si les Robes Blanches ne mentaient pas, ils ne révélaient pas nécessairement toute la vérité.

Par-Salian s'était montré très vague quand Raistlin lui avait demandé pourquoi il était sorti de l'Epreuve dans un état aussi affaibli et pitoyable.

Le jeune homme se souvenait assez clairement de ce qui s'était passé. L'Epreuve visait à enseigner aux candidats quelque chose sur eux-mêmes, ainsi qu'à déterminer la couleur des robes qu'ils porteraient : autrement dit, le dieu de la magie auquel ils prêteraient allégeance.

Raistlin était arrivé à la Tour de Haute Sorcellerie vêtu de blanc pour honorer son mentor, et il en repartait vêtu du rouge de Lunitari, symbole de la neutralité. Il n'arpentait ni les chemins de la lumière, comme Antimodes, ni des routes obscurcies par les ténèbres. Il avait fait son propre choix.

Le jeune homme se souvenait de s'être battu contre un elfe noir, qui l'avait frappé avec une dague empoisonnée. Il se souvenait de la douleur, puis d'avoir senti ses forces l'abandonner. Il se rappelait avoir agonisé et accueilli avec soulagement l'idée de la mort.

Puis Caramon était venu à sa rescousse. Il l'avait sauvé en recourant au seul don qui n'appartenait qu'à Raistlin : celui de la magie. Alors, dans un accès de jalousie aveugle, Raistlin avait tué son jumeau.

Mais ça n'était qu'une illusion…

Caramon avait assisté à la scène. Par-Salian l'y avait exceptionnellement autorisé. A présent, le colosse avait conscience des ténèbres qui infestaient l'âme de son frère. Il aurait dû le haïr pour ça ; d'ailleurs, Raistlin souhaitait ardemment que ce fût le cas. Le mépris de son jumeau lui aurait été plus supportable que sa pitié.

Pourtant, Caramon ne le haïssait et ne le méprisait pas.

Il « comprenait », se plaisait-il à dire.

— Pas moi, lâcha amèrement Raistlin.

Il se souvenait d'une bonne partie de l'Epreuve, mais pas de sa totalité. Quand il y repensait, c'était comme s'il observait un tableau que quelqu'un aurait délibérément souillé. Les visages des protagonistes disparaissaient sous des taches d'encre. Et depuis la fin de l'Epreuve, Raistlin avait la curieuse sensation d'être suivi.

Il s'attendait à tout moment à sentir une main se poser sur son épaule, un souffle glacé lui caresser la nuque… Il lui semblait, s'il pouvait se retourner assez vite, qu'il apercevrait la personne ou la créature qui le surveillait. Plus d'une fois, il s'était surpris à regarder par-dessus son épaule, mais il n'avait jamais rien vu d'autre que Caramon l'observant de ses grands yeux tristes.

Le jeune mage soupira et tenta de repousser dans un coin de son esprit des questions qui ne l'avançaient pas à grand-chose. Puis il s'attela à la lecture du petit volume rédigé par un scribe de l'armée de Huma, et mentionnant parfois le bâton dont il avait hérité.

Autrefois, l'artefact appartenait à Magius, ami du légendaire Chevalier Solamnique et l'un des plus grands jeteurs de sorts qui ait jamais vécu. Aux côtés de Huma, il avait combattu la Reine des Ténèbres et ses dragons maléfiques.

Magius avait placé de nombreux enchantements sur son bâton, mais sans les consigner par écrit : une pratique courante, surtout en ce qui concernait les artefacts puissants susceptibles de tomber en de mauvaises mains. Les archimages finissaient par les transmettre à un apprenti de confiance, à qui ils révélaient oralement le mode d'emploi. Mais Magius était mort avant de pouvoir le faire, et s'il voulait se servir du bâton autrement que comme canne de marche, Raistlin allait devoir deviner seul ses pouvoirs.

Après quelques jours d'étude, le jeune mage avait appris que le bâton donnait à son propriétaire la capacité de flotter dans les airs ainsi que du duvet. Si on s'en servait comme d'une arme contondante, il augmentait la force du coup, permettant à quelqu'un d'aussi faible que Raistlin de faire des dégâts considérables.

Tout cela était très utile, mais le jeune homme restait persuadé que l'artefact avait des pouvoirs bien plus considérables. Sa lecture progressait lentement, car le texte était rédigé dans un mélange de solamnique – appris avec son ami Sturm de Lumlane –, de langage commun et d'argot des mercenaires. Souvent, il lui fallait une heure pour déchiffrer une page.

Pour le moment, il s'acharnait sur un passage qui, selon lui, contenait quelque chose d'important, mais dont il ne comprenait pas la signification.

« *Nous savions que le dragon noir était tout près, car nous entendions le sifflement de la pierre se dissolvant sous l'effet de sa bave acide. Nous entendions ses ailes craquer et ses griffes grincer sur les murs du château qu'il escaladait, lancé à notre recherche.*

Mais nous ne voyions rien, car il avait fait usage d'une magie maléfique qui neutralisait la lumière du soleil et nous plongeait dans des ténèbres aussi noires que son cœur. Sans doute comptait-il nous tomber dessus à la faveur de cette obscurité et nous massacrer sans que nous puissions nous défendre.

Huma demanda qu'on allume des torches, mais aucune flamme

ne réussit à percer l'atmosphère empoisonnée par les gaz nocifs que répandait le dragon. Nous craignions que tout ne soit perdu.

Alors Magius s'avança, porteur d'une lumière ! J'ignore comment il avait réussi ce tour de force, mais le cristal de son bâton dissipa les ténèbres et nous permit de voir le monstre. Désormais, nos flèches avaient une cible. Sur l'ordre de Huma, nous passâmes à l'attaque... »

Plusieurs pages détaillaient ensuite la bataille et la victoire contre le dragon. Raistlin les sauta impatiemment, car il n'aurait sans doute jamais besoin de ces informations. Aucun dragon n'était reparu sur Krynn depuis l'époque de Huma, et beaucoup de gens les tenaient aujourd'hui pour des créatures de légende : un mythe inventé par le Solamnique pour ajouter à sa gloire.

« *Je demandai à un ami comment Magius avait pu produire une lumière bénie avec son bâton. Cet homme, qui se tenait près de Magius au moment de son intervention, m'assura qu'il l'avait entendu prononcer un seul mot. J'insistai pour savoir lequel, car je pensais qu'il pourrait nous être utile un jour.*

Mon ami soutint que c'était « chorak », une espèce de poisson géant mangeur d'homme. Mais à mon avis, il se trompait, car j'essayai de le prononcer discrètement un soir où Magius avait laissé son bâton dans un coin, et le cristal ne s'éclaira pas. Je suppose donc que ce mot est d'origine étrangère, peut-être elfique. »

« Chorak », de l'elfique ! Raistlin eut un reniflement de mépris. Que cet homme était sot ! Il s'agissait évidemment d'un mot de la langue magique.

Le jeune mage avait passé des heures très frustrantes dans la Tour de Haute Sorcellerie, prononçant toutes les phrases qui lui étaient venues à l'esprit, tous les mots qui présentaient une ressemblance même lointaine avec « chorak ». Et il n'avait pas obtenu davantage de résultat que le scribe anonyme.

Un éclat de rire monta de la salle commune. Raistlin distinguait le timbre de baryton de son jumeau par-dessus les voix aiguës des serveuses.

Caramon était plaisamment occupé, donc peu susceptible de venir l'interrompre.

Raistlin se tourna vers le bâton.

— *Elem shardish*, dit-il, ce qui signifiait « par ma volonté » : une phrase standard servant à activer la magie de nombreux artefacts.

Mais pas de celui-là, dont le cristal serti dans une griffe de dragon dorée demeura obstinément obscur.

Fronçant les sourcils, Raistlin passa à la phrase suivante de sa liste. *Sharcum pas edistus*, « fais ce que je t'ordonne ». Le cristal émit une faible lueur, mais ce n'était que le reflet d'un rayon de soleil qui venait jouer dessus. Le jeune mage continua par *omus sharpuk derli*, « car je le veux », et *shirkit muan*, « obéis-moi ». Puis il perdit patience.

— *Uh, Lunitari idish, sharak, damen du !* s'exclama-t-il, frustré.

Une vive lumière jaillit du cristal.

Raistlin l'observa les yeux écarquillés de stupeur, tentant de se souvenir ce qu'il venait de dire. D'une main tremblante, il rédigea la phrase : *Uh, Lunitari idish, sharak, damen du !* et sa traduction : « Oh, pour l'amour de dieu, lumière, maudite sois-tu ! »

La réponse était là. Raistlin sentit ses joues s'empourprer d'embarras, et se réjouit de n'avoir parlé à personne de ses recherches... surtout pas à Antimodes.

— C'est moi, le sot, murmura-t-il. Toujours en train de chercher midi à quatorze heures. « *Chorak* ». *Sharak*. « Lumière ». Tel est le mot de pouvoir. Et pour l'éteindre... *Dulak* : « ténèbres ».

La lumière magique du cristal s'évanouit.

Triomphant, Raistlin déballa son matériel d'écriture : une petite plume d'oie et une bouteille d'encre scellée. Il était en train de consigner sa découverte dans son journal quand sa gorge enfla, bloquant sa trachée artère. Il lâcha sa plume, qui fit un pâté sur le parchemin, et fut secoué par une violente quinte de toux.

Quand il reprit son souffle, il était tellement épuisé qu'il n'avait plus la force d'écrire, gardant tout juste celle de se traîner jusqu'à son lit, où il s'allongea avec gratitude pour attendre que passe son accès de faiblesse.

Un second éclat de rire monta du rez-de-chaussée. Visiblement, Caramon était en grande forme. Dans le couloir, Raistlin entendit des bruits de pas et la voix d'Antimodes :

— J'ai une carte dans ma chambre. Si vous aviez l'amabilité de me montrer l'emplacement de cette armée gobelinoïde... Voici quelques pièces d'acier pour vous dédommager.

Gisant dans son lit, Raistlin luttait pour respirer tandis que le monde continuait à tourner autour de lui.

Le soleil descendait dans le ciel, projetant de longues ombres sur le plafond et les murs de sa chambre. Le jeune homme les observa en souhaitant boire une tasse du thé qui seul réussissait à soulager sa douleur. Il se demanda pourquoi Caramon ne montait pas voir s'il avait besoin de quelque chose.

Quand son jumeau le rejoignit enfin – sur la pointe des pieds pour faire le moins de bruit possible – il le tira du premier sommeil paisible qu'il ait connu depuis des jours. Pour cette balourdise, il se fit réprimander et jeter dehors.

Cinq lieues par jour. Des centaines à parcourir avant d'atteindre leur destination.

Le voyage allait être très long.

CHAPITRE III

Les jours suivants, Raistlin se sentit beaucoup mieux, et il fut capable de chevaucher plus longtemps.

Les compagnons ne tardèrent pas à atteindre la frontière du Qualinesti. Bien qu'Antimodes leur ait assuré qu'ils avaient tout leur temps, sachant que le baron ne rassemblerait pas son armée avant le printemps, les jumeaux espéraient rejoindre le quartier général de leur futur chef – une forteresse bâtie sur une presqu'île de la Nouvelle Mer, loin à l'est de Solace – avant l'hiver. Ils voulaient que leur nom soit placé sur la liste de service, et trouver un moyen de gagner un peu d'argent, car leur bourse était désespérément vide.

Mais leurs plans furent ruinés par la traversée d'une rivière qui faillit tourner à la catastrophe.

Ils venaient d'emprunter le gué du Torrent Elfique quand l'étalon de Raistlin glissa sur une pierre mouillée et projeta son cavalier dans l'eau. Par chance, le courant était paresseux en ce milieu d'automne, et le jeune homme ne subit rien de plus sérieux qu'une atteinte à sa dignité. Mais une tempête éclata peu de temps après, l'empêchant de se sécher.

Le lendemain, il chevaucha en frissonnant de tous ses membres malgré le retour du soleil. Le soir, il eut de la fièvre et délira.

Antimodes, qui jouissait d'une santé de fer, n'avait presque jamais été malade de sa vie. Si Raistlin avait été conscient, il aurait pu lui indiquer les potions à concocter, car il avait de vastes connaissances en herboristerie. Mais à en juger par ses cris et ses gémissements, le jeune mage s'était égaré sur les routes de cauchemars terrifiants.

Malade d'inquiétude pour son frère, Caramon prit le risque d'entrer dans le bois des elfes, espérant que l'un d'eux saurait guérir Raistlin. Une pluie de flèches s'abattit à ses pieds, mais il ne se laissa pas décourager et héla les archers invisibles :

— Laissez-moi parler à Tanis Demi-Elfe ! Je suis un ami de

Tanis ! Il se portera garant de nous ! Mon frère est mourant ! Nous avons besoin de votre aide !

Hélas, la mention de Tanis sembla aggraver les choses, car le trait suivant se ficha dans le chapeau de Caramon, et un autre lui érafla le bras. Reconnaissant sa défaite et jurant copieusement dans la barbe qu'il n'avait pas, le colosse battit en retraite.

Le lendemain matin, la fièvre de Raistlin était suffisamment retombée pour lui permettre de s'exprimer. Agrippant le bras de Caramon, son jumeau chuchota :

— Haven ! Emmenez-moi à Haven ! Notre ami Lemuel saura que faire !

Ils s'y rendirent au plus vite, Caramon tenant dans ses bras son frère installé devant lui sur sa selle. Antimodes galopait derrière et tenait par la bride l'étalon de Raistlin.

Lemuel était un mage inepte, mais un mage quand même. Raistlin et lui avaient tissé une étrange amitié lors d'une précédente visite des jumeaux à Haven. Le vieil homme les aimait bien, et il les accueillit avec chaleur. Après avoir attribué à Raistlin la meilleure chambre de la maison, il veilla à ce qu'on installe confortablement Antimodes et Caramon, puis fit tout son possible pour venir en aide au malade.

— Il est gravement atteint, ça ne fait pas le moindre doute, confia-t-il à Caramon, mais je pense qu'il s'en sortira. Un rhume lui est tombé sur la poitrine. Voici une liste d'herbes. Tu sais où est la boutique de l'herboriste ? Excellent ! Dépêche-toi, et n'oublie pas l'ipecac.

Caramon s'en fut, titubant presque de fatigue, mais incapable de dormir ou de prendre le moindre repos tant qu'il ne saurait pas son jumeau tiré d'affaire.

Après son départ, Lemuel vérifia que l'état de Raistlin n'avait pas empiré, puis s'en fut dans la cuisine chercher de l'eau fraîche afin de baigner son corps brûlant et de faire tomber sa fièvre. Il y croisa Antimodes, qui sirotait une tasse de thé.

L'archimage était un homme sévère, toujours vêtu de robes immaculées, et détenait un grand pouvoir bien qu'il répugnât à l'utiliser. Par contraste, Lemuel avait un caractère affable et n'aimait rien tant que jardiner dans de vieux habits rapiécés et couverts de terre. Quant à ses pouvoirs, ils suffisaient à peine à faire bouillir de l'eau.

— Excellent, le félicita Antimodes en désignant le contenu de sa tasse. Qu'est-ce que c'est ?

— De la camomille avec un soupçon de menthe fraîche, répondit Lemuel. Je l'ai cueillie moi-même ce matin.

— Comment va notre jeune patient ? interrogea l'archimage.

— Pas très bien, soupira Lemuel. Je n'ai pas voulu en parler devant son frère, mais il a une pneumonie. Ses poumons sont remplis de liquide.

— Pouvez-vous l'aider ?

— Je ferai tout mon possible, mais... Il est très mal en point, et je crains que...

Lemuel n'acheva pas sa phrase, se contentant de secouer la tête.

Antimodes garda le silence quelques instants.

— Peut-être est-ce mieux ainsi, murmura-t-il enfin.

— Vous ne pensez pas ce que vous dites ! s'exclama Lemuel, choqué. Il est si jeune !

— Vous avez bien vu à quel point il a changé. Vous savez qu'il a subi l'Epreuve...

— Son frère m'en a parlé. C'est vrai qu'il a l'air... transformé. (Lemuel frissonna et jeta un regard en coin à l'archimage.) Mais je suppose que l'Ordre sait ce qu'il fait...

— J'aimerais le croire aussi, marmonna Antimodes.

Lemuel ne sut que répondre. Il remplit une bassine d'eau et fit mine de sortir de la cuisine.

— Vous connaissez Raistlin depuis longtemps, je crois, lança soudain Antimodes.

— C'est exact, dit Lemuel en lui tournant le dos. Il m'a rendu visite plusieurs fois.

— Que pensez-vous de lui ?

— Il m'a rendu un très grand service. Je lui dois beaucoup. Peut-être n'avez-vous pas entendu parler de cette histoire ? J'ai failli être chassé de cette ville par un culte de fanatiques qui adoraient un dieu-serpent... Belzor, ou quelque chose dans ce genre. Raistlin a prouvé que les « pouvoirs divins » de ces gens provenaient d'une magie très ordinaire, et il a failli mourir en les démasquant...

D'un geste de sa cuiller, Antimodes écarta ces considérations.

— Je suis au courant de cette histoire. Toute gratitude mise à part, que pensez-vous de lui ? insista-t-il.

— Je l'aime beaucoup, assura Lemuel. Oh, bien sûr, il a des défauts, je vous l'accorde. Mais n'est-ce pas notre cas à tous ? Il est ambitieux, tout comme moi à son âge. Totalement dévoué à son art...

— Certains diraient « obsédé », fit sombrement remarquer Antimodes.

— Comme l'était mon père. Vous l'avez peut-être connu ?

— J'ai eu cet honneur, en effet. Un homme droit et un excellent magicien.

— Merci. Je l'ai beaucoup déçu, comme vous n'avez aucun mal à l'imaginer, dit Lemuel avec un sourire douloureux. La première fois que j'ai rencontré Raistlin, je me suis dit qu'il était le fils que mon père aurait voulu avoir, et j'ai ressenti une sorte d'instinct fraternel à son égard.

— Fraternel ! Remerciez les dieux de ne pas être à la place de Caramon ! s'exclama Antimodes.

Il avait parlé sur un ton si solennel que Lemuel, mal à l'aise, le pria de l'excuser et sortit de la cuisine en hâte pour aller s'occuper de son patient.

Resté seul, Antimodes se laissa distraire par ses pensées, au point qu'il en oublia son thé.

— Aux portes de la mort, hein ? marmonna-t-il. Mais je parie qu'il s'en tirera. Tu ne le laisseras pas t'échapper, n'est-ce pas ? (Il se rembrunit comme s'il s'adressait à un interlocuteur visible de lui seul.) Pas sans déployer tous les efforts possibles pour le sauver. Car s'il disparaît, tu disparaîtras avec lui.

« Qui suis-je pour juger Raistlin, de toute façon ? Qui sait quel rôle il tiendra dans les sombres événements qui se préparent ? Pas moi, c'est certain. Et pas Par-Salian non plus, même s'il aimerait nous faire croire le contraire.

Antimodes baissa un regard maussade sur sa tasse, comme s'il espérait lire l'avenir dans les feuilles de thé.

— Jeune Raistlin, lâcha-t-il enfin, tout ce que je puis dire, c'est que je suis sincèrement désolé pour toi. Pour toi, et pour ton frère. Que les dieux vous viennent en aide… s'ils existent. Et à ta santé !

L'archimage porta la tasse à ses lèvres et sirota une gorgée. Mais le thé avait refroidi, et il le recracha aussitôt.

Raistlin ne mourut pas.

Grâce aux herbes de Lemuel, aux soins attentifs de Caramon, aux prières d'Antimodes, à la surveillance, dans un autre plan d'existence, d'un être dont la force vitale était inextricablement liée à la sienne, ou à sa seule volonté ?

Nul n'aurait pu le dire.

Une nuit, au terme d'une semaine pendant laquelle il avait oscillé entre la vie et la mort, la vie gagna la bataille. La fièvre retomba ; il put de nouveau respirer et sombra dans un sommeil réparateur.

Raistlin était si faible qu'il ne pouvait lever la tête de son oreiller sans le soutien du bras de son frère. Antimodes reporta son propre voyage, s'attardant à Haven jusqu'à ce qu'il soit certain que son jeune protégé était rétabli. Puis il se mit en chemin pour sa ville natale, Balifor, avant que les tempêtes hivernales ne rendent les routes impraticables. Mais non sans avoir donné à Caramon une lettre de recommandation pour le baron Ivor.

— Ne vous tuez pas pour arriver là-bas le plus vite possible. Comme je vous l'ai déjà dit, il ne sera pas très heureux de vous voir débarquer maintenant. Ses soldats et lui resteront inactifs pendant la mauvaise saison, et vous ne serez que deux bouches supplémentaires à nourrir.

« Au printemps, il recevra des offres d'embauche pour son armée, et vous n'aurez pas à craindre de manquer de travail. Le baron de Langarbre et ses mercenaires sont connus et respectés dans toute l'Ansalonie. On les réclame partout.

— Merci beaucoup, messire, dit chaleureusement Caramon.

Il aida Antimodes à monter sur le dos de la récalcitrante Jenny, qui avait pris goût aux pommes sucrées de Lemuel et n'était pas pressée de se remettre en route.

— Merci pour tout ce que vous avez fait pour nous. (Le colosse s'empourpra.) A propos de ce que j'ai dit dans la forêt... Je suis désolé. Je ne le pensais pas. Sans vous, Raist n'aurait jamais réalisé son rêve.

— Mon jeune ami, soupira Antimodes en lui posant une main sur l'épaule, ne m'accable pas de ce fardeau supplémentaire.

Il donna un coup de badine sur la croupe de Jenny, ce qui ne fit rien pour améliorer son humeur. L'ânesse s'éloigna au trot, abandonnant un Caramon perplexe au milieu de la route.

L'état de santé de Raistlin s'améliora lentement. Caramon s'inquiétait de déranger Lemuel, et déclara à plusieurs reprises que son jumeau et lui pourraient retourner dans leur village natal, Solace, à quelques jours de voyage.

Mais Raistlin n'avait aucun désir de rentrer chez eux, pas sous sa nouvelle apparence. Il ne pouvait supporter l'idée que leurs vieux amis le voient dans cet état.

Il imaginait déjà l'inquiétude de Tanis, le choc de Flint, la curiosité insatiable de Tasslehoff, le mépris de Sturm. Cette idée le faisait frémir, et il jura par les trois dieux de la magie qu'il ne se montrerait pas à Solace avant d'avoir regagné sa fierté.

En réponse aux suggestions de Caramon, Lemuel invita les deux jeunes gens à rester aussi longtemps qu'ils le voudraient : tout l'hiver, si ça les arrangeait. Car en vérité, le vieil homme, qui se tenait à l'écart de ses concitoyens, appréciait la compagnie des jumeaux.

Raistlin et lui se passionnaient pour l'herboristerie. Dès que le jeune mage fut de nouveau sur pied, ils passèrent des journées entières à préparer des décoctions et des onguents, ou à comparer leurs astuces pour débarrasser les plantes de leurs parasites naturels.

Raistlin était de bien meilleure humeur dans le voisinage de Lemuel. Il mettait un bémol à ses remarques sarcastiques et se montrait beaucoup plus gentil et plus patient avec le vieux mage qu'avec son propre frère, une chose qui l'étonnait lui-même. Evidemment, ça pouvait s'expliquer par l'affection sincère qu'il lui portait.

Mais il éprouvait aussi à l'égard de Lemuel une vague culpabilité dont il ne parvenait pas identifier la cause. Pour autant qu'il s'en rappelât, il n'avait jamais rien dit ou fait au vieux mage qui justifiât des excuses. Pourtant, il se sentait mal à l'aise en sa présence...

Il avait découvert qu'il ne pouvait pas entrer dans la cuisine de Lemuel sans connaître une terreur glaciale qui lui ramenait à l'esprit l'image de l'elfe noir. A court d'explication, il avait conclu que le vieux mage avait dû être impliqué dans son Epreuve, mais de quelle façon ? Il avait beau fouiller sa mémoire, cela demeurait un mystère.

Une fois rassuré sur la santé de Raistlin, et persuadé que Lemuel ne leur proposait pas de rester par simple politesse, mais parce qu'il appréciait leur compagnie, Caramon se détendit et commença à profiter de son séjour à Haven.

Il gagna un peu d'argent en faisant de menus travaux pour les voisins : couper du bois, réparer des toits endommagés par la pluie ou aider à rentrer les récoltes. Raistlin et lui tenaient à participer aux dépenses que leur présence occasionnait à Lemuel. Le colosse finit par connaître la ville comme sa poche, et il ne tarda pas à être aussi apprécié à Haven qu'il l'était autrefois à Solace.

Caramon avait toujours eu des petites amies à la pelle. Il tombait amoureux plusieurs fois par semaine, et était toujours sur le point de se marier. Mais les donzelles finissaient par épouser quelqu'un de plus riche... ou qui n'avait pas de frère magicien. Jamais il n'en eut le cœur brisé, bien qu'il affirmât régulièrement le contraire. Chaque fois qu'il passait l'après-midi à déverser ses malheurs dans le giron de Lemuel, jurant sur ses grands dieux qu'il en avait terminé avec la gent féminine, il finissait par aller se consoler le soir même dans une nouvelle paire de bras doux et parfumés.

Caramon avait découvert une taverne dont il avait fait son second foyer, *Les Armes de Haven*. La bière y était presque aussi bonne que celle d'Otik et les tourtes à la viande bien supérieures, même s'il aurait refusé de l'admettre sous la torture.

Mais il ne quittait jamais la maison sans s'assurer d'abord qu'il ne pouvait rien faire pour son jumeau.

Leurs relations, tendues au point de se rompre après le drame de la Tour de Haute Sorcellerie, s'améliorèrent beaucoup durant l'hiver. Raistlin avait interdit à Caramon de faire la moindre allusion à l'Epreuve, de sorte qu'ils n'en discutaient jamais.

Au fil du temps, Caramon en vint à croire que la réaction meurtrière de Raistlin était entièrement sa faute. Une conviction que son jumeau se garda bien de contester. *Je méritais de mourir des mains de mon frère,* chuchotait une petite voix dans un coin du cerveau de Caramon.

Il ne blâmait pas Raistlin. Si une partie de lui avait du chagrin, il la piétina jusqu'à ce qu'elle soit incrustée dans la terre de son âme, la recouvrit de culpabilité et l'arrosa généreusement d'eau-de-vie naine. Il était le plus robuste des deux, après tout. Son jumeau avait besoin de sa protection.

Au fond de lui, Raistlin avait honte de son accès de jalousie. Il avait été le premier surpris de découvrir qu'il était capable de tuer son propre frère. Mais il enfouit ses émotions et dissimula leur tombe afin que personne, pas même lui, ne puisse deviner que quelque chose était enterré dans son âme. Il se réconforta en pensant qu'il savait depuis le début que l'image de Caramon n'était pas réelle, qu'il n'avait attaqué qu'une illusion.

Quand Yule arriva, les relations entre les jumeaux étaient presque redevenues ce qu'elles étaient avant l'Epreuve.

Raistlin détestait le froid et la neige. Comme il ne s'aventurait jamais hors de la maison de Lemuel, il appréciait les récits de son frère. Il se délectait de constater que ses congénères, ainsi qu'il l'avait toujours soupçonné, étaient des imbéciles et des idiots. Caramon prenait beaucoup de plaisir à faire naître un sourire – fût-il empreint de sarcasme – sur les lèvres de son jumeau, trop souvent tachées de sang.

Raistlin passa tout l'hiver à étudier. Il connaissait maintenant une partie des pouvoirs du Bâton de Magius. Bien qu'il trouvât frustrant d'ignorer le reste, il se réconfortait en pensant au nombre de ses pairs qui auraient aimé posséder l'artefact.

En outre, il avait appris plusieurs sorts de guerre, en préparation du jour prochain où Caramon et lui rejoindraient l'armée des mercenaires pour faire fortune. De cela, tous deux étaient fermement convaincus.

Raistlin lut de nombreux textes laissés par le père de Lemuel, et s'entraîna à combiner sa magie avec les talents à l'épée de son frère. A eux deux, ils massacrèrent un grand nombre d'ennemis imaginaires, ainsi qu'un ou deux arbres du jardin de Lemuel (les sorts incendiaires de Raistlin ayant échappé à son contrôle).

Bientôt, ils se convainquirent qu'ils étaient aussi bons que n'importe quels professionnels, capables à eux deux d'affronter une armée de hobgobelins. Ils espéraient presque qu'Haven soit attaquée durant l'hiver afin qu'ils puissent démontrer leurs talents. Comme l'ennemi tardait à montrer le bout de son nez, ils exprimèrent leur ressentiment contre la race tout entière des hobgobelins, qui préféraient passer l'hiver au chaud dans leurs cavernes plutôt que de livrer une bonne petite bataille.

Le printemps arriva à Haven, ramenant avec lui les hirondelles, les kenders et les autres voyageurs : un signe que les routes étaient de nouveau ouvertes. Il était temps pour les jumeaux de se diriger vers l'est et de trouver un bateau pour les emmener au Manoir de Langarbre, situé dans la ville de Langarbre-sur-Vert : la capitale de la baronnie de Langarbre.

Pendant que Raistlin enveloppait ses composants de sorts, Caramon empaqueta des vêtements et de la nourriture pour leur périple. Puis ils s'apprêtèrent à partir.

Lemuel fut sincèrement désolé de les voir s'en aller. Si Raistlin l'avait laissé faire, il lui aurait offert un pied de chaque plante de son jardin. La taverne que fréquentait Caramon faillit fermer pour cause de deuil, et il sembla au jeune mage que la route était littéralement pavée de jeunes femmes éplorées.

La santé de Raistlin s'était beaucoup améliorée pendant l'hiver, à moins qu'il ne commençât à s'habituer à sa condition. Il chevauchait avec assurance, savourant l'air printanier qui semblait bien meilleur pour ses poumons que la bise de la mauvaise saison.

Sachant que Caramon gardait un œil vigilant sur lui, il prit soin de dissimuler ses faiblesses, et réussit si bien que les jumeaux purent bientôt parcourir près de dix lieues chaque jour.

Au grand dépit de Caramon, ils évitèrent Solace, contournant leur village natal par une piste peu fréquentée découverte pendant leur enfance.

— Je sens les patates d'Otik d'ici, se lamenta le jeune colosse en se redressant sur sa selle. On pourrait s'arrêter à l'auberge pour le dîner.

Raistlin aussi sentait les patates d'Otik, à moins que son imagination ne lui joue des tours.

Soudain, il fut gagné par le mal du pays. Comme il serait facile de rentrer chez eux ! De retomber dans cette existence simple, de gagner sa vie en soignant des nourrissons atteints de colique ou des vieillards perclus de rhumatismes...

Il hésita ; son cheval le sentit et ralentit l'allure. Caramon lui jeta un regard plein d'espoir.

— Nous pourrions dormir à l'auberge, insista-t-il.

L'*Auberge du Dernier Refuge*, où Raistlin avait rencontré Antimodes, où l'archimage lui avait parlé de la manière dont on forge une âme.

L'*Auberge du Dernier Refuge*, où les gens le dévisageraient en chuchotant...

Il enfonça les talons dans les flancs de son cheval, qui partit au trot.

— Raist ? Et les patates ? s'écria Caramon en éperonnant sa propre monture pour le rattraper.

— Nous n'avons pas d'argent, répondit sèchement son jumeau. Les poissons du lac de Crystalmir sont gratuits, et les bois ne nous présenteront pas de note si nous y passons la nuit.

Caramon, qui savait très bien qu'Otik ne leur aurait pas demandé de payer, lâcha un profond soupir. Il se retourna pour jeter un regard nostalgique vers Solace, que l'épais feuillage lui dissimulait.

— Caramon, si nous retournions chez nous maintenant, nous ne repartirions jamais, tu le sais bien, déclara Raistlin plus gentiment.

Son jumeau ne répondit pas.

— Est-ce la vie dont tu rêves ? Veux-tu travailler pour des fermiers jusqu'à la fin de tes jours ? Avec de la paille dans les cheveux et les mains couvertes de bouse de vache ? Ou veux-tu rentrer à Solace les poches pleines d'or, avec le récit de tes exploits et des cicatrices qui feront se pâmer toutes les serveuses ?

— Tu as raison, Raist, admit tristement Caramon. C'est ce dont j'ai envie, bien sûr. Mais je ne peux m'empêcher de penser à la maison avec nostalgie. Je sais que c'est stupide.

« Il ne reste personne là-bas, je veux dire, plus un seul de nos vieux amis. Sturm est parti dans le nord, Tanis est rentré au Qualinesti et Flint est retourné chez les nains. Quant à Tasslehoff, qui peut dire où il est ?

— Et surtout, qui s'en soucie ? répliqua Raistlin, sarcastique.

— Mais une de nos connaissances pourrait bien être là, ajouta Caramon en lui jetant un regard en biais.

Le jeune mage comprit aussitôt à qui il faisait allusion.

— Non, affirma-t-il. Kitiara n'est pas à Solace.

— Qu'en sais-tu ? demanda Caramon, étonné par l'assurance de son frère. Tu n'as pas... de visions, j'espère ? Tu sais, comme... notre mère.

— Non, je ne souffre pas de double vue, le rassura Raistlin. Pas plus que je ne reçois d'augures ou de prémonitions. Je base mon raisonnement sur ce que je sais de notre chère sœur. Elle ne reviendra jamais ici. Elle a d'autres amis à présent, d'autres préoccupations plus importantes.

La piste se rétrécit entre les arbres, les forçant à cheminer l'un derrière l'autre. Les rayons du soleil filtraient entre les branches et projetaient des ombres entrecroisées sur le dos de Caramon, qui avait pris la tête. Une odeur âpre de résine de pin planait dans l'air. Ils chevauchaient en silence, et plutôt lentement à cause de la végétation qui avait envahi la piste.

— C'est peut-être mal de penser ça, dit enfin Caramon, vu que Kit est notre sœur, mais... Je me moque bien de ne jamais la revoir.

— De toute façon, je doute que ça arrive, lâcha Raistlin. Il n'y a pas de raison pour que nos chemins se croisent de nouveau.

— Tu dois être dans le vrai... Pourtant, j'ai parfois d'étranges pressentiments à son sujet, avoua Caramon. Une sensation bizarre, comme si elle me piquait l'estomac avec la pointe d'un couteau.

— Tu as faim, c'est tout, ricana son jumeau.

— Bien sûr que j'ai faim : c'est presque l'heure du dîner. Mais ce n'est pas de ça que je parlais. Ce n'est pas comme si j'avais le ventre vide, plutôt comme si j'avais la chair de poule et que...

— Pour l'amour du ciel, je plaisantais ! cria Raistlin en le foudroyant du regard sous sa capuche rouge, qu'il avait relevée au cas où son frère et lui auraient croisé quelqu'un qu'ils connaissaient.

— Oh, marmonna piteusement Caramon.

Il garda le silence quelques instants, craignant d'irriter davantage son frère. Mais bientôt, il n'y tint plus.

— Comment vas-tu cuisiner le poisson ce soir, Raist ? Ce que je préfère, c'est quand tu le farcis de beurre et d'oignons, puis que tu l'enveloppes dans des feuilles de laitue et que tu le poses sur une pierre bien chaude...

Raistlin laissa son jumeau énumérer toutes les façons qu'il connaissait de préparer le poisson. Il était plongé dans ses pensées, et Caramon ne chercha pas à l'en distraire.

Ils campèrent au bord du lac de Crystalmir. Caramon pêcha une douzaine de perches que Raistlin prépara sans feuilles de laitue, car à cette période de l'année, la plupart des salades étaient encore sous terre. Puis ils déroulèrent leurs sacs de couchage.

Repu, Caramon ne tarda pas à s'endormir, le visage baigné par la lueur rouge de Lunitari. Raistlin resta les yeux ouverts, à contempler le clair de lune qui dansait à la surface de l'eau comme pour l'inviter à venir se baigner. Il sourit mais resta bien au chaud sous ses couvertures.

Le jeune homme croyait vraiment ce qu'il avait dit à Caramon : jamais ils ne reverraient Kitiara. Les fils de leurs vies avaient autrefois formé une seule trame, mais ils s'étaient dénoués. Raistlin voyait les siens se tendre devant lui, droit vers son objectif.

Il ne pouvait pas se douter que les fils de sa sœur se dirigeaient vers les siens et ceux de son frère pour venir former une mortelle toile d'araignée.

CHAPITRE IV

C'était le printemps à Sanction. Ou du moins, ça l'était dans le reste de l'Ansalonie, presque un an jour pour jour après que les compagnons se furent réunis une dernière fois à l'*Auberge du Dernier Refuge* pour se dire adieu et jurer de se retrouver au même endroit cinq ans plus tard.

Le printemps ne s'aventurait jamais jusqu'à Sanction. Il n'apportait pas de bourgeons sur les branches, pas de pissenlits jaunes se détachant sur la neige fondue, pas de douce brise ni de joyeux chants d'oiseaux.

Les arbres avaient été abattus pour nourrir le feu des forges, et les gaz empoisonnés que crachaient les volcans connus sous le nom de Seigneurs du Chaos avaient tué toutes les fleurs. Quant aux oiseaux, ils avaient depuis longtemps été capturés, plumés et dévorés.

A Sanction, le printemps était la Saison des Campagnes ; on le célébrait uniquement parce qu'il était synonyme de réouverture des routes et de mise en branle des armées.

Les troupes commandées par le général Ariakas avaient passé l'hiver pelotonnées dans leur tente, à demi gelées, se disputant la maigre pitance que leur lançaient leurs officiers qui souhaitaient avoir des hommes maigres et affamés. Pour les soldats, le printemps représentait une chance de piller et de tuer, de voler suffisamment de nourriture pour remplir leur estomac rabougri, de capturer des esclaves qui se chargeraient des menus travaux et réchaufferaient leur lit.

Les guerriers qui composaient l'essentiel de la population de Sanction étaient donc de très bonne humeur. Ils arpentaient les rues en tourmentant les civils, qui se vengeaient en réclamant des sommes exorbitantes pour leurs marchandises, tandis que les aubergistes servaient du vin tourné, de la bière coupée et de l'eau-de-vie naine à base de déjections de crapaud.

— C'est un endroit épouvantable, confia Kitiara à son compagnon tandis qu'ils se promenaient dans les rues crasseuses et surpeuplées. Mais on finit par s'y habituer.

— Comme aux morpions dans ses hauts-de-chausses, dit Balif en éclatant de rire.

Kitiara fit la grimace. Elle avait connu des villes plus agréables ; pourtant, elle devait reconnaître qu'elle aimait bien Sanction. La vie y était rude et dangereuse, mais toujours excitante. Or, la jeune femme craignait par-dessus tout de s'ennuyer.

Elle venait de passer les derniers mois alitée, pouvant seulement prêter une oreille attentive aux rumeurs qui prédisaient l'imminence de grands événements. Comme elle avait fulminé, ruminé et maudit le sort qui l'empêchait d'y prendre part !

Depuis, elle s'était débarrassée de l'« inconvénient mineur » qui l'avait trop longtemps immobilisée, et elle était de nouveau libre de courir après son ambition. A peine remise de son accouchement, elle avait envoyé un message à une auberge mal famée de Solace, connue sous le nom de *La Tranchée*.

La missive était adressée à un certain Balif, qui passait parfois dans le coin et attendait de ses nouvelles depuis des mois. Elle ne contenait qu'une seule phrase : *Comment puis-je rencontrer ton général ?* La réponse avait été aussi abrupte et concise : *Viens à Sanction.*

Ce que Kitiara s'était empressée de faire dès qu'elle avait été en état de voyager.

— Quelle est donc cette odeur nauséabonde ? demanda-t-elle en plissant le nez. On dirait des œufs pourris !

— Elle vient des fosses à soufre, expliqua Balif en haussant les épaules. Après un jour ou deux, tu n'y feras même plus attention. Le plus agréable ici, c'est que personne n'y vient sans une très bonne raison. Sanction est une base d'action sûre et secrète ; c'est pourquoi le général l'a choisie.

— Mais elle mérite bien son nom. C'est une vraie punition que d'y vivre !

Kitiara sourit de sa propre plaisanterie. Balif acquiesça puis lui jeta un regard admiratif tandis qu'elle traversait les rues étroites à ses côtés. Elle était plus mince que lors de leur dernière rencontre, un an auparavant, mais ses yeux brillaient toujours autant, et elle avait toujours des lèvres aussi pulpeuses.

Son corps musclé mais gracieux se dissimulait encore sous ses vêtements de voyage : une cuirasse par-dessus une tunique brune qui lui arrivait à mi-cuisses, révélant des jambes bien tournées dans des bas verts, et des bottes de cuir montant jusqu'au genou.

Kitiara vit le regard de Balif, comprit ce qu'il espérait et secoua ses boucles noires avec un sourire amusé plein de promesses. Elle avait besoin de se divertir, et son compagnon était plutôt séduisant dans le genre froid et brutal. De plus, il occupait un poste élevé dans la hiérarchie de l'armée d'Ariakas, dont il était un des espions et des assassins de confiance.

Balif avait l'oreille du général et accès à sa présence, un honneur que Kitiara n'obtiendrait pas par elle-même à moins de gaspiller un temps précieux ou de distribuer l'argent qu'elle n'avait plus. Elle avait dû mettre son épée en gage pour payer son voyage jusqu'à Sanction, et son passage à bord du navire qui lui avait fait traverser la Nouvelle Mer.

Il ne lui restait plus un sou en poche, et elle s'était demandé un instant où elle devrait passer la nuit. Il semblait que cette question soit réglée. Comme toujours, son charme accomplissait des miracles, lui ouvrait les portes et les lits.

Balif passa la langue sur ses lèvres et se rapprocha de la jeune femme, posant une main sur son avant-bras pour lui faire éviter un gobelin soûl qui titubait dans la rue.

— Je vais t'emmener à l'auberge où je loge, proposa-t-il, le souffle court. C'est la meilleure de Sanction, même si ça ne signifie pas grand-chose. Mais nous pourrons y être tranquilles...

— Hé, Balif !

Un homme vêtu d'une cuirasse noire s'immobilisa devant eux, leur barrant le chemin. Il détailla Kit de la tête aux pieds et eut une grimace libidineuse.

— Tiens, tiens... Qu'avons-nous là ? Une fort avenante donzelle... Je suppose que tu ne verras pas d'inconvénient à partager avec tes amis ? (Il fit mine de saisir Kitiara par la taille.) Viens près de moi, ma jolie. Donne-moi un baiser. Balif ne t'en voudra pas : ça ne sera pas la première fois que lui et moi nous partageons une... Aïe !

L'homme se plia en deux, gémissant et se tenant l'entrejambe d'une main. Un genou de Kitiara venait de refroidir instantanément son ardeur. Un coup du tranchant de la main sur sa nuque le fit rouler sur les pavés, inconscient.

La jeune femme serra contre elle sa main blessée – ce porc portait un collier de cuir à pointes – et saisit le couteau qu'elle dissimulait dans sa botte.

— Venez donc, lança-t-elle aux deux compagnons de l'homme, qui avaient d'abord fait mine de se joindre à lui, mais reconsidéraient maintenant leur position. Qui d'autre veut me partager avec Balif ?

Ce dernier, qui avait déjà vu la jeune femme à l'œuvre, se garda bien d'intervenir. Il s'adossa à un mur décrépie, les bras croisés sur la poitrine et une expression amusée sur son visage.

Kitiara était en équilibre sur la pointe des pieds, les genoux fléchis, son couteau brandi avec nonchalance devant elle. Les deux malotrus qui lui faisaient face aimaient les femmes tremblantes de peur, et ils ne lisaient rien d'autre que de la colère dans les yeux sombres de leur adversaire.

Kit fit un bond en avant, et abattit son arme si vite que Balif ne put la distinguer dans la chiche lumière qui réussissait à filtrer entre les vapeurs toxiques des forges et des volcans. L'un des hommes fixa d'un air stupide son bras droit profondément entaillé.

— Je préférerais coucher avec un scorpion, cracha-t-il en posant une main sur la plaie pour endiguer le flot de sang.

Puis il s'éloigna, suivi de près par son compagnon. Ils abandonnèrent le troisième larron assommé. Il demeura dans le caniveau où une bande de gobelins ne tarda pas à le dépouiller de tout ce qu'il portait.

Kitiara rangea son couteau dans sa botte et se tourna vers Balif, qui la regardait avec approbation.

— Merci de ne pas être intervenu.

Il applaudit.

— Tu adores te donner en spectacle, et je n'aurais manqué ça pour rien au monde.

Kit porta sa main blessée à sa bouche.

— Où est ta fameuse auberge ? demanda-t-elle, dardant sa langue pour lécher le sang sans quitter son compagnon des yeux.

— Tout près d'ici, répondit Balif d'une voix rauque.

— Parfait. Tu vas pouvoir m'inviter à dîner. (Kitiara glissa son bras sous celui de l'officier.) Et ensuite, tu me raconteras tout sur le général Ariakas.

— Alors, où étais-tu passée pendant tout ce temps ? s'enquit Balif.

Ses appétits charnels satisfaits, il était allongé près de la jeune femme, et caressait du bout de l'index la cicatrice courant sur sa poitrine nue.

— Je m'attendais à avoir de tes nouvelles l'été dernier, ou au moins pendant l'automne. Mais rien, pas un mot. On m'a dit que tu étais partie dans le nord en compagnie d'un gamin qui se prenait pour un chevalier. De Lumépée, quelque chose comme ça…

— De Lumlane, corrigea Kitiara. (Elle haussa les épaules.) Nous suivions la même route, mais nous n'avons pas tardé à nous séparer. Je ne pouvais plus supporter ses incessantes prières et la prétendue vertu dont il me rebattait les oreilles.

— Quand il est parti avec toi, c'était encore un gamin, mais je parie que tu en as fait un homme, plaisanta Balif avec un clin d'œil salace. Alors, où es-tu allée ensuite ?

— J'ai traîné en Solamnie quelque temps pour chercher la famille de mon père. D'après lui, c'étaient des nobles fortunés, des propriétaires terriens. Je me figurais qu'ils seraient contents de voir débarquer leur petite-fille perdue, au point peut-être de se séparer de quelques joyaux et d'un coffre de pièces d'acier. Mais je n'ai pas réussi à les trouver.

— Tu n'as pas besoin de l'argent moisi de fainéants au sang bleu, dit Balif. Tu es capable de faire fortune toute seule : tu as du talent à revendre et un cerveau en état de fonctionnement. Le général Ariakas prise hautement les deux. Qui sait ? Un jour, tu gouverneras peut-être l'Ansalonie.

Il lui caressa un sein.

— Ainsi, tu as fini par quitter l'amant demi-elfe dont tu étais si éprise…

— Oui, répondit sèchement Kitiara. (Remontant le drap sur elle, elle lui tourna le dos.) J'ai sommeil. Souffle la chandelle, veux-tu ?

Balif haussa les épaules et s'exécuta. Il avait son corps, et se moquait de ce qu'elle pouvait faire de son cœur.

L'officier ne tarda pas à s'endormir. Kitiara demeura les yeux grands ouverts dans le noir. En cet instant, elle le haïssait de lui avoir rappelé l'existence de Tanis.

Elle avait lutté pour se sortir le demi-elfe de la tête, et elle y avait presque réussi. La nuit, elle ne soupirait plus après lui : les caresses d'autres hommes apaisaient ses désirs, même si c'était toujours son visage qu'elle voyait à la place du leur.

Si elle avait séduit le jeune Lumlane, c'était uniquement par dépit et par frustration à l'égard de Tanis, qui l'avait quittée. Elle voulait punir son amant en le remplaçant par un de ses plus proches amis. Chaque fois qu'elle s'était moquée de Sturm, qu'elle l'avait tourmenté, c'était Tanis qu'elle torturait par procuration.

Mais Kitiara avait été prise à son propre piège. Son aventure avec le jeune Solamnique s'était soldée par une grossesse non désirée, la laissant malade et trop faible pour réussir à se débarrasser de l'enfant.

Elle avait failli mourir en couches. Dans sa douleur et son délire, elle n'avait rêvé que de Tanis, le suppliant de lui pardonner et de la prendre pour femme, comme il le lui avait proposé un jour, afin de trouver le réconfort et l'oubli dans ses bras.

Si seulement il était venu à elle ! Combien de fois avait-elle failli lui envoyer un message...

Failli, seulement. Car elle s'était aussitôt souvenue qu'il l'avait repoussée, refusant son invitation à « l'accompagner dans le nord pour rencontrer certaines personnes qui savaient ce qu'elles voulaient de la vie et n'avaient pas peur de s'en emparer ». En résumé, il lui avait ordonné de plier bagage. Jamais elle ne le lui pardonnerait.

Son amour pour Tanis avait été au plus fort quand elle était faible et démoralisée. A présent, la colère reprenait le dessus. La colère et la résolution. Qu'elle soit maudite si elle retournait vers lui en rampant !

Il n'avait qu'à rester avec ses frères aux oreilles pointues, qui le snobaient et se moquaient de lui derrière son dos... Voire ouvertement. Il n'avait qu'à prendre pour épouse une de ces fragiles poupées elfiques, comme celle dont il lui avait parlé, et qui l'attendait à Qualinost. Kitiara ne se souvenait pas du nom de la fille, mais elle le lui laissait volontiers.

Allongée dans l'obscurité, aussi loin de Balif qu'il lui était possible sans tomber du lit, la jeune femme maudit amèrement Tanis jusqu'à ce qu'elle trouve le sommeil.

Mais au matin, quand elle tendit la main vers son partenaire, ce fut l'épaule de Tanis qu'elle crut caresser.

CHAPITRE V

— Tu allais me parler du général Ariakas, rappela Kitiara à Balif.

Ils avaient traîné au lit une bonne partie de la matinée. A présent, ils marchaient dans les rues de Sanction, se dirigeant vers le camp où Ariakas avait installé son quartier général, au nord de la ville.

— Je voulais le faire hier soir, répondit Balif, jusqu'à ce que tu me distraies...

Le général n'avait jamais été loin des pensées de Kitiara, mais la jeune femme mélangeait les affaires et le plaisir seulement lorsque c'était nécessaire. La nuit dernière avait été consacrée au plaisir ; aujourd'hui serait placé sous le signe des affaires.

Balif était un compagnon agréable, un amant doué et qui ne l'embarrassait pas en voulant se balader un bras passé autour de ses épaules ou sa main dans celle de la jeune femme, comme si elle était sa propriété.

Kitiara était trop avide pour se contenter du petit poisson qu'elle avait attiré dans son filet. Le moment venu, elle le rejetterait à l'eau pour s'emparer d'une plus grosse proie. Elle ne se souciait pas de blesser les sentiments de Balif : d'abord, parce qu'il n'en avait pas, ensuite, parce qu'il ne se faisait aucune illusion à son sujet.

Il savait à quoi s'en tenir avec elle. Elle l'avait récompensé pour ses efforts, et soupçonnait qu'il se servirait d'elle pour soutirer au général Ariakas une plus grande récompense encore. Elle le connaissait trop bien pour penser qu'il avait suivi sa trace pendant tous ces mois par pure bonté d'âme.

— Veux-tu que je te raconte ce que je sais d'Ariakas ou ce qu'on dit à son sujet ? demanda Balif sans tourner la tête vers sa compagne.

Son regard méfiant et vigilant détaillait toutes les personnes qui s'avançaient vers eux, et les suivait par-dessus son épaule après qu'elles les eurent dépassés. A Sanction, on surveillait ses avants *et* ses arrières.

— Les deux, répondit Kit.

Les soldats qu'ils croisaient l'observaient avec respect, s'écartant pour la laisser passer.

— On dirait que toute la ville a entendu parler de toi, commenta Balif, amusé.

Kitiara se sentait particulièrement en forme ce matin-là, aussi gratifia-t-elle ses admirateurs d'un sourire charmeur.

— Si la vérité est une viande, la rumeur est sa sauce, dit-elle, citant un vieux dicton. Quel âge a Ariakas ?

Balif haussa les épaules.

— Va savoir... Il n'est plus tout jeune, c'est sûr, mais il ne ressemble pas non plus à mon grand-père. Quelque part entre les deux. Et c'est une véritable brute. Le jour où un minotaure l'a accusé de tricher aux cartes, il l'a étranglé de ses mains nues !

Kitiara haussa ses sourcils noirs d'un air sceptique. Dans ce cas précis, la rumeur était difficile à avaler.

— C'est la vérité, je le jure par sa Ténébreuse Majesté ! s'exclama Balif en levant une main. Un de mes amis a assisté à la scène. Et en parlant de Sa Majesté, on dit qu'Ariakas a ses faveurs. (Il baissa la voix.) Certains prétendent même qu'il fut son amant.

— Et comment a-t-il réussi un pareil tour de force ? railla Kit. S'est-il rendu dans les Abysses pour un rendez-vous galant ? Laquelle de ses cinq têtes a-t-il embrassée ?

— Chut ! cria Balif, scandalisé. Ne dis pas des choses pareilles, même pour rire. Sa Ténébreuse Majesté est partout, ou à défaut, ses prêtres, ajouta-t-il avec un regard en coin vers une silhouette en robe noire qui se faufilait parmi la foule. Notre Reine adopte de nombreuses formes. Elle est venue à lui pendant son sommeil.

Kitiara avait entendu d'autres récits semblables, mais elle se garda bien d'en faire part à Balif. Les autres femmes ne lui importaient guère, fussent-elles la Reine des Ténèbres. Elle avait grandi dans un monde où les dieux n'existaient pas, les humains étant livrés à eux-mêmes et libres de choisir leur destin.

Quelques années plus tôt, au cours de ses voyages à travers l'Ansalonie, Kit avait entendu parler de Takhisis pour la première fois. Elle n'y avait guère prêté attention, la tenant pour une invention de charlatans qui s'efforçaient de dépouiller les naïfs. Tout comme Belzor le dieu-serpent, invention de la maudite Judith que la jeune femme avait tuée de ses propres mains.

A la grande surprise de Kitiara, le culte de Takhisis avait subsisté et gagné de l'ampleur. Le nombre de ses fidèles s'était accru. A présent, selon la rumeur, elle tentait de se libérer des Abysses dont elle était prisonnière pour venir conquérir ce monde.

Kitiara aussi voulait conquérir le monde, mais elle entendait bien le faire en son propre nom.

— Ariakas est-il séduisant ? demanda-t-elle.

— Qu'as-tu dit ? lança Balif.

Ils étaient en train de longer le marché aux esclaves, et ils se bouchèrent le nez pour ne pas respirer la puanteur.

Ils reprirent leur conversation quelques rues plus loin.

— Pouah ! grommela Kit. Et moi qui trouvais que les fosses à soufre sentaient mauvais ! Je t'ai demandé si Ariakas était un homme séduisant.

Balif eut une grimace de dégoût.

— Il n'y a qu'une femme pour poser une question pareille. Comment pourrais-je le savoir ? Il n'est pas mon genre, c'est certain. Déjà, il utilise la magie.

Kitiara fronça les sourcils. Son père était un ancien Chevalier Solamnique, rejeté par les siens pour les erreurs qu'il avait commises. Mais elle avait hérité de lui une méfiance instinctive à l'égard des jeteurs de sorts.

— Ce n'est pas un point en sa faveur, grogna-t-elle.

— Qu'est-ce que ça peut bien te faire ? s'étonna Balif. Ton petit frère est un magicien aussi, si je ne m'abuse. C'est même toi qui l'as poussé dans cette voie !

— Raistlin était trop faible pour faire quoi que ce soit d'autre. Il devait trouver un moyen de survivre et je savais que ça ne serait pas à la pointe de l'épée. Mais d'après ce que tu me dis, le général Ariakas ne bénéficie pas d'une telle excuse.

— Il ne pratique pas énormément, précisa Balif, sur la défensive. C'est avant tout un guerrier. Mais avoir une arme de secours ne peut pas nuire. C'est comme toi, quand tu gardes un couteau dans ta botte.

— Je suppose, admit Kit à contrecœur.

Jusqu'ici, elle n'était pas très impressionnée par ce qu'elle venait d'apprendre sur Ariakas. Balif le sentit, et s'apprêta à se lancer dans son histoire favorite au sujet du général qu'il admirait tant : celle de son ascension au pouvoir grâce au meurtre de son propre père.

Mais il avait perdu l'attention de Kitiara qui venait de s'arrêter devant un armurier, et couvait d'un regard brillant une des armes disposées sur un râtelier de bois à l'extérieur de la boutique.

— Regarde ça, souffla-t-elle en tendant la main.

C'était une épée bâtarde, également connue sous le nom d'« épée à une main et demie », car sa lame était plus étroite et plus longue que celle d'une épée à deux mains : un facteur que Kit appréciait, car ses adversaires masculins avaient souvent des bras plus longs que les siens. Une telle arme compenserait son manque d'allonge.

Kitiara n'avait jamais contemplé d'épée aussi merveilleuse. L'arme semblait avoir été conçue pour elle et pour elle seule. Elle s'en saisit prudemment, comme si elle craignait de la casser ou de lui découvrir une imperfection.

Ses doigts se refermèrent autour de la poignée recouverte par une lanière de cuir. Elle testa la répartition du poids, s'assurant que la lame n'était pas trop lourde – ce qui lui ferait mal au coude à la longue – ni trop légère, et vérifiant son point d'équilibre.

Décidément, cette arme était parfaite, comme une extension de son propre bras.

Kitiara était en train de tomber amoureuse de l'épée. Mais elle devait garder la tête froide, se montrer prudente et ne pas se précipiter. Elle l'examina à la lumière du jour, vérifia que toutes les pièces étaient bien ajustées et qu'aucune ne branlait.

Puis elle fit quelques passes dans le vide pour s'assurer que la longueur de la poignée était suffisante, et que la garde joliment sculptée ne risquait pas de la blesser. L'apparence importait peu si elle jouait au détriment de la maniabilité.

La jeune femme recula dans la rue et adopta une position défensive. Elle tendit l'épée pour en apprécier la longueur et le poids, puis se fendit à plusieurs reprises, arrêtant son geste à chaque fois pour vérifier que son élan ne l'emportait pas et qu'elle pouvait modifier la direction de ses attaques.

Enfin, elle appuya la pointe contre le sol et pesa sur la garde jusqu'à ce que la lame s'incurve légèrement. Il n'eût pas été bon que l'épée soit trop rigide – donc, susceptible de se briser au moindre choc –, ni trop flexible. Mais là encore, l'arme s'avéra parfaite.

L'armurier s'affairait devant sa forge. Son assistant, qui ouvrait l'œil pour repérer les clients potentiels et chasser les kenders, s'avança vers Kitiara.

— Nous avons de bien plus belles armes, dit-il en s'inclinant et en désignant l'intérieur enfumé de la boutique. Si vous voulez bien vous donner la peine d'entrer, messire… je veux dire, ma dame, je pourrai vous montrer les œuvres de mon maître.

— Cette arme en fait-elle partie ? demanda la jeune femme sans lâcher l'épée.

— Non, ma dame, répondit l'assistant, plein de mépris. Celles du maître sont beaucoup plus belles. Entrez, entrez donc…

Il voulait l'attirer dans la boutique afin de la tenir à sa merci.

— Qui a fabriqué celle-ci ? insista Kitiara, qui avait examiné le reste des armes et remarqué la qualité inférieure de leur acier comme de leur artisanat.

— Comment s'appelait-il, déjà ? (L'assistant fronça les sourcils, tentant de se remémorer un détail aussi insignifiant.) Féral, me semble-t-il. Théros Féral.

— Où est sa boutique ? demanda Kitiara.

— Elle a brûlé, répondit le vendeur en levant les yeux au ciel. Et ce n'était pas un accident, si vous voyez ce que je veux dire. Un type trop hautain ; ses grands airs n'ont pas plu aux autorités de Sanction. Il avait besoin d'une bonne leçon.

« En temps normal, nous ne vendons pas d'armes d'une qualité aussi inférieure, mais le malheureux qui nous l'a cédée traversait une mauvaise passe, et mon maître a toujours été un homme généreux.

« Vous avez l'air d'une dame de bon goût. Je peux trouver une arme qui vous conviendra bien mieux. Si vous voulez bien me suivre...

— Je veux celle-là, déclara fermement Kit. Combien ?

L'assistant eut une moue désapprobatrice. Il tenta encore de la dissuader, puis cita un chiffre.

Kitiara haussa les sourcils.

— Ça fait beaucoup d'argent pour une arme d'une qualité aussi inférieure, railla-t-elle.

— Elle prend de la place sur notre étalage, se défendit le vendeur. Et nous l'avons achetée beaucoup trop cher, mais le malheureux qui nous l'a cédée...

— Traversait une mauvaise passe, vous l'avez déjà dit, coupa la jeune femme.

Elle marchanda avec l'assistant, et finit par accepter de payer la somme qu'il demandait, à condition qu'il lui fasse cadeau d'une ceinture de cuir et du fourreau qui allait avec.

— Donne-lui son argent, ordonna-t-elle à Balif. Je te rembourserai dès que je pourrai.

Balif sortit sa bourse et compta des pièces d'acier frappées à l'effigie du général Ariakas.

— Quelle bonne affaire ! se réjouit Kitiara en bouclant la ceinture autour de sa taille et en la faisant tourner pour que le fourreau soit à l'endroit le plus accessible.

Si elle avait mesuré un pouce de moins, la pointe de la lame aurait raclé le sol.

— Cette arme vaut dix fois le prix que cet imbécile en demandait ! Et au fait, je te rembourserai.

— Pas la peine, dit Balif avec un geste insouciant. Je gagne bien ma vie ces temps-ci.

— Je refuse d'avoir des dettes envers quiconque, et surtout pas un homme, dit Kitiara, une lueur de colère passant dans ses yeux sombres. Je suis capable de payer ce dont j'ai besoin. Ou tu acceptes, ou tu reprends l'épée.

Elle porta la main à la boucle de sa ceinture.

Balif haussa les épaules.

— Comme tu voudras, capitula-t-il. Viens par ici ; il faut traverser le Fleuve de Lave. Le quartier général d'Ariakas est à l'intérieur du Temple de Luerkhisis, construit pour honorer la Reine des Ténèbres. Tu verras, c'est très impressionnant.

Un pont de granit naturel enjambait le Fleuve de Lave, ainsi que l'appelaient les quelques natifs du coin demeurés à Sanction depuis l'arrivée de l'armée. Il provenait des Seigneurs du Chaos, dans la chaîne des Monts Khalkist qui entourait la ville sur trois côtés, et allait se déverser en sifflant dans la Nouvelle Mer qui occupait le quatrième.

Cette disposition géographique isolait *et* protégeait Sanction, car seules deux passes hautement surveillées permettaient de franchir les montagnes. Quiconque s'y faisait surprendre sans une bonne raison était capturé et conduit dans le second temple de la Reine des Ténèbres, celui de Huerzyd.

Là, on interrogeait le suspect. S'il donnait les bonnes réponses, il était libre de repartir. Sinon, il était dirigé vers les cellules de prison, tout près de la salle de torture et « à un saut de puce » (selon les derniers mots d'un kender) de la morgue.

Les gens qui ambitionnaient de quitter Sanction par des moyens plus plaisants et moins définitifs avaient besoin d'un laissez-passer visé par le général en personne. Ceux qui ne réussissaient pas à l'obtenir continuaient à moisir en ville ou étaient escortés jusqu'au Temple de Huerzyd.

Balif avait fourni à Kitiara un sauf-conduit et un mot de passe, de sorte qu'elle avait pu entrer à Sanction sans faire de détour par la case prison. Elle était arrivée par bateau, le seul moyen d'accéder à la ville sans emprunter les chemins de montagne.

Les navires de l'armée d'Ariakas avaient établi à la surface du port de Sanction un blocus renforcé dans les profondeurs par d'horribles monstres marins. Toutes les embarcations de pêche ou de tourisme appartenant aux habitants de Sanction avaient été confisquées et brûlées, de façon à ce que les gens ne puissent pas s'en servir pour s'enfuir par la mer. Ariakas préservait ainsi le secret du rassemblement de ses troupes, abusant les habitants de Krynn… qui de toute façon n'y auraient sans doute pas cru.

A cette époque, près de quatre ans avant le début de ce qui devait passer à la postérité sous le nom de Guerre de la Lance, le général de Takhisis commençait seulement à développer son armée. Des agents tels que Balif, loyaux et totalement dévoués à sa cause, arpentaient l'Ansalonie en secret, prenant contact avec des gens susceptibles de s'engager sur la voie des ténèbres, titillant leur cupidité et leurs haines, leur promettant la destruction de leurs ennemis s'ils remettaient leur vie entre les mains d'Ariakas et leur âme entre celles de Takhisis.

Des bandes de gobelins et de hobgobelins, traqués depuis des années par les Chevaliers Solamniques, venaient à Sanction animées par l'idée de vengeance. Les ogres se laissaient persuader de quitter leurs forteresses par des promesses de massacres. Les minotaures espéraient gagner honneur et gloire au combat. Les mercenaires humains ambitionnaient de faire fortune en chassant les elfes de leurs territoires ancestraux.

Des prêtres maléfiques se gargarisaient de leurs pouvoirs nouvellement acquis. Des pouvoirs que n'avaient les serviteurs d'aucun autre dieu sur Krynn, car Takhisis avait dissimulé l'imminence de son retour à tous ses semblables, excepté à son fils Nuitari. Au nom de ce dernier, des magiciens des Robes Noires déployaient leurs talents pour préparer l'arrivée glorieuse de leur Reine en ce monde.

Nuitari avait deux cousins : Solinari, fils du dieu Paladine et de la déesse Mishakal, et Lunitari, fille du dieu Giléan. Leur amour de la magie tissait entre eux des liens très étroits. Leurs trois lunes – la blanche, la rouge et la noire – avaient la même influence sur Krynn, de sorte qu'il était difficile à l'un d'eux, fût-il aussi secret et ténébreux que Nuitari, de dissimuler quoi que ce soit aux deux autres.

Ainsi, certaines personnes avaient pris conscience des ombres qui recouvraient peu à peu l'Ansalonie, et commençaient leurs préparatifs. Quand la Reine des ténèbres frapperait, quatre ans plus tard, les forces du bien ne seraient pas totalement prises au dépourvu.

Mais ce jour-là n'était pas encore arrivé.

Le pont de granit qui enjambait le Fleuve de Lave débouchait dans la cour du Temple de Luerkhisis. Il était gardé par les troupes personnelles d'Ariakas, les seules qui soient vraiment bien entraînées. Kitiara et Balif attendirent derrière un homme déguenillé qui insistait pour parler au général Ariakas.

— Ses soldats ont mis mon établissement à sac, se plaignait le malheureux en se tordant les mains. Ils ont brisé mes meubles et bu mon meilleur vin. Puis ils ont insulté ma femme, et quand je leur ai demandé de partir, ils ont menacé de mettre le feu à mon auberge ! Ils m'ont dit que le général Ariakas paierait les dégâts. Alors, je suis venu lui réclamer une audience.

Les gardes éclatèrent d'un rire gras.

— Mais bien sûr, le général Ariakas va te dédommager, railla l'un d'eux. (Il tira une pièce de sa bourse et la jeta sur le sol.) Tiens, voilà pour ta peine. Ramasse !

L'aubergiste hésita.

— C'est loin de suffire pour me rembourser. Je veux voir votre chef.

Son interlocuteur fronça les sourcils.

— J'ai dit : ramasse ! cria-t-il.

L'aubergiste déglutit, puis se baissa pour prendre la pièce d'acier. Le garde lui décocha un coup de pied dans l'arrière-train qui l'envoya rouler dans la poussière.

— Prends ça et fiche le camp ! Le général Ariakas a mieux à faire que d'écouter tes jérémiades. Quelle importance ont pour lui deux ou trois chaises cassées ?

— Reviens te plaindre, ajouta son collègue en donnant un second coup de pied au malheureux pour la bonne mesure, et nous trouverons un autre endroit où aller boire.

L'aubergiste se releva avec difficulté et, serrant la pièce dans son poing fermé, repartit en boitant vers la ville.

— Bonne journée à vous, lieutenant Lugash, dit Balif en s'approchant de la guérite. C'est un plaisir de vous revoir.

— Capitaine Balif, salua son interlocuteur en dévisageant Kitiara avec insistance.

— Mon amie et moi avons une audience cet après-midi avec le général Ariakas.

— Comment s'appelle-t-elle ? demanda Lugash.

— Kitiara Uth Matar, répondit la jeune femme. Et si vous avez une question posez-la-moi directement. Je suis capable de répondre seule.

Lugash grogna et la détailla de la tête aux pieds.

— Uth Matar. On dirait un nom solamnique.

— Mon père était un chevalier, expliqua fièrement Kit. Mais pas idiot, si c'est ce que vous sous-entendez.

— Il s'est fait jeter hors de l'ordre, ajouta Balif à voix basse. Parce qu'il s'était associé avec les mauvaises personnes.

— Ça, c'est que qu'elle vous a raconté, ricana Lugash. La fille d'un Solamnique ! Elle pourrait être une espionne…

Balif fit un pas en avant pour s'interposer entre le lieutenant et Kit, qui avait déjà à moitié sorti son épée du fourreau.

— Calme-toi, lui ordonna-t-il, posant une main apaisante sur son bras. Ces hommes font partie de la garde personnelle du général ; ils n'ont rien de commun avec les soudards que tu as dérouillés hier soir. Ce sont des vétérans qui ont prouvé leur valeur au combat et gagné le respect d'Ariakas. Ce qui n'est pas encore ton cas.

Balif regarda le lieutenant.

— Vous étiez là quand j'ai apporté au général ces informations concernant le Qualinesti.

— C'est exact, fit Lugash, une main posée sur la garde de son épée. Et alors ?

— C'est elle qui me les avait procurées, révéla Balif en désignant la jeune femme d'un signe du menton. Le général a été très impressionné, et il a demandé à la rencontrer. Comme je vous l'ai dit, nous avons une audience. Laissez-nous passer tous les deux, ou je devrai signaler ce mauvais comportement à votre supérieur.

Le lieutenant n'était pas homme à se laisser menacer.

— J'ai mes ordres, capitaine ! s'entêta-t-il. Et selon mes ordres, personne ne doit être autorisé à franchir ce pont aujourd'hui, à moins de faire partie de notre armée. Vous pouvez donc passer, mais pas votre amie.

Frustré, Balif jura à voix haute. Mais le lieutenant refusa de céder. Il se tourna vers Kit.

— Attends-moi ici. Je vais parler au général.

— Je commence à penser que ça n'en vaut pas la peine, déclara la jeune femme en foudroyant les gardes du regard.

— Je te promets que si, dit Balif à voix basse. Sois patiente. C'est un malentendu. Je n'en ai pas pour longtemps.

Il traversa la cour à grandes enjambées, tandis que les gardes se remettaient à leur poste sans quitter Kitiara des yeux. L'air désinvolte, la jeune femme s'approcha du parapet et s'y accouda pour observer le temple.

Balif l'avait qualifié d'impressionnant, et elle devait bien admettre qu'il n'avait pas exagéré. Le flanc de la montagne avait été sculpté en forme de tête de dragon, dont les narines abritaient l'entrée du bâtiment. Les deux incisives massives étaient des tours d'observation, et la gueule abritait une immense salle d'audience.

Autrefois, les prêtres maléfiques de Takhisis étaient les seuls maîtres du Temple de Luerkhisis. Mais à l'arrivée de l'armée, Ariakas y avait établi son quartier général et installé sa garde rapprochée, reléguant les prêtres dans des appartements bien moins somptueux.

Qu'est-ce que ça pouvait faire de détenir autant de pouvoir ? se demanda Kitiara.

Se penchant par-dessus le parapet, elle scruta la coulée de lave paresseuse dont la chaleur montait jusqu'à elle : une chaleur que les prêtres faisaient de leur mieux pour dissiper, mais avec un succès partiel dans le meilleur des cas. Ariakas ne tenait pas vraiment à ce qu'ils réussissent. Il voulait que la chaleur pénètre dans le sang de ses soldats et les envoie en Ansalonie répandre des flots de mort écarlate.

Kitiara serra les poings. *Un jour, je le saurai,* se promit-elle. *Un jour, ce pouvoir sera à moi.*

Réalisant qu'elle contemplait le temple bouche bée, ainsi qu'une jeune paysanne jamais sortie de sa cambrousse, elle lança des petits cailloux dans le fleuve de lave pour se distraire. Bien qu'elle fût très au-dessus des flots bouillonnants, elle ne tarda pas à être en nage. Mais Balif avait raison : on finissait par s'habituer à l'odeur.

Le capitaine revint, flanqué d'un des aides de camp d'Ariakas.

— Le général dit qu'Uth Matar est autorisée à passer, déclara l'homme. Et il veut savoir pourquoi on l'a dérangé pour ça.

Le lieutenant Lugash pâlit, mais répondit d'une voix ferme :

— J'ai pensé que...

— C'était votre première erreur, répliqua sèchement l'aide de camp. Uth Matar, je vous salue au nom du général Ariakas. Il ne tiendra pas audience au temple aujourd'hui, car il est occupé à entraîner ses troupes. Il m'a demandé de vous escorter jusqu'à sa tente de commandement.

— Merci, capitaine, dit Kitiara en lui dédiant un sourire charmeur.

Emboîtant le pas à Balif et à l'aide de camp, elle jeta un regard en coin à Lugash pour bien mémoriser son visage grossier.

Un jour, il paierait pour l'avoir traitée de la sorte.

CHAPITRE VI

Un millier d'hommes étaient rassemblés sur le terrain de manœuvre, devant le Temple de Luerkhisis, en quatre rangs de deux cent cinquante soldats. Ils se tenaient en garde, le pied gauche en avant, le bouclier levé et l'épée prête à frapper.

Dans le ciel d'azur, le soleil dardait ses rayons sur eux. La chaleur du Fleuve de Lave montait du sol. De la sueur dégoulinait sous leur casque d'acier et le long de leur visage buriné, imbibant leur corps prisonnier d'une armure matelassée.

Devant eux se tenait un unique officier portant une armure de bronze poli avec casque assorti, et une cape bleue fixée sur ses larges épaules par des boucles dorées. Rejetée en arrière, elle révélait ses bras nus et musclés. De longs cheveux noirs bouclés pendaient dans son dos. Une épée était fixée à sa ceinture, mais il ne la tira pas.

Sur un ordre de lui, tous les soldats firent un pas en avant, donnèrent un coup d'épée à un adversaire invisible, puis se figèrent dans cette position. Un millier de voix poussèrent un cri de guerre ; enfin, le silence retomba.

L'officier fronça les sourcils sous son casque de bronze. Haletant, les hommes se regardèrent avec gêne. Ariakas avait remarqué qu'au premier rang, plusieurs d'entre eux – trop nerveux ou trop impatients – avaient bondi une seconde avant qu'il n'en donne l'ordre. Ce n'était pas grand-chose, mais ça trahissait un manque de discipline. Le général désigna l'un des fautifs.

— Maître de compagnie Kholos, faites donner le fouet à cet homme. Un bon soldat n'anticipe jamais les ordres.

Un humain dont la peau flasque et la mâchoire proéminente trahissaient une ascendance gobelinoïde escorta le malheureux sur le côté du terrain de manœuvre. Il fit un geste, et deux sergents munis de fouets s'avancèrent.

— Ote ton armure ! cria le maître de compagnie.

Le soldat s'exécuta, se débarrassant de son plastron et de l'épais rembourrage qui le protégeait contre les coups.

— Garde à vous !

Le visage figé, l'homme se raidit. Le maître de compagnie fit un signe de tête. Les sergents levèrent leur fouet et, l'un après l'autre, en flanquèrent trois coups sur le dos nu du malheureux. Celui-ci s'efforça de retenir ses cris. Au sixième coup, il poussa un gémissement étranglé tandis que du sang dégoulinait le long de ses flancs.

Leur devoir accompli, les sergents enroulèrent leur fouet et firent un pas en arrière, reprenant leur place le long de la ligne de démarcation. Le soldat serra les dents à cause de la sueur salée qui brûlait sa chair à vif. Sous le regard implacable d'Ariakas, il se hâta de remettre son armure, dont le rembourrage fut bientôt imbibé de sang.

Le maître de compagnie fit un nouveau signe de tête, et le soldat se hâta de reprendre sa position au premier rang des troupes toujours immobiles.

Ses bras et ses jambes tremblaient.

— En arrière ! ordonna Ariakas.

Les soldats firent mine de dégager leur épée du ventre d'un ennemi et reprirent leur position de départ. Le souffle court, ils attendirent la suite.

— C'est mieux, commenta Ariakas. En avant ! (Une pause tandis que les troupes exécutaient son ordre.) En arrière !

L'exercice continua pendant près d'une heure. Le général s'interrompit deux fois pour faire fouetter d'autres hommes choisis dans les rangs du fond, afin de montrer que personne n'échappait à son regard vigilant.

A la fin de l'heure, il se sentit presque satisfait. Les soldats se déplaçaient enfin comme une unité ; tous les pieds étaient posés correctement, tous les boucliers levés selon le même angle, les épées tendues à bout de bras.

— En…, commença-t-il.

Puis il s'interrompit, son dernier ordre suspendu dans l'air brûlant.

Un des hommes venait de sortir du premier rang et de laisser tomber son arme. Arrachant son casque, il le jeta rageusement à ses pieds.

— Je n'ai pas signé pour me faire traiter comme un chien, dit-il assez fort pour que tout le monde entende. Je démissionne !

Aucun des soldats ne pipa mot. Après un coup d'œil rapide, ils se concentrèrent sur Ariakas, ne voulant pas que celui-ci les accuse de complicité.

Imperturbable, le général fit un signe de tête.

— Premier rang, quatrième compagnie, appela-t-il, s'adressant aux camarades du rebelle. Tuez cet homme.

Le condamné se tourna vers eux en levant les mains.

— Vous n'allez pas faire ça, les gars ?

Ses compagnons avancèrent.

L'homme tourna les talons pour s'enfuir, mais il trébucha sur son propre casque et s'étala sur le sol.

Soixante et un soldats se jetèrent sur lui. Trois d'entre eux – les plus proches – mirent en application le mouvement qu'ils venaient juste d'apprendre.

En avant.

Le malheureux hurla tandis que trois lames plongeaient dans son corps.

En arrière.

Ses camarades dégagèrent leurs armes de son cadavre ensanglanté.

— Très bien, les félicita Ariakas. C'est la première fois que je constate chez vous un comportement discipliné. Maîtres de compagnie, accordez à vos hommes une pause de vingt minutes, et assurez-vous qu'on leur donne de l'eau.

Le général était conscient d'avoir un auditoire : une jeune femme qui l'observait depuis le bord du terrain de manœuvre. Les mains posées sur les hanches, la tête penchée sur le côté, un sourire charmeur sur les lèvres.

Otant son casque, Ariakas essuya la sueur qui maculait son front et se dirigea vers sa tente de commandement, sur laquelle flottait un drapeau représentant un aigle aux ailes déployées.

Les maîtres de compagnie ordonnèrent à leurs hommes de rompre la formation, et les soldats assoiffés se précipitèrent vers les abreuvoirs remplis d'eau tiède. Sans se soucier de son goût de soufre, ils en burent de grandes lampées avant de s'en asperger le corps. Puis ils s'effondrèrent sur le sol, épuisés, pour regarder les sergents traîner le cadavre dans une autre zone du camp.

Les chiens seraient bien nourris ce soir.

Sous sa tente, Ariakas se débarrassa de sa cape en la jetant dans un coin. Un aide de camp l'aida à ôter son lourd plastron de bronze.

— Je suis complètement desséché, grogna le général en se massant la nuque.

Un esclave lui apporta une gourde remplie d'eau fraîche. Il but la plus grande partie et se versa le reste sur la tête pour se rafraîchir.

Puis il se laissa tomber sur sa couche et ordonna à l'esclave de lui enlever ses bottes.

Les quatre maîtres de compagnie entrèrent dans la tente et frappèrent contre le pilier central.

— Entrez, leur dit Ariakas, toujours vautré sur sa couche.

Les officiers ôtèrent leur casque, saluèrent et se mirent au garde-à-vous pour attendre. Ils étaient las et nerveux. Kholos, Maître de la Quatrième Compagnie, prit la parole le premier.

— Seigneur Ariakas, je m'excuse pour l'insubordination…

Ariakas eut un geste insouciant.

— Ne t'inquiète pas pour ça. Nous essayons de transformer des bouffons et des ruffians en une force de combat à peu près décente. Il est normal que ça n'aille pas sans problèmes. En fait, je trouve que tu t'en tires plutôt bien. Tes hommes se sont distingués aujourd'hui. Ils apprennent plus vite que je ne l'espérais.

« Mais il ne faut pas le leur faire savoir. Ils doivent penser qu'ils me déçoivent et que je les méprise. Dans quinze minutes, vous recommencerez le même exercice que tout à l'heure. Une fois qu'ils le maîtriseront à la perfection, on pourra leur faire apprendre n'importe quoi.

— Général, intervint le Maître de la Seconde Compagnie. Devrons-nous demander aux sergents de fouetter les hommes si nécessaire ?

Ariakas secoua la tête.

— Non, Beren. Faire donner du fouet est mon apanage. Je veux qu'ils me craignent, parce que la crainte engendre le respect. Contentez-vous de vous faire haïr, messires. Distribuez des regards sévères et quelques insultes. Si les hommes désobéissent, envoyez-les-moi, et je m'occuperai d'eux.

— Bien, général. D'autres ordres, général ?

— Oui. Continuez l'exercice pendant une heure et demie, puis interrompez-le pour le dîner et laissez vos hommes se retirer pour la nuit. Quand il fera bien noir et qu'ils dormiront profondément, tirez-les du lit pour leur faire déplacer leurs tentes à l'autre bout du camp. Ils doivent apprendre à être opérationnels rapidement quand l'alarme sonne, à travailler dans l'obscurité et à s'organiser de façon à pouvoir lever le camp dans n'importe quelles conditions.

Les quatre officiers firent mine de sortir.

— Un mot encore ! lança Ariakas. Kholos, tu prendras le commandement de ce régiment dans deux semaines. D'ici là, je serai en train d'en former un second avec mes nouvelles recrues. Beren, tu resteras ici avec moi en tant que maître de compagnie senior, et vous deux, vous partirez avec Kholos. Je nommerai d'autres hommes pour occuper les postes laissés vacants. C'est bien compris ?

Les officiers saluèrent et s'en furent vaquer à leurs occupations. Kholos se sentait particulièrement content. Il ne s'attendait pas à recevoir une promotion, surtout après l'incident de l'après-midi, et il était ravi de voir que son général avait toujours confiance en lui.

Ariakas se dandina sur sa couche et grogna en forçant ses muscles à se détendre. Il se souvenait du temps de sa jeunesse, où il était capable de marcher cinq lieues avec une cotte de mailles et un lourd plastron d'acier, en conservant assez d'énergie pour apprécier le fracas de la bataille. Pour se vautrer dans l'excitation qu'on ressent quand on sait qu'on peut perdre la vie, pour se délecter du grondement de tonnerre des armées qui entrent en collision, pour engager ses dernières forces dans une lutte à mort...

— Vous êtes réveillé, général ? demanda un de ses aides de camp.

— Me prends-tu pour un vieil homme qui s'adonne à la sieste en plein après-midi ? gronda Ariakas en se redressant aussitôt. Que se passe-t-il ?

— Le capitaine Balif est ici, général, comme vous le lui avez demandé. Et il a amené une visiteuse.

— Ah, c'est vrai.

Ariakas se souvint de l'avenante jeune femme qui l'avait observé pendant l'exercice. Par les dieux, il se faisait vraiment vieux pour l'avoir oubliée !

Il ne portait plus que ses bottes et le pagne de cuir qu'il revêtait sous sa cotte de mailles, mais si les rumeurs qu'il avait entendues au sujet de cette femme étaient vraies, le spectacle d'un homme à demi nu ne risquait guère de la perturber.

— Faites-les venir !

La femme entra sous la tente la première, suivie par Balif qui se mit au garde-à-vous et salua. Elle balaya les environs du regard, puis fixa son attention sur Ariakas. Ce n'était pas une vierge modeste qui baissait les yeux, ni une catin dont les battements de cils dissimulaient mal la cupidité.

Son regard était audacieux, pénétrant et plein d'assurance. Ariakas, qui s'était tout naturellement attendu à être celui des deux qui jaugerait l'autre, s'aperçut que c'était elle qui l'évaluait. Et il eut le sentiment que si elle n'aimait pas ce qu'elle voyait en lui, elle n'hésiterait pas à tourner les talons.

A tout autre moment, Ariakas aurait pu se sentir offensé, voire insulté. Mais il était satisfait des performances de ses troupes, et cette femme l'intriguait au plus haut point avec ses cheveux bouclés, sa silhouette musclée et ses grands yeux noirs.

— Général, dit Balif, je vous présente Kitiara Uth Matar.

Un nom solamnique. Ainsi, c'était de là que lui venait son allure fière et arrogante, cet air de mettre le monde entier au défi de l'abattre. Quelqu'un lui avait enseigné à manier l'épée avec aisance, comme une simple extension de son bras. Pourtant, Ariakas détectait chez elle – surtout dans son sourire en coin – une totale absence de scrupules qui aurait indigné tout bon chevalier.

— Kitiara Uth Matar, répéta-t-il en glissant les pouces dans la ceinture de son pagne. Bienvenue à Sanction. (Il plissa les yeux.) Nous nous sommes déjà rencontrés, je crois.

— Je n'ai pas eu cet honneur, messire, répondit la jeune femme, dont le sourire s'élargit. Je suis certaine que je m'en souviendrais.

— Vous l'avez vue l'année dernière à Neraka, intervint Balif, dont Ariakas avait presque oublié la présence. Pendant que vous supervisiez la construction du temple. Mais elle ne vous a pas été présentée.

— Oui, je m'en rappelle, dit le général. Vous reveniez d'une mission de reconnaissance au Qualinesti, et le commandant Kholos était enchanté par votre rapport. Vous serez contente d'apprendre que les informations que vous nous avez fournies seront utilisées à bon escient contre ces misérables elfes.

Le sourire moqueur de Kitiara se figea. Une flamme soudaine embrasa son regard, et Ariakas se demanda contre quelle pierre il avait frappé son silex pour produire une telle étincelle.

— Je suis ravie d'avoir pu vous être utile, messire, répondit simplement la jeune femme sur un ton détaché et respectueux.

— Asseyez-vous, je vous en prie. Andros !

Frappant dans ses mains, Ariakas appela un de ses esclaves, un adolescent d'environ seize ans qui avait été fait prisonnier lors du pillage de sa ville natale, et qui portait sur son visage tuméfié la marque des mauvais traitements infligés par ses geôliers.

— Apporte du vin et du gibier pour nos invités. Puis-je compter sur vous pour partager mon dîner ?

— Avec plaisir, messire, affirma Kitiara.

Un autre esclave s'en fut quérir des chaises de camp. Ariakas débarrassa la table de la carte d'Abanasinie qui la couvrait, et tous trois s'assirent autour.

— Pardonnez la frugalité de ce repas, dit Ariakas à ses deux invités, bien que son regard fût fixé sur la seule Kitiara. Quand vous viendrez me rendre visite au quartier général, je vous ferai servir la meilleure nourriture d'Ansalonie. Une de mes esclaves est une excellente cuisinière. Ça lui a sauvé la vie, aussi met-elle tout son cœur dans la préparation de ses plats.

— J'attendrai ce moment avec impatience, lui assura Kitiara.

— Mangez, mangez, les pressa Ariakas en désignant le cuissot de chevreuil que des esclaves venaient de poser devant eux.

Tirant un couteau de sa ceinture, il découpa un gros morceau de viande rôtie.

— Pas de manières entre nous. Par sa Ténébreuse Majesté, je suis affamé ! Le travail a été rude aujourd'hui.

Kitiara sortit son propre couteau et imita Ariakas.

— Vous êtes très strict sur la discipline, dit-elle en dévorant la viande juteuse avec l'appétit d'une habituée des campagnes, qui ne savait jamais de quoi se composerait son prochain repas ni quand elle le prendrait. Et vous avez des hommes à gaspiller, semble-t-il. A moins que vous n'envisagiez de lever une armée de morts-vivants.

— Ceux qui s'enrôlent dans mon armée sont grassement payés, répliqua Ariakas. Et toujours à l'heure. Contrairement à beaucoup de généraux, je ne relâche pas la moitié de mes hommes au printemps afin qu'ils puissent rentrer chez eux pour les semailles. Je ne leur demande pas non plus de vivre en pillant les villes dont ils s'emparent ; c'est un bonus qu'ils apprécient. Une solde régulière ménage leur fierté et les récompense d'un travail accompli dans les règles de l'art.

Il haussa les épaules.

— Pourtant, comme tout général, je dois gérer un certain nombre de mécontents. Ma politique consiste à m'en débarrasser au plus vite. Si je commence à fléchir, à me montrer trop indulgent, les autres s'engouffreront dans la brèche et je n'en tirerai plus rien. Ils perdront tout respect pour moi, pour leurs officiers, et enfin pour eux-mêmes. Or, une armée qui a cessé de se respecter est une armée finie.

Kitiara avait cessé de manger pour l'écouter. Quand il eut terminé, elle réfléchit quelques instants, puis hocha la tête en signe d'assentiment.

— Parlez-moi de vous, l'invita Ariakas en faisant signe à Andros de remplir leurs coupes de vin.

Il remarqua que Kitiara vidait la sienne d'un trait et semblait l'apprécier, mais qu'elle savait aussi la mettre de côté… Contrairement à Balif qui en était déjà à sa troisième.

— Il n'y a pas grand-chose à raconter, messire, affirma Kitiara. Je suis née et j'ai grandi à Solace, en Abanasinie. Mon père était

Gregor Uth Matar, un Chevalier Solamnique et un des meilleurs guerriers de l'Ordre.

C'était un fait, pas une vantardise.

— Mais il ne supportait pas les règles imbéciles, la mollesse, la façon dont les chefs essayaient de gouverner la vie de leurs membres. Mon père préférait louer son épée et ses talents aux personnes de son choix. Il m'a emmenée voir ma première bataille quand j'avais cinq ans, et il m'a appris à manier les armes. Il est parti de chez nous quand j'étais enfant. Je ne l'ai pas revu depuis.

— Et vous ? s'enquit Ariakas en haussant un sourcil.

— Je suis la fille de mon père, déclara Kit en levant le menton.

— Ce qui signifie que vous n'aimez pas les règles ? Que vous êtes incapable d'obéir aux ordres ? se rembrunit Ariakas.

La jeune femme marqua une pause pour choisir soigneusement ses mots. Elle était assez fine pour comprendre que son avenir en dépendait.

— Si je rencontrais un commandant que j'admire, un chef en qui je puisse placer ma confiance et mon respect, un homme qui aurait à la fois du bon sens et de l'intelligence, je lui obéirais sans hésitation. Et…

Elle hésita.

— Et… ? la pressa Ariakas.

Kitiara baissa ses longs cils, entre lesquels il vit briller ses iris sombres.

— Il faudrait aussi que ce commandant en vaille la peine à tous les niveaux, acheva-t-elle.

Ariakas éclata de rire. Il rit si longtemps et si fort qu'un de ses aides de camp, défiant toutes les conventions, passa la tête à l'intérieur de la tente pour voir ce qui provoquait un tel accès d'hilarité.

Ariakas n'était pas connu pour son sens de l'humour.

— Je pense pouvoir vous promettre un commandant qui satisfera à toutes vos exigences, Kitiara Uth Matar. J'ai besoin de nouveaux officiers, et vous pourriez faire l'affaire. Mais bien entendu, il faudra d'abord que vous me prouviez votre courage, votre talent et votre ruse.

— Je suis prête, messire, déclara la jeune femme. Donnez-moi une mission, et je l'accomplirai.

— Capitaine Balif, vous m'avez bien servi, dit Ariakas. Je veillerai à ce que vous soyez récompensé.

Il griffonna quelque chose sur un papier et appela son aide de camp, qui accourut.

— Emmenez le capitaine chez le comptable, et faites en sorte qu'on lui remette la somme indiquée, ordonna-t-il.

Balif se leva en titubant quelque peu. Il avait vu le chiffre inscrit sur le parchemin, et acceptait de se faire congédier avec bonne humeur.

Il se rendait compte qu'il venait de perdre Kitiara. La jeune femme évoluerait désormais dans de plus hautes sphères, où il ne pouvait pas la suivre. Et il la connaissait assez bien pour savoir qu'elle ne se sentirait pas redevable. Il n'aurait droit à aucune faveur de sa part pour ça. D'ailleurs, il avait déjà reçu sa récompense.

En guise d'adieu, il lui posa la main sur l'épaule. Kitiara se dégagea sans lui jeter un regard.

Une fois débarrassé de son aide de camp et du capitaine Balif, Ariakas referma les pans de la tente. Il s'approcha de Kitiara, saisit une poignée de ses boucles noires et lui tira la tête en arrière pour l'embrasser avec rudesse.

Il fut surpris par la passion avec laquelle la jeune femme lui rendit son baiser. Ses ongles s'enfoncèrent dans les avant-bras d'Ariakas. Puis, au moment où celui-ci allait passer la vitesse supérieure, elle se dégagea.

— Est-ce ainsi que je dois faire mes preuves, messire ? Dans votre lit ?

— Bien sûr que non ! cria Ariakas en la saisissant par la taille pour l'attirer contre lui. Mais pourquoi ne pas nous amuser un peu en attendant ?

Kitiara se cambra en arrière et posa les mains sur sa poitrine pour le tenir éloigné d'elle. Elle ne faisait pas sa mijaurée, et elle ne le repoussait pas non plus. En réalité, son souffle court et la lueur qui brillait dans ses yeux disaient clairement qu'elle luttait contre son propre désir.

— Réfléchissez, messire ! Vous dites que vous voulez faire de moi un officier...

— Absolument.

— Mais si vous me mettez dans votre lit maintenant, les soldats chuchoteront que vous avez promu votre maîtresse. Vous affirmez que les hommes doivent avoir du respect pour leurs supérieurs. Comment me ferai-je respecter d'eux dans ces conditions ?

Ariakas la dévisagea en silence. Jamais il n'avait rencontré une femme capable de lui tenir tête sur son propre terrain. Pourtant, il ne relâcha pas son étreinte, car jamais une femme ne lui avait inspiré tant de désir non plus.

— Laissez-moi faire mes preuves, messire, reprit Kitiara sans se débattre, mais sans s'abandonner.

Ariakas sentait la chaleur et la tension de son corps.

— Laissez-moi me faire un nom au sein de votre armée. Laissez vos soldats apprécier mon courage au combat. Alors, ils diront que leur général a couché une guerrière dans son lit, pas une catin.

Il passa une main dans ses boucles noires, qu'il tira d'un geste brusque, et vit des larmes de douleur monter aux yeux de Kitiara. Pourtant, celle-ci ne broncha pas.

— Aucune femme n'a survécu après m'avoir dit non, grogna-t-il.

Il la fixa intensément, cherchant à distinguer une lueur de crainte dans ses yeux noirs. S'il en avait vu une, il lui aurait aussitôt brisé le cou.

Mais Kitiara lui rendit son regard sans ciller, l'ombre d'un sourire jouant au coin de ses lèvres. Alors, il éclata de rire et la lâcha.

— Très bien, Kitiara Uth Matar. Ton raisonnement n'est pas idiot, je te l'accorde. Je vais te donner une chance de faire tes preuves. J'ai besoin d'un messager.

— Je suis sûre que vous en avez déjà des tas, répliqua la jeune femme, mécontente. C'est me battre que je veux !

— Disons que j'*avais* des tas de messagers, corrigea Ariakas.

Il remplit deux coupes de vin pour les distraire de leur désir inassouvi, et en tendit une à Kitiara.

— Mais leur nombre a beaucoup diminué ces derniers temps. J'ai déjà envoyé quatre d'entre eux à la suite pour cette mission, et aucun n'est revenu.

Cela piqua la curiosité de la jeune femme.

— Très bien, dit-elle. Quel est le message, et à qui dois-je le porter ?

Ariakas fronça ses sourcils noirs et touffus, et sa main se contracta autour de sa coupe en bois.

— Tu diras au destinataire qu'Ariakas, général des armées de Sa Ténébreuse Majesté, lui ordonne en Son nom de venir à Sanction pour se placer sous son commandement. Tu lui diras que j'ai besoin de lui, que Takhisis exige sa présence. Tu ajouteras qu'il ne me défiera – qu'il ne défiera notre déesse – qu'au péril de son existence.

— Je porterai votre message, messire, promit Kitiara. (Elle haussa un sourcil.) Mais il se peut que le destinataire se montre récalcitrant. Ai-je l'autorisation d'employer tous les moyens en ma possession pour le forcer à obéir ?

Ariakas eut un sourire mauvais.

— Tu as ma permission d'essayer de le forcer à obéir. Mais je doute que ce soit très facile.

Kitiara leva fièrement le menton.

— Aucun homme n'a survécu après m'avoir dit non, répliqua-t-elle. Comment s'appelle-t-il, et où puis-je le trouver ?

— Immolatus vit dans une caverne, dans les montagnes près de Neraka, répondit Ariakas.

La jeune femme fronça les sourcils.

— Immolatus. Quel étrange nom pour un homme…

— Pour un homme, oui, dit Ariakas en remplissant la coupe de vin de Kit. (Il avait l'impression qu'elle allait en avoir besoin.) Mais pas pour un dragon.

CHAPITRE VII

Etendue sous ses couvertures, la tête calée sur ses bras repliés, Kitiara jeta un regard furieux à la lune rouge et riante. Elle connaissait très bien la raison de son hilarité.

— Une chasse au snip, fulmina-t-elle à voix haute, en faisant claquer ses mâchoires sur le dernier mot. Il m'a lancée dans une fichue chasse au snip !

Comme elle ne parvenait pas à trouver le sommeil, elle se leva, fit les cent pas autour de son petit feu de camp, but un peu d'eau puis, frustrée, se rassit pour agacer les braises rougeoyantes avec un bâton. Une pluie d'étincelles jaillit ; sans le vouloir, elle éteignit les quelques flammes qui restaient.

Kitiara se souvenait d'une autre chasse au snip, une bonne blague qu'ils avaient jouée au naïf Caramon. Tous les compagnons étaient dans le coup, à l'exception de Sturm de Lumlane. Si on lui en avait parlé, il se serait lancé dans d'ennuyeuses remontrances et aurait fini par leur gâcher le plaisir.

Chaque fois que les compagnons se rassemblaient, Kitiara, Tanis, Raistlin, Tasslehoff et Flint évoquaient le temps glorieux de leurs chasses au snip, l'excitation de la poursuite, la férocité de la bête acculée, la tendresse de sa viande capable de rivaliser avec celle d'un poulet. Caramon écoutait les yeux écarquillés et l'estomac gargouillant.

— Le snip ne peut être capturé qu'à la lumière de Solinari, déclara Tanis.

— Il faut se tapir dans les bois, sans faire plus de bruit qu'un elfe somnambule, avec un sac à la main, conseilla Flint. Puis appeler : « Viens chercher des friandises dans mon sac, snip ! Viens chercher des friandises ! »

— Car vois-tu, Caramon, enchaîna Kitiara, les snips sont tellement naïfs que quand ils entendent ces mots, ils se précipitent vers toi et filent à l'intérieur de ton sac.

— A ce moment, il faut refermer les cordons très vite et bien s'y accrocher, ajouta Raistlin. Une fois que le snip réalise qu'on l'a grugé, il tente de se libérer. Et s'il y réussit, il déchiquette la personne qui l'a capturé.

— Quelle taille font ces créatures ? demanda Caramon, impressionné.

— Oh, elles ne sont pas plus grosses que des écureuils, répondit Tasslehoff. Mais elles ont des crocs aussi acérés que ceux des loups, des griffes pareilles à celles des zombies et un dard empoisonné comme celui des scorpions.

— Assure-toi d'emporter un sac solide, recommanda Flint.

Puis il fut forcé de bâillonner le kender de sa main, car celui-ci était en train de succomber à une attaque de gloussements.

— Vous ne venez pas avec moi ? s'étonna Caramon.

— Le snip est sacré pour les elfes, affirma solennellement Tanis. Je n'ai pas le droit d'en tuer un.

— Je suis trop vieux, soupira Flint. Je n'ai plus ce qu'il faut pour faire un bon chasseur de snip. C'est à toi de défendre l'honneur de Solace.

— J'ai tué mon premier snip quand j'avais douze ans, déclara fièrement Kitiara.

— Ouah !

Caramon semblait à la fois impressionné et abattu. Il avait dix-huit ans, et c'était la première fois qu'il entendait parler de cette créature. Il leva le menton.

— Je ne vous décevrai pas.

— J'en suis certain, dit Raistlin en lui posant une main sur l'épaule. Nous sommes tous très fiers de toi.

Ils rirent beaucoup, ce soir-là, rassemblés devant la cheminée de Flint, en imaginant Caramon seul dans la forêt, pâle et tremblant de frayeur, criant : « Viens chercher des friandises, snip ! ». Et ils rirent encore davantage le lendemain matin quand le jeune homme réapparut, le souffle court, en brandissant le sac censé contenir le mystérieux snip qui se débattait férocement à l'intérieur.

— Pourquoi glousse-t-il ? demanda Caramon, perplexe, en observant le sac.

— Tous les snips font ce bruit-là quand on les capture, mon frère, affirma Raistlin, se retenant à grand-peine d'éclater de rire. Raconte-nous ta chasse…

Caramon leur expliqua qu'il avait appelé, que le snip avait jailli des ténèbres pour bondir dans son sac. Il avait refermé les cordons et, au terme d'une lutte acharnée, réussi à maîtriser la bête vicieuse.

— Ne devrions-nous pas la frapper sur la tête avec un gourdin avant d'ouvrir le sac ? suggéra le jeune homme.

— Non, couina le snip.

— Si ! rugit Flint, tentant d'arracher le bâton des mains de Caramon.

Alors Tanis, jugeant qu'ils avaient poussé la plaisanterie assez loin, libéra le snip, qui ressemblait étonnamment à Tasslehoff Racle-Pieds.

Personne ne rit plus fort que Caramon quand on lui eut expliqué de quelle farce il avait été victime. Tous lui assurèrent qu'ils étaient aussi tombés dans le panneau en leur temps… A l'exception de Kit, qui déclara qu'elle n'était pas assez bête pour se laisser embarquer dans des histoires pareilles.

— Du moins, pas jusqu'à maintenant ! Je pourrais aussi bien arpenter ces fichues montagnes avec un sac à la main en hurlant : « Dragon ; petit, petit ! Viens chercher des friandises ! »

Dégoûtée, elle lâcha un juron et décocha un coup de pied aux restes calcinés des bûches en se demandant pour la millième fois depuis sept jours (date de son départ de Sanction) pourquoi le général Ariakas lui avait confié cette mission ridicule. Kitiara croyait aux dragons à peu près autant qu'aux snips.

Les dragons… A Sanction, tout le monde ne parlait que de ça. Les habitants affirmaient les vénérer ; le temple de la Reine des Ténèbres était sculpté à leur effigie, et Balif avait autrefois demandé à Kitiara si elle craindrait d'en rencontrer un. Pourtant, à sa connaissance, personne n'en avait jamais vu. Un vrai reptile géant qui crache du feu et mange du soufre !

Quand Ariakas lui avait révélé qu'il l'envoyait chercher un dragon, Kitiara avait éclaté de rire.

— Ce n'est pas une plaisanterie, Uth Matar, lui avait-il assuré.

Mais elle avait vu une lueur malicieuse briller dans son regard. Pensant qu'il se moquait d'elle, elle s'était mise en colère. Alors la lueur avait disparu, laissant les yeux du général sombres, froids et vides.

— Je t'ai confié une mission, Uth Matar, lui avait-il rappelé d'une voix inflexible. C'est à prendre ou à laisser.

Elle avait pris : quel choix lui restait-il ?

Ariakas avait refusé avec brusquerie de lui confier l'escorte de soldats qu'elle réclamait, arguant qu'il ne pouvait pas se permettre de perdre davantage d'hommes. Uth Matar se sentait incapable d'agir seule ? Dans ce cas, il ferait peut-être bien de chercher quelqu'un qui ait davantage envie de s'attirer ses faveurs.

Kitiara avait accepté le défi proposé par Ariakas. Elle était partie pour les Monts Khalkist où vivait le « dragon » Immolatus. Selon le général, la créature avait dormi là pendant des siècles avant d'être réveillée par la Reine des Ténèbres en personne.

Les trois premiers jours, la jeune femme était restée sur ses gardes, prête à déjouer l'embuscade qui, elle en avait la certitude, l'attendait : le piège qu'Ariakas avait demandé à ses soldats de lui tendre pour tester ses capacités au combat. Elle se promit de ne pas être celle qui tiendrait le sac, ou à tout le moins, qu'il y aurait des têtes à l'intérieur.

Mais personne ne bondit sur elle. Nul ne jaillit d'un buisson pour l'attaquer par-derrière, à l'exception d'un tamia rayé furieux qu'elle l'ait dérangé dans sa quête de nourriture.

Ariakas lui avait remis une carte prétendument fournie par les prêtres du Temple de Luerkhisis et indiquant sa destination : la caverne d'Immolatus. Plus Kitiara s'en approchait, plus le paysage se faisait désolé, et plus la jeune femme se sentait mal à l'aise. Si elle avait dû choisir un endroit susceptible d'abriter un dragon, ç'aurait sûrement été celui-là.

Le quatrième jour, même les vautours qui gardaient sur elle un œil affamé et plein d'espoir depuis son départ de Sanction disparurent en poussant des cris sinistres tandis qu'elle escaladait le flanc de la montagne.

Le cinquième jour, Kitiara n'aperçut pas un seul animal. Aucune mouche ne tournait au-dessus de sa viande séchée ; aucune fourmi ne vint s'emparer des miettes de son pain de voyage.

Elle avait cheminé à bonne allure. Sanction avait déjà disparu derrière le deuxième pic, dont le sommet était masqué par le nuage de fumée perpétuel qui planait au-dessus des Seigneurs du Chaos.

Parfois, la jeune femme sentait le sol trembler sous ses pieds. Jusque-là, elle avait attribué ce phénomène à l'activité volcanique, mais à présent, elle s'interrogeait. Et s'il était provoqué par un reptile géant en train de s'agiter dans son sommeil peuplé de rêves de richesse et de mort ?

Le sixième jour, Kitiara commença vraiment à s'inquiéter. Le sol qu'elle foulait était totalement dénué de vie.

Elle avait depuis longtemps dépassé les derniers arbres et laissé derrière elle la tiédeur printanière. Mais elle aurait au moins dû trouver quelques buissons rabougris ou des plaques de neige dans les renfoncements ombragés.

Mais il n'en restait pas la moindre trace, et elle se demanda ce qui avait pu les faire fondre. Les seules broussailles qu'elle découvrit étaient calcinées, sur un sol noirci comme si un incendie avait ravagé le flanc de la montagne.

La jeune femme venait de décider qu'un éclair avait dû frapper la roche à cet endroit quand elle contourna un énorme bloc de granit et découvrit un cadavre.

Kit fit un petit bond en arrière. Elle avait déjà vu quantité d'hommes morts, mais aucun dans cet état. Le corps avait été dévoré par des flammes si brûlantes qu'il n'en restait que les os les plus gros : le crâne, la cage thoracique, la colonne vertébrale et les jambes. Ceux des mains et des pieds s'étaient volatilisés.

Le cadavre gisait face contre terre. Il devait être en train de fuir quand le feu l'avait atteint, calcinant sa chair. Kitiara reconnut l'emblème sur son casque noirci, et sur son épée qui reposait quelques pas en arrière.

Si elle le retournait pour jeter un coup d'œil à son plastron, où reposaient ses côtes telles des côtelettes d'agneau dans un plat en argent, elle découvrirait le même symbole une troisième fois : celui de l'aigle aux plumes sombres et aux ailes déployées qu'avait choisi le général Ariakas.

Alors, Kitiara commença à croire aux dragons.

— C'est peut-être toi qui riras le dernier, Caramon, marmonna-t-elle en plissant les yeux pour balayer du regard le sommet de la montagne.

Elle ne vit rien d'autre que l'azur brillant du ciel. Mais comme elle se sentait exposée et vulnérable, elle s'accroupit derrière le bloc de granit, notant au passage que celui-ci avait fondu à l'endroit où les flammes l'avaient atteint.

— Par les Abysses, jura Kitiara en s'asseyant dans l'ombre du rocher avec le cadavre brûlé pour toute compagnie. Un dragon. Que je sois maudite ! Un vrai dragon.

Elle secoua la tête.

— Arrête ça, se morigéna-t-elle. Tu sais bien que c'est impossible. Encore un peu, et tu vas te mettre à croire aux goules. Le pauvre bougre a été frappé par la foudre, voilà tout.

Mais elle se mentait, et elle le savait. Elle imaginait le messager fuyant à toutes jambes et lâchant dans sa panique la lame de bon acier qui ne pouvait lui être d'aucune utilité contre un pareil ennemi.

Kitiara plongea la main dans un étui de cuir frappé de l'emblème de l'aigle noir, dont elle sortit un parchemin roulé et ceint d'un anneau. Fronçant les sourcils, elle l'observa en se mordant la lèvre inférieure. Le général Ariakas lui avait ordonné de le remettre à Immolatus.

Furieuse du mauvais tour qu'il lui jouait, Kitiara avait empoché l'étui sans même le regarder. Puis, sans chercher à dissimuler son agacement, elle avait écouté Ariakas lui raconter tout ce qu'il savait au sujet des dragons. Comme elle avait autrefois raconté à Caramon tout ce qu'elle savait des snips…

La jeune femme examina l'anneau. C'était un signet en forme de dragon à cinq têtes.

— Ça alors, marmonna-t-elle en essuyant la sueur qui coulait sur son front.

Le symbole de la Reine des Ténèbres… Kitiara hésita un instant, puis fit glisser l'anneau et déroula prudemment la feuille de vélin pour lire le message.

Immolatus,
Je t'ordonne d'honorer la convocation que je t'envoie par l'intermédiaire de ce messager.
Quatre fois déjà, tu as ignoré mes injonctions. Il n'y en aura pas de cinquième. Je commence à perdre patience. Prends ta forme humaine et reviens à Sanction avec le porteur de mon signet pour te placer sous le commandement du général Ariakas, qui dirigera bientôt l'ensemble de mes armées.

Cette missive a été transcrite par Wyrllish, Grand Prêtre de l'Ordre des Robes Noires, au nom de Takhisis, Reine des Ténèbres, Reine des Cinq Dragons, Reine des Abysses et bientôt Reine de Krynn.

— Malédiction ! jura Kit.

Appuyant ses coudes sur ses genoux repliés contre sa poitrine, elle se prit la tête entre les mains.

— Je suis une imbécile de première ! Mais qui aurait pu deviner ? Qu'ai-je donc fait ? Comment me suis-je fourrée dans ce pétrin ?

Elle leva les yeux pour observer le cadavre et un sourire amer se peignit sur ses lèvres.

— Au temps pour mes espoirs et mes folles ambitions ! C'est ici que tout va finir : sur le flanc d'une montagne perdue, avec mes os fondus dans la roche. Mais qui aurait pu croire qu'Ariakas disait la vérité ? Un dragon ! Et je dois servir de foutu messager !

Elle resta assise un long moment dans sa cachette, à contempler le ciel d'azur qui semblait si proche et le soleil qui se couchait à l'horizon, beaucoup plus bas que l'endroit où elle se tenait.

La température baissait rapidement, et la jeune femme frissonna tandis que les poils se dressaient sur ses avant-bras, sous la tunique de laine fine qu'elle portait en dessous de son corset de mailles. Elle avait emporté une cape dans son paquetage, mais elle ne la déballa pas.

— Ça ne devrait pas tarder à se réchauffer. Trop et trop tôt à mon goût, dit-elle avec une grimace sardonique.

S'arrachant à sa léthargie, elle sortit sa cape en peau de mouton doublée et la drapa autour de ses épaules, puis entreprit d'étudier plus soigneusement la carte remise par Ariakas.

Elle localisa tous les points de repère : le pic coupé en deux comme s'il avait reçu un coup de hache céleste et le promontoire qui surplombait le vide tel un nez crochu.

A présent qu'elle savait où regarder, elle repéra la caverne du dragon sans trop de difficulté. Son ouverture était en partie dissimulée par le promontoire, pas très loin de l'endroit où elle était. Il lui faudrait marcher encore un peu en terrain accidenté. Bien que dans sa phase descendante, Solinari éclairerait son chemin.

Kitiara se leva et s'approcha du précipice. L'idée l'avait effleurée d'opter pour la solution de facilité, celle qui consisterait à sauter dans le vide et à trouver l'oubli. Mais ç'aurait été si lâche !

— Mens, triche, vole : le monde pardonne des fautes aussi bénignes, lui avait dit son père autrefois. Mais il méprisera toujours les lâches.

Ce serait peut-être sa dernière bataille ; pourtant, Kitiara était déterminée à la livrer jusqu'au bout. A défaut d'autre chose, elle connaîtrait une fin glorieuse.

Elle n'avait pas de plan, et ne pensait pas que ça puisse lui servir beaucoup. La seule chose à faire, c'était de se camper sur le seuil de la caverne et de voir ce qui se passerait. Une main posée sur la garde de son épée, la jeune femme serra les dents et se mit en marche d'un pas déterminé.

Une bête immense apparut sur le bord de la corniche, sous le promontoire rocheux. Etendant ses ailes massives, elle s'envola, les rayons du soleil couchant faisant scintiller ses écailles rouges comme les braises d'un feu, les rubis d'une noble dame ou des gouttes de sang.

Une gueule garnie de crocs ; une longue queue sinueuse ; un corps si épais et si lourd qu'il semblait impossible que ses ailes puissent le soulever ; une crête de pointes noires qui courait le long de son échine ; des pattes puissantes et des pieds garnis de longues griffes ; des yeux de flammes...

Pour la première fois en vingt-huit ans d'existence, Kitiara connut la peur. Son estomac se noua, et de la bile acide envahit sa bouche soudain sèche. Ses jambes tremblèrent et elle faillit s'effondrer. La main qu'elle avait posée sur son épée retomba mollement contre son flanc.

La seule pensée que son cerveau produisait encore ? « Cours, enfuis-toi, cache-toi ! » S'il y avait eu un trou à proximité, elle aurait rampé dedans. A cet instant, sauter dans le précipice semblait une réaction sage et prudente.

Kitiara s'accroupit dans l'ombre du bloc de granit et y demeura, une sueur froide perlant sur son front. Elle avait l'impression qu'un poids lui comprimait la poitrine ; son cœur battait à tout rompre et elle avait du mal à respirer. Elle ne pouvait détacher ses yeux du dragon, cette créature terrifiante et magnifique qui mesurait au moins quarante pieds de long.

Puis elle craignit qu'il ne l'ait aperçue.

Immolatus ne soupçonnait pas la présence de Kitiara. Elle aurait aussi bien pu être un cafard tapi entre les rochers, pour ce qu'il s'en souciait. Il avait quitté sa caverne pour chasser. Plusieurs jours s'étaient écoulés depuis son dernier repas. Un repas qui, par chance, était venu jusqu'à lui.

Après s'être repu du messager envoyé par Ariakas, Immolatus avait eu la flemme de repartir en quête de nourriture, jusqu'à ce que la faim le tire de ses agréables rêves de pillage, de feu et de mort. Sentant son estomac flasque ballotter entre ses côtes, il attendit, plein d'espoir, qu'un autre morceau de choix se présente à l'entrée de sa caverne.

Puis il s'agita, regrettant d'avoir gaspillé un des soldats en jouant avec lui. Il avait trouvé amusant de le poursuivre un peu et de le regarder se consumer comme une torche vivante. Mais s'il avait été capable de planifier, il l'aurait fait prisonnier et gardé en vie jusqu'au moment de son prochain repas.

Bah, songea le dragon, maussade. Il était inutile de pleurer sur le sang renversé.

Il prit son envol, avant de décrire un cercle autour de son antre pour s'assurer que tout allait bien.

Kitiara se tint parfaitement immobile, figée comme un lapin qui vient d'entendre les chiens lancés à sa poursuite.

Elle retint son souffle et ordonna à son cœur de battre moins fort, car il lui semblait que l'écho de ses battements se répercutait tel un grondement de tonnerre contre le flanc de la montagne. Puis elle pria pour que le dragon s'éloigne très vite.

Il sembla que quelqu'un avait entendu ses supplications, car Immolatus vira pour profiter des courants tièdes qui remontaient le long du précipice. Kitiara allait se mettre à sangloter de soulagement quand sa gorge se serra.

Le dragon venait de renifler l'air et tournait la tête en tous sens, comme pour découvrir l'origine du fumet qui avait chatouillé ses narines et le faisait saliver par anticipation.

Sa cape ! Sa maudite cape ! Kitiara eut la certitude, aussi clairement que si elle avait été assise entre les omoplates d'Immolatus, que le dragon avait senti l'odeur de la peau de mouton, mais qu'il ne serait pas trop déçu de découvrir une humaine à sa place et s'en contenterait sans doute pour son dîner.

L'énorme museau se tourna dans sa direction, et Kitiara vit briller des crocs acérés entre ses énormes mâchoires.

— Reine des Ténèbres, pria-t-elle, réclamant de l'aide pour la première fois de sa vie. Je suis ici sur vos ordres. Je suis votre servante. Si vous voulez que je réussisse ma mission, vous feriez mieux d'intervenir, et vite !

Le dragon avança, plus sombre que la nuit, masquant les premières étoilés pâles avec ses gigantesques ailes. Incapable de remuer le petit doigt et plus encore de dégainer son épée, Kitiara regarda sa mort approcher.

Puis elle entendit des bêlements frénétiques et un bruit de sabots sur les rochers. Le dragon plongea, et l'air qu'il déplaça sur son passage aplatit la jeune femme contre le bloc de granit. Un cri d'agonie résonna, tandis que la queue d'Immolatus tressautait de plaisir.

Le dragon vira à nouveau et revint vers son antre. Du sang encore tiède coula sur le visage de Kitiara. Un mouflon fraîchement tué était suspendu entre les griffes d'Immolatus, ravi de sa bonne fortune : jamais un gibier si savoureux ne s'était aventuré près de sa caverne.

Il s'interrogea brièvement au sujet de l'odeur de mouton, mêlée à un parfum d'humain qu'il avait captée sur le flanc de la montagne. Mais il préférait de loin la chair d'un mouflon bien gras. Les humains étaient trop maigres, et généralement protégés par des armures qui laissaient un sale goût de métal dans sa gueule. Il fallait se battre pour chaque lambeau de viande qu'on voulait leur arracher.

De retour dans son antre, Immolatus s'installa pour dîner, s'adossant aux rochers qui auraient dû abriter son trésor.

Kitiara était sauvée... pour le moment.

Tremblante de soulagement, elle se recroquevilla au pied du bloc de granit, incapable du moindre geste. Ses muscles restaient contractés ; il lui fallut faire appel à toute sa volonté pour se détendre, calmer les battements de son cœur et retrouver une respiration régulière.

D'abord, elle avait une dette à payer.

— Reine Takhisis, dit-elle humblement, en levant les yeux vers le ciel nocturne sacré pour la déesse, je vous remercie ! Continuez à m'accompagner, et je ne vous décevrai pas !

Puis elle s'enveloppa plus étroitement dans sa cape en peau de mouton et, s'allongeant sur le sol glacé, songea à sa conversation avec le général Ariakas, à laquelle elle avait prêté si peu d'attention.

Elle chercha à se souvenir de ce qu'il lui avait dit au sujet des dragons.

CHAPITRE VIII

Le mouflon était gras et dodu. Ravi de son repas, et plus encore par le fait qu'il n'avait pas dû trop s'échiner pour lui mettre les griffes dessus, Immolatus s'installa aussi confortablement que possible sur le sol rocailleux de sa caverne. Imaginant que les rochers étaient des piles de trésor, il plongea à nouveau dans le sommeil, se réfugiant une fois de plus dans ses rêves.

La plupart des autres dragons au service de Takhisis avaient été ravis que leur reine les tire de leur longue hibernation forcée. Mais pas Immolatus.

Ses songes du siècle passé avaient été remplis d'humains, d'elfes, de nains et de kenders impuissants qui s'enfuyaient devant lui après qu'il eut incendié leurs misérables demeures, emporté leurs enfants dans ses serres et dévoré leur chair tendre.

Remplis de châteaux qu'il faisait effondrer, de chevaliers hurlants qu'il empalait sur ses griffes capables de transpercer la plus solide des armures.

Remplis de ruines brûlantes où il découvrait des joyaux scintillants, des calices d'argent, des épées magiques et des bracelets d'or qu'il empilait dans quelques chariots épargnés par ses soins, avant de les saisir dans ses griffes pour les ramener vers son antre.

Autrefois, sa caverne était pleine de richesses, à tel point qu'il arrivait tout juste à y déplacer son corps massif. Le misérable chevalier-démon Huma et son complice Magius avaient mis un terme à ses jeux... et ils avaient failli en mettre un à sa vie.

A l'époque, la Reine des Ténèbres – maudit soit son cœur noir – avait demandé à Immolatus de rejoindre son armée pour livrer la guerre qui devait mettre fin à toutes les guerres. La guerre qui éliminerait enfin la vermine solamnique, libérant le monde de sa présence néfaste. Takhisis avait assuré à ses dragons qu'ils ne pouvaient pas perdre.

Immolatus avait pensé que ce serait amusant. A son crédit, il n'était encore qu'un jeune vermisseau. Il avait abandonné son trésor pour rejoindre ses frères et sœurs : les bleus, les rouges, les verts, les blancs du Sud enneigé et les noirs des marécages.

Mais la guerre ne s'était pas passée comme prévu. Les humains avaient inventé une lance dont l'argent magique et scintillant était aussi redoutable pour les yeux des dragons que sa pointe mortelle pour leur cœur.

Les Chevaliers Solamniques étaient partis au combat munis de cette arme. Immolatus et les siens avaient lutté vaillamment, mais Huma avait forcé Takhisis à se retirer de ce monde pour battre en retraite dans les Abysses.

Poussée par le désespoir, la Reine des Ténèbres avait consenti au pacte qu'il lui proposait. Ses dragons ne seraient pas mis à mort mais condamnés à un sommeil millénaire, et afin ne pas perturber l'équilibre du monde, les bons dragons connaîtraient le même sort.

L'aile droite d'Immolatus avait été déchirée par une de ces lances cruelles, sa cuisse gauche traversée par une de ces lances horribles, son estomac taillé par une de ces lances infâmes. Il avait rejoint sa caverne tant bien que mal, son sang dégoulinant sur le sol. Là, il avait découvert qu'en son absence, des voleurs avaient pillé son trésor !

Ses cris de rage avaient fendu le sommet de la montagne. Avant de s'endormir, il avait juré de ne plus jamais s'approcher d'un humain, à moins que ce ne soit pour lui arracher la tête et lui briser les os. Et il s'était également fait la promesse de ne plus traiter avec Takhisis, cette déesse parjure qui avait osé trahir ses fidèles.

Au cours de son sommeil enchanté, les plaies d'Immolatus s'étaient refermées. Son corps avait regagné des forces, mais son cerveau n'avait pas oublié.

Sept ans plus tôt, la Reine des Ténèbres toujours prisonnière des Abysses était apparue à ses anciens serviteurs. Elle avait ordonné à Immolatus de s'arracher à ses rêves et de la rejoindre pour livrer la guerre qui devait mettre fin à toutes les guerres.

Son esprit s'était manifesté dans la caverne pitoyablement vide du dragon afin de lui révéler ses exigences. Immolatus avait essayé de la mordre, et n'y parvenant pas (il est très difficile de refermer ses crocs sur quelque chose d'intangible), il lui avait tourné le dos pour se rendormir et plonger de nouveau dans ses agréables rêves d'humains déchiquetés, de monticules d'or, de perles et de saphirs.

Mais le sommeil l'avait fui. Depuis, Takhisis n'avait cessé de le harceler en lui envoyant des messagers. Pourquoi ne pouvait-elle le laisser en paix ? N'avait-il pas déjà consenti assez de sacrifices à sa cause ? Combien de soldats devrait-il donc incinérer pour faire passer le message ?

Immolatus se souvenait avec attendrissement du dernier humain qu'il avait regardé partir en fumée ; il croyait presque sentir à nouveau l'odeur délicieuse de sa chair brûlée. Mais quand il s'assoupit, il ne rêva que de puces.

Or, contrairement aux créatures inférieures ne possédant pas d'écailles – juste de la chair et de la fourrure, dans le meilleur des cas –, les dragons ne sont d'ordinaire pas tourmentés par les puces. Pourtant, Immolatus rêvait que l'une d'elles le mordait. Bien que pas vraiment douloureuse, la sensation n'en demeurait pas moins agaçante.

Il se vit en train de se gratter pour déloger l'impudente bestiole et leva une patte arrière dans son demi-sommeil. La puce cessa de le tourmenter. Il allait de nouveau s'abandonner à ses songes quand elle recommença à le piquer à un endroit différent.

Furieux, Immolatus s'éveilla en sursaut. Les rayons du soleil filtrant par une crevasse qui ouvrait à flanc de montagne, illuminaient l'intérieur de sa caverne. Il tordit son cou musclé et fit claquer ses mâchoires pour les refermer sur la vermine qui, il le sentait, se tenait quelque part sur son omoplate gauche.

Sa surprise fut immense quand ses yeux brillant de colère se posèrent sur une humaine !

— Hein ? grogna-t-il, pris au dépourvu.

Vêtue d'une armure et d'une cape en peau de mouton, l'intruse était juchée sur son épaule aussi froidement qu'un de ces maudits Chevaliers Solamniques sur le dos de leurs chevaux de guerre. Choqué par son audace, Immolatus ne put que la contempler sans réagir. Elle en profita pour lui enfoncer la pointe de son épée dans la chair.

— Vous avez une écaille qui branle, seigneur dragon, dit-elle en la soulevant du bout de son arme. Le saviez-vous ?

L'esprit encore embrumé par son rêve et par les effets apaisants de la viande de mouflon, Immolatus prit une inspiration sifflante et s'apprêta à projeter cette irritante créature dans le plus proche plan de non-existence. Mais le soufre qui montait dans sa gorge s'arrêta net quand il réalisa qu'il se brûlerait ainsi l'épaule gauche.

Immolatus ravala les flammes qui bouillonnaient déjà au fond de son estomac. Il disposait d'autres armes, notamment un vaste répertoire de sorts. Mais il était trop paresseux pour se remémorer les paroles complexes nécessaires à leur incantation. Sa meilleure défense, la plus efficace, restait l'aura de peur qu'il générait.

Les yeux rouges du dragon, dont les pupilles étaient à elles seules plus grosses que la tête de l'humaine, plongèrent dans les yeux noirs de sa victime, tandis qu'il implantait dans son esprit des images de sa propre mort. Par le feu, par les crocs et les griffes, par l'écrasement pur et simple jusqu'à ce qu'il ne reste d'elle qu'une pulpe sanglante...

L'humaine frémit et pâlit, mais enfonça un peu plus profondément son épée dans la chair d'Immolatus.

— Je suppose, seigneur, dit-elle avec un tremblement qu'elle s'efforça de contrôler, que vous n'avez jamais découpé une poule pour en faire du bouillon. Ai-je raison ?

« C'est bien ce qui me semblait. Et c'est très dommage. Parce que si vous l'aviez fait, vous sauriez que ce tendon... (Ce disant, elle farfouilla avec la pointe de son arme.) ... Contrôle toute votre aile. Si d'aventure je venais à le trancher, vous ne pourriez plus voler.

Immolatus n'avait jamais découpé une poule de sa vie : en général, il les dévorait entières et par douzaines. Mais il était familier de son propre corps, et redoutait les blessures susceptibles de l'immobiliser dans sa caverne pendant des siècles, incapable de satisfaire sa faim et sa soif dévorantes.

— Vous êtes puissant, seigneur, reprit l'humaine. Vous connaissez la magie, et vous pourriez me briser les os d'un claquement de mâchoires. Mais pas avant que je vous ai infligé des dommages considérables.

Immolatus avait dépassé le stade de l'irritation. Il contrôlait sa rage. Grâce au mouflon ingurgité quelques heures auparavant, il n'avait plus faim. Et il commençait à être fasciné.

Cette humaine était respectueuse : elle l'appelait « seigneur », de façon très appropriée. Elle avait eu peur, mais elle avait su se maîtriser. Immolatus applaudissait son courage, et il était impressionné par son intelligence. Il avait envie de continuer cette intrigante conversation ; après tout, il pourrait toujours la tuer plus tard.

— Descends de mon épaule, grogna-t-il. Je suis en train de me faire un torticolis à force de te regarder.

— Vous m'en voyez désolée, seigneur, lui assura l'humaine. Mais vous comprenez sûrement qu'il n'est pas dans mon intérêt de bouger. Je vous transmettrai mon message d'ici.

— Je ne te ferai pas de mal. Pour le moment, du moins.

— Et pourquoi m'épargneriez-vous, seigneur ?

— Disons que je suis curieux Je veux savoir ce que tu fais ici, au nom de notre capricieuse Reine ! Qu'attends-tu de moi ? Qu'y a-t-il de si important pour que tu risques ta vie en pénétrant dans mon antre ?

— Je peux vous dire tout ça de l'endroit où je me trouve, seigneur.

— Assez ! rugit Immolatus. Descends de là ! Si je décide de te tuer, je te préviendrai d'abord. Je te laisserai déployer tes pitoyables défenses, ne serait-ce que pour augmenter mon plaisir d'avoir raison de toi. Entendu ?

L'humaine réfléchit à cette proposition et décida d'accepter. Sautant de son perchoir, elle atterrit souplement sur le sol vide de la caverne.

— Ça ne peut pas être mon trésor qui t'a attirée ici. A moins que tu n'éprouves le désir brûlant de collectionner les cailloux, constata amèrement Immolatus.

Avec un profond soupir, il posa la tête sur un oreiller de pierre, ce qui amena son regard à la hauteur de celui de l'humaine.

— C'est beaucoup mieux. Plus confortable. A présent, dis-moi qui tu es et ce que tu es venue faire ici.

— Je m'appelle Kitiara Uth Matar, commença la jeune femme, et je...

Immolatus grogna.

— Uth Matar. On dirait un nom solamnique. Je n'aime pas les Solamniques, dit-il, se demandant s'il n'allait pas la tuer plus tôt que prévu.

— Pourtant, vous nous respectez, riposta Kitiara. De la même façon que nous vous respectons, seigneur. (Elle s'inclina.) Pas comme le reste du monde qui éclate de rire quand on mentionne les dragons et affirme qu'ils ne sont que des fables de Kenders.

— Des fables de Kenders ? s'indigna Immolatus en relevant la tête. Est-ce vraiment ce qu'on dit de nous ?

— En effet, seigneur.

— Pas de chansons déplorant carnage et holocauste ? Pas de récits de cités en flammes et de corps calcinés, de bébés assassinés et de trésor volé ? Nous sommes... des fables de Kenders ?

— C'est ce que vous êtes devenus, hélas...

Immolatus savait que lui et les siens dormaient depuis plusieurs siècles, mais il avait pensé que la saine terreur instillée par les dragons dans le cœur des mortels se serait perpétuée à travers les âges.

— Pensez aux jours anciens, le pressa Kitiara. A l'époque de votre jeunesse. Combien de chevaliers essayaient de vous tuer ?

— Un grand nombre. Ils arrivaient ici deux fois par an, par groupe de dix ou de vingt...

— Et combien de fois des voleurs se sont-ils introduits dans votre antre pour y dérober votre trésor, seigneur ?

— Oh, il en venait chaque mois, dit le dragon en agitant la queue à ce souvenir. Et plus souvent encore quand il y avait des nains dans les parages. Les nains ont toujours été des créatures terriblement fouineuses.

— Depuis votre réveil, combien de voleurs ont tenté de vous dépouiller ?

Immolatus gémit de douleur.

— Je n'ai plus de trésor...

— Les voleurs l'ignorent, objecta la jeune femme. Combien de fois avez-vous été attaqué dans votre caverne ? Je suppose que la réponse est « aucune », seigneur. Et comment cela se fait-il ? C'est parce que personne ne croit plus en vous. Personne ne connaît votre existence. Vous n'êtes plus qu'un mythe, une légende, une histoire dont on rit devant une chope de bière fraîche.

Le rugissement d'Immolatus fit trembler les parois rocheuses. L'humaine dut se raccrocher à une stalactite pour ne pas perdre l'équilibre.

— C'est vrai ! cria le dragon en faisant claquer ses mâchoires de colère. Ce que tu dis est vrai ! Je n'avais jamais envisagé la question sous cet angle jusque-là. Parfois, je m'interrogeais, mais je supposais que c'était la peur qui les maintenait à distance. Pas... pas l'oubli !

— La Reine Takhisis veillera à ce que tout le monde se rappelle, seigneur.

— Vraiment ? marmonna Immolatus en faisant grincer ses griffes sur le sol de pierre, où il laissa des entailles profondes. Peut-être l'ai-je mal jugée... Je pensais que... Peu importe. Donc, elle t'a envoyée me porter un message ?

Kitiara s'inclina.

— J'ai été dépêchée par le général Ariakas, commandant en chef de l'armée de Sa Majesté Takhisis, porteuse d'une missive pour Immolatus, le plus puissant et le plus redoutable de ses dragons. (Elle lui tendit le parchemin.) Votre seigneurie veut-elle en prendre connaissance ?

Immolatus pointa une griffe vers elle.

— Lis-la-moi, ordonna-t-il. J'ai du mal à déchiffrer les pattes de mouche humaines.

Kitiara esquissa une nouvelle courbette, déroula le parchemin et lut le message à voix haute.

Quand elle arriva à « *Quatre fois déjà, tu as ignoré mes injonc-*

tions. *Il n'y en aura pas de cinquième. Je commence à perdre patience »*, Immolatus frémit malgré lui. Il lui semblait presque entendre la voix furieuse de sa souveraine.

— Mais comment aurais-je pu savoir que le monde était tombé si bas ? marmonna-t-il. Que les mortels avaient oublié les dragons – pire, qu'ils se riaient d'eux !

— *« Prends ta forme humaine et reviens à Sanction avec le porteur de mon signet pour te placer sous le commandement du général Ariakas, qui dirigera bientôt l'ensemble de mes armées »*, continua Kitiara.

— Ma forme humaine ! (Un jet de flammes jaillit des narines d'Immolatus.) Il n'en est pas question, déclara-t-il. Le monde a oublié les dragons, pas vrai ? Il ne tardera pas à reconnaître son erreur ! Il me contemplera dans toute ma gloire ! Je fondrai sur les mortels comme la foudre ! Par notre Ténébreuse Souveraine, ils croiront qu'elle a arraché le soleil flamboyant des cieux pour le projeter parmi eux !

Kitiara fit la moue.

— Quoi encore ? s'emporta Immolatus en la dévisageant. Si tu crois que j'hésiterai à désobéir aux ordres de Takhisis, tu te trompes ! Qui est-elle pour se prétendre reine ?

« Autrefois, le monde était notre terrain de jeu. Puis elle est arrivée parmi nous et nous a fait des promesses, une différente avec chacune de ses cinq bouches. Où cela nous a-t-il conduits ? Devant la mauvaise extrémité des lances des chevaliers ! Ou pire, sous les griffes d'un de ces maudits dragons d'or...

— C'est ce qui se produira de nouveau si vous mettez votre plan en œuvre, seigneur, déclara Kitiara.

Immolatus gronda, et la montagne craqua. De la fumée filtra entre ses crocs.

— Tu m'ennuies, humaine. Prends garde ; je recommence à avoir faim.

— Sortez de votre antre sous votre véritable forme, et que se passera-t-il ? tenta de le raisonner Kitiara. Vous détruirez quelques maisons, vous brûlerez quelques granges. Peut-être même piétinerez-vous un ou deux châteaux. Des centaines de gens périront...

Elle haussa les épaules.

— Et ensuite ? Vous ne pourrez pas tous les tuer. Les survivants se rassembleront pour se lancer à votre recherche. Ils vous découvriront seul dans votre caverne, abandonné par vos semblables, oublié par votre reine. Les dragons d'or les accompagneront, et ceux d'argent aussi. Car rien ne saurait les arrêter : vous êtes puissant, mais ils sont nombreux. Ils auront raison de vous.

Immolatus donna un coup de queue et la montagne trembla. Sans se laisser impressionner, l'humaine fit un pas en avant, pour se rapprocher des crocs monstrueux qui auraient pu lui briser la colonne vertébrale. Malgré sa colère, le dragon fut stupéfait de son courage.

— Seigneur, écoutez-moi, le pressa Kitiara. Sa Majesté a un plan. Elle vient de réveiller tous ses dragons. Le moment venu, elle déclenchera une guerre, et rien sur Krynn ne pourra résister à sa fureur. Le monde s'inclinera devant elle. Vous et vos semblables le gouvernerez au nom de Takhisis.

— Et quand cet instant glorieux arrivera-t-il ? s'enquit Immolatus, méfiant.

— Je l'ignore, seigneur, répondit Kitiara. Je ne suis qu'une messagère ; je ne partage pas les secrets de mon commandant. Mais si vous m'accompagnez jusqu'au camp du général Ariakas sous votre forme humaine, comme l'exige Sa Majesté – car il est essentiel que la nouvelle de votre retour ne se répande pas –, on vous dira sûrement tout ce qu'il y a à savoir.

— Regarde-moi ! tonna Immolatus. Contemple ma magnificence ! Et tu as l'audace de me demander de m'humilier en adoptant un corps aussi faible, aussi fragile et aussi ridicule que celui que tu habites ?

— Ce n'est pas moi qui réclame ce sacrifice de votre part, seigneur, lui rappela Kitiara, mais votre reine. Je peux vous dire une chose : vous êtes l'élu de Takhisis. C'est à vous seul qu'elle a demandé d'accepter cette mission. Aucun de vos semblables n'a connu un tel honneur. Sa Majesté avait besoin du meilleur, et c'est à vous qu'elle s'est adressée.

— Aucun de mes semblables ? répéta Immolatus, étonné.

— Aucun, seigneur, confirma Kitiara. Elle n'avait confiance qu'en vous.

Le dragon lâcha un profond soupir qui souleva un nuage de poussière millénaire. Kitiara eut une violente quinte de toux, et il se désola devant ce nouvel exemple de la fragilité de la forme qu'on lui demandait d'adopter.

— Très bien, capitula-t-il. Je vais me transformer en humain, et je t'accompagnerai chez ton commandant. J'écouterai ce qu'il a à me dire. Alors, je déciderai d'y donner suite ou non.

Kitiara tenta de lui répondre, mais elle avait du mal à reprendre son souffle.

— Va-t'en, ordonna Immolatus. Attends-moi dehors. Il est déjà bien assez humiliant de changer de forme sans devoir le faire sous ton regard.

L'humaine s'inclina.

— A votre guise, seigneur.

Elle empoigna une corde qui pendait de la crevasse servant à aérer la caverne. Puis elle se hissa avec agilité jusqu'à l'ouverture, s'y faufila et récupéra la corde.

Dès qu'elle eut disparu, Immolatus saisit un rocher et s'en servit pour boucher la crevasse, histoire qu'aucun intrus ne puisse plus jamais pénétrer dans son antre par là.

A présent, la caverne était plus sombre et moins bien aérée ; les vapeurs sulfureuses de son propre souffle empuantissaient l'atmosphère. Il devrait ouvrir une autre bouche d'aération inaccessible de l'extérieur, et se lamentait déjà en songeant au temps que ça lui coûterait.

Maudits soient les humains ! Ils méritaient de brûler jusqu'au dernier !

Immolatus s'en soucierait plus tard. Pour le moment, il était bien naturel que Takhisis s'adresse à lui et réclame son aide : elle était peut-être égoïste et manipulatrice, arrogante et exigeante, mais personne n'aurait pu douter de son intelligence.

Kitiara attendit sur le flanc de la montagne que le dragon la rejoigne. L'expérience avait été pénible, et elle espérait bien ne jamais devoir la revivre.

La jeune femme se sentait épuisée. Avoir dû contrôler sa peur tout en s'efforçant de se montrer plus maligne qu'Immolatus l'avait vidée de ses forces. Elle était aussi faible qu'après une marche forcée de douze lieues avec une armure complète.

Se laissant tomber sur un rocher, elle porta sa gourde à ses lèvres et se rinça la bouche à longues lampées pour se débarrasser de l'abominable goût du soufre.

Malgré sa fatigue, elle était enchantée de sa réussite. Mais pas vraiment surprise. Jamais elle n'avait rencontré de mâle immunisé contre la flatterie, à quelque espèce qu'il appartînt. Et elle allait devoir en rajouter une couche pendant le trajet du retour jusqu'à Sanction, si elle ne voulait pas faire fuir son imprévisible et arrogant compagnon.

Kitiara posa la tête sur ses bras repliés pour prendre quelques minutes de repos.

Un homme en armure courait vers elle. Il avait la bouche ouverte et le visage déformé par une grimace de terreur et de douleur, mais elle le reconnut.

— Père ! s'exclama-t-elle en bondissant sur ses pieds.

Il se précipitait vers elle. Il était en flammes ; ses vêtements brûlaient, ses cheveux roussissaient, sa chair fumait et se couvrait d'ampoules…

— Père ! hurla Kitiara.

Une main posée sur son épaule la réveilla.

— Dépêche-toi, vermisseau, dit une voix grinçante.

Kitiara se frotta les yeux. Comme elle aurait aimé pouvoir en faire autant avec son cerveau, pour en chasser cette vision d'épouvante !

En passant à côté du cadavre, elle le regarda, et fut soulagée de constater qu'il mesurait près de quinze pouces de moins que Gregor Uth Matar. Pourtant, elle ne put réprimer un frisson : son rêve avait l'air si réel !

Un ongle pointu s'enfonça entre ses omoplates.

— Allons, limace ! cria Immolatus. J'ai hâte d'en avoir terminé avec cette mission.

Kitiara pressa l'allure en réprimant un soupir. La semaine à venir allait lui paraître très longue…

CHAPITRE IX

Ivor de Langarbre était connu dans les environs sous le sobriquet de Baron Fou. Ses voisins et ses serviteurs le tenaient vraiment pour un dément. Ils l'aimaient, le vénéraient presque, mais en le regardant traverser leurs villages au galop, sauter par-dessus les charrettes à foin, éparpiller la volaille et agiter au passage son chapeau orné d'une plume, ils secouaient la tête d'un air navré et se disaient qu'il manquait une case à leur pauvre maître.

Ivor de Langarbre approchait de la quarantaine. Il était le descendant du Seigneur Jean, un Chevalier Solamnique qui avait eu le bon sens de fuir sa patrie pendant les troubles de l'après-Cataclysme, pour aller s'installer en compagnie de sa famille au bord de la Nouvelle Mer.

Dans une petite vallée encaissée, il avait érigé une palissade de bois et établi sa maisonnée. Pendant que sa femme recueillait, nourrissait et habillait les exilés chassés de leur foyer par la chute de la montagne en flammes, il leur avait montré l'exemple en cultivant la terre. Bientôt, tous s'étaient joints à lui pour l'aider à défendre la vallée contre les ogres et les gobelins en maraude.

Les années passèrent. Le fils aîné du Seigneur Jean succéda à son père, tandis que les autres partaient à la guerre pour défendre des causes justes et honorables. Quand cela leur rapportait de l'argent, ils le versaient dans les coffres familiaux. Dans le cas contraire, ils avaient la satisfaction d'avoir agi noblement, et les coffres familiaux qu'ils alimentaient en des temps meilleurs se chargeaient alors de leur entretien. Les filles faisaient œuvre de charité, aidant les pauvres et les malades, jusqu'au jour où elles se mariaient et s'en allaient dans des contrées lointaines continuer le travail de feue leur mère.

Le domaine prospéra. La forteresse devint un château entouré par une petite ville. D'autres agglomérations se dressèrent bientôt dans la vallée, et leurs habitants jurèrent allégeance aux Langarbre. Tout se passait si bien que Jean III s'auto-attribua le titre de baron. Ses vassaux ne virent pas l'intérêt de le contrarier. De toute façon, ils étaient plutôt fiers de pouvoir se réclamer d'une baronnie.

À partir de là, la transmission des terres devint assez erratique. Les Langarbre n'aimaient rien tant qu'une bonne bataille de derrière les fagots ; beaucoup partaient au combat et en revenaient à demi ou totalement morts, portés par des camarades d'armes affligés. Le baron actuel était un fils cadet. Il ne s'attendait pas à hériter du titre, mais son aîné avait succombé en défendant un village contre des hobgobelins.

En tant que plus jeune fils, Ivor s'était préparé à gagner sa vie à la pointe de l'épée, mais pas tout à fait selon la tradition familiale. Après avoir évalué ses capacités et ses dons, il avait conclu qu'il s'en sortirait mieux en engageant des hommes qui se battraient pour lui, plutôt qu'en louant ses services à d'autres gens.

Ivor était un très bon commandant, un excellent stratège, un soldat courageux mais pas casse-cou, et un ardent défenseur de la devise solamnique « Mon honneur est ma vie », à défaut des règles trop strictes de la Mesure.

Petit au point que certains le prenaient parfois pour un kender – une erreur que personne ne commettait deux fois –, il était mince et mat de peau, avec de longs cheveux noirs et de grands yeux bruns. En dépit de ses cinq pieds de haut, sa bravoure lui donnait l'air d'en mesurer six.

Musclé et robuste malgré son petit gabarit, Ivor était rusé et étonnamment fort. Son armure et sa cotte de mailles pesaient plus lourd que beaucoup d'hommes adultes. Il montait un des étalons les plus massifs de la baronnie et s'en tirait très bien. Il aimait se battre, jouer, boire de la bière et folâtrer avec des gueuses. Dans cet ordre-là, d'où son surnom de Baron Fou.

Ayant accédé au titre à contrecœur, après la mort de son frère, Ivor s'était aussitôt entretenu avec les employés qui assuraient la gestion quotidienne du domaine. Les jugeant compétents et dignes de confiance, il s'en était remis à eux pour les tâches vénielles et avait continué à faire ce qui lui plaisait le plus : entraîner des hommes et leur trouver des batailles.

La réputation d'Ivor se répandit sur tout le continent. Ses exploits étaient déjà entrés dans la légende et on réclamait ses soldats partout. Comme il était riche et se voyait proposer davantage de missions qu'il ne pouvait en accepter, il privilégiait celles qui l'excitaient vraiment.

Aucune somme ne pouvait le faire changer d'avis ; si une cause lui paraissait injuste ou indigne d'intérêt, il était capable de refuser de quoi se bâtir un second château. Il dépensait libéralement son argent aussi bien que son sang pour défendre ceux qui ne pouvaient le payer qu'en gratitude. C'était aussi pour ça qu'on le traitait de fou.

L'autre raison, c'était qu'il vénérait un des anciens dieux absent de Krynn depuis des siècles : Kiri-Jolith, le saint patron des Chevaliers Solamniques. Le Seigneur Jean n'avait jamais perdu la foi, et celle-ci continuait à brûler ardemment dans le cœur de ses descendants, tel un feu sacré que rien n'aurait pu éteindre.

Ivor ne faisait pas de mystère de sa foi, bien qu'on tentât souvent de la tourner en ridicule. Chaque fois, il éclatait d'un rire bon enfant et flanquait sur la tête du plaisantin une claque tout aussi bon enfant. Puis il aidait la victime à se relever et, quand ses oreilles avaient cessé de bourdonner, lui conseillait de ne jamais se moquer des croyances des autres, même s'il ne les partageait pas.

Ses hommes ne vénéraient pas Kiri-Jolith, mais ils adoraient Ivor. Ils le savaient chanceux, car ils l'avaient vu échapper à une mort presque certaine un nombre incalculable de fois. Avant chaque combat, ils regardaient leur commandant prier Kiri-Jolith, bien qu'il n'ait jamais reçu le moindre signe que le dieu l'entendît ou le favorisât.

— Un général ne perd pas son temps à expliquer à chaque foutu fantassin ses plans de bataille, aimait à répéter le Baron Fou. Alors, je ne vois pas pourquoi Kiri-Jolith devrait perdre le sien à justifier ses actions.

Les soldats sont superstitieux : toute personne risquant la mort au quotidien tend à se reposer sur des porte-bonheur tels que pattes de lapin, médailles bénies ou boucles de cheveux d'une dame aimée. Par conséquent, beaucoup d'entre eux murmuraient aussi une prière à Kiri-Jolith avant la charge, et portaient sur eux un morceau de fourrure de bison (l'animal sacré du dieu). Si ça ne faisait pas de bien, ça ne pouvait pas faire de mal, pensaient-ils sagement.

Cet étrange baron était l'homme à qui Antimodes avait adressé les jumeaux Majere. Caramon portait dans un étui de cuir, rangé à l'intérieur de son armure, la lettre de recommandation confiée par l'archimage et destinée à Ivor de Langarbre. Elle leur était plus précieuse que de l'acier, car elle représentait tous leurs plans, tous leurs espoirs et tout leur avenir.

Antimodes ne leur avait pas dit grand-chose au sujet de leur futur employeur (dont il avait à dessein omis de mentionner le surnom peu flatteur). Les jumeaux furent donc déconcertés quand, après avoir débarqué et demandé le chemin du domaine de Langarbre, ils s'attirèrent des grimaces malicieuses, des hochements de tête railleurs et des remarques du genre : « Ah, encore deux farfelus venus s'engager dans l'armée du Baron Fou ! ».

— Je n'aime pas beaucoup ça, Caramon, dit Raistlin une nuit, alors qu'ils étaient à deux jours de marche du château où, selon un paysan croisé la veille, le Baron Fou « enjôlait ».

— Il ne voulait pas dire ça, avança son jumeau. Je pense qu'il a confondu avec « enrôler » : c'est un terme qui signifie « recruter des hommes pour... »

— J'avais compris, merci ! coupa Raistlin. (Il s'interrompit un instant pour touiller le civet de lapin qu'il préparait sur leur feu de camp.) Et ce n'est pas de ça que je parlais, mais de la façon dont les gens ricanent quand on prononce le nom d'Ivor de Langarbre Qu'as-tu entendu à son sujet en ville ?

Le jeune mage n'aimait pas entrer dans les agglomérations, où il était certain de s'attirer des regards dégoûtés... dans le meilleur des cas. Les habitants le montraient du doigt, les enfants se moquaient de lui et même les chiens aboyaient sur son passage.

Son frère et lui avaient pris l'habitude de camper dans la forêt ou sur le bord de la route. Quand il ne se sentait pas trop fatigué par leur journée de voyage, Raistlin en profitait pour chercher les herbes qui servaient à la cuisine, à ses sorts ou à préparer des onguents de guérison. Pendant ce temps, Caramon allait en ville pour s'enquérir de leur chemin et, le cas échéant, reconstituer leurs provisions.

Au début, le colosse avait eu des scrupules à laisser son jumeau seul, mais Raistlin l'avait rassuré en lui disant qu'il ne craignait rien. Ce qui était la stricte vérité. Les quelques brigands qui tentèrent de s'approcher subrepticement de lui battirent très vite en retraite en voyant les rayons du soleil couchant se refléter sur sa peau dorée et sur le cristal de son bâton magique.

Les jeunes gens étaient presque déçus de n'avoir pu tester sur personne leurs nouvelles compétences martiales.

Caramon renifla le civet, l'air affamé. A court d'argent, les jumeaux ne faisaient qu'un repas par jour, et ils s'efforçaient de l'attraper ou de le cueillir eux-mêmes.

— Ce n'est pas encore cuit ? On dirait, pourtant, gémit le colosse. Je meurs de faim.

— Un lièvre en train de se faire dorer au soleil sur un rocher aurait l'air suffisamment cuit à tes yeux, répliqua Raistlin. Les patates et les oignons sont encore durs, et la viande a besoin de mijoter une demi-heure de plus.

Caramon soupira et tenta d'oublier les gargouillis de son estomac en répondant à la question que son frère lui avait posée un peu plus tôt.

— C'est assez étrange, admit-il. Chaque fois que je m'enquiers d'Ivor de Langarbre, les gens éclatent de rire et se lancent des plaisanteries. Mais ils n'ont pas l'air de penser du mal de lui, si tu vois ce que je veux dire.

— Non, je ne vois pas, grogna Raistlin, qui n'accordait aucune confiance au sens de l'observation de son frère.

— Les hommes sourient ; les femmes soupirent et affirment que c'est un vrai gentilhomme. Et s'il est vraiment fou, d'autres régions de l'Ansalonie que nous venons de traverser auraient bien besoin d'être contaminées par ce genre de folie.

« Ici, les routes sont entretenues, les gens mangent à leur faim et vivent dans des maisons dignes de ce nom. Il n'y a pas de mendiants dans les rues, pas de brigands sur les grands chemins. Les champs et les vergers regorgent de nourriture. Alors j'ai pensé…

— Toi, tu as pensé ? ricana Raistlin.

Caramon ne l'entendit pas. Il était trop concentré sur la casserole, et sur le lapin qu'il tentait d'inciter mentalement à cuire plus vite.

— Alors, qu'as-tu pensé ? insista Raistlin.

— Moi ? Je ne sais pas…, balbutia son jumeau. Ah, si, je me souviens ! J'ai pensé que les gens l'appelaient le Baron Fou de la même façon que nous disions « Meggin la Folle ». J'ai toujours cru qu'elle était un peu dérangée, mais tu soutenais qu'elle était parfaitement saine d'esprit, et juste victime de fagots…

— Ragots, corrigea Raistlin.

— C'est ce que je voulais dire, fit Caramon, tout joyeux.

Son jumeau se tourna vers la route où une colonne d'hommes jeunes et vieux, à pied ou à cheval, se dirigeaient vers le château de Langarbre.

Deux gaillards retinrent son attention. Ils portaient un corselet de mailles par-dessus une tunique de cuir sans manches qui leur arrivait aux genoux. Une épée leur battait la hanche, et leurs membres nus étaient couverts de cicatrices. Sans doute venaient-ils de retrouver un camarade, car ils étaient occupés à donner de vigoureuses accolades à un troisième larron.

Caramon lâcha un soupir envieux.

— Tu as vu leurs cicatrices ? Un jour…

— Chut ! lui ordonna Raistlin. Je veux écouter ce qu'ils disent.

Le jeune mage rabattit sa capuche pour mieux entendre la conversation.

— On dirait que tu n'as pas trop souffert de l'hiver, fit remarquer l'un des deux premiers hommes avec un coup d'œil goguenard pour la bedaine de leur compagnon.

— Tu peux le dire, grogna celui-ci en tamponnant son front qui dégoulinait de sueur malgré la fraîcheur du crépuscule. Entre la cuisine de Maria, la bière de la taverne et ma cotte de mailles qui a rétréci…

— Rétréci ? s'exclama son ami avec une grimace moqueuse.

— Parfaitement, rétréci, insista le troisième larron. Tu te souviens de la fois où j'ai dû monter la garde sous la pluie, pendant le siège de Munston ? Depuis les anneaux me pincent aux entournures.

« Mon beau-frère est forgeron, et il m'a expliqué que l'humidité fait rétrécir les armures. Pourquoi crois-tu qu'il plonge ses épées dans l'eau quand il a fini de les fabriquer ? C'est pour resserrer le métal.

— Je vois, dit son camarade en adressant un clin d'œil à l'autre vétéran. Et je parie qu'il t'a conseillé de jeter ta vieille cotte de mailles pour en commander une nouvelle.

— Forcément, fit le mercenaire bedonnant. Je ne pouvais quand même pas rejoindre l'armée du Baron Fou avec une armure mal ajustée.

— Bien sûr que non ! s'exclamèrent en chœur ses camarades, réprimant à grand-peine un fou rire.

— De toute façon, ajouta l'homme, il y avait des trous de mites mange-métal.

— Des trous de mites mange-métal ! Tu entends ça ? s'étrangla un des vétérans en donnant un coup de coude à l'autre.

— Parfaitement, s'indigna leur ami. Au début, j'ai cru que certains anneaux s'étaient détachés, mais mon beau-frère m'a expliqué que ma cotte de mailles était de très bonne qualité, et que…

N'y tenant plus, un des vétérans s'écroula dans la poussière en pleurant de rire, tandis que l'autre s'adossait à un arbre pour ne pas suivre le même chemin.

— Des mites mange-métal, répéta Caramon, impressionné.

Il jeta un coup d'œil inquiet au corselet flambant neuf qu'il avait acheté juste avant de quitter Haven et dont il était très fier.

— Tu veux bien regarder s'il n'y a pas de trous, Raist ? Je n'aimerais pas être la risée de…

— Chut ! lui ordonna une nouvelle fois son jumeau, qui fixait toujours les trois soldats.

L'un d'eux donna une grande tape dans le dos du vétéran rondouillard.

— Ne t'en fais pas pour ça : maître Quesnelle saura faire fondre ton lard !

— Oh, je m'en doute, soupira son ami. Vous savez ce qui nous attend cet été ?

— Pas encore. (L'homme haussa les épaules.) Et qui s'en soucie ? Le baron choisit toujours bien ses batailles. Du moment que la paye est bonne…

— J'ai entendu dire qu'elle serait de cinq pièces d'acier par semaine, affirma le troisième larron.

Les jumeaux échangèrent un regard.

— Cinq pièces d'acier ! s'exclama Caramon, stupéfait. C'est plus que je gagnais pendant tout un hiver à la ferme !

— Je commence à penser que tu as raison, mon frère, dit Raistlin. Si Ivor de Langarbre est fou, il est regrettable que sa démence ne soit pas contagieuse.

Le jeune mage continua à observer les vétérans. Après avoir échangé les derniers ragots, ils venaient de se remettre en route vers la ville. Ils ne dormiraient pas à la belle étoile ce soir, ne se nourriraient pas d'un misérable lapin et de patates germées achetées avec leurs derniers sous à la femme d'un fermier. Non : ils avaient de l'acier dans leur bourse, et ils passeraient la nuit dans une confortable auberge.

— Tu crois que c'est prêt ? demanda Caramon.

— Pas tout à fait, mais si tu as tellement faim et que la viande rosée ne te dérange pas, tu peux y aller, céda Raistlin. Hé, attention ! Utilise la…

— Aïe ! (Caramon retira sa main et la porta à sa bouche.) Ça brûle, gémit-il en suçant ses doigts.

— C'est une des caractéristiques de l'eau bouillante, ironisa son jumeau. Utilise la louche. Non, merci, je ne veux pas de viande : juste un peu de bouillon et des patates. Et quand tu auras terminé, n'oublie pas de préparer mon thé.

— Bien sûr, dit Caramon, la bouche pleine. Mais tu devrais manger de la viande, histoire de reconstituer tes forces. Tu en auras besoin pour te battre.

— Je n'ai jamais dit que je comptais m'impliquer physiquement dans un combat. D'après ce que j'ai lu, les sorciers de guerre se tiennent sur le côté, à l'écart du reste des troupes, entourés par des soldats qui les protègent et leur permettent d'incanter dans une sécurité relative. Pour que rien ne vienne briser leur concentration, tu comprends.

— Je serai là pour veiller sur toi, lui assura Caramon dès qu'il eut avalé la patate entière qu'il venait de fourrer dans sa bouche.

Raistlin soupira et pensa au temps où une pneumonie avait failli avoir raison de lui. Il se souvenait de la façon dont, tous les soirs, son jumeau était rentré dans sa chambre sur la pointe des pieds pour lui remonter les couvertures sous le menton. Quand le jeune mage frissonnait, il avait apprécié l'attention. Les soirs où il était brûlant de fièvre, il avait soupçonné Caramon de tenter de l'étouffer.

A cette idée, il fut pris d'une nouvelle quinte de toux qui lui déchira les côtes et lui fit monter les larmes aux yeux. Inquiet, Caramon le couvait du regard. Raistlin repoussa l'écuelle contenant le bouillon qu'il n'avait pas bu et s'enveloppa dans sa cape.

— Mon thé, croassa-t-il.

Caramon bondit sur ses pieds, renversant le reste de son dîner sur le sol. Puis il se hâta de préparer la mixture étrange et nauséabonde qui calmait les spasmes de son jumeau et adoucissait ses souffrances.

Recroquevillé sous sa couverture, Raistlin mit les mains en coupe autour de la chope de bois que lui tendait Caramon et but lentement.

— Je peux faire autre chose pour toi, Raist ?

— Rends-toi utile ! cria le jeune mage. Ce que tu peux m'irriter ! Fiche-moi la paix, et laisse-moi dormir !

— Comme tu veux, Raist. Je… je vais aller faire la vaisselle dans le ruisseau.

Caramon s'éloigna lourdement. Raistlin ferma les yeux et tira la couverture au-dessus de sa tête.

Il est comme ce thé, songea-t-il en sentant le sommeil le gagner. *Mes sentiments pour lui sont mêlés de culpabilité et teintés de jalousie. C'est une saveur amère, difficile à avaler. Mais ensuite, une plaisante chaleur m'envahit ; ma douleur s'évanouit et je peux dormir, réconforté de savoir qu'il veillera sur moi pendant la nuit.*

CHAPITRE X

La cité de Langarbre avait poussé peu à peu autour du château du baron, dont les remparts offraient protection aux habitants et dont la cour servait autrefois de place du marché. A présent, la ville avait une population bourgeonnante et prospère qui produisait assez de biens et de services pour subvenir à ses besoins et à ceux des occupants de la forteresse.

En ce jour de printemps, l'excitation était à son comble, car on entrait dans la période de recrutement. Les vétérans de retour après avoir passé l'hiver dans leur famille, ainsi que les nouvelles recrues fraîchement arrivées, formaient une foule compacte dans les rues pavées.

Langarbre était un endroit paisible pendant la morte saison, lorsque les vents froids descendus des montagnes lointaines apportaient la neige et la grêle. Paisible, mais pas endormi : le forgeron et ses assistants travaillaient dur pour fabriquer les épées et les dagues, les cottes de mailles et les armures de plaques, les éperons, les roues de chariots, les fers à cheval et les autres biens que les soldats leur achetaient chaque printemps.

Ne pouvant plus s'occuper de leurs champs ensevelis sous une épaisse couverture blanche, les fermiers se tournaient vers une occupation secondaire. Leurs mains qui maniaient la houe en été s'emparaient d'une aiguille pour coudre des ceintures, des gants, des tuniques et des fourreaux simples et fonctionnels, ou ouvragés et plus coûteux. Leurs épouses faisaient des conserves d'œufs au vinaigre ou de pieds de porc, puis remplissaient des bocaux de confiture et de miel qu'elles vendraient plus tard sur le marché.

Les meuniers produisaient et stockaient les sacs de farine qui serviraient à faire du pain, tandis que les tisserands s'affairaient devant leur métier pour fabriquer le tissu destiné aux couvertures, aux capes et aux chemises brodées de l'emblème du baron : un bison.

Les patrons de taverne et d'auberge passaient les mois d'hiver à récurer leur établissement de fond en comble, à remplacer le mobilier, la vaisselle et le linge usés, à distiller de l'alcool et à s'offrir des nuits de dix heures en prévision de l'arrivée des troupes, qui ne leur laissaient guère le temps de dormir.

Les joailliers façonnaient des bijoux et des objets métalliques de toute beauté pour tenter les soldats et les inciter à se délester de leur acier durement gagné. Bref, tout le monde en ville se préparait au printemps et à la période de recrutement, où les commerçants amassaient assez d'argent pour vivre pendant le reste de l'année.

Tous les ans, Caramon et Raistlin assistaient au Festival des Moissons de Haven, une manifestation qui attirait une quantité de visiteurs impressionnante. Mais ils n'étaient pas préparés à ce grouillement d'hommes en armes, quatre fois plus nombreux que les habitants de la ville, qui s'interpellaient jovialement dans les rues, faisaient un boucan de tous les diables dans les tavernes, haranguaient les forgerons, harcelaient les serveuses, marchandaient avec les commerçants ou maudissaient les kenders qui traînaient là où on n'avait que faire d'eux (c'est-à-dire partout).

Les gardes du baron patrouillaient dans les rues, prêts à intervenir en cas de problème. Mais ceux-ci étaient rares : les volontaires étant toujours en surnombre, les fauteurs de troubles étaient éliminés sans espoir de se faire embaucher un jour. Les soldats prenaient soin les uns des autres, soutenant leurs camarades ivres, désamorçant les bagarres avant qu'elles ne tournent mal et s'assurant que les propriétaires de taverne étaient toujours dédommagés pour les dégâts.

A tous les coins de rues, des amis se retrouvaient, échangeaient des accolades, des éclats de rire et des souvenirs attristés sur certains de leurs camarades qui avaient « mangé leur paye ». Les jumeaux comprirent vite que ça ne signifiait pas qu'ils avaient avalé des pièces mais reçu une lame en acier dans l'estomac.

Le langage des mercenaires était un mélange de commun, d'argot militaire, de solamnique prononcé avec un terrible accent qui l'aurait rendu incompréhensible pour Sturm, de nain (surtout le vocabulaire des armes et des armures) et même d'elfique pour tout ce qui avait trait à l'arc.

Caramon et Raistlin ne comprenaient qu'un mot sur cinq.

Ils avaient espéré se glisser en ville sans attirer l'attention, mais ils déchantèrent vite. Caramon dépassait de la tête et des épaules la plupart des habitants de Langarbre, et les robes rouges de Raistlin, bien que couvertes de poussière, le faisaient ressortir tel un cardinal parmi des hirondelles au milieu des vétérans vêtus de couleurs sombres.

Caramon était très fier de sa cotte de mailles flambant neuve, de son épée brillante et de son fourreau au cuir impeccable. Il les arborait ostensiblement et ne manquait jamais de se pavaner sous le nez de ceux qu'il prenait pour des passants admiratifs.

A son plus grand chagrin, il se rendit très vite compte que tout ce clinquant le désignait aux yeux des vétérans comme un néophyte. Il jeta des regards envieux à leurs armures ternies et éraflées, et aurait volontiers échangé sa belle épée contre une lame couverte des minuscules entailles trahissant la participation à de multiples batailles.

Bien qu'il ne puisse comprendre la plupart des commentaires, le colosse n'était pas obtus au point de les croire flatteurs. Il se moquait pas mal de ce qu'on pouvait raconter à son sujet ; il avait assez d'humour pour en rire. Mais la moutarde ne tarda pas à lui monter au nez quand il pensa à ce que devait ressentir son jumeau.

Raistlin avait l'habitude que les gens le traitent avec méfiance, comme tous les magiciens à cette époque. Mais en général, ils lui accordaient le respect dû à ses pouvoirs. Pas à Langarbre. Les soldats le considéraient avec mépris, et sans une once de crainte, à en juger par les railleries qu'ils lui jetaient à la figure.

— Hé, petite sorcière, qu'as-tu donc sous tes jolies robes ? lança un vétéran grisonnant.

— Pas grand-chose, sans doute ! ricana un deuxième soldat.

— La petite sorcière a piqué les habits de sa maman ! Elle paierait sans doute pour les récupérer.

— Ses habits, peut-être. Lui, sûrement pas !

— Attention à ce que tu dis : tu vas mettre la petite sorcière en colère ! Elle risque de te changer en crapaud !

— Non, en buffle. C'est ce qui est arrivé au type qui l'accompagne.

Les mercenaires éclatèrent de rire.

Caramon jeta un coup d'œil gêné à son jumeau qui affichait une expression résolue, mais dont les joues dorées s'empourpraient peu à peu.

— Tu veux que je leur flanque une correction, Raist ? demanda-t-il à voix basse, en foudroyant les railleurs du regard.

— Continue à marcher et ne fais pas attention à eux, répondit son frère.

— Mais, Raist, ils t'ont traité de…

— Je sais très bien de quoi ils m'ont traité ! cria le jeune mage. Ils essayent de nous provoquer pour que nous déclenchions une bagarre et que nous ayons des ennuis avec les gardes du baron.

— Je suppose que tu as raison, concéda Caramon à contrecœur.

Ils étaient hors de portée des moqueries des soldats, qui avaient trouvé quelqu'un d'autre à tourmenter. Mais les vétérans ne cessaient de se déverser dans les rues ; très excités, tous cherchaient de quoi s'amuser, et les jumeaux faisaient une cible facile.

Aussi durent-ils endurer insultes et quolibets pendant toute la traversée de la ville.

— Nous devrions peut-être quitter cet endroit, Raist, suggéra Caramon.

Il était entré à Langarbre la tête haute et la poitrine gonflée de fierté. A présent, ses épaules étaient voûtées comme s'il cherchait à se faire le plus petit possible.

— Personne ne veut de nous ici, constata-t-il tristement.

— Nous n'avons pas fait tout ce chemin pour abandonner avant d'avoir commencé, répliqua Raistlin avec une assurance qu'il était loin de ressentir. Regarde, mon frère, ajouta-t-il plus bas. Nous ne sommes pas les seuls...

Un jeune homme d'âge indéterminé – quelque part entre quinze et vingt ans – marchait de l'autre côté de la rue. Des cheveux couleur carotte pendaient sur ses épaules. Ses vêtements rapiécés étaient trop petits pour lui ; il avait dû faire une poussée de croissance, mais il n'avait pas d'argent pour en racheter de nouveaux.

Alors qu'il arrivait à la hauteur des jumeaux, son regard se posa sur Raistlin, qu'il détailla avec une franche curiosité.

A cet instant, un soldat au visage coloré par tout le vin qu'il avait ingurgité sortit d'une taverne. Incapable de résister à la tentation, il tendit le bras, empoigna les cheveux de l'adolescent et tira si fort qu'il faillit les lui arracher. Le malheureux poussa un cri de douleur.

— Tiens, tiens... Qu'avons-nous là ? ricana le soldat d'une voix pâteuse.

La réponse ? Un chat sauvage.

Avec une merveilleuse agilité, le jeune homme pivota et se déchaîna contre son agresseur, crachant, griffant et décochant force coups de pied. Son attaque fut si sauvage, si rapide et si inattendue qu'il réussit à frapper quatre fois au visage, une fois au genou et une autre au tibia avant que le soldat ne comprenne ce qui lui arrivait.

— Regardez-moi ça ! rugirent les deux compagnons du rustre, qui n'étaient guère plus sobres. Rogar se fait rosser par un gamin !

Furieux, du sang dégoulinant de son nez brisé, le soldat flanqua au jeune homme un coup de poing à la mâchoire qui l'envoya rouler dans le caniveau. Puis il lui bondit dessus, l'empoigna par sa chemise – qui se déchira – et le força à se relever sur ses jambes flageolantes.

Alors qu'il levait une main aussi large qu'un battoir, les jumeaux virent que son prochain coup risquait de tuer le malheureux.

— Je n'aime pas ça du tout, Raist, dit Caramon. Je pense que nous devrions intervenir.

— Pour une fois, je suis d'accord avec toi, mon frère, fit le jeune mage en ouvrant une des bourses pendues à sa ceinture, qui contenaient ses composants de sort. Tu t'occupes du gros plein de soupe ; je me charge de ses camarades.

Rogar ne se préoccupait que de sa victime. Le vétéran ne vit pas venir Caramon, qui approcha par-derrière. L'ombre du colosse tomba sur lui comme un nuage d'orage passant devant le soleil, et son poing s'abattit avec la force d'un coup de tonnerre.

Rogar tomba face contre terre dans le caniveau. Quand il reprendrait connaissance, les oreilles bourdonnantes, il jurerait avoir été frappé par la foudre.

Ses deux amis riaient à gorge déployée. Raistlin leur jeta une poignée de sable au visage et incanta. Ils tombèrent sur le sol, un ronflement s'échappant de leur bouche ouverte.

— Une bagarre ! cria une serveuse qui passait devant l'entrée de la taverne.

Elle lâcha le plateau couvert de chopes qu'elle tenait. Les clients bondirent sur leurs pieds et se ruèrent vers la porte, impatients de se joindre à la mêlée. Plus bas dans la rue retentirent des sifflets et des exclamations ; quelqu'un cria que les gardes du baron arrivaient.

— Fichons le camp ! ordonna Raistlin.

— Tu es sûr ? demanda Caramon, le visage rouge d'excitation et les poings serrés. Je peux me charger d'eux tous, tu sais !

— J'ai dit : fichons le camp ! cria son jumeau.

Quand il s'exprimait sur ce ton tranchant et glacial comme une lame, Caramon savait qu'il valait mieux ne pas discuter. Tendant un bras, il souleva le jeune homme aux cheveux roux et le chargea sur ses épaules comme un sac de patates.

Raistlin s'élança dans la rue, ses robes rouges lui battant les chevilles, le Bâton de Magius serré dans sa main droite. Derrière lui, il entendait courir Caramon et un groupe de soldats ivres qui avaient décidé de les poursuivre.

— Par ici ! cria-t-il en s'engouffrant dans une étroite ruelle envahie par la pénombre.

Caramon le suivit.

A l'autre bout, ils aperçurent une avenue grouillante de monde. Mais au lieu de chercher à se fondre dans la foule, Raistlin s'arrêta devant un mur de planches d'où montait une forte odeur de foin et de déjections chevalines. Il jeta son bâton par-dessus et se mit en devoir de l'escalader.

— Donne-moi un coup de main, demanda-t-il à son jumeau en levant les bras pour saisir la planche du haut.

Caramon propulsa le jeune homme aux cheveux roux de l'autre côté du mur. Puis il saisit Raistlin par la taille et lui imprima une poussée si énergique que le mage lâcha prise et alla atterrir tête la première dans une balle de foin.

Caramon se hissa à la force des poignets et regarda par-dessus le mur.

— Tout va bien, Raist ? s'inquiéta-t-il.

— Oui, oui ! Dépêche-toi avant qu'ils ne te voient !

Le colosse enjamba la palissade et se laissa tomber à son tour dans la paille.

— Ils sont passés par là ! cria une voix.

Ils entendirent les soldats traverser la ruelle au pas de charge et se recroquevillèrent dans leur cachette.

Raistlin posa un index sur ses lèvres pour intimer le silence à ses compagnons. Le jeune homme roux que les jumeaux avaient secouru gisait dans la paille près d'eux. Luttant pour reprendre son souffle, il les observait de ses grands yeux noirs écarquillés.

Un bruit de bottes retentit devant le mur de planches et s'éloigna. Leurs poursuivants débouchèrent dans l'avenue, où quelqu'un cria que les trois fugitifs se dirigeaient vers la porte de la ville.

Raistlin se détendit. Avant de s'aviser que leurs victimes les avaient semés, les soudards auraient bien aperçu une autre taverne où étancher leur soif. Quant aux gardes du baron, ils se souciaient de rétablir l'ordre, pas de se livrer à des arrestations. Ils ne perdraient pas leur temps à chercher les participants à une bagarre.

— Nous sommes en sécurité, allait dire Raistlin, quand un nuage de poussière lui chatouilla les narines et provoqua une quinte de toux.

Il se plia en deux, soulagé que les spasmes ne l'aient pas saisi pendant qu'il fuyait, et se demandant pourquoi il avait été capable de courir avec tant d'aisance malgré son infirmité.

Caramon et le jeune homme aux cheveux roux le regardaient avec inquiétude.

— Je vais bien, haleta Raistlin, repoussant d'un geste brusque la main pleine de sollicitude de son jumeau. C'est ce maudit foin ! (Il sursauta et tourna la tête en tous sens.) Où est mon bâton ?

Une terreur irraisonnée lui serra le cœur.

— Ici, dit le jeune homme en se tortillant pour récupérer l'artefact, sur lequel il avait atterri. Je pense que je suis assis dessus.

— N'y touche pas ! s'étrangla Raistlin, plongeant pour le récupérer.

Le jeune homme sursauta ; les yeux écarquillés, il battit en retraite comme devant un serpent prêt à mordre. Raistlin referma sa main sur le bâton : alors il s'autorisa à se détendre.

— Désolé de t'avoir fait peur, marmonna-t-il en se raclant la gorge. C'est un objet très précieux et dangereux. Nous devrions filer d'ici avant qu'on ne nous retrouve. Tu vas bien ?

Le jeune homme examina ses membres, puis agita ses doigts et ses orteils nus.

— Rien de cassé, juste une lèvre fendue. Papa me filait des roustes pires que celle-là, lâcha-t-il joyeusement en essuyant le sang séché sur son menton.

Caramon regarda par-dessus la porte de la stalle. Deux rangées de box s'étendaient le long d'un couloir central ; la moitié étaient occupés. Des chevaux soufflaient et piétinaient en mâchonnant la paille.

Dans la stalle qui faisait face à la leur, un énorme étalon bai frottait son museau contre celui d'une jument grise. Des hirondelles voletaient dans les combles, emportant un peu de foin dans leur bec pour achever la construction de leur nid.

— Personne, rapporta Caramon.

— Excellent. Secoue la paille de tes cheveux, lui ordonna Raistlin.

Puis il épousseta ses robes avec l'aide du jeune homme roux.

Au terme d'une brève inspection, il déclara qu'ils étaient tous dans un état convenable et pouvaient ressortir. Après un dernier coup d'œil de Caramon à la ronde, ils émergèrent de la stalle et s'avancèrent dans l'allée centrale.

— Minuit me manque vraiment, soupira le colosse. C'était un bon cheval.

— Comment est-il mort ? demanda le jeune homme roux, plein de sympathie.

— Il n'est pas mort, expliqua Raistlin. Nous avons dû vendre nos montures pour payer la traversée de la Nouvelle Mer. Ah, ajouta-t-il plus fort, merci beaucoup de nous avoir laissés regarder.

Un palefrenier en pantalon de cuir et chemise de lin faisait sortir deux chevaux sellés et harnachés de leur stalle, et les conduisait vers les deux hommes richement vêtus qui attendaient dans la cour. Il s'arrêta net en apercevant l'étrange trio.

— Hé, que… ?

— Nous n'avons rien vu qui nous plaise, coupa Raistlin avec un geste insouciant. Mais merci quand même. Caramon, donne-lui quelque chose pour le dérangement.

Esquissant une courbette, il passa devant les deux hommes aux beaux atours, qui le dévisagèrent bouche bée.

— Voilà, mon brave, dit Caramon, tendant au palefrenier une de leurs précieuses pièces avec autant de nonchalance que s'il avait l'habitude de jeter l'or par les fenêtres.

Les trois compagnons sortirent de l'écurie. Le palefrenier ouvrit la bouche pour protester, regarda la pièce et, se ravisant, l'empocha avec une grimace.

— Revenez quand il vous plaira ! cria-t-il.

— Une nuit à l'auberge qui s'envole, grommela Caramon.

— Ça en valait la peine, mon frère, assura Raistlin. Sans ça, nous aurions pu loger quelque temps dans le donjon du baron.

Il jeta un regard en biais à leur nouveau compagnon. A cause de sa vision maudite, le jeune homme se flétrissait et mourait sous ses yeux. Pourtant, alors même que la chair fondait de ses os, le mage détecta des détails intéressants sur son visage.

Un visage très fin et déjà marqué de rides malgré sa jeunesse, surmontant un corps gracile qui arrivait tout juste à l'épaule de Raistlin. Des mains et des pieds délicats, légèrement trop petits pour sa taille. Les vêtements de l'inconnu étaient usés et mal assortis, mais propres – au moins jusqu'à ce qu'il se fasse jeter dans le caniveau puis atterrisse dans le foin.

Raistlin remarqua qu'une odeur de sciure et d'urine émanait d'eux tous.

— Caramon, déclara-t-il en s'arrêtant devant l'entrée d'une taverne, cet exercice m'a donné faim. Je propose que nous soupions sans plus tarder.

Bouche bée, le colosse dévisagea son frère. En vingt et une années de vie commune, jamais il n'avait entendu Raistlin – qui mangeait juste assez pour sustenter un criquet de bonne taille – dire qu'il avait faim. Mais voilà longtemps qu'il n'avait pas vu le mage courir comme ça… En fait, il ne l'avait *jamais* vu courir comme ça.

Ça faisait beaucoup de nouveautés pour une seule journée. Caramon allait ouvrir la bouche pour exprimer son étonnement, quand il vit Raistlin plisser les yeux. Il comprit aussitôt qu'il se passait quelque chose dont la portée lui échappait, et qu'il ne devait surtout pas saboter le plan de son jumeau.

— Bien sûr, Raist, approuva-t-il en déglutissant. Cet endroit a l'air très correct.

— Je suppose que nos chemins se séparent ici. Adieu, et merci pour votre aide, déclara le jeune homme en leur tendant la main.

Il jeta un regard nostalgique à la taverne, d'où montait une odeur de pain chaud et de viande fumée.

— Je suis venu pour m'enrôler dans l'armée du Baron Fou. Peut-être nous reverrons-nous, ajouta-t-il en fourrant les mains dans ses poches désespérément vides. (Il baissa le nez comme pour contempler ses pieds nus.) Merci encore…

— Nous sommes également venus nous enrôler, dit Raistlin. Puisqu'aucun de nous ne connaît personne en ville, nous pourrions dîner ensemble.

— Je crains que ce soit impossible, déclara le jeune homme, les joues empourprées.

— Tu nous rendrais un fier service, insista Raistlin. Nous venons de loin tous les deux, et nous avons fini par nous taper sur les nerfs au cours de ce long voyage.

— Ça, c'est bien vrai ! ajouta Caramon avec un peu trop d'enthousiasme. Raistlin et moi, nous n'avons plus grand-chose à nous dire. Pas plus tard qu'hier, je…

— Ça suffit, mon frère, coupa le mage.

— Allons, viens, dit Caramon en passant un bras autour des épaules du jeune homme. Ne t'inquiète pas pour la note : nous t'invitons.

— Non, je… C'est très gentil, mais je ne réclame pas la charité…

— Ce n'est pas de la charité ! fit Caramon, choqué. Nous sommes des frères d'armes à présent. Les hommes qui ont versé le sang ensemble partagent tout. L'ignorais-tu donc ? C'est une vieille tradition solamnique. Qui sait ? La prochaine fois, c'est peut-être Raist et moi qui serons fauchés, et c'est toi qui nous inviteras.

Le visage du jeune homme s'empourpra de nouveau. Mais cette fois, ce fut de plaisir.

— Vous le pensez vraiment ? Je veux dire, que nous sommes frères ?

— Evidemment. On n'a qu'à prêter serment. Comment t'appelles-tu ?

— Trocard.

— C'est un drôle de nom, commenta Caramon.

— Mais c'est le mien, affirma joyeusement le jeune homme.

— Bah, les goûts et les couleurs…

Caramon dégaina son épée et la brandit solennellement, poignée vers le haut.

— Nous avons versé le sang ensemble, dit-il d'une voix basse et respectueuse. Selon la tradition solamnique, nous voici plus liés que des frères. Ce qui m'appartient est à toi. Ce qui t'appartient est à moi.

— Ça risque d'être plus vrai que tu ne le penses, murmura sèchement Raistlin en tirant sur la manche de Caramon tandis qu'ils entraient dans la taverne. Au cas où tu ne l'aurais pas remarqué, notre nouvel ami est à moitié kender.

CHAPITRE XI

Située dans une rue peu passante, la taverne du *Jambon Dodu* se signalait par une enseigne où plastronnait un énorme cochon rose. A humer l'odeur qui s'en échappait, son seul intérêt était les prix extrêmement modestes affichés sur une ardoise.

Le *Jambon Dodu* attirait une clientèle plus pauvre que les établissements prospères des avenues voisines. Il y avait là quelques vétérans ayant gaspillé leur solde et beaucoup de futures recrues à l'estomac aussi vide que leur bourse. Caramon s'assura de ne reconnaître aucun visage, puis fit signe aux autres qu'ils pouvaient entrer.

Les trois compagnons s'assirent à une table sale flanquée de deux chaises ; Caramon s'en appropria une troisième en délogeant l'ivrogne qui cuvait son vin dessus. Les serveuses ne s'émurent pas de le voir allongé par terre, se contentant de l'enjamber ou d'en faire le tour. L'une d'elles jeta devant les nouveaux venus trois écuelles remplies de jambons et de haricots, ainsi que deux chopes de bière et un verre de vin pour Raistlin.

— Ma mère était une kender, dit Trocard sans qu'on lui ait rien demandé. Ou au moins, en grande partie. (Le jeune homme parlait la bouche pleine, mâchant avec enthousiasme.) Je pense qu'elle avait du sang humain, car elle paraissait plus humaine que kender. Mais ça ne l'a jamais beaucoup tracassée.

« Comme toutes les choses qui étaient en sa possession, je pense qu'elle ignorait où elle m'avait trouvé. C'était vraiment très bon, conclut-il en repoussant à regret son écuelle vide.

Raistlin lui tendit la sienne, dont il n'avait avalé que trois bouchées. Trocard secoua la tête.

— Non, merci.

— Prends-la. J'ai terminé, affirma le jeune mage.

— Bon. Si tu es sûr que tu n'en veux plus…

Trocard s'empara de l'écuelle et enfourna une grosse cuillerée de haricots qu'il mastiqua avec une profonde satisfaction.

— Voilà longtemps que je n'avais rien mangé d'aussi bon, soupira-t-il.

Les haricots étaient à moitié cuits, le jambon rance et le pain rassis. Raistlin lança un regard expressif à son jumeau, qui dévorait sa pitance avec autant d'appétit que leur invité. Caramon se figea, la cuiller à mi-chemin de sa bouche. Le mage fit un signe de tête en direction de Trocard.

— Mais..., commença le colosse.

Raistlin plissa les yeux.

— Tiens, lâcha Caramon en poussant son écuelle à moitié pleine vers Trocard. J'ai trop mangé ce midi.

— Tu en es certain ?

Le colosse jeta un coup d'œil nostalgique à sa nourriture.

— Oui, j'en suis certain, mentit-il.

— Merci beaucoup ! s'exclama Trocard, rayonnant, en attaquant sa troisième portion. De quoi étions-nous en train de parler ?

— De ta mère, dit Raistlin en sirotant son vin.

— Ah, oui. Elle se souvenait vaguement d'un humain qui avait été gentil avec elle, mais pas du lieu, de la date ni de son nom. Elle ne savait pas que j'étais en route jusqu'au moment où je suis arrivé. Je crois qu'elle n'a jamais été aussi surprise de sa vie.

« Mais elle a pensé qu'il serait amusant d'avoir un bébé avec elle. Parfois, elle m'oubliait en route, et des gens lui couraient après pour me ramener. Elle était toujours contente de me revoir, même s'il lui arrivait de ne plus se rappeler qui j'étais. Plus tard, j'ai pris l'habitude de me ramener tout seul, et ça a marché plutôt bien pendant un temps.

« Un jour – je devais avoir huit ans –, elle m'a demandé de l'attendre devant la boutique d'un herboriste à qui elle espérait vendre des champignons que nous avions ramassés. Nous avions beaucoup marché ; il faisait une chaleur plaisante, et je ne tardai pas à m'endormir.

« Je me réveillai en sursaut quand ma mère sortit de l'échoppe en courant, poursuivie par l'herboriste qui hurlait qu'elle avait essayé de lui vendre des selles de crapaud pour l'empoisonner.

« J'essayai de la rattraper, mais elle avait une bonne longueur d'avance, et je la perdis bientôt de vue. L'herboriste ne tarda pas à abandonner et revint sur ses pas en jurant, car ma mère lui avait dérobé un bocal de bâtons de cannelle. Quand il m'aperçut, il décida de se venger sur moi. Il me donna un coup sur la tête, et je me cognai à un linteau en tombant.

« Lorsque je repris connaissance, il faisait nuit et ma mère avait disparu depuis longtemps. Je la cherchai tout au long de la route, mais je ne la revis jamais.

— C'est très triste, compatit Caramon. Nous aussi, nous avons perdu notre mère quand nous étions jeunes.

— Vraiment ? Vous a-t-elle abandonnés ?

— En quelque sorte, intervint Raistlin, avec un regard d'avertissement pour son frère. Tout à l'heure, tu as parlé de ton père. Je suppose que tu l'as retrouvé ?

— Oh, non. (Trocard repoussa la troisième écuelle avec un rot de satisfaction.) Mais il voulait que nous l'appelions comme ça. C'était un minotier qui recueillait des enfants perdus pour l'aider à travailler dans sa boutique ; il disait que ça lui coûtait moins cher de nous nourrir que d'embaucher des apprentis. J'en avais assez de traîner sur les routes, et il me donnait un bon repas une fois par jour, alors je suis resté.

— Etait-il méchant avec toi ? demanda Caramon, les sourcils froncés.

Trocard réfléchit.

— Pas vraiment, non. Il lui arrivait de me frapper, mais je suppose que je le méritais. Il a veillé à ce que j'apprenne à lire et à écrire le commun, car il disait que les enfants analphabètes lui faisaient une mauvaise réputation auprès de la clientèle. Je suis resté jusqu'à mes dix-neuf ans, et je pensais que ça durerait toujours, car il avait promis de me laisser son commerce quand il prendrait sa retraite.

« Un jour, il m'est arrivé quelque chose de bizarre. Mes pieds se sont mis à démanger ; je ne tenais plus en place. Toutes les nuits, je rêvais de la route.

Le jeune homme sourit, et tourna la tête vers la fenêtre de la taverne.

— Cette route-là ! Je la voyais s'étirer devant moi. A son extrémité, j'apercevais des montagnes au sommet couvert de neige, des vallées tapissées de fleurs, des forêts sinistres, des cités entourées de remparts, des châteaux scintillant au soleil, des océans aux vagues écumantes. C'était un rêve merveilleux, et quand je me réveillais entre quatre murs, je me sentais si triste que je manquais de fondre en larmes.

« Un jour, un nouveau client est arrivé. Un homme très riche qui venait d'acheter plusieurs fermes dans les environs et voulait nous vendre son grain. Il m'a raconté toutes les aventures qu'il avait vécues. C'est alors que j'ai pris ma décision.

« Je lui ai demandé si quelqu'un de sa connaissance recrutait des soldats. Il m'a parlé du Baron Fou qui, selon lui, était un excellent commandant, un bon soldat et pas le pire maître qu'on puisse avoir. Je me suis mis en route dès le lendemain. C'était à l'automne dernier ; voilà six mois que je suis en chemin.

— Six mois ! s'exclama Caramon, stupéfait. Mais d'où viens-tu donc ?

— D'Ergoth Méridional, répondit Trocard. Le voyage a été amusant, pour l'essentiel. J'ai travaillé à bord d'un bateau pour payer mon passage, débarqué à Pax Tharkas et marché jusqu'ici.

— Tu dis que tu as dix-neuf ans ? C'est presque autant que nous, fit Raistlin, dubitatif.

— A un ans ou deux près, précisa Trocard. Ma mère ne se rappelait plus ma date de naissance. Un jour, je lui ai demandé quel âge j'avais. Elle m'a demandé quel âge je voulais avoir ; après mûre réflexion, j'ai pensé que six ans seraient bien. Elle a dit que ça lui convenait. Donc j'ai eu six ans à ce moment, et j'ai commencé à compter à partir de là.

— Et ton surnom, d'où le tiens-tu ? Je suppose qu'on ne t'a pas baptisé Trocard...

— Peut-être que si, pour ce que j'en sais, dit le jeune homme en haussant les épaules. Ma mère me donnait le nom qui lui passait par la tête, et le minotier m'a appelé « gamin » jusqu'à ce que je fasse preuve d'un certain talent pour acquérir les choses dont il avait besoin.

— Tu volais ? demanda Caramon, sévère.

Trocard secoua la tête.

— Non, et je n'« empruntais » pas non plus. Mais tout le monde détient une chose dont il n'a plus que faire et qui intéresse quelqu'un d'autre. C'est comme ça. Moi, je trouve ces choses et je m'assure que chacune d'elles termine dans la poche de celui à qui elle fera le meilleur usage ; en échange, je fournis à leur précédent propriétaire un objet dont il a davantage besoin.

Caramon se gratta le front.

— Ça ne me paraît pas très légal, marmonna-t-il.

— Ça l'est pourtant. Je vais te montrer.

— Ça fera six sous pour les haricots, dit la serveuse en repoussant ses mèches pendouillantes pour lire les marques qu'elle avait tracées à la craie sur la table. Six autres sous pour les bières et quatre pour le vin.

Caramon tendit la main vers sa bourse, mais Trocard lui saisit le bras.

— Nous n'avons pas d'argent, déclara-t-il joyeusement.

La serveuse le foudroya du regard.

— Ragis ! beugla-t-elle.

Le gros homme qui officiait derrière le comptoir, remplissant des chopes de bière, tourna la tête dans leur direction.

— Mais, ajouta très vite Trocard, je vois que votre feu est presque éteint.

Il désigna l'âtre où une bûche calcinée crépitait faiblement.

— Et alors ? Personne n'a le temps de couper du bois, grogna la serveuse. De quel droit vous plaignez-vous, de toute façon ? Si vous ne payez pas ce que vous devez, Ragis se servira de vous pour allumer le prochain feu !

Trocard lui adressa un sourire à la fois charmeur et désarmant malgré sa lèvre fendue.

— Nous allons vous payer avec quelque chose qui vaut plus que de l'argent.

— Rien ne vaut plus que de l'argent, dit la serveuse sur un ton boudeur.

Mais il vit qu'elle était intriguée.

— Bien sûr que si : le temps, les muscles et le cerveau, déclara Trocard. Mon ami ici présent... (Il posa une main sur le biceps de Caramon.) ... est le meilleur et le plus rapide coupeur de bois de l'Ansalonie. Moi, j'ai l'habitude de faire le service. Et si vous nous donnez un lit pour la nuit, mon autre ami – un magicien de grande renommée – vous fournira une épice magique qui transformera vos haricots en chef-d'œuvre culinaire. Les clients se bousculeront pour vous en commander.

— Nos haricots ne sont pas *culinaires*, fit la serveuse, indignée. Ils n'ont jamais rendu personne malade !

— Non, non. Je voulais dire que cette épice leur donnera aussi bon goût qu'à ceux qu'on sert à la table du Seigneur de Palanthas. Voire meilleur. Quand Sa Grâce en entendra parler – et je veillerai à ce que ce soit le cas –, elle fera le voyage jusqu'ici rien que pour les goûter.

La serveuse sourit malgré elle.

— C'est vrai que les clients se plaignent un peu... Non que ça soit notre faute. La cuisinière a trop forcé sur le sherry ; elle est tombée dans l'escalier de la cave et elle s'est cassé une jambe, ce qui veut dire que Mabs et moi devons à la fois cuisiner, servir et nettoyer. Nous sommes épuisées, et Ragis ne peut pas quitter le comptoir, avec tous ces soldats qui réclament à boire.

Son regard se posa sur Caramon, et son expression s'adoucit.

— Vous avez l'air costaud... Et à quoi nous serviront six sous si nous ne pouvons ni alimenter le feu, ni remonter de nouveaux tonneaux de bière du cellier ? D'accord. Vous coupez du bois, et vous, le magicien… (Elle jeta à Raistlin un regard méfiant.) … Montrez-moi ce que vous avez.

Raistlin plongea une main dans une de ses bourses et en sortit une sorte de bulbe blanc à l'odeur entêtante.

— Voici l'épice magique, déclara-t-il. Epluchez-la, coupez-la en tout petits morceaux et faites-la cuire avec les haricots. Je vous garantis que ça attirera plus de clients que vous ne pourrez en nourrir.

— Le problème, ce n'est pas le manque de clients. Mais pour une fois, il serait agréable de leur servir quelque chose qu'ils ne me renvoient pas à la figure. Ça sent bon, reconnut-elle. Vous me garantissez que ça n'empoisonnera personne ?

— Mon frère se porte volontaire pour manger la première écuelle, dit Raistlin.

Caramon lui jeta un regard reconnaissant.

— Le Seigneur de Palanthas, murmura Trocard sur un ton rêveur. (Il prit la main calleuse de la fille et y déposa un baiser.) Il jurera que vos haricots sont les meilleurs qu'il ait jamais mangés.

La serveuse gloussa et lui donna une petite tape.

— Le Seigneur de Palanthas, mes fesses ! Vous, le magicien, portez votre épice à la cuisine.

Elle se pencha sur la table, révélant son ample poitrine engoncée dans une blouse sale, et effaça avec sa manche les marques à la craie.

— Et je t'accorderai même un petit supplément, dit Caramon en posant sa main sur celle de la fille.

— Ben voyons ! Messire ne doute de rien, ricana-t-elle. (Pourtant, elle se pencha et murmura :) Nous fermons à minuit.

Puis elle s'éloigna pour s'occuper des autres clients qui la réclamaient à grands cris.

— J'arrive, j'arrive ! Ne baissez pas votre pantalon !

— Pas encore, lâcha Caramon tout bas, avec une mimique réjouie.

Il se leva en sifflotant et se dirigea vers l'appentis pour couper du bois.

— Bien joué, Trocard, dit Raistlin en se levant pour amener à la cuisine l'épice magique également connue sous le nom d'ail. Tu viens de nous économiser le prix d'un repas et d'une nuit au chaud. Une question : comment savais-tu ce que contenaient mes bourses ?

Les joues creuses du jeune homme rosirent de plaisir, et ses yeux pétillèrent de malice.

— Je n'ai pas oublié *tout* ce que ma mère m'a appris…

Le lendemain matin, Trocard et les jumeaux se joignirent aux hommes qui formaient une longue file dans la cour du château. Une planche posée sur deux tréteaux faisait office de table ; quelqu'un avait cloué une feuille de parchemin dessus pour ne pas que le vent l'emporte.

A leur arrivée, les officiers prendraient la liste des noms pour répartir les nouvelles recrues dans le campement. Elles y seraient logées et nourries pendant une semaine aux frais d'Ivor de Langarbre, et suivraient un entraînement rigoureux qui permettrait de tester leur force, leur agilité et leur obéissance.

Celles qui ne satisferaient pas aux critères seraient renvoyées chez elles avec une petite somme en guise de dédommagement, pour s'être donné la peine de venir. Celles qui tiendraient le coup une semaine recevraient cinq pièces d'acier. Celles qui résisteraient un mois seraient enrôlées pour la saison des campagnes.

Sur une centaine d'hommes qui inscrivaient leur nom, il en resterait quatre-vingt-sept jours plus tard, et cinquante jusqu'à ce que l'armée soit prête à se mettre en marche.

Les postulants faisaient la queue depuis l'aube. La journée promettait d'être chaude pour un début de printemps. Au loin, les nuages s'amoncelaient à l'horizon. Il pleuvrait avant l'après-midi. En attendant, les soldats transpiraient déjà à grosses gouttes.

Les jumeaux arrivèrent de bonne heure. Caramon était si impatient qu'il aurait quitté l'auberge en pleine nuit si son frère ne l'avait persuadé d'attendre le lever du soleil.

En fin de compte, le colosse n'avait pas passé la nuit avec la serveuse – à la grande déception de celle-ci –, préférant polir son équipement. Trop excité pour engloutir plus d'un petit déjeuner, il s'était agité sur sa chaise, tripotant son épée et demandant toutes les cinq minutes s'ils n'allaient pas être en retard.

Raistlin avait consenti à y aller, uniquement parce que Caramon était sur le point de le rendre plus fou que le baron Ivor.

Trocard était presque aussi impatient que son nouvel ami. Raistlin doutait fort que l'adolescent malingre soit accepté dans une armée de métier, et il craignait qu'il ne se prépare une sévère désillusion. Mais il semblait d'une nature si heureuse qu'il ne se laisserait sans doute pas abattre longtemps.

Le propriétaire du *Jambon Dodu* fut navré de voir partir ses invités, et notamment Raistlin. L'ail avait bien eu des effets magiques, son odeur attirant la clientèle. Le jeune mage refusa poliment mais fermement le poste de cuisinier qu'il lui proposa. La serveuse embrassa Caramon ; Trocard embrassa la serveuse, et ils se mirent en route vers le château.

Ils prirent leur place dans la file et attendirent sous le soleil qui cognait déjà dur. Plus d'une vingtaine d'hommes les précédaient. Pendant une heure, rien ne se produisit, et les aspirants soldats commencèrent à bavarder entre eux. Caramon et Trocard entamèrent une conversation avec celui qui se tenait derrière eux.

Un autre homme jeta un regard amical à Raistlin, qui fit mine de ne pas s'en apercevoir. Il sentait déjà la poussière de la cour lui gratter la gorge, et craignait d'être saisi par une de ses épouvantables quintes de toux. Sans nul doute, on le huerait avant de lui montrer la sortie. Pour se distraire, il étudia les fortifications du château avec autant d'intérêt que s'il envisageait d'en faire le siège.

Le sergent, un borgne aux jambes arquées d'avoir passé trop d'heures à cheval, arriva escorté par cinq vétérans. Il balaya du regard la centaine d'hommes qui attendaient dans la cour du château.

A en juger par la façon dont il plissa les paupières et par son hochement de tête sardonique, il ne fut guère impressionné par le spectacle. Il dit quelque chose à ses sous-fifres, qui ricanèrent. Un silence tendu s'abattit soudain sur la file. Le premier homme pâlit et se recroquevilla sur lui-même.

Le sergent prit place à la table. Les vétérans se placèrent derrière lui, les bras croisés sur la poitrine, un rictus aux lèvres.

Tel un poinçon, son œil unique transperça le premier homme comme s'il lui voyait au travers.

— Ecris ton nom ici, ordonna-t-il brusquement, en pointant un index crasseux sur le parchemin. Si tu ne sais pas écrire, fais une croix, et viens te ranger sur ma gauche.

L'aspirant soldat, qui portait des habits de fermier et serrait entre ses doigts un chapeau de feutre déformé, avança d'un pas hésitant. Il traça humblement une croix et alla se placer à l'endroit indiqué.

— Ici, cochonou, appela un des vétérans.

Les autres éclatèrent de rire ; le malheureux fermier frémit et baissa la tête comme s'il souhaitait que les Abysses s'ouvrent sous ses pieds pour l'engloutir.

Le suivant marqua un temps d'arrêt. Il semblait sur le point de se raviser et de tourner les talons. Mais il prit son courage à deux mains et fit un pas en avant.

— Ecris ton nom ici, répéta l'officier avec l'air de s'ennuyer. Si tu ne sais pas écrire, fais une croix, et viens te ranger sur ma gauche.

La litanie continua. Le sergent disait la même chose sur le même ton à toutes les recrues, et ses camarades se fendaient systématiquement d'un commentaire désobligeant. Les hommes venaient prendre leur place avec les joues et les oreilles en feu.

La plupart n'osaient pas protester, mais celui qui avait tenté d'engager la conversation avec Raistlin se mit en colère. Jetant la plume sur la table, il serra les poings et foudroya les vétérans du regard.

— Du calme, petit, lâcha froidement le sergent. Frapper un supérieur vaut la peine de mort. Va te ranger avec les autres.

Le jeune homme, qui était mieux vêtu que le reste des recrues et faisait partie du petit nombre sachant écrire son nom, soutint le regard moqueur des vétérans. Le menton levé, il alla prendre sa place dans la file.

— Un esprit combatif, dit l'un des vétérans alors que Raistlin approchait. Il fera un bon soldat.

— Incapable de contrôler son tempérament, dit un autre. Il abandonnera avant la fin de la semaine.

— Tu paries ?

— Tope là !

Les deux hommes se serrèrent la main.

Le tour de Raistlin était venu. Le jeune mage avait conscience que le but de cet exercice n'était pas seulement de recruter les nouveaux venus, mais de les intimider et de les humilier.

Ayant lu quelques ouvrages sur les méthodes de recrutement en vigueur dans l'armée, il savait que les officiers recouraient à de telles manœuvres pour détruire leurs hommes, les réduire à néant avant de les reconstruire pour en faire de bons soldats, capables d'obéir aux ordres sans réfléchir et de manifester une confiance aveugle à leurs supérieurs.

Parfait pour des fantassins ordinaires, songea-t-il dédaigneusement. *Mais ce sera différent avec moi.*

Le sergent avait baissé la tête pour lire le nom du jeune homme coléreux, car il songeait à participer au pari. Tandis qu'il s'efforçait de déchiffrer les lettres à l'envers, une ample manche rouge dont émergeait une main à la peau dorée vint lui bloquer la vue.

Derrière lui, les vétérans se poussèrent du coude en murmurant. Le sergent releva la tête, et son œil unique foudroya Raistlin.

— Où dois-je signer, messire ? demanda poliment le jeune homme. Je suis venu m'engager comme sorcier de guerre.

— Ça alors, dit le sergent d'une voix traînante, en plissant les paupières pour mieux dévisager ce phénomène. Ça faisait un bout de temps qu'on n'avait vu personne de ton espèce.

— Où dois-je signer, messire ? répéta Raistlin.

La poussière et la chaleur étaient étouffantes. Il sentait sa gorge se serrer et redoutait d'avoir une quinte de toux devant les vétérans. Afin de dissimuler son visage, il tira sa capuche sur son front : inutile de leur donner matière à quolibets plus que nécessaire. Déjà qu'ils avaient l'air de le trouver à se tordre...

— D'où tiens-tu cette peau dorée, mon garçon ? lança un des sous-fifres. Peut-être que ton père était un serpent...

— Plutôt un lézard, corrigea un autre. (Ils éclatèrent d'un rire gras.) Le Lézard, c'est son nom. Ecrivez-le pour lui, sergent.

— En tout cas, il ne nous coûtera pas cher à entretenir : il ne doit manger que des mouches !

— Je parie qu'il a une longue langue rouge pour les attraper. Montre-nous ta langue, Lézard !

Raistlin sentait les spasmes le menacer.

— Où dois-je signer ? insista-t-il d'une voix étranglée.

Le sergent leva la tête vers lui et aperçut ses étranges pupilles en forme de sablier.

— Va chercher Horkin, jeta-t-il par-dessus son épaule à un des vétérans.

— Où est-il ?

— Comme d'habitude...

Le soldat s'en fut.

Ne pouvant s'en empêcher, Raistlin toussa. Par chance, la quinte n'était pas parmi les pires qui l'ait saisi, et elle cessa rapidement. Mais elle suffit à faire froncer les sourcils au sergent.

— Qu'est-ce qui t'arrive, mon garçon ? Tu es malade ? Ce n'est pas contagieux, j'espère ?

— Non, ne vous inquiétez pas, répondit Raistlin, les dents serrées. Où dois-je signer ?

L'officier lui indiqua le parchemin.

— Au même endroit que les autres, répondit-il, sa lèvre supérieure dessinant en un rictus de mépris. (Visiblement, il ne tenait pas sa nouvelle recrue en très haute estime.) Va te ranger là-bas.

— Mais je suis un...

— Je sais ce que tu es. Fais ce qu'on t'ordonne.

Les joues brûlantes de honte, Raistlin alla prendre sa place avec les autres recrues, qui le dévisageaient maintenant d'un air curieux. Stoïque, il les ignora. Il n'espérait plus qu'une chose : que Caramon ne dise ni ne fasse rien qui soit susceptible d'attirer l'attention sur lui.

Connaissant son frère, c'était très optimiste de sa part.

— Ecris ton nom ici, dit le sergent en bâillant. Si tu ne sais pas écrire, fais une croix, et viens te ranger sur ma gauche.

— Pas de problème, lui assura Caramon avec bonhomie.

Il signa dans une envolée de plume.

— Massif comme un bœuf, commenta l'un des vétérans, et probablement guère plus futé.

— J'aime quand ils sont larges comme des armoires, ricana un de ses camarades. Ils arrêtent davantage de flèches. On le mettra en première ligne.

— Merci beaucoup, messire, dit Caramon sans la moindre trace d'ironie. Au fait, ajouta-t-il d'un air modeste, je n'ai pas besoin de suivre les classes. Je pense que je sauterai cette étape.

— Ah oui ? susurra le sergent d'une voix mielleuse.

Raistlin soupira, accablé.

Ferme-la, Caramon ! lui ordonna-t-il mentalement. *Ferme-la et viens me rejoindre !*

Mais son jumeau était ravi de l'attention dont il faisait l'objet.

— Oui, je sais tout ce qu'il y a à savoir sur le maniement des armes et la stratégie. Tanis me l'a appris.

— Tanis te l'a appris, vraiment ? répéta le sergent en se penchant vers lui. (Les vétérans se couvrirent la bouche de la main et se balancèrent d'avant en arrière pour cacher leur hilarité.) Et qui est donc ce Tanis ?

— Tanis Demi-Elfe.

— Un elfe. Un elfe t'a appris à te battre.

— En fait, corrigea Caramon, c'était surtout son ami Flint Forgefeu : un nain.

— Je vois, dit le sergent en grattant son menton mal rasé. Un elfe et un nain t'ont appris à te battre.

— A moi et à mon ami Sturm de Lumlane. C'est un Chevalier Solamnique, expliqua fièrement Caramon.

Ferme-la, je t'en supplie ! pensa Raistlin, désespéré.

— Il y avait aussi Tasslehoff Racle-Pieds, continua son jumeau, visiblement imperméable à la télépathie. C'est un kender.

— Un kender, souffla le sergent, abasourdi. Un elfe, un nain et un kender t'ont appris à te battre.

Il se tourna vers ses camarades écarlates à force de réprimer leur fou rire.

— Les enfants, dit-il solennellement, vous pouvez aller dire au général qu'il peut prendre sa retraite quand il veut : nous lui avons trouvé un remplaçant.

Un des hommes grogna et tapa du pied en pouffant derrière sa main ; l'autre ne put plus se contenir et tourna le dos, les épaules secouées par un rire silencieux. Il essuya les larmes qui roulaient sur ses joues.

— Oh, ce ne sera pas nécessaire, leur assura hâtivement Caramon. Je ne suis pas encore si bon que ça.

— Alors le général peut rester ? demanda le sergent.

— Sans problème, affirma Caramon, magnanime.

Incapable d'en supporter davantage, Raistlin ferma les yeux.

— Merci, dit le sergent avec chaleur. Nous apprécions. Et maintenant… (Il regarda la liste.) Caramon Majere… Ou est-ce *seigneur* Caramon Majere ?

— Non, ce n'est pas moi le chevalier, se hâta de le détromper Caramon, qui ne voulait pas qu'il y eût de confusion. C'est mon ami Sturm.

— Je vois. Eh bien, Majere, va te placer avec les autres.

— Mais je vous ai dit que ce n'était pas la peine de perdre du temps à m'entraîner, dit le jeune homme.

Le sergent se leva, se pencha vers lui et souffla :

— Je ne veux pas que les autres fassent un complexe ; ils risqueraient de se décourager et de s'en aller. Veux-tu bien jouer le jeu dans l'intérêt général ?

Caramon avait toujours eu un caractère accommodant.

— Si ça vous arrange…

— Oh, pendant que j'y suis, lança le sergent alors qu'il se dirigeait vers son jumeau effondré. Si l'instructeur – maître Quesnelle – commet des erreurs, n'hésite pas à le lui signaler. Il appréciera le coup de main.

— C'est promis, messire.

Rayonnant, Caramon rejoignit Raistlin.

— Cet officier est vraiment très sympathique, lui confia-t-il.

— Tu es le plus grand crétin du monde ! grogna son jumeau, furieux.

— Qui, moi ? Qu'est-ce que j'ai fait ? dit Caramon, les yeux écarquillés.

Raistlin refusa d'en discuter. Il lui tourna le dos pour regarder Trocard s'approcher de la table.

Le sergent détailla le jeune homme malingre.

— Tu devrais rentrer chez toi, gamin, lui conseilla-t-il. Reviens dans dix ans, quand tu auras grandi.

— Oh, je suis déjà presque adulte, fit Trocard, plein d'assurance. Et puis, vous avez besoin de moi.

Le sergent se massa les tempes. Il commençait à trouver le temps long.

— Ah oui ? Donne-moi une seule bonne raison de t'engager.

— Je peux même vous en donner plusieurs. J'ai un don pour me procurer des objets. Dites-moi de quoi vous avez besoin, et je vous le rapporterai. Je suis capable d'escalader n'importe quelle paroi, et de me faufiler dans un tunnel à peine assez large pour une souris. Je suis rapide, agile et je sais manier un couteau dans le noir.

« Je me déplace avec tant de discrétion dans les bois que les chenilles font trembler le sol en comparaison. Je peux me glisser par une fenêtre au troisième étage, voler un collier au cou d'une dame endormie et lui donner un baiser sans qu'elle s'aperçoive de ma présence. Voilà un petit aperçu de tout ce que je peux faire pour vous, sergent.

Les vétérans avaient cessé de rire et dévisageaient Trocard avec intérêt.

— Et ton sens de la modestie ferait honte à une vierge rougissante, grommela le sergent. Très bien, inscris ton nom et va te mettre avec les autres. Si tu survis à l'entraînement, le baron te trouvera peut-être une utilité.

Raistlin sentit une main se poser sur son épaule.

— C'est toi le mage ? lui demanda un vétéran, sans nécessité puisque le jeune homme était le seul à porter des robes. Viens avec moi.

Raistlin sortit de la file. Caramon lui emboîta le pas.

— Toi aussi, tu es magicien ? s'enquit le vétéran.

— Non, je suis un soldat. Mais c'est mon frère : il ne va nulle part sans moi.

— Pas maintenant, Caramon, gronda Raistlin.

Le vétéran secoua la tête.

— Mes ordres ne concernent que le mage. Retourne dans la queue.

Caramon fronça les sourcils.

— Nous ne nous séparons jamais.

— Caramon ! cria Raistlin. Tu m'as déjà suffisamment fait honte aujourd'hui ! Obéis et regagne ta place !

Son jumeau devint tout rouge, puis tout blanc.

— Bien sûr. Si c'est ce que tu veux...

— C'est ce que je veux.

Blessé, Caramon retourna près de Trocard, tandis que Raistlin suivait le vétéran.

CHAPITRE XII

L'homme conduisit Raistlin dans la cour intérieure de la forteresse, qui bourdonnait d'activité.

De petits groupes de soldats bavardaient en riant, ou jouaient aux osselets assis sur le sol. Des palefreniers ramenaient des chevaux à l'écurie ou les en faisaient sortir ; des chiens couraient dans les pattes de tout le monde. Un domestique avait saisi un kender par l'oreille et, malgré ses protestations véhémentes, le traînait jusqu'à la sortie.

Quelques soldats jetèrent un coup d'œil curieux à Raistlin sur son passage ; d'autres le dévisagèrent sans aménité. Des commentaires moqueurs l'accompagnèrent pendant toute la traversée de la cour.

— Où allons-nous, messire ? demanda-t-il sans se troubler.

— Aux baraquements, répondit son guide, indiquant une rangée de bâtiments de pierre à un seul étage.

Il entra par la porte principale, et précéda Raistlin le long d'un couloir frais et obscur où s'alignaient les portes des chambrées. Le jeune mage fut impressionné par la propreté de l'ensemble : le sol encore humide d'avoir été lessivé le matin, la paille fraîche qui jonchait le parquet des dortoirs, les possessions personnelles de chaque homme enroulées dans sa couverture…

Au bout du couloir, le vétéran emprunta un escalier en colimaçon qui descendait vers une porte de bois. Il toqua vigoureusement au battant ; un bruit de verre brisé retentit de l'autre côté.

— Fils de chienne ! hurla une voix irritée. Tu m'as fait lâcher ma potion ! Par les Abysses, que veux-tu encore ?

Le vétéran fit un clin d'œil à Raistlin.

— Je vous amène le nouveau mage, messire, comme vous me l'avez demandé.

— Je ne pensais pas que tu serais aussi rapide, grommela la voix.

— Je peux repartir avec lui, dit le vétéran, respectueux.

— C'est ça, fais donc. Non, attends ! Il va d'abord nettoyer ce foutoir, puisqu'il en est la cause.

Il y eut un bruit de pas, puis celui d'un verrou qu'on tire, et la porte s'ouvrit.

— Je te présente maître Horkin, déclara le vétéran.

Chez un sorcier de guerre, Raistlin s'attendait à trouver, en plus du pouvoir et de l'intelligence, une haute taille ou une carrure qui inspire le respect.

Le père de Lemuel en était un. Il avait vu son portrait dans la Tour de Haute Sorcellerie de Wayreth : un homme grand et mince, aux cheveux noirs striés de mèches blanches, au nez crochu comme celui d'un rapace, au regard perçant et aux doigts déliés comme ceux d'un musicien. Tout à fait l'idée que Raistlin se faisait d'un sorcier de guerre.

A la vue de maître Horkin, qui se tenait sur le seuil de son laboratoire, le foudroyant du regard, le jeune homme sentit tous ses rêves s'envoler en fumée.

Horkin lui arrivait tout juste à l'épaule, et il compensait en largeur ce qui lui manquait en hauteur. Il était encore assez jeune – une quarantaine d'années –, mais il n'avait pas un cheveu sur le crâne, ni un poil sur tout le corps. Même pas un cil ou un sourcil.

Son cou était épais, ses épaules larges, et ses mains ressemblaient à des battoirs. Pas étonnant qu'il ait laissé tomber une fiole ! Ses yeux très bleus ressortaient dans son visage rougeaud.

Pourtant, ce ne fut pas son physique disgracieux qui hérissa Raistlin. Le mage – qui ne méritait sans doute pas ce titre – portait des robes brunes. Autrement dit, il n'avait jamais passé l'Epreuve à la Tour de Haute Sorcellerie. Que ce soit par manque de talent, d'ambition ou de courage, il ne s'était pas totalement dévoué à son art. Raistlin ne pouvait pas respecter quelqu'un comme lui.

Aussi fut-il très étonné et quelque peu froissé de voir les traits de Horkin refléter son propre dédain. Le gros homme en robe brune le dévisageait sans aménité.

— Par Luni, ils m'ont envoyé un foutu mage de la Tour, grommela-t-il.

Raistlin fut alors saisi par une quinte de toux, qui passa très vite, mais ne l'aida guère à impressionner Horkin.

— Et malade, en plus de ça ! lâcha-t-il, dégoûté. A quoi es-tu bon, Rouge ?

Raistlin ouvrit la bouche, fier d'énumérer ses capacités.

— Je parie que tu sais lancer un sort de sommeil, coupa Horkin, répondant à sa propre question. Tu peux me dire en quoi ça nous aidera ? L'ennemi fera une petite sieste sur le champ de bataille et se réveillera frais et dispos, prêt à nous ouvrir les boyaux.

« Et toi, qu'as-tu donc à bayer aux corneilles ? cria-t-il en se tournant vers le vétéran. Je suppose que tu as du travail…

— Oui, messire.

Le soldat salua, tourna les talons et sortit. Horkin saisit Raistlin par le bras, le traîna à l'intérieur de son laboratoire et claqua violemment la porte derrière eux.

Le jeune homme eut une nouvelle déception en regardant autour de lui. Quelques grimoires usés moisissaient sur une étagère. Des armes étaient accrochées aux murs : gourdins, massues, épées à la lame ternie et deux ou trois autres qu'il ne put identifier. Une vitrine ébréchée abritait des flacons remplis d'herbes et d'épices.

Horkin lâcha Raistlin et l'observa comme il l'eût fait d'une carcasse sur un étal de boucher. Visiblement, il ne pensait pas beaucoup de bien du jeune mage, qui se raidit face à cette insultante inspection.

Horkin posa les mains sur ses hanches, ou du moins dans les environs immédiats. Il était bâti comme un bûcheron, c'est-à-dire avec des épaules et un torse plus massifs que le reste de sa personne.

— Je m'appelle Horkin. Maître Horkin pour toi, Rouge.

— Mon nom est…, commença Raistlin.

— Je me moque de ton nom, Rouge. Je ne veux pas le connaître. Si tu survis à tes trois premières batailles, peut-être te le demanderai-je. Pas avant. Autrefois, je les mémorisais tous, mais c'était une sacrée perte de temps. Je commençais à peine à me familiariser avec un de ces gugusses quand il me claquait dans les pattes. A présent, je ne fais plus l'effort. Ça m'encombre l'esprit d'informations inutiles.

Horkin détacha son regard bleu de Raistlin.

— Ça, en revanche, c'est un sacré beau bâton, dit-il en accordant à l'artefact plus de respect et d'intérêt qu'il n'en avait manifesté à son propriétaire.

Il tendit une main aux doigts boudinés, et le jeune homme réprima un sourire. Le Bâton de Magius connaissait son maître ; il ne permettrait à personne d'autre de le toucher.

Combien de fois avait-il entendu un crépitement d'énergie surnaturelle, suivi par les cris de douleur du kender trop curieux qui tentait de le lui dérober ? Il en avait perdu le compte. Pourtant, il ne fit pas un geste pour empêcher Horkin de se saisir de l'artefact, ne daignant même pas le prévenir.

Le mage en robe brune s'empara du bâton, laissa courir ses doigts le long du bois lisse et hocha la tête d'un air approbateur. Il approcha le cristal de son visage et l'examina en fermant un œil. Puis, tenant l'artefact à deux mains, il fit quelques passes, dont une attaque éclair qu'il arrêta à deux pouces de la poitrine de Raistlin. S'il avait porté son coup, il aurait brisé les côtes du jeune homme.

Horkin rendit le bâton à Raistlin.

— Bien équilibré. Une arme remarquable, commenta-t-il.

— C'est le Bâton de Magius, s'indigna le jeune homme en le serrant contre lui d'un air protecteur.

— Vraiment ? lâcha Horkin en avançant la mâchoire inférieure. (Il s'approcha de Raistlin et lui chuchota :) Je ne veux pas te décevoir, Rouge, mais tu peux en acheter une douzaine pour deux pièces d'acier dans n'importe quelle boutique de magie de Palanthas.

Il haussa les épaules.

— Cependant, je dois reconnaître qu'il contient une petite étincelle de pouvoir. Je la sens qui me picote la main. Je suppose que tu n'as aucune idée de ce qu'il peut faire ?

Raistlin était trop stupéfait pour répondre. Deux pièces d'acier à Palanthas ! La magie du puissant artefact qui lui avait été offert en compensation de son corps brisé, ravalée au rang d'« étincelle picotante » ! Il était vrai qu'il ne maîtrisait pas encore toutes ses capacités, mais...

— C'est bien ce que je pensais, railla Horkin.

Il tourna les talons, se dirigea vers une table de pierre massive et se laissa tomber sur un tabouret qui craqua en signe de protestation. Puis il posa un index pareil à une saucisse trop cuite sur la page d'un grimoire relié de cuir ouvert devant lui.

— Je suppose qu'on n'y peut rien, soupira-t-il. Il va falloir que je recommence tout depuis le début.

Il désigna une cornue de verre brisée dont les morceaux gisaient sur le sol, au milieu d'une tache brunâtre.

— Nettoie-moi ça, Rouge, ordonna-t-il. Il y a un seau et une serpillière dans le coin.

La moutarde monta au nez de Raistlin.

— Et puis quoi encore ? dit-il en frappant le sol de pierre avec son bâton pour manifester sa colère. Je ne nettoierai pas vos saletés. Je n'obéirai pas à un homme qui est mon inférieur. J'ai passé l'Epreuve à la Tour de Haute Sorcellerie ! J'ai risqué ma vie pour la magie ! Je n'ai pas eu peur de...

— Peur ? coupa Horkin, amusé, en levant le nez de son grimoire. Par Luni, nous verrons lequel de nous deux a le plus peur.

— En ma présence, continua Raistlin, inflexible, vous daignerez évoquer la déesse Lunitari avec tout le respect qui lui est dû...

Horkin était capable de se déplacer à une vitesse étonnante pour un homme de sa corpulence. L'instant d'avant, il était assis sur son tabouret à l'autre bout de la pièce ; soudain, il parut se matérialiser devant Raistlin tel un diablotin jailli des Abysses.

— Ecoute-moi bien, Rouge ! dit-il en enfonçant son index dans le plexus du jeune homme. *Primo*, tu ne me donnes pas d'ordres. C'est moi qui te donne des ordres, et j'entends que tu y obéisses. *Secundo*, tu m'appelles maître Horkin ou messire, à l'exclusion de tout autre chose. *Tertio*, j'évoque ma déesse de la façon qu'il me plaît. Si je la nomme Luni, c'est parce que j'en ai le droit. Je ne compte plus les nuits où nous nous sommes assis ensemble sous les étoiles pour partager une bouteille, elle et moi. Je porte son symbole sur mon cœur...

Il ramena son doigt vers lui pour montrer la broche épinglée sur le côté gauche de sa poitrine, que Raistlin n'avait pas remarquée jusque-là.

— ... Et son emblème autour de mon cou.

Horkin tira du col de sa robe un pendentif d'argent qu'il brandit sous le nez de Raistlin, avec tant de vigueur que le jeune homme dut reculer la tête.

— La chère Luni me l'a donné. Je l'ai vue, je lui ai parlé.

Horkin fit encore un pas en avant ; un de plus, et il grimperait sur les orteils de Raistlin, qu'il foudroya du regard.

— Je n'arbore peut-être pas son symbole, dit le jeune mage, refusant de céder davantage de terrain, mais je porte sa couleur. Ainsi que vous l'avez astucieusement remarqué, c'est le rouge. Et elle m'a parlé aussi.

Raistlin observa le pendentif d'argent pur, finement ouvragé, et représentant un symbole si ancien que la plupart des gens avaient oublié jusqu'à son existence. Une aura de pouvoir l'enveloppait ; pour un peu, le jeune homme aurait presque cru que Horkin lui disait la vérité.

Le sorcier de guerre le dévisageait ; à sa mine, Raistlin devina qu'il pensait exactement la même chose de lui.

— Lunitari s'est adressée à toi ? demanda-t-il en levant vers les cieux l'index qu'il agitait sous le nez du jeune mage. Tu me le jures ?

— Oui, répondit calmement Raistlin. Je le jure par la lune rouge.

Horkin grogna.

— Oui qui, soldat ?

Raistlin hésita. Il n'aimait pas cet homme grossier et sans éducation, qui n'avait probablement pas le dixième de ses pouvoirs et l'obligerait néanmoins à le traiter comme un supérieur. Horkin l'avait humilié et insulté. Pour une pièce de cuivre, il aurait été prêt à claquer la porte du laboratoire et à n'y plus jamais remettre les pieds.

Mais dans la dernière question du mage en robe brune, il avait capté un subtil changement de ton. Une nuance d'acceptation à défaut de respect.

D'acceptation au sein d'une fraternité qui, bien que rude et meurtrière, lui témoignerait une loyauté indéfectible.

Celle de Huma et de Magius.

— Oui, maître Horkin, capitula Raistlin.

— Bien, grogna le mage. Je réussirai peut-être à faire quelque chose de toi. Aucun de tes prédécesseurs n'a su de quoi je parlais quand j'ai mentionné le nom de la chère Luni.

Il fronça l'endroit où auraient dû être ses sourcils.

— Et maintenant, Rouge, dit-il en désignant la cornue brisée, tu vas me nettoyer ça !

CHAPITRE XIII

Alors qu'il attendait avec les nouvelles recrues sous un soleil de plomb, Caramon se rongeait les sangs.

C'était dans des circonstances comme celles-là qu'il se sentait le plus oppressé quand on le séparait de Raistlin. Ayant pris l'habitude de se laisser guider par son frère, il ne savait plus très bien que faire livré à lui-même, surtout dans une situation qui ne lui était pas familière.

En outre, il s'inquiétait pour la santé de Raistlin, et osa même demander à un officier la permission d'aller voir si son jumeau se portait bien.

— Puisque nous ne faisons rien d'autre qu'attendre, je pensais que…

— Tu ne veux pas aussi qu'on aille te chercher ta mère ? railla le vétéran.

— Non, chef, répondit Caramon en rougissant. Mais Raist n'est pas très costaud, et…

— Pas très costaud ? répéta l'officier, stupéfait. Dans quoi croyait-il s'enrôler, le Club de Broderie des Gentes Dames de Palanthas ?

— Ce n'est pas ce que je voulais dire, balbutia Caramon, en espérant de tout son cœur que ses propos ne parviendraient jamais aux oreilles de son jumeau. Il a de grands pouvoirs magiques, mais…

Le vétéran s'assombrit.

— Je pense que tu ferais mieux de te taire, chuchota Trocard.

Jugeant ce conseil excellent bien qu'un peu tardif, le colosse renonça à insister. L'officier secoua la tête et s'éloigna en marmonnant dans sa barbe.

Quand les nouvelles recrues eurent toutes signé la feuille de recrutement, le sergent leur ordonna d'entrer dans la cour intérieure du château. Traînant les pieds et se bousculant les uns les autres, les hommes obéirent et s'alignèrent maladroitement.

Un officier réclama leur attention, puis leur récita la longue liste des règles en vigueur au sein de l'armée et des sanctions impitoyables qui les attendaient au cas où ils y contreviendraient.

— On prétend que les dieux ont fait tomber une montagne enflammée sur Krynn, acheva-t-il, mais ce ne sera rien comparé au traitement que je vous ferai subir si vous vous écartez du droit chemin. A présent, le baron de Langarbre voudrait vous adresser quelques mots. Un triple hourra pour le baron !

Les recrues crièrent avec enthousiasme tandis qu'Ivor s'avançait pour leur faire face. Il était fier comme un paon avec ses bottes de cuir qui lui montaient jusqu'à mi-cuisses et son large chapeau orné d'une plume. Malgré la chaleur, il portait un épais pourpoint matelassé. Ses longs cheveux noirs bouclaient sur ses épaules ; sa barbe et sa moustache encadraient un sourire moqueur.

C'était un miracle qu'il ne trébuchât pas sur l'immense épée qui lui battait le flanc, et dont la pointe menaçait sans cesse de le faire tomber en se coinçant entre ses jambes. Posant une main sur sa garde massive, il débita son traditionnel discours de bienvenue, qui présentait l'avantage d'être court et dénué de fioritures.

— Vous êtes ici pour vous joindre à une armée d'élite, la meilleure de Krynn. Vous n'avez pas l'air bien vaillants, mais maître Quesnelle fera de son mieux pour vous transformer en soldats. Obéissez aux ordres, combattez avec courage, et n'oubliez pas de me faire savoir à qui je dois envoyer votre solde au cas où vous ne survivriez pas pour l'empocher. Ha, ha, ha !

Sur ces mots, il tourna les talons et regagna son château.

Les recrues se virent distribuer un morceau de pain qui, bien que lourd et difficile à mâcher, s'avéra étonnamment bon, ainsi qu'un triangle de fromage. Caramon dévora le tout en songeant que c'était un bon début, et se demanda quand on leur servirait la suite.

Son estomac et lui furent très déçus quand, après les avoir laissés boire tout leur soûl, le sergent les précéda vers les baraquements où Raistlin avait disparu une heure plus tôt. Là, on leur distribua leur équipement, dont le prix serait retenu sur leur solde.

— C'est votre nouveau foyer, et ça le restera pour le mois à venir, déclara le sergent. Vous veillerez à ce qu'il soit constamment propre et bien entretenu. (Il jeta un regard méprisant au sol balayé de frais et à la paille qui le recouvrait.) Pour l'instant, il est pire qu'une porcherie. Vous passerez l'après-midi à le nettoyer.

— Excusez-moi, chef, dit Caramon en levant la main, mais cette pièce est déjà propre.

L'officier avait visiblement commis une erreur. Peut-être était-il myope...

Tendant la main, il saisit un pot de chambre et en vida le contenu malodorant sur la paille fraîche.

— Et maintenant, tu trouves toujours que c'est propre, Majere ?

— Non, mais vous venez de…

— Non qui, Majere ?

— Non, chef.

— Alors, tu nettoies. Plus vite que ça !

— Oui, chef.

Les autres recrues avaient déjà empoigné des serpillières et frottaient avec ardeur.

— Si je pouvais avoir une brosse…

— Une brosse ? (Le sergent secoua la tête.) Je ne voudrais pas salir une brosse pour ça. Il est dur de trouver des bonnes brosses. Mais toi, Majere, je peux te remplacer n'importe quand. Voilà un chiffon. Mets-toi à quatre pattes.

— Mais, chef…

— On ne discute pas, Majere !

Retenant sa respiration pour ne pas sentir l'odeur nauséabonde, Caramon saisit le chiffon qu'on lui tendait et s'agenouilla. Quand la tête lui tourna, et que des étoiles dansèrent devant ses yeux, il aspira une rapide goulée d'air. La seconde d'après, il s'empara du pot de chambre pour y transférer le contenu de son estomac.

Le sol fut soudain englouti sous un flot d'eau propre qui dilua la puanteur, emporta une grande partie des déjections et éclaboussa les bottes du sergent.

— Désolé, chef, s'excusa Trocard.

— Laissez-moi vous les essuyer, ajouta Caramon, en tamponnant les pieds mouillés de son supérieur avec son chiffon sale.

L'officier les foudroya du regard, mais une lueur d'approbation dansait dans ses yeux, et il avait du mal à se retenir de rire. Il se tourna vers les autres recrues qui avaient observé toute la scène.

— Que regardez-vous donc ? s'époumona-t-il. Au travail, bande de fainéants ! Je veux pouvoir manger par terre avant le coucher du soleil !

Les recrues se hâtèrent d'obéir tandis que l'homme ressortait des baraquements, le coin de ses lèvres frémissant d'un éclat de rire contenu. Il était bien obligé de maintenir la discipline…

Après avoir ôté la paille souillée, balayé, lavé le sol à grande eau et frotté avec une serpillière, Caramon annonça fièrement au sergent, tout juste de retour, que le plancher était assez propre pour qu'il se voie dedans.

— Mouais, ça ira, lâcha l'officier après avoir vérifié. Du moins, jusqu'à ce qu'on vous aie appris à faire mieux que ça.

Puis Caramon attendit qu'il annonce l'heure du dîner. Peu lui importait de le manger par terre ou non ; tout ce qu'il voulait, c'était de la nourriture, en grande quantité de préférence.

Le sergent regarda le soleil couchant et promena un regard pensif sur les nouvelles recrues.

— Puisque vous avez fini de bonne heure, je vais vous accorder une petite récompense.

Caramon sourit. Des rations supplémentaires, quelle chance !

— Prenez vos sacs de couchage et accrochez-les dans votre dos. Ramassez votre épée et votre bouclier, enfilez votre plastron et votre casque… (L'officier désigna une colline dans le lointain.) Et grimpez là-haut en courant !

— Pourquoi, chef ? demanda Trocard. Qu'y a-t-il là-haut ?

— Moi, avec un fouet, répondit le sergent.

Il saisit le jeune homme par le col de sa chemise et le secoua comme un prunier.

— Ecoute-moi bien, gamin. Et ceci est valable pour tous. (Cette fois, aucune lueur amusée ne brillait dans son regard.) Quand je donne un ordre, vous obéissez sans discuter, sans poser de questions et sans le soumettre au vote. Pourquoi ? Je vais vous le dire, et ce sera la seule fois où vous m'entendrez expliquer quelque chose.

« Un jour, vous vous retrouverez sur un champ de bataille, avec des flèches qui siffleront de tous les côtés, et des ennemis qui se précipiteront vers vous en hurlant comme des démons jaillis des Abysses. Les trompettes résonneront ; du métal brûlant et ensanglanté fendra l'air, et je vous donnerai un ordre.

« Si vous gaspillez une seconde à vous interroger sur son bien-fondé, ou à vous demander si c'est une bonne idée d'obéir, vous mourrez. Vos camarades aussi. Et la bataille sera perdue !

Le sergent lâcha Trocard, qui s'effondra sur le sol.

— Maintenant, nous allons recommencer depuis le début. Prenez vos sacs de couchage et accrochez-les dans votre dos. Ramassez votre épée et votre bouclier, enfilez votre plastron et votre casque, et grimpez au sommet de cette colline en courant ! Allez, remuez vos fesses !

Les recrues obéirent au prix d'une épouvantable confusion. Aucune ne savait comment attacher un sac de couchage sur son dos. Elles firent des nœuds maladroits, et observèrent d'un air maussade le résultat pitoyable de leurs efforts. Le sergent passait d'un homme à l'autre, distribuant avec largesse bourrades, insultes et instructions.

Finalement, tous furent plus ou moins prêts, le casque perché de guingois sur le crâne, l'épée s'emmêlant dans leurs jambes et faisant trébucher ceux qui n'avaient pas l'habitude d'en porter une. De la sueur dégoulinait déjà sous leur lourd plastron.

Trocard n'y voyait rien sous son casque, qui était trop grand et lui tombait sur les yeux ; il flottait dans son armure comme une brindille dans une chope de bière, et son bouclier plus haut que lui traînait sur le sol.

Tout équipé, Caramon jeta un regard plein de regret à la cantine, d'où s'échappaient un fracas de vaisselle et une délicieuse odeur de cochon rôti.

D'un cri, le sergent donna le signal du départ.

La nuit était tombée quand ils rentrèrent au château en courant.

Six recrues avaient déjà décidé qu'elles n'étaient pas taillées pour la vie militaire, aussi faramineux que soit le montant de la solde. Elles rendirent leur équipement – enfin, ce qu'elles n'avaient pas semé en route – et reprirent en boitillant le chemin de la ville.

Les autres hommes entrèrent dans la cour où quelques-uns s'effondrèrent de fatigue, et où d'autres répandirent le contenu de leurs boyaux.

Comptant les têtes, le sergent découvrit qu'il manquait deux personnes à l'appel. Il secoua la tête et rebroussa chemin pour partir à la recherche des corps.

— Qu'est-ce que c'est ?

Le Baron Fou interrompit sa tournée d'inspection du campement pour contempler une scène inhabituelle.

Les torches allumées dans la cour éclairaient un jeune homme très musclé et large d'épaules, aux cheveux brun-roux bouclés et au visage franc. Il portait sur son épaule un adolescent malingre s'agrippant d'une main à son épée, et de l'autre à son bouclier qui battait les mollets du porteur à chaque pas. Ils étaient les derniers à redescendre de la colline.

Quand ils eurent rejoint les autres recrues, qui les avaient regardés arriver, le colosse posa son camarade à terre. Celui-ci tituba sur ses jambes maigres, faillit tomber mais cala son bouclier dans le sol et s'y raccrocha avec un sourire triomphant, bien qu'épuisé. Quant au premier homme, qui l'avait charrié en plus de son propre équipement, il ne semblait pas fatigué ni même essoufflé : juste affamé.

— Qui sont ces deux-là ? demanda le baron au sergent.

— Deux nouvelles recrues, seigneur. De retour d'une petite expédition sur le Tord-Boyaux. J'ai tout vu. Le gamin s'est effondré à la moitié de la montée, mais il a refusé d'abandonner. Il s'est relevé et il est reparti. Après quelques pas, il est de nouveau tombé. Ça ne l'a pas empêché d'essayer encore. Alors le grand l'a chargé sur son épaule et traîné jusqu'en haut. Puis jusqu'en bas.

Le baron plissa les yeux.

— Ce garçon a quelque chose de bizarre. Tu ne trouves pas qu'il ressemble à un kender ?

— Que Kiri-Jolith nous protège ! J'espère bien que non, répondit le sergent.

— Il a l'air plutôt humain, dans l'ensemble. Mais il est trop frêle ; on n'en fera jamais un soldat.

— Vous voulez que je lui demande de partir ?

— Je suppose que tu devrais... Mais il me plaît, et son ami aussi. J'aime la loyauté dont il a fait preuve. Laisse-les rester ; nous verrons bien comment ils se débrouillent. Le gamin nous surprendra peut-être.

— Peut-être, fit le sergent, dubitatif.

Cette histoire de kender l'avait perturbé. Il prit mentalement note de compter les écuelles et les cuillers de bois. Si une seule manquait à l'appel, loyauté ou pas, le gamin dégagerait.

Les recrues furent envoyées à la soupe. Elles se traînèrent jusqu'à la cantine, où plusieurs s'endormirent le nez dans leur assiette. Caramon, qui n'aimait pas que la nourriture se gaspille, prit sur lui de terminer leur repas. Il dut admettre que le sol de pierre lui sembla plus doux qu'un édredon de plumes quand on lui donna enfin la permission de dormir.

Le jeune homme avait à peine fermé les yeux que le son d'un cor le réveilla en sursaut et le fit s'asseoir dans la paille, le cœur battant. Hébété, il ne savait plus où il était, ce qui se passait et surtout pour quelle raison ça devait arriver à une heure aussi indue.

Les baraquements étaient plongés dans le noir. Par les fenêtres – de simples meurtrières taillées dans la pierre et dépourvues de vitres –, il apercevait encore les étoiles, même si l'horizon pâlissait légèrement.

— Hein ? Quoi ? grogna-t-il, se laissant retomber en arrière.

Des torches illuminèrent le dortoir et le visage jovial de leurs porteurs.

— Debout là-dedans ! C'est l'heure de se lever, tas de fainéants !

— Non ! Il fait encore nuit, grogna Caramon en enfouissant la tête sous la paille.

Une botte s'enfonça dans son estomac, lui coupant le souffle et achevant de le réveiller. Soudain, il se sentit très alerte.

— Debout, fils de nains des ravins ! rugit le sergent dans son oreille. Tu vas les gagner, tes cinq pièces d'acier !

Caramon soupira. Il ne trouvait plus la solde si faramineuse...

Les étoiles eurent disparu le temps que les nouvelles recrues enfilent leur tabard bleu et gris, engloutissent un petit déjeuner hâtif et aillent sur le terrain d'exercice : un vaste champ situé à une demi-lieue du château.

Visiblement aussi somnolent qu'elles, le soleil jeta un bref coup d'œil par-dessus l'horizon puis, comme épuisé par cet effort, se pelotonna sous une épaisse couverture de nuages et se rendormit. Une tiède pluie printanière martelait doucement le casque des soixante hommes qui s'étaient tant bien que mal répartis sur trois rangs.

Le sergent et ses acolytes leur distribuèrent leur équipement : un bouclier et une épée en bois.

— Qu'est-ce que c'est, chef ? demanda Caramon, observant l'arme factice avec dédain. (Baissant la voix pour ne pas faire honte à ses camarades, il ajouta :) Je sais me servir d'une véritable épée.

— Vraiment ? dit le vétéran à qui il s'adressait. Nous verrons ça.

— Silence dans les rangs ! cria le sergent.

Caramon soupira. Saisissant l'épée en bois, il fut surpris de constater qu'elle pesait deux fois plus lourd qu'une bonne lame d'acier. Les boucliers aussi étaient lestés, et Trocard réussit tout juste à soulever le sien.

Un deuxième vétéran passa parmi eux pour leur distribuer des brassards. Caramon ne parvint pas à ajuster le sien sur son biceps musclé ; celui de Trocard glissa et tomba dans la boue.

Quand tout le monde fut plus ou moins accoutré, le sergent salua un officier supérieur qui se tenait sur le côté.

— Ils sont tout à vous, maître Quesnelle, dit-il sur le ton morne qu'il aurait employé pour annoncer une invasion de rats dans le château.

Maître Quesnelle grogna et, d'un pas délibérément lent, vint se placer face aux troupes.

Il devait avoir une soixantaine d'années. Ses cheveux et sa barbe d'un gris métallique dépassaient de son casque. Son visage buriné par des années de campagne était couvert de cicatrices. Un bandeau couvrait son œil gauche ; le droit, profondément enfoncé dans son orbite, brillait pour deux sous sa visière.

Le maître d'armes s'était lui aussi muni d'une épée et d'un bouclier en bois. Sa voix tonitruante aurait pu couvrir le fracas d'une bataille, voire le brouhaha d'un banquet de kenders. Il dévisagea les nouveaux venus et pinça les lèvres.

— On me dit que certains d'entre vous croient savoir manier une arme, fit-il en promenant son regard borgne sur les recrues.

Celles sur lesquelles il s'attarda furent soudain prises d'un vif intérêt pour le bout de leurs bottes. Il lâcha un ricanement.

— C'est ça, vous êtes tous des durs à cuire, jusqu'au dernier ! (Son ton se durcit.) Souvenez-vous d'une seule chose : vous ne savez rien. Et vous ne saurez rien jusqu'à ce que je vous affirme le contraire.

Pas un homme ne remuait ni ne pipait mot. Les rangs à peu près droits au départ ondulaient maintenant sur toute la largeur du champ.

Les soldats observaient le maître d'armes d'un air boudeur, les gouttes de pluie dégoulinant sur leur visière.

— On m'a présenté à vous sous le nom de maître Quesnelle, mais seuls mes amis et mes camarades m'appellent ainsi. Pour vous, je n'aurai qu'un seul nom : chef. C'est bien compris ?

La moitié des hommes, sentant sur eux le regard brûlant du borgne, se hâtèrent d'acquiescer.

— Oui, chef.

Les autres les imitèrent avec un temps de retard, car ils n'étaient pas certains de ce qu'ils devaient dire. Seul un infortuné commit l'erreur de répondre :

— Oui, maître Quesnelle.

Le maître d'armes fondit sur lui comme un chat sur une souris.

— Toi ! Qu'as-tu dit ?

Le malheureux réalisa sa bévue.

— Oui, ch-chef, balbutia-t-il.

Maître Quesnelle hocha la tête.

— C'est beaucoup mieux. Histoire de rentrer ça dans ton crâne de piaf, je veux que tu fasses le tour du terrain dix fois en répétant « Chef, chef, chef ». Plus vite que ça !

L'homme le dévisagea, bouche bée. Le sergent s'approcha et le toisa d'un air menaçant. Alors, il lâcha son épée et son bouclier et fit mine de s'élancer.

Mais l'officier l'arrêta, ramassa son équipement et le lui rendit.

La recrue partit en titubant sous ce poids supplémentaire, haletant « Chef, chef, chef » à intervalles réguliers.

Maître Quesnelle baissa son épée, dont la pointe de bois s'enfonça dans le sol.

— Aurais-je commis une erreur ? Je croyais que vous étiez ici parce que vous vouliez devenir des soldats. Me serais-je trompé ?

Son œil balaya les rangs de recrues, dont la plupart se recroquevillèrent derrière leur bouclier ou tentèrent de se cacher derrière leur voisin. Il fronça les sourcils.

— Quand je pose une question, je veux un rugissement de bataille en réponse. C'est bien compris ?

— Oui, chef, grognèrent la moitié des hommes.

— C'est bien compris ?

Cette fois, toutes les gorges hurlèrent à l'unisson :

— Oui, chef !

Le maître d'armes eut un bref hochement de tête.

— Bon, vous n'êtes peut-être pas complètement dénués de tripes. (Il leva son épée de bois.) Savez-vous que faire avec ça ?

La plupart des hommes le dévisagèrent sans comprendre. Quelques-uns, dont Caramon, se souvinrent de l'exercice et s'écrièrent :

— Oui, chef !

Maître Quesnelle eut l'air exaspéré.

— Savez-vous que faire avec ça ? répéta-t-il.

Un rugissement assourdissant lui répondit.

— Non, vous ne le savez pas. Mais d'ici à ce que j'en aie fini avec vous, vous saurez. Avant d'apprendre à manier une arme, vous devez apprendre à déplacer votre corps. Prenez votre épée dans la main droite. Mettez votre pied droit derrière votre pied gauche et portez tout votre poids dessus. Maintenant, levez votre bouclier comme ceci.

Il adopta une position défensive pour protéger son flanc vulnérable.

— Quand je crierai : « En avant ! », vous pousserez votre cri, vous avancerez d'un pas et vous plongerez votre épée au travers du corps de l'ennemi qui se tient en face de vous. Puis vous vous immobiliserez dans cette position. Quand je crierai en arrière, vous reformerez les rangs initiaux. En avant !

Maître Quesnelle avait lancé son ordre si vite que la plupart des hommes furent pris au dépourvu. Une bonne moitié hésitèrent.

Trocard fut prompt à réagir, comme Caramon qui commençait à s'amuser.

Il se tenait à une extrémité de la rangée du milieu. Son tabard trempé pendait sur ses cuisses comme un torchon sale et lui collait aux bras. Mais il poussa un cri joyeux et attaqua. Quelques secondes plus tard, ses camarades l'imitèrent.

— Stop ! hurla maître Quesnelle. On ne bouge plus !

Les recrues se figèrent dans une position inconfortable, leur épée à l'horizontale comme si elles venaient juste d'attaquer... sauf que la lame n'était pas soutenue par le corps de l'ennemi qu'elle venait de traverser.

Le maître d'armes attendit en observant les recrues. Bientôt, leurs muscles tremblèrent sous le poids de la lourde épée factice. Mais personne ne bougeait.

Caramon commençait à se sentir mal à l'aise. Regardant Trocard, il vit que son ami se mordait la lèvre inférieure, que de la sueur se mêlait à la pluie sur son front et que ses jointures avaient blanchi sur la garde de son arme, dont la pointe oscillait. Lentement, l'épée piqua du nez vers le sol, sous le regard consterné mais impuissant de son propriétaire.

— En arrière ! ordonna maître Quesnelle.

De soulagement, les hommes se surpassèrent en poussant leur cri de guerre.

— En avant !

Cette fois, ils ne furent pas obligés de tenir la position aussi longtemps.

— En arrière !
— En avant !
— En arrière !

Trocard haletait, mais s'accrochait à son épée. Même Caramon commençait à ressentir les effets de la fatigue. L'homme qui avait fini ses dix tours de terrain vint reprendre sa place pour faire l'exercice avec les autres.

Au bout d'une heure, maître Quesnelle accorda aux recrues quelques moments de repos pour reprendre leur souffle et masser leurs muscles endoloris.

— Alors, limaces ! L'une de vous sait-elle pourquoi nous nous battons en rangs ?

Pensant qu'il tenait sa chance d'aider le maître d'armes, Caramon fut le premier à lever son épée pour réclamer la parole.

— Afin que l'ennemi ne puisse pas nous traverser et nous attaquer par-derrière ou sur les flancs, répondit-il, très fier de son savoir.

Maître Quesnelle eut l'air surpris.

— Très bien. Majere, c'est ça ?

La poitrine de Caramon se gonfla de fierté.

— Oui, chef !

Le maître d'armes étendit les bras. Bouclier dans une main, épée dans l'autre, il chargea le premier rang des recrues qui lui jetèrent un coup d'œil inquiet, ne sachant que faire, mais supposant qu'il s'arrêterait avant de les atteindre.

Maître Quesnelle continua à foncer droit devant lui. Son bouclier aplatit un homme qui n'avait pas jugé bon de s'écarter, et son épée en atteignit un autre à la figure. Il franchit le premier rang et fonça sur les recrues du second qui, paniquées, firent un bond sur le côté pour ne pas qu'il les frappe.

Maître Quesnelle se dirigea ainsi vers Caramon.

— Ton compte est bon, s'étrangla Trocard en s'accroupissant derrière son bouclier.

— Mais... Qu'est-ce que j'ai fait ? balbutia le colosse.

Le maître d'armes se planta devant lui, nez à nez... ou plutôt, nez à plastron. Baissant les bras, il le foudroya de son œil unique. Caramon n'avait jamais rien vu d'aussi effrayant, pas même la main désincarnée de la Tour de Haute Sorcellerie de Wayreth.

— Dis-moi, Majere ! cria maître Quesnelle. Par Kiri-Jolith, si ces hommes se tiennent en rang, comment se fait-il que je vienne de les traverser jusqu'à toi ?

— Parce que vous êtes très fort ? gargouilla pitoyablement Caramon.

Maître Quesnelle tendit à nouveau les bras et pivota. Son bouclier heurta le colosse en pleine poitrine, le forçant à reculer. Avec un ricanement de mépris, il chargea de nouveau vers l'avant, piétinant les recrues sur son passage.

Puis il se tourna pour faire face à la compagnie désormais éparpillée.

— Je viens de vous montrer pourquoi les soldats professionnels forment des rangs serrés. Resserrez les rangs ! Allez, et que ça saute !

Les hommes se rapprochèrent jusqu'à ce qu'ils se tiennent épaule contre épaule, et qu'une distance maximum de sept pouces sépare le bord de leurs boucliers. Maître Quesnelle eut un grognement satisfait.

— En avant ! hurla-t-il, et l'exercice recommença. En arrière ! En avant ! En arrière !

Les recrues s'échinèrent pendant une bonne demi-heure avant qu'il ne les mette au repos. La pluie avait cessé, mais le soleil était toujours d'humeur boudeuse.

De nouveau, maître Quesnelle tendit les bras et se jeta sur le premier rang de la compagnie. Cette fois, les hommes l'attendaient de pied ferme. Sa poitrine heurta un bouclier ; il tenta de forcer le passage, mais sans succès. Reculant d'un pas, il essaya de se faufiler entre deux boucliers ; les hommes se rapprochèrent encore pour bloquer son avancée.

Le maître d'armes battit en retraite et, apparemment satisfait, jeta son épée et son bouclier sur le sol. Soulagées que l'exercice soit terminé, les recrues se détendirent. Alors, sans crier gare, Quesnelle tourna les talons, plongea en avant et se jeta sur le premier rang.

Bien que pris au dépourvu, les hommes savaient que faire. Ils levèrent leurs boucliers pour arrêter le maître d'armes. Celui-ci alla s'écraser sur la barrière compacte qu'ils lui présentaient et retomba sur le sol.

Une lueur brilla dans son œil unique.

— Il se peut que nous réussissions à faire de vous des soldats, finalement, concéda-t-il.

Ramassant son équipement, il reprit sa place face à la compagnie.

— En avant !

Les hommes attaquèrent un ennemi invisible.

— En arrière !

Ils reprirent leur position initiale. Bien qu'épuisés, ils étaient contents d'eux-mêmes et fiers du compliment qu'ils venaient de recevoir.

Alors Caramon se demanda pour la première fois de la journée ce que devenait son jumeau.

CHAPITRE XIV

Pour un sou rogné, Raistlin aurait quitté cette armée et cette ville. Il avait passé la première nuit les yeux grands ouverts dans le noir, prêt à céder à la tentation.

La situation lui était intolérable. Il était venu à Langarbre pour apprendre la magie de guerre, et qu'y avait-il trouvé ? Un homme grossier et brutal qui en savait moins que lui et n'était pourtant pas impressionné par ses exploits.

Raistlin avait ramassé les morceaux de la cornue et épongé son contenu gluant, qui dégageait une forte odeur de sirop d'érable. Après quoi, Horkin l'avait emmené dans leurs quartiers.

Il avait plus de chance que son jumeau car les sorciers étaient logés dans le château, pas dans les baraquements. Certes, ils étaient relégués dans une petite pièce en sous-sol qui ressemblait fortement à une cellule, mais du moins avaient-ils droit à un lit de camp. Celui-ci était à peine plus confortable que le sol de pierre ; Raistlin ne l'apprécia pleinement qu'en entendant les rats galoper autour de lui pendant la nuit.

— Le Baron Fou aime bien les magiciens, révéla Horkin à son nouveau subordonné. Nous sommes mieux nourris et mieux traités que les soldats ordinaires. Evidemment, nous le méritons : notre travail est plus difficile et plus dangereux.

« Je suis le seul sorcier de guerre qui ait survécu. Nous étions six. Les autres étaient des mages de la Tour, comme toi, et plutôt imbus de leur petite personne. N'est-il pas ironique que le vieil Horkin, le plus stupide d'entre eux, les ait tous enterrés ?

Bien qu'épuisé, Raistlin ne put fermer l'œil cette première nuit. Horkin ronflait tellement fort qu'il craignait presque que les occupants du château accourent voir si un séisme faisait ainsi trembler les murs.

Quand minuit arriva, il avait résolu de s'en aller le lendemain. Il retrouverait Caramon, et quitterait Langarbre avec lui pour... Pour quoi faire ? Retourner à Solace ? Hors de question : c'eût été admettre son échec.

Mais il existait d'autres villes, d'autres châteaux, d'autres armées. Sa sœur lui avait souvent parlé de celle qui se rassemblait dans le nord. Raistlin envisagea un instant de partir dans cette direction, puis il se ravisa. Il ne tenait pas tellement à tomber sur Kitiara.

Ils auraient pu tenter leur chance en Solamnie. Les chevaliers cherchaient de nouvelles recrues, et ils auraient sans doute accueilli Caramon à bras ouverts. Malheureusement, ils étaient connus pour leur méfiance envers la magie.

Raistlin tournait et se retournait sur son lit de camp, juste assez large pour sa mince silhouette. Horkin dépassait du sien sur sept pouces de chaque côté. Allongé dans le noir, écoutant les rats ronger les pieds de bois de son lit, le jeune homme réalisa soudain qu'il n'avait eu qu'une quinte de toux vraiment sévère de la journée. D'habitude, il en subissait cinq ou six.

Se pourrait-il que cette existence rude me soit bénéfique ? L'humidité, le froid, l'eau putride, la nourriture infâme... Je devrais déjà être à moitié mort, et pourtant, je me suis rarement senti aussi vivant. Je respire mieux, mes poumons ne me brûlent pas. Je n'ai pas eu besoin de boire mon thé de la journée.

Il tendit un bras pour effleurer le Bâton de Magius, qu'il gardait toujours posé près de lui pendant son sommeil. Un léger picotement courut le long du bois, et une douce chaleur envahit son corps.

C'est peut-être parce que je ne passe pas mon temps à me regarder le nombril, s'avoua-t-il. *J'ai d'autres sujets de préoccupation que de savoir quand frappera la prochaine quinte.*

Quand l'aube se leva, Raistlin avait pris la décision de rester. Dans le pire des cas, il pourrait au moins apprendre quelques sorts dans les grimoires qu'il avait aperçus sur une étagère. Il finit par s'endormir au son des ronflements de Horkin.

Au matin, son nouveau maître lui confia d'autres tâches ménagères : balayer le laboratoire, nettoyer des cornues vides dans une bassine remplie d'eau savonneuse, épousseter les livres de sorts.

Il s'attarda particulièrement sur ces derniers, en profita pour les étudier et fut très impressionné par ce qu'il découvrit. Son espoir renaissait : si Horkin était capable d'utiliser ces grimoires, il ne pouvait pas être l'amateur dont il avait l'air.

Mais cette vague d'optimisme retomba aussitôt quand le sorcier de guerre se matérialisa derrière lui.

— Il y en a un paquet, pas vrai ? Je n'en ai lu qu'un seul, et je n'y ai pas compris grand-chose...

— Dans ce cas, pourquoi les conservez-vous ?

— Parce qu'ils feront de bons projectiles en cas de siège, répondit tranquillement le gros homme. (Soulevant un des volumes les plus épais, il le lâcha sans cérémonie.) Combinés avec une catapulte, tu imagines les dégâts qu'ils causeraient ?

Raistlin le dévisagea, choqué. Horkin gloussa et lui donna un coup de coude.

— Je plaisante, Rouge ! Je ne ferais jamais une chose pareille. Ces grimoires sont bien trop précieux. Je pourrais sans doute tirer six ou sept pièces d'acier du lot ! Ils ne m'appartiennent pas. La plupart ont été récupérés durant l'expédition d'Alubrey, il y a six ans.

« Prends celui-là, par exemple. (Horkin tendit la main et se saisit d'un volume à la couverture sombre, qu'il observa presque tendrement.) Il vient d'un Robe Noire que nous avons combattu pendant la dernière saison de campagne. Le misérable s'enfuyait en courant ; il a dû trouver que son grimoire le retardait, parce qu'il l'a laissé tomber en route. Je l'ai ramassé et ramené ici.

— Quels sorts contient-il ? demanda Raistlin.

— Ça, je n'en sais fichtre rien ! s'exclama joyeusement son maître. Je n'arrive même pas à déchiffrer les runes sur la couverture. Et je n'ai jamais regardé à l'intérieur. Pourquoi perdre mon temps avec cet incompréhensible galimatias ? Mais il y a sûrement des choses intéressantes. Un jour, peut-être, tu pourras y jeter un coup d'œil.

Raistlin aurait donné la moitié des années qui lui restaient à vivre pour être capable de lire ce grimoire. Il n'arrivait pas non plus à en déchiffrer le titre, mais il était certain d'y parvenir s'il y consacrait assez de temps. Horkin, en revanche, ne le pourrait jamais. Ce grimoire représentait pour lui le prix de quelques chopes de bière.

— Si vous me laissiez l'emporter dans nos quartiers..., commença le jeune homme.

— Pas maintenant, Rouge, coupa Horkin en replaçant le volume sur son étagère. Inutile de perdre ton temps avec des sorts de Robe Noire dont tu ne pourras sans doute pas te servir. Nous sommes un peu à court de fiente de chauve-souris ; va voir sur les remparts si tu ne peux pas en trouver.

Raistlin avait vu les chauves-souris s'envoler des tours la veille au soir, à la recherche d'insectes. Il se mit en quête de leurs déjections, les runes du grimoire dansant devant ses yeux.

Pendant deux heures, il ramassa la substance empoisonnée et la fourra dans une sacoche. Puis, après s'être soigneusement lavé les mains, il revint au laboratoire où il trouva Horkin en train de souper.

— Tu arrives juste à temps, Rouge, marmonna son maître, des miettes de pain de maïs constellant son menton imberbe. (Il désigna une seconde assiette.) Mange. Tu vas avoir besoin de toutes tes forces.

— Je n'ai pas faim, messire, répliqua Raistlin.

Horkin ne cessa pas de mâcher.

— C'est un ordre, Rouge. Je ne veux pas que tu t'évanouisses au beau milieu d'une bataille parce que tu as l'estomac vide.

Raistlin picora quelques bouchées de pain de maïs, et fut surpris de lui trouver aussi bon goût. Il en mangea deux grosses tranches, et dût reconnaître que ç'aurait été délicieux avec du sirop d'érable. Le repas terminé, il fit la vaisselle pendant que Horkin farfouillait dans un coin du laboratoire.

— Alors, lui dit le sorcier quand il le rejoignit, es-tu prêt à commencer ton entraînement ?

Raistlin eut un sourire méprisant. Il ne pouvait pas croire que le gros homme eût quelque chose à lui enseigner. Selon toute vraisemblance, avant la fin de la leçon, c'était Horkin qui le supplierait de le prendre comme apprenti.

Quant à l'histoire des cinq mages de la Tour décédés avant lui, Raistlin n'en croyait pas un mot. Il était impossible qu'un sorcier illettré et itinérant ait survécu à des confrères sortis victorieux de l'Epreuve.

— Laisse-moi prendre mon équipement.

Raistlin s'attendait à ce que Horkin se munisse de composants de sorts, et peut-être d'un parchemin ou deux. Au lieu de cela, le gros homme saisit deux goujons de bois de deux pouces de diamètre pour trois pieds de long, ainsi qu'une poignée de chiffons qu'il fourra dans une poche de ses robes brunes.

— Suis-moi.

Il conduisit Raistlin sous la pluie, qui avait repris après une brève accalmie.

— Et laisse ton bâton là, tu n'en auras pas besoin. Ne t'en fais pas, ajouta-t-il, sentant l'hésitation du jeune mage, il sera en sécurité.

Raistlin n'avait pas perdu l'artefact de vue depuis le jour où il l'avait reçu de Par-Salian. Il fit mine de protester, puis songea qu'il aurait l'air aussi stupide qu'une jeune mère refusant de confier son bébé à des voisins. Alors, il l'appuya contre le mur où étaient accrochées les autres armes, avec l'idée absurde – il en rougissait presque – que le bâton de Magius se sentirait en bonne compagnie.

Relevant sa capuche pour se protéger de la pluie, Raistlin pataugea dans la boue sur les traces de Horkin. Une demi-lieue plus loin, ils arrivèrent aux abords du terrain d'exercice où les fantassins s'entraînaient.

Bien qu'ils eussent tous le même tabard bleu et gris, Raistlin n'eut pas de mal à reconnaître son jumeau, qui dépassait tous les autres d'une bonne tête. Ils ne faisaient rien de bien utile, se contentant d'agiter leur épée en tous sens et de pousser des glapissements ridicules.

Ses robes rouges étaient imbibées d'eau de pluie ; Raistlin ne tarda pas à frissonner et à regretter sa décision de rester à Langarbre.

Horkin s'ébroua comme un chien.

— Très bien, Rouge. Voyons ce qu'on vous apprend à la fameuse Tour de Wayreth.

Il saisit un goujon dans chaque main et, d'un geste brusque, les fit siffler sous la pluie. Raistlin ne voyait pas du tout ce qu'il comptait faire de ces bâtons de bois, qui ne participaient à aucun sort de sa connaissance. Il commençait à croire que Horkin était légèrement dérangé.

Le sorcier de guerre se retourna et désigna l'extrémité opposée du champ où s'entraînaient les recrues.

— Dis-moi, Rouge, quel est ton meilleur sort… celui de sommeil mis à part ? demanda-t-il.

Raistlin ignora le sarcasme.

— Je suis versé dans l'art de lancer des projectiles incendiaires, messire.

— Incendi-quoi ? croassa Horkin, perplexe. (Il lui tapota l'épaule.) Tu peux parler le commun ici, Rouge. Nous sommes entre amis.

Raistlin lâcha un gros soupir.

— Des éclairs magiques, messire.

— Très bien, dit Horkin. Tu vois le piquet dans le coin de la barrière, là-bas ? Lances-en un dessus.

Raistlin plongea sa main gauche dans une bourse qu'il portait sur le côté de sa ceinture et en tira le composant matériel de son sort : un petit morceau de fourrure. Fixant le piquet, il se concentra, forma dans son esprit les syllabes nécessaires à la création d'un éclair d'énergie magique.

L'instant d'après, il était à quatre pattes sur le sol, le souffle coupé. Horkin le toisait, tenant encore à la main le goujon avec lequel il venait de lui flanquer un coup dans l'estomac. Choqué par cette attaque brutale et inattendue, Raistlin le regarda d'un air stupéfait, s'efforçant de calmer les battements désordonnés de son cœur.

Le sorcier de guerre ne fit pas un geste pour l'aider.

Finalement, Raistlin se releva.

— Pourquoi avez-vous fait ça ? demanda-t-il, tremblant de colère. Pourquoi m'avez-vous frappé ?

— Pourquoi m'avez-vous frappé, *messire ?* corrigea sévèrement Horkin.

Trop furieux pour répéter sa question, Raistlin se contenta de le foudroyer du regard. Son maître braqua le goujon sur lui.

— A présent, comprends-tu le danger, Rouge ? Crois-tu que l'ennemi attendra bien tranquillement que tu entres en transe, que tu chantes « la-de-da », que tu remues les doigts et que tu te frottes un bout de fourrure sur la joue ? Sûrement pas !

« Mais tu voulais lancer le plus puissant, le plus parfait des éclairs magiques, pas vrai ? Tu avais l'intention de fendre ce piquet en deux, je parie. En réalité, tu n'aurais rien lancé du tout. Tu serais déjà mort, parce que ton adversaire n'aurait pas utilisé un goujon : c'est une épée ensanglantée qu'il aurait retirée de ton ventre.

« Leçon numéro deux, Rouge : ne mets pas trop longtemps à incanter. La rapidité est la vertu principale dans notre boulot. Oh, et leçon numéro trois : n'essaye pas de lancer un sort trop complexe quand tu as un adversaire en face de toi.

— J'ignorais que vous étiez un adversaire, messire, dit froidement Raistlin.

— Leçon numéro quatre, Rouge, grogna Horkin en révélant ses dents de devant séparées par un large interstice. Apprends à connaître tes camarades avant de remettre ta vie entre leurs mains.

Raistlin avait mal au ventre et des difficultés à respirer. Il se demanda si Horkin ne lui avait pas fendu une côte.

— Essaye encore d'atteindre le piquet, Rouge, lui ordonna le sorcier de guerre. Ou de frapper pas trop loin, dans le pire des cas. Et n'y passe pas toute la journée.

Raistlin serra le morceau de fourrure entre ses doigts et, avec détermination, forma très vite les paroles dans son esprit.

Horkin leva l'autre goujon et le pointa vers le jeune mage. Celui-ci continua son incantation. Mais à son grand étonnement, il vit du coin de l'œil une étincelle jaillir à la base du bâton et courir tout au long. Il s'efforça de l'ignorer.

La flamme atteignit l'extrémité du goujon alors qu'il s'apprêtait à lancer son sort. Une vive lumière l'aveugla, tandis qu'une déflagration l'assourdissait presque. Raistlin leva un bras pour se protéger le visage. Alors, le second goujon s'abattit sur ses reins, et il s'étala face contre terre dans la boue du champ.

Raistlin se releva lentement. Ses genoux et ses mains étaient écorchés. Il s'essuya le visage d'un revers de manche et dévisagea Horkin qui se balançait sur ses talons, l'air satisfait de lui-même.

— Leçon numéro cinq, Rouge : ne tourne jamais le dos à un ennemi.

Raistlin inspecta ses mains et délogea un petit caillou qui s'était logé sous sa peau.

— Il me semble que vous avez sauté la leçon numéro un, messire ! cracha-t-il, se donnant un mal fou pour contenir sa colère.

— Vraiment ? C'est possible. Réfléchis-y…

Raistlin n'avait pas envie de réfléchir. Il ne souhaitait qu'une chose : échapper à ce fou dangereux. Aucun doute ne subsistait dans son esprit. Horkin était bel et bien cinglé.

Le jeune mage avait besoin d'un bon feu de camp et de vêtements secs. S'il restait sous la pluie, il allait attraper la mort ! Il devait retrouver Caramon et lui dire ce que ce démon avait fait. Comment avait-il pu lancer ce sort aveuglant sans qu'il le voie incanter ?

Cette idée fit oublier à Raistlin sa douleur et son inconfort. Le sort ! Duquel s'agissait-il ? Il ne le connaissait pas, ignorant comment on le lançait. Apparemment, Horkin n'avait utilisé aucun composant matériel, ni prononcé un mot ou esquissé le moindre geste.

— Comment avez-vous fait ça, messire ? demanda Raistlin.

La grimace de Horkin s'élargit.

— Alors, tu vois ? Tu peux peut-être apprendre quelque chose du vieux pleutre qui n'a jamais passé l'Epreuve. Reste avec moi pendant cette saison de campagne, Rouge, et je t'enseignerai des tas de tours. Je ne suis pas le dernier sorcier de guerre de ce régiment oublié des dieux parce que j'étais le meilleur, mais parce que j'étais le plus rusé.

Raistlin en avait assez entendu. Il fit mine de se détourner, et sentit la main de Horkin s'abattre lourdement sur son épaule. Les digues de sa colère se rompirent.

— Par Lunitari, si vous me frappez encore une fois…, gronda-t-il, les poings serrés, en pivotant vers le gros homme.

— Du calme, Rouge. Je veux juste te montrer quelque chose.

Horkin désigna l'autre extrémité du terrain d'exercice où les recrues, à qui on avait accordé une pause, se rassemblaient autour d'un tonneau pour boire.

Comment pouvaient-elles avoir envie d'eau ? C'était un mystère pour Raistlin. La pluie tombait de plus en plus fort, et ses robes en étaient imbibées. Pourtant, les soldats semblaient d'excellente humeur, bavardant et riant entre eux.

Caramon faisait une démonstration de ses talents de bretteur, avançant et reculant avec une telle énergie qu'il faillit embrocher Trocard. Le demi-kender avait levé son bouclier au-dessus de sa tête et s'en servait pour se protéger de la pluie.

Les traits de Horkin se figèrent, et son ton se fit grave.

— Nous sommes un régiment d'infanterie, Rouge. Nous nous battons et nous mourons. Un jour, ces hommes dépendront de toi. Si tu échoues, tu te condamneras et tu les condamneras du même coup. Je suis ici pour t'enseigner comment te battre. Si tu n'as pas envie d'apprendre, que fais-tu là ?

Raistlin se figea, la pluie tambourinant sur son crâne et dégoulinant le long de ses cheveux blancs : un des effets secondaires de la terreur qu'il avait éprouvée pendant l'Epreuve. L'eau coulait sur ses mains fines aux doigts agiles et à la peau dorée… un autre souvenir de l'Epreuve. Oui, il avait réussi, mais de justesse. Bien qu'il ne se souvînt pas exactement de ce qui s'était passé, il en avait la certitude.

A travers le rideau gris de la pluie, il observa Caramon, Trocard et tous les hommes dont il ignorait encore le nom. Ses camarades.

Une vague d'humilité le submergea. Il considéra Horkin avec un respect nouveau, réalisant qu'il venait d'apprendre davantage de cet homme grossier et sans éducation – dont les semblables traînaient généralement leurs guêtres sur les champs de foire et faisaient sortir des pièces du nez des gamins – qu'il n'en avait appris durant les années passées à l'école de maître Théobald.

— Je vous présente toutes mes excuses, messire, dit-il calmement. (Il leva la tête et cligna des paupières pour chasser les gouttes de pluie.) Je pense que vous avez beaucoup de choses à m'enseigner.

Horkin lui adressa un sourire chaleureux. Il serra amicalement l'épaule de Raistlin ; pour une fois, le jeune homme ne se déroba pas au contact.

— Nous réussirons peut-être à faire de toi un soldat, Rouge. C'était la leçon numéro un. Es-tu prêt à continuer ?

Le regard de Raistlin se posa sur les goujons, et il se redressa de toute sa hauteur.

— Oui, messire.

Horkin surprit son coup d'œil. Il éclata de rire et jeta les bâtons à terre.

— Je ne crois pas que nous en aurons encore besoin.

Il dévisagea pensivement Raistlin et, d'un geste vif, lui arracha le morceau de fourrure qu'il serrait toujours dans ses mains.

— Maintenant, lance ton sort, ordonna-t-il.

— Mais c'est impossible, messire, dit Raistlin. Je n'ai pas d'autre morceau de fourrure, et c'est le composant obligatoire.

Horkin secoua la tête avec un claquement de langue désapprobateur.

— Tu te tiens au milieu du champ de bataille ; on te pousse et on te bouscule de toutes parts ; les flèches sifflent au-dessus de ta tête ; les hommes hurlent. Dans la confusion, tu lâches ce petit morceau de fourrure qui, aussitôt piétiné, disparaît dans une flaque de boue et de sang. Et tu ne peux pas incanter sans. (Le sorcier soupira.) Je suppose que tu es mort...

Raistlin réfléchit.

— Je pourrais essayer d'en trouver un autre. Sur la cape d'un soldat, par exemple.

Horkin fit la moue.

— La bataille se déroule en plein été, sous un soleil brûlant. Il fait assez chaud pour rôtir un kender en utilisant ton bouclier comme marmite. Je ne crois pas que beaucoup de soldats portent des capes de fourrure.

— Dans ce cas, que dois-je faire ? demanda Raistlin, exaspéré.

— Incanter sans composant.

— Mais c'est impossible !

— Bien sûr que non. Je suis bien placé pour te le dire, puisque j'ai réussi. Depuis, je me demande si les premiers magiciens ont imposé ce genre de limitation pour nous embêter, pour se moquer de nous ou pour stimuler le commerce des fourrures à Palanthas...

— Je n'ai encore jamais vu lancer de sort sans le composant approprié, messire.

— Regarde bien, et d'ici une minute, tu ne pourras plus le dire.

Horkin leva sa main droite et marmonna quelques mots tout en remuant les doigts de sa main gauche. Deux secondes plus tard, un éclair magique traversa le champ et vint frapper le piquet, qui s'enflamma aussitôt.

Raistlin en resta bouche bée.

— Ça alors ! Comment avez-vous réussi sans le morceau de fourrure ?

— Je fais marcher mon imagination. La scène que je t'ai décrite tout à l'heure... Ça m'est arrivé une fois. Une flèche ennemie a emporté mon composant au moment où j'allais lancer mon sort.

Horkin tendit sa main, exhibant une longue cicatrice blanche qui courait le long de sa paume.

— J'avais peur, j'étais désespéré et surtout très en colère. « Ce n'est qu'un stupide morceau de fourrure, me suis-je dit. Je n'en ai pas besoin. Par les dieux, je peux incanter sans ! » (Il haussa les épaules.) Et c'est ce que j'ai fait. Aucune odeur ne m'a jamais semblé aussi agréable que celle du hobgobelin brûlé... Maintenant, à ton tour d'essayer.

Raistlin fixa un second piquet et tenta d'imaginer qu'il avait un morceau de fourrure dans la main. Il prononça les mots, traça les symboles en l'air...

Mais rien ne se produisit.

— Je ne sais pas comment vous faites, messire, soupira-t-il. Selon les règles de la magie...

— Les règles ! ricana Horkin. La magie te contrôle-t-elle, Rouge, ou la contrôles-tu ?

Raistlin sursauta et cligna des yeux.

— Je me trompe peut-être, Rouge, continua Horkin, une lueur rusée dans le regard, mais il me semble que tu as déjà dû violer pas mal de règles dans ta vie. Pour une raison très simple : quand on ne désobéit pas, on n'est jamais puni. (Il désigna la peau dorée du jeune mage.) Or, je crois que tu as donné, côté punitions. Essaye encore.

Je contrôle la magie. Pas l'inverse, se persuada Raistlin.

Il leva la main. Un éclair d'énergie jaillit de ses doigts, fusa à travers le camp et alla frapper un second piquet.

— Ça, c'était rapide, s'enthousiasma-t-il.

Horkin hocha la tête.

— Plus que je ne l'espérais.

Les recrues venaient de terminer leur entraînement quotidien et reprenaient la direction du château en scandant un chant militaire pour marcher au pas.

— Ils vont dîner, commenta Horkin. Et on ferait bien de les imiter si on veut qu'il nous reste quelque chose à manger. Tu as faim, Rouge ?

A son grand étonnement, Raistlin – qui n'avait jamais eu un gros appétit – s'avisa qu'il avait assez faim pour convoiter le ragoût fade préparé par le cuisinier du château.

— Je vous demande pardon, messire, mais vous ne m'avez pas dit quel sort vous aviez utilisé pour me distraire.

— C'est exact, approuva Horkin. Je ne te l'ai pas dit.

Raistlin attendit, mais le sorcier de guerre n'ajouta rien.

— Il doit être très complexe, avança le jeune homme. La flamme a couru le long du bâton et explosé en atteignant l'extrémité. Je n'avais jamais entendu parler d'un sort pareil. Est-ce vous qui l'avez inventé, messire ?

— On pourrait dire ça, Rouge, fit solennellement Horkin. (Il jeta un regard en biais à Raistlin.) Je ne suis pas certain que tu sois prêt.

Un rire joyeux monta dans la gorge du jeune mage. Pour la première fois de sa vie, il avait envie de se moquer de lui-même, mais il se retint afin de ne pas gâcher l'humeur du moment.

Raistlin n'arrivait pas à y croire et ne comprenait pas. Il avait été battu, maltraité, humilié, dupé. Il était couvert de boue, trempé des pieds à la tête, et pourtant, il ne s'était jamais senti aussi bien.

— Je crois que je suis prêt, dit-il respectueusement.

Et il était sincère.

— De la poudre lumineuse, révéla Horkin en frappant les deux goujons entre eux comme des baguettes de tambour. Ce n'était pas un sort du tout. Tu l'ignorais, n'est-ce pas, Rouge ? Je t'ai bien eu, hein ?

— Ça, messire, vous pouvez le dire…

CHAPITRE XV

A Sanction, la pluie tombait sur le flot de lave en fusion que dégorgeaient constamment les Seigneurs du Chaos, s'y écrasait avec un sifflement et se transformait en une vapeur qui rampait sur le sol.

Déjà, un épais brouillard enveloppait la guérite dressée à une extrémité du pont, à tel point que les deux soldats affectés à ce poste ne pouvaient plus se distinguer l'un l'autre, bien qu'ils fussent séparés par quelques pas.

A cause du mauvais temps, les exercices avaient été annulés pour la journée. Du coup, Ariakas avait ordonné à ses hommes de reboucher les anciennes latrines et d'en creuser de nouvelles : pour ce genre de tâche, moins on y voyait et mieux ça valait. Les soldats avait ronchonné, mais il se moquait bien de leur humeur.

Assis dans sa tente de commandement, Ariakas rédigeait des ordres de mission à la lueur d'une chandelle de suif. De l'eau s'infiltrait par le toit, et allait s'écraser dans le casque renversé qu'il avait placé sous la fuite pour éviter qu'elle ne se répande partout.

Pour la différence que ça représentait… A cause du brouillard, il faisait presque aussi humide à l'intérieur qu'à l'extérieur. Les tentacules de brume léchaient les jambières de son armure, les piliers de sa tente et les pieds de sa chaise, les couvrant d'une fine pellicule scintillante. Ariakas n'aurait même pas su dire l'heure qu'il était ; la grisaille avait englouti jusqu'à la notion de temps.

Dehors, il entendait des crissements de bottes tandis que les hommes allaient et venaient, maudissant la pluie, le brouillard et leurs camarades. Sans leur prêter la moindre attention, il continua à travailler.

Ariakas aurait pu sortir de sa tente et regagner la tiédeur de son bureau, au cœur du Temple de Luerkhisis. Là, il se serait fait apporter une coupe de vin chaud épicé.

Mais il chassa très vite cette pensée de son esprit : les soldats se battaient rarement dans des conditions de confort optimal. Ils se traînaient dans le vent, la pluie et la boue. Ariakas se soumettait au même entraînement qu'eux, se préparant à endurer les rigueurs de la vie de campagne.

— Seigneur, appela un de ses aides de camp en toquant au pilier central.

— Oui, qu'y a-t-il ? demanda Ariakas sans lever les yeux de son parchemin.

— La femme est de retour, seigneur.

— Quelle femme ?

Ariakas était irrité par cette interruption. Il devait énoncer des ordres précis, clairs et détaillés. Il ne pouvait pas se permettre la moindre erreur. Pas cette fois.

— La guerrière, seigneur, précisa l'aide de camp. Elle demande à vous voir.

— Kitiara !

Ariakas leva les yeux et posa sa plume. Il n'avait pas oublié son travail, mais celui-ci pouvait attendre.

Kitiara. Elle n'avait pas quitté son esprit depuis qu'elle était partie en mission pour lui, un mois plus tôt. Il était content qu'elle soit revenue vivante, mais pas particulièrement surpris, même si ses quatre prédécesseurs s'étaient fait tuer ou avaient déserté.

Kitiara était différente. Elle semblait marquée par le sceau de la destinée, et Ariakas était heureux de constater qu'il ne s'était pas trompé à son sujet.

Bien entendu, elle avait raté sa mission. Il s'y attendait, lui ayant confié une tâche quasiment impossible à accomplir dans le seul but de faire plaisir à sa Ténébreuse Majesté. Celle-ci consentirait peut-être à l'écouter, maintenant.

En attendant, Ariakas avait hâte d'entendre les excuses de Kitiara. Il trouvait très impressionnant qu'elle ait eu le courage de revenir malgré son échec.

— Faites-la entrer immédiatement, ordonna-t-il.

— Oui, seigneur. Elle est accompagnée par un mage des Robes Rouges, précisa l'aide de camp.

— Elle est accompagnée par qui ?

Que pouvait bien faire Kitiara en compagnie d'un jeteur de sorts ? Et comment osait-elle l'amener dans son camp ? Peut-être s'agissait-il du demi-frère dont Balif lui avait parlé. Pas le guerrier, l'autre.

— Un type très étrange, expliqua l'aide de camp à voix basse. Il est rouge de la tête aux pieds. Et une aura de danger l'enveloppe. Les gardes ne voulaient pas le laisser entrer. Ils ont failli le tuer sur place, mais la femme l'a protégé, en affirmant qu'elle agissait sur vos ordres.

Rouge de la tête aux pieds...

— Par notre Reine ! s'exclama Ariakas en bondissant sur ses pieds, tandis que la vérité le frappait comme un coup de poing. Faites-les venir immédiatement !

— Tous les deux, seigneur ?

— Tous les deux !

L'aide de camp s'en fut.

Quelques minutes s'écoulèrent ; les gardes devaient faire des difficultés pour laisser passer les nouveaux venus.

Puis Kitiara entra dans la tente, baissant la tête pour se faufiler sous le pan de toile. Apercevant Ariakas, elle lui fit son fameux sourire moqueur, qui relevait un des coins de sa bouche plus que l'autre et révélait une canine d'une blancheur étincelante. On aurait dit qu'elle se riait de lui et du destin, les mettant au défi de tenter de l'abattre.

Le regard de la jeune femme croisa celui du général ; dans ses yeux, celui-ci lut son triomphe.

— Général Ariakas, le salua-t-elle. Comme vous me l'aviez ordonné, je vous ramène le seigneur Immolatus.

— Bien joué, Uth Matar. Je devrais plutôt dire : commandant de régiment Uth Matar...

— Merci, seigneur.

— Où est-il ?

— Dehors. Il attend d'être convenablement présenté.

La jeune femme leva les yeux au ciel en haussant un sourcil, et Ariakas saisit aussitôt l'allusion. Puis elle se tourna vers l'entrée de la tente et s'inclina très bas.

— Général Ariakas, j'ai l'honneur de vous présenter Son Eminence Immolatus.

Ariakas observa le rabat avec impatience.

— Son Eminence, ricana-t-il tout bas. Pour qui se prend-il donc ?

— Messire, chuchota Kitiara, l'air désapprobateur, je vous suggère respectueusement de vous incliner quand il entrera. Il n'attend rien de moins de la part d'un simple humain.

Ariakas se rembrunit et croisa ses bras sur sa poitrine massive.

— Je ne m'incline devant personne d'autre que ma Reine !

— Voulez-vous vous assurer les services de ce dragon ? répliqua sèchement Kitiara.

La réponse était non : en ce qui le concernait, Ariakas s'en serait bien passé. Mais Takhisis avait décidé qu'il en aurait besoin. Avec un grognement mécontent, il inclina son buste d'une fraction de degré.

Un mâle humain, vêtu de longues robes couleur de flammes, entra sous la tente. Tout en lui était rouge : ses cheveux écarlates, sa peau, ses yeux pareils à deux braises jumelles. Il avait des traits aigus, un nez et un menton pointus, des pommettes proéminentes et des dents acérées.

Il avança d'un pas lent, la tête haute comme si l'endroit lui appartenait. Son regard perçant remarquait tout et semblait ennuyé par tout. Il jeta à Ariakas un coup d'œil dédaigneux.

— Asseyez-vous, lâcha-t-il, magnanime.

Ariakas n'avait pas l'habitude de recevoir des ordres, et surtout pas sous sa propre tente. Il faillit s'étrangler de rage. Mais la main de Kitiara se referma sur son poignet et exerça une pression apaisante.

Même en cet instant critique, le contact de la jeune femme l'excitait. Des gouttelettes scintillaient dans ses boucles noires, sa chemise mouillée collait à sa peau, sa cuirasse luisait. Elle lui rappelait la seule femme qui avait jamais compté pour lui : la Reine des Ténèbres…

Plus tard, songea Ariakas, se laissant tomber dans sa chaise d'un mouvement assez cavalier, afin de marquer subtilement sa rébellion.

— Voulez-vous vous asseoir, seigneur ? demanda-t-il.

Immolatus demeura debout, ce qui lui permit de toiser les deux mortels de toute sa hauteur.

— Les humains ont tellement de seigneurs, de ducs et de barons, de princes et de rois ! Qu'êtes-vous comparés à moi, avec vos existences éphémères et dérisoires ? Rien. Moins que rien. De misérables vers de terre. Comme je vous suis éminemment supérieur, je vous autorise à m'appeler Eminence.

Les doigts puissants d'Ariakas se recroquevillèrent comme des serres. Il s'imagina avec délectation en train de les refermer autour de la gorge de Son Eminence.

— Ma Reine, donne-moi la patience, marmonna-t-il en s'arrachant un sourire contraint. (Puis il dit tout haut :) Certainement, Votre Eminence.

Il se demandait comment il allait expliquer la présence du dragon à ses hommes. Les ailes noires de la rumeur devaient déjà battre autour des feux de camp.

— Et maintenant, dit Immolatus en croisant les mains sur son bas-ventre, vous allez m'exposer votre fameux plan.

Kitiara se leva.

— Je vais vous laisser…

Ariakas lui saisit le bras pour la retenir.

— Non, commandant Uth Matar. Je préfère que vous restiez.

Kitiara lui décocha le sourire en coin qui faisait bouillir son sang.

— Vous ferez partie de la mission, Uth Matar, ajouta Ariakas en la lâchant à contrecœur. Fermez le rabat de la tente, et dites aux gardes de former un périmètre de sécurité, afin qu'on ne puisse pas surprendre notre conversation. Qu'ils ne laissent entrer personne.

Il jeta un regard sévère à Kitiara et au dragon.

— Ce que je vais vous révéler ne doit pas sortir d'ici. Vous en répondrez sur votre vie.

Immolatus trouva l'idée amusante.

— Répondre sur ma vie d'un secret humain ? Je voudrais bien que vous essayiez de m'y forcer !

— Ce secret n'est pas le mien, mais celui de la Reine Takhisis, le détrompa Ariakas. C'est à elle que vous devrez rendre compte si vous commettez une bévue.

Immolatus pinça les lèvres d'un air contrarié, mais il ne dit rien, et daigna enfin prendre place sur une chaise pliante. Il appuya un coude sur la table, faisant tomber les ordres de mission proprement empilés, et pianota de ses longs doigts rouges pour exprimer son ennui.

Kitiara était sortie. Ariakas l'entendit transmettre ses ordres aux gardes, leur demandant de former un périmètre de sécurité trente pas autour de la tente.

— Assurez-vous qu'il n'y a personne à l'extérieur, exigea-t-il au retour de la jeune femme.

Kitiara ressortit et fit un tour complet ; il entendit le bruit de ses bottes clapotant dans la boue. Elle rentra, secouant sa chevelure noire pour chasser les gouttes de pluie.

— Personne, seigneur. Vous pouvez procéder. Je monterai la garde.

— Vous m'entendez depuis l'entrée de la tente, Uth Matar ? appela Ariakas. Je n'aimerais pas hausser la voix.

— Mon ouïe est excellente, seigneur, dit Kitiara.

— Parfait.

Ariakas garda le silence un moment. Son regard se posa sur les parchemins répandus à terre, et il fronça les sourcils en essayant de se concentrer. Comme il l'avait escompté, la curiosité d'Immolatus fut piquée par ce luxe de précautions ; le dragon avait déjà l'air de s'ennuyer un peu moins.

— Allons, dépêchez-vous, grogna-t-il. Plus vite je pourrai abandonner cette forme fragile et ridicule, mieux ce sera.

— Dans la partie la plus méridionale des Monts Khalkist, se dresse une cité au nom prophétique de Findespoir, commença Ariakas. Elle est habitée par des humains, et…

— Vous voulez que je la détruise, coupa Immolatus en faisant claquer ses mâchoires.

— Non, Votre Eminence, le détrompa Ariakas. Les ordres de Sa Majesté sont très précis. Pour le moment, seuls quelques privilégiés ont connaissance du retour des dragons sur Krynn. Un jour viendra où Takhisis vous permettra de déchaîner votre furie sur le monde, mais ce temps n'est pas encore arrivé. Notre armée n'a pas fini son entraînement, elle n'est pas encore prête.

« La mission qu'on va vous confier est beaucoup plus importante que la simple destruction d'une ville. Elle implique… (Ariakas baissa encore la voix.) … Les œufs des dragons de Paladine.

Le nom maudit du dieu qui régnait dans les cieux, l'ennemi juré de Takhisis, le patron des Chevaliers Solamniques qui avaient causé tant de dégâts parmi ses semblables, fit frémir Immolatus.

— Je ne vous autorise pas à prononcer ce nom en ma présence, humain ! siffla-t-il, fou de rage. Recommencez, et je veillerai à ce que votre langue pourrisse au fond de votre gorge !

— Pardonnez-moi, Votre Eminence, dit Ariakas sans se troubler le moins du monde. Mais je devais en parler une fois, pour que vous saisissiez l'importance de votre mission. Selon les rapports des envoyés de Sa Majesté, les œufs de ces dragons – que je nommerai « métalliques » à partir de maintenant – reposent sous la cité de Findespoir.

Immolatus plissa les yeux.

— Qu'est-ce que vous me chantez là, humain ? Je sais que vous mentez, et ne me demandez pas pourquoi ! (Il leva un index pointu.) Il est des connaissances qui ne sont pas destinées aux vers de terre.

Ariakas dut faire appel à toute sa maîtrise de lui-même pour se retenir d'étrangler le dragon.

— Votre Eminence fait sans doute allusion à l'expédition que vos semblables ont mené sur l'Ile des Dragons en l'an 287. Une expédition qui leur a permis de se procurer beaucoup d'œufs de dragons métalliques. Beaucoup, mais pas la totalité.

« Il semble que vos ennemis ne soient pas aussi idiots que nous le pensions. Ils avaient réussi à dissimuler une partie de leurs œufs les plus rares et les plus précieux ; ceux des dragons d'or et d'argent.

— Ah. Vous voulez sans doute que je les détruise, n'est-ce pas ? supposa Immolatus. Ce sera un plaisir.

— Un plaisir auquel vous devrez renoncer, j'en ai peur, le détrompa froidement Ariakas. Sa Majesté a besoin des œufs intacts.

— Dans quel but ?

Ariakas sourit.

— Je vous suggère de le lui demander personnellement. Si elle juge que ses *vers de ciel* ont besoin de cette information, je présume qu'elle vous la donnera.

Immolatus se leva, sa colère augmentant au point de remplir toute la tente. De la chaleur émanait de son corps ; la température augmenta en flèche, à tel point que les gouttes de pluie qui constellaient encore l'armure de Kitiara grésillèrent et s'évaporèrent.

Sans hésiter, la jeune femme dégaina son épée et s'interposa entre les deux hommes. Pleine d'assurance, elle se prépara à défendre son supérieur.

— Sa Seigneurie ne voulait pas vous insulter, Eminence, dit-elle, bien qu'elle sût parfaitement que c'était un mensonge.

— C'est vrai, renchérit Ariakas.

Même sous sa forme humaine, Immolatus était capable de jeter des sorts puissants qui auraient pu le réduire en cendres avec le reste de son camp et toute la ville. Il ne remporterait pas une guerre contre ce monstre, mais il était ravi de cette minuscule victoire, qui le mettait d'humeur conciliante. A présent, il pouvait se permettre de se montrer plus humble.

— Je suis un soldat, pas un diplomate, Votre Eminence. J'ai l'habitude de parler franchement. Si je vous ai offensé, ce n'était pas dans mes intentions. Je vous présente toute mes excuses.

Apaisé, Immolatus se rassit et la température revint à un niveau plus acceptable. Ariakas essuya la sueur sur son front ; Kitiara rengaina son épée et alla reprendre sa place devant le rabat, comme si ce qu'elle venait de faire ne sortait en rien de l'ordinaire.

Ariakas la suivit du regard, admirant sa grâce féline. Il n'avait jamais connu de femme comme elle. La lumière de la bougie se reflétant sur son armure projetait derrière elle des ombres qui semblaient l'enlacer comme le général avait envie de le faire. Il mourait d'envie de la serrer à lui broyer les côtes, de se libérer de ce désir douloureux.

— Revenons à nos mouflons, suggéra Immolatus, conscient des pulsions d'Ariakas et méprisant la faiblesse de la chair humaine. Que dois-je faire avec ces œufs pour satisfaire Sa Majesté ?

Ariakas se força à ignorer son désir. L'attente rendrait son assouvissement plus plaisant.

— Sa Majesté souhaite que vous alliez à Findespoir en compagnie d'un de mes officiers, révéla-t-il en regardant Kitiara, dont le visage s'illumina de fierté. Je pensais désigner Uth Matar si vous n'y voyez pas d'objections.

— Elle est tolérable, pour une humaine, concéda Immolatus.

— Parfait. Une fois là-bas, vous devrez vous assurer que les rapports concernant les œufs de dragons métalliques sont fondés. Nos prêtres sont au courant de leur existence, mais ils n'arrivent pas à les trouver. Le dieu dont je ne dois pas prononcer le nom a réussi à dissimuler leur emplacement au regard de Sa Majesté. Elle pense que seul un autre dragon pourra les localiser.

— Elle a besoin de moi pour faire ce dont elle est incapable, se rengorgea Immolatus. (Une volute de fumée s'échappa de sa narine gauche et resta suspendue dans l'air moite.) Que devrai-je faire ensuite ?

— Vous reviendrez ici pour m'informer de l'endroit, du nombre et de la nature des œufs que vous aurez découverts, dit Ariakas.

— Me prendrait-on pour une fille de ferme ? s'emporta Immolatus. (Il marmonna un peu, puis ajouta :) Mais je suppose que ça pourrait être amusant. Car, bien entendu, vous voudrez que je détruise la cité et ses habitants.

— Pas exactement, corrigea Ariakas. Il est vrai que personne ne doit être au courant de nos recherches, ni de la véritable raison de votre présence à Findespoir. La cité sera détruite, mais par d'autres moyens, moins susceptibles d'attirer l'attention sur nous et sur vous, Eminence. Par conséquent, nous allons créer une diversion.

« Findespoir n'est qu'une ville comme les autres dans le royaume de Blödehelm. Son souverain, le roi Wilhelm, est désormais sous le contrôle des prêtres noirs. Suivant leurs conseils, il a imposé une taxe locale injuste et ruineuse qui va pousser la population de Findespoir à se soulever contre lui.

« Il a réclamé le soutien de mon armée pour l'aider à endiguer la révolte. Bien sûr, je ne vais pas me faire prier pour lui envoyer deux de mes régiments ; ils assisteront une force de mercenaires que Wilhelm a engagés par ailleurs…

— Des étrangers, cracha Immolatus. Des gens qui échappent à votre contrôle.

— J'en suis conscient, Votre Eminence, répliqua sèchement Ariakas. Mais je n'ai pas encore assez de troupes pour assurer seul la réalisation de l'objectif. Considérons ceci comme une mission d'entraînement, une occasion parfaite de baptiser mes hommes dans le sang.

— Quel est donc l'objectif dont vous parlez ? Si nous ne devons pas détruire la ville et massacrer ses habitants…

— Posez-vous la question, Eminence. A quoi nous serviront des humains morts ? A rien. Ils pourriront, répandant puanteur et contagion. Les humains vivants, en revanche, seront très utiles. Les hommes pourront travailler dans les mines, les enfants dans les champs, et les femmes divertiront mes troupes. Les très jeunes et les très vieux auront la bonne grâce de mourir, de sorte que nous n'aurons pas à nous en préoccuper.

« Par conséquent, notre objectif consistera à prendre la ville et à réduire ses habitants en esclavage. Une fois qu'il ne restera personne à Findespoir, Sa Majesté pourra faire ce que bon lui semblera avec les œufs.

— Et les mercenaires ? Se retrouveront-ils du côté des esclaves ou des esclavagistes ? Ils devraient vous êtes précieux, si vous êtes réellement à court de main d'œuvre.

Le dragon essayait de le pousser à bout. Ariakas se força à se contrôler.

— Le chef de ces mercenaires est d'ascendance solamnique. Il tient le roi Wilhelm pour un homme honorable, et on l'a convaincu que ses soldats et lui se battraient pour une bonne cause. S'il apprenait la vérité – à savoir, que nous l'avons dupé –, il serait une menace pour nous.

« Pourtant, j'ai besoin de lui. Il est le meilleur, et il n'engage que les meilleurs, d'après ce que j'ai entendu dire. Vous voyez à quel problème je me trouve confronté, Votre Eminence.

— Je vois, confirma Immolatus en découvrant des dents bien trop nombreuses et acérées pour un humain.

— Une fois la cité entre nos mains, vous pourrez faire de ces mercenaires ce que bon vous semblera, concéda gracieusement Ariakas. A condition que vous ne révéliez pas votre véritable nature…

— Vous m'imposez de telles limitations que ça ne sera pas drôle du tout, se plaignit Immolatus. Néanmoins, avec un peu de génie créatif…

— Précisément, Votre Eminence.

— Très bien. (Le dragon se radossa à sa chaise et croisa les jambes.) Et maintenant, discutons de ma récompense. Cette mission étant d'une importance considérable pour Sa Majesté…

— Vous serez largement dédommagé pour le temps passé à Findespoir et le mal que vous vous serez donné.

Immolatus plissa les yeux.

— Précisez.

Ariakas hésita.

— Si vous voulez bien me permettre, seigneur ? intervint Kitiara, d'une voix aussi sombre et veloutée que du chocolat.

— Oui, Uth Matar ?

— Son Eminence a subi une perte terrible durant la dernière guerre. On lui a volé son trésor pendant qu'elle défendait la cause de Sa Majesté contre les Chevaliers Solamniques.

— Les Chevaliers Solamniques ?

Ariakas se rembrunit. Il ne se souvenait pas d'une guerre contre les Chevaliers Solamniques, qui étaient tombés en disgrâce à l'époque du Cataclysme et n'avaient jamais recouvré leur ancienne gloire.

— Quels Chevaliers Solamniques ?

— Huma, seigneur, expliqua Kitiara en réprimant un sourire.

— Ah.

Ariakas se força à réfléchir en se plaçant du point de vue d'un dragon, dont l'existence couvrait un laps de temps considérable. Pour Immolatus, Huma était un adversaire récent.

— Ce chevalier-là...

— Sa Majesté pourrait peut-être dédommager en partie Son Eminence, suggéra Kitiara.

— Totalement, corrigea Immolatus. Je connais le montant exact, jusqu'au denier calice d'argent.

Plongeant une main dans la large manche de sa robe, il en tira un parchemin roulé qu'il jeta sur la table.

— Voici la liste. Et je ne veux pas d'un paiement en acier : c'est un métal dur et inconfortable, sur lequel il est impossible de bien dormir. En outre, je ne lui fais pas confiance. Rien n'est plus fiable ni propice à un sommeil réparateur que l'or. Bien entendu, l'argent et les pierres précieuses sont acceptables. Signez ici.

Immolatus indiqua une ligne au bas du document. Ariakas fronça les sourcils.

— La cité de Findespoir abrite certainement un trésor considérable, seigneur, dit Kitiara. Sans compter tout ce que vous pillerez chez les marchands et les habitants.

— C'est vrai, admit Ariakas à contrecœur.

Il avait compté sur cet argent pour remplir ses propres coffres. Lever une armée capable de conquérir l'Ansalonie était une entreprise coûteuse. Les richesses qu'il allait devoir verser à cette créature arrogante et cupide auraient pu servir à forger de nombreuses épées, à nourrir des milliers d'hommes.

A condition d'avoir des milliers d'hommes à nourrir, ce qui n'était pas le cas pour le moment.

Sa Reine lui avait promis que des renforts ne tarderaient pas à arriver. Ariakas faisait partie de la poignée de privilégiés ayant connaissance des expériences secrètes en cours dans les entrailles des Seigneurs du Chaos. Il savait ce que l'archimage Drakart, le prêtre noir Wyrllish et le vénérable dragon rouge Harkiel tentaient de créer, en pervertissant les œufs des dragons métalliques pour engendrer des créatures qui tueraient un jour leurs géniteurs involontaires.

Ariakas, qui pratiquait aussi la magie à ses heures perdues, doutait de l'intérêt d'une telle expérience. Mais si de nouvelles troupes, puissantes et quasi invincibles, devaient émerger de ces œufs de dragon, elles vaudraient bien qu'on y sacrifie le trésor d'une cité.

Ariakas griffonna son nom à l'endroit indiqué. Puis il roula de nouveau le parchemin et le rendit à Immolatus.

— Mon armée est en marche. Vous partirez avec Uth Matar dès demain matin.

— Je suis prête à me mettre en route tout de suite, messire, intervint Kitiara.

Ariakas blêmit.

— J'ai dit que vous partiriez demain matin, répéta-t-il.

— Son Eminence et moi-même devrions voyager sous le couvert des ténèbres, messire, insista la jeune femme sur un ton respectueux mais ferme. Il vaut mieux qu'un minimum de gens nous aperçoivent. Son Eminence attire une attention considérable.

— J'imagine, grommela Ariakas.

Il dévisagea Kitiara. Il la désirait tant que c'en était douloureux.

— Votre Eminence, auriez-vous l'obligeance de nous attendre un moment dehors ? J'aimerais dire un mot en privé à Uth Matar.

— Mon temps est précieux, déclara le dragon. Je suis d'accord avec la femelle : nous devrions partir sans attendre.

Il se leva majestueusement et, saisissant ses robes d'une main pour ne pas trébucher, s'en fut d'un pas vif. Sur le seuil de la tente, il s'immobilisa, pivota vers Ariakas et pointa sur lui le bout de son parchemin.

— N'abusez pas de ma patience, ver de terre.

Puis il sortit, laissant derrière lui une légère odeur de soufre.

Ariakas passa alors un bras autour de la taille de Kitiara, l'attira contre lui et fourra son nez dans le cou de la jeune femme.

— Immolatus attend, messire, dit-elle en l'autorisant à l'embrasser, mais sans s'abandonner dans ses bras.

— Eh bien, qu'il attende ! haleta Ariakas, submergé par la passion.

— Vous ne m'aimerez pas ainsi, seigneur, susurra doucement Kitiara alors qu'elle le repoussait. Je vous apporterai des victoires, je vous livrerai le pouvoir. Rien ni personne ne pourra se dresser contre nous. Je serai le tonnerre de vos éclairs, la fumée de vos flammes dévorantes. Ensemble, côte à côte, nous gouvernerons le monde.

Elle posa une main sur les lèvres avides d'Ariakas.

— Je vous servirai comme mon général, vous honorerai comme mon commandant. Je donnerai ma vie pour vous, si vous l'exigez. Mais je suis seule maîtresse de mon corps et de mes sentiments. Aucun homme ne prendra par la force ce que je refuse de lui donner.

« Sachez pourtant ceci, seigneur : lorsque je m'abandonnerai enfin à vous, le plaisir que nous connaîtrons aura valu l'attente.

Ariakas maintint son étreinte un instant, puis la desserra lentement. Le plaisir qu'il prenait au lit n'était rien comparé à celui que lui procurait la guerre. Il en aimait tous les aspects : la stratégie, les tactiques, les préparatifs, le fracas des armes, la satisfaction de transpercer un ennemi, la victoire finale.

Mais il connaissait un doux sentiment de triomphe quand il combattait un adversaire digne de lui et de son acier. Massacrer des civils désarmés ne lui procurait aucune satisfaction.

De la même façon, il ne pouvait jouir du corps des esclaves qui lui cédaient parce qu'il les terrorisait et gisaient frissonnantes dans ses bras, aussi dénuées de vie et de passion qu'un cadavre. En amour comme à la guerre, Ariakas recherchait un égal.

— Vas-y ! grogna-t-il en tournant brusquement le dos à la jeune femme. Dépêche-toi, pendant que je suis encore maître de moi-même !

Kitiara ne s'en fut pas tout de suite. Elle s'attarda le temps de lui caresser le bras.

Du feu liquide courut dans les veines d'Ariakas.

— La nuit où je reviendrai victorieuse, seigneur, sera celle où vous me posséderez.

Elle déposa un baiser sur son épaule nue puis sortit, soulevant le rabat de la tente pour rejoindre le dragon sous la pluie.

Cette nuit-là, au grand étonnement de ses serviteurs, le seigneur Ariakas ne convoqua aucune femme dans son lit. Et les suivantes non plus.

CHAPITRE XVI

L'entraînement des jumeaux continuait sans relâche, semaine après semaine. La nourriture était insipide, et les exercices si monotones que Caramon aurait pu les réussir en dormant. Il en était sûr, parce qu'on les faisait lever si tôt tous les matins qu'il avait l'impression d'agir en somnambule.

Un jour, maître Quesnelle ordonna aux recrues de se mettre un sac sur la tête et de le garder pendant toute la durée de la manœuvre. Aux deux ordres de base – « en avant » et « en arrière » – s'ajoutaient maintenant des pivots à droite et à gauche, des déplacements latéraux, des retraites en formation, des verrouillages de boucliers et une kyrielle d'autres manœuvres.

En plus des exercices, les soldats devaient nettoyer leurs baraquements chaque jour, sortir la paille de la veille, balayer le sol de pierre, secouer leurs couvertures et amener de la paille fraîche.

Ils se baignaient tous les matins dans un torrent glacé : une nouveauté pour certains d'entre eux, qui se lavaient une seule fois par an pour Yule. Un des symptômes de la folie du baron Ivor était d'affirmer que la propreté du corps et de l'environnement réduisait les risques de maladie ainsi que la prolifération des morpions et des puces, traditionnels compagnons des soldats.

Chaque jour, les hommes montaient en courant au sommet du Tord-Boyaux, chargés de leur paquetage et de leur équipement. Ils y arrivaient désormais sans difficulté, à l'exception de Trocard, toujours trop frêle. L'adolescent avait pourtant suivi le conseil de Caramon et dévoré deux fois plus de nourriture que n'importe lequel de leurs compagnons, mais n'arrivait ni à grandir ni à grossir.

Néanmoins, il refusait d'admettre la défaite. Chaque jour, il s'effondrait sur la piste, à demi enterré sous son bouclier, mais s'empressait de faire joyeusement remarquer à maître Quesnelle qu'il « avait été un peu plus loin qu'hier, chef ! »

Le maître d'armes était très impressionné par sa détermination. Au cours de la réunion hebdomadaire des officiers, il confia au

Baron Fou qu'il aurait bien voulu que son corps soit aussi impressionnant que son cœur.

— Les hommes l'adorent et font tout leur possible pour l'aider, surtout Majere. Il porte le paquetage de Trocard chaque fois qu'il pense que je ne le regarde pas. Il retient ses coups quand il se bat contre lui, ou prétend que le malheureux lui a porté un estoc dont un ogre aurait pu être fier.

« Jusque-là, j'ai fait comme si je ne voyais rien. Mais Trocard ne sera jamais un bon fantassin, expliqua Quesnelle en secouant la tête. Ses amis ne lui font pas une faveur : il finira par se faire tuer, et eux avec !

Les autres officiers acquiescèrent.

Les réunions hebdomadaires avaient lieu au château du baron, dans une salle située en hauteur d'où on jouissait d'une bonne vue sur la cour où les troupes polissaient leur équipement, huilaient les lanières de cuir pour qu'elles conservent leur souplesse ou affûtaient la lame de leur épée.

— Ne le renvoyez pas encore, dit le baron. Nous lui trouverons quelque chose à faire ; il suffit de savoir quoi. Et en parlant de recrues qui ne payent pas de mine, comment s'en sort notre nouveau sorcier de guerre, maître Horkin ?

— Mieux que je ne m'y attendais de la part d'un mage de la Tour. Il a l'air plutôt maladif. Parfois, il tousse si fort que je crains qu'il ne crache ses poumons. J'ai suggéré qu'il n'était peut-être pas assez robuste pour faire un bon soldat, mais il m'a jeté un regard qui m'a réduit en cendres et soufflé jusqu'à la poubelle la plus proche.

— Les autres hommes ne l'aiment pas, seigneur, intervint maître Quesnelle. Et je ne peux les en blâmer. Ses yeux me font froid dans le dos. Il a une façon de vous regarder, comme si vous gisiez mort à ses pieds et qu'il allait pelleter de la terre dans votre tombe.

Il baissa la voix.

— Les hommes prétendent qu'il a troqué son âme sur le marché des Abysses.

Horkin croisa les mains dans son giron et éclata de rire.

— C'est ça, marrez-vous, grommela le maître d'armes. Mais je suis presque certain qu'un de ces quatre matins, nous découvrirons votre jeune protégé mort dans la forêt.

— Qu'en dites-vous, Horkin ? insista le baron en se tournant vers lui. J'admets que je suis d'accord avec Quesnelle : je n'aime pas beaucoup votre mage.

Horkin se redressa, et son regard bleu se posa sur chacun des officiers présents, Ivor de Langarbre compris.

— Ce que j'en dis, messire ? répéta-t-il. Je ne savais pas que les campagnes étaient un pique-nique estival.

— Expliquez-vous, ordonna le baron, perplexe.

— Si vous organisez un concours pour élire la Reine de Mai, j'admets que Rouge ne ferait pas un bon candidat. Cela dit, je pense que vous ne voudriez pas de la Reine de Mai sur un champ de bataille…

— Certes, mais sa maladie…

— … N'est pas physique, seigneur. Donc, ni contagieuse, ni guérissable. Même si les anciens prêtres revenaient sur Krynn et posaient leurs mains sur lui en faisant appel au pouvoir des véritables dieux, ils ne pourraient rendre la santé à Raistlin Majere.

— Sa maladie est donc de nature magique ?

Le baron fronça les sourcils. Il aurait été davantage dans son élément face à une bonne vieille épidémie.

— Je pense, seigneur, que sa maladie *est* la magie ! déclara Horkin.

Dubitatifs, les autres officiers poussèrent des grognements et secouèrent la tête.

— Quesnelle, avez-vous toujours voulu être soldat ? lui lança le sorcier.

— Euh… Oui, répondit le maître d'armes, en se demandant quel rapport ça pouvait bien avoir avec le mage rouge. On pourrait même dire que j'ai été soldat toute ma vie. Ma mère était cantinière, et le bouclier de mon père fut mon berceau.

— Comme notre seigneur, vous êtes solamnique de naissance, dit Horkin. N'avez-vous jamais songé à devenir chevalier ?

— Sûrement pas ! s'exclama Quesnelle.

— Et pourquoi, si je puis me permettre ?

Le maître d'armes réfléchit.

— A vrai dire, une telle chose ne m'a jamais traversé l'esprit. Pour commencer, je n'étais pas de souche noble…

Horkin eut un geste insouciant.

— Ça n'aurait pas été la première fois, dans l'histoire de la chevalerie, qu'un homme du peuple serait sorti du rang. Selon la légende, le grand Huma en personne était dans ce cas.

— Où voulez-vous donc en venir ? s'irrita Quesnelle.

— Vous verrez…

Le maître d'armes jeta un regard en coin au baron, qui hocha la tête comme pour lui ordonner de jouer le jeu.

— Eh bien… (Il plissa le front.) Je suppose que la raison principale est la suivante : quand on est chevalier, on doit obéir à deux commandants, l'un de chair et de sang, l'autre divin. Si on a de la chance, ils sont d'accord entre eux. Sinon… (Quesnelle haussa les épaules.) Lequel suivre ? Ce problème peut déchirer le cœur d'un homme.

— C'est vrai, murmura le baron comme pour lui-même. Très vrai. Je n'y avais encore jamais réfléchi.

— Moi, j'aime recevoir mes ordres d'un seul chef, affirma Quesnelle.

— Moi aussi, dit Horkin, et c'est pourquoi je ne suis qu'un humble fantassin dans l'armée de la magie. Mais notre jeune ami… C'est un chevalier.

Les sourcils du baron firent un bond vers le haut.

— Oh, je ne parlais pas au sens littéral, gloussa Horkin. Les Solamniques préféreraient mourir que de l'accueillir parmi eux. Je voulais dire qu'il est un chevalier de la magie. Il entend deux voix qui l'appellent. Laquelle choisira-t-il de suivre ? Si tant est qu'il en choisisse une… Je ne serais pas surpris qu'il finisse par tourner le dos aux deux, et par suivre son propre chemin.

— Pourtant, il me semble que vous avez vous aussi vidé une bouteille ou deux avec votre déesse, dit le baron.

— Je ne suis qu'une de ses vagues connaissances, seigneur, répliqua gravement Horkin. Raistlin Majere est son champion.

Ivor garda le silence un moment, digérant la nouvelle.

— Revenons à notre sujet… Croyez-vous qu'il soit judicieux pour moi de continuer à employer Raistlin Majere ? Sa présence bénéficiera-t-elle à la compagnie ?

— Oui, et oui, seigneur, répondit fermement Horkin.

— Maître d'armes ? (Le baron se tourna vers Quesnelle.) Qu'en dites-vous ?

— Si Horkin se porte garant du mage et promet de garder un œil sur lui, je n'ai pas d'objection à ce qu'il reste. En fait, j'en serai plutôt satisfait, car si nous perdions un jumeau, nous perdrions sûrement l'autre. Caramon Majere est un excellent élément, bien meilleur qu'il n'en a lui-même conscience. Je pensais le transférer dans la Compagnie de Flanc.

Il regarda maître Senej, qui commandait le Compagnie de Flanc. Intéressé, celui-ci hocha la tête.

— Qu'il en soit ainsi, dit le baron. (Il tendit la main vers le pichet de bière fraîche que les officiers partageaient à la fin de chaque réunion.) Au fait, messires, nous venons de recevoir l'ordre de marche pour notre première bataille.

— Où aura-t-elle lieu, seigneur ? Et quand ?

— Nous partirons dans deux semaines. Nous sommes engagés par le roi Wilhelm de Blödehelm, un souverain juste et bon. Une de ses cités réclame l'indépendance ; des rebelles ont convaincu la population de se joindre à leur cause. Wilhelm a déjà dépêché deux de ses régiments, et nous sommes censés les aider. Il espère que les rebelles réaliseront qu'ils ne peuvent pas gagner et renonceront.

— Un foutu siège, grommela Quesnelle. Il n'est rien que je trouve plus ennuyeux.

— Ça ne le sera pas forcément, le rassura le baron. Selon mes sources, ces rebelles sont du genre qui préfèrent mourir en combattant plutôt que d'être pendus comme des traîtres.

— Ah, je préfère ça, se réjouit le maître d'armes. Que savons-nous des deux autres régiments ?

— Rien du tout. (Ivor haussa les épaules.) Je suppose que nous le découvrirons en arrivant là-bas. (Il cligna de l'œil.) S'ils sont nuls, nous leur apprendrons à se battre, voilà tout. (Puis il leva sa chope pleine.) A Findespoir !

— Comment ? s'exclamèrent les officiers.

— C'est le nom de la ville, expliqua le baron avec une grimace. La fin de l'espoir pour nos ennemis !

Ils portèrent un premier toast avec soulagement, et de nombreux autres après.

CHAPITRE XVII

— Bonne nouvelle, Rouge, annonça Horkin en entrant dans le laboratoire d'un pas titubant. (Il sentait la bière à plein nez.) Nous avons reçu nos ordres de marche. Nous partons dans deux semaines. (Il lâcha un gros soupir.) Ça ne nous laisse pas beaucoup de temps pour tout ce qui nous reste à faire.

— Deux semaines ! répéta Raistlin, pris de palpitations cardiaques.

Il se dit qu'elles étaient dues à l'excitation, ce qui était en partie vrai.

Le jeune mage leva les yeux de son mortier, où il réduisait en poudre les épices que le cuisinier devait utiliser pour leur souper. Il se demandait pourquoi il se donnait cette peine. Jusqu'ici, la chose la plus excitante qu'il avait découverte dans son ragoût de lapin était un cafard mort, probablement d'intoxication alimentaire.

— Quel est notre objectif, messire ? demanda-t-il, tout fier de caser un des rares termes militaires de sa connaissance.

— Notre objectif ? répéta Horkin en essuyant d'un revers de main la mousse qui garnissait encore le coin de ses lèvres. Un seul de nous deux a besoin de le connaître, Rouge, et c'est moi. Tout ce dont *tu* as besoin, c'est d'aller où on te dira, de faire ce qu'on te dira, au moment où on te le dira. C'est bien compris ?

— Oui, messire, marmonna Raistlin, ravalant sa colère.

Horkin espérait peut-être le faire sortir de ses gonds pour avoir une chance de le rabaisser une nouvelle fois. Cette idée aida le jeune mage à conserver son calme. Il continua à s'acharner sur ses épices, avec une telle férocité que les bâtons de cannelle furent bientôt réduits en poudre et emplirent le laboratoire d'une odeur douceâtre.

— Tu t'imagines que c'est moi, là-dedans, pas vrai, Rouge ? gloussa Horkin. Tu aimerais bien pulvériser le vieil empêcheur de tourner en rond... Je comprends ça. Oublie donc tes épices pour le moment. Maudit cuisinier ! Je ne sais pas ce qu'il en fait, de toute façon. Il doit les revendre. Une chose est sûre, en tout cas : il ne les met pas dans notre nourriture !

Marmonnant dans la barbe qu'il n'avait pas, il se traîna jusqu'à l'étagère où reposaient les grimoires fraîchement époussetés, et tendit une main tremblante pour saisir le livre noir qui avait attiré l'attention de Raistlin.

— En parlant de choses à vendre… Je compte aller à la boutique de magie pour refourguer ces bouquins. Puisque tu es un mage de la Tour, et que tu peux les lire, je voudrais que tu les examines et que tu me dises combien je peux en tirer.

Raistlin se mordit les lèvres pour s'empêcher de hurler. Les sorts de ce grimoire avaient une valeur bien supérieure à la maigre somme que Horkin pouvait en obtenir à la boutique de magie de Langarbre.

Les commerçants ne rachetaient jamais très cher les livres appartenant aux adorateurs de Nuitari, le dieu de la Lune Noire, car ils étaient très difficiles à revendre. Très peu de mages des Robes Noires avaient la témérité de rentrer dans une boutique pour y réclamer des ouvrages traitant de nécromancie, de malédictions, de tortures et d'autres maléfices.

Comme leurs confrères des deux autres Ordres, les Robes Noires savaient que les grimoires vraiment intéressants avaient peu de chance de dormir sur l'étagère d'une échoppe. Oh, il arrivait parfois qu'un magicien découvre un fabuleux et très ancien livre de sorts, oublié dans une vitrine poussiéreuse de Flotsam. Mais c'était rare.

Ceux qui voulaient agrandir rapidement leur répertoire ne perdaient pas de temps à courir les boutiques ; ils allaient à la Tour de Haute Sorcellerie de Wayreth, dont la bibliothèque abritait une vaste sélection d'ouvrages et où personne ne leur posait de questions.

Horkin jeta le grimoire sur la table du laboratoire et le contempla un instant, la tête inclinée. Raistlin aussi le couvait du regard, en proie à une curiosité dévorante. Que contenait-il donc ? L'idée l'effleura de l'acheter lui-même à Horkin, d'économiser sur sa solde jusqu'à ce qu'il puisse se l'offrir.

Il y avait très peu de chances qu'il réussisse à déchiffrer un sort : tous devaient être d'un niveau bien trop élevé pour lui. Et quand bien même il aurait réussi à les lire, il n'avait pas l'intention d'utiliser ces maléfices.

Mais il pourrait toujours apprendre quelque chose. Toutes les incantations, quelle que soit leur nature, s'écrivaient avec le même alphabet magique, les mêmes lettres formant les mêmes mots. Seule la façon dont ces mots étaient arrangés et dont le magicien les prononçait affectait le résultat.

Raistlin avait une autre raison de vouloir étudier ce grimoire : il avait appartenu à un sorcier de guerre membre des Robes Noires. Un jour, le jeune homme serait appelé à se défendre contre ce genre de sort, et s'il les connaissait bien, il aurait moins de mal à les dissiper.

Toutes ces raisons étaient parfaitement logiques. Pourtant, au fond de lui, Raistlin était forcé d'admettre que la passion pour son art demeurait sa principale motivation. Il était tellement avide de connaissances que peu lui importait la source dont elles provenaient.

Le grimoire semblait assez récent, avec son cuir noir encore brillant et à peine éraflé. Contrairement à beaucoup d'autres, dont les propriétaires préféraient qu'ils passent inaperçus, il avait une reliure ne pouvant manquer d'attirer l'œil et la main d'un kender.

Son titre argenté, rédigé en commun de façon à ce que n'importe qui puisse le lire, se détachait en relief sur la couverture. Le symbole de l'Œil, sacré pour tous les jeteurs de sorts, était gravé dans chaque coin et entouré de runes magiques. Un ruban rouge faisant office de marque-page en coulait comme un ruisselet de sang.

— Si l'intérieur est aussi beau que l'extérieur, dit Horkin en tendant la main pour l'ouvrir, je le garderai peut-être juste pour les images.

— Attendez, messire ! Que faites-vous ? cria Raistlin.

— Je m'apprête à ouvrir ce livre, comme tu le vois, répondit Horkin avec une pointe d'impatience.

— Je vous supplie d'être prudent, dit Raistlin. A la Tour, ajouta-t-il, on nous enseigne à tester les émanations magiques d'un grimoire avant de l'ouvrir.

Horkin ricana et secoua la tête, marmonnant quelque chose au sujet de « ces snobs maniérés de la Tour ». Voyant à quel point Raistlin était sérieux, il lui permit tout de même de faire à sa guise.

— Teste donc, Rouge, dit-il avec un geste insouciant. Si ça peut te faire plaisir... Mais sache que j'ai ramassé ce grimoire sur le champ de bataille, et que je l'ai baladé pendant des semaines sans qu'il me fasse le moindre mal. Il ne m'a pas mordu, pas brûlé, ni même lancé un minable petit éclair.

— Oui, messire. (Raistlin eut un sourire malin.) Leçon numéro sept : un excès de prudence ne peut pas faire de mal.

Le jeune homme plaça sa main à un doigt au-dessus de la couverture, en prenant garde à ne pas la toucher. Il l'y maintint le temps d'inspirer et d'expirer cinq fois, ouvrant son esprit en quête de la plus petite sensation étrange.

Bien qu'il ait vu les magiciens de la Tour de Haute Sorcellerie de Wayreth pratiquer ce tour, Raistlin n'avait jamais eu l'occasion de l'essayer. Il avait hâte de découvrir si ça fonctionnait, et quelque chose dans ce grimoire l'intriguait profondément.

— C'est très curieux, murmura-t-il.

— Quoi donc ? Que ressens-tu ?

— Non, messire, dit Raistlin en fronçant les sourcils. Rien du tout. C'est justement ce que je trouve curieux.

— Tu veux dire qu'il n'y a pas de magie là-dedans ? s'étrangla Horkin. Ça n'a pas de sens ! Pourquoi un Robe Noire se promènerait-il avec un grimoire qui ne contient pas de sorts ?

— Exactement, messire. C'est ça que je trouve bizarre.

— Allons, Rouge ! Oublie toutes ces sornettes de la Tour. Le meilleur moyen de savoir ce qu'il y a à l'intérieur, c'est de l'ouvrir.

Horkin bouscula Raistlin et fit mine de s'emparer du grimoire.

— Messire, je vous en prie !

Le jeune homme eut l'audace de refermer sa main à la peau dorée sur le poignet grassouillet de son maître, et jeta un coup d'œil soupçonneux au volume.

— Cet ouvrage me perturbe beaucoup, avoua-t-il.

— Pour quelle raison ? s'étonna Horkin.

— Réfléchissez, messire. D'abord, avez-vous déjà entendu parler d'un sorcier de guerre qui jette son livre de sorts ? Son *livre de sorts*, sa seule arme ! Qui le laisse tomber entre des mains ennemies ? Est-ce vraisemblable ? Feriez-vous une chose pareille ? Ce serait comme... comme si un soldat abandonnait son épée !

Horkin parut troublé.

— Et ce n'est pas tout, reprit Raistlin. Avez-vous déjà vu un grimoire qui annonce la couleur de la sorte ? Qui clame haut et fort sa nature au monde entier ?

Horkin fronça les sourcils. Il n'avait pas encore bu assez de bière pour être imperméable au raisonnement de son apprenti. Lentement, il laissa retomber sa main.

— Tu as raison au moins sur un point, Rouge : ce bouquin exhibe plus d'enjolivures qu'une catin de Palanthas.

— Et peut-être pour la même raison, messire, dit Raistlin en s'efforçant de conserver une note d'humilité dans la voix. Appâter le chaland. Puis-je vous suggérer de pratiquer une petite expérience ?

— Encore de la magie de la Tour ? cracha Horkin, désapprobateur.

— Non, messire. Rien de magique du tout. Je vais juste avoir besoin d'une bobine de fil de soie.

Le sorcier de guerre secoua la tête. Il semblait sur le point d'ouvrir le grimoire pour prouver qu'il ne s'en laisserait pas compter par un jeune arrogant. Mais, comme il l'avait dit lui-même, il n'avait pas survécu jusque-là en faisant preuve de stupidité, et il était prêt à reconnaître que certains arguments de Raistlin étaient valables.

— Malédiction, grogna-t-il. Tu as éveillé ma curiosité. Très bien, Rouge, livre-toi à ton « expérience ». Bien que je ne voie pas très bien où tu comptes trouver une bobine de fil de soie dans un campement militaire !

Mais Raistlin avait déjà réfléchi à la question. Là où il y avait des insignes brodés, il devait forcément y avoir du fil.

Il alla au château et soutira une bobine à une des femmes de chambre, qui lui demanda en gloussant si les rumeurs étaient vraies. S'il était bien le jumeau du beau soldat qu'elle avait vu s'entraîner. Pourrait-il lui dire qu'elle avait une soirée de repos toutes les deux semaines ?

— Tu as trouvé ? Et maintenant ? demanda Horkin, très excité, au retour de Raistlin.

Il commençait à s'amuser beaucoup, peut-être en imaginant la mine déconfite de son apprenti si l'expérience échouait.

— Ne me dis pas que tu veux emmener le grimoire dans un champ et essayer de le transformer en cerf-volant !

— Non, messire, je ne compte pas le faire voler. Mais la suggestion de nous rendre à l'extérieur est excellente. Le terrain d'exercice où nous nous entraînons me semble un endroit parfait.

Horkin lâcha un soupir théâtral et secoua la tête. Il tendit la main vers le grimoire, puis s'interrompit.

— Puis-je m'en saisir à mains nues, ou dois-je aller chercher les pincettes à feu ?

— Les pincettes ne seront pas nécessaires, messire, répondit Raistlin, ignorant le sarcasme. Vous avez déjà transporté cet ouvrage sans effet dommageable. Toutefois, je vous suggère de le placer dans un récipient... Ce panier, par exemple. Juste pour l'empêcher de s'ouvrir accidentellement.

Horkin s'exécuta en gloussant.

— J'espère que nous ne croiserons personne, dit-il d'un air faussement sévère alors que les deux mages sortaient du château. Nous aurions l'air fin, à nous promener avec un livre dans un panier !

En raison de la réunion hebdomadaire des officiers, les soldats n'avaient pas entraînement ce jour-là. Ils avaient passé la matinée à nettoyer et refourbir leur équipement. A présent, ils lessivaient à grande eau les murs extérieurs de leurs baraquements. Raistlin aperçut son frère du coin de l'œil, mais il fit mine de ne pas voir qu'il agitait la main dans sa direction et criait :

— Coucou, Raist ! Où vas-tu donc ? Pique-niquer ?

— C'est ton frère ? s'enquit Horkin.

— Oui, messire, répondit le jeune homme, en fixant un point droit devant lui.

Horkin tordit son cou épais pour mieux voir.

— On m'a dit que vous étiez jumeaux.

— Oui, messire, répéta Raistlin.

— Ça alors, murmura son maître en lui jetant un regard en biais. Ça alors…

En arrivant au terrain d'exercice, ils furent très surpris de constater qu'il n'était pas aussi désert qu'ils l'escomptaient.

Le Baron Fou était en train de s'y entraîner. Juché sur son cheval, une lance à la main, il fonçait sur un étrange pantin de bois. Un bouclier était fixé sur un de ses bras, et un sac de sable au bout de l'autre pour faire contrepoids. Il était monté sur une base, de façon à pouvoir pivoter sur lui-même quand on le heurtait.

— Qu'est-ce que c'est, messire ? demanda Raistlin.

— Un quintain, dit Horkin en observant la scène avec plaisir. La lance doit frapper le bouclier en plein milieu, sinon… Tiens, regarde. Voilà ce qui arrive.

Le baron avait manqué son coup et vidé les étriers. Il se relevait péniblement.

— Si tu n'atteins pas le milieu, ta frappe décentrée fait tourner le mannequin, et le sac de sable vient te cueillir entre les omoplates, dit Horkin avec un petit rire amusé.

Le baron débita quelques-unes des insultes les plus colorées et les plus originales que Raistlin ait jamais eu l'honneur d'entendre. Il se releva en se frottant l'arrière-train, et son cheval poussa un hennissement qui ressemblait fort à un ricanement.

Ivor plongea la main dans sa poche de derrière et en retira une masse de pulpe jaune qui avait dû être une pomme quelques instants plus tôt.

— Tu souffriras aussi, mon ami, dit-il à sa monture ingrate. Ce fruit t'était destiné, au cas où j'aurais atteint ma cible.

L'étalon jeta un coup d'œil dégoûté à la pomme, ce qui ne l'empêcha pas de l'engloutir.

— Cette machine finira par vous tuer, seigneur ! cria Horkin.

Le Baron Fou se retourna, et n'eut pas l'air déconcerté de s'apercevoir qu'il avait un public. Laissant son cheval mâchouiller la pomme écrasée, il boitilla jusqu'aux deux mages.

— Par les dieux, je pue comme un pressoir à cidre ! dit-il en regardant le quintain et en secouant la tête. Mon père arrivait à mettre dans le mille à chaque fois. Moi, c'est ce pantin qui *me* met dans le mille à chaque fois !

Il éclata d'un bon gros rire.

— Toutes ces histoires de chevaliers m'ont rappelé le vieux brigand. Alors, je me suis dit que j'allais ressortir sa machine pour me mesurer à elle encore une fois.

Raistlin serait mort de honte s'il avait été surpris dans une position aussi peu digne par des sous-fifres. A présent, il comprenait mieux d'où le Baron Fou tirait son surnom.

— Mais que mijotez-vous donc, Horkin ? Qu'y a-t-il dans votre panier ? Quelque chose de bon, j'espère ! Un peu de vin, peut-être du pain et du fromage… Parfait : je meurs de faim.

Ivor se frotta les mains, jeta un coup d'œil à l'intérieur du panier et haussa un sourcil.

— Ça n'a pas l'air très appétissant, commenta-t-il. Le cuisinier s'est encore *sous-passé*.

— N'y touchez pas, seigneur, dit très vite Horkin.

Alors que le baron le dévisageait d'un air interrogateur, ses joues déjà rougeaudes au naturel s'empourprèrent.

— Rouge ici présent… (Il désigna Raistlin du pouce) … Pense que ce grimoire nous réserve une mauvaise surprise. Il a l'intention de se livrer à une petite expérience.

— Vraiment ? demanda le baron, intrigué. Ça vous ennuie si je regarde ? Ce n'est rien de secret, j'espère ?

— Non, messire, dit Raistlin.

Le doute l'avait assailli depuis leur départ du château, et il était sur le point d'admettre qu'il s'était mépris. Le grimoire semblait si innocent au fond de leur panier ! Il n'avait aucune raison de soupçonner un piège. Horkin ne l'avait-il pas trimballé pendant des semaines sans que rien de fâcheux ne lui arrive ?

Raistlin allait passer pour un imbécile, non seulement devant son maître – qui ne le respectait déjà guère –, mais devant le baron. Or, fou ou pas, c'était un sacré personnage dont il avait soudain envie de gagner l'estime. Aussi ouvrit-il la bouche pour admettre humblement qu'il s'était trompé, avant de battre en retraite avec le peu de dignité qui lui restait.

Puis son regard se posa une fois de plus sur le grimoire, avec sa reliure sophistiquée, son titre en relief, ses dorures et son ruban rouge. *Une catin de Palanthas...*

Raistlin se saisit du panier.

— Messire, dit-il à Horkin, ce que je m'apprête à faire pourrait être dangereux. Je vous suggère respectueusement, ainsi qu'à Sa Seigneurie, d'aller vous mettre à couvert sous ce bosquet...

— Excellente idée, baron, dit Horkin en plantant ses pieds dans le sol et en croisant les bras sur sa poitrine. Je vous rejoindrai dans un moment.

Les yeux noirs d'Ivor pétillèrent ; son sourire s'élargit, et ses dents d'une blancheur éclatante se détachèrent sur le fond sombre de sa barbe.

— Laissez-moi attacher mon cheval, dit-il en s'éloignant au petit trot, la douleur de son postérieur éclipsée par la perspective d'une scène excitante.

Il conduisit l'animal jusqu'au bosquet, attacha sa bride à une branche basse et revint en courant, le visage rouge d'impatience.

— Et maintenant, Majere ?

Raistlin leva les yeux, agréablement surpris que le baron se souvienne de son nom, et espérant qu'après la fin de son expérience, il s'en rappellerait avec autre chose qu'une forte envie d'éclater de rire.

Comme ni Horkin ni Ivor de Langarbre ne semblaient décidés à suivre son conseil et à se mettre à l'abri, Raistlin tendit une main prudente vers le panier et en sortit le grimoire. Un instant, il crut sentir un picotement au bout de ses doigts. Mais cela passa si vite qu'il se demanda s'il n'avait pas rêvé.

Le jeune homme s'interrompit pour se concentrer. Le picotement ne revenant pas, il conclut avec un soupir intérieur qu'il l'avait perçu parce qu'il mourait d'envie de le percevoir.

Raistlin posa le grimoire à terre, puis sortit la bobine de sa poche et forma une boucle avec le fil de soie. Réfrénant son impatience, il tenta prudemment de passer la boucle autour du coin droit supérieur de la couverture. C'était une tâche délicate ; si ses soupçons étaient fondés, le premier faux mouvement risquait d'être le dernier.

Le jeune mage constata avec inquiétude que ses doigts tremblaient. Il se força à se calmer, à chasser la peur de son esprit, à se concentrer sur ce qu'il faisait. Tenant la boucle de fil de soie entre le pouce, l'index et le majeur de sa main droite, il la glissa très lentement entre la couverture et la première page du grimoire.

Il retint son souffle tandis qu'un filet de sueur dégoulinait le long de sa nuque. Horrifié, il sentit sa gorge se serrer et une quinte de toux monter de sa poitrine. Il la réprima, manquant s'étrangler et, au prix d'un gros effort de volonté, réussit à ne pas faire trembler le fil. Dès que celui-ci fut en place, il retira vivement sa main.

De nouveau, il put respirer librement. Levant les yeux, il vit que Horkin et le baron le dévisageaient d'un air interrogateur.

— Et maintenant, Majere ? chuchota Ivor, tout guilleret.

Raistlin prit une inspiration sifflante et tenta de parler, mais aucun son ne sortit de sa bouche. Il se racla la gorge et se releva sur des jambes flageolantes.

— Nous devons aller nous mettre à couvert. (Il se dirigea vers le bosquet en déroulant la bobine derrière lui.) Dès que nous serons en sécurité, j'ouvrirai le grimoire.

— Laissez-moi faire, Majere, proposa le baron. Vous avez l'air épuisé. Ne vous inquiétez pas, je serai prudent. Par Kiri-Jolith, ajouta-t-il en laissant le fil de soie pendre entre ses doigts, j'ignorais que les magiciens menaient une vie si excitante. Je croyais que vous passiez votre temps à ramasser de la fiente de chauve-souris et des pétales de rose.

Ils atteignirent le bosquet où l'étalon paissait tranquillement. En les voyant arriver, l'animal leva les yeux au ciel, l'air de dire qu'ils méritaient tous les trois le sobriquet du baron.

— Ici, ça devrait aller. Que croyez-vous qu'il va se passer, Horkin ? demanda le baron en portant une main à son épée. Allons-nous devoir combattre une horde de démons jaillis des Abysses ?

— Je n'en ai pas la moindre idée, seigneur, déclara Horkin en saisissant un composant de sort dans sa bourse. Il faut demander à Rouge.

Raistlin n'avait plus assez de souffle pour émettre un commentaire. S'agenouillant pour se mettre au même niveau que le grimoire, il tira délicatement sur le fil jusqu'à ce que celui-ci soit tendu dans sa main. Puis il regarda par-dessus son épaule et fit signe aux deux officiers de s'accroupir. Horkin et Ivor s'exécutèrent, bouche bée d'excitation, leurs armes respectives à la main.

C'est maintenant ou jamais, se dit Raistlin. Il tira sur la boucle en s'efforçant de ne pas produire d'à-coups qui risqueraient de la déloger. Lentement, la couverture se souleva.

Et rien n'arriva.

Raistlin continua à tirer. La couverture se dressa à la verticale, oscilla un instant, puis tomba de l'autre côté. Le fil de soie glissa sur le sol. Le grimoire gisait maintenant ouvert ; sa page de garde rédigée à l'encre dorée, rouge et bleue, aussi ostentatoire que sa reliure, scintillait moqueusement au soleil.

Raistlin baissa la tête pour que les deux officiers ne voient pas son expression honteuse. Il jeta un regard plein de haine au livre de sorts benoîtement ouvert dans l'herbe. Derrière lui, il entendit Horkin se racler la gorge avec embarras et le baron soupirer.

Une brise légère souleva les premières pages du grimoire...

La force de l'explosion projeta Raistlin sur Horkin et plaqua le baron contre un tronc d'arbre. Le cheval poussa un hennissement terrifié, tira sur sa bride qui se détacha et s'enfuit au galop vers son écurie. Il avait beau être entraîné au combat, et avoir l'habitude des cris, du sang ou du fracas des épées, rien ne l'obligeait à supporter des livres détonants. Ou alors, il faudrait le motiver avec autre chose qu'une pomme écrabouillée !

— Par Lunitari, souffla Horkin, éberlué. Tu es blessé, Rouge ?

— Non, messire, répondit Raistlin, les oreilles encore bourdonnantes. Juste un peu secoué.

Horkin se releva en titubant. Son visage d'ordinaire rougeaud était à présent aussi gris et humide que de l'argile sur un tour de potier.

— Quand je pense que j'ai promené ce... cette chose sur mon dos pendant des jours !

Il aperçut le gigantesque cratère que le grimoire avait laissé dans le sol et retomba assis, les jambes coupées.

Raistlin alla aider le baron, qui tentait de se dégager des branches de l'arbre contre lequel le souffle de l'explosion l'avait projeté.

— Vous allez bien, seigneur ?

— Oui, oui.

Ivor se tourna vers le terrain d'exercice et jura tout haut.

— Malédiction ! Au nom de tout ce qui est saint et de tout ce qui ne l'est pas, quelqu'un peut-il m'expliquer ce qui s'est passé ?

— Comme je le soupçonnais, seigneur, le grimoire était piégé, dit Raistlin en s'efforçant – en vain – de ne pas laisser entendre son triomphe dans sa voix. Le Robe Noire avait placé un sort mortel à l'intérieur, avant de l'entourer d'un autre pour empêcher qu'on ne le détecte. C'est pour ça que ni maître Horkin ni moi-même... (Il pouvait bien se montrer généreux à présent.) ... N'avons senti la magie qui en émanait.

« Je supposais qu'il fallait ouvrir le livre pour activer le sort. Je n'avais pas pensé que soulever la couverture ne suffirait pas, et qu'il faudrait aussi tourner un certain nombre de pages. Maintenant que j'y réfléchis, ça me semble logique...

Raistlin observa le cratère, l'herbe noircie et les cendres qui flottaient dans l'air : tout ce qui restait du grimoire.

— Une arme très élégante, concéda-t-il. Simple, subtile, ingénieuse.

— Humpf ! grommela Horkin qui, remis du choc, s'approchait du baron et de Raistlin pour inspecter les dégâts. Je ne vois pas ce que ça a de si ingénieux.

— Le fait que vous ayez emporté le grimoire, messire... Le Robe Noire aurait pu prévoir que le sort se déclenche à l'instant où vous le ramassiez. Mais non : il voulait que vous le rameniez au camp, parmi vos troupes. Alors, quand vous l'auriez ouvert...

— Par Luni, Rouge ! (Horkin passa une main tremblante sur son front couvert de sueur froide.) Si ce que tu dis est vrai, nous l'avons échappé belle !

— Ça aurait pu tuer quantité d'hommes, dit le baron en fixant le cratère. (Il passa un bras affectueux autour des épaules de Horkin.) Sans compter mon meilleur mage.

— Un de vos meilleurs mages, seigneur, corrigea Horkin avec une grimace pour Raistlin.

— C'est vrai, concéda le baron. (Il serra vigoureusement la main du jeune homme.) Majere, vous avez plus que gagné votre place parmi nous.

Du regard, il chercha son étalon qui avait disparu.

— Pauvre vieux Jet ! Il doit déjà être à mi-chemin de Sancrist. Je ferais mieux de partir à sa recherche. Bonne soirée à vous, messires.

— Vous aussi, seigneur, répondirent en chœur Horkin et Raistlin. Ils s'inclinèrent, et Ivor de Langarbre s'éloigna en sifflotant.

— Rouge, déclara le sorcier de guerre, tu viens de sauver la peau du vieil Horkin. Je tenais à te dire que je t'en suis très reconnaissant.

— Merci, messire, répondit modestement Raistlin, avant d'ajouter : J'ai un nom, vous savez.

— Je sais, Rouge, dit Horkin en lui flanquant dans le dos une tape si vigoureuse qu'il manqua l'étaler sur le sol. Je sais.

D'un pas tout guilleret, il prit le chemin du retour.

CHAPITRE XVIII

— Debout, les enfants ! cria une voix de fausset moqueuse. Saluez le jour qui se lève ! Je suis votre maman, et maman dit qu'il est l'heure de se réveiller !

Ayant découvert à ses dépens qu'un coup de pied dans le bas du dos était le moyen favori du sergent pour tirer du lit les recrues récalcitrantes, Caramon roula sur lui-même et bondit sur ses pieds.

Autour de lui, ses compagnons se hâtaient également d'obéir. Il faisait encore noir, mais les oiseaux chantaient déjà – stupides bestioles ! –, ce qui signifiait que l'aube ne devait pas être loin.

Caramon avait l'habitude de se lever tôt. Au temps de sa jeunesse, il s'arrachait à son lit avant même le réveil des oiseaux pour aller à la ferme où il travaillait, faisant en sorte que son arrivée coïncide avec les premiers rayons du soleil pour ne pas perdre une précieuse minute de jour. Mais jamais il ne l'avait fait sans un profond regret.

Caramon adorait dormir. Il avait calculé qu'un être humain passait plus de temps dans son lit qu'à tout autre endroit, et si le sommeil devait être son activité principale, il voulait y exceller. Alors, il s'entraînait aussi souvent et longtemps que possible.

Mais pas son jumeau. Raistlin, au contraire, semblait en vouloir au sommeil, ce voleur rusé qui lui sautait dessus pour s'emparer des heures de sa vie. Le jeune mage était toujours debout très tôt, y compris les jours fériés : un phénomène qui dépassait la compréhension de Caramon. Combien de fois le colosse avait-il découvert son frère affalé sur ses livres, trop fatigué pour garder les yeux ouverts, mais refusant néanmoins d'abandonner la lutte ?

Tout en se frottant les paupières et en émergeant à grand-peine d'un rêve plaisant, Caramon songea tristement que pour quelqu'un qui aimait dormir, il n'avait pas choisi la bonne carrière. Quand il serait général, il ferait la grasse matinée tous les jours, et quiconque oserait le réveiller recevrait un bon coup de coude dans les côtes…

Un bon coup de coude dans les côtes…

— Caramon ! répéta Trocard en lui flanquant un bon coup de coude dans les côtes.

— Hein ? balbutia le colosse en clignant des yeux.

— Tu dormais debout, dit Trocard en le dévisageant avec admiration. Comme les chevaux !

— Vraiment ? (Caramon se rengorgea.) Je ne savais pas que j'en étais capable. Attends que je raconte ça à Raistlin !

— Casque, bouclier et épée ! cria le sergent. Je vous veux dehors dans dix minutes !

Trocard étouffa un énorme bâillement. Il semblait impossible que quelqu'un d'aussi maigrichon puisse ouvrir la bouche aussi grand.

— Un jour, tu vas te fendre la tête en deux, le prévint Caramon, inquiet.

— Majere, dit le sergent sur un ton moqueur, comptes-tu nous gratifier de ta présence aujourd'hui ? Ou as-tu l'intention de passer la journée à remplir les latrines ?

Caramon s'habilla rapidement, puis enfila son casque, ceignit son épée et empoigna son bouclier.

Les recrues sortirent dans la cour au moment où les premiers rayons du soleil filtraient à travers les nuages bas. Ils s'alignèrent en trois rangs devant les baraquements, comme ils l'avaient fait chaque matin depuis leur arrivée. Sauf qu'à présent, leurs rangs ressemblaient à quelque chose.

Maître Quesnelle vint se placer face aux soldats. Caramon attendit leur ordre de marche, mais celui-ci ne vint pas.

— Aujourd'hui, messires, nous allons vous répartir dans différentes compagnies, annonça le maître d'armes. La plupart d'entre vous resteront avec moi, mais certains ont été choisis pour rejoindre la Compagnie C, celle des *escarmoucheurs*, sous les ordres de maître Senej.

« A l'appel de votre nom, faites deux pas en avant. Ander Cantonnier. Rav Forgemarteau. Darley Boissauf.

La liste continua. Caramon s'assoupit de nouveau, laissant le soleil réchauffer ses muscles raidis d'avoir dormi sur un sol de pierre. Il ne s'attendait pas à ce qu'on l'appelle : la Compagnie C rassemblait les meilleurs éléments de l'armée du Baron Fou.

— Caramon Majere !

Il s'éveilla en sursaut. Ses pieds firent automatiquement deux pas en avant, anticipant les ordres de son cerveau embrumé par le sommeil. Il jeta un coup d'œil en biais à Trocard, sourit et attendit que son ami le rejoigne.

Maître Quesnelle laissa son parchemin s'enrouler avec un bruit sec.

— Les hommes que je viens d'appeler, rompez les rangs et allez rejoindre le sergent Nemiss là-bas, dit-il en désignant une silhouette solitaire qui se tenait au milieu du chemin.

Les autres recrues firent un demi-tour impeccable et s'en furent. Seul Caramon demeura à sa place. Il jeta un regard malheureux à Trocard, qui n'avait pas été choisi.

— Vas-y, le pressa le demi-kender, articulant les mots sans oser les prononcer à voix haute. Qu'est-ce que tu attends, espèce d'andouille ? Vas-y !

— Majere ! tonna maître Quesnelle. Tu es devenu sourd ? Je t'ai donné un ordre ! Remue ton gros derrière !

— Oui, chef ! hurla Caramon.

Il pivota, saisit Trocard par le col de sa chemise et l'entraîna à sa suite.

— Caramon, attends ! Caramon, ne fais pas ça ! Caramon, lâche-moi ! couina le demi-kender en se débattant.

Mais il n'était pas assez fort pour échapper à l'étreinte du colosse.

Maître Quesnelle allait fondre sur Caramon avec la force et la fureur d'une avalanche, quand il aperçut le Baron Fou qui observait la scène avec intérêt au fond de la cour. Son supérieur lui fit un léger signe de la main. Le maître d'armes s'empourpra, mais garda le silence.

Caramon pressa le pas.

— Vous avez oublié de l'appeler, messire, dit-il sur un ton d'excuse en passant devant Quesnelle, qui s'étouffait de rage.

Seul un grommellement indistinct lui répondit.

Le reste de la compagnie continua la routine habituelle : course matinale, petit déjeuner, répétition des exercices de base, tandis que les douze recrues sélectionnées se mettaient au garde-à-vous devant leur nouvel officier.

Le sergent Nemiss était une femme de taille et de constitution moyennes, avec la peau couleur café au lait des habitants de l'Ergoth Septentrional. Elle avait des yeux bruns lumineux et un doux visage qui, comme ses nouveaux subordonnés n'allaient pas tarder à s'en apercevoir, ne présageait en rien de sa véritable personnalité.

Le sergent Nemiss était très portée sur la boisson. A cause de son tempérament de feu, elle se retrouvait continuellement impliquée dans des bagarres : voilà pourquoi elle ne dépasserait jamais son grade actuel.

Elle balaya du regard ses douze – ou treize, en comptant Trocard – nouvelles recrues. Le demi-kender sembla se faner comme une fleur privée d'eau quand elle s'attarda sur lui. Sans se départir de son impassibilité, elle tendit un doigt.

— Toi. Là-bas.

Trocard fit à Caramon un sourire qui signifiait : « Bah, on aura essayé ». Puis il se dirigea vers l'endroit indiqué, sur le bord de la route. Nemiss secoua la tête et fit face aux douze autres soldats.

— Vous avez été choisis pour intégrer ma compagnie, qui est sous les ordres de maître Senej. Je suis son second. Mon travail consiste à entraîner les nouvelles recrues. Est-ce bien compris ?

— Oui, chef ! hurlèrent les douze hommes.

Par habitude, Trocard faillit les imiter. Mais les mots restèrent coincés dans sa gorge quand Nemiss le foudroya du regard.

— Bien. Vous n'avez pas été désignés parce que vous êtes meilleurs que les autres, mais parce que vous n'êtes pas aussi mauvais.

Le sergent se rembrunit.

— N'en concluez surtout pas que vous êtes bons. Vous serez bons le jour où je vous le dirai et pas avant. Rien qu'à vous voir debout devant moi, je devine que vous êtes tout juste capables de lécher les bottes de véritables soldats.

Les recrues silencieuses attendaient en transpirant sous le soleil.

— Majere, sors du rang. Les autres, retournez aux baraquements, prenez vos affaires et retrouvez-moi ici dans cinq minutes. Vous déménagez dans les dortoirs de la Compagnie C. Des questions ? Bien. Alors, bougez-vous ! Plus vite que ça ! Majere, ici !

Elle fit signe à Caramon de rejoindre Trocard, qui lui adressa un sourire hésitant mais plein d'espoir.

Nemiss n'eut pas l'air impressionné. Elle les détailla tous les deux, plus particulièrement le demi-kender avec sa silhouette frêle, ses longs doigts agiles et ses oreilles pointues. Sa grimace s'accentua.

— Que suis-je censée faire de toi ? Et comment t'appelles-tu, d'abord ?

— Trocard, chef.

— Trocard ? Ce n'est pas un nom !

— C'est le mien, chef !

— Et c'est aussi ce que vous pouvez faire de lui, intervint Caramon. Trocard est un expert en matière de troc.

— De vol, tu veux dire ! cria Nemiss. Je ne veux pas de voleur dans ma compagnie.

— Non, chef, dit le demi-kender en secouant la tête avec énergie, le regard restant fixé devant lui comme on le lui avait enseigné. Je ne vole pas.

Le sergent ricana. Trocard lui jeta un regard en coin.

— Et je n'« emprunte » pas non plus, précisa-t-il.

— Il troque, chef, déclara Caramon.

— Tu me pardonneras, Majere, si je ne vois pas bien en quoi ça consiste ni à quoi ça va nous servir, ironisa Nemiss, au bord de l'exaspération.

— C'est très simple, chef. Je trouve des choses que les gens veulent et je les échange contre d'autres dont ils ne veulent plus. C'est un don, avoua modestement Trocard.

— Vraiment ? (Nemiss réfléchit.) Très bien, je vais te laisser une chance. Apporte-moi une pièce d'équipement utile pour la compagnie d'ici demain matin, et je te laisserai rester parmi nous. Si tu échoues, tu retourneras d'où tu viens. Satisfait ?

— Oui, chef, dit Trocard, rouge de plaisir.

— Puisque c'était ton idée, Majere, tu l'accompagneras, ordonna Nemiss. (Elle leva un index menaçant.) Mais attention : pas de vol. Si je découvre que vous avez dérobé quoi que ce soit, je vous ferai pendre aux branches du pommier que vous voyez là.

« Nous ne tolérons pas les voleurs dans cette armée. Le baron a travaillé dur pour établir de bonnes relations avec les civils, et nous entendons qu'elles le restent. Majere, je te tiens responsable. Ça signifie que si ton petit copain vole, tu partageras son sort. S'il fauche ne serait-ce qu'une cacahuète, tu te balanceras avec lui.

— Oui, chef. Je comprends, chef, affirma Caramon en déglutissant.

— Pouvons-nous partir tout de suite, chef ? demanda Trocard.

— Certainement pas ! cria Nemiss. Je n'ai que deux semaines pour former les vagabonds que vous êtes, et je vais avoir besoin de chaque seconde. Il est prévu que toutes les nouvelles recrues bénéficient d'une permission pour aller en ville ce soir…

— Vraiment, chef ? coupa Caramon, tout excité.

— Toutes, sauf vous deux, corrigea Nemiss. Vous, vous en profiterez pour remplir votre mission.

— Oui, chef, soupira Caramon.

Un instant, il avait nourri l'espoir de retourner au *Jambon Dodu*.

— Maintenant, allez chercher vos affaires, et revenez ici en quatrième vitesse !

— Je suis désolé qu'on te supprime ta permission à cause de moi, dit Trocard en époussetant la paille de sa couverture.

— Bah, tant pis. (Caramon s'efforça de chasser le souvenir de la bière fraîche et des bras tièdes de la serveuse.) Tu crois que tu réussiras ? demanda-t-il, anxieux.

— Ce sera difficile, admit Trocard. D'habitude, quand je fais un échange, je sais ce que je cherche à obtenir. Mais je pense que j'y arriverai quand même.

— Je l'espère, murmura Caramon en jetant un regard nerveux au pommier.

Le sergent Nemiss conduisit ses hommes vers un bâtiment situé au fond de la cour, et les fit arrêter devant l'entrée.

Un officier monté sur un étalon noir comme le charbon s'avança devant eux. Il était grand, avec des cheveux sombres et une mâchoire carrée qui semblait avoir été taillée à la hache. Tirant sur les rênes de sa monture, il s'immobilisa et regarda les hommes alignés devant lui.

— Je suis maître Senej. Le sergent Nemiss me dit que vous n'êtes pas aussi mauvais que les autres recrues. Ce que je voudrais savoir, c'est si vous êtes assez bons pour intégrer la Compagnie C !

Il rugit le nom de sa compagnie, et un écho sauvage lui répondit à l'intérieur des baraquements. Des soldats se déversèrent dans la cour, chacun d'eux portant un plastron, un casque, un tabard, un bouclier et une épée.

Caramon se raidit, persuadé qu'ils allaient les attaquer. Au lieu de cela, sans avoir reçu d'ordre, les membres de la Compagnie C s'immobilisèrent en rangs parfaits, leur armure de métal poli luisant sous le soleil.

En moins d'une minute, quatre-vingt-dix hommes eurent adopté une formation de bataille, arme à la main et bouclier levé. Senej se tourna vers ses treize recrues.

— Comme je viens de le dire, je veux savoir si vous êtes assez bons pour intégrer la Compagnie C. Ma compagnie est la meilleure du régiment, et j'ai l'intention qu'elle le reste. Si vous n'avez pas le niveau, vous retournez avec maître Quesnelle. Si vous l'avez, vous serez ici chez vous jusqu'à la fin de votre vie.

Caramon songea qu'il avait toujours désiré appartenir à une fraternité de guerriers forts et pleins d'assurance. Sa poitrine se gonfla de fierté à l'idée qu'il avait été choisi, mais se dégonfla quand il réalisa qu'il ne serait peut-être pas assez bon pour qu'on le garde.

— Rompez, soldats ! Le sergent Nemiss va vous montrer votre dortoir.

Les recrues se virent assigner des lits de camp en bois, séparés par un espace deux fois plus large que leurs sacs de couchage dans leurs anciens baraquements. En outre, un coffre leur permettait de ranger leurs possessions personnelles. Caramon songea qu'il n'avait jamais rien vu d'aussi luxueux.

Après le petit déjeuner, le sergent Nemiss les prit à part.

— Vous vous êtes bien débrouillés jusqu'ici. Un petit conseil : n'essayez pas encore de sympathiser avec les autres. Ils vous regarderont de haut jusqu'à ce que vous ayez fait vos preuves. Ne le prenez pas mal. Une fois que vous aurez survécu à une saison de campagne avec eux, vous recevrez des invitations à des mariages jusqu'à la fin de vos jours.

Un des hommes leva la main.

— Oui, Manto, qu'y a-t-il ?

— Je me demandais, chef, ce qui rend la compagnie de maître Senej si spéciale ?

— Cette question n'est pas aussi stupide qu'elle en a l'air, concéda Nemiss. Notre compagnie est spéciale parce qu'on nous confie *toutes* les missions spéciales. Quand le baron a besoin d'*escarmoucheurs* pour avancer devant le reste de l'armée, il fait appel à nous. Si un ennemi joue à cache-cache et qu'il faut le débusquer, il fait appel à nous. Nous nous battons comme les autres quand il nous l'ordonne, mais nous nous chargeons aussi de tous les autres boulots qui se présentent.

« Aujourd'hui, on vous remettra une nouvelle arme pour aller avec votre épée. Ne vous excitez pas : c'est juste une lance, rien d'extraordinaire. (Elle tendit la main, en saisit une qui était posée contre le mur et la tendit devant elle.) Vous ne vous en séparerez pas jusqu'à la fin de vos classes.

Caramon leva la main.

— Euh, sergent ? Quand aurons-nous terminé ?

— Vous aurez terminé quand je vous le dirai, Majere. Quand nous partirons, dans deux semaines, ou vous serez prêt ou vous aurez démissionné. D'ici là, vous avez beaucoup à faire et à apprendre. Restez près de moi, obéissez à mes ordres et tout se passera bien.

Nemiss emmena les treize recrues au terrain d'exercice. Toutes portaient une lance lestée comme le reste de leur équipement, à savoir pesant le double du poids normal. Caramon maniait la sienne facilement, mais Trocard arrivait à peine à la soulever. L'extrémité traînait derrière lui, creusant un long sillon. Quand elle s'en aperçut, Nemiss leva les yeux au ciel.

Tout le reste de la journée, ils s'entraînèrent avec leur nouvelle arme. Dans l'après-midi, ils apprirent à la lancer. Quand Nemiss donna le signal du départ, le bras droit de Caramon était si faible et si endolori qu'il doutait d'être capable de soulever une cuiller pour manger son dîner.

Trocard avait essayé d'imiter les autres, mais après s'être étalé dans la boue à sa première tentative, et avoir manqué empaler Caramon à la deuxième, il avait été dispensé d'exercice. Le sergent lui avait ordonné de remplir et d'apporter des seaux d'eau pour rafraîchir les hommes. Il était clair qu'elle ne s'attendait pas à le garder au-delà du lendemain.

L'idée de pouvoir s'amuser en ville pendant quelques heures améliorait considérablement le moral des recrues. De leur propre chef, elles regagnèrent le château en courant et en braillant à pleins poumons une marche militaire que Nemiss venait de leur apprendre.

Les hommes engloutirent leur dîner puis partirent s'étriller, se peigner, tailler leur barbe et enfiler leurs plus beaux atours. Caramon les imita, car il espérait descendre une pinte de bière avant de commencer ses recherches. Mais Trocard demeura étendu sur son lit de camp, les mains croisées sous la nuque.

— On ne va pas en ville avec les autres ? s'étonna Caramon.

Son ami secoua la tête.

— Non.

— Mais comment allons-nous rapporter un objet utile au sergent Nemiss ?

— Tu verras.

Caramon lâcha un soupir à fendre l'âme. Il reposa le peigne qu'il était en train de passer dans ses boucles emmêlées et, assis au bord de son lit, regarda partir ses camarades d'un air inconsolable.

Presque tous les soldats qui n'étaient pas de garde avaient reçu la permission de sortir ce soir-là. Caramon vit son jumeau s'en aller en compagnie de maître Horkin. Il les entendit parler de visiter une boutique de magie ; puis le sorcier confia à Raistlin qu'il connaissait une taverne où l'on servait la meilleure bière d'Ansalonie.

Caramon ne s'était jamais senti aussi abattu de sa vie.

— Au moins, on va pouvoir dormir quelques heures, dit Trocard lorsqu'il ne resta plus qu'eux dans les baraquements.

Ce qui prouve bien, songea le colosse en fermant les yeux et en se lovant sur son matelas de paille, *qu'il existe toujours un bon côté à la pire des situations.*

CHAPITRE XIX

— Caramon !
On aurait cru que quelqu'un était toujours occupé à le réveiller.
— Hein ?
— Il est l'heure !
Caramon s'assit. Oubliant qu'il dormait désormais dans un lit de camp, et non plus par terre, il roula sur lui-même. Le temps qu'il comprenne ce qui lui arrivait, il gisait sur le sol sans aucune idée de la façon dont il était arrivé là.
Penché vers lui, Trocard lui projeta la lumière d'une lanterne dans la figure.
— Tu t'es fait mal, Caramon ?
— Non ! Et ferme le volet de cette maudite lanterne ! grogna le colosse, à demi aveuglé.
— Désolé, s'excusa Trocard.
La lumière diminua. Le cœur battant à tout rompre, Caramon massa sa hanche endolorie.
— Ça ira, marmonna-t-il entre ses dents. Quelle heure est-il ?
— Presque minuit. Dépêche-toi ! Non, non, pas d'armure : ça fait trop de bruit. Et puis, c'est intimidant.
Caramon s'habilla en détaillant son ami d'un air soupçonneux.
— Tu es sorti, constata-t-il. Où as-tu été ?
— En ville, répondit Trocard.
Il semblait d'excellente humeur. Ses yeux pétillaient, et un large sourire fendait son visage d'une oreille pointue à l'autre. Sa joie avait une fâcheuse tendance à faire ressortir son héritage kender. En le regardant, Caramon songea au pommier et frémit.
— Nous avons de la chance ce soir, Caramon. Non que ça soit inhabituel pour moi, rectifia Trocard. La plupart des kenders sont de petits veinards, l'avais-tu remarqué ? Ma mère disait toujours que c'est parce qu'ils étaient jadis les favoris d'un dieu appelé Whizbang, ou quelque chose dans le genre.
« Evidemment, il ne traîne plus dans le coin. Il paraît qu'il s'est

fâché après un prêtre dont le pouvoir lui était monté à la tête, qu'il lui a jeté une grosse pierre dessus et qu'il a dû quitter la ville avant que les gardes ne se lancent à sa poursuite. Mais la chance dont il avait fait don aux kenders est restée.

— Vraiment ? (La lumière de la lanterne faisait des yeux de hibou à Caramon.) Il faudra que j'en parle à Raistlin : il adore les histoires au sujet des anciens dieux, et je ne crois pas qu'il ait entendu parler de Whizbang. Ça devrait l'intéresser.

— Laisse-moi t'aider à mettre tes bottes… Là ! Qu'est-ce que j'étais en train de dire ? Ah, oui. La chance. Il y a deux caravanes marchandes en ville ! Tu réalises ? Une naine et une humaine. Elles sont là pour vendre de l'équipement au baron. Je viens de rendre visite à chacune d'elles.

— Alors, tu as un plan ? s'enquit Caramon, soulagé.

— Pas exactement, le détrompa Trocard. Les échanges, c'est comme la pâte à pain : il faut laisser à la levure le temps de monter.

— Qu'est-ce que ça signifie ? demanda Caramon, soupçonneux.

— Que je sais par où commencer, mais que l'idée doit faire son chemin. Viens.

— Où ça ?

— Chut, pas si fort ! On commence par les écuries.

Ainsi, ils allaient prendre des chevaux pour aller en ville. Caramon jugea que c'était une bonne chose : il avait encore le bras droit tout raide et le derrière endolori par sa récente chute. Moins d'exercice il ferait, plus content il serait.

Les deux compagnons se faufilèrent hors des baraquements. Solinari et Lunitari étaient toutes deux de sortie cette nuit-là : l'une pleine, l'autre dans sa phase descendante. Des nuages effilochés se drapaient sur elles tels des voiles de soie, de sorte qu'elles n'émettaient qu'une faible lumière.

Des gardes arpentaient les remparts du château, se plaignant de n'avoir pas bénéficié de la permission générale. Trop occupés à s'apitoyer sur leur sort, ils ne virent pas les deux silhouettes qui se coulaient d'ombre en ombre dans la cour intérieure.

Caramon se demandait comment Trocard avait réussi à convaincre quelqu'un de leur confier des chevaux, mais chaque fois qu'il interrogeait son ami, celui-ci lui intimait le silence.

— Attends ici, et garde l'œil ouvert, ordonna le demi-kender.

Abandonnant son compagnon à la porte des écuries, il se glissa à l'intérieur.

Caramon attendit nerveusement. Il entendit des bruits qu'il ne parvenait pas à identifier : un choc sourd, puis un tintement métallique et quelque chose de lourd raclant sur le sol. Enfin, Trocard revint, à bout de souffle mais triomphant, traînant une énorme selle de cuir derrière lui.

Caramon le fixa, conscient qu'il manquait quelque chose.

— Où est le cheval ?

— Prends ça, tu veux ? dit Trocard en laissant tomber la selle à ses pieds. Pfiou ! Je ne savais pas que ce serait si lourd. Elle était perchée sur un piquet ; il a fallu que je la descende, et crois-moi, j'ai eu du mal. Tu peux la porter, j'espère ?

— Evidemment. (Caramon détailla la selle.) Elle ressemble beaucoup à celle de maître Senej, fit-il remarquer.

— Normal : c'est la sienne, dit Trocard.

Caramon hocha la tête, satisfait de son sens de l'observation, et la chargea sur son épaule. Puis une pensée lui traversa l'esprit.

— La porter où ? demanda-t-il.

— En ville. Par ici, répondit Trocard en ouvrant le chemin.

— Sûrement pas ! s'indigna Caramon en laissant retomber la selle. Le sergent Nemiss a dit qu'il ne fallait pas voler, et aussi que j'étais responsable de toi. Je doute que les branches de ce pommier supportent mon poids, mais en cherchant bien, elle risquerait de trouver un chêne qui fasse l'affaire.

— Ce n'est pas voler, Caramon, dit Trocard. Et ce n'est pas emprunter non plus. Nous allons faire du troc.

Sceptique, le colosse secoua la tête.

— Pas question.

— Ecoute, Caramon, je te garantis que le commandant de cette compagnie s'assiéra sur une selle demain, tout comme il s'est assis sur une selle aujourd'hui. Tu as ma parole. Crois-moi, ce pommier ne m'inspire pas davantage que toi.

— Eh bien…

Le colosse hésita.

— Caramon, il faut que je fasse cet échange, insista Trocard. Sinon, on me renverra de l'armée. J'ai tenu aussi longtemps parce que j'amuse le baron. Mais ça ne durera pas une fois que nous partirons en campagne. Il faudra que je gagne ma pitance. Je dois leur prouver que je peux être utile à la compagnie, Caramon. Il le faut !

Toute malice avait déserté le visage de Trocard, désespérément sérieux…

— Je suis sûr que je vais le regretter, grommela le colosse. (Il soupira et ramassa la selle, qu'il chargea sur sa tête à cause de son bras endolori.) Mais tant pis. Comment allons-nous sortir d'ici ?

— Par la porte de devant, répondit Trocard.

— Et les gardes ?

— Laisse-moi faire.

Caramon grogna, mais suivit son petit compagnon.

— Où croyez-vous donc aller, tous les deux ? s'enquit la sentinelle, étonnée par la vue du géant qui semblait avoir une selle en guise de tête.

— C'est maître Senej qui nous envoie, expliqua Trocard en saluant. Un de ses étriers est abîmé, et il nous a demandé de le faire réparer à la première heure.

— Mais nous sommes en pleine nuit, rappela le garde.

— Il est minuit passé, répliqua Trocard. C'est déjà demain. Nous ne faisons qu'obéir aux ordres. (Baissant la voix :) Vous savez à quel point maître Senej peut être pénible…

— Oui, et je sais combien il tient à cette selle, dit le garde. Très bien, vous pouvez y aller.

— Merci…

Trocard sortit du château d'un pas assuré, tandis que Caramon se traînait derrière lui. Le dernier commentaire de la sentinelle lui avait fait tomber le cœur dans les chaussettes.

— Trocard…, commença-t-il.

— La levure, Caramon, jeta son compagnon en levant sa lanterne pour éclairer la route. Pense à la levure.

Le colosse essaya, mais il ne réussit qu'à se souvenir qu'il mourait de faim.

— Voilà les caravanes, dit Trocard en refermant le volet de leur lanterne.

Ravi de cette occasion de se reposer, Caramon déposa son fardeau à ses pieds dans la poussière.

Des feux brûlaient dans les deux camps. Le premier, occupé par de grands humains efflanqués, se composait d'un cercle de chariots dont les chevaux étaient rassemblés sur un côté. Dans le second, où s'agitaient des nains râblés, les poneys étaient toujours attachés aux carrioles.

Sous le regard des deux compagnons, un homme sortit du premier campement et se dirigea vers le second.

— Reynard ! appela-t-il en commun. J'ai besoin de te parler !

Un nain qui était assis près du feu se leva et s'approcha d'un pas traînant.

— Tu es prêt à me payer le prix que je réclame ?

— Ecoute, Reynard, tu sais bien que je n'ai pas autant d'acier sur moi, dit l'humain.

— En quoi te paye le baron : en bois ? ricana le nain.

— Il faut que j'achète des provisions. La route est longue jusqu'à Sudlunde.

— Elle sera encore plus longue si tu dois la faire à cru. Je ne reviens pas sur mon offre : c'est à prendre ou à laisser, dit sèchement Reynard.

Il fit mine de s'éloigner.

— Es-tu certain que nous ne pouvons pas trouver un autre arrangement ? lança l'humain. Ça ne me gêne pas d'attendre.

— Moi si, répliqua Reynard. Je ne peux pas gaspiller dix jours à traîner dans le coin et à perdre de l'argent juste pour te fabriquer une selle, et tu ne veux pas payer le prix de celle que j'ai à vendre. Reviens quand tu auras de quoi te l'offrir.

Le nain retourna auprès de son feu, de sa bière et de ses compagnons.

Caramon baissa les yeux vers la selle posée à ses pieds.

— Tu ne penses quand même pas…

— Ça fermente, mon cher, chuchota Trocard. Ça fermente. Allons-y.

Caramon chargea de nouveau la selle sur son épaule et suivit le demi-kender vers le camp des humains.

— Qui va là ? cria un homme debout sur un des chariots.

— Un ami, répondit Trocard.

— Il y a deux types : un grand et un petit, rapporta la sentinelle. Le grand a une selle qui intéressera peut-être le patron.

— Une selle !

Un marchand d'âge mûr, aux cheveux poivre et sel, bondit sur ses pieds et jeta un regard soupçonneux aux nouveaux arrivants.

— C'est une heure étrange pour commercer, grommela-t-il. Que voulez-vous ?

— Nous avons entendu dire que vous cherchiez une bonne selle, messire, dit poliment Trocard, et aussi que vous étiez un peu à court d'acier en ce moment. Or, nous en avons une très belle à vous proposer, comme vous pouvez le voir. Caramon, pose la selle près du feu où ces gentilshommes pourront mieux la voir.

« Donc, nous sommes prêts à négocier. Qu'avez-vous à m'offrir en échange ?

— Désolé, répondit le marchand, mais c'est le patron qui a besoin d'une selle, et il est dans son chariot. Revenez demain.

Trocard secoua tristement la tête.

— Nous aimerions beaucoup, messire. Mais nous serons en manœuvre. Nous faisons partie de l'armée du baron, voyez-vous.

Caramon, reprends la selle. Je suppose que nos amis se sont trompés. Bien le bonsoir à vous, messires.

Le colosse se pencha, ramassa la selle et la hissa une fois de plus sur sa tête.

— Attendez ! (L'homme qu'ils avaient vu converser avec Reynard sauta à bas de son chariot.) J'ai entendu ce que vous venez de dire à Smitfy. Laissez-moi examiner cette selle.

— Caramon, ordonna le demi-kender, repose la selle.

Son ami soupira. Il n'aurait jamais cru que le troc était aussi fatigant. Mieux valait travailler pour gagner sa vie ! Il posa de nouveau la selle dans la poussière.

L'humain l'examina, caressa le cuir, observa les surpiqûres.

— Elle est un peu usée, constata-t-il. Combien en voulez-vous ?

Il s'exprimait sur un ton détaché, mais Caramon avait bien vu sa main et son regard s'attarder sur la selle, et il aurait parié que ça n'avait pas échappé à l'œil exercé de Trocard. La selle de maître Senej était une des meilleures de la compagnie, après celle du baron Ivor.

— Bien, bien, dit le demi-kender en se grattant la tête. Que transportez-vous ?

L'humain eut l'air surpris.

— Du bœuf.

— En quelle quantité ?

— Une quinzaine de tonneaux.

Trocard réfléchit.

— D'accord, vous pouvez me payer en bœuf.

L'homme fronça les sourcils. Ça semblait trop facile.

— Combien en voulez-vous ?

— La totalité, répondit tranquillement Trocard.

L'homme éclata de rire.

— J'en ai seize cents livres ! Je n'en ai vendu que deux tonneaux au baron. Aucune selle sur Krynn ne vaut ce prix-là !

— Vous marchandez dur, messire, se désola Trocard. Très bien, mon ami et moi accepterons une centaine de livres de bœuf, mais que ce soit les meilleurs morceaux ! Je vais vous montrer ce que nous souhaitons emporter.

L'homme réfléchit, puis hocha la tête et tendit la main.

— Marché conclu. Smitfy, va leur chercher leur bœuf.

— Mais, Trocard, chuchota Caramon, la selle de maître Senej ! Il va…

— Chut ! lui ordonna le demi-kender en lui donnant un coup de coude. Je sais ce que je fais.

Le colosse se désola. Il venait de regarder son ami échanger la précieuse selle de leur maître contre un tonneau de bœuf. Son bras et son arrière-train lui faisaient mal, et le frottement avait dû faire tomber la moitié de ses cheveux. Pour arranger les choses, à force de parler de pain et de viande, son estomac lui semblait aussi creux qu'un tambour.

Caramon avait l'impression qu'il aurait dû mettre un terme immédiat à l'échange, reprendre la selle et retourner au camp. Il s'en abstint pour deux raisons : il ne voulait pas se montrer déloyal envers Trocard, et il n'avait aucune envie de se trimballer de nouveau cette maudite selle.

Le marchand aux cheveux poivre et sel les entraîna vers un des chariots du fond. Saisissant un tonneau à bras-le-corps, il le déchargea devant les deux compagnons.

— Et voilà, messires : cent livres de bœuf de première qualité. Vous ne trouverez rien de meilleur entre ici et les Monts Khalkist.

Trocard examina soigneusement le baril, se penchant pour regarder entre les planches. Il se releva, posa ses mains sur ses hanches, fit la moue et balaya du regard tous les autres tonneaux du chariot.

— Ça ne va pas. Je veux celui qui a une marque blanche sur le côté, dit-il en tendant le doigt.

Smitfy regarda son patron qui se tenait jambes écartées au-dessus de la selle, au cas où les deux vendeurs tenteraient de le doubler. Il hocha la tête, et Smitfy descendit le second baril.

— Il est tout à toi, mon garçon, lâcha-t-il avant de s'éloigner.

Caramon eut un terrible pressentiment.

— Je suppose que nous allons le laisser ici, et que les hommes du baron viendront le chercher demain matin en carriole ? avança-t-il sans grand espoir.

Trocard lui fit un sourire charmeur et secoua la tête.

— Non, il faut l'emmener jusqu'au campement des nains.

— Que vont-ils pouvoir faire avec cent livres de bœuf ? s'étonna Caramon.

— Pour l'instant, rien, concéda Trocard. Je pense que tu pourrais faire rouler ce tonneau au lieu de le soulever...

Le colosse fit basculer le baril sur le côté et entreprit de le pousser sur le sol inégal. Ce n'était pas aussi facile que ça en avait l'air : il ne cessait de rebondir et de partir sur la droite ou la gauche au moment où Caramon s'y attendait le moins.

Trocard trottinait près de lui en s'efforçant de le guider. Ils faillirent perdre leur tonneau quand celui-ci prit trop de vitesse dans une pente. Le cœur de Caramon fit un bond dans sa poitrine quand le demi-kender se jeta dessus pour l'arrêter. Lorsqu'ils atteignirent enfin le campement nain, tous deux étaient épuisés et en sueur.

Ils firent rouler le baril à l'intérieur du camp ; un des poneys prit peur et poussa un hennissement aigu. Aussitôt, des nains jaillirent de tous côtés. L'un d'eux, Caramon l'aurait juré, se matérialisa juste sous son nez.

— Bonsoir, doux seigneurs ! s'exclama joyeusement Trocard.

Il esquissa une courbette et posa une main sur le tonneau, que Caramon maintenait en place avec son pied.

— Qu'y a-t-il là-dedans ? demanda un nain avec un regard soupçonneux.

— Exactement ce que vous cherchez, messire, répondit Trocard en flanquant une bonne tape sur le baril.

— C'est-à-dire ? demanda le nain qui, à en juger par la longueur de ses moustaches, devait être le chef de la caravane. De la bière, peut-être ?

— Oh, non, sourit Trocard d'un air indulgent. C'est de la viande de griffon.

— De la viande de griffon ! s'exclama le nain, surpris.

Caramon ne l'était pas moins. Il ouvrit la bouche pour dire quelque chose, et la referma très vite quand Trocard lui marcha sur le pied.

— Une centaine de livres de la meilleure viande de griffon qu'on puisse faire rôtir. En avez-vous déjà mangé, messire ? Certains prétendent que ça a le goût du poulet, mais ils ont tort. Tout ce que je peux vous dire, c'est que ça met l'eau à la bouche. C'est la seule façon de la décrire.

— J'en prendrai dix livres, grogna le nain en tendant la main vers sa bourse. Combien en voulez-vous ?

— Désolé, messire, mais le lot est indivisible, dit Trocard.

Le nain ricana.

— Et que ficherai-je de cent livres de viande, qu'elle soit de griffon ou pas ? Nous faisons des repas frugaux sur la route. Je n'ai pas de place dans les chariots pour transporter des friandises.

— Même pas pour célébrer la Fête de l'Arbre de Vie ? s'exclama Trocard, choqué. Le plus saint des jours du calendrier nain ? Dédié au culte de Réorx ?

— Comment ? De quelle fête s'agit-il ? s'étonna le nain en fronçant ses sourcils broussailleux.

— Mais c'est la plus importante de l'année à Thorbardin ! Oh... (Trocard prit un air embarrassé.) Désolé. J'aurais dû me douter que des nains des collines ne le sauraient pas.

— Qui a dit que nous l'ignorions ? s'indigna le nain. Je... j'ai tendance à mélanger les dates à force de voyager. Tout ce temps passé sur les routes... Ça vous embrouille le cerveau. Donc, la semaine prochaine est celle de la Fête de, euh...

— De l'Arbre de Vie, lui rappela aimablement Trocard.

— Bien entendu, dit le nain. (Il eut une grimace rusée.) Je sais comment nous la célébrons dans les collines, mais je me demande comment ils font à Thorbardin. Non que ça ait la moindre importance. C'est juste que je suis curieux.

— Eh bien, dit lentement Trocard, ils boivent et ils dansent...

Tous les nains hochèrent la tête. Jusque-là, rien que de très normal.

— Ils mettent en perce un tonneau d'eau-de-vie... Mais l'apogée de la fête, c'est le Régal du Griffon. Il est bien connu que Réorx lui-même était un grand amateur de viande de griffon.

— Très connu, dirent les nains en se regardant, penauds.

— On dit qu'un jour, il a mangé une bête entière avec ses patates et sa sauce, et qu'il a encore eu de la place pour le dessert, continua Trocard.

Les nains ôtèrent leur chapeau et le tinrent plaqué sur leur poitrine, puis inclinèrent la tête en signe de respect.

— Aussi, en l'honneur de Réorx, chaque nain doit consommer autant de viande de griffon qu'il le peut, et faire don du reste aux pauvres de la part de son dieu, ajouta pieusement Trocard.

Un des nains s'essuya les yeux avec la pointe de sa barbe.

— Mon garçon, dit leur chef d'une voix chargée d'émotion, maintenant que tu as attiré notre attention sur cette date, je crois que nous allons t'acheter ce baril de viande de griffon. Je suis un peu à court d'acier en ce moment. Qu'accepteriez-vous en échange ?

Trocard réfléchit un instant.

— Qu'avez-vous donc en un seul exemplaire ? Quelque chose d'unique ?

Le nain fut pris au dépourvu.

— Eh bien, commença-t-il, nous avons...

— Non, coupa Trocard. C'est impossible.

— Alors que diriez-vous de... ?

Le demi-kender secoua la tête.

— Je crains que ça ne fasse pas l'affaire.

— Tu marchandes dur, grommela le nain, les sourcils froncés. Très bien. Puisque tu insistes, j'ai... (Il jeta un coup d'œil à la ronde pour s'assurer que personne ne risquait de les entendre.) ... Une armure fabriquée à Pax Tharkas par le meilleur de nos forgerons, pour le célèbre seigneur Jeffrey de Palanthas.

Le nain croisa les mains sur son estomac rebondi et leva les yeux vers les deux compagnons, s'attendant à ce qu'ils soient impressionnés. Trocard haussa les sourcils.

— Ne craignez-vous pas que le seigneur Jeffrey en ait besoin ?

— Pas là où il va, je le crains. (Le nain tendit un index vers les cieux.) Un tragique accident : il a glissé dans les latrines.

Trocard réfléchit.

— Je suppose que l'armure est fournie avec le bouclier et la selle ?

Caramon retint son souffle.

— Le bouclier, oui. La selle, non.

Caramon émit un gros soupir.

— Elle est déjà promise à quelqu'un, ajouta le nain.

Trocard réfléchit une bonne minute avant de lâcher :

— Très bien, nous prendrons l'armure et le bouclier.

Il tendit la main au nain, qui la lui serra au-dessus du tonneau de viande sacrée avant de se diriger vers un autre chariot. Quand il revint, il traînait derrière lui une caisse dont le couvercle s'ornait d'un martin-pêcheur. Haletant, il la déposa aux pieds de Trocard.

— La voilà, mon garçon. Je suis ton obligé : ça me fera de la place pour le griffon.

Trocard remercia les nains et regarda Caramon. Le colosse se pencha et, avec force grognements théâtraux, chargea la caisse sur son épaule.

— Pourquoi leur as-tu dit que c'était de la viande de griffon ? demanda-t-il alors qu'ils s'éloignaient.

— Parce que du bœuf normal ne les aurait pas intéressés, répondit le demi-kender.

— Ne se rendront-ils pas compte que tu les as roulés quand ils ouvriront le tonneau ?

— S'ils s'en rendent compte, ils refuseront de l'admettre. Ils jureront à qui voudra les entendre que c'est la meilleure viande de griffon qu'ils ont jamais mangée.

Caramon mit un moment à digérer ces informations, pendant qu'ils reprenaient la direction du château.

— Crois-tu que cette armure suffira à dédommager le maître pour la perte de sa selle ? demanda le colosse, sceptique.

— Sûrement pas ! C'est pourquoi nous allons la ramener au campement humain.

— Mais il est derrière nous !

— Je sais. Je veux d'abord jeter un coup d'œil à l'armure, expliqua Trocard.

— On pourrait le faire ici.

— Non, on ne pourrait pas. Cette caisse est-elle si lourde ?

— Plutôt, oui, grogna Caramon, plié en deux sous le poids.

— Dans ce cas, ça doit être une armure bien solide, déduisit son ami.

— Une chance que tu aies entendu parler de cette fête de Thorbardin.

— Quelle fête ? s'enquit distraitement Trocard.

Caramon le dévisagea, incrédule.

— Tu veux dire que… ?

— Oh, ça ? (Le demi-kender lui fit un clin d'œil.) Nous venons peut-être de donner naissance à une nouvelle tradition naine.

Il jeta un regard en arrière pour voir combien de distance ils avaient parcouru. Quand les feux de camp ne furent plus que des points orange dans le lointain, il ordonna une halte.

— Viens ici, derrière ces rochers, dit-il en faisant signe à son compagnon. Pose la caisse, là. Maintenant, peux-tu l'ouvrir ?

Caramon glissa la lame de son couteau dans la fente et souleva le couvercle. Trocard se pencha en tenant sa lanterne au-dessus de l'armure.

— C'est la plus magnifique que j'aie jamais vue, souffla Caramon, ébloui. J'aimerais que Sturm puisse l'admirer… Regarde le martin-pêcheur gravé sur le plastron. Et les roses sur les brassards ! Et les lanières de cuir ouvragé ! Elle est parfaite.

— Un peu trop parfaite, murmura Trocard en se mordillant la lèvre. (Il chercha quelque chose du regard, se baissa pour ramasser une grosse pierre et la tendit à son ami.) Tiens, frappe-la avec ça.

La mâchoire de Caramon en tomba sur sa poitrine.

— Quoi ? Mais tu es fou ! Ça va l'abîmer !

— Justement, c'est l'idée. Allons, dépêche-toi, le pressa Trocard.

Caramon obéit à contrecœur, frémissant chaque fois qu'il entamait le magnifique plastron, souffrant presque autant que si c'était lui qui recevait les coups.

— Là, dit-il enfin, à bout de souffle. Ça devrait…

Il s'interrompit en voyant Trocard sortir son couteau et s'entailler l'avant-bras.

— Que… ?

— Ce fut une bataille désespérée, murmura le demi-kender en tendant son bras au-dessus de l'armure pour y laisser couler son sang. Mais il est réconfortant de savoir que le pauvre seigneur Jeffrey est mort en héros.

Smitfy les arrêta alors qu'ils allaient entrer dans le cercle des chariots.

— Quoi encore ?

— J'ai un échange à vous proposer, dit poliment Trocard.

L'humain plissa les yeux en le dévisageant.

— Je me demandais où j'avais déjà vu des oreilles comme les tiennes. Maintenant, je m'en souviens. Tu as du sang de kender, n'est-ce pas, mon garçon ? Et dilué ou pas, ce n'est pas une qualité que nous recherchons chez nos interlocuteurs. Le patron dort ; alors, fichez le camp...

A cet instant, le patron les rejoignit.

— Je viens de voir Baracier Tisonnier hisser ce tonneau de bœuf dans sa carriole. Il ne voulait même pas m'acheter un rôti. Comment avez-vous fait ?

— Navré, messire, s'excusa Trocard en rougissant. Secret professionnel. Mais il m'a donné en échange quelque chose qui pourrait vous intéresser.

— Ah oui, quoi donc ?

Les deux hommes observèrent la caisse avec curiosité.

— Ouvre-la, Caramon.

— Une vieille armure cabossée, railla Smitfy.

La voix de Trocard prit des accents funèbres.

— Ce n'est pas n'importe quelle armure, messires : c'est l'armure magique du vaillant Chevalier Solamnique, le seigneur Jeffrey de Palanthas. Sa *dernière* armure, ajouta-t-il avec emphase. Décris la bataille, Caramon.

— Oh, euh, bien sûr, bredouilla son ami, soudain propulsé dans le rôle de conteur. Alors, il y avait six gobelins...

— Vingt-six, rectifia Trocard. Et ne voulais-tu pas dire « hobgobelins » ?

— Si, c'est ça. Vingt-six hobgobelins, et ils venaient de l'encercler, improvisa Caramon.

— Il y avait aussi un petit garçon aux cheveux blonds, je crois, intervint Trocard. Le fils d'une princesse. Et son bébé griffon apprivoisé.

— Voilà. Les hobgobelins tentaient d'enlever l'enfant de la princesse...

— ... Et le bébé griffon.

— Et le bébé griffon, répéta Caramon. Mais le seigneur Jeffrey leur arracha l'animal aux cheveux blonds…

— … Et l'enfant, dit précipitamment Trocard.

— Et l'enfant ; puis il les rendit à leur mère la princesse et ordonna de s'enfuir. S'adossant à un arbre, il dégaina son épée…

Pour mieux illustrer son récit, Caramon joignit le geste à la parole.

— Il frappa de droite, et il frappa de gauche, et les hobgobelins s'effondraient à chacun de ses coups. Mais à la fin, il fut submergé sous le nombre. Une masse d'armes l'atteignit ici, pénétra son armure et lui délivra le coup de grâce. Le lendemain matin, on le retrouva mort avec vingt-cinq cadavres de hobgobelins autour de lui. Et il avait réussi à blesser le dernier avant de mourir.

Caramon rengaina son épée.

— Et l'enfant aux cheveux blonds fut sauvé ? demanda Smitfy, avide. Et le bébé griffon aussi ?

— La princesse le baptisa Jeffrey, répondit Trocard avec des trémolos dans la voix.

Il y eut un instant de silence respectueux. Puis Smitfy s'agenouilla et effleura le plastron.

— Par les Abysses, souffla-t-il. Le sang est encore frais !

— On vous avait bien dit qu'elle était magique, répliqua Caramon.

— Cette précieuse relique ne signifiait rien pour les nains, expliqua Trocard. Mais j'ai pensé qu'une caravane qui se dirigeait vers le nord pourrait la rapporter à la Tour du Grand Prêtre, afin que son histoire ne se perde pas…

— Il se trouve que notre route nous conduit vers Palanthas. Je vous offre une autre centaine de livres de bœuf en échange de cette armure.

— Non, messire, je crains de n'en avoir plus l'usage. Qu'avez-vous d'autre à m'offrir ?

— Des pieds de porc conservés dans de la saumure. Deux roues de fromage, énuméra le patron de la caravane. Cinquante livres de houblon…

— Du houblon ! s'exclama Trocard. Quel genre de houblon ?

— Ergothien. Magiquement amélioré par les elfes kagonesti pour donner de la meilleure bière.

— Excusez-moi…

Le demi-kender prit Caramon à part pour s'entretenir avec lui.

— Les nains ne traînent pas trop du côté de l'Ergoth en ce moment, pas vrai ?

Caramon secoua la tête.

— Pas s'ils sont obligés d'y aller en bateau. Mon ami Flint ne supporte pas l'eau. Une fois…

Trocard s'éloigna, plantant son compagnon au beau milieu de l'histoire. Il tendit la main au patron de la caravane.

— Très bien, messire. Marché conclu.

Smitfy emporta l'armure avec des gestes pleins de respect, et revint quelques minutes plus tard avec une caisse sur son épaule. Il la jeta dans la poussière, souhaita bonne nuit aux deux compagnons et regagna son chariot.

Caramon baissa les yeux vers la caisse, puis les releva vers Trocard.

— C'était une très belle histoire, le félicita le demi-kender. J'ai failli pleurer.

Le colosse soupira, saisit la caisse et la chargea sur son dos.

— Alors, que m'apportez-vous cette fois ? s'enquit le nain.
— Du houblon. Cinquante livres, révéla Trocard, triomphant.

Son interlocuteur lui jeta un regard méprisant.

— N'as-tu donc jamais traité avec nos semblables, gamin ? Tout le monde sait que nous brassons la meilleure bière de Krynn ! Nous cultivons notre propre houblon…

— Rien à voir avec celui-là, coupa Trocard : c'est du houblon ergothien !

Le nain sursauta.

— Ergothien ! Tu en es sûr ?
— Sentez donc, lui proposa Trocard.

Le nain renifla le contenu de la caisse et échangea un regard avec ses compatriotes.

— Dix pièces d'acier, offrit-il.
— Désolé, refusa Trocard en se détournant. Viens, Caramon : je connais une taverne en ville qui nous en donnera…

— Attendez ! cria le nain. Que diriez-vous de deux services de porcelaine hylar avec les gobelets assortis ? Et j'irai jusqu'à rajouter des couverts en or.

— Je suis un militaire, jeta Trocard par-dessus son épaule. Que ferai-je de vos assiettes et de vos cuillers ?

— Un militaire. Parfait. Alors, pourquoi pas huit arcs longs elfiques enchantés, fabriqués par les forestiers du Qualinesti ? Les flèches qu'ils décochent ne manquent jamais leur cible.

Trocard s'immobilisa. Caramon reposa la caisse sur le sol.

— Les arcs magiques *et* la selle du seigneur Jeffrey.

Le nain secoua la tête.

— Je ne peux pas, je l'ai promise à un autre client.
— Caramon, ramasse la caisse.
Trocard se remit en route. Le nain renifla à nouveau.
— Attendez ! explosa-t-il. C'est bon, je vous laisse la selle !
Trocard eut un large sourire.
— Dans ce cas… Marché conclu.

Caramon était plongé dans un rêve où il luttait contre vingt-six enfants aux cheveux blonds qui tourmentaient un hobgobelin. Le fracas du métal contre le métal ne le perturba donc pas outre mesure, et il ne jugea pas utile de se réveiller.

Du moins, pas jusqu'à ce que le sergent Nemiss n'approche de ses oreilles la casserole de cuivre sur laquelle elle était en train de frapper.

— Debout, bande de fainéants ! La Compagnie de Flanc est toujours la première sur le terrain. Debout, j'ai dit !

Caramon et Trocard étaient revenus au camp une heure avant l'aube. Assommé par le manque de sommeil, Caramon tituba derrière les autres pour aller prendre sa place dans les rangs qui se formaient devant les baraquements.

Le sergent venait juste de former une colonne et de lui ordonner de se mettre en marche quand un bruit de galop et des cris de colère les firent s'immobiliser.

Maître Senej tira sur les rênes de son cheval pour le faire arrêter et bondit à terre. Son visage était aussi empourpré qu'un lever de soleil. Il foudroya du regard l'intégralité de la compagnie, les vétérans comme les nouvelles recrues.

Tous les hommes se recroquevillèrent.

— Abysses et damnation ! L'un de vous a encore échangé ma selle contre celle du baron ! Je suis fatigué de ce jeu stupide. La dernière fois que ça s'est produit, sa seigneurie a failli me faire couper la tête pour l'exhiber au bout d'une pique ! Qui est responsable de cette petite plaisanterie ?

Les mâchoires serrées, maître Senej remonta le long de la colonne à grands pas furieux, dévisageant tous les soldats.

— Allons, avouez !

Personne ne remua. Nul ne parla. Si les Abysses s'étaient ouverts à ses pieds, Caramon aurait été le premier à plonger dedans.

— Personne ne se dénonce ? cria maître Senej. Très bien. Demi-rations pour toute la compagnie pendant deux jours !

Les soldats, Caramon le premier, poussèrent des grognements. Il avait frappé là où ça faisait mal.

— Ne punissez pas les autres, chef, dit une voix tout au fond de la colonne. C'est moi qui l'ai fait.

— Qui est-ce ? demanda Senej en essayant de voir par-dessus les têtes.

Trocard sortit du rang.

— Je suis seul responsable, chef.

— Quel est ton nom, soldat ?

— Trocard, chef.

— Cet homme allait être renvoyé, messire, intervint le sergent Nemiss. Il doit partir aujourd'hui.

— Ça n'excuse pas ce qu'il vient de faire, tempêta Senej. D'abord, il va devoir s'expliquer avec le baron...

— Permission de parler, chef ? s'enquit respectueusement Trocard.

— Permission accordée ! cracha Senej. Qu'as-tu à dire pour ta défense ?

— La selle n'appartient pas au baron, chef. Si vous vérifiez, vous verrez que celle du baron est toujours à sa place dans les écuries. Celle-ci vous est offerte avec les compliments de la Compagnie C.

Les soldats se regardèrent. Quand le sergent Nemiss aboya un ordre, ils reportèrent tous leur attention devant eux.

— Par Kiri-Jolith, siffla Senej en examinant la selle de plus près. Il est vrai que ce n'est pas la selle du baron. Pourtant, elle est de style solamnique...

— La dernière mode à Palanthas, affirma Trocard.

— Je... je ne sais pas quoi dire.

Maître Senej était touché ; sur ses joues, le rouge de la colère céda la place au rose du plaisir.

— Ça a dû coûter une petite fortune. Penser que vous... tous ensemble... vous avez été...

La gorge serrée, il ne put finir sa phrase.

— Un triple hourra pour maître Senej, lança le sergent, qui n'avait aucune idée de ce qui se passait mais ne répugnait pas à bénéficier des retombées positives.

Les soldats crièrent avec enthousiasme. Maître Senej remonta en selle sous les vivats, souleva son chapeau pour y répondre et s'éloigna au galop.

Le sergent Nemiss se tourna vers ses hommes. Ses yeux lancèrent des éclairs qui allèrent se planter dans ceux de Trocard.

— Très bien, soldat. Que se passe-t-il ? Je sais pertinemment qu'aucun de nous n'a acheté de selle neuve à maître Senej. Prétends-tu qu'elle vient de toi ?

— Je ne l'ai pas achetée, chef, concéda le demi-kender.

Le sergent Nemiss fit un geste.

— Que l'un de vous m'apporte une corde. Je t'avais prévenu du sort qui t'attendait si je te surprenais à voler ! En avant, marche !

Avec une expression résolue, Trocard se dirigea vers le pommier. Caramon resta dans le rang, réprimant à grand-peine son envie d'éclater de rire. Il espérait juste que son ami ne pousserait pas la plaisanterie trop loin.

Un des soldats revint avec une épaisse corde, qu'il tendit au sergent. Trocard se plaça sous le pommier. Ses camarades étaient toujours au garde-à-vous.

Balançant la corde dans sa main, Nemiss leva les yeux à la recherche d'une branche assez solide. Soudain, elle se figea.

— Que... ?

Trocard sourit d'un air modeste et baissa les yeux vers ses pieds.

Nemiss prit un long objet en bois posé sur une branche. Ses hommes n'osaient pas rompre la formation, mais tous essayaient désespérément de voir ce qu'elle tenait. Un des vétérans s'oublia et lâcha un sifflement. Nemiss était tellement soufflée qu'elle ne releva pas ce manquement à la discipline.

Un arc elfique reposait dans ses mains. Levant les yeux vers le pommier, elle en compta sept autres. Elle passa une main caressante sur le bois poli.

— Ce sont les meilleurs arcs d'Ansalonie, souffla-t-elle. On les prétend magiques ! Les elfes refusent de les vendre aux humains, quel que soit le prix. Avez-vous la moindre idée de leur valeur ?

— Oui, chef. Une centaine de livres de bœuf, une armure solamnique et une caisse de houblon, répondit malicieusement Trocard.

— Hein ?

Caramon fit un pas en avant.

— C'est vrai, sergent. Trocard ne les a pas volés. Les humains et les nains des deux caravanes stationnées en ville pourront en témoigner. Il leur a échangé ces arcs en toute honnêteté.

C'était un peu exagéré, mais ce que le sergent Nemiss ignorait ne pouvait pas lui faire de mal. Elle se détendit et frotta le bois lisse de l'arc contre sa joue.

— Bienvenue dans la Compagnie C, Trocard, dit-elle avec des larmes dans les yeux. Un triple hourra pour Trocard !

Les hommes ne se firent pas prier.

— Et, ajouta Nemiss, un triple hourra pour les treize nouveaux membres de la Compagnie C !

Il sembla que les vivats ne devaient jamais s'arrêter.

CHAPITRE XX

Les troupes d'Ariakas étaient en marche. Pas sa garde personnelle, trop bien entraînée et trop précieuse pour qu'il la gaspille dans ce genre d'expédition. Elle avait déjà livré des batailles, conquis les cités de Sanction et de Neraka ainsi que la région environnante.

Non : les troupes qu'il envoyait à Blödehelm étaient la crème de ses nouvelles recrues, celles qui s'étaient distinguées pendant les classes. Ce serait leur baptême du sang.

Leur mission était si secrète que certains officiers ignoraient le nom de leur objectif. Des wyvernes leur avaient apporté leur ordre de marche la veille du départ. Ils s'étaient mis en route de nuit, à la faveur des ténèbres.

Les soldats progressaient en silence, leurs bottes enveloppées de tissu et les anneaux de leur cotte de mailles munis de rembourrage pour qu'on ne les entende pas tinter. Les essieux des chariots de ravitaillement étaient graissés, les harnais des chevaux couverts de chiffons.

Quiconque avait la malchance de croiser leur chemin était massacré sans délai et sans pitié. Il ne devait rester personne de vivant pour rapporter qu'il avait vu une armée noire marcher vers le nord.

Kitiara et Immolatus ne chevauchaient pas avec le reste de l'armée. A deux, ils pouvaient se déplacer bien plus vite que le monstre militaire qui rampait à travers le royaume. Ariakas voulait qu'ils atteignent Findespoir les premiers, qu'ils découvrent l'emplacement des œufs avant le début de la bataille et repartent aussitôt pour ne pas y être mêlés.

Kitiara se réjouissait qu'ils voyagent seuls : Immolatus éveillait trop de curiosité et provoquait trop de commentaires. La jeune femme avait tenté de persuader son compagnon que le costume d'un mage des Robes Rouges n'était pas la tenue la plus appropriée pour se déplacer en compagnie des troupes de Sa Ténébreuse Majesté. Le noir aurait été une couleur bien plus seyante…

Mais Immolatus ne voulut pas en entendre parler. Rouge il était, rouge il resterait. Kitiara finit par capituler. Elle prévoyait tellement de disputes avec le dragon, qu'elle préféra laisser filer pour cette fois. Mieux valait économiser ses forces pour les batailles qui en vaudraient la peine.

Kitiara se demandait pourquoi Immolatus, qui haïssait les mortels quels que soient leur race, leur religion ou leur couleur, avait choisi d'accepter cette mission. Mais il ne lui appartenait pas de discuter les ordres. Surtout le dernier, qui lui avait été remis en secret avant leur départ pour Sanction. Du moins supposait-elle que cette missive était un ordre : il ne semblait pas dans le caractère d'Ariakas d'envoyer des lettres d'amour.

Le parchemin griffonné à la hâte était roulé serré dans une de ses sacoches de selle. La jeune femme n'avait pas encore eu l'occasion de le lire, car Immolatus réclamait son attention constante.

Il avait passé la première journée de leur chevauchée à l'assommer du récit de ses pillages et de ses massacres. Quand il ne revivait pas ses jours de gloire, il se plaignait amèrement de la nourriture qu'il était forcé d'avaler sous sa forme humaine, et de l'humiliation qu'il éprouvait à voyager à dos de cheval alors qu'il aurait pu planer dans les cieux.

Quand ils s'arrêtèrent pour se reposer, le dragon n'eut pas de mal à s'endormir, même sans lit de pièces d'or. Il avait le sommeil profond et ne cessait de s'agiter comme un chien, faisant claquer ses mâchoires et grinçant des dents.

Après l'avoir observé quelques minutes, Kitiara le secoua par l'épaule et dit son nom. Il marmonna quelque chose mais ne se réveilla pas. Satisfaite, la jeune femme alla chercher le parchemin et le déroula pour le lire à la lueur du feu.

Commandant Kitiara Uth Matar,
Si des circonstances devaient se produire qui – selon votre opinion – mettaient en danger les plans de conquête de l'Ansalonie de Sa Majesté, vous auriez ordre de gérer la situation de toute manière que vous estimerez appropriée.
Ariakas, général des armées de la Reine Takhisis

— Rusé comme un renard, marmonna Kitiara avec un demi-sourire forcé.

Après avoir relu l'ordre délibérément vague, la jeune femme secoua la tête, haussa les épaules et le rangea dans sa botte. Telle était donc sa punition. Elle se doutait qu'elle en recevrait une pour avoir osé dire non à Ariakas, mais elle ne s'attendait pas à quelque chose d'aussi diaboliquement créatif. Son estime pour le général remonta d'un cran.

Ariakas venait de placer sur ses épaules toute la responsabilité du succès ou de l'échec de leur mission. Si elle réussissait, elle serait accueillie en héroïne. Elle recevrait une promotion, ainsi que les faveurs de son supérieur au lit et en dehors. Mais si elle échouait...

Kitiara intriguait et fascinait Ariakas. Mais il n'était pas homme à rester intrigué ou fasciné trop longtemps. Ambitieux et impitoyable, il la sacrifierait sans jeter un regard en arrière pour voir si son corps remuait encore.

Assise près du feu, la jeune femme observait les flammes tandis qu'Immolatus grognait et ronflait à côté d'elle. Une forte odeur de soufre planait dans l'air. Le dragon devait rêver qu'il mettait le feu à une cité.

Kitiara imagina l'incendie en train de dévorer les maisons et les échoppes, de transformer les habitants en torches humaines, de calciner les cadavres et les ruines en répandant une épouvantable puanteur de charnier. Elle vit les troupes victorieuses repartir avec leurs bottes couvertes de cendres.

Le feu purificateur balayerait l'Ansalonie. Il nettoierait le bois mort elfique pourrissant dans les forêts, ferait disparaître les broussailles des races inférieures qui entravaient les progrès de l'humanité et s'évaporer les idées obsolètes entretenues par des institutions d'un autre âge, comme la chevalerie solamnique. Tel un phénix, un nouvel ordre émergerait des cendres de l'ancien.

— Et je chevaucherai ce nouvel ordre, se jura Kitiara. Je reviendrai à vous victorieuse, général Ariakas, ou je ne reviendrai pas.

Le menton posé sur les genoux, les bras serrés autour de ses jambes, elle regarda mourir le feu jusqu'à ce qu'il n'en reste plus que des braises écarlates luisant dans les ténèbres comme les yeux rouges du dragon.

LIVRE DEUXIÈME

« Rien ne se produit jamais par hasard. Tout arrive pour une raison. Il se peut que ton cerveau l'ignore et ne réussisse jamais à la comprendre. Mais ton cœur la connaît. Ton cœur sait toujours. »

Horkin, Sorcier de Guerre

CHAPITRE PREMIER

Les citoyens de Findespoir n'avaient jamais eu l'intention d'entrer en guerre. Mais ce qui avait commencé comme une simple protestation contre une taxe injustifiée était devenu une rébellion ouverte, et aucun d'eux ne comprenait comment les choses avaient pu tourner si mal.

En faisant tomber un gravillon du haut d'une colline, ils avaient sans le vouloir déclenché un glissement de terrain. En jetant un bâton dans une mare, ils avaient créé un raz de marée qui menaçait de les engloutir. Le chariot de leur vie, qui roulait autrefois si paisiblement sur le chemin, venait de perdre une roue, de tomber sur le côté et dévalait maintenant le flanc de la falaise.

La taxe en question était un « prélèvement de porte », et elle produisait un effet désastreux sur le commerce de Findespoir. L'édit provenait du roi Wilhelm (autrefois surnommé le Bon Roi Wilhelm, mais qu'on évoquait maintenant sous un sobriquet moins flatteur). Il stipulait que toutes les marchandises franchissant les portes de la cité dans un sens ou dans l'autre devaient être assujetties à une taxe de vingt-cinq pour cent de leur valeur.

Autrement dit, toutes les matières premières qui entraient à Findespoir – métaux ou coton, par exemple – étaient imposées de la même façon que les produits finis qui en sortaient, tels qu'armures ou jupons.

Par conséquent, le prix des produits en provenance de Findespoir était monté encore plus haut que la dernière invention gnome (une baratte à vapeur). A supposer que les artisans aient assez d'argent pour acheter leurs matières premières, ils devaient réclamer des sommes si élevées pour les produits finis que personne ne pouvait se les offrir. Ils ne pouvaient donc plus payer leurs employés, qui n'avaient plus les moyens d'acheter du pain à leurs enfants… et moins encore des armures ou des jupons.

Le Bon Roi Wilhelm envoya ses collecteurs d'impôts – de grosses brutes – se charger du prélèvement de la taxe. Les marchands qui osèrent se rebeller ou refusèrent de payer furent harcelés, menacés et parfois physiquement attaqués. Un entrepreneur imaginatif eut l'idée de s'installer hors des murs de la cité pour échapper à la taxe. Les collecteurs d'impôts démolirent son échoppe, incendièrent son stock et lui brisèrent la mâchoire.

Bientôt, toute l'économie de Findespoir fut au bord de l'effondrement.

Pour ne rien arranger, les habitants découvrirent que leur cité était la seule du royaume à subir un tel traitement. Ils étaient les seules victimes de cette taxe injuste. Ils envoyèrent une délégation à leur souverain, demandant pourquoi on les punissait ainsi.

Sa Majesté refusa de recevoir la délégation, et envoya un de ses ministres porter sa réponse.

« Telle est la volonté du roi. »

Le maire dépêcha au roi Wilhelm plusieurs envoyés porteurs de lettres, le suppliant de supprimer la taxe. Les envoyés revinrent sans avoir pu s'entretenir avec Sa Majesté. Les rumeurs qui couraient dans la capitale de Vantal, affirmant que le bon roi était devenu fou, ne les réconfortèrent guère : un roi fou règne quand même, et celui-ci était encore assez sain d'esprit pour s'assurer qu'on lui obéisse.

La situation ne tarda pas à s'aggraver. Les boutiques fermèrent. La place du marché demeura ouverte, mais les marchandises étaient de moins en moins nombreuses.

Les réunions de guilde – autrefois un simple prétexte qui permettait aux commerçants de ripailler ensemble – se transformèrent en foire d'empoigne, où chacun s'efforçait de crier plus fort que les autres pour se faire entendre et exiger que des mesures soient prises. Chacun ayant sa propre idée sur les mesures en question, il était prêt à jeter une chope de bière (tristement remplie d'eau depuis quelque temps) à la tête de quiconque le contredisait.

La Guilde des Marchands de Findespoir était la plus puissante organisation de la ville. Elle avait un monopole virtuel sur l'industrie et le commerce, supervisait les guildes plus modestes, définissait les standards artisanaux et veillait à ce qu'ils soient respectés. Ses membres étaient convaincus, non sans raison, que des produits de mauvaise qualité compromettraient la réputation de la ville. Tout marchand surpris à rouler ses clients était chassé de la guilde et se retrouvait sans moyen de gagner sa vie.

La Guilde des Marchands s'efforçait d'améliorer le sort de tous les travailleurs, des couturières et des tisserands jusqu'aux forgerons et aux brasseurs. Elle établissait des salaires corrects, définissait les termes des contrats d'apprentissage et arbitrait les querelles entre ses membres.

De façon générale, ceux-ci n'étaient pas des fauteurs de troubles. Leurs exigences sociales n'avaient rien d'extravagant. La guilde entretenait des relations cordiales avec le maire et le shérif. Elle était respectée de tous, et avait une telle réputation d'honnêteté qu'on complimentait les artisans des villes voisines en disant que leurs produits étaient « assez bons pour être vendus à Findespoir ». Aussi, quand fut publié l'édit concernant la nouvelle taxe, les gens se tournèrent vers elle pour régler la situation.

Au terme de délibérations déchirantes, le chef de guilde finit par organiser une réunion secrète dans le temple en ruine d'une divinité oubliée, à l'extérieur de la ville. Là, dans les ténèbres illuminées par des torches farouches, entouré par ses voisins, ses associés et ses amis, pâles mais déterminés, il proposa que Findespoir se détache du royaume de Blödehelm, fasse sécession et devienne une cité-Etat indépendante ayant la capacité de se gouverner, de dicter ses propres lois, de jeter dehors les collecteurs d'impôts et de mettre un terme à une taxe ruineuse.

En résumé : la révolution.

Le résultat du vote fut unanime.

La première décision des marchands fut de limoger le maire et de le remplacer par un conseil révolutionnaire, qui l'élit aussitôt comme chef. Leur seconde décision consista à expulser les grosses brutes. Celles-ci leur facilitèrent la tâche en se rassemblant un soir dans une taverne pour boire jusqu'au coma éthylique. La milice n'eut qu'à les traîner à l'extérieur de la ville pour les poser contre les murs.

Une fois les collecteurs d'impôts disparus, les portes de Findespoir furent fermées et barrées. On dépêcha un messager au roi Wilhelm pour l'informer que la cité, à son grand regret, était forcée de se rebeller. Le Conseil Révolutionnaire réclama une dernière fois que la taxe soit supprimée. Auquel cas, il accepterait de ranger les armes, de déverrouiller les portes et de jurer de nouveau allégeance au trône de Blödehelm.

Calculant qu'il faudrait au messager quatre jours de voyage pour atteindre la capitale, Vantal, une journée pour obtenir une audience au palais et quatre autres pour rentrer à bride abattue, le conseil commença à s'inquiéter après dix jours sans nouvelles. Le onzième, l'inquiétude se mua en anxiété. Le douzième, l'anxiété devint de la colère. Le treizième, la colère céda la place à l'horreur.

Une kender arriva dans la cité rebelle (ce qui prouve qu'une armée ne peut pas empêcher ces petites pestes de se faufiler partout !) et raconta l'exécution très intéressante à laquelle elle avait assisté récemment à Vantal.

— Honnêtement, je n'avais encore jamais vu quelqu'un être empalé en place publique. Une telle quantité de sang… Et ces cris à vous briser le cœur ! Je ne savais pas qu'un humain pouvait mettre aussi longtemps à mourir. Ils ont jeté sa tête dans un chariot qui se dirigeait vers chez vous, maintenant que j'y pense.

« Dans sa bouche, ils ont mis une pancarte rédigée avec le sang de la victime. Une pancarte qui disait… Laissez-moi un moment, je ne sais pas trop bien lire mais quelqu'un m'a dit ce qui était marqué… Si seulement je pouvais m'en rappeler… Ah, oui : « Voilà le sort réservé à tous les rebelles ».

Mais ils auraient une chance de le voir de leurs propres yeux, ajouta joyeusement la kender, puisque le chariot se dirigeait vers Findespoir.

La colère céda la place au désespoir, et le désespoir à la panique quand des sentinelles postées sur les remparts de la ville rapportèrent qu'un énorme nuage de poussière dissimulait l'horizon au nord-est. Les éclaireurs revinrent avec une épouvantable nouvelle : une armée marchait sur la cité.

Le temps du secret était passé. Les troupes d'Ariakas se déplaçaient à la lumière du jour.

Les habitants de Findespoir coururent de maison en maison, se plantèrent au coin des rues, se massèrent devant la mairie et bloquèrent les accès du Hall de la Guilde. Ne comprenant pas ce qui leur arrivait, ils étaient bien en peine de déterminer comment réagir.

Les voisins se demandaient leur avis, les apprentis se tournaient vers leur maître, les servantes vers leur maîtresse, les soldats vers leurs officiers, et le maire vers les membres de la guilde, déjà très occupés à s'interroger les uns les autres. *Que faire ? Devons-nous rester ? Devons-nous partir ? Si nous partons, où irons-nous ? Que deviendront notre maison, notre travail, nos amis, nos parents ?*

Le nuage de poussière grossit jusqu'à ce que le ciel, à l'est, s'embrase comme si une nouvelle aube sanglante se levait. Certains habitants décidèrent de fuir, surtout ceux qui étaient nouveaux en ville et n'y avaient pas trop d'attaches. Ils jetèrent leurs possessions dans des carrioles et, après avoir dit adieu à leurs amis, franchirent les portes de la ville pour prendre la direction opposée à celle de l'armée.

La plupart des habitants choisirent de rester. Comme celles des chênes géants, leurs racines s'enfonçaient profondément dans les montagnes. Plusieurs générations de leurs ancêtres avaient vécu et étaient mortes à Findespoir : une ville qui, selon la légende, avait résisté au Cataclysme.

Mes grands-parents sont enterrés ici. Mes enfants sont nés ici. Je suis trop jeune pour faire ma vie seul. Je suis trop vieux pour recommencer à zéro ailleurs. C'est la maison où j'ai grandi. C'est la boutique de mon grand-oncle. Dois-je tout abandonner et fuir ? Dois-je tuer pour protéger mes biens ?

Un choix terrible.

Après le départ des derniers fuyards, on referma les portes de la ville. De lourds chariots furent placés derrière, remplis de pierres pour former une barricade qui ralentirait l'ennemi au cas où il forcerait l'entrée. Tous les récipients disponibles furent remplis d'eau pour lutter contre les incendies. Les marchands s'improvisèrent soldats et passèrent la journée à s'entraîner à l'arc, tandis que les enfants allaient récupérer leurs flèches égarées.

Les citoyens attendaient le meilleur et se préparaient au pire : du moins, ce qu'ils considéraient comme le pire. Ils avaient toujours foi en leur roi.

Dans le meilleur des cas, l'armée dresserait proprement un camp autour de leurs remparts. Le commandant demanderait à parlementer, et ils enverraient des représentants munis d'un drapeau blanc. Le commandant menacerait, les représentants resteraient fermes sur leurs positions. Finalement, chacun céderait un peu et ils parviendraient à un accord. Au terme d'une journée de dures négociations, tout le monde pourrait rentrer souper à la maison.

Dans le pire des cas, il serait peut-être nécessaire d'envoyer quelques flèches siffler au-dessus de la tête des soldats, mais en prenant garde à ne blesser personne : juste pour montrer qu'ils étaient sérieux. Après, le commandant – un homme raisonnable, à n'en pas douter – réaliserait que faire le siège de Findespoir serait une perte de temps et d'énergie. Alors, ils pourraient négocier.

Des cors sonnèrent l'alarme dans la cité. L'armée du Bon Roi Wilhelm arrivait. Tous les citoyens valides montèrent au sommet des remparts.

Adossée contre les montagnes sur trois côtés, Findespoir surplombait sur le quatrième une vallée fertile semée de fermes et traversée par une route. Les premières pousses commençaient à jaillir du sol, élégant foulard de soie verte.

A cette heure de la journée, on voyait parfois depuis les remparts approcher un fermier en carriole, un groupe de kenders, un rémouleur ou un voyageur solitaire levant vers la cité un regard plein de gratitude en pensant au souper chaud et au lit confortable qui devaient l'y attendre.

A présent, un fleuve d'acier se déversait dans la vallée, engloutissant les fermes sous ses vagues scintillantes. Les pieds bottés des soldats firent trembler le sol avec un bruit de cascade ; bientôt, de minces filets de fumée précédèrent les flammes qui s'élevaient des granges et des maisons tandis que les militaires pillaient les greniers, massacraient les animaux et tuaient ou réduisaient en esclavage les familles des fermiers.

Des tourbillons d'activité se formèrent à la surface : les soldats dressaient leurs tentes dans les champs, piétinaient les semis, abattaient les arbres, pillaient les exploitations agricoles. Ils prêtèrent peu d'attention aux habitants de la cité qui, pressés sur les remparts, les observaient le visage pâle et le cœur battant.

Enfin, un petit groupe de militaires se détachèrent des autres et chevauchèrent vers les portes de la ville. Ils portaient un drapeau blanc presque dissimulé par la fumée qui montait des champs, et s'immobilisèrent à portée de voix.

L'un d'eux, revêtu d'une lourde armure, fit trois pas en avant.

— Cité de Findespoir, dit-il d'une voix grave. Je suis Kholos, commandant de l'armée de Blödehelm. Vous avez deux choix : la reddition ou la mort.

Sur les remparts, les citoyens se regardèrent avec étonnement et consternation. Ce n'était pas ce qu'ils attendaient.

— Nous... Nous voulons négocier, balbutia le maire, penché entre deux créneaux.

— Comment ?

— Négocier !

— D'accord. (Kholos se cala confortablement dans sa selle.) Je vais négocier. Acceptez-vous de vous rendre ?

— Non, dit le maire. Nous refusons.

— Dans ce cas, vous mourrez. (Kholos haussa les épaules.) Voilà, nous avons négocié.

— Que se passera-t-il si nous nous rendons ? cria une voix dans la foule.

Kholos éclata de rire.

— Je vais vous le dire : vous me faciliterez la vie. Voilà les conditions. D'abord, tous les hommes valides devront rendre les armes, quitter la cité et se mettre en rang dans la vallée pour que mes esclavagistes les examinent. Ensuite, les femmes sortiront pour que je fasse mon choix parmi les plus belles. Enfin, les autres viendront déposer leurs trésors à mes pieds.

— C'est... c'est intolérable ! s'étrangla le maire. Vos conditions sont inacceptables.

Le commandant Kholos fit pivoter son cheval et retourna vers la vallée au galop, suivi par ses gardes.

Les habitants de Findespoir se préparèrent à se battre, à tuer et à mourir.

Ils pensaient défendre une cause et lutter contre une injustice. Ils ne pouvaient pas se douter que cette guerre ne les concernait pas. Ils étaient des pièces sacrifiables dans un jeu d'envergure cosmique. Le général qui avait ordonné cette attaque ignorait le nom de leur ville jusqu'au moment où il avait consulté une carte, et les officiers de cette nouvelle armée considéraient l'affaire comme un simple entraînement.

Les habitants de Findespoir croyaient que leur mort servirait à quelque chose. En réalité, la fumée qui monterait des brasiers funéraires de la ville formerait dans un ciel d'azur un nuage noir que le vent frais se hâterait de dissiper sans en laisser de trace.

CHAPITRE II

A peu près au moment où le Bon Roi Wilhelm faisait empaler l'ambassadeur de Findespoir, l'armée du Baron Fou se mit en marche vers la cité rebelle.

Conduits par Ivor de Langarbre, qui agitait son chapeau à plume et riait de bon cœur, sans autre raison que d'être excité comme une puce par la perspective d'une bonne bataille, les soldats paradèrent le long de la route sous les vivats et les bons vœux des habitants de la ville.

Quand le dernier chariot de ravitaillement eut disparu à l'horizon, les braves citoyens regagnèrent leur foyer, appréciant le calme et la paix retrouvés, mais attristés par la perte de revenu qui en découlerait.

Le baron avait accordé à ses troupes tout le temps nécessaire pour atteindre leur objectif. Elles ne parcouraient pas plus de huit lieues par jour, car il les souhaitait fraîches et disposes pour se battre plutôt que tombant d'épuisement.

Des chariots transportaient leurs armures, leurs boucliers et leurs rations, de sorte qu'elles n'avaient besoin de s'arrêter qu'une fois en milieu de journée pour se restaurer et se reposer. Les soldats malades ou blessés, qui n'arrivaient plus à suivre, faisaient l'objet de railleries impitoyables, mais recevaient la permission de monter dans les chariots avec les conducteurs.

Les hommes étaient de bonne humeur, presque aussi impatients de se battre que de récolter gloire et richesses après la victoire. Ils braillaient les chants militaires que le baron entonnait de sa riche voix de baryton, ou jouaient des tours aux nouvelles recrues.

Chacun savait que cette bataille serait peut-être sa dernière, car il y avait quelque part une flèche ou une épée sur laquelle son nom était gravé en lettres de sang.

Tous en savouraient davantage le présent.

La seule personne qui ne prenait aucun plaisir à cette marche était Raistlin. Son corps trop faible avait du mal à soutenir une telle allure pendant très longtemps. Au bout d'une lieue, il commença à donner des signes de fatigue.

— Tu devrais monter dans les chariots de ravitaillement, Raist, suggéra gentiment Caramon. Avec les autres...

Il rougit et se mordit la langue.

— Avec les autres infirmes, acheva Raistlin à sa place.

— Ce... ce n'est pas ce que je voulais dire, balbutia son jumeau. Tu es bien plus robuste qu'à l'automne dernier. Non que tu aies été maladif à l'époque, mais...

— Tais-toi, Caramon ! ordonna Raistlin, irrité. Je vois très bien ce que tu veux dire.

Il s'éloigna en boitant mais la tête haute, sous le regard désolé de son jumeau.

Raistlin imaginait trop bien la grimace méprisante des autres soldats qui passeraient près de lui, allongé sur un sac de haricots secs. Il voyait son frère l'aider à descendre du chariot chaque soir, avec son insupportable sollicitude. Il résolut de marcher comme les autres, même si ça devait le tuer... ce qui paraissait probable. Mais il préférait tomber raide mort sur la route que de faire l'objet de la pitié générale.

Raistlin avait perdu la trace de Horkin. Il supposait que le robuste sorcier de guerre était en première ligne, donnant la cadence à la marche, et fut très surpris de le découvrir, le soir venu, à l'arrière de la colonne, avec les chariots de ravitaillement.

— J'ai entendu dire que tu te déplaçais à pied, Rouge.

— Comme le reste des soldats, messire, répondit Raistlin. Ne vous inquiétez pas ; je suis un peu fatigué, c'est tout. Ça ira mieux demain matin.

— Je t'ai gardé une monture, annonça Horkin.

Il désigna l'ânesse attachée à un des véhicules. La bête, qui semblait placide, mâchouillait du foin sans prêter attention aux soldats qui dressaient le camp.

— Elle s'appelle Lillie. Elle est très docile tant que tu gardes les poches pleines de pommes, dit Horkin.

— Je vous remercie de vous faire du souci pour moi, messire, coupa froidement Raistlin, mais je préfère continuer à marcher.

Horkin haussa les épaules.

— Comme tu voudras, Rouge. Mais tu vas avoir du mal à me suivre...

Du menton, il désigna une autre ânesse qui aurait pu être la jumelle de Lillie tant elles se ressemblaient.

— Vous montez, messire ? s'étonna Raistlin.

Horkin était pourtant un soldat jusqu'au bout des ongles. De son propre aveu, il lui était arrivé de couvrir dans la journée une vingtaine de lieues en marche forcée, avec un paquetage complet sur le dos. Selon ses critères, huit lieues par jour auraient dû être une simple promenade de santé.

— C'est à cause de moi, n'est-ce pas ? devina Raistlin.

Horkin posa une main sur l'épaule du jeune mage.

— Rouge, tu n'es que mon apprenti. Et très franchement, je me moque pas mal de toi. Je monte parce que j'ai pour le faire une raison que tu comprendras demain matin. Tu pourrais m'aider, mais si tu préfères marcher…

— Je monterai, messire, dit Raistlin.

Horkin le quitta pour aller se pelotonner dans son sac de couchage. Le jeune mage resta en arrière, faisant connaissance avec Lillie et se demandant quelle perversion de la nature le poussait à en vouloir à Caramon, qui se souciait de lui, et à respecter Horkin, qui n'en avait rien à faire.

Mais s'il pensait que les choses allaient être plus faciles à dos d'ânesse, il ne tarda pas à comprendre son erreur.

Le lendemain matin, les deux mages chevauchèrent à l'arrière du convoi. Raistlin goûtait la tiédeur du soleil quand Horkin cria et tira si fort sur les rênes de son ânesse que celle-ci lâcha un braiment en guise de protestation. Il lui enfonça ses talons dans les flancs et, quittant la piste, ordonna à Raistlin de le suivre.

Le jeune homme n'eut pas vraiment son mot à dire, car Lillie ne supportait pas d'être séparée de sa compagne de stalle. L'ânesse s'élança au trot à la suite de Horkin, emportant Raistlin avec elle. Les deux bêtes piétinèrent les buissons, dégringolèrent un raidillon et traversèrent au galop une prairie de trèfle.

— Que se passe-t-il, messire ? cria Raistlin.

Il rebondissait douloureusement sur le dos de l'ânesse, dont l'allure était très différente de celle d'un cheval. Ses robes claquaient autour de ses chevilles, et ses cheveux volaient derrière lui.

Horkin semblait sur la trace d'une armée de gobelins qu'il avait décidé de réduire en charpie sans aucune aide. Jetant un coup d'œil par-dessus son épaule, le jeune mage espéra voir le reste de l'armée sur leurs talons.

Mais leurs compagnons avaient disparu depuis longtemps sur la route.

— Messire ! Où allez-vous ? cria Raistlin.

Il finit par rattraper son maître : pas à cause de ses talents de cavalier, mais parce que Lillie était une bête dotée de l'esprit de compétition qui ne supportait pas d'être laissée en arrière.

— Des marguerites ! s'écria Horkin, triomphant, en désignant une étendue blanche.

Et il éperonna encore son ânesse.

— Des marguerites, répéta Raistlin, abasourdi.

Il n'eut pas le temps de s'interroger, car Lillie venait une fois de plus d'entrer dans la course.

Horkin fit arrêter sa monture au milieu du champ de marguerites et sauta à terre.

— Allons, Rouge, remue tes fesses !

Saisissant une besace vide accrochée à sa selle, il la lança à Raistlin et en prit une autre.

— Pas de temps à perdre. Ramasse les fleurs et les feuilles ; nous nous servirons des deux.

— Je sais que les marguerites servent à soigner la toux, dit le jeune mage en se mettant au travail sans rechigner, mais aucun de nos hommes ne souffre actuellement…

— La marguerite est une plante de champ de bataille, Rouge, coupa Horkin. Appliquée sur une blessure, elle sert à prévenir la gangrène.

— Je l'ignorais, messire, avoua Raistlin, ravi d'apprendre quelque chose.

Ils ramassèrent quantité de marguerites et du trèfle, non dénué de vertus médicinales. Sur le chemin du retour, Horkin fit un nouvel écart pour cueillir des mûres sauvages, qui selon lui permettaient de guérir la maladie la plus courante chez les soldats : la dysenterie.

Raistlin comprenait maintenant pourquoi ils avaient besoin des ânesses. Le temps qu'ils aient terminé leur cueillette, l'armée avait pris plusieurs lieues d'avance. Ils durent chevaucher tout l'après-midi pour la rattraper.

Mais leur travail ne s'arrêta pas là. Après s'être cassé le dos toute la journée à cueillir des plantes, Horkin ordonna à Raistlin de séparer les pétales des fleurs, de faire bouillir les feuilles et d'écraser les racines. Aussi fatigué qu'il soit – et il ne se souvenait pas l'avoir jamais été autant –, le jeune mage prit soin, avant de se coucher, de noter dans un petit carnet tout ce qu'il avait appris ce jour-là.

Les jours suivants, Raistlin ne put pas davantage se reposer. Quand il n'était pas en train de cueillir des plantes, il s'entraînait à lancer ses sorts.

Jusque-là, il avait toujours été très pointilleux avec ses incantations, prononçant chaque mot quand il était certain d'atteindre la perfection. A présent, il se concentrait surtout sur la vitesse. Il devait pouvoir jeter un éclair magique sans se demander si tel « a » s'articulait « aaa » ou « ah », réciter les paroles sans réfléchir et sans commettre d'erreur.

Raistlin se retrouva en train de bégayer et de balbutier comme quand il avait huit ans. En fait, songea-t-il, morose, il se débrouillait *mieux* quand il avait huit ans !

On pourrait penser que c'était un exercice facile consistant à rabâcher les mots comme un acteur qui mémorise son texte. Mais un acteur peut répéter à voix haute n'importe où, alors qu'un mage doit éviter de le faire, pour ne pas lancer son sort par inadvertance.

Raistlin était abasourdi et vexé de voir Horkin – pourtant moins doué et moins érudit que lui – réussir à incanter si vite qu'il ne distinguait pas les mots les uns des autres, et sans jamais manquer son coup.

Le jeune homme travaillait avec d'autant plus de détermination. Chaque fois qu'il avait un moment libre, il partait dans les bois où il ne risquait de blesser personne s'il réussissait à lancer un « projectile incendiaire » en moins de trois secondes. Un exploit qui à ce stade semblait encore peu probable.

Ses journées occupées à la cueillette, ses nuits passées à concocter des potions, à écrire et à étudier, Raistlin était étonné de ne pas s'effondrer de fatigue. En vérité, jamais il ne s'était senti si bien, si vivant et si intéressé par ce qui l'entourait.

Habitué à s'auto-évaluer, il en arriva à la conclusion que l'activité physique lui réussissait autant que l'activité mentale ; faute d'une occupation, son corps stagnait comme son esprit. Il toussait moins fréquemment, mais quand les quintes survenaient, elles étaient toujours douloureuses.

Même Caramon l'agaçait moins que d'ordinaire. Chaque soir, Raistlin rejoignait son frère et leur ami Trocard pour un souper composé de poulet bouilli et pain de maïs. A sa grande surprise, il appréciait ces moments de camaraderie et les attendait avec impatience pendant la journée.

Quant à Caramon, ce changement survenu chez son jumeau le ravissait. Il ne se l'expliquait pas bien, mais sa nature désinvolte l'empêchait de s'interroger. La nuit où Raistlin réussit enfin à lancer, non un, mais trois éclairs magiques en série, il se montra si enjoué pendant le dîner que Caramon le soupçonna d'être tombé dans un tonneau d'eau-de-vie naine.

La marche vers Findespoir se déroula sans incident. Les gars de la Compagnie C, qui servaient d'éclaireurs au reste de l'armée, arrivèrent en vue de la cité au jour dit, pour trouver les troupes du Bon Roi Wilhelm stationnées sous les remparts. Des cris et des hurlements montaient dans l'air épaissi par la fumée.

— La bataille est-elle terminée, chef ? demanda Caramon, interloqué.

Le sergent Nemiss se tenait dans l'ombre d'un gros érable. Clignant des paupières pour chasser la fumée qui lui picotait les yeux, elle essayait de percer du regard la nappe grise qui couvrait la vallée pour comprendre ce qui se passait. Ses hommes se rassemblèrent autour d'elle, restant dissimulés à la lisière des arbres.

Nemiss secoua la tête.

— Non, Majere, nous n'avons pas manqué la bataille. Ouah ! Ce truc me rentre dans la bouche !

Elle prit une gorgée d'eau dans sa gourde et recracha par terre.

— Qu'est-ce qui brûle, sergent ? demanda Trocard avec curiosité.

— Ils sont en train de piller la campagne, répondit Nemiss. Ils mettent à sac les maisons et les granges, puis incendient ce qu'ils ne peuvent pas emporter. Les cris que vous entendez sont ceux des femmes qu'ils ont capturées.

— Salauds ! jura Caramon, très pâle.

Il se passa la langue sur les lèvres comme s'il avait la nausée. Jamais il n'avait entendu les hurlements de quelqu'un qu'on torturait. Agrippant son épée, il fit mine de dégainer.

— Nous allons les faire payer, grogna-t-il.

Le sergent Nemiss posa sur lui un regard ironique.

— Je crains que non, Majere. Ce sont nos charmants alliés.

L'armée d'Ivor de Langarbre établit son campement sous l'œil critique du commandant Morgon, le bras droit du baron. Caramon et sa compagnie furent chargés de monter la garde autour du périmètre. Le danger viendrait sans doute de la cité, mais le regard des soldats passait sans cesse des remparts au campement de leurs alliés.

— Qu'a dit le baron ? demanda Caramon à Trocard, qui faisait la tournée des postes de garde avec une outre d'eau.

Outre ses talents commerciaux, l'adolescent avait un don pour laisser traîner ses oreilles qui faisait l'étonnement de tout le monde, car l'espionnage était l'une des rares mauvaises habitudes qui ne fût pas l'apanage des kenders.

Un kender qui surprend une conversation se sent obligé de s'y joindre, aussi personnel ou privé que soit le sujet évoqué. Un bon espion, lui, se doit d'être le plus discret possible. Quand on lui demandait d'où il tirait ce don, Trocard affirmait qu'il lui venait de ses préparatifs au marchandage, pendant lesquels il valait mieux garder les oreilles ouvertes et la bouche fermée.

Un bon espion doit en outre être au bon endroit au bon moment. Comment le demi-kender réussissait-il à entendre toutes les choses qu'il entendait ? Ses camarades se le demandaient. Mais quand ils eurent constaté à quel point ses informations étaient fiables, ils cessèrent de s'interroger sur leur provenance.

Trocard leur rapporta la conversation qu'il avait entendue pendant que Caramon avalait de grandes lampées d'eau saumâtre.

— Le sergent Nemiss a dit au baron que les soldats du roi Wilhelm pillaient et incendiaient la campagne. Le baron a répondu : « C'est leur pays et leur peuple. Ils savent mieux que nous comment gérer la situation. La cité s'est rebellée ; il faut donner une leçon à ses habitants, sinon les autres villes du royaume penseront qu'elles peuvent les imiter en toute impunité. Quant à nous, on nous a engagés pour faire un travail et par les dieux, nous le ferons ! »

Caramon grogna.

— Et qu'a dit le sergent Nemiss ?

— « Oui, chef », lâcha Trocard.

— Je veux dire, après être sortie de la tente du baron…

— Tu sais bien que je n'emploie jamais ce genre de langage, railla le demi-kender.

Puis, remettant l'outre en bandoulière, il s'en fut vers le poste de garde suivant.

Raistlin n'avait pas eu le temps de s'interroger sur les étranges manières de leurs alliés. Il n'avait pas dételé depuis l'arrivée de l'armée, aidant Horkin à dresser sa tente, une version plus petite et plus grossière de son laboratoire.

En plus de préparer leurs composants de sort, les deux mages travaillaient avec le chirurgien du baron – La Sangsue, comme on le surnommait – pour préparer les remèdes et les onguents.

La tente du chirurgien, vide pour le moment, ne tarderait pas à servir d'hôpital de campagne pour les blessés. Raistlin avait apporté plusieurs jarres de potions avec leur posologie, mais La Sangsue était occupé à arranger ses instruments et lui fit signe d'attendre.

Des lits de camp s'alignaient contre les parois de toile. Au moins, les blessés ne seraient pas forcés de dormir par terre. Raistlin examina la scie qui servait à amputer les membres, puis le couteau pointu utilisé pour couper les pointes de flèche.

Quand son regard se posa sur les lits de camp, il imagina Caramon gisant sur l'un d'eux, le visage d'une pâleur de craie, de grosses gouttes de sueur perlant sur son front. Les assistants du chirurgien lui avaient attaché les bras avec des liens de cuir et le maintenaient immobile. Son tibia était brisé ; l'os transperçait la chair déchirée, et du sang maculait la paillasse.

Le souffle rauque, Caramon suppliait son jumeau de l'aider.

— Ne les laisse pas faire, Raist ! Ne les laisse pas me couper la jambe !

— Tenez-le bien, ordonna le chirurgien en brandissant sa scie.

— Tu vas bien, sorcier ? Tu ferais mieux de t'allonger.

Un des assistants de La Sangsue venait de poser une main sur le bras de Raistlin, qui regarda le lit vide et frissonna.

— Je vais parfaitement bien, merci.

La brume écarlate se dissipa devant ses yeux ; les étoiles disparurent, la nausée passa. Il repoussa la main pleine de sollicitude de l'assistant, puis quitta la tente en se forçant à marcher d'un pas lent et calme.

Une fois dehors, il prit une profonde inspiration. L'air chargé de fumée lui valut aussitôt une quinte de toux, mais lui sembla tout de même préférable à l'atmosphère étouffante qui régnait sous la tente.

— C'est l'odeur de renfermé qui m'a fait tourner la tête, murmura-t-il, honteux de sa faiblesse. Ça, et mon imagination débordante.

Il tenta de chasser l'image de son esprit, mais les souffrances de Caramon lui avaient fait une forte impression. Comme elles refusaient de s'effacer, il s'obligea à les regarder en face.

Il vit le chirurgien amputer la jambe de son jumeau, et celui-ci osciller entre la vie et la mort pendant des jours, en proie à d'atroces souffrances. Il le vit guérir lentement puis être ramené au château du baron à bord d'un chariot, comme les autres invalides. Il le vit traîner le reste de son existence dans un corps infirme à la chair flasque, sous le regard plein de pitié de leurs amis...

— Alors, tu sauras ce que je ressens, lâcha-t-il, les dents serrées.

Réalisant ce qu'il venait de dire, Raistlin frissonna.

— Par les dieux, souffla-t-il, choqué. A quoi pensais-je ? Suis-je donc tombé si bas ? Suis-je devenu si mesquin ? Comment est-il possible que je le haïsse à ce point ?

Il repensa à sa vision.

— Non, je ne suis pas si monstrueux. (Un sourire douloureux naquit sur ses lèvres.) Je ne peux l'imaginer en train de souffrir sans éprouver de l'angoisse. Et en même temps, j'éprouve une certaine satisfaction vengeresse. Quelle souillure pour mon âme...

— Rouge !

La voix de Horkin résonna comme un grondement de tambour derrière lui. Raistlin cligna des yeux. Il était si préoccupé par ses pensées qu'il venait d'entrer sous sa tente sans même s'en rendre compte.

Horkin le dévisagea.

— Il y a un problème avec l'onguent ? Ce n'était pas ce qu'il voulait ? Lui as-tu dit comment s'en servir ?

Baissant les yeux, Raistlin découvrit qu'il serrait convulsivement un pot d'onguent, avec une poigne que la Mort en personne lui aurait envié.

— Je... C'est-à-dire... Si, il était très content. En fait, il en réclame davantage, balbutia le jeune mage. Je vais le fabriquer moi-même, messire. Je sais combien vous êtes occupé.

— Au nom de Luni, pourquoi l'as-tu ramené ? Tu aurais déjà pu lui laisser ça en attendant !

— Je suis désolé, messire, dit Raistlin sur un ton contrit. Je suppose que je n'y ai pas pensé.

Horkin plissa les paupières.

— Tu penses beaucoup trop, Rouge, c'est bien ton problème. Tu n'es pas payé pour réfléchir... contrairement à moi, mais pour faire ce que je t'ordonne. Alors, arrête de penser, et nous nous entendrons beaucoup mieux.

— Oui, messire, fit Raistlin avec davantage d'humilité qu'il n'en manifestait d'ordinaire.

Il trouva soudain rafraîchissant de laisser filer les images qui le tourmentaient, de les regarder s'envoler portées par le vent comme du duvet de pissenlit.

— Je vais t'apporter les ingrédients. Toi, tu t'attelles à la fabrication de l'onguent.

Horkin s'immobilisa sur le seuil de la tente et regarda la cité assiégée.

— La Sangsue doit penser que la bataille sera sanglante, s'il commence à stocker de la crème de marguerite.

Secouant la tête, il sortit.

Ainsi que son maître le lui avait ordonné, Raistlin s'interdit de penser. Il saisit son mortier et entreprit d'écraser des fleurs.

CHAPITRE III

La cité de Findespoir abritait quantité de tavernes. Le nom de celle-ci, que Kitiara avait découverte dès son arrivée en ville, était la *Lune Gibeuse*.

Son enseigne aux couleurs décrépites représentait un pendu se balançant au bout d'une corde – l'expression de son visage était particulièrement horrible –, et se détachant sur un gros rond jaune brillant. Quel rapport entre le nom de la taverne et une potence ? C'était aux clients de le deviner.

Selon l'opinion populaire, le propriétaire avait confondu les mots « gibeuse » et « gibet ». Bien qu'il niât toujours avec véhémence quand on abordait le sujet, il était incapable d'expliquer la présence de la potence autrement que par « ça attire l'attention ».

Se balançant dans la brise comme le pendu, l'enseigne tendait effectivement à écarquiller les yeux des passants, et à les faire s'arrêter net dans la rue. De là à les inciter à entrer pour goûter la nourriture ou la bière d'un établissement qui faisait faire sa publicité par un cadavre, il y avait un grand pas. La taverne n'était pas prise d'assaut par les clients.

Le propriétaire se plaignait. Selon lui, ses confrères étaient décidés à « avoir sa peau ». Mais ça n'était pas nécessairement vrai. En plus de son enseigne répugnante, la *Lune Gibeuse* souffrait du handicap de son emplacement : dans le plus vieux quartier de la ville, au bout d'une rue sinueuse bordée de bâtiments en ruine, loin de la place du marché et des avenues commerçantes.

Son apparence ne jouait guère en sa faveur. C'était une masse de planches hétéroclites et disjointes, surmontée par un toit de bardeaux et n'ayant pas une seule fenêtre, à moins de compter le large interstice béant entre deux planches fâchées qui refusaient de s'adresser la parole.

L'ensemble ressemblait à une épave qui aurait dérivé jusque-là, portée sur les flots d'une subite inondation. Selon les habitants du coin, c'était exactement ce qui s'était produit.

Kitiara aimait bien la *Lune Gibeuse*. Elle avait cherché un établissement de ce genre dans toute la ville, un endroit « calme, loin de l'agitation du centre, où les serveuses ne harcèlent pas les clients pour savoir s'ils reprendront une bière ».

Les rares clients de la *Lune Gibeuse* n'avaient pas ce genre de problème, car la taverne n'employait pas de serveuses. Son propriétaire (et plus gros consommateur) était généralement dans un état d'ébriété si avancé qu'ils finissaient par se servir eux-mêmes.

On aurait pu penser que des gens peu scrupuleux en profiteraient pour boire tout leur soûl et filer sans payer. Mais le propriétaire les décourageait très intelligemment en brassant une bière si imbuvable que, même gratuite, elle conservait un mauvais rapport qualité-prix.

— Tu n'aurais pas pu trouver un endroit qui grouille davantage de vermine si tu avais arpenté les Abysses en long, en large et en travers, grogna Immolatus.

Il était assis en équilibre sur le bord d'une chaise, ayant déjà retiré une écharde de son postérieur humain mou facilement endommageable. Comme il regrettait ses écailles rouges, brillantes et quasi impénétrables !

— Un démon qui vient de passer l'éternité à se faire torturer sur des charbons ardents dédaignerait ce… liquide, qui provient indubitablement d'un cheval mort d'une maladie rénale.

— Vous n'avez pas besoin de le boire, Eminence, répliqua Kitiara. (Son compagnon commençait à lui porter sur les nerfs.) Grâce à votre déguisement, cette taverne est la seule où nous pouvons parler sans que tout le monde nous dévisage comme des bêtes curieuses.

Elle souleva sa chope ébréchée, et un peu de bière coula sur le sol. Après l'avoir goûtée, la jeune femme la recracha et vida sa chope par terre. De toute façon, c'est là que le liquide aurait fini ; autant éviter la phase où il transiterait par son estomac.

Puis elle saisit dans sa botte une flasque de cognac achetée dans un établissement respectable et but une gorgée avant de la ranger sans en offrir à son compagnon, ce qui montrait à quel point elle était énervée.

— Eh bien, Eminence, demanda-t-elle, avez-vous découvert quelque chose ? Un indice ? Un œuf ?

— Non, répondit froidement Immolatus. J'ai fouillé toutes les cavernes que j'ai trouvées dans ces maudites montagnes, et j'affirme catégoriquement qu'il n'y a pas d'œufs de dragons cachés dans les environs.

— Vous avez fouillé *toutes* les cavernes ?

Kit était sceptique.

— Toutes celles que j'ai trouvées, répéta Immolatus.

— Vous savez à quel point cette mission est importante pour Sa Majesté…, insista la jeune femme.

— Les œufs ne sont dissimulés dans aucune des cavernes que j'ai explorées !

— Les informateurs de Sa Majesté…

— … Ne se sont pas trompés. Il y a bien des œufs de dragons métalliques dissimulés dans ces montagnes. Je les sens. Tout le problème, c'est d'y accéder. L'entrée de la caverne est astucieusement dissimulée.

— Bien. On avance, se réjouit Kitiara. A quel endroit ?

— Ici, dans cette ville.

La jeune femme haussa les épaules.

— J'admets que je ne connais pas grand-chose aux dragons métalliques, mais j'ai du mal à les imaginer pondant tranquillement leurs œufs au milieu du jardin municipal !

— Tu as raison : tu ne connais rien aux dragons tout court, répliqua Immolatus. Puis-je te rappeler, ver de terre, que cette cité est très ancienne, qu'elle existait déjà à l'époque où Huma le Maudit empoisonnait le monde de sa présence ?

« Elle existait au temps où tous les dragons étaient vénérés, honorés et craints. Je l'ai peut-être même survolée pendant ma jeunesse, me demandant si je n'allais pas l'attaquer. La présence des métalliques expliquerait que je me sois abstenu…

Kitiara pianota impatiemment sur la table.

— Qu'êtes-vous en train d'insinuer, Eminence ? Que les dragons d'or se perchaient sur les toits comme des gargouilles ? Que leurs frères d'argent caquetaient dans les poulaillers ?

Immolatus se leva, tremblant de rage.

— Tu apprendras à manifester à mes ennemis le respect qui leur est dû !

— Ecoutez-moi, Eminence ! siffla Kitiara en se levant à son tour, une main posée sur la garde de son épée. L'armée du seigneur Ariakas cerne la ville. Le commandant Kholos se prépare à attaquer. J'ignore quand, mais c'est pour bientôt. J'ai vu ce que ces imbéciles qualifient de défenses, et j'ai une assez bonne idée du temps qu'ils pourront résister. Je connais également les plans de Kholos, et croyez-moi, vous n'aimeriez pas être ici quand il lancera l'assaut.

— Les œufs de dragon sont dans les montagnes, affirma Immolatus en plissant le nez. Quelque part. Je les sens comme je sentirais un champignon sous mes écailles. Ça commence par une démangeaison qu'on ne peut pas bien localiser. Parfois, elle se tient tranquille pendant des jours, et une nuit, elle vous réveille. Chaque fois que je sors de la ville, elle disparaît. Chaque fois que je reviens, elle se fait un peu plus forte.

Il se gratta le dos de la main d'un air absent.

— Les œufs sont tout près d'ici, et je les trouverai.

Kitiara enfonça ses ongles dans ses paumes pour ne pas les planter dans la gorge du dragon. Il avait perdu trop de temps dans une stupide chasse au kender, et maintenant, les jours leur étaient comptés…

La jeune femme haussa les épaules. Elle ne pouvait rien y faire. Il faut supporter en silence ce qu'on ne peut pas éviter, comme disait le gnome qui s'était coincé la tête dans son nouveau pressoir à vapeur révolutionnaire.

Ayant dompté sa colère, Kitiara marmonna :

— Et maintenant, Eminence ?

Ils étaient les seuls clients de la taverne. Le propriétaire était fin soûl depuis le dîner et gisait affalé sur le comptoir, la tête entre ses bras. Un rayon de soleil poussiéreux filtra à travers les planches, hésita puis disparut, comme s'il n'arrivait pas à croire qu'il se soit glissé en un tel bouge.

— Dans le meilleur des cas, il nous reste un jour ou deux, dit Kitiara. Nous devons quitter la ville avant le début du siège.

Debout près du comptoir, les sourcils froncés, Immolatus observait la bière qui coulait par la fente d'un tonneau et venait former une petite mare sur le sol de terre battue.

— Où sont les vieux quartiers, ver de terre ?

Kitiara en avait marre qu'il l'appelle ainsi. Elle était tentée de lui faire ravaler ses mots la prochaine fois qu'il s'y risquerait.

— Pour qui me prenez-vous, Eminence ? Une historienne aux doigts tachés d'encre de la Grande Bibliothèque ? Comment pourrais-je le savoir ?

— Voilà assez longtemps que tu es ici ; tu aurais pu penser à te renseigner.

— Et vous, espèce d'arrogant…

Kitiara ravala les adjectifs hautement colorés qui lui brûlaient les lèvres avec une autre gorgée de cognac. Cette fois, elle ne rangea pas sa flasque mais la laissa posée sur la table.

Immolatus, dont l'ouïe était excellente, sourit sous cape. Il saisit une poignée des cheveux gras du propriétaire et lui souleva la tête.

— Réveille-toi, limace ! dit-il. Ecoute-moi ! J'ai une question à te poser !

Le propriétaire frémit, grogna et ouvrit des yeux injectés de sang.

— Hein ?

— Où sont les plus vieux bâtiments de la ville ? demanda Immolatus.

Le tavernier plissa les paupières et leva vers lui un regard hébété.

— Ne criez pas ! Par les dieux, ma tête me fait mal ! Les plus vieux bâtiments… Je dirais à l'ouest, près de l'ancien temple…

— Un temple ! s'exclama Immolatus. Quel temple ? De quel dieu ?

— Qu'est-ce que j'en sais, moi ? grommela l'homme.

— Quel beau spécimen, marmonna Immolatus en lui saisissant la tête à deux mains.

— Que faites-vous ? s'alarma Kit, bondissant sur ses pieds.

— Une faveur à l'humanité, répondit son compagnon en brisant le cou du tavernier.

— Oh, parfait, soupira la jeune femme, exaspérée. Comment allons-nous lui soutirer des renseignements, à présent ?

— Je n'ai pas besoin de lui, répliqua Immolatus.

Il se dirigea vers la porte.

— Mais qu'allons-nous faire de son cadavre ? Quelqu'un aurait pu nous voir ! Je ne veux pas être arrêtée pour meurtre !

— Laisse-le ici, dit le dragon en jetant un regard méprisant au tavernier affalé sur le comptoir. Personne ne remarquera la différence avant un moment.

— Ariakas, vous avez une dette envers moi, grommela Kit en emboîtant le pas au dragon. Une dette monstrueuse. Après cette mission, je m'attends à être nommée commandant d'un régiment !

CHAPITRE IV

Les rues devenaient plus étroites, plus sinueuses et les passants se faisaient rares. Kitiara et le dragon venaient d'entrer dans le plus vieux quartier de Findespoir. La plupart des maisons originelles avaient été détruites depuis longtemps, leurs pierres utilisées pour construire les entrepôts et les greniers qui les remplaçaient maintenant.

Dans la journée, les marchands allaient et venaient. La nuit, ils étaient remplacés par de la vermine à deux ou à quatre jambes. En de rares occasions, le maire, victime d'une crise de fierté civique, ordonnait au shérif et à ses hommes de faire une descente dans le quartier pour évincer les malandrins qui se réfugiaient dans les entrepôts ou sous les portes cochères.

A l'approche de la guerre, l'essentiel de la vermine à deux pattes avait abandonné le navire et fui vers des horizons plus paisibles. Comme les entrepôts étaient vides, plus personne n'arpentait les rues pendant la journée, ni ne concluait de transaction au beau milieu de la chaussée.

Toute la partie ouest de la ville semblait déserte. Pourtant, Kitiara restait sur ses gardes. Elle ne voyait pas ce qu'Immolatus espérait trouver ici, à moins qu'il pense que les dragons métalliques avaient caché leurs œufs dans un entrepôt.

Le crépuscule tombait ; le soleil se couchait dans un nuage de fumée derrière les champs calcinés, au-delà des remparts. L'ombre des montagnes s'abattit sur la cité, apportant avec elle une obscurité prématurée.

Immolatus finit par s'arrêter, mais uniquement, songea Kitiara, parce qu'il était à court de rues à explorer.

Pourtant, il semblait très content de lui.

— Ah, tout à fait ce que j'imaginais ! se réjouit-il.

La rue s'achevait sur un haut mur de granit décrépi. Rejoignant Immolatus à son pied, Kitiara vit qu'elle s'était méprise : en réalité, la rue traversait le mur entre deux piliers. Des cavités rouillées indiquaient qu'un portail métallique avait jadis dû servir à contrôler le flux d'entrées et de sorties. Jetant un coup d'œil de l'autre côté, la jeune femme aperçut une cour et un bâtiment.

— Quel est cet endroit ? demanda-t-elle, les sourcils froncés.

— Un temple. Le temple d'un dieu, cracha Immolatus avec une expression haineuse.

— Vous en êtes certain ? insista Kitiara, qui le comparait défavorablement avec le splendide temple de Luerkhisis. Il est si petit et si... minable.

— Comme le dieu à qui il est consacré, ricana Immolatus.

Le temple ne devait pas faire plus de vingt pas de profondeur. Sur le devant, trois marches conduisaient à un porche étroit, sous un toit que soutenaient six minces colonnes. Deux fenêtres donnaient sur une cour pavée envahie par les mauvaises herbes.

Quelques rosiers sauvages escaladaient les murs, couverts de minuscules fleurs blanches qui scintillaient presque à la lueur du soleil couchant et remplissaient l'air d'un parfum douceâtre. Celui-ci ne dut pas être du goût d'Immolatus, car il toussa et se couvrit le bas du visage avec sa manche.

Le temple était fait de granit, autrefois recouvert de marbre dont il restait encore quelques plaques jaunies et fendillées ; les autres avaient été emportées et utilisées ailleurs. Le crépuscule faisait briller les portes en or. La frise qui ornait le bâtiment était presque effacée et marquée de profondes entailles comme si on l'avait attaquée à coups de pic. Les images qu'elle montrait autrefois étaient désormais impossibles à distinguer.

— Eminence, intervint Kitiara, comment connaissez-vous le nom du dieu pour qui ce temple a été construit ? Je ne vois aucune inscription, aucun symbole qui l'indique.

— Je le sais, c'est tout, grinça Immolatus.

Kitiara franchit les piliers de pierre pour mieux voir.

Les portes dorées étaient éraflées ; elle se demanda pourquoi personne ne les avait récupérées pour les fondre. Certes, l'or ne valait plus grand-chose depuis quelques années, et certainement pas autant que l'acier aux multiples usages. On ne pouvait pas aller à la guerre avec une épée en or. Pourtant, si ces portes étaient en or massif, on devait pouvoir en tirer une somme substantielle. Kitiara prit note d'en avertir le commandant Kholos.

Elle aperçut une fente entre les deux battants. Réalisant qu'ils étaient entrouverts, il lui sembla qu'on l'invitait à entrer. Cette idée lui répugnait. Elle avait l'impression que quelqu'un attendait quelque chose d'elle, ou souhaitait lui dérober un bien précieux. Le temple était sans doute devenu un refuge de voleurs...

— Comment s'appelait ce dieu, Eminence ? questionna-t-elle.

Le dragon ouvrit la bouche pour répondre, puis se ravisa.

— Je ne vais pas me salir la langue en prononçant son nom.

Kitiara eut un sourire méprisant.

— On pourrait croire que vous avez peur de lui, alors qu'il a visiblement quitté les lieux depuis longtemps.

— Ne le sous-estime pas, cria Immolatus. Il est rusé. Son nom est Paladine. Là ! Je l'ai dit, et je le maudis !

Des flammes fusèrent de sa bouche, illuminant brièvement les pavés brisés et incendiant quelques mauvaises herbes avant de s'éteindre. Kitiara espéra que personne ne l'avait vu, car même les plus puissants mages des Robes Rouges n'étaient pas capables de cracher du feu.

— Je n'ai jamais entendu parler de lui, dit-elle.

— Tu n'es qu'un ver de terre, répliqua Immolatus.

La main de la jeune femme se contracta sur la poignée de son épée. Il avait beau être un dragon, il était sous sa forme humaine, et il lui faudrait sans doute quelques secondes pour remplacer ses vêtements par des écailles.

Quelques secondes qui suffiraient à Kitiara pour le tuer.

Calme-toi, ma fille. Souviens-toi de tout le mal que tu t'es donné pour le retrouver et le conduire jusqu'à Ariakas. Ne le laisse pas te provoquer. Il a envie de passer ses nerfs sur quelqu'un, et tu ne peux pas l'en blâmer. Cet endroit est très déstabilisant.

Elle commençait sérieusement à prendre le temple en grippe. Le calme et la sérénité qui y régnaient la perturbaient plus qu'elle ne l'aurait cru possible. Kitiara n'était pas femme à perdre du temps à s'interroger sur les complexités de l'existence. La vie était faite pour être vécue, pas décortiquée.

Soudain, elle pensa à Tanis. *Il aurait aimé cet endroit,* songea-t-elle avec mépris. Il se serait assis sur les marches craquelées pour contempler le ciel, et poser aux étoiles des questions idiotes sans réponse. Pourquoi la mort survenait-elle immanquablement ? Qu'y avait-il après ? Pourquoi les gens souffraient-ils ? Pourquoi le mal existait-il ? Pourquoi les dieux les avaient-ils abandonnés ?

En ce qui la concernait, le monde était comme il était. L'essentiel était d'en profiter le plus possible. Kitiara n'avait aucune patience pour les cogitations stériles de Tanis, comme elle les appelait. L'image du demi-elfe, qui avait le don de s'imposer à elle au plus mauvais moment, augmenta encore son irritation.

— Nous avons perdu notre temps, déclara-t-elle. Dépêchons-nous de partir avant que Kholos ne propulse des rochers en fusion par-dessus les remparts.

— Non, dit Immolatus en se mordant la lèvre. Les œufs sont ici, à l'intérieur.

— Vous n'êtes pas sérieux ! dit Kit, incrédule. Quelle taille font les dragons d'or ? Sont-ils aussi gros que vous ?

— Peut-être, lâcha Immolatus, dédaigneux. (Il leva les yeux au ciel.) Je ne leur ai jamais prêté beaucoup d'attention.

— Et vous voulez me faire croire qu'une créature aussi massive se serait glissée dans ce bâtiment pour pondre ! (La patience de Kitiara avait atteint ses limites.) Je pense que vous me prenez pour une imbécile. Vous, le général Ariakas et la Reine Takhisis. J'en ai terminé avec vous !

Elle se détourna et se dirigea vers la rue.

— Si le petit pois qui te tient lieu de cerveau n'était pas occupé à rouler en tous sens dans ta boîte crânienne, tu comprendrais peut-être ! lança Immolatus. Les dragons ont pondu dans la montagne, puis scellé l'entrée de leur caverne et dressé ce temple en guise de poste de garde.

« Ces abrutis pensaient sans doute qu'ils seraient en sécurité ici. Ils devaient compter sur leurs prêtres pour monter la garde. Mais les prêtres ont fui devant la foule ou se sont fait massacrer. A présent, il ne reste personne pour protéger les œufs.

Le raisonnement du dragon était très logique. Avant de se tourner vers lui, Kitiara rengaina son épée, et espéra qu'il n'avait pas remarqué qu'elle l'avait sortie du fourreau.

— Très bien, Eminence. Vous entrez dans le temple, vous trouvez les œufs, vous les comptez, vous les identifiez ou je ne sais quoi d'autre. Moi, je resterai ici pour monter la garde.

— Bien au contraire, la détrompa Immolatus, c'est toi qui vas entrer dans le temple pour chercher les œufs. Je suis certain qu'un tunnel permet d'accéder aux chambres d'éclosion. Quand tu l'auras découvert, suis-le jusqu'à son autre extrémité pour voir où il débouche dans la montagne, puis reviens me faire ton rapport.

— Trouver les œufs ne fait pas partie de mes responsabilités, Eminence, lui rappela Kitiara. Je ne sais même pas à quoi ils peuvent ressembler, et je suis incapable de les sentir comme vous. C'est *votre* mission, confiée par la Reine Takhisis en personne.

— Sa Majesté n'avait pas prévu que les œufs seraient protégés par un Temple de Paladine, dit Immolatus en plissant ses yeux rouges pour jeter un regard furieux au bâtiment décrépi. Je ne peux pas entrer !

— Dites plutôt que vous ne voulez pas ! s'emporta Kit.

— Non, je ne peux pas, insista le dragon. (Il croisa les bras.) Il ne me laissera pas faire, ajouta-t-il d'un ton boudeur, comme celui d'un enfant qui vient de se faire chasser d'une partie de ballon-gobelin.

— Qui ça, « il » ?
— Paladine.
— Paladine, l'ancien dieu ? Je croyais qu'il avait disparu, s'étonna Kit.

— Moi aussi. Sa Majesté me l'avait assuré. (Immolatus cracha un court jet de flammes.) Mais à présent, je n'en suis plus aussi certain. Ça ne serait pas la première fois qu'elle me mentirait. (Il fit claquer ses mâchoires.) Tout ce que je sais, c'est que je ne peux pas entrer dans ce temple. Si je le faisais, il me tuerait.

— Moi, il va me laisser aller faire mes courses tranquillement, railla Kit.

— Tu n'es qu'une humaine. Il ne sait rien de toi et ne se soucie pas de ton existence. Tu ne devrais pas rencontrer de difficultés. Et si c'était le cas, je te fais confiance pour leur régler leur compte. J'ai vu de quelle façon tu manies l'épée.

Immolatus sourit de la déconfiture de la jeune femme.

— Et maintenant, Uth Matar, tu devrais te mettre en route. Comme tu ne cesses de me le rappeler, le temps presse. Je te retrouverai au campement du commandant Kholos. Découvre l'endroit où sont cachés les œufs et la seconde entrée du tunnel.

Il lui tendit un petit carnet relié de cuir.

— Note tout là-dedans, ordonna-t-il. Et ne traîne pas en chemin : cette maudite cité perturbe ma digestion.

Immolatus s'éloigna.

Kitiara s'autorisa à imaginer sa lame enfoncée entre les omoplates du dragon, la pointe ressortant par sa cage thoracique. Immobile dans la cour abandonnée, elle savoura cette vision longtemps après qu'il eut disparu au bout de la rue.

Des pensées contradictoires se bousculaient dans sa tête. Elle avait envie de partir, plantant là le dragon et la mission confiée par Ariakas. Que le général aille se faire voir avec son armée ! Kitiara s'était débrouillée toute seule jusque-là. Elle n'avait pas besoin de lui.

Une crampe à la main, toujours serrée sur la poignée de son épée, la ramena à la réalité. Il lui suffisait de regarder les remparts pour apercevoir la myriade des feux de camp de l'armée d'Ariakas, presque aussi nombreux que les étoiles dans le ciel. Et cette armée ne représentait qu'une fraction de ses forces. Un jour, il gouvernerait l'Ansalonie, et la jeune femme avait l'intention d'être à ses côtés. Voire à sa place, on ne savait jamais…

Et elle n'atteindrait pas son but en continuant son existence de simple mercenaire.

Paladine ou pas, elle devait entrer dans ce fichu temple, qui semblait étrangement accueillant mais la remplissait d'une terreur sans nom.

— Bah ! cracha-t-elle en traversant d'un pas rapide la cour envahie par les mauvaises herbes.

Elle monta les deux marches qui conduisaient aux portes dorées, puis s'immobilisa le temps d'avoir une brève conversation avec elle-même au sujet de la crainte irraisonnée qui semblait augmenter avec chaque pas la rapprochant du temple.

Kitiara jeta un coup d'œil par l'interstice des deux battants. Tous les sens en alerte, elle scruta les ténèbres, de l'autre côté. Elle ne pensait pas vraiment que des voleurs se tapissaient là, à moins qu'ils soient d'une tout autre trempe qu'elle. Mais il y avait quelque chose à l'intérieur. Quoi que ça puisse être, il avait réussi à effrayer un dragon rouge, une des créatures les plus puissantes de Krynn.

La jeune femme ne vit rien, mais ça ne signifiait pas grand-chose. La nuit n'était pas plus noire ni le cœur de Takhisis plus obscur que ce temple abandonné. Comme elle se reprochait amèrement de n'avoir pas apporté une torche, Kitiara fut stupéfaite quand une lumière argentée l'aveugla soudain.

Elle dégaina son épée et adopta une position défensive. Mais malgré la petite voix paniquée qui lui criait de laisser tomber sa mission et de prendre ses jambes à son cou, elle ne battit pas en retraite.

Contrairement à Immolatus.

Il s'est enfui. Une créature bien plus dangereuse, bien plus puissante et bien plus résistante que moi, songea Kit. *Pourquoi devrai-je aller là où il refuse de mettre les pattes ? Ce n'est pas mon chef ; il ne peut pas me donner d'ordres. Si je retourne avouer mon échec à Ariakas, je n'aurais qu'à tout mettre sur le dos du dragon, et il me pardonnera. C'est la faute d'Immolatus…*

Immobile sous le porche, Kitiara écoutait la petite voix de la lâcheté en se haïssant de songer sérieusement à suivre ses conseils. Jamais elle n'avait connu une telle peur. Elle n'aurait pas cru que quelque chose puisse l'effrayer à ce point.

Si elle se détournait et s'en allait, chaque fois qu'elle fermerait les yeux, elle reverrait cet endroit derrière ses paupières closes, et ce jusqu'au jour de sa mort. Elle revivrait sa couardise et sa honte et ne pourrait plus se regarder en face. Mieux valait régler le problème une bonne fois pour toutes.

Son épée à la main, Kitiara fit un pas vers la lumière argentée. Il lui sembla qu'une barrière invisible, aussi impalpable et solide qu'une toile d'araignée, s'étendait en travers de sa poitrine. Elle tenta de forcer le passage.

Sans succès.

Une voix masculine, grave et résolue, monta des ténèbres.

— Entre, amie, et sois la bienvenue. Mais commence par poser ton arme, car en ces murs se dressa un sanctuaire de paix.

La gorge de Kit se serra, et la main qui tenait son épée trembla.

Furieuse, elle s'escrima contre la barrière.

— Je te préviens, dit l'homme d'une voix qui n'était pas menaçante, mais remplie de compassion. Si tu pénètres en ce lieu saint pour y accomplir des actes violents, tu t'engageras sur un chemin qui te conduira vers ta destruction. Pose ton arme, entre en paix et tu seras la bienvenue.

— Vous me prenez pour une idiote si vous croyez que je me priverai de mon seul moyen de défense ! lança la jeune femme, essayant de distinguer la personne qui venait de parler malgré la lueur aveuglante.

— Tu n'as rien à craindre à l'intérieur de ce temple, excepté ce que tu amèneras avec toi.

— Ce que j'amène, c'est mon épée.

Kit fit un pas en avant. La barrière appuya plus fort contre sa poitrine, comme si elle voulait mordre dans sa chair. Mais la jeune femme insista, et la pression se dissipa si brusquement qu'elle manqua perdre l'équilibre.

Avec une grâce féline, elle se rétablit et regarda autour d'elle, pivotant sur les talons, son épée à la main pour riposter à une attaque éventuelle. Mais il n'y avait rien ni personne.

La lumière argentée qui semblait si brillante depuis le porche était maintenant douce et diffuse. N'ayant aucune source visible, comme si elle émanait des murs, elle éclairait chaque détail avec netteté ; Kit songea qu'elle aurait encore préféré les ténèbres.

La salle principale du temple était rectangulaire, dénuée de décorations et vide. Aucun autel ne se dressait dans le fond, aucune statue du dieu, aucun brasero pour l'encens, aucun banc pour les fidèles. Nulle colonne ne projetait d'ombre où un assassin aurait pu se dissimuler. Rien n'était caché.

Dans le mur est, celui qui s'adossait à la montagne, se découpait une large porte d'argent. Immolatus – maudit soit-il ! – avait raison : elle devait conduire à une caverne souterraine.

Kitiara chercha une poignée ou un verrou, mais n'en vit pas. Il devait pourtant y avoir un moyen de l'ouvrir. La jeune femme n'avait qu'à le découvrir, mais elle ne voulait pas laisser un ennemi inconnu derrière elle.

— Où êtes-vous ? appela-t-elle, en songeant que l'homme venait peut-être de s'éclipser par cette même porte. Montrez-vous donc, espèce de lâche !

— Je suis à côté de toi, répondit la voix. Si tu ne peux pas me voir, c'est que tu es aveugle. Pose ton arme, et tu verras ma main tendue.

— Brandissant une dague, et prête à me la plonger dans le dos après m'avoir désarmée, railla Kit.

— Je te répète, amie, que le seul mal ici est celui que tu as amené avec toi. Il n'y a que les traîtres pour craindre la traîtrise.

La jeune femme, qui en avait assez de discuter avec un interlocuteur invisible, abattit son épée dans la direction approximative d'où venait sa voix.

Sa lame ne rencontra aucune résistance, mais une onde de choc remonta le long de son bras, comme si le métal avait été frappé par la foudre. Des picotements parcoururent sa main. Elle hoqueta de douleur et faillit lâcher son arme.

— Que m'avez-vous fait ? cria-t-elle, furieuse, en serrant son épée à deux mains. Quelle sorcellerie utilisez-vous contre moi ?

— Je ne t'ai rien fait, amie. Ce que tu fais, tu le fais à toi-même.

— C'était un sort, j'en suis sûre ! Viens te battre avec moi, magicien !

Kitiara fit de nouveau siffler sa lame dans l'air. La douleur courut le long de son bras comme une langue de feu. La poignée de son épée devint aussi chaude que si elle sortait à peine de la forge. La jeune femme fut obligée de la lâcher en criant, et serra sa main brûlée contre elle.

— J'ai tenté de t'avertir, amie, dit la voix, pleine de tristesse. Tu viens de faire les premiers pas sur le chemin de ta propre destruction. Va-t'en vite, et tu réussiras peut-être à éviter la damnation.

— Je ne suis pas ton amie, siffla Kitiara, les dents serrées.

Une marque rouge en forme de poignée était visible dans sa paume ; la peau cloquait déjà à l'intérieur.

— Très bien, sorcier ! Puisque j'ai lâché mon arme, vas-tu enfin te montrer ?

Il se tenait devant elle. Pas un mage, contrairement à ce qu'elle pensait, mais un chevalier en armure d'argent, lourde et démodée comme celles qu'on fabriquait avant le Cataclysme. Le heaume n'avait pas de visière articulée ; il était fait d'une seule pièce de métal et ne couvrait ni la bouche, ni la nuque.

Par-dessus son plastron, le chevalier portait un surcot blanc où était brodé un martin-pêcheur qui tenait une épée dans une patte et une rose dans l'autre. Son corps était scintillant, presque translucide.

Un instant, le courage de Kitiara lui fit défaut. Elle comprenait maintenant pourquoi Immolatus avait refusé d'entrer dans le temple. Mais le dragon avait oublié de lui préciser que l'endroit serait gardé par des morts !

— Je n'ai jamais cru aux fantômes, marmonna la jeune femme. Mais je n'ai jamais cru aux dragons non plus. C'est bien ma veine que les deux existent pour de bon !

Elle pivota, probablement pour s'enfuir. Mais elle tremblait si fort que ses pieds refusèrent de lui obéir.

Reprends-toi, Kit ! C'est un fantôme mais autrefois, c'était un homme de chair et de sang. Il n'est pas encore né, l'homme qui te vaincra ! Surtout que celui-ci était un Chevalier Solamnique ; comme tous ses semblables, il doit tellement s'emmêler les pinceaux dans ses principes que, mort ou vivant, il ne pourra pas faire grand-chose contre toi.

Elle tenta de distinguer les yeux du chevalier, car le regard d'un ennemi trahit généralement sa prochaine attaque. Mais ils étaient dissimulés par l'ombre que projetait sa visière. Sa voix ne semblait ni jeune ni vieille.

Se forçant à sourire, Kitiara repéra son épée sur le sol. En cas de besoin, elle pouvait se battre avec sa main gauche intacte. Il lui suffirait de plonger, de rouler sur elle-même et de se relever pour être de nouveau armée.

— Un chevalier, dit-elle avec un soupir de soulagement feint. (Qu'elle soit damnée si elle lui laissait voir à quel point il l'avait effrayée.) Ce que je suis contente de vous voir !

Elle fit un pas en avant vers lui – ce dont elle se serait bien passée – et surtout vers son épée.

— Ecoutez-moi, sire chevalier ! Prenez garde à vous : le mal est présent en cet endroit.

— C'est exact, approuva le fantôme sans bouger, mais en focalisant toute son attention sur la jeune femme.

— Je suppose qu'il est parti, dit-elle avec un sourire charmeur.

Vous avez dû lui faire peur. Mais il va sans doute revenir. Nous pourrions le combattre ensemble, vous et moi.

Kitiara s'enhardissait. Si le fantôme avait voulu l'attaquer, ce serait déjà fait.

— J'aurai besoin de mon épée…

— Je combattrai le mal avec toi, dit le chevalier, mais tu n'auras pas besoin de ton épée.

— Malédiction, jura Kit.

Puis elle se mordit les lèvres pour retenir ses insultes. Elle devait trouver un moyen de distraire le fantôme quelques instants, le temps de récupérer son arme.

— Que faites-vous ici, sire chevalier ? demanda-t-elle en se forçant à ravaler sa colère. Je suis très surprise que vous ne soyez pas sur les remparts, en train de défendre votre cité.

— Chacun de nous doit lutter contre le mal à sa façon. On m'a affecté la garde du Temple de Paladine. J'y suis depuis deux siècles, et je ne l'abandonnerai pas.

— Deux siècles ! (Kitiara voulut s'esclaffer mais son rire s'étrangla dans sa gorge et se changea en quinte de toux.) Vous avez dû trouver le temps long, tout seul dans cet endroit oublié des dieux. A moins que quelqu'un ne vous tienne compagnie ?

— Personne ne monte la garde avec moi. Je suis seul.

— Une punition, sans doute, commenta Kitiara, ravie. Quel est votre nom ? Je connais peut-être votre famille. Mon père…

Elle faillit dire qu'il était un Chevalier Solamnique, puis se ravisa. Et si le fantôme connaissait l'histoire peu glorieuse de Gregor Uth Matar ?

— Ma famille est originaire de Solamnie, se rattrapa-t-elle.

— Je suis Nigel de Dinslande.

— Kitiara Uth Matar.

La jeune femme lui tendit la main, pivota et plongea vers son épée.

Son épée qui avait disparu.

Kit observa l'emplacement vide sur le sol et tâtonna jusqu'à ce qu'elle réalise combien elle devait avoir l'air idiot.

Elle se releva lentement.

— Où est mon arme ? demanda-t-elle. Qu'en avez-vous fait ? Elle m'a coûté une somme rondelette en pièces d'acier ! Rendez-la-moi !

— Ton épée est intacte. Tu la retrouveras quand tu sortiras d'ici.

— Si un voleur ne me l'a pas dérobée avant !

La colère de Kit avait pris le pas sur sa peur.

— Aucun voleur n'y touchera, je t'en fais le serment, dit le seigneur Nigel. Pas plus qu'au couteau que tu gardais dissimulé dans ta botte.

— Vous n'êtes pas un chevalier ! s'emporta Kitiara. Aucun véritable chevalier, mort ou vivant, ne s'abaisserait à commettre de tels actes !

— C'est pour ton propre bien que je t'ai retiré tes armes. Si tu essayais de t'en servir, tu te ferais plus de mal qu'à quiconque d'autre.

Folle de rage et de frustration, Kitiara foudroya du regard cet agaçant fantôme. Elle connaissait très peu d'hommes capables de supporter le feu de sa colère, la chaleur intense de ses yeux noirs. Tanis en faisait partie ; encore s'en était-il tiré le poil roussi à maintes reprises. Mais le seigneur Nigel ne broncha pas.

Rien de tout ça n'allait l'aider à atteindre son but. Puisque la colère ne produisait pas l'effet escompté, elle allait essayer la ruse et le charme, deux armes que personne ne pourrait lui enlever. Elle se détourna et fit les cent pas dans la pièce, feignant d'admirer l'architecture pendant qu'elle étouffait les flammes dans son regard.

— Seigneur Nigel, dit-elle sur un ton conciliant, nous sommes partis du mauvais pied. Je vous ai interrompu dans votre travail ; vous aviez une bonne raison de vous sentir offensé. Si j'ai dégainé mon arme, c'est parce que vous m'avez fait une frousse bleue !

« Je ne m'attendais pas à trouver quelqu'un ici, comprenez-vous. Et cet endroit me donne la chair de poule. (Elle promena un regard prudent autour d'elle et frissonna.) Plus tôt je sortirai d'ici, mieux ça vaudra.

Elle baissa la voix et s'approcha du fantôme…

— Je parie que je connais la raison de votre présence. Vous gardez un trésor, évidemment.

— C'est exact…

C'était donc ça. Kit aurait dû s'en douter. Immolatus avait suggéré que les œufs seraient protégés ; il s'était juste trompé sur l'identité du gardien.

— Et on vous a laissé ici tout seul, continua la jeune femme, secouant la tête en signe de commisération. Vous êtes courageux mais très imprudent, sire chevalier. J'ai entendu parler du commandant des forces ennemies qui assiègent la ville.

« Kholos est un homme dur et cruel, à demi hobgobelin à ce qu'on dit. On raconte aussi qu'il peut sentir une pièce d'acier au fond de latrines. Il a sous ses ordres deux mille soldats qui démoliront ce temple pierre par pierre, et même les morts ne pourront rien faire pour les arrêter.

— S'ils sont aussi maléfiques que tu le dis, ils ne découvriront jamais le trésor que je garde, affirma le seigneur Nigel, confiant.

Il sembla à Kit qu'il souriait.

— Je vous parie que *je* peux le découvrir, dit la jeune femme avec un haussement de sourcils. Je suis sûre qu'il n'est pas aussi bien dissimulé que vous le pensez. Laissez-moi chercher. Si je réussis à le trouver, vous pourrez le déplacer vers une meilleure cachette.

— Tu es libre de fouiller comme les autres, répondit le seigneur Nigel. T'en empêcher n'est pas mon rôle.

— Alors, voulez-vous que je le cherche ou non ? s'impatienta Kitiara, qui aimait bien que les choses soient claires. Et que dois-je faire si je le découvre ?

— Ça dépend uniquement de toi, amie.

Le chevalier tendit un bras vers la porte argentée. La lumière féerique scintilla sur son plastron et sa cotte de mailles.

— J'aurai besoin d'une torche, dit Kitiara.

— Tous ceux qui entrent là portent leur propre lumière en eux, à moins qu'ils n'abritent que ténèbres, dit le fantôme.

Décidément, il était aussi pompeux et dénué d'humour que Sturm de Lumlane. Kit n'arrivait pas à croire qu'il se soit laissé prendre à cette histoire de trésor.

— Je suppose que vous serez toujours là à mon retour ? avança-t-elle.

— J'y serai, confirma le chevalier.

Kitiara posa une main sur le battant argenté et poussa, s'attendant à rencontrer une résistance. Mais à sa grande surprise, la porte s'ouvrit en silence.

Un flot de lumière émanait de la pièce où elle se tenait, éclairant devant elle un couloir de marbre blanc qui s'enfonçait dans la montagne. La jeune femme inspecta les parois, inclina la tête, tendit l'oreille et renifla.

Mais elle n'entendit rien de suspect, pas même un bruit de pattes de souris, et ne vit rien d'autre que les murs nus et la lumière argentée. La seule odeur qui planait dans l'air était un parfum de roses fanées. Pourtant, la peur qui l'avait assaillie sur le seuil du temple revint à la charge, plus forte qu'auparavant, si c'était possible.

Elle se sentait menacée et vulnérable. Pivotant, elle leva les mains pour bloquer une attaque. Mais le seigneur Nigel n'était pas là. Il n'y avait personne. Le temple était vide.

Kit aurait dû se sentir soulagée ; pourtant, elle tremblait de tous ses membres et craignait de s'aventurer plus loin.

— Kitiara, espèce de lâche ! J'ai honte de toi ! Tout ce que tu veux, tout ce dont tu rêvais est devant toi. Réussis cette mission, et le général Ariakas fera ta fortune. Echoue, et tu ne seras rien.

Kitiara avança.

La porte d'argent se referma derrière elle.

CHAPITRE V

Le lendemain matin, le gros de l'armée du Baron Fou arriva au pied des remparts de Findespoir, vingt-quatre heures après les troupes de Kholos.

De la fumée montait encore des champs calcinés, piquant les yeux et la gorge et obstruant les voies respiratoires. Les officiers mirent aussitôt leurs hommes au travail pour ériger des parapets, creuser des tranchées, dresser les tentes et décharger les chariots de ravitaillement.

Le commandant Morgon, resplendissant dans son armure de cérémonie, enfourcha son cheval qui venait d'être étrillé et se dirigea vers le campement de leurs alliés pour organiser une rencontre entre le baron et le commandant de l'armée du Bon Roi Wilhelm. Il revint moins d'une heure après.

Les soldats interrompirent leur labeur, espérant qu'il lâcherait un commentaire sur leurs mystérieux alliés. Mais Morgon ne dit rien à personne. Les hommes qui étaient sous ses ordres depuis le plus longtemps déclarèrent qu'ils ne lui avaient jamais vu un air aussi sinistre.

Il alla directement faire son rapport au baron.

Trocard traînait dans le bosquet d'érables situé près de la tente d'Ivor de Langarbre, ramassant des oignons sauvages et tendant l'oreille pour surprendre la conversation. Mais le commandant Morgon avait l'habitude de parler dans sa barbe et d'avaler ses mots, si bien que le demi-kender ne comprit pas ce qu'il racontait. Il aurait pu le deviner d'après les réponses du baron, mais celui-ci se borna à lâcher « oui », « non » et « merci, commandant ».

Puis l'un des gardes du corps trébucha sur Trocard accroupi dans l'herbe et le chassa. Le demi-kender battit en retraite, enveloppé par une forte odeur d'oignon.

Ce soir-là, au crépuscule, tous les soldats s'arrêtèrent de travailler pour regarder le baron et son entourage se diriger vers le campement de leurs alliés. Outrés, les sergent fondirent sur eux en rugissant qu'ils n'étaient pas payés pour bayer aux corneilles.

Caramon et la Compagnie C se mirent en position à cinq cents pas des remparts, rejoignant la ligne de piquets déjà établis par leurs alliés afin d'empêcher quiconque de quitter la cité et, plus important, d'y entrer pour apporter de l'aide aux habitants. Findespoir était totalement coupée du reste du monde.

Accompagné par trois de ses officiers et une garde de dix cavaliers, le baron se déplaça derrière la ligne, qu'il utilisa pour dissimuler ses mouvements aux hommes postés sur les remparts.

— Ne donnez jamais d'informations gratuites à vos ennemis, aimait-il à répéter. Faites-les leur payer le plus cher possible.

Le commandant des forces de la cité surveillait sans aucun doute les mouvements ennemis. Il ne devait pas réaliser que le baron et ses hommes étaient des mercenaires appelés en renfort pour soutenir le reste de l'armée : il aurait pu utiliser ce manque de cohésion à son avantage.

Le baron franchit la ligne de piquets. A sa vue, la première sentinelle leva le poing pour le saluer. Toutes les autres, postées à intervalles réguliers de cinquante pas, firent de même sur son passage. Elles portaient une armure de bataille complète, un casque et un bouclier frappé aux armes du Bon Roi Wilhelm.

Un petit cor de chasse pendait à leur ceinture, ce qui intrigua le baron.

— Des troupes bien disciplinées, déclara-t-il avec un hochement de tête approbateur. Respectueuses. Des plastrons si propres qu'on pourrait dîner dessus. Pas vrai, Morgon ?

Il regarda l'officier qui avait organisé la rencontre.

— Et j'aime l'idée que les sentinelles portent des cors de chasse. Si elles doivent sonner l'alarme, on les entendra dans toute la campagne. C'est beaucoup mieux que de crier. Je suggère que nous adoptions cette innovation.

— Oui, seigneur.

— Ils n'ont pas chômé, continua le baron en désignant les parapets de terre qui entouraient déjà le campement. Regardez ça !

— Je le vois, seigneur.

Partout où se portait leur regard, les hommes s'activaient. Personne ne se tournait les pouces, et le campement bourdonnait d'activité. Les soldats ramenaient de la forêt d'énormes troncs qui serviraient à construire des engins de siège et des échelles. Le forgeron et ses assistants s'affairaient devant leurs feux, redressant les armures ou remplaçant les fers endommagés des chevaux.

Une odeur de cochon rôti planait dans l'air. Depuis leur départ, le baron et ses hommes se nourrissaient de pain de maïs et de viande séchée ; ils en eurent l'eau à la bouche.

Les tentes formaient des rangées ordonnées, et étaient positionnées de façon à ce que chacune puisse profiter de la brise du crépuscule. Les armes reposaient à l'extérieur, sur des râteliers.

— Regardez ça, Morgon ! s'extasia le baron, désignant vingt soldats en tenue de bataille complète alignés au garde-à-vous. Prêts à intervenir en cas d'urgence. Une autre mesure sur laquelle nous devrions prendre exemple.

— Je vous demande pardon, votre seigneurie, mais il ne s'agit pas d'une force d'intervention rapide, le détrompa Morgon.

— Vraiment ? De quoi s'agit-il, alors ?

— Ces hommes sont punis, messire. Au piquet. Ils étaient déjà là quand je suis passé ce matin, sauf qu'il y en avait dix de plus, qui ont dû s'évanouir pendant la journée à cause de la chaleur.

— Ils ne font que rester là ? s'étonna Ivor de Langarbre, se dressant sur ses étriers pour mieux voir.

— Oui, seigneur. Selon l'officier qui m'a escorté, ils n'ont pas le droit de manger, de se reposer ni même de boire jusqu'à ce qu'ils soient au terme de leur peine, qui peut durer jusqu'à trois jours. Si un homme s'effondre, il est emmené, remis sur pied et renvoyé dehors, où il doit recommencer à zéro.

— Grands dieux, marmonna le baron, décontenancé.

Il arrêta sa monture à l'entrée du campement, puis mit pied à terre, imité par ses officiers. Ses gardes du corps demeurèrent en selle.

— Dites-leur de descendre de cheval, commandant, ordonna Ivor.

— Avec votre permission, seigneur, j'aimerais autant pas.

— Essayeriez-vous de me dire quelque chose, Morgon ?

L'officier secoua la tête, évitant le regard de son supérieur.

— Non, messire. Je pense qu'il vaut mieux qu'ils soient prêts à réagir rapidement... Au cas où le commandant Kholos nous donnerait des ordres urgents, par exemple.

Ivor dévisagea son commandant, mais ne put rien lire sur son visage, sinon l'expression de son dévouement et de son obéissance.

— Très bien, que les hommes restent à cheval. Mais veillez à ce qu'on leur donne à boire.

Un officier, qui portait par-dessus son armure une tunique aux armes du roi Wilhelm, s'approcha du petit groupe et salua.

— Seigneur, je suis maître Vardash, chargé de vous escorter jusqu'au commandant Kholos. Si vous voulez bien me suivre...

Le baron et ses officiers lui emboîtèrent le pas. Ils longèrent des rangées de tentes et contournèrent les feux où s'affairaient le forgeron et ses assistants. Ivor s'arrêta devant une armure qui refroidissait pour lui jeter un coup d'œil approbateur. Une légère quinte de toux de Morgon lui fit lever la tête.

— Au nom de Kiri-Jolith, qu'est-ce que c'est ?

Une potence érigée à la hâte se dressait non loin de là, dissimulée par un large pavillon de toile brune. Quatre corps y étaient suspendus. Trois étaient là depuis la veille : les charognards avaient déjà becqueté leurs yeux et s'attaquaient maintenant à leur nez. Mais le quatrième était toujours vivant... Plus pour longtemps, sans doute, songea le baron.

— Des déserteurs ? s'enquit-il en se tournant vers maître Vardash.

— Comment, seigneur ? Oh, ça. (L'officier jeta un regard amusé à la potence.) Non. Les trois premiers ont cru qu'ils pourraient garder pour eux une partie du butin récolté chez les fermiers de la vallée. Le quatrième, celui qui bouge encore, a tenté de dissimuler une fille sous sa tente. Elle lui avait fait pitié, et il voulait l'aider à s'échapper.

Vardash sourit.

— Très vraisemblable comme histoire, n'est-ce pas, seigneur ?

Ivor ne trouva rien à répondre.

— A sa décharge, je dois dire que la fille était une jolie petite chose. Nous en tirerons un bon prix à San... C'est-à-dire... (Vardash se reprit.) Nous la remettrons aux autorités de Vantal.

Morgon se racla bruyamment la gorge. Le baron lui jeta un regard en coin, se gratta la barbe, marmonna quelque chose entre ses dents et poursuivit son chemin.

La tente de commandement, surmontée par un drapeau aux armes du Bon Roi Wilhelm, était gardée par six soldats visiblement choisis pour impressionner les visiteurs : ils dépassaient d'une bonne tête Morgon, qui mesurait pourtant plus de six pieds ; quant à Ivor, il avait l'air d'un nain à côté d'eux. Leur armure semblait faite sur mesure, car aucun plastron normal n'aurait pu recouvrir ces larges épaules et ces pectoraux surdéveloppés.

Le baron remarqua qu'ils ne portaient pas les armes de Wilhelm, mais un emblème représentant un dragon recroquevillé sur lui-même. Voyant qu'il les inspectait, les gardes se raidirent, levèrent leur monstrueux bouclier et frappèrent le sol avec l'extrémité de leur lance.

Un dragon, songea Ivor. *Un symbole approprié pour des soldats, bien qu'un peu désuet.*

Maître Vardash annonça l'arrivée du baron. A l'intérieur de la tente, une voix grasseyante demanda qui diable était ce baron pour l'interrompre pendant son souper. Vardash rappela qu'une réunion était prévue au coucher du soleil.

Son supérieur lui donna à contrecœur la permission de faire entrer Ivor.

— Votre épée, messire, dit Vardash en s'intreposant.

— Oui, c'est la mienne, répliqua Ivor en posant la main sur la poignée. Et alors ?

— Je dois vous demander de me la confier, messire. Personne ne peut porter une arme en présence du commandant.

Ivor fut si outré qu'il envisagea de flanquer son poing dans la figure de maître Vardash. Celui-ci dut s'en apercevoir, car il recula d'un pas et porta la main à sa propre épée.

— Ce sont nos alliés, seigneur, dit doucement Morgon.

Le baron maîtrisa sa colère. Otant la ceinture qui maintenait son fourreau, il jeta le tout en direction de Vardash, qui l'attrapa adroitement.

— C'est une arme très précieuse, grogna-t-il. Elle appartenait à mon père, et au père de mon père avant lui. Prenez-en soin.

— Merci, messire. Votre épée sera sous ma protection personnelle. Pendant votre entretien avec le commandant, vos officiers souhaiteraient peut-être visiter le reste du campement ?

— Nous en avons assez vu, dit Morgon. Nous vous attendrons ici, seigneur. Criez si vous avez besoin de nous.

Le baron grogna, souleva le rabat de toile et entra.

Il s'attendait à trouver une tente de commandement ordinaire, meublée d'un lit de camp et de deux tabourets, ainsi que d'une table pliante couverte de cartes indiquant les positions ennemies. Au lieu de cela, il crut un instant être entré dans la salle d'audience du Bon Roi Wilhelm.

Le sol disparaissait sous un épais tapis tissé à la main. D'élégantes chaises de bois rare entouraient une table sculptée qui croulait sous le poids de la nourriture. Kholos leva les yeux du poulet qu'il était en train de déchiqueter.

— Alors, vous êtes là, lâcha-t-il, la bouche pleine, en guise de bienvenue. Je vois que vous admirez mes meubles… Vous avez peut-être vu le manoir que nous avons brûlé hier. Une maison sans murs n'a plus besoin de table, pas vrai ?

Le commandant gloussa et, empoignant un tournebroche à la poignée couverte de sang séché, le planta dans une moitié du poulet qu'il enfourna dans sa bouche et avala tout rond avec les os.

Ivor de Langarbre marmonna une réponse incompréhensible. Il avait faim quand il était entré, mais la vision de Kholos lui avait coupé l'appétit. Dans un passé guère lointain, un hobgobelin et une humaine s'étaient associés – il ne voulait pas imaginer de quelle façon – pour produire le commandant Kholos.

Sa peau flasque, légèrement verdâtre, sa mâchoire inférieure protubérante, ses petits yeux noirs, son front proéminent et la brutalité qui émanait de lui trahissaient la moitié gobelinoïde de son héritage. Quant à son sang humain, il éclairait son regard d'une intelligence cruelle, pareille à la lueur pâle et malsaine produite par un marécage en décomposition.

Le baron devina que Kholos devait inspirer autant de craintes à ses propres troupes qu'à ses ennemis, voire davantage, car ceux-ci avaient l'avantage de ne pas le fréquenter personnellement. Il se demanda quelle raison, au nom de Kiri-Jolith, pouvait pousser un homme à se porter volontaire pour combattre sous les ordres d'un tel officier.

En contemplant le butin qu'abritait la tente, et en se souvenant des paroles de Vardash au sujet de la captive – dont il espérait « tirer un bon prix » quelque part –, Ivor réalisa que seul l'appât du gain motivait les soldats et leur permettait de supporter le traitement que Kholos devait leur infliger.

Le baron connaissait le roi Wilhelm. Il ne comprenait pas ce qui avait pu inciter cet homme affable à engager Kholos. Pourtant il l'avait fait, par les Abysses, et l'armée de Langarbre se retrouvait coincée avec ces alliés peu recommandables. Ivor regrettait déjà d'avoir apposé sa signature au bas du contrat.

— Combien d'hommes avez-vous amenés ? demanda Kholos. Et que valent-ils au combat ?

Il n'invita pas le baron à s'asseoir, et ne lui offrit ni boisson ni nourriture. Saisissant une chope, il la vida bruyamment, la reposa d'un geste brusque et s'essuya la bouche d'un revers de sa main poilue. Puis il leva les yeux vers son interlocuteur et lâcha un rot sonore.

— Alors ? insista-t-il.

Le baron se redressa de toute sa petite taille.

— Mes soldats sont les meilleurs d'Ansalonie. Je suppose que vous le savez. Sinon, vous ne nous auriez pas engagés.

Kholos agita une cuisse de poulet comme pour signifier qu'il se fichait de la réputation de l'armée de Langarbre.

— Ce n'est pas moi qui vous ai engagés. Je n'avais jamais entendu parler de vous, et j'enrage d'être obligé de bosser avec vos bouseux. Nous verrons ce que nous pouvons faire demain. J'ai besoin d'évaluer vos compétences. Vous attaquerez le mur ouest à l'aube.

— Très bien, dit Ivor. Et où vos hommes attaqueront-ils, commandant ?

— Nulle part, fit Kholos, la bouche pleine. (De la salive mélangée de débris de poulet coula le long de son menton.) Je regarderai pour voir comment se débrouillent les vôtres. Les miens sont bien entraînés ; je ne veux pas qu'ils se compromettent avec un tas de paysans qui se pisseront dessus dès que les flèches commenceront à pleuvoir.

Le baron fixa Kholos sans rien dire. Son silence était pareil à un nuage de stupeur et d'incrédulité, chargé des éclairs de sa fureur. Morgon, qui attendait dehors, devait confier plus tard qu'il n'avait jamais rien entendu d'aussi bruyant que le silence de son supérieur. Il devait également avouer qu'il se tenait prêt à dégainer, car il était certain qu'Ivor allait tuer Kholos.

Voyant que son interlocuteur n'avait rien à répondre, le demi-hobgobelin attaqua un autre poulet. Le baron réprima une forte envie de lui enfoncer son tournebroche dans le ventre. Puis il dit, d'une voix lui ressemblant si peu que Morgon n'eut aucune idée de qui venait de parler :

— Si nous attaquons sans soutien, tout ce que vous verrez, ce sera une hécatombe.

— C'est une feinte pour tester les défenses de la cité. Vous pourrez battre en retraite si ça devient un peu trop chaud pour vous. (Kholos but une nouvelle chope de bière et rota.) Venez me faire votre rapport demain à midi, après la bataille. Nous passerons en revue les améliorations que vos hommes doivent apporter à leur tactique.

D'un pouce graisseux, il désigna la sortie avant de reporter toute son attention sur son assiette. La réunion était terminée.

Le baron ne vit même pas le rabat de la tente se soulever, car sa vision était obscurcie par un voile écarlate. Il sortit à grands pas furieux, sans regarder où il allait, et manqua renverser Vardash, qui s'était porté à sa rencontre. Il arracha son épée des mains du maître d'armes, ne prit pas le temps de la ceindre à nouveau et s'éloigna rapidement, suivi par son entourage.

— Fichons le camp d'ici, lâcha-t-il entre ses dents serrées.

Ses officiers lui emboîtèrent le pas à une allure si vive que Vardash, qui était censé les escorter jusqu'à la sortie du camp, dut courir pour les rattraper.

Le baron et ses officiers firent le chemin en sens inverse jusqu'à leurs montures et leurs gardes du corps. La nuit était tombée. Malgré l'obscurité, une compagnie de soldats commençait un exercice. Des sergents munis de fouets se tenaient derrière eux pour corriger leurs erreurs.

Regardant les hommes punis, Ivor en compta dix-huit encore debout. Les deux autres gisaient sur le sol, mais personne ne leur prêtait attention. Un soldat marcha même sur l'un d'eux. Le baron pressa le pas.

Les gardes du corps étaient toujours à cheval, prêts à repartir. Quelques minutes plus tard, Ivor sortit du camp de Kholos et revint vers ses propres lignes. Il fit le trajet en silence, sans émettre de commentaire sur les armures reluisantes ou la discipline remarquable de leurs charmants alliés.

CHAPITRE VI

Une très faible lumière argentée brillait de l'autre côté de la porte – suffisante, cependant, pour permettre à Kitiara de trouver son chemin.

La jeune femme avançait prudemment dans le tunnel. A tout instant, elle s'attendait à sentir les doigts osseux du fantôme saisir sa tunique, lui effleurer l'épaule, l'empoigner par la nuque.

Kitiara ne souffrait pas d'une imagination galopante. Petite, elle riait d'histoires qui faisaient pleurer les autres enfants et les renvoyaient dans les jupons de leur mère. Le jour où un camarade lui avait affirmé que des monstres vivaient sous son lit, elle avait tenté de les débusquer à coups de tisonnier.

La jeune femme ne croyait pas aux fantômes. Elle avait d'autant plus tort que celui du seigneur Nigel était loin d'être le seul à hanter le temple.

Des silhouettes en robe blanche arpentaient le couloir, vaquant à leurs occupations urgentes ou marchant à pas lents, comme perdues dans leurs pensées. Chaque fois que Kitiara leur faisait face pour les affronter, elles disparaissaient.

Mais le pire, c'était leurs conversations, échos de voix depuis longtemps réduites au silence qui ondulaient dans le tunnel telles des volutes de fumée. La jeune femme avait l'impression que les spectres parlaient d'elle, qu'ils disaient quelque chose d'important. Si seulement elle avait pu les comprendre…

— Quoi ? Qu'y a-t-il ? Que voulez-vous ? cria-t-elle en regrettant amèrement la perte de son épée. Qui êtes-vous ? Où êtes-vous ? Si vous avez quelque chose à me dire, allez-y…

Mais ça ne devait pas être le cas, car les voix continuèrent à murmurer.

— Alors, fermez-la ! cria Kit.

Le sol de marbre lisse céda soudain la place à de la pierre, et les murs taillés par la main de l'homme aux parois naturelles d'une caverne. Kitiara suivait une voie étroite et sinueuse, qui contournait de gros blocs rocheux jaillissant du plancher. Bien qu'accidentée, elle était tout à fait praticable ; à certains endroits, on l'avait aplanie ou réparée.

La jeune femme aurait dû être entourée par des ténèbres aussi obscures que tous les âges de Krynn empilés les uns sur les autres, car la seule lumière qui eût jamais pénétré aussi profondément sous la montagne devait être celle des étincelles du marteau de Réorx.

Pourtant, de la lumière éclairait la pierre mouillée, révélant des colonnes de roche sculptée par le ruissellement de l'eau qui montaient en spirale pour soutenir un vaste dôme de formations cristallines.

Cette lumière était vive, presque aveuglante, et Kitiara ne pouvait localiser sa source. Elle ne risquait pas de venir de l'extérieur, où la nuit était tombée depuis longtemps.

— Arrête de te poser des questions et estime-toi heureuse qu'elle soit là ; sinon, il te faudrait toute la nuit pour explorer ces souterrains. Il y a forcément une explication. Elle vient peut-être de la lave fondue, comme à Sanction. Oui, ça doit être ça.

Peu lui importait que la lumière ne soit pas écarlate, brûlante et menaçante comme les flammes qui éclairaient le ciel enfumé de Sanction, mais froide et argentée comme celle du clair de lune. Kitiara acceptait son hypothèse, et quand celle-ci devint vraiment irrecevable – lorsqu'elle s'aperçut qu'il n'y avait pas la moindre trace de magma dans la caverne, et que la lumière augmentait alors qu'elle approchait du cœur de la montagne –, la jeune femme s'ordonna de ne plus y penser.

Il lui sembla que les silhouettes en robe blanche savaient qu'elle venait et avaient fait tout leur possible pour la guider.

— Imbéciles, ricana-t-elle nerveusement.

Kitiara continua à avancer. Le chemin serpentait entre les stalagmites scintillantes ; il traversait une série de cavernes et s'enfonçait toujours plus profondément dans les entrailles de la terre. La lumière lui montrait la voie.

Au moment où la jeune femme commença à avoir soif et regretta de n'avoir pas emporté une gourde, elle découvrit un torrent d'eau claire qui semblait avoir été placé là dans le seul but de la rafraîchir. Mais elle ne voyait toujours pas le moindre œuf, ni de grotte assez vaste pour avoir abrité un dragon. Le plafond était si bas qu'elle avait peine à marcher debout. Immolatus n'aurait pas pu mettre une patte dans cet endroit.

Kitiara estima qu'elle marchait depuis une bonne heure, et se demanda quelle distance elle avait parcourue.

Contournant une large formation rocheuse, le chemin déboucha soudain sur ce qui ressemblait à une paroi impénétrable.

— J'aime mieux ça, dit la jeune femme, soulagée de rencontrer enfin un obstacle. Je savais bien que c'était trop facile.

Elle chercha un moyen de franchir le mur et finit par découvrir une petite arche taillée dans la pierre. Une porte d'or et d'argent lui barrait la voie. Au centre étaient gravés un martin-pêcheur, une rose et une épée. De l'autre côté, Kitiara aperçut une pièce plongée dans la pénombre, comme si la lumière y diminuait en signe de respect.

Un mausolée.

Un unique sarcophage s'y dressait, le marbre blanc projetant un éclat fantomatique.

— On dirait que tu es dans une impasse, ma vieille, grommela Kit.

Ne souhaitant pas perturber le repos des morts, la jeune femme chercha un autre moyen de franchir le mur.

Une demi-heure plus tard, elle n'était pas plus avancée. Il semblait impossible qu'il n'y ait pas de fissure par où elle puisse se glisser. Mais elle eut beau jurer entre ses dents, tâtonner et donner des coups de pied rageurs, elle ne découvrit aucun passage. Elle allait devoir revenir sur ses pas, chercher un embranchement qui lui avait échappé.

Kitiara savait que rien ne lui avait échappé. Le chemin l'avait menée droit jusqu'à la tombe.

Il fallait qu'elle l'examine, et si le mausolée ne comportait pas d'autre issue, elle pourrait affirmer sans mentir au général Ariakas qu'elle avait fait son devoir. Immolatus ne la croirait sans doute pas, mais s'il doutait de sa parole, il n'aurait qu'à descendre s'en assurer lui-même.

Kitiara tendit la main, mais ne put se résoudre à toucher la porte. Elle avait envie de tourner les talons et de s'enfuir. Ou de se laisser tomber par terre, de se rouler en boule et de pleurer comme une enfant.

— C'est idiot, se fustigea-t-elle. Qu'est-ce qui m'arrive ? Aurais-je peur de traverser un cimetière la nuit ? Bien sûr que non ! Alors, il faut que j'ouvre cette porte. Tout de suite.

Frémissant comme si elle attendait que le métal soit chauffé à blanc, elle souleva le loquet. Le battant pivota en silence sur ses gonds bien huilés. Sans se laisser le temps de réfléchir, Kitiara entra d'un pas hardi dans le mausolée.

Rien ne se produisit.

Alors, elle eut une grimace de soulagement, rit de ses propres peurs et promena un regard inquisiteur autour d'elle.

La tombe était circulaire, petite et coiffée par un dôme. Elle n'abritait que le sarcophage. Une frise gravée le long des murs représentait des scènes de bataille : des chevaliers armés de lances et montés sur le dos de dragons en train de combattre d'autres chevaliers, des dragons se battant entre eux.

Kitiara n'y prêta guère attention. Les récits du passé ne l'intéressaient pas davantage que les légendes. Elle avait sa propre gloire à conquérir, et celle-là seule la préoccupait.

Son courage fut récompensé : en face de la porte d'or et d'argent se dressait un portail de fer forgé. Une autre issue. La jeune femme avança, jetant au passage un coup d'œil au sarcophage.

Elle se figea.

Le cadavre du seigneur Nigel, le fantôme qu'elle avait rencontré dans le temple, était étendu sur la tombe.

La peur chassa l'air des poumons de Kitiara, l'empêchant de respirer. Elle se força à fixer la tombe jusqu'à ce que sa frayeur se dissipe. Elle ne regardait pas le corps d'un homme mort depuis deux siècles, mais un simple gisant de pierre.

L'étau qui lui comprimait la poitrine se relâcha, et la jeune femme s'approcha du sarcophage. Son erreur était bien compréhensible, tant le casque et l'armure du gisant reproduisaient dans le moindre détail ceux du seigneur Nigel.

La tombe était ouverte, le couvercle de marbre poussé sur le côté.

— C'est donc ainsi qu'il est sorti, murmura Kitiara. Je me demande ce qui est arrivé à son cadavre ?

Elle plissa les yeux et se pencha pour sonder la cavité obscure, car les Chevaliers Solamniques enterraient généralement les morts avec leurs armes, et elle espérait trouver une épée ou à tout le moins une dague cérémonielle.

Malheureusement, le sarcophage était vide. Pas même une phalange. Le corps avait dû tomber en poussière.

Kitiara frissonna.

— Plus vite je retrouverai la lumière du jour et l'air frais, mieux ce sera. Le portail, maintenant. Espérons qu'il me conduira où je veux aller...

— Tu n'as pas besoin de continuer, dit une voix. Le trésor dont je te parlais est ici.

— Où êtes-vous ? appela Kit. Laissez-moi vous voir !

Elle entendit un cri étranglé, puis capta un mouvement du coin de l'œil. Instinctivement, elle porta la main à sa ceinture et jura quand ses doigts se refermèrent sur du vide.

Se plaçant dos au sarcophage, elle se retourna pour affronter la créature qui était dans le mausolée avec elle, prête à la combattre avec les pieds, les poings et même les dents si nécessaire.

Mais rien ne l'attaqua ni ne la menaça. Le mouvement venait du côté du portail, où une silhouette gisait sur le sol. Au moment où Kitiara conclut que c'était un cadavre, elle s'agita et gémit de douleur.

— Seigneur Nigel ? appela la jeune femme.

Pas de réponse.

Kitiara était exaspérée. Au moment où il lui semblait toucher enfin au but, un nouvel obstacle se dressait sur son chemin.

— Ecoutez, je suis désolée, dit-elle à la silhouette, mais je ne peux rien faire pour vous. J'ai une mission urgente à accomplir, et je ne peux pas perdre de temps. Mais j'enverrai quelqu'un vous chercher…

La silhouette gémit encore.

Kitiara se dirigea résolument vers le portail. A mi-chemin, elle se souvint des paroles du chevalier : le trésor était ici. Cette personne l'avait peut-être trouvé la première.

La jeune femme regarda par-dessus son épaule, au cas où quelqu'un aurait essayé de lui bondir sur le dos, puis elle s'agenouilla près du corps immobile.

C'était une femme, constata-t-elle avec étonnement. Une femme moulée dans des vêtements noirs conçus pour être portés sous une armure. Elle gisait sur le ventre, le visage pressé contre le sol.

A en juger par son apparence, elle avait pris part à un terrible combat. De longues déchirures sanglantes maculaient ses habits, et ses courts cheveux noirs étaient tout poisseux. Une mare de liquide sombre s'était formée sous elle. Comme elle était d'une pâleur de craie, Kitiara jugea qu'elle ne tarderait pas à succomber.

La jeune femme la fouilla mais ne découvrit aucun trésor. Elle allait se relever quand elle s'immobilisa pour détailler la mourante avec plus d'attention. Quelque chose en elle lui semblait étrangement familier.

Kitiara tendit la main pour écarter les boucles de la femme et observer son visage. Ses doigts touchèrent des cheveux dont elle connaissait bien la texture…

Car c'étaient les siens !

Elle sursauta et retira sa main comme si elle venait de se brûler. Le souffle coupé, la bouche sèche, elle sentit la terreur s'emparer d'elle. Elle ne pouvait plus ni penser ni bouger.

— Je t'ai toujours aimé, demi-elfe, chuchota la mourante.

Avec sa voix !

Kitiara était en train de se regarder agoniser.

Elle bondit sur ses pieds et s'enfuit, heurtant de plein fouet le portail de fer forgé qui refusa de céder sous son poids et qu'elle martela de ses poings.

La douleur de sa chair meurtrie la ramena à la raison. Les ténèbres qui l'avaient aveuglée se dissipèrent devant ses yeux. Elle vit que le portail avait une poignée et, avec un sanglot de soulagement, la saisit pour ouvrir.

Le loquet cliqueta. Kit poussa le battant, se précipita de l'autre côté et le referma en se jetant dessus. Trop faible pour courir, elle s'y adossa le temps de reprendre ses esprits. Haletante, elle attendit que les battements de son cœur se calment, que la sueur sèche sur ses paumes et que ses jambes cessent de trembler.

— C'était moi, souffla-t-elle en frissonnant. C'était moi en train de mourir. D'une façon horrible, douloureuse... « Je t'ai toujours aimé »... Ma voix, mes mots !

Cédant à une terreur comme elle n'en avait jamais connue, Kit enfouit son visage dans ses mains.

— Non ! Je vous en prie, non ! Je...

Elle prit une inspiration.

— Je suis une idiote.

Puis elle s'affala contre le portail et se flanqua une gifle mentale afin de chasser de son esprit ses hallucinations, ses visions, son rêve éveillé.

— Ce n'était pas réel. Ça ne pouvait pas l'être !

Elle déglutit. Dans sa bouche s'attardait l'arrière-goût amer de la terreur.

— Je suis fatiguée. Je n'ai pas bien dormi. Quand on manque de sommeil, on commence à délirer. Comme Harbois dans les Plaines de Poussière, quand il combattait les gobelins. Il a passé trois nuits blanches d'affilée et il s'est mis à tout casser dans le camp en hurlant que des serpents rampaient sur sa tête.

Kitiara ferma les yeux, tentant de chasser le souvenir de sa vision. Car c'en était forcément une : il n'y avait pas d'autre explication.

— Si je retournais là-dedans, je n'y trouverais rien. Pas de cadavre, personne.

Pourtant, elle ne s'y risqua pas.

La jeune femme prit une inspiration et, sentant l'horreur se dissiper peu à peu, regarda autour d'elle. Elle était à l'intérieur d'une vaste caverne. Une lueur étrange montait du fond, comme celle qu'auraient pu créer les flammes d'une torche en se reflétant sur des monticules de pièces d'argent et d'or.

— Beaucoup mieux, approuva Kitiara, ragaillardie. Je vais enfin finir par trouver quelque chose.

Elle se pressa en direction de la lueur, heureuse d'avoir un but et de laisser derrière elle le sinistre mausolée.

La caverne était immense ; Immolatus et deux ou trois de ses semblables auraient pu y tenir sans problème. S'il existait un endroit idéal pour que des dragons cachent leurs œufs, ce devait être celui-là. Très excitée par cette perspective, Kitiara commença à courir. Le sang circula plus vite dans son corps, réchauffant ses mains et ses pieds engourdis.

Elle atteignit sa destination le souffle court, mais remplie d'une vigueur nouvelle. Et d'un sentiment de triomphe.

Des centaines d'œufs se nichaient dans une alcôve rocheuse. Ils étaient aussi hauts que la jeune femme, voire davantage, et elle n'aurait pu en faire le tour avec ses bras. Chacun émettait une douce lumière dorée ou argentée. Kitiara allait mettre un temps infini à les compter, et ce serait une tâche ennuyeuse. Mais elle n'avait rien d'autre à faire, et elle avait payé très cher le droit d'y arriver.

Trier les œufs et dessiner une carte du chemin d'accès lui permettrait au moins de chasser de son esprit les derniers vestiges de la terreur qui l'avait assaillie dans la crypte. Au moment où elle tirait cette réconfortante conclusion, Kitiara sentit un souffle d'air frais lui effleurer la joue.

Elle inspira profondément.

Un tunnel assez large pour livrer passage à un dragon conduisait à l'entrée secrète qu'Immolatus avait cherchée en vain : un énorme trou à flanc de montagne, dissimulé par un bosquet de sapins. Se faufilant entre leurs troncs, la jeune femme déboucha sur une corniche de pierre.

Elle leva les yeux vers le ciel nocturne rempli de fumée, puis les baissa vers la cité perdue de Findespoir. Il devait être environ minuit. Elle avait juste le temps de finir son travail et de descendre jusqu'au camp du commandant Kholos.

Kitiara retourna dans la caverne des œufs – qui projetaient assez de lumière pour lui permettre d'y voir – et s'attela à la tâche. Sortant le petit carnet relié de cuir remis par Immolatus, elle chercha jusqu'à ce qu'elle découvre un morceau de grès rouge qu'elle pourrait utiliser comme de la craie.

Elle commença par dessiner une carte de la région, incluant la cité, les montagnes et plusieurs repères géographiques, afin que

Kholos puisse trouver l'entrée dissimulée et s'épargner le long chemin depuis le temple. Elle se demanda brièvement comment il allait emporter les œufs, car la pente était très raide. Mais la Reine Noire en soit remerciée, ce n'était pas son problème. Le travail de Kitiara s'achevait là.

Sa carte terminée, elle se redressa et entra dans l'alcôve baignée d'une douce lueur métallique : la lumière des dragons à naître, dont les âmes gambadaient parmi les étoiles et dansaient dans l'éther. Qu'arriverait-il à celles qui ne s'incarneraient jamais ? se demanda Kitiara. Elle haussa les épaules. Ça non plus, ce n'était pas son problème.

Balayant les œufs du regard, elle décida qu'il vaudrait mieux les compter par rangée pour ne pas se tromper. Elle se hissa sur une corniche qui surplombait l'alcôve et ouvrit le carnet sur ses genoux.

— Tu as découvert le trésor, dit une voix derrière elle.

Kitiara referma hâtivement son carnet, le couvrit d'une main et tourna la tête vers le fantôme.

— Seigneur Nigel ! Vous revoilà. Quant à votre trésor, je n'ai rien découvert d'autre que ces choses, quoi qu'elles puissent être. Des œufs, je suppose. Plutôt gros. On pourrait en faire une omelette et rassasier toute une armée. A votre avis, quel genre de créature les a pondus ?

— Ce n'est pas le trésor, dit le chevalier. Il était à l'intérieur du mausolée, là où Paladine l'avait laissé.

— Vous lui direz de ma part que je préfère les rubis et les émeraudes.

— Tu as contemplé ta mort. Une mort horrible. Mais tu peux encore modifier ton destin. Voilà pourquoi on t'a révélé l'avenir. Ne finis pas ce que tu es venue faire ; ce sera ton premier pas vers un autre avenir.

Kitiara était épuisée et affamée. La brûlure de sa main lui faisait mal, et elle n'aimait pas se souvenir de son affreuse vision.

Elle avait du pain sur la planche, et ce maudit esprit la dérangeait dans son travail.

Lui tournant le dos, elle se pencha sur son carnet.

— J'ai cru entendre votre dieu vous appeler. Vous feriez mieux d'aller voir ce qu'il veut.

Le chevalier ne répondit pas. Kitiara regarda par-dessus son épaule et fut soulagée de constater qu'il avait disparu.

Chassant le fantôme et le « trésor » de son esprit, elle entreprit de recenser les œufs.

CHAPITRE VII

— Rouge ! Faites passer le mot à Rouge !

En cette fin de soirée, Raistlin était dans sa tente, profitant d'un rare moment de calme pour continuer l'étude du livre qui parlait de Magius. Il l'avait déjà lu en entier, mais certains passages demeuraient obscurs – l'écriture du scribe était presque indéchiffrable – et il avait décidé de le recopier entièrement pour pouvoir le consulter avec plus de facilité.

— Horkin te cherche, annonça un soldat en passant la tête par le rabat. Il est dans sa tente.

— Vous m'avez fait demander, messire ? s'enquit Raistlin en rejoignant son maître.

— C'est toi, Rouge ?

Horkin ne leva pas les yeux. Il était absorbé par son travail, qui consistait à faire chauffer le contenu d'une petite marmite suspendue par un trépied au-dessus d'un brasero à charbon. Il renifla, fronça les sourcils et plongea le bout de son petit doigt dans la décoction. Secouant la tête, il recommença à touiller.

— Pas assez chaud, marmonna-t-il en jetant un regard impatient à la marmite.

— Vous m'avez fait demander, messire, répéta Raistlin plus fort.

— Je sais qu'il est tard, Rouge, mais j'ai un boulot à te confier. Je pense que ça devrait te plaire. En tout cas, ce sera plus intéressant que mes chaussettes.

Il regarda Raistlin, qui rougit d'embarras.

Le jeune mage était extrêmement frustré par les tâches ménagères dont Horkin l'avait chargé depuis leur arrivée à Findespoir, des travaux que même un nain des ravins aurait pu exécuter : nettoyer des bandages usagés, en découper de nouveaux, trier des sachets d'herbes et de fleurs, surveiller la cuisson de breuvages nauséabonds… et même repriser les chaussettes de son maître.

Horkin n'était pas doué pour la couture. Quand il avait découvert que son apprenti avait quelques connaissances en la matière – acquises au temps où son jumeau et lui s'étaient retrouvés seuls chez eux après la mort de leur mère –, il lui avait délégué le raccommodage avec soulagement. Raistlin imaginait s'en être acquitté avec bonne grâce ; apparemment, ce n'était pas le cas.

— Le commandant Morgon m'a dit qu'un mage des Robes Rouges accompagnait nos alliés. Il prétend l'avoir vu traîner dans leur camp.

— Vraiment, messire ?

Raistlin était très intéressé par cette nouvelle.

— Je pensais que tu pourrais tenter une petite opération de troc, si tu n'es pas trop fatigué, dit Horkin.

— Je ne suis pas fatigué du tout, messire, dit le jeune homme avec plus d'enthousiasme qu'il n'en avait jamais manifesté. Que voulez-vous que j'échange ?

Horkin se frotta le menton.

— Je pensais aux parchemins que ni toi ni moi n'avons été capables de lire. Ton collègue pourra peut-être en faire quelque chose. Mais ne lui laisse pas voir que tu ignores tout de leur contenu : sinon, il essaiera de te faire croire qu'ils ne valent pas un sou, et tu n'obtiendras même pas une amulette en échange.

— Je comprends, messire.

Raistlin était très déçu par son incapacité à déchiffrer les parchemins.

— En parlant d'amulettes, j'ai apporté cette boîte pleine d'objets que tu as triés et étiquetés. Penses-tu que l'un d'eux puisse valoir quelque chose ?

— On ne sait jamais, messire. Ce n'est pas parce que nous n'en avons pas l'usage qu'ils n'intéresseront pas un autre magicien. De toute façon, rien ne m'empêche de sous-entendre qu'ils ont des pouvoirs cachés. Après tout, je ne suis que votre apprenti : vous ne me laisseriez pas négocier des artefacts de valeur si je comprenais leur fonctionnement.

— Je savais que tu étais tout désigné pour cette mission, se réjouit Horkin. Ajoute quelques-unes de nos potions de guérison pour la bonne mesure. (Il tendit une bourse bien remplie à Raistlin.) Et si jamais il détient quelque chose de vraiment précieux qu'il refuse d'échanger, tu peux toujours lui proposer de payer en acier. De quoi avons-nous besoin ?

Ils récapitulèrent les objets et les composants en leur possession, déterminèrent ce qui leur manquait et la somme qu'ils étaient prêts à verser pour l'obtenir.

— Cinq pièces d'acier pour un parchemin, dix pour une potion, vingt pour un grimoire et vingt-cinq pour un artefact. C'est mon dernier mot, conclut Horkin.

Raistlin rappela que c'était bien au-dessous des prix du marché, mais son maître refusa de se laisser fléchir. Le jeune mage résolut d'emporter ses économies pour conclure ses propres transactions au cas où le Robe Rouge refuserait de lui céder quelque chose d'intéressant aux conditions définies par Horkin.

— Ah, c'est prêt ! s'exclama le sorcier de guerre, satisfait, en voyant que le contenu de la marmite bouillait enfin.

Il enveloppa l'anse avec un chiffon pour ne pas se brûler, souleva le récipient et versa sa décoction dans une grosse jarre de terre cuite. Après l'avoir fermée avec un bouchon de liège, il essuya ce qui avait coulé sur les côtés et la plaça dans un panier, qu'il tendit à Raistlin.

— Tiens, apporta ça au Robe Rouge. Ça devrait l'inciter à faire affaire avec nous.

— Qu'est-ce que c'est, messire ? demanda Raistlin. Une potion ?

Il n'avait vu qu'un breuvage blanchâtre où flottaient des choses indéfinissables.

— Un poulet en sauce blanche pour son dîner, dit Horkin. La recette de ma mère. Fais-le lui goûter, et il te donnera son caleçon si c'est ce que tu veux. (Il tapota affectueusement la jarre.) Il n'y a pas un magicien au monde qui résisterait à ça !

Ployant sous le poids des artefacts, des étuis à parchemin, des flacons d'onguent, de la jarre de poulet en sauce blanche et d'une bouteille d'hydromel destinée à adoucir la gorge du Robe Rouge pour lui faire dire « oui », Raistlin quitta le campement du baron et se dirigea vers celui de leurs alliés.

Horkin ne pensa pas à lui donner une escorte ; il l'aurait sans doute fait s'il avait entendu le rapport du commandant Morgon au sujet de la visite du baron à Kholos. Comme ce n'était pas le cas, Raistlin n'emporta que son bâton pour l'éclairer et un minuscule couteau dissimulé sur sa personne pour se protéger. Après tout, pensait-il, ils étaient entre amis.

Les premiers soldats qu'il croisa furent ceux de la ligne de piquets. Ils lui jetèrent un regard soupçonneux, mais Raistlin avait l'habitude et savait gérer ce genre de réaction. Il expliqua ce qu'il venait faire : saluer un confrère et peut-être conclure un marché avec lui.

Ses interlocuteurs échangèrent un regard surpris. Un mage en robe rouge dans leurs rangs ? Ça les aurait beaucoup étonnés.

Puis l'un d'eux se rappela qu'un homme tout de rouge vêtu était effectivement arrivé au camp un peu plus tôt dans la soirée. Un homme si déplaisant qu'il avait songé à lui trancher la gorge, et qu'il n'avait pas été le seul.

Le nouveau venu avait insisté pour s'entretenir avec Kholos, et il inspirait un tel malaise que les gardes s'étaient hâtés de le conduire à leur commandant. Quelques minutes après, ils avaient reçu l'ordre de dresser une tente pour le Robe Rouge et de le traiter comme s'il avait été le frère perdu de Kholos.

Les soldats laissèrent passer Raistlin en ne jetant qu'un coup d'œil à ce qu'il transportait : aucun n'avait très envie de fouiller dans les affaires d'un magicien. Et si le jeune homme voulait leur laisser son panier et emmener son confrère à la place, ils lui en seraient très reconnaissants.

Contrairement à Horkin, ce sorcier de guerre n'était pas très populaire dans les rangs, en conclut Raistlin.

— Mais moi non plus, marmonna-t-il en entrant dans le camp de leurs alliés.

Le jeune mage vit les soldats alignés en armure de bataille complète mais ne comprit pas ce qu'ils faisaient là, surtout ceux qui gisaient immobiles sur le sol. Sans doute était-ce une des étranges pratiques militaires auxquelles il ne comprenait rien. Il n'aperçut pas les cadavres pendus au gibet ; de toute façon, il ne s'en serait pas étonné, les mettant sur le compte d'une discipline extrêmement sévère.

Raistlin demanda qu'on lui indique la tente du magicien. Ses interlocuteurs la lui montrèrent avec réticence ; l'un d'eux alla jusqu'à demander s'il était certain de vouloir traiter avec le Robe Rouge. Tous affichaient une mine maussade, mâtinée d'un soupçon de peur. L'estime préliminaire que Raistlin portait à son confrère augmenta d'autant.

Il finit par découvrir sa tente, large et confortable bien que située à bonne distance des autres. S'arrêtant devant l'entrée, il prit une inspiration pour se calmer. Il était sur le point de rencontrer un véritable sorcier de guerre et un confrère – sans doute de haut rang – appartenant au même Ordre que lui. Un magicien qui cherchait peut-être un apprenti.

Raistlin ne songeait pas à quitter Horkin, du moins pas encore. Par contrat, il devait plusieurs mois de service au baron de Langarbre. Mais peut-être pourrait-il impressionner favorablement le Robe Rouge, au point – qui sait ? – qu'il serait prêt à racheter son contrat pour le prendre aussitôt sous son aile.

La jeunesse est faite de rêves…

Par une ouverture dans la toile, Raistlin aperçut une tache rouge à la lueur d'une mèche plongée dans un bol d'huile parfumée, et entendit un léger sifflement. Ayant repris son aplomb, il était prêt à se présenter comme un professionnel calme et compétent. Il fit passer son panier sur le bras qui tenait déjà son bâton et toqua au pilier.

— C'est toi, ver de terre ? demanda une voix rauque. Si oui, dépêche-toi d'entrer me faire ton rapport. Qu'as-tu découvert dans ce maudit temple ?

Raistlin était dans une position très inconfortable. Il devait admettre qu'il n'était pas le ver de terre attendu et, partant sur ces bases peu prometteuses, se présenter au Robe Rouge. Pire, il sentait ses poumons se contracter. Il toussa pour chasser la quinte qui le menaçait et fit mine de n'avoir rien entendu.

— Excusez-moi de vous déranger, maître, lança-t-il. Mon nom est Raistlin Majere. Je suis un mage des Robes Rouges au service de l'armée de Langarbre. J'ai apporté divers parchemins, artefacts et potions pour voir si vous seriez intéressé par un échange.

— Va donc rôtir dans les Abysses !

Décontenancé par cette repartie très impolie, Raistlin fixa le pilier en silence. Il s'attendait à des tas de choses, mais pas à ça.

Il n'avait jamais rencontré un jeteur de sorts, pas même le puissant Par-Salian, qui renoncerait à une occasion d'acquérir de nouveaux objets magiques. La curiosité seule aurait dû le pousser à sortir de sa tente pour fouiller parmi les étuis à parchemins et dans le sac d'artefacts. Peut-être n'avait-il rien à échanger. Mais il aurait dû vouloir regarder ce que Raistlin avait apporté.

Le jeune homme risqua un regard à l'intérieur de la tente, espérant apercevoir son étrange collègue.

— Vous ne m'avez peut-être pas bien compris, maître, insista-t-il sur un ton respectueux. J'ai apporté de nombreux objets magiques, dont certains très puissants, dans l'espoir que vous…

Il entendit un son pareil à celui que produit la vapeur en s'échappant d'une bouilloire, puis un bruissement de tissu.

Le rabat de la tente se souleva. Un visage livide aux yeux écarlates considéra Raistlin avec une telle expression de colère que le jeune mage crut sentir un souffle brûlant et fit un pas en arrière.

— Fiche-moi la paix, cria le Robe Rouge, ou par la Reine des Ténèbres, je t'enverrai moi-même dans les Abysses !

Puis ses yeux étincelants s'écarquillèrent de surprise, et ses jurons moururent sur ses lèvres tandis qu'il fixait non Raistlin mais son bâton.

— Pourquoi me regardes-tu de la sorte ? demanda enfin le Robe Rouge.

— Je pourrais vous retourner la question, messire, dit Raistlin, ébranlé.

— Ce n'est pas toi que je regarde, ver de terre, grommela Immolatus.

C'était la stricte vérité : il avait à peine jeté un coup d'œil à son interlocuteur. Mais il n'arrivait pas à détacher ses yeux du bâton.

Sa première impulsion, typiquement draconique, fut de s'emparer de l'artefact et d'incinérer son porteur. Ses doigts frémirent ; les paroles d'un sort montèrent dans sa gorge et lui brûlèrent la langue.

Il lutta pour se retenir. Tuer cet humain attirerait une attention malvenue, nécessiterait des explications laborieuses et laisserait une trace noircie sur le sol devant sa tente. Mais ce qui l'incita à épargner Raistlin – du moins, pour le moment – ce fut sa curiosité.

Personne ne peut soutirer d'informations à une trace noircie sur le sol.

Dépité, Immolatus réalisa que pour découvrir les réponses aux questions qui bouillonnaient dans son esprit, il allait devoir faire preuve de... Quel était donc le mot qu'employait constamment Uth Matar ? Ah oui : diplomatie. Un exploit difficile à accomplir quand il mourait d'envie d'éventrer l'humain, de lui arracher le cerveau et de fouiller dedans avec une de ses griffes acérées.

— Tu ferais mieux d'entrer, grommela-t-il, en se félicitant de faire preuve d'autant de bonne grâce.

Raistlin demeura figé sur place.

Il avait fini par s'habituer à sa vision maudite qui lui montrait les effets du temps sur toute chose vivante, la décrépitude de la jeunesse, le flétrissement de la beauté. En regardant cet homme, qui paraissait âgé d'une quarantaine d'années, il aurait dû le voir tout ridé et décrépit. Au lieu de cela, deux visages se superposaient sous ses yeux, formant une image floue comme celle d'un tableau dont le peintre aurait mélangé les couleurs.

Un de ces visages ressemblait à celui d'un magicien humain. L'autre était plus difficile à distinguer, mais il avait quelque chose de reptilien ; l'impression dominante était celle d'un rouge vibrant, scintillant. S'il pouvait se concentrer dessus, Raistlin le verrait clairement et comprendrait sa nature. Mais chaque fois qu'il essayait, ses contours se brouillaient et se fondaient avec ceux du premier visage.

Le seul point commun entre les deux, c'était leurs yeux de flamme rouge. *Cet homme est dangereux*, pensa Raistlin. Mais quel jeteur de sorts ne l'était pas ? Il accepta l'invitation du Robe Rouge pour la raison qui avait poussé celui-ci à la lancer : par curiosité. D'un pas prudent, il entra sous la tente.

Grand et mince, son hôte portait des vêtements coûteux. Il se dirigea vers une petite table et se laissa tomber sur une chaise pliante. Ses mouvements étaient à la fois gracieux et maladroits, comme la double image floue de son visage. Les plus discrets – le frémissement de ses longs doigts ou l'inclinaison de sa tête – paraissaient fluides, tandis que les plus importants – la façon dont il s'était assis, par exemple – trahissaient un certain manque d'aisance, comme s'il n'avait pas l'habitude de les accomplir et devait y réfléchir.

— Voyons ce que tu as apporté, dit-il en désignant la table.

Trop absorbé dans sa contemplation, Raistlin ne réagit pas. Il resta immobile, serrant son bâton et son panier contre lui.

— Par les Abysses, pourquoi me fixes-tu ainsi avec tes drôles d'yeux ? demanda Immolatus, irrité. Es-tu venu pour faire des affaires ou pas ? Montre-moi ce que tu as apporté.

Il tapa sur la table avec l'ongle long et pointu de son index.

En réalité, il n'y avait dans la tente qu'un seul artefact qui intéressât le dragon, et c'était le bâton de Raistlin. Mais il avait besoin de découvrir certaines choses à son sujet : notamment, si son propriétaire connaissait l'étendue de ses pouvoirs.

A le regarder, ça paraissait peu probable. Cet humain chétif ne ressemblait en rien au premier détenteur du bâton, qu'Immolatus avait personnellement connu. A ce souvenir, il serra les dents.

Raistlin baissa les yeux. S'il l'avait voulu, lui aussi aurait pu faire quelques remarques vexantes sur l'apparence de son hôte. Mais il préféra s'abstenir : le Robe Rouge était plus âgé et plus puissant que lui, ça ne faisait aucun doute.

Le jeune homme avait l'impression de se tenir au centre d'un vortex d'énergie magique qui crépitait autour de lui. Jamais il n'avait rien éprouvé de pareil, même en présence de Par-Salian, qui était pourtant le chef du Conclave. Humilié, consumé par la jalousie, il résolut d'apprendre les secrets de cet homme ou de périr en essayant.

Pour avoir les deux mains libres et présenter les objets qu'il avait apportés, Raistlin appuya son bâton contre la table. Aussitôt, la main d'Immolatus esquissa un mouvement reptilien dans sa direction.

Raistlin s'en aperçut et lâcha son panier pour serrer l'artefact contre lui.

— Jolie canne de marche, lâcha Immolatus avec ce qu'il prenait pour un sourire amical et désarmant. Où l'as-tu trouvée ?

Raistlin, qui n'avait aucune intention de parler de son bâton, fit comme s'il n'avait rien entendu. Sans lâcher l'artefact, il étala d'une main les parchemins, les amulettes et les jarres de potions sur la table, comme un colporteur dans une foire.

— Nous avons ici plusieurs objets très intéressants, messire. Voilà notamment un parchemin dérobé à un Robe Noire de très haut rang, et…

Tendant le bras, Immolatus balaya d'un geste tout ce qui était sur la table. Les étuis à parchemin roulèrent dans toutes les directions ; les artefacts s'éparpillèrent sur le sol, et le bocal en terre cuite se brisa, éclaboussant l'ourlet des robes de Raistlin de sauce blanche.

— Un seul objet m'intéresse, affirma Immolatus en fixant le bâton du jeune mage.

— C'est justement celui dont je n'ai pas l'intention de me séparer, messire, répliqua Raistlin en s'y accrochant si fort qu'il eut une crampe dans le bras. Mais les autres sont très puissants, et…

— Pacotille ! fulmina Immolatus en se levant. Il y a plus de pouvoir dans mon petit doigt que dans tous les joujoux que tu essayes de me refiler. A l'exception du bâton. Où te l'es-tu procuré ?

La réponse était sur le bout de la langue de Raistlin. Il brûlait d'envie de révéler fièrement que l'artefact lui avait été offert par Par-Salian.

Mais son penchant naturel pour la discrétion et le mystère bloqua les mots dans sa gorge. Il risquait de susciter d'autres questions, voire d'augmenter la valeur du bâton aux yeux du Robe Rouge.

Cet homme le mettait si mal à l'aise qu'il n'aspirait plus qu'à une chose : s'éloigner très vite de lui.

— Il est dans ma famille depuis des générations, répondit-il, battant en retraite vers l'entrée de la tente. La tradition m'empêche de m'en séparer. Puisque nous ne pouvons pas faire affaire ensemble, messire, je vous souhaite une bonne journée.

Par hasard, Raistlin venait de prononcer les bons mots, seuls capables de lui sauver la vie. Immolatus sauta immédiatement à la conclusion que ce jeune humain était un descendant du grand Magius.

Celui-ci avait dû transmettre à ses enfants un compte rendu écrit ou oral des pouvoirs du bâton. En y regardant de plus près, le dragon crut discerner une certaine ressemblance entre Raistlin et le souvenir de son adversaire de jadis.

Car c'était Magius qui avait vaincu le dragon rouge Immolatus. Magius, avec son bâton, avait failli le tuer, lui infligeant des blessures si graves qu'elles continuaient à lui faire mal.

Immolatus rêvait encore de l'artefact, de son énergie aveuglante, brûlante et mortelle. Il en rêvait depuis deux siècles. Il aurait donné tout son trésor perdu pour détenir ce bâton, le serrer dans ses pattes avides, se délecter de sa vue, et surtout, s'en servir pour frapper ses ennemis comme ils l'avaient frappé autrefois.

Pour tuer le descendant de Magius.

Immolatus ne pouvait pas lutter contre l'héritier du bâton sous cette apparence humaine ridicule et vulnérable. Il envisagea de reprendre sa forme draconique et y renonça.

Mais il finirait par se venger de tous ceux qui lui avaient causé du tort : les dragons métalliques, sa reine et même Magius. Il attendait depuis deux siècles ; quelques jours de plus seraient des gouttes d'eau dans l'océan de sa patience.

— Tu oublies tes colifichets, ricana-t-il en jetant un regard méprisant aux objets répandus sur le sol.

Raistlin n'avait aucune envie de se mettre à quatre pattes pour ramasser les parchemins, les jarres et les anneaux, se rendant ainsi vulnérable à une attaque du Robe Rouge.

— Gardez-les, messire. Comme vous l'avez fait remarquer, ils ont peu de valeur.

Le jeune homme s'inclina, moins par politesse qu'afin d'avoir une excuse pour sortir de la tente à reculons, sans tourner le dos à son hôte.

Immolatus ne répondit pas. Il regarda Raistlin sortir de ses yeux rouges dont l'éclat, pareil à celui d'un cristal qui absorbe et focalise la lumière du soleil sur un brin de paille, aurait pu embraser le Bâton.

Raistlin s'éloigna d'un pas rapide, sans prendre garde où il allait. Son seul souci était de mettre le plus de distance possible entre lui et cet homme au visage flou et au regard meurtrier.

Il ralentit en découvrant le spectacle réconfortant des feux de son campement et des centaines de soldats en armes du baron. Aussi reconnaissant fût-il d'être de retour parmi ses camarades, il releva sa capuche pour cacher son visage et prit un chemin détourné pour rejoindre sa tente. Il ne voulait parler à personne, et surtout pas à Horkin.

Epuisé, il s'effondra sur son lit de camp. Son corps était baigné de sueur ; la tête lui tournait et il se sentait nauséeux.

Agrippant convulsivement son bâton, comme s'il avait peur de le lâcher, le jeune mage baissa les yeux vers ses bottes imbibées de sauce blanche dont l'odeur le rendait malade. Elle lui rappelait la terreur qu'il avait éprouvée face au Robe Rouge : savoir que celui-ci aurait pu lui prendre le bâton, et qu'il n'aurait rien pu faire pour l'en empêcher.

Raistlin vomit. Des mois plus tard, la seule odeur d'une sauce blanche lui soulèverait le cœur à tel point qu'il serait forcé de quitter la table, pour le plus grand bénéfice de Caramon.

La nausée passée, le jeune mage alla faire son rapport à Horkin. Il se demandait ce qu'il allait pouvoir lui raconter. Sa première impulsion fut de mentir, afin de ne pas passer pour un imbécile.

Finalement, il décida de dire la vérité, non par honnêteté, mais parce qu'il n'arrivait pas à inventer de mensonge susceptible d'expliquer la perte des artefacts. Où étaient donc les kenders quand on avait besoin d'eux ?

Horkin fut stupéfait de voir son apprenti revenir les mains vides. Son étonnement céda la place à de la colère quand Raistlin avoua qu'il avait fui la tente du Robe Rouge en abandonnant les objets magiques.

— Tu ferais mieux de t'expliquer ! ordonna le sorcier de guerre, furieux.

Raistlin lui décrivit la scène dans le détail, mentionnant même sa panique au moment où il lui avait semblé que le Robe Rouge allait l'attaquer pour prendre son bâton. La seule chose dont il omit de parler fut la superposition des deux visages, car il ne se l'expliquait pas lui-même.

Horkin écouta, l'air tout d'abord soupçonneux. Il était vraiment déçu par son apprenti, qu'il soupçonnait d'avoir vendu les artefacts et empoché le bénéfice. Pourtant, c'était difficile à croire de la part du jeune homme qu'il avait fini par respecter et, devait-il admettre à contrecœur, par apprécier.

Il dévisagea Raistlin, conscient que celui-ci n'hésiterait pas à mentir s'il pensait en tirer un quelconque bénéfice. Mais il ne lut aucune duplicité sur son visage. La peau dorée du jeune mage pâlissait au souvenir de sa rencontre avec le Robe Rouge, son corps frêle tremblait, et une ombre voilait son regard.

Plus Raistlin parlait – une fois qu'il eut vaincu sa réticence initiale, les mots se bousculèrent pour sortir de sa bouche –, plus

Horkin était persuadé qu'il lui disait la vérité, aussi difficile à croire fût-elle.

— Tu dis que ce magicien est très puissant, murmura-t-il en se grattant le menton, un geste qui devait l'aider à penser, car il le faisait toujours quand il était perplexe.

Raistlin s'immobilisa. Malgré sa fatigue, il ne tenait pas en place. Depuis son arrivée, il faisait les cent pas sous la tente en serrant fiévreusement son bâton, dont il avait résolu de ne plus jamais se séparer, même pour dormir.

— Puissant ! s'exclama-t-il. Je me suis trouvé en présence du chef du Conclave en personne, le grand Par-Salian. La magie qui émanait de lui était une averse estivale comparée au cyclone que dégage cet homme.

— Et un Robe Rouge, en plus…, murmura Horkin.

Raistlin hésita avant de répondre :

— Si je puis me permettre, messire… J'ai eu l'impression que la couleur qu'il portait ne trahissait pas tant son allégeance envers un des dieux de la magie que… (Le jeune mage haussa les épaules, comme pour dire qu'il avait conscience de la stupidité de ses propos.) … Que la couleur véritable de sa peau.

— Des yeux rouges et une peau orangée, marmonna Horkin. C'est peut-être un albinos. J'en ai connu un à l'époque où je venais de m'engager dans l'armée du baron. C'était un soldat de la Compagnie C, et…

— Je vous demande pardon, messire, coupa impatiemment Raistlin. Mais que devons-nous faire ?

— Faire ? A propos de quoi ? Du magicien ? (Horkin secoua la tête.) Lui ficher la paix, je suppose. D'accord, il a volé nos artefacts, mais il n'y avait aucun objet de valeur à part ton bâton, et nous ne pouvons pas le blâmer de s'en être aperçu. Si ça ne te fait rien, je pense tout de même raconter cet incident au baron.

— Vous allez lui dire que je me suis enfui ? demanda Raistlin.

— Bien sûr que non, Rouge. Vu les circonstances, je crois que tu as fait preuve du bon sens le plus élémentaire. Non, je dirai au baron que ce magicien ne nous inspire rien de bon. Avec ce que j'ai entendu au sujet de nos alliés, je doute que sa seigneurie en soit très étonnée.

— Il est possible que ce soit un renégat, messire, dit Raistlin.

— C'est exact, Rouge.

Les mages renégats n'obéissaient pas aux règles édictées par le Conclave pour s'assurer que des sorts trop puissants ne soient pas utilisés à tort et à travers. Elles visaient à protéger non seulement la populace, mais les magiciens eux-mêmes.

Un mage renégat était un danger pour tous ses confrères, qui avaient la responsabilité de le persuader de rejoindre le Conclave, ou de le détruire en cas de refus.

— Qu'as-tu l'intention de faire, Rouge ? demanda Horkin. Le défier en duel ? Le dénoncer ?

— En d'autres temps, j'aurais pu le faire, dit Raistlin avec un sourire. Mais j'ai bien retenu la leçon. Je ne suis pas assez fou pour me dresser contre cet homme qui possède plus de magie dans son petit doigt que moi dans tout mon corps.

— Ne te sous-estime pas, Rouge. Tu as du potentiel. Tu es encore jeune, voilà tout. Un jour, tu seras capable de rivaliser avec les meilleurs !

Etonné, Raistlin dévisagea son maître. C'était le premier compliment qu'il lui faisait. La peur qui étreignait encore le jeune homme se dissipa un peu...

— Merci, messire.

— Mais ce jour-là n'est pas pour tout de suite, reprit joyeusement Horkin. Tu n'arrives même pas à jeter un sort de mains brûlantes sans mettre le feu à tes vêtements...

— Je vous ai dit que je ne me sentais pas dans mon assiette ce jour-là, rappela Raistlin.

— Je plaisantais, Rouge.

Le jeune homme n'était pas d'humeur à supporter les traits d'esprit de son maître.

— Si vous voulez bien m'excuser... Je suis très fatigué. Il est plus de minuit, et d'après ce que j'ai compris, nous avons une bataille à livrer au matin. Avec votre permission, je vais aller me coucher.

— C'est très curieux, murmura Horkin après le départ de Raistlin. Ce mage albinos ne ressemble à rien que j'ai rencontré, et Luni sait que j'ai arpenté ce continent dans tous les sens. Mais il semble que Krynn soit devenu un endroit très étrange. Oui, très étrange, en vérité...

Secouant la tête, le sorcier de guerre alla porter un toast tardif à l'étrangeté du monde en compagnie du baron Ivor.

CHAPITRE VIII

Le baron n'avait rien dit à ses troupes au sujet du commandant Kholos et de ses remarques insultantes. En revanche, il n'avait pas interdit à ses gardes du corps de raconter ce qu'ils avaient vu dans le camp de leurs alliés.

Pendant la nuit, le qualificatif de « bouseux » se répandit parmi les mercenaires comme un incendie de forêt, bondissant d'un groupe d'hommes furieux à un autre et allumant des foyers dans tout le camp. On se jura de prendre le mur ouest pour faire enrager Kholos. Mieux, de s'emparer de la cité avant qu'il ait terminé son petit déjeuner.

Quand il fut annoncé que la compagnie de flanc commandée par maître Senej aurait l'honneur d'attaquer au matin, les autres soldats pâlirent d'envie, tandis que les hommes concernés s'affairaient à polir leur armure et prenaient un air nonchalant, comme s'il ne se passait rien d'extraordinaire.

— Raist ! (Caramon s'engouffra telle une bourrasque sous la tente de son frère.) As-tu entendu… ?

— J'essaye de dormir, grogna le jeune mage. Va-t'en.

— Mais c'est important ! Raist, ma compagnie…

— Tu as fait tomber mon bâton.

— Désolé, s'excusa Caramon. Je vais le ramasser…

— N'y touche pas ! cria Raistlin.

Il se leva pour récupérer l'artefact, qu'il posa sur son lit.

— A présent, que veux-tu ? Dépêche-toi de me le dire : je suis très fatigué.

Même la mauvaise humeur de son frère ne put doucher l'enthousiasme du colosse. Il semblait remplir la tente, sa santé insolente et son corps massif semblant occuper tout l'espace disponible et aspirer la totalité de l'air. Raistlin se sentit écrasé par sa présence.

— Notre compagnie a été choisie pour conduire l'assaut demain matin. « Vous serez en première ligne », a dit maître Senej. Tu viens avec nous, Raist ? Ce sera notre première bataille !

— Je n'ai pas reçu d'ordres allant dans ce sens, répondit le jeune mage.

— Oh, dommage. (La déception de Caramon ne dura guère.) Ce n'est qu'une question de temps, j'en suis certain. Imagine : notre première bataille !

Raistlin détourna la tête ; le colosse réalisa qu'il était temps de partir.

— Il faut que j'aille aiguiser mon épée. Je te verrai demain matin. Bonne nuit, Raist.

Il sortit de la tente, faisant autant de bruit que quand il était entré.

— Excusez-moi, messire, dit Raistlin sur le seuil de la tente de Horkin. Vous dormez ?

— Oui, grommela son maître, mécontent.

— Désolé de vous réveiller.

Le jeune mage se glissa sous la tente où Horkin était allongé sur un lit de camp, les couvertures remontées jusqu'au menton.

— Je viens d'apprendre que la compagnie de mon frère a reçu l'ordre d'attaquer le mur ouest demain matin. J'ai pensé que vous voudriez peut-être que je prépare quelques sorts...

Horkin se redressa, les yeux fermés pour se protéger de la lumière du Bâton de Magius. Il dormait en sous-vêtements ; sa robe brune soigneusement pliée était posée sur son paquetage, au pied du lit de camp.

— Eteins cette fichue lumière, Rouge ! Essayerais-tu de m'aveugler ? Là, c'est déjà mieux. A présent, que me chantes-tu donc ?

Debout dans la pénombre chargée d'une odeur de sueur rance et de pétales de fleurs écrasés, Raistlin répéta patiemment ce qu'il venait de dire.

— Tu m'as réveillé pour ça ? grogna Horkin, incrédule. (Il se rallongea et tira de nouveau les couvertures sur lui.) Nous avons tous les deux besoin de sommeil, Rouge. Il y aura des blessés à soigner demain.

— Oui, messire. Mais, insista Raistlin, à propos de la bataille...

— Le baron ne m'a pas donné d'ordres. Peut-être a-t-il préféré s'adresser à toi.

Quand on l'empêchait de dormir, Horkin était encore plus sarcastique que de coutume.

— Non, messire, le détrompa poliment Raistlin. Je pensais juste que...

— Ça y est, tu recommences à penser ! Ecoute-moi bien, Rouge : la bataille de demain ne sera qu'une feinte, une escarmouche destinée à tester les défenses de Findespoir. La dernière chose à faire dans ce cas, c'est de révéler tous tes atouts à l'ennemi !

« Toi et moi, nous sommes la cerise sur le gâteau, la touche finale. Le baron ne nous révèle qu'à la fin du dernier acte, pour la stupeur et l'émerveillement de tous. A présent, fiche le camp et laisse-moi dormir !

Horkin rabattit les couvertures sur sa tête et tourna le dos à Raistlin.

Personne n'avait envie de dormir dans le camp de l'armée de Langarbre. Chacun voulait rester debout pour se vanter des exploits qu'il accomplirait le lendemain, se plaindre qu'on l'avait écarté de la bataille ou offrir ses conseils et ses bons vœux à ceux qui auraient l'honneur de conduire l'assaut.

Les sergents laissèrent faire pendant quelques heures, puis ils traversèrent le camp en ordonnant à leurs hommes d'aller se coucher, car ils auraient besoin de toutes leurs forces au petit matin. Finalement, le calme revint, même si très peu de soldats parvinrent à trouver le sommeil.

Raistlin regagna sa tente, où il eut une terrible quinte de toux et passa le reste de la nuit à s'efforcer de respirer librement.

Les yeux grands ouverts dans le noir, le baron Ivor de Langarbre songeait avec regret à toutes les choses mordantes qu'il aurait aimé dire au commandant Kholos.

Après que son apprenti l'eut réveillé, Horkin ne réussit pas à se rendormir. Il marmonna un bel assortiment d'imprécations contre Raistlin, puis songea à la bataille du lendemain. Son visage d'ordinaire jovial se fit grave ; il soupira et adressa une prière à Luni, sa compagne de beuverie.

Trocard était trop inquiet pour se reposer. Quelqu'un lui avait dit qu'il ne prendrait pas part à la bataille à cause de sa petite taille. Tremblant de peur, il cherchait un moyen d'accompagner tout de même ses camarades.

Caramon polit son armure avec tant de vigueur que ce fut un miracle qu'il ne fasse pas un trou dedans. Puis il s'enroula dans sa couverture en songeant : « Je vais peut-être mourir demain ».

Il se demandait encore ce qu'il pensait de cette éventualité quand il rouvrit les yeux et s'avisa que c'était le matin.

Le ciel gris perle était couvert de nuages bas. Bien qu'il ne plût pas encore, tout dans le camp était humide. L'air chaud pesait sur les soldats comme une couverture mouillée.

Le drapeau de la compagnie pendouillait tristement au bout de sa hampe. Tous les sons étaient étouffés par l'atmosphère moite ; même le marteau du forgeron produisait un bruit étouffé.

Les hommes de maître Senej s'étaient levés très tôt.

Ils se rangèrent devant la tente du mess.

— Premiers à se battre, premiers à déjeuner ! s'exclama Caramon en flanquant une claque dans le dos de Trocard. Ça me convient tout à fait !

Les nuits précédentes, les soldats de la Compagnie de Flanc étaient partis en mission de reconnaissance. Ça signifiait qu'ils étaient toujours les derniers à prendre leur petit déjeuner, du moins ce qu'il en restait après que le gros de l'armée s'était abattu dessus.

Caramon, qui subsistait depuis plusieurs jours grâce à de la bouillie d'avoine froide, promena sur les plats de bacon grésillant et de pain encore tiède un regard immensément satisfait.

— Tu ne manges pas ? demanda-t-il à Trocard.

— Non, je n'ai pas faim, répondit tristement son compagnon. Crois-tu que Damark avait raison, et que le sergent ne me laissera pas… ?

— Remplis quand même ton assiette, dit Caramon. Je finirai ce que tu ne voudras pas. Il prendra aussi un peu de gâteau de maïs, précisa-t-il au cuisinier.

Le colosse s'installa à une table, une écuelle remplie à ras bord dans chaque main. Trocard s'assit près de lui, se rongeant les ongles et jetant un regard implorant à Nemiss chaque fois qu'elle passait près de lui.

— Oh, bonjour, Raist, dit Caramon en voyant son jumeau s'approcher de lui.

Le jeune mage était très pâle. La main qui tenait son bâton tremblait ; ses robes étaient déjà imbibées d'humidité et de sa propre sueur.

— Tu n'as pas l'air en forme, remarqua Caramon en se levant. Tu te sens bien ?

Fou d'inquiétude, il en oubliait jusqu'à son petit déjeuner.

— Non, murmura Raistlin d'une voix rauque, je ne me sens pas bien du tout. Je ne me sens *jamais* bien. Si tu veux vraiment le savoir, je n'ai pas fermé l'œil de la nuit. Mais ça va un peu mieux, maintenant…

« Je ne peux pas rester longtemps ; mon travail m'attend. J'ai des bandages à découper dans la tente du chirurgien… J'étais juste venu te souhaiter bonne chance.

Ses doigts minces effleurèrent l'avant-bras de Caramon, qui sursauta.

— Prends soin de toi, mon frère, murmura Raistlin.

— Bien sûr. Merci, Raist, répondit Caramon, touché.

Il allait ajouter que son jumeau aussi devrait faire attention à lui. Mais le temps qu'il formule sa phrase, le jeune mage avait disparu.

— Ça, c'était bizarre, fit Trocard tandis que Caramon se rasseyait et attaquait de nouveau sa nourriture.

— Pas vraiment, dit le colosse avec un sourire réjoui. Nous sommes frères.

— Je sais. C'est juste que…

— Que quoi ?

Trocard allait dire qu'il n'avait jamais vu Raistlin avoir la moindre attention pour Caramon, et qu'il était étrange qu'il commence maintenant. Mais son ami avait l'air de si bonne humeur qu'il ne voulut pas lui gâcher son plaisir.

— Tu veux mes œufs ? proposa-t-il.

— Envoie !

Caramon n'eut pas le temps de vider son assiette. L'attaque était programmée pour l'aube. Avant qu'il ait avalé la moitié de son petit déjeuner, les tambours appelèrent la Compagnie C au rassemblement.

Pendant que les soldats s'équipaient, une pluie fine commença à tomber. De l'eau dégoulina le long de leur casque et s'infiltra dans le rembourrage de leur armure, leur irritant la peau. Des gouttelettes se formèrent dans leur barbe et se suspendirent au bout de leur nez. Ils durent s'essuyer les yeux pour y voir. Leurs mains glissèrent sur le métal des boucles de fixation, et les lanières de cuir humides se montrèrent récalcitrantes.

Phénomène aussi étrange que sinistre, la pluie fit changer de couleur les remparts de la cité, composés d'une pierre brun clair dont l'eau fit ressortir l'arrière-teinte rougeâtre, leur donnant l'air d'être couverts de sang. Les soldats jetèrent un coup d'œil morne vers le mur ouest qui constituait leur objectif et levèrent le nez vers le ciel en priant pour que le soleil apparaisse.

Trocard aida Caramon à enfiler sa cuirasse rembourrée sur les bras et le torse, puis couverte de bandes métalliques. Elle était très lourde, mais offrait une protection bien supérieure à celle que les soldats portaient pendant leurs missions de reconnaissance. Ils les avaient empruntées à la Compagnie A, comme les lourds boucliers qu'ils utiliseraient pour l'assaut.

Maussade, Trocard ne cessait de cligner des yeux. Il venait de découvrir que la rumeur était vraie : on lui avait ordonné de rester en arrière pendant que la compagnie lancerait l'attaque.

Le demi-kender avait supplié et protesté jusqu'à ce que le sergent Nemiss perde patience. Saisissant un bouclier, elle l'avait poussé vers Trocard, qui s'était étalé sous son poids.

— Tu vois ? Tu ne peux même pas le soulever !

Les hommes avaient éclaté de rire.

Trocard s'était extirpé de sous le bouclier, protestant toujours. Nemiss lui avait tapé sur l'épaule, lui disant qu'il était « un sacré petit coq batailleur », et qu'il serait le bienvenu s'il trouvait un bouclier à sa taille. Puis elle lui avait ordonné d'aider les autres à enfiler leur armure.

Le demi-kender s'était exécuté en marmonnant tout du long que ça n'était pas juste. Il avait suivi le même entraînement que les autres ; tout le monde allait le prendre pour un lâche ! Il ne comprenait pas pourquoi il ne pouvait pas utiliser son bouclier ordinaire et…

Mais soudain, ses gémissements se tarirent.

Caramon avait de la peine pour son ami ; pourtant, les jérémiades de Trocard commençaient à lui taper sur les nerfs. Il soupira de soulagement en constatant que le demi-kender se résignait enfin à son sort.

— Je te verrai après la bataille, dit-il en mettant son casque.

— Bonne chance, Caramon ! lança Trocard avec un grand sourire.

Le colosse le dévisagea avec attention. Il avait déjà vu ce sourire innocent sur les lèvres d'un autre de ses amis, Tasslehoff Racle-Pieds, et il connaissait assez bien les kenders pour nourrir des soupçons. Mais il ne voyait pas ce que Trocard pouvait mijoter, et il n'eut pas le temps d'y réfléchir, car le sergent Nemiss venait de frapper dans ses mains pour réclamer leur attention.

Maître Senej arriva à cheval. Il mit pied à terre et effectua une inspection rapide, s'assurant que les armures étaient bien mises et les pointes de lances convenablement aiguisées. Puis il fit face à ses troupes, tandis qu'un silence presque religieux s'abattait sur le camp.

— Aujourd'hui, nous allons tester les défenses ouest de la cité, afin de déterminer si ses habitants nous réservent de mauvaises surprises. C'est un exercice très simple. Serrez les rangs autant que possible, levez vos boucliers et marchez en formation jusqu'au mur. Leurs archers vont nous tirer dessus, mais la plupart de leurs flèches s'écraseront sur nos boucliers.

« Nos propres archers s'efforceront de nettoyer les remparts mais ne comptez pas sur eux pour résoudre le problème. Pour les avoir vus à l'œuvre pendant l'entraînement, je crains qu'ils ne fassent plus de victimes dans nos rangs que dans ceux de l'ennemi.

Les archers sifflèrent et huèrent tandis que les hommes de la Compagnie C éclataient de rire. La tension se relâcha, ce qui était l'objectif du maître d'armes. A moins que les défenseurs ne soient totalement incompétents, ses troupes allaient se retrouver en position de faiblesse. Jusqu'à quel point, voilà ce qu'il n'allait pas tarder à découvrir.

Senej omit de mentionner que leurs alliés s'étaient rassemblés pour observer l'assaut. La silhouette massive du commandant Kholos, montée sur un cheval de guerre, se découpait à une distance prudente de la ligne de tir.

— Assez parlé ! cria le maître d'armes. Dès que nous recevrons le signal indiquant que la Compagnie des Archers est en place, nous irons faire notre devoir et nous reviendrons à temps pour le déjeuner. (Son regard parcourut les rangs et se posa sur Caramon.) Là aussi, nous serons les premiers, promit-il.

Le colosse s'empourpra, mais il avait assez d'humour pour mêler ses éclats de rire à ceux de ses camarades.

La Compagnie C avança jusqu'à la limite du camp, où elle se disposa sur trois rangs. Caramon était dans le dernier. Maître Senej prit place devant ses troupes, un palefrenier se chargeant de son cheval, car il entendait marcher avec elles.

Au moment où Senej brandissait son épée pour donner le signal de l'assaut, Caramon sentit une main le tirer par le bas de son armure. Tournant la tête, il vit Trocard qui le suivait de si près qu'il lui marchait presque sur les talons.

— Le sergent a dit que je pourrais venir si je trouvais un bouclier à ma taille, souffla le demi-kender. Je suppose que c'est toi, Caramon. J'espère que ça ne t'ennuie pas.

Le colosse n'eut pas le temps de se poser la question. Sur la droite, un drapeau s'abaissa et se releva.

La Compagnie des Archers était en place.

— En avant, Compagnie de Flanc ! cria Senej.

Ses hommes se mirent en route d'un pas lent mais déterminé, le porteur d'étendard prenant fièrement la tête derrière le maître d'armes.

Dans le campement, des trompettes et des tambours entonnèrent une marche militaire pour les accompagner. Les soldats avançaient, serrés les uns contre les autres, le bouclier levé et l'épée dégainée.

La musique augmenta l'excitation de Caramon. Il observa les hommes qui l'entouraient – ses camarades – et son cœur se gonfla de fierté à l'idée qu'ils allaient affronter la mort ensemble.

Jamais il ne s'était senti aussi proche de quiconque, même de son jumeau. La peur qui lui serrait l'estomac et lui tordait les boyaux se dissipa. Il était invincible ; rien ne pouvait l'atteindre. Pas aujourd'hui.

Un ruisseau traversait la vallée entre le campement et le mur ouest. Son lit était à sec en été, mais sa berge escarpée, couverte d'herbe luisante de pluie, serait difficile à franchir.

La compagnie l'aborda de biais, si bien que le flanc droit commença à traverser avant le gauche. De légères trouées apparurent dans les rangs alors que les soldats ralentissaient pour ne pas glisser, puis reprenaient leur place sur l'autre rive.

— Pourquoi ne nous tirent-ils pas dessus ? demanda Trocard. Qu'attendent-ils donc ?

Sur la gauche de Caramon, le sergent Ncmiss cria :

— Taisez-vous et resserrez les rangs ! Ils nous canarderont bien assez tôt !

Un sifflement presque mélodieux, comme Caramon n'en avait jamais entendu, monta tout à coup dans la vallée. Perplexes, ses camarades rompirent la cadence et levèrent la tête. Par-dessus le bord de son bouclier, le colosse vit que le ciel s'était empli d'une nuée de flèches qui s'abattaient sur eux.

— Gardez vos boucliers en l'air ! s'égosilla le sergent.

Se souvenant de ses classes, Caramon se hâta d'obtempérer. Moins d'une seconde plus tard, son bouclier vibra sous l'impact des projectiles. Il fut stupéfait de la force des coups : on eût dit que quelqu'un frappait sur le métal avec un marteau.

Puis le silence revint.

Caramon hésita, la tête rentrée dans les épaules, attendant une seconde attaque. Comme celle-ci ne venait pas, il jeta un coup d'œil par-delà son bouclier. Quatre flèches en dépassaient, leur hampe décorée de plumes solidement plantée dans le métal. Le colosse déglutit en imaginant ce qu'elles lui auraient fait si elles l'avaient atteint.

Certains de ses camarades retiraient les projectiles de leur bouclier et les jetaient à terre. Caramon se retourna pour voir comment Trocard s'en était tiré. Le demi-kender lui fit un large sourire.

— He ben ça alors ! souffla-t-il.

Promenant son regard alentour, Caramon n'aperçut pas de blessés sur le sol, ni de trouée dans les rangs de la Compagnie C. Il vit que Senej était arrivé à la même conclusion.

— En avant ! cria le maître d'armes.

Le sifflement de mauvais augure résonna de nouveau, cette fois sur leur flanc droit. La Compagnie des Archers ripostait. Des flèches fusèrent vers les remparts de la cité, frôlant la tête des soldats.

La contre-attaque ne se fit pas attendre, et Caramon leva son bouclier. Cette fois, il était mieux préparé à l'impact, qui le fit tituber mais ne l'empêcha pas de continuer à avancer.

Près de lui, un cri déchirant lui fit tourner la tête. Un soldat s'effondra et atterrit sur son postérieur en serrant contre lui sa jambe blessée. Une flèche venait de lui briser le tibia.

Ses camarades resserrèrent les rangs pour boucher le trou.

La Compagnie C continua à avancer. Caramon était frustré et en colère. Il avait envie de se battre, d'attaquer quelque chose, mais il n'y avait pas d'adversaire devant lui. Pour le moment, il ne pouvait rien faire d'autre que servir de cible mouvante.

La seconde salve de la Compagnie des Archers ne produisit pas d'effet notable, et une troisième volée de flèches ennemies s'abattit sur les troupes de maître Senej. L'homme qui marchait devant Caramon tomba à ses pieds sans un cri… pour la bonne raison qu'un projectile venait de se planter dans sa gorge. Il porta une main à sa blessure, tandis qu'un flot de sang s'échappait de sa bouche.

— Ne t'arrête pas ! Resserre les rangs ! ordonna un vétéran en tapant sur le bras de Caramon du plat de son épée.

Le colosse fit un petit écart pour ne pas piétiner son camarade blessé. Mais il glissa sur l'herbe humide et faillit perdre l'équilibre. Sur sa droite, une main le saisit par la ceinture et l'aida à se redresser. Quand le sifflement retentit de nouveau, il se recroquevilla sur lui-même et se fit aussi petit que possible derrière son bouclier.

Puis, sans raison apparente, les flèches cessèrent de pleuvoir. La compagnie était à environ cent cinquante pas de son objectif. La Compagnie des Archers avait peut-être dégagé les remparts, à moins que l'ennemi n'ait pris peur et ne se soit enfui. Caramon risqua un coup d'œil par-dessus son bouclier pour mieux voir.

Alors retentit un bruit sourd comme si quelque chose de très lourd venait de s'abattre sur le sol détrempé. Il fut suivi par un craquement sinistre. Regardant autour de lui, Caramon vit deux files d'hommes disparaître sous ses yeux. La seconde d'avant, six soldats se tenaient sur sa droite. Celle d'après, il ne restait personne.

Un énorme boulet rebondit et roula sur l'herbe tachée de sang avant de s'immobiliser. Projeté par une catapulte depuis les remparts de la cité, il avait ouvert une trouée dans les rangs de la Compagnie C. Les hommes qu'il avait atteints n'étaient plus qu'une traînée de pulpe sanglante et d'os broyés.

Les hurlements des blessés, la puanteur du sang, de l'urine et des excréments – car les mourants ne contrôlaient plus leur vessie ni leurs boyaux – fit vomir à Caramon le petit déjeuner qu'il avait été si content d'engloutir.

Le bruit de la seconde volée de flèches fut presque plus qu'il ne pouvait en supporter. Il n'avait qu'une envie : tourner les talons et fuir le champ de bataille...

Le champ de massacre. Seul son entraînement lui permit de tenir le coup... ainsi que l'idée de se faire traiter de lâche par ses camarades.

Caramon s'accroupit derrière son bouclier. Tournant la tête, il regarda derrière lui mais n'aperçut pas Trocard. Sur sa gauche, trois hommes s'écroulèrent, dont le porte-étendard. Le drapeau de la compagnie tomba sur le sol. La ligne entière avait cessé d'avancer ; seuls Senej et Nemiss continuaient à marcher sur leur objectif.

Soudain, Trocard bondit par-dessus les morts et les mourants pour se diriger vers le cadavre du porte-étendard. Bravant une nouvelle volée de flèches ennemies, il ramassa le drapeau et le brandit fièrement au-dessus de sa tête en poussant un cri de défi.

Le reste de la compagnie lui fit écho, mais c'était un écho pitoyable.

Senej et Nemiss se retournèrent et découvrirent le carnage. Une pluie de flèches, puis le choc d'un boulet qui manqua sa cible et s'écrasa à terre sans toucher personne, décidèrent le maître d'armes à réagir.

Ses hommes avaient suffisamment souffert.

— En arrière ! ordonna-t-il. Repliez-vous ! Resserrez les rangs !

Caramon se précipita vers Trocard afin de le protéger. Le demi-kender ne prêtait aucune attention aux projectiles qui sifflaient autour de lui ; il se tenait très droit, portant fièrement le drapeau au-dessus de sa tête.

Les troupes battirent en retraite sans paniquer. Quand un homme tombait, les autres se rapprochaient pour colmater la brèche. Certains s'arrêtaient pour aider les blessés à regagner le camp, la Compagnie des Archers décochant volée sur volée pour les couvrir.

Cinquante pas plus loin, les soldats se détendirent enfin. Aucun projectile ne jaillissait plus des remparts : ils étaient hors de portée.

Cent pas plus loin, le maîtres d'armes fit arrêter sa compagnie et posa son bouclier, aussitôt imité par ses hommes. Caramon lâcha le sien avec l'impression qu'il pesait une tonne, car son bras n'arrêtait plus de trembler.

Le visage d'une pâleur de cire, Trocard continuait à agripper le drapeau.

— Tu peux le lâcher maintenant, dit Caramon.

— Je n'y arrive pas, souffla le demi-kender d'une voix brisée par l'émotion. (Il contempla ses mains comme si elles appartenaient à quelqu'un d'autre.) Je n'y arrive pas !

Puis il éclata en sanglots.

Caramon tendit une main pour prendre le drapeau et vit qu'elle était couverte de sang. Baissant les yeux, il constata que son plastron aussi en était maculé.

Il laissa retomber son bras sans toucher Trocard.

— Ecoutez-moi ! cria maître Senej. Le baron a ce qu'il voulait. Il a pu constater que les défenses de la cité étaient adéquates.

Les hommes ne répondirent pas. Ils étaient épuisés, à bout de forces et de courage.

— Vous vous êtes bien battus. Je suis fier de vous, continua Senej. Nous avons perdu certains de nos camarades, et j'ai l'intention d'aller récupérer leurs corps dès la tombée de la nuit.

Un murmure d'assentiment parcourut les rangs.

Le sergent Nemiss ordonna aux hommes de se disperser. Ils reprirent le chemin de leur tente ou se dirigèrent vers celles des guérisseurs pour voir comment se portaient leurs camarades blessés. Certaines nouvelles recrues, parmi lesquelles Caramon et Trocard, restèrent figées sur place, trop choquées pour réagir.

Le sergent s'approcha du demi-kender, à qui elle dut arracher le drapeau de la compagnie.

— Tu as désobéi aux ordres, soldat, dit-elle.

— Non, chef, dit Trocard. (Il désigna Caramon.) J'ai trouvé un bouclier dont je pouvais me servir.

Nemiss secoua la tête.

— Si on mesurait les hommes à leur courage, tu serais un géant. Et en parlant de géants... Tu t'es bien débrouillé, Majere. Je pensais que tu serais le premier à tomber : tu fais une si belle cible !

— Je ne me souviens pas de grand-chose, chef, répliqua Caramon. (Il n'était pas d'humeur à mentir, même si ça devait le faire baisser dans l'estime du sergent.) Si vous voulez connaître la vérité, j'avais une frousse bleue. J'ai passé le plus clair de la bataille à me planquer derrière mon bouclier.

Il baissa la tête.

— C'est ce qui t'a permis de rester en vie, approuva Nemiss. On dirait que j'ai réussi à t'apprendre quelque chose, en fin de compte.

Elle s'éloigna, tendant au passage le drapeau à un vétéran.

— Va déjeuner, dit Caramon à Trocard. Moi, je n'ai pas très faim. Je crois que je vais aller m'allonger.

— Déjeuner ? répéta le demi-kender en le dévisageant. Ce n'est pas encore le moment ! Nous avons petit-déjeuné il y a à peine une demi-heure !

Une demi-heure. Ç'aurait pu être une demi-année, une demi-vie... Voire une vie entière, pour certains.

Des larmes montèrent aux yeux de Caramon. Il détourna rapidement la tête pour que personne ne les voie.

CHAPITRE IX

La Compagnie de Flanc alla chercher ses morts sous le couvert des ténèbres et les enterra dans une tombe unique de façon à ce que l'ennemi ne puisse pas deviner combien de pertes elle avait subies.

Le baron Ivor prit la parole lors d'une cérémonie très simple, citant chaque défunt par son nom et rappelant ses exploits. La cavité fut recouverte de terre, et une garde d'honneur resta autour pour empêcher les loups de déterrer les cadavres.

Le baron fit cadeau à la Compagnie C d'un baril d'eau-de-vie naine afin que les hommes puissent boire à la santé de leurs camarades disparus.

Caramon but à leur santé, et à celle de tous les soldats jamais tombés au combat depuis l'aube des temps.

Trocard dut pratiquement le traîner jusqu'à leur tente.

Le colosse s'effondra tête la première sur son lit de camp. Celui-ci se brisa sous son poids, faisant un tel vacarme que les autres occupants de la tente se réveillèrent en sursaut, se demandant pourquoi l'ennemi les canardait encore.

Raistlin passa la nuit auprès des blessés, assistant Horkin qui changeait leurs bandages et les badigeonnait d'onguent. La plupart n'avaient que des blessures mineures, à l'exception du soldat à la jambe brisée que ses camarades avaient dû porter jusqu'au campement sous une pluie de flèches.

Le jeune mage eut le privilège d'assister à sa première amputation. Il prépara la potion de racine de mandragore qui servit à plonger le malheureux dans l'inconscience, et lui jeta un sort de sommeil tandis que ses amis le maintenaient par les épaules et les jambes pour prévenir tout mouvement involontaire.

Raistlin avait passé des heures à disséquer des cadavres avec Meggin la Folle pour en apprendre davantage sur le fonctionnement du corps humain. Ça ne lui avait jamais soulevé le cœur. Pendant une épidémie, il avait exercé sans frémir ses talents de guérisseur auprès de la population de Solace. Quand il s'était porté volontaire pour aider La Sangsue à opérer, il lui avait assuré que la vue du sang ne le dérangeait pas.

De fait, la quantité incroyable de sang – Raistlin n'aurait jamais cru qu'un corps humain puisse en contenir autant – le laissa totalement froid. Ce fut le grincement de la scie, attaquant l'os juste en dessous du genou, qui l'obligea à serrer les dents pour ravaler la bile jaillie de son estomac, et à fermer les yeux pour prévenir un évanouissement.

Le jeune mage réussit à tenir bon pendant l'opération ; une fois la jambe amputée et emmenée dans un sac de toile pour être enterrée dans la fosse commune, il demanda la permission de sortir de la tente un moment. Le chirurgien étudia son visage livide, hocha la tête et lui ordonna d'aller se coucher : son patient n'aurait plus besoin d'eux jusqu'au lendemain matin.

Entre la racine de mandragore, le sort de sommeil et la perte de sang, le blessé dormait profondément, comme les autres occupants de la tente-infirmerie. Raistlin regagna la sienne, le corps baigné de sueur, et se laissa tomber sur son lit. Jamais il ne s'était autant méprisé qu'en cet instant.

Les alliés se réunirent de nouveau le lendemain matin. Le baron enfourcha son étalon pour aller à la rencontre de Kholos qui lui témoigna davantage de respect que l'avant-veille, à défaut de cordialité véritable. Il lui permit de conserver son épée et l'invita à s'asseoir pendant qu'ils parlaient des plans de bataille qui devaient mettre à genoux les habitants de Findespoir.

Les deux hommes jugeaient que les défenses de la cité étaient bien meilleures qu'ils ne s'y étaient attendus. Un assaut direct, même mené par leurs forces combinées, aurait peu de chances de réussir : leurs troupes se feraient massacrer avant d'atteindre les remparts.

Kholos suggéra d'opter pour un siège prolongé. S'ils donnaient aux rebelles quelques mois pour venir à bout de leurs provisions, entamer une diète à base de rats et regarder leurs enfants mourir de faim, leur enthousiasme finirait par se tarir.

Ce plan était inacceptable pour le baron, qui n'avait aucune intention de supporter la compagnie de Kholos plus longtemps que nécessaire.

Il proposa donc une alternative.

— Nous pourrions envoyer une force à l'intérieur de la cité, attaquer les défenseurs par-derrière et ouvrir les portes avant qu'ils comprennent ce qui leur arrive.

— Les vaincre par traîtrise ? lança le demi-hobgobelin. Ça me plaît !

— Je l'aurais parié, répliqua sèchement le baron.

— Quelle force allons-nous utiliser pour infiltrer les rangs ennemis ?

— Je vous propose mes hommes. Vous les avez vus à l'œuvre. Vous ne pouvez pas mettre leur courage en doute.

— Très bien. Attendez dehors, ordonna Kholos. Je dois en parler avec mes officiers.

Tandis qu'il faisait les cent pas devant la tente du commandant, Ivor entendit une bonne partie de la conversation. Il rougit de colère et serra les dents lorsque Kholos affirma :

— Si les mercenaires se font tuer, nous n'aurons rien perdu. Nous pourrons toujours affamer les rebelles. S'ils réussissent, nous économiserons beaucoup de temps et de problèmes.

Quand il fut de nouveau invité sous la tente de Kholos, Ivor remit volontairement son épée à Vardash pour ne pas être tenté de s'en servir.

— Très bien, baron, déclara le demi-hobgobelin. Nous avons décidé d'adopter votre plan. Vos hommes entreront dans la cité et attaqueront par-derrière. A votre signal, nous lancerons l'assaut contre les portes.

— Je compte sur votre prompte intervention, dit le baron. Si vos troupes ne réagissent pas très vite, les miennes se feront massacrer.

— J'en suis conscient, répliqua Kholos en se curant les dents avec un os de grive. Je vous donne ma parole que vous n'avez rien à craindre.

— Lui faites-vous confiance, messire ? s'enquit le commandant Morgon après qu'ils furent sortis de la tente de leurs alliés.

— Pas d'aussi loin que je peux le sentir, grogna Ivor.

— Ce qui implique une foi considérable de votre part, fit remarquer Morgon sans sourciller.

— Ha ! ha ! (Le baron lui flanqua une grande claque dans le dos.) Elle est excellente, mon ami. Vraiment excellente !

Il gloussa pendant tout le chemin du retour.

— Messire, la Compagnie C se porte volontaire pour cette mission, lança Senej. Vous nous le devez bien, ajouta-t-il, car tous les autres maîtres de compagnie venaient de faire la même offre.

Le baron leur fit signe de se taire et se tourna vers Senej.

— Expliquez-vous.

— Vous avez envoyé mes hommes à l'abattoir. Ils ont été vaincus, humiliés et forcés de battre en retraite.

— Ils savaient qu'ils auraient peut-être à le faire quand ils sont partis au combat.

— C'est vrai, messire. Mais ça ne diminue pas leur honte. Ils traînent les pieds depuis leur défaite. C'est la première fois que la Compagnie C doit se replier de la sorte.

— Pour l'amour de Kiri-Jolith… ! s'exclama Ivor, exaspéré.

Le maître d'armes se redressa de toute sa hauteur.

— Ils veulent une chance de racheter leur honneur, messire. Vous ne pouvez pas la leur refuser.

Les autres commandants gardèrent le silence. Ils mouraient d'envie d'intervenir, mais ils ne voulaient pas enlever à Senej le droit de défendre sa cause.

— Très bien, capitula le baron. C'est la Compagnie C qui entrera dans la cité. Mais cette fois, j'enverrai un mage pour l'accompagner. Maître Horkin !

— Seigneur ?

— Vous partirez avec maître Senej.

— Je vous demande pardon, mais puis-je vous suggérer d'envoyer plutôt mon assistant ?

— Le jeune Majere ? Vous croyez vraiment qu'il est prêt pour une mission de cette envergure ? Il m'a l'air un peu trop chétif. En fait, j'allais vous suggérer de le renvoyer.

— Rouge est plus costaud qu'il n'en a l'air, lui assura Horkin. Plus costaud qu'il ne s'en rend compte lui-même, à mon avis. Et c'est un meilleur mage que moi, ajouta-t-il sans amertume. Quand la vie de nos hommes est en danger, je pense que vous devez utiliser le meilleur.

— Certes, marmonna Ivor, surpris. Mais contrairement à lui, vous avez de l'expérience…

— Et comment l'ai-je acquise, sinon sur le champ de bataille ? répliqua Horkin. Il n'en aura jamais si vous ne le laissez pas retrousser ses manches.

— Je suppose que c'est vrai, concéda le baron de mauvaise grâce. C'est vous qui gérez nos forces magiques : ce que je sais des arcanes tiendrait dans une tasse à thé. Maître Senej, allez chercher Majere et dites-lui qu'il est désormais rattaché à votre compagnie. Puis revenez me voir pour que je vous donne vos ordres.

— Oui, messire ! (Senej salua.) Merci, messire !

— Tu as entendu la nouvelle, Raist ? demanda Caramon d'une voix pâteuse, debout à l'entrée de la tente de son jumeau.

Il avait une terrible migraine et l'impression très désagréable que des gnomes utilisaient son estomac comme chaudière. Entre l'horreur de la bataille, le chagrin des funérailles et sa gueule de bois carabinée, il remettait sérieusement en question sa vocation militaire. Mais pour l'amour de son frère, il tenta de paraître excité.

— Nous allons nous infiltrer dans la cité, et tu viendras avec nous !

— Oui, j'ai entendu, répondit Raistlin sans lever les yeux du grimoire posé sur ses genoux. Maintenant, va-t'en et laisse-moi étudier. J'ai tous ces sorts à mémoriser avant le coucher du soleil.

— C'est ce dont nous avons toujours rêvé, Raist, dit Caramon. Pas vrai ?

— Je suppose que oui…

Le colosse resta un instant immobile sur le seuil, espérant que son jumeau l'inviterait à entrer et qu'il pourrait lui confier sa crainte, sa honte et son envie de rentrer chez eux. Mais Raistlin ne fit rien qui laissât penser qu'il avait conscience de la présence de son frère. Caramon finit par s'en aller.

Après son départ, Raistlin s'aperçut qu'il fixait son grimoire sans le voir. Les lettres semblaient se tortiller sur la page, les mots glisser entre les rouages de sa cervelle comme s'ils étaient enduits de graisse.

Son frère et leurs camarades allaient remettre leur vie entre ses mains. Quelle mauvaise plaisanterie !

Mais les dieux n'arrêtaient pas de lui en faire…

Raistlin recommença désespérément à étudier.

CHAPITRE X

Kitiara atteignit le campement de Kholos dans l'après-midi qui suivit l'attaque désastreuse des mercenaires sur le mur ouest de la cité. Elle avait mis plus de temps qu'elle ne l'aurait cru, et se doutait qu'Immolatus devait être en train de bouillir d'impatience. L'ouverture secrète à flanc de montagne s'était révélée plus loin du camp qu'elle ne l'avait estimé et le chemin plus rude à parcourir.

La jeune femme découvrit le dragon profondément endormi sous sa tente, ses ronflements couvrant presque les martèlements furieux du forgeron qui travaillait non loin de là. Elle se glissa à l'intérieur sans prendre la peine de s'annoncer, et trébucha sur quelque chose qui roula sous son pied. Jurant, elle reprit son équilibre et se baissa pour examiner l'objet dans la pénombre.

Une carte ? Kitiara allait la ramasser quand elle s'aperçut que c'était un étui à parchemin, du genre que les magiciens utilisaient pour transporter leurs sorts. Du coup, elle se garda bien d'y toucher : il pouvait être muni d'un enchantement de protection, et la jeune femme n'avait pas envie de le vérifier à ses frais.

Plusieurs autres étuis gisaient sur le sol, ainsi qu'une bourse crachant des anneaux et une jarre de terre cuite qui, à l'odeur, avait dû contenir du poulet en sauce blanche.

Ça, c'était un mystère. Les étuis à parchemin n'appartenaient pas à Immolatus, qui ne semblait guère s'y intéresser puisqu'il les avait abandonnés par terre. Kitiara supposa qu'il avait reçu quelqu'un en son absence, bien qu'elle ne puisse deviner l'identité du visiteur.

Les artefacts évoquaient un magicien, le poulet en sauce blanche un cuisinier. Le cuisinier du camp s'adonnait-il à la magie à ses heures perdues ? Si tel était le cas, Kit espéra qu'Immolatus ne se l'était pas mis à dos : la nourriture était déjà assez infâme !

La jeune femme toisa le dragon endormi. Elle lui en voulait d'être bien au chaud sous sa tente pendant qu'elle faisait son sale boulot dans la nuit et le froid.

Aussi prit-elle un plaisir vicieux à le réveiller.

— Eminence, appela-t-elle en le secouant par l'épaule. Immolatus !

Il ouvrit des yeux immédiatement lucides, la dévisageant avec une haine et une fureur moins dirigées contre elle que contre ce corps détestable dans lequel il avait l'amertume de se réveiller une fois de plus. Son regard écarlate trahissait le profond mépris qu'il nourrissait envers les humains, ces tiques géantes qui ne cessaient de le tourmenter.

Kitiara retira la main de son épaule et fit un pas en arrière. Elle n'avait jamais vu quelqu'un passer du sommeil à la veille aussi rapidement. Ça avait quelque chose de surnaturel.

— Navrée de vous tirer du lit, Eminence, mentit-elle. Mais vous serez content d'apprendre que j'ai réussi à accomplir notre mission. (Elle ne put s'empêcher de mettre un rien d'ironie sur le pluriel.) J'ai pensé que vous voudriez savoir ce que j'avais découvert.

Jetant un regard à la ronde, elle ajouta sur un ton insouciant :

— Que s'est-il passé ici, Eminence ? Que sont tous ces objets ?

Immolatus s'assit sur son lit de camp. Il dormait dans ses robes rouges qu'il n'ôtait et ne lavait jamais. Une odeur répugnante émanait de lui. Un mélange musqué de mort et de décomposition qui rappela celle de son antre à Kitiara.

— J'ai eu une entrevue très intéressante avec un jeune mage, répondit le dragon.

Kitiara flanqua un coup de pied dans un étui à parchemin qui se trouvait sur son chemin et se laissa tomber sur une chaise.

— Il avait l'air pressé de partir, commenta-t-elle.

— Oui, apparemment, il ne goûtait pas ma compagnie. (Immolatus eut un sourire mauvais et marmonna :) Mais il a quelque chose que je veux.

— Pourquoi ne le lui avez-vous pas pris ?

Cette histoire n'intéressait pas du tout Kit. Le voyage du retour avait été long et fatigant ; elle avait des informations importantes à révéler, si ce fichu dragon voulait bien lui laisser la parole assez longtemps pour qu'elle le fasse.

— Une réponse humaine typique, grogna Immolatus. Tu ne peux pas comprendre les subtilités de la situation. Je m'emparerai de cet objet, mais à mon heure et à ma façon. Tu trouveras une missive sur la table. Je veux que tu l'apportes au jeune mage. Je pense qu'il sert dans l'armée de ceux que nous appelons avec désinvolture nos alliés.

Immolatus désigna un étui à parchemin posé sur la table.

Kitiara faillit répliquer qu'elle n'était pas son garçon de courses ;

puis elle songea que ça provoquerait une dispute qui repousserait encore le moment où elle pourrait aller se coucher.

— Comment s'appelle ce mage, Eminence ? demanda-t-elle.
— Magius, répondit Immolatus.
— Magius, répéta Kitiara.

Elle sortit de la tente, héla un soldat qui passait et lui tendit l'étui à parchemin en lui ordonnant de le porter au campement de leurs alliés.

— Alors, Uth Matar ? lança le dragon quand elle revint sous sa tente. Et ta mission ? As-tu réussi ? Je suppose que non, puisque tu saisis le moindre prétexte pour repousser le moment de m'en parler.

Pour toute réponse, Kitiara tira le carnet de sa ceinture et le lui tendit.

— Voyez par vous-même, Eminence.

Immolatus le lui arracha des mains.

— Ainsi, tu as découvert les œufs des dragons métalliques, s'émerveilla-t-il.

Un gloussement joyeux monta de sa gorge, et il parcourut les chiffres d'un regard avide tandis que Kitiara lui expliquait leur signification.

— Je les ai comptés par rangée tant ils étaient nombreux. O signifie « or » et A, « argent ». 11/34A veut dire qu'il y a trente-quatre œufs de dragon d'argent dans la onzième rangée.

— Je comprends très bien tes gribouillis, même si on dirait les traces de pattes d'une poule ivre, railla Immolatus.

— Je suis ravie que mon travail vous convienne, Eminence, grinça Kitiara, trop fatiguée pour se contrôler.

Le dragon ne l'entendit pas. Il était trop occupé à étudier ses notes, à faire des calculs et à hocher la tête en gloussant. Quand il tourna la page et découvrit la carte, une grimace déforma ses traits. Kitiara crut presque l'entendre ronronner de plaisir.

— Ainsi, c'est la route qui mène à l'entrée secrète dans la montagne. (Il fronça les sourcils.) Ça me semble assez clair…

— Ça le sera pour le commandant Kholos, affirma Kitiara en bâillant. (Elle tendit la main pour récupérer le carnet.) Je vais aller lui porter tout de suite, Eminence, si vous en avez terminé.

Immolatus ne lui rendit pas le carnet. Il observait la carte avec une intense concentration, comme s'il s'efforçait de la mémoriser.

— Comptez-vous aller dans la caverne, Eminence ? s'enquit-elle, étonnée et mal à l'aise. Vous n'avez aucune raison de le faire. Je vous assure que mes chiffres sont exacts. Si vous doutez de moi…

— Je ne doute pas de toi, Uth Matar, coupa le dragon sur un ton affable. (Elle ne l'avait jamais vu de si bonne humeur.) Autant qu'on puisse ne pas douter d'un ver de terre dans ton genre...

— Dans ce cas, Eminence, dit Kitiara en lui retournant son sourire le plus charmeur, ne perdez pas de temps à vous rendre là-bas. Notre travail est fini. Nous pourrions repartir dès demain matin : le général Ariakas nous a donné l'ordre de revenir lui apporter ces informations aussi tôt que possible.

— Tu as raison, Uth Matar : tu dois immédiatement retourner auprès du général Ariakas.

— Eminence...

Immolatus éclata de rire.

— Je n'ai plus besoin de tes services, Uth Matar. Rejoins Ariakas et réclame-lui ta récompense. Je suis certain qu'il sera très heureux de te la donner...

Le dragon se leva de son lit et fit mine de sortir de la tente. Kitiara lui saisit le bras pour le retenir.

— Qu'allez-vous faire ? demanda-t-elle.

Il la foudroya du regard.

— Lâche-moi immédiatement, ver de terre, siffla-t-il.

— Qu'allez-vous faire ? répéta Kitiara.

Elle connaissait la réponse à cette question. Ce qu'elle ignorait, c'est comment elle pourrait l'en empêcher.

— C'est mon problème, Uth Matar. Pas le tien. Tu n'as pas ton mot à dire en la matière.

— Vous allez détruire les œufs.

Immolatus se dégagea et se dirigea vers la sortie. Kitiara le poursuivit, enfonçant les ongles dans son bras.

— Vous connaissez les ordres.

— Les ordres ! (Furieux, il se retourna vers elle.) Je ne reçois d'ordres de personne, et certainement pas d'un ridicule humain qui se coiffe d'un casque à cornes et se fait appeler « seigneur des dragons ».

Immolatus découvrit ses crocs.

— Oui, je l'ai entendu se donner ce titre. « Seigneur des dragons » ! Comme si un mortel avait le droit d'associer sa pitoyable volonté à la nôtre ! Non que je l'en blâme : il pense qu'en nous imitant de cette façon pathétique, il s'attirera un peu du respect et de la terreur que nous suscitons chez toutes les créatures de Krynn.

Le dragon ricana ; un court jet de flammes s'échappa de ses narines.

— Mais tel un enfant qui parade dans l'armure de son père, il s'apercevra bientôt que le poids est trop lourd à porter et il tombera, victime de ses propres illusions.

« C'est vrai, je vais détruire les œufs. Oseras-tu tenter de m'en empêcher ?

Kitiara prenait un grand risque, mais de son point de vue, elle n'avait pas grand-chose à perdre.

— Le général Ariakas nous a donné des ordres, dit-elle en soutenant le regard de braise du dragon. Mais nous savons tous deux de qui il les tenait. Désobéiriez-vous à votre Reine ?

— Sans la moindre hésitation, répondit Immolatus. Tu crois que j'ai peur d'elle ? Ce serait peut-être le cas si elle était dans cette dimension. Mais elle est prisonnière des Abysses. Elle peut bien jurer, me maudire et trépigner sur ses mignons petits pieds, mais elle ne peut pas m'atteindre.

« J'aurai ma revanche sur ces misérables dragons d'or et d'argent qui ont massacré mes semblables et nous ont fait plonger dans l'oubli. Je détruirai leurs enfants comme ils ont détruit les nôtres. Je détruirai le temple du dieu maudit. Je détruirai la cité où il se dresse, et ensuite... (Immolatus se pourlécha les babines.) Je détruirai le descendant de Magius. Alors, ma vengeance sera complète.

Ses yeux rouges lancèrent des éclairs.

— Tu devrais ficher le camp pendant que tu le peux encore, Uth Matar. Si Kholos et sa vermine osent se mettre sur mon chemin, je les détruirai avec les autres.

— Eminence, fit Kitiara, désespérée. Sa Majesté compte se servir de ces œufs...

— Moi aussi, répliqua Immolatus. Pour démontrer au peuple de Krynn la puissance des dragons. Bientôt, tous les mortels sauront que nous sommes revenus pour occuper la place qui nous revient de droit et régner sur ce monde.

Kitiara ne pouvait pas le laisser ruiner les plans d'Ariakas ni piétiner les ordres de Sa Ténébreuse Majesté. Et surtout, elle ne pouvait pas le laisser ruiner ses espoirs et ses ambitions.

Pendant qu'il parlait, elle dégaina son épée. Si Immolatus avait été humain, il se serait retrouvé avec un pied d'acier dans les boyaux avant de comprendre ce qui lui arrivait.

Mais Immolatus n'était pas humain. C'était un dragon rouge, une des plus puissantes créatures de Krynn. Des flammes enveloppèrent Kitiara. L'air crépita autour d'elle, brûla ses poumons quand elle tenta de prendre une inspiration pour hurler et fit fondre sa chair. Elle tomba à genoux en appelant la mort de tous ses vœux.

Mais les flammes se dissipèrent. Il fallut un moment à la jeune femme pour réaliser qu'elle n'était pas blessée et n'avait subi aucun dommage, à part le souvenir horrible d'avoir brûlé vive. Pour le moment, ce n'était pas davantage : un souvenir et une menace. Vaincue, elle demeura prostrée à l'endroit où elle était tombée.

— Adieu, Uth Matar, la salua Immolatus. Et merci pour ton aide.

Il sortit sur un sourire, une courbette moqueuse et un claquement de mâchoires. Kitiara le regarda quitter la tente, emportant sa carrière militaire avec lui.

Elle resta à terre jusqu'à ce qu'elle soit certaine qu'il ne reviendrait plus. Puis elle se releva péniblement, en prenant appui sur le lit de camp vide. Dès qu'elle fut sur ses pieds, elle se sentit mieux.

La jeune femme sortit et aspira une grande goulée d'air enfumé : c'était toujours préférable à l'atmosphère puante de la tente. Cherchant un endroit où on ne la dérangerait pas, elle finit par se réfugier derrière les potences.

Personne ne venait là s'il pouvait faire autrement ; le seul inconvénient, c'étaient les mouches. Mais Kitiara les ignora. Seule, elle examina la situation sous tous les angles.

Bientôt, l'Ansalonie apprendrait le retour des dragons. Or, l'armée d'Ariakas n'était pas encore prête à lancer un assaut de grande envergure. Il suffisait de voir ce campement pour comprendre que Kholos et sa bleusaille se feraient massacrer par des Chevaliers Solamniques ou tout autre force bien entraînée. Ils perdraient la guerre avant qu'elle ait commencé, tout ça parce qu'une créature arrogante et égoïste avait décidé de cracher à la figure de sa Reine.

— Je ne peux pas le vaincre au combat, marmonna Kitiara en faisant les cent pas derrière les potences. Sa magie est trop puissante, il vient de me le prouver. Mais même le plus redoutable des jeteurs de sorts a un point faible : pile entre les deux omoplates.

Elle tira sa dague de sa botte et examina le reflet du soleil couchant sur sa lame d'acier. Le seigneur Nigel avait tenu sa promesse : la jeune femme avait retrouvé ses armes en sortant de la caverne.

— Même les dragons n'ont pas d'yeux derrière la tête. En outre, Immolatus se croit invincible, ce qui est toujours une erreur.

Repérant un nœud sur un arbre à environ vingt pas de l'endroit où elle se tenait, Kitiara saisit sa dague par la lame, visa et lança. L'arme s'enfonça à une largeur de main du nœud d'écorce. La jeune femme fit la grimace.

— Elle a toujours porté à droite.

Elle se dirigea vers l'arbre pour récupérer sa dague, fichée dans le tronc presque jusqu'à la garde.

— Ça aurait suffi à le tuer, marmonna-t-elle. Quand il est sous sa forme humaine. Ça n'aurait pas fait grand mal à un dragon...

Un doute affreux la saisit. Si Immolatus avait repris sa forme naturelle, elle n'avait pas la moindre chance contre lui. Et comme il se moquait bien qu'on le voie, il aurait pu décider de voler jusqu'à la caverne...

Non, songea Kitiara. Immolatus conserverait son déguisement, au moins jusqu'à ce qu'il ait détruit les œufs. Pour ce qu'il en savait, ceux-ci avaient peut-être un gardien : dans sa hâte, il avait oublié de poser la question à la jeune femme. Un éventuel gardien ne s'alarmerait pas à la vue d'un mage des Robes Rouges, mais il donnerait sûrement l'alerte si un dragon approchait.

Kitiara espéra qu'Immolatus aurait assez de bon sens pour rester sous sa forme humaine. Elle secoua la tête et soupira. *C'est dire si la situation est désespérée : je suis réduite à m'en remettre au bon sens d'un dragon !*

De toute façon, elle n'avait pas le choix. Elle devait trouver un moyen d'arrêter Immolatus ; sinon, elle resterait une mercenaire itinérante jusqu'à la fin de sa vie.

Comme ton père, dit une voix mauvaise au fond de sa tête.

Furieuse, Kitiara rangea la dague dans sa botte et partit sur la piste du dragon.

CHAPITRE XI

Maître Senej avait raison. Le moral de ses troupes remonta en flèche quand elles apprirent qu'on les avait choisies pour s'infiltrer dans la cité et saboter ses défenses. C'était une mission dangereuse. Mais après avoir encaissé un feu meurtrier sans pouvoir riposter, les hommes accueillirent cette nouvelle avec joie.

— C'est pour ça que nous avons été formés, dit le sergent Nemiss à ses troupes. Discrétion et furtivité, telle est notre devise. Voici notre plan : nous escaladerons les falaises au sud de la ville, franchirons une corniche et redescendrons sur Findespoir du côté où elle s'adosse à la montagne. Personne ne s'attend à ce que nous attaquions par là ; la garde devrait donc être minimale.

« Selon la carte du baron, plusieurs entrepôts se dressent près d'un temple abandonné, non loin de l'endroit où nous arriverons. Comme plus personne n'a rien à vendre, ils devraient être déserts. Nous les atteindrons avant l'aube et nous y dissimulerons pendant la journée, pour lancer notre attaque à la tombée de la nuit.

Du pouce, Nemiss désigna Raistlin qui se tenait à l'écart du reste des troupes.

— Le magicien Raistlin Majere nous accompagnera.

— Hourra ! cria Caramon dans les rangs.

Raistlin rougit d'embarras, foudroya son jumeau du regard, puis remarqua que le reste de la Compagnie C ne semblait guère emballé par cette perspective.

Au fil du temps, les hommes s'étaient habitués à la présence de Horkin, et ils tendaient à considérer son statut de sorcier comme un défaut mineur sur lequel ils étaient prêts à passer. Mais l'étrange apparence de Raistlin, sa constitution maladive et sa nature solitaire les rendaient méfiants à l'égard du jeune mage.

Les soldats marmonnèrent dans leur barbe. Pourtant, aucun d'eux n'osa protester ouvertement. Caramon les observait ; ceux qui avaient eu l'occasion de voir ses poings de près en avaient conçu un sain respect pour sa capacité à punir toute insulte réelle ou imaginaire contre son jumeau.

Le sergent Nemiss les surveillait aussi, et elle ne tolérait pas qu'on discute les ordres. Raistlin fut donc tacitement accepté au sein de la Compagnie C. Un soldat proposa même de porter son paquetage, mais Caramon ne voulut pas en entendre parler : c'était *son* boulot.

Raistlin emmènerait ses parchemins, son bâton et ses composants de sorts. Il aurait aimé prendre un grimoire. Bien qu'il eût réussi à mémoriser les sorts que Horkin jugeait nécessaires à la réussite de leur mission, il se serait senti plus sûr de lui s'il avait pu étudier quelques heures supplémentaires. Mais son maître pensait que le risque de voir l'ouvrage tomber entre des mains ennemies était trop important.

— Je peux te remplacer, Rouge, avait-il déclaré joyeusement. Les grimoires, en revanche, sont difficiles à trouver.

— Nous nous mettrons en marche dès la tombée de la nuit, dit le sergent Nemiss. Nous espérons franchir les montagnes à la faveur de l'obscurité et entrer en ville à l'aube. Nos alliés sont censés lancer une manœuvre de diversion, afin que les rebelles se concentrent sur la défense de la vallée.

Un soldat grogna, et le sergent hocha la tête.

— Je sais très bien ce que vous pensez d'eux, et je suis entièrement d'accord, mais nous ne pouvons pas y faire grand-chose. Des questions ?

Quelqu'un demanda ce qui se passerait si un homme était séparé du reste du groupe.

— C'est une bonne question, dit Nemiss. Si l'un de vous est séparé du groupe, qu'il regagne le camp. N'essayez surtout pas de vous faufiler en ville seul ; vous pourriez mettre la mission en péril. Pas d'autres questions ? Vous pouvez vous disperser. Retrouvez-moi ici au coucher du soleil.

Les hommes retournèrent près de leurs tentes pour préparer leur équipement, mais ils ne les démontèrent pas afin que l'ennemi croie qu'ils dormaient dedans. Ils ne devaient emporter que des épées courtes et des couteaux : pas de boucliers, d'épées longues ni de lances. Deux archers utiliseraient les fameux arcs longs elfiques.

Tous porteraient une cuirasse, moins lourde, moins encombrante et surtout moins bruyante qu'une cotte de mailles, ainsi qu'un rouleau de corde sur l'épaule. Ils se nourriraient de rations et boiraient l'eau qu'ils trouveraient en route.

A cette idée, Caramon sentit son estomac gargouiller en guise de protestation. Il se consola en pensant que la guerre n'était pas une affaire de femmelettes trop préoccupées par leur confort. La perspective de passer à l'action le réconfortait. Dans son excitation, il oublia le terrible souvenir de l'attaque contre le mur ouest.

Le colosse n'était pas homme à s'attarder sur le passé ; il préférait tourner un regard confiant vers l'avenir. Il acceptait son sort sans perdre de temps à regretter ce qui aurait pu être ou à s'inquiéter pour ce qui risquait d'advenir.

Raistlin, lui, se tourmentait beaucoup à cause de ce qu'il considérait comme son échec face au mage renégat. Il craignait de ne pas maîtriser ses sorts à la perfection, imaginant toutes les catastrophes qui pouvaient lui arriver, que ce soit dévaler le flanc de la montagne ou se faire capturer et torturer par l'ennemi.

Le temps que la compagnie soit prête à se mettre en route, il s'était tellement monté la tête qu'il se sentait trop faible pour marcher. Il songea à se faire dispenser pour cause de maladie, et se dirigeait vers la tente de Horkin quand il entendit quelqu'un hurler :

— Magius ! Faites passer le mot à Magius !

Magius ! Un nom qui aurait eu sa place dans le campement de Huma des siècles auparavant, mais certainement pas en ce lieu et à cette époque. Puis Raistlin se souvint qu'il s'était fait passer pour un de ses descendants auprès du sorcier Immolatus. Approchant du soldat qui s'époumonait, il lui demanda :

— Que veux-tu à Magius ?

— Pourquoi, tu le connais ? J'ai un message à lui remettre.

— Donne-le-moi, ordonna Raistlin. Je veillerai à ce qu'il lui soit transmis.

Le soldat n'hésita pas. L'étui à parchemin qu'il portait était couvert de symboles magiques. Plus vite il en serait débarrassé, mieux ce serait. Il le tendit à Raistlin.

— Qui l'envoie ?

— Le magicien de l'autre camp, dit le soldat avant de s'en aller précipitamment, car il n'avait aucune envie de rester là pour découvrir ce que contenait l'étui.

Raistlin regagna sa tente et en noua le rabat. Puis il inspecta l'étui avec soin, conscient qu'il risquait d'être piégé. Il percevait une aura magique autour, mais ça n'avait rien d'anormal, d'autant qu'elle ne semblait pas très prononcée. Pourtant, mieux valait ne courir aucun risque.

Raistlin posa l'étui sur le sol. Tirant son couteau, il positionna la pointe de la lame sous le couvercle et entreprit de le soulever.

Le soleil estival tapait dur, et une atmosphère étouffante régnait sous la tente. La tension de Raistlin la décuplait. Bientôt, son front et sa nuque furent baignés de sueur, mais il persévéra.

Il avait presque réussi à soulever le couvercle quand le manche du couteau glissa dans sa main moite et heurta l'étui en tombant. Le couvercle se détacha et alla rouler dans un coin de la tente.

Le cœur battant à tout rompre, Raistlin fit un bond en arrière, renversant son lit de camp dans sa précipitation.

Rien ne se produisit.

Le jeune mage s'essuya le front d'un revers de manche et s'efforça de reprendre son souffle. Puis il tendit la main vers l'étui, le saisit du bout des doigts et jeta un coup d'œil dedans.

Un morceau de parchemin y était enroulé. Distinguant des mots écrits à l'encre noire, Raistlin plissa les yeux pour voir s'ils étaient en commun ou en langage magique. Comme il n'y parvenait pas et qu'il était à bout de patience, il finit par glisser son index dans l'étui pour en faire sortir le parchemin.

Magius le Jeune,
J'ai grandement apprécié notre conversation, et j'ai été désolé de te voir partir si vite. Peut-être ai-je dit quelque chose qui t'a offensé. Si c'est le cas, je tiens à m'excuser, et aussi à te rendre les artefacts que tu as abandonnés dans ta hâte. Dès que la cité sera tombée face à nos forces, j'espère avoir le plaisir de te revoir. Nous pourrons passer quelques heures plaisantes à bavarder.
Immolatus

— Ainsi, marmonna Raistlin, il me prend pour un imbécile capable de se précipiter dans un piège si cousu de fil blanc qu'un nain des ravins sourd et aveugle réussirait à l'éviter. Non, mon ami aux deux visages : aussi intéressant que vous soyez, je n'ai aucune intention de « bavarder ».

Le jeune mage froissa le parchemin et, alors qu'il allait rejoindre le reste de la Compagnie C, le jeta d'un geste méprisant dans un feu de camp.

Il se sentait si insulté qu'il ne songeait plus à se faire dispenser de la mission. Son sang bouillait dans ses veines. S'il n'avait pas été désigné pour y prendre part, il se serait porté volontaire.

Raistlin prit sa place à côté de Caramon.

— En avant. (L'ordre fut transmis à voix basse à travers les rangs.) En avant !

Le ciel était plombé, et une pluie fine mais persistante imbibait tout dans le camp de l'armée de Langarbre. Le pain était détrempé, le bois refusait de prendre feu. Les soldats se plaignaient de l'humidité, mais le sergent Nemiss et maître Senej étaient tous deux d'excellente humeur : les nuages allaient masquer le clair de lune et la lumière des étoiles pendant la nuit, protégeant leur avancée.

La Compagnie C chemina pendant trois heures avant d'atteindre les falaises qui se dressaient derrière la cité de Findespoir. La distance n'était pas si grande : en marchant d'un bon pas, il leur aurait fallu moins d'une heure pour la couvrir en ligne droite.

Mais maître Senej voulait être sûr que leurs ennemis ne se doutent de rien. Même si la sentinelle ayant la vue la plus perçante du monde aurait eu du mal à les repérer, les soldats firent un large détour, s'éloignant de la ville, avant de revenir sur leurs pas.

Des éclaireurs avaient quitté le camp en avance afin de chercher le meilleur endroit pour l'ascension. Au début, ils ne trouvèrent rien et craignirent de devoir rapporter leur échec à maître Senej.

Le problème consistait à traverser le fleuve Espoir qui avait donné son nom à la ville, et qui serpentait au fond d'un canyon. Ses berges étaient semées de moulins dont la roue tournait encore en grinçant bien qu'ils aient été pillés et abandonnés depuis longtemps.

Quand les éclaireurs découvrirent enfin un gué, la nuit était tombée. Au pied d'une falaise escarpée, un îlot rocheux jaillissait au milieu du fleuve, qui le contournait en formant deux branches assez peu profondes. Soulagés, les hommes se hâtèrent vers le point de rendez-vous pour guider leurs camarades.

Les soldats entrèrent dans le courant en tenant leurs armes au-dessus de leur tête. Malgré la tiédeur de la soirée, l'eau qui venait de la montagne était glacée. Caramon offrit de porter son jumeau, mais Raistlin lui lança un regard qui aurait fait rancir du beurre. Il releva ses robes, coinça l'ourlet sous sa ceinture et avança d'un pas prudent, terrifié à l'idée d'être emporté par les flots gelés.

Il s'inquiétait surtout pour ses parchemins : bien qu'ils soient rangés dans des étuis théoriquement hermétiques, la moindre goutte d'eau risquait de faire couler l'encre et de dissiper leur pouvoir. Quand il prit pied sur l'îlot, Raistlin était glacé jusqu'à la moelle et il claquait des dents.

Un pont naturel enjambait le courant jusqu'à l'autre rive. Il n'aurait donc plus à se mouiller. Mais son soulagement fut de courte durée.

Traverser le pont s'avéra encore plus difficile que de patauger dans le fleuve.

Le froid avait si bien engourdi les membres de Raistlin qu'il ne sentait plus ses orteils. En outre, la roche était glissante à cause de la pluie. Même les vétérans ne cessaient de perdre l'équilibre et juraient entre leurs dents. Plus d'un faillit tomber. Par bonheur, Caramon et Trocard – d'une agilité peu commune – aidèrent Raistlin à franchir les passages les plus difficiles.

La Compagnie C atteignit enfin le pied de la falaise. Le souffle court, couverts d'égratignures et d'ecchymoses, les hommes levèrent un regard sombre vers l'immense mur de roche abrupte. Les éclaireurs leur désignèrent une corniche. Au-delà, selon eux, se dressaient les remparts de la cité.

— Majere, c'est toi le plus costaud, dit le sergent Nemiss en tendant un grappin métallique à Caramon. Envoie ça le plus haut que tu pourras.

Caramon fit tournoyer le grappin au-dessus de sa tête avant de le lâcher. Il décrivit un arc gracieux dans les airs avant de retomber quelques secondes plus tard, manquant de peu le crâne du sergent qui dut sa survie à la rapidité de ses réflexes.

— Désolé, chef, marmonna Caramon.

— Essaye encore, ordonna Nemiss, à distance prudente cette fois.

Caramon recommença en prenant garde à diriger le grappin vers le flanc de la falaise. La corde se déroula selon l'angle voulu, mais le grappin heurta la roche et glissa vers le bas. Au dernier moment, il accrocha une saillie et s'immobilisa. Caramon tira de toutes ses forces sur la corde.

— L'Acrobate, tu passes le premier, ordonna Nemiss.

Personne ne connaissait le véritable nom de l'Acrobate, pas même lui. On l'avait surnommé ainsi quand il était enfant, et ça lui était resté. Il venait d'une famille de saltimbanques qui s'étaient produits dans toute la Solamnie, y compris au cirque royal de Palanthas.

Ses camarades ignoraient pourquoi il s'était engagé dans l'armée de Langarbre. Il n'en parlait jamais, mais certains chuchotaient que sa femme – qui lui servait aussi de partenaire – s'était tuée pendant leur numéro de corde raide, et qu'il avait renoncé au cirque en se jurant de ne plus jamais y remettre les pieds.

Si c'était vrai, cette tragédie n'avait en rien altéré son heureux caractère. Jovial et amical, il était toujours prêt à faire la démonstration de ses talents pour divertir ses camarades. Il marchait sur les mains avec autant de facilité que sur les pieds. Il pouvait faire des nœuds avec ses membres et plier ses articulations selon des angles étranges. Aucun arbre, aucun mur n'était trop escarpé pour qu'il l'escalade.

Dès qu'il eut pris pied sur la saillie, L'Acrobate assura sa propre corde et la lança aux hommes qui attendaient en dessous. Les soldats s'alignèrent en une double file et commencèrent l'ascension de la falaise sous le regard consterné de Raistlin, qui avait à peine assez de force dans les bras pour soulever une tasse de thé.

Caramon dut s'en rendre compte, car il chuchota d'un air inquiet :

— Comment vas-tu faire, Raist ?

— Tu n'auras qu'à me porter, répondit le jeune mage.

— Hein ?

Le colosse leva les yeux vers la corniche, puis dévisagea on frère. Même si Raistlin n'était pas bien épais, il restait un homme adulte chargé de son bâton, de ses étuis à parchemin et de ses composants de sort.

— Tu ne remarqueras même pas que je suis là, le rassura son jumeau. Je vais jeter un sort qui me rendra aussi léger qu'une plume de poulet.

— Ah oui ? Dans ce cas, pas de problème, dit Caramon avec une confiance que rien n'aurait pu entamer. (Il se baissa pour que Raistlin puisse monter sur son dos.) Passe tes bras autour de mon cou. Ton bâton est bien attaché ?

Il l'était, tout comme les étuis à parchemin que le jeune mage portait en bandoulière au bout d'une lanière de cuir. Une main après l'autre, Caramon commença à se hisser le long de la corde.

— Tu as lancé ton sort, Raist ? Je ne t'ai pas entendu incanter.

— Je sais ce que je fais.

Caramon continua son ascension, et l'adrénaline coulait si bien dans ses veines qu'il remarqua à peine le poids supplémentaire.

— Raist ! Ça marche ! s'émerveilla-t-il. Je ne te sens presque pas !

— Tais-toi et regarde où tu mets les pieds, ordonna son jumeau en tentant de ne pas penser à ce qui se passerait si Caramon lâchait prise.

Quand ils atteignirent la corniche, Raistlin se laissa glisser le long du dos de son frère et s'adossa à la falaise, le souffle court. Secoué par une quinte de toux, il saisit la flasque pendue à sa ceinture et avala quelques gorgées du thé qui facilitait sa respiration. Sa toux se calma. Mais il était déjà épuisé, et le plus dur restait à faire.

— Encore un peu de grimpette, dit Nemiss sur un ton encourageant, en tendant le grappin à Caramon.

La distance qui les séparait du sommet était moins grande que celle qu'ils avaient déjà escaladée. Caramon réussit à fixer la corde dès la première tentative. L'Acrobate monta le premier, assura sa propre corde et la lança de nouveau à ses camarades.

Raistlin se suspendit au cou de Caramon. Cette fois, le colosse sentit indubitablement le poids de son jumeau, et ses bras tremblèrent de fatigue. Il eut tout juste assez de force pour se hisser en haut de la falaise. Si celle-ci avait mesuré quinze pieds de plus, il n'y serait pas arrivé.

— Je ne crois pas que ton sort ait fonctionné cette fois, Raist, se plaignit-il, haletant, en essuyant la sueur et les gouttes de pluie qui lui coulaient dans le cou. Es-tu certain de l'avoir jeté ? Je ne t'ai pas entendu.

— Tu n'as pas fait assez attention, c'est tout.

Le sergent ordonna une halte pour que les hommes se reposent ; puis ils se mirent en route vers la cité. Le terrain était accidenté, et ils progressaient lentement, escaladant des promontoires rocheux ou se laissant glisser le long de raidillons.

Minuit était passé depuis longtemps et les feux de camp, sur les remparts de Findespoir, ne leur semblaient toujours pas plus proches. Maître Senej se rembrunissait à chaque minute, mais les éclaireurs lui apportèrent enfin une bonne nouvelle.

— Chef, nous avons découvert un chemin qui conduit droit à la ville : sans doute une ancienne piste de chevrier.

Le sentier traversait les rochers. Il était si étroit que les hommes durent s'y engager en file indienne, et certains – Caramon le premier – furent forcés de marcher en crabe à certains endroits.

Ils débouchèrent enfin sur le cirque qui surplombait la cité. Des soldats montaient la garde sur les remparts ou se rassemblaient autour des feux pour parler à voix basse, regardant parfois la vallée où étaient stationnées les deux armées ennemies.

Les flammes éclairaient la falaise comme en plein jour. Les hommes de la Compagnie C se sentirent à découvert sur leur corniche, même s'ils savaient que quelqu'un qui se tenait en bas aurait du mal à les distinguer. En silence, ils continuèrent à suivre la piste qui descendait vers Findespoir.

Ils étaient sur le point d'atteindre les remparts quand la pire crainte de Raistlin se réalisa : le souffle lui manqua, et il fut secoué par une nouvelle quinte de toux. Maître Senej s'immobilisa et se retourna pour le foudroyer du regard.

— Arrête ce boucan ! siffla le sergent Nemiss.

— Arrête ce boucan, répétèrent les hommes en dévisageant Raistlin.

— Il ne peut pas s'en empêcher, grogna Caramon.

Il se plaça devant son jumeau pour lui faire un bouclier de son corps.

Raistlin s'empara maladroitement de sa flasque, la porta à sa bouche et but. Parfois, ses effets se faisaient attendre, et il avait des spasmes pendant des heures. Si c'était le cas aujourd'hui, ses camarades n'hésiteraient pas à le jeter du haut de la falaise.

Finalement, le thé agit, à moins que la seule force de sa volonté n'ait suffi à dissoudre les cendres qui semblaient lui emplir les poumons.

Les remparts s'étendaient aux pieds de la Compagnie C. Pendant que les éclaireurs partaient en reconnaissance, les soldats se plaquèrent contre la falaise pour attendre leur retour. Raistlin continua à boire du thé à intervalles réguliers.

Cette fois, les éclaireurs rapportèrent des nouvelles décevantes : le chemin conduisait à un ruisseau qui pénétrait dans la cité par une ouverture si minuscule que Trocard lui-même ne pourrait pas s'y glisser. Le seul moyen d'entrer consistait à passer par-dessus les remparts.

Une tour de garde arrivait presque à leur niveau. La lumière qui en filtrait éclairait les silhouettes d'au moins trois sentinelles placées derrière les meurtrières.

— Je suppose qu'il va falloir sauter, conclut maître Senej, les sourcils froncés.

— Tous les gardes de la tour vont nous bondir sur le dos, objecta le sergent Nemiss. Mais je ne vois pas d'autre moyen d'entrer...

Maître Senej fit appeler les archers. Raistlin l'entendit et quitta sa position à l'arrière de la file.

— Il faut que je parle au chef, dit-il à ses camarades, qui s'effacèrent pour le laisser passer.

— Couvrez-nous le temps que nous descendions jusqu'aux remparts, puis rejoignez-nous, ordonna Senej aux archers. Et tâchez d'être précis. Tirez pour tuer : s'ils donnent l'alarme, nous sommes tous morts.

— Aussi précis soient-ils, les officiers ennemis découvriront les cadavres criblés de flèches, messire, dit Raistlin. Ils sauront que nous sommes en ville.

— Mais ils ignoreront où nous nous cachons, répliqua le maître d'armes.

— Ils lanceront des recherches, et ils auront toute la journée pour nous débusquer.

— Tu as une meilleure suggestion, peut-être ?

— Oui, messire. Je peux faire en sorte que nous entrions dans la cité sans que personne ne s'en aperçoive.

Senej et Nemiss se regardèrent d'un air sceptique. Le seul mage auquel ils faisaient confiance, c'était Horkin, parce qu'il se comportait comme un soldat davantage que comme un jeteur de sorts.

Ni l'un ni l'autre n'aimaient Raistlin, qu'ils jugeaient faible et indiscipliné. Sa quinte de toux inopportune ne l'avait pas fait remonter dans leur estime. Mais le baron Ivor leur avait ordonné de l'emmener et d'utiliser ses compétences.

— Je suppose que nous n'avons pas grand-chose à perdre, finit par lâcher Senej à contrecœur.

— Majere, tu pars devant. Vous deux, dit Nemiss aux archers, tenez-vous prêts à tirer, juste au cas où.

Elle n'ajouta pas qu'en cas de trahison, le mage serait leur première cible. C'était évident.

— Comment comptes-tu descendre, Majere ?

C'était une bonne question. Le Bâton de Magius permettait à son porteur de flotter dans les airs aussi légèrement qu'une plume. Raistlin avait découvert l'existence de ce pouvoir dans le livre qu'il recopiait pendant son temps libre.

Il avait essayé de s'en servir deux fois. La première lui avait valu une mauvaise chute du toit d'une grange ; la seconde avait été couronnée de succès. Mais jamais il n'avait sauté d'aussi haut. Il ignorait la portée exacte du sort, et ce n'était pas le moment de faire des expériences.

— De la même façon que je suis monté, dit-il.

Les hommes firent passer le mot à Caramon, qui noua l'extrémité d'une corde autour d'un rocher et projeta l'autre par-dessus le bord de la corniche.

— Attendez ! souffla le sergent Nemiss.

Un des gardes venait de passer au-dessous d'eux sur le chemin de ronde. Ils attendirent jusqu'à ce qu'il ait disparu.

Raistlin grimpa sur le dos de son frère. Caramon empoigna la corde à deux mains et descendit en rappel. Au début, ils progressèrent dans l'ombre, mais ne tardèrent pas à passer dans la lumière des feux qui se reflétait sur la falaise.

Sur la corniche, les soldats retinrent leur souffle. Il suffirait qu'une seule des sentinelles jette un coup d'œil par les meurtrières et ils seraient découverts.

Raistlin surveillait la tour par-dessus son épaule. La silhouette d'un garde obstrua une des étroites ouvertures.

— Caramon, arrête-toi ! souffla-t-il.

Son jumeau obéit. Mais il ne pouvait pas rester longtemps immobile avec le poids de Raistlin sur le dos. Déjà, il sentait ses bras trembler de fatigue. Ils faisaient une cible idéale, suspendus à leur corde sans pouvoir se défendre ni se protéger.

Raistlin craignit que la sentinelle donne l'alarme, mais elle s'écarta de la fenêtre sans les remarquer.

— Maintenant !

Caramon recommença à descendre. Arrivé à trois pas des remparts, ses bras cédèrent. Il se laissa glisser le long de la corde, qui lui arracha presque toute la peau des mains, et atterrit lourdement sur le chemin de ronde. Raistlin le lâcha et rampa à couvert dans l'ombre du mur. Ils attendirent, frémissants, certains que quelqu'un les avait repérés.

Dans la tour, les gardes parlaient fort comme s'ils se disputaient. Ils n'avaient rien entendu. Raistlin étudia le bas du mur. La tour suivante se dressait à cinquante bons pas de là ; ils n'avaient rien à craindre de ce côté.

— Que veux-tu que je fasse ? chuchota Caramon.

— Passe-moi ta flasque, ordonna Raistlin.

— Quelle flasque ? demanda son jumeau en ouvrant de grands yeux innocents. Je ne…

— Caramon, donne-moi la flasque d'eau-de-vie naine que tu gardes dans la poche de ton pantalon, répéta Raistlin. Je sais que tu l'as emportée !

Chagriné, le colosse la tira de sous son armure et la lui tendit à contrecœur.

— Attends-moi ici.

— Mais, Raist…, grogna Caramon.

— Chut ! Fais ce que je te dis !

Il s'en fut sans attendre de réponse. Ne sachant pas ce qu'il comptait faire, et ne voulant pas le mettre en danger en lui désobéissant, Caramon resta accroupi dans l'ombre, une main posée sur la poignée de son épée.

Raistlin se glissa le long du mur jusqu'à ce qu'il atteigne une des meurtrières. Il entendait les sentinelles parler, mais ne prêta pas garde à ce qu'elles racontaient : toute son attention était concentrée sur ses sorts.

Agenouillé sous la meurtrière, il tira une petite boîte de sa poche et l'ouvrit. Pour une fois, il n'eut pas besoin de se répéter les paroles de son incantation : elles lui vinrent immédiatement à l'esprit.

Le jeune mage était étonné par son propre calme. Il préleva une pincée de sable, la jeta par la fenêtre et incanta.

Les voix se firent pâteuses, puis se turent. Quelque chose tomba sur le plancher. Raistlin se raidit et attendit une minute pour être sûr que le bruit n'avait pas attiré l'attention d'autres gardes. Mais personne ne vint voir ce qui se passait.

Le jeune mage se releva et jeta un coup d'œil à l'intérieur.

Affalés sur une table, trois hommes dormaient à poings fermés. Le bruit qu'il avait entendu était celui d'une chope lâchée par un des dormeurs.

La meurtrière était trop étroite pour laisser passer un adulte. Raistlin déboucha la flasque de Caramon et la lança dans la pièce. Elle atterrit sur la table, et se vida sur le bois. Bientôt, une forte odeur d'eau-de-vie naine emplit la tour.

Raistlin s'accorda un moment pour admirer son œuvre. Quand la relève arriverait, elle découvrirait trois sentinelles qui avaient essayé de tuer le temps et fini par succomber à leur ivresse. Ça aurait l'air moins louche que si elles s'étaient toutes les trois endormies pendant leur service. Et *beaucoup* moins louche que si on retrouvait leurs cadavres lardés de flèches.

A leur réveil, les trois hommes nieraient avoir bu. Mais personne ne les croirait. Ils seraient punis, peut-être exécutés. Raistlin les dévisagea. L'un d'eux semblait très jeune, moins de dix-sept ans à vue de nez. Les deux autres étaient plus âgés, sans doute de bons pères de famille que leur épouse attendait sans réussir à trouver le sommeil…

Raistlin s'interdit d'y penser. Ces hommes étaient des ennemis. Il ne pouvait pas se permettre de les considérer comme des individus. Il revint vers son frère sur la pointe des pieds.

— Tout va bien, déclara-t-il.

— Qu'est-il arrivé aux gardes ? demanda Caramon.

— Je n'ai pas le temps de t'expliquer. Dépêche-toi, fais descendre les autres !

Selon le signal convenu, le colosse tira trois fois sur la corde.

Quelques instants plus tard, l'Acrobate prit pied sur les remparts, suivi par le sergent Nemiss.

— La tour ? demanda-t-elle.

— Tout va bien, répéta Raistlin.

Nemiss haussa un sourcil.

— L'Acrobate, va voir !

Des invectives montèrent aux lèvres du jeune mage. Mais il eut le bon sens de les ravaler et d'attendre en silence le retour de son camarade.

— Les gardes sont en train de faire la sieste, rapporta L'Acrobate.

Il fit un clin d'œil à Raistlin.

— Très bien, lâcha Nemiss.

Mais elle jeta un regard approbateur au jeune mage avant de tirer sur la corde.

Trocard arriva le premier, son sourire trahissant son excitation.

— L'Acrobate, trouve un endroit pour que les hommes puissent descendre à terre, ordonna le sergent. Trocard, tu surveilles la tour d'en face.

Le ciel s'éclaircissait imperceptiblement à l'horizon. L'aube n'était pas loin. L'Acrobate leur apprit qu'au-dessous d'eux, une ruelle longeait l'arrière d'un bâtiment massif : avec un peu de chance, l'un des entrepôts où ils espéraient se cacher pendant la journée.

— Le coin est désert, chef, ajouta-t-il.

— Ça ne durera pas, marmonna le sergent Nemiss. (Déjà, les ombres se dissipaient.) Dépêche-toi de faire descendre les hommes. (Elle regarda la vallée.) Que fabriquent nos fichus alliés ? Ils devaient faire une diversion !

Les soldats se laissèrent rapidement glisser le long de la corde. Caramon resta en bas pour les aider à atterrir en silence et leur indiquer l'endroit où l'Acrobate avait noué une seconde corde autour d'un créneau.

Les premiers hommes prirent pied dans l'allée. L'un d'eux fit signe qu'ils avaient découvert l'entrée de l'entrepôt.

— Chef ! appela Trocard. Quelqu'un vient de sortir de l'autre tour et se dirige vers nous !

Nemiss jura. Il restait encore cinq soldats sur la corniche, dont maître Senej. Et leurs alliés ne se manifestaient toujours pas.

— C'est sans doute un officier qui fait sa ronde, dit-elle en tirant son couteau. Je vais le…

— Je m'en occupe, chef, proposa Raistlin.

— Rouge, non !

Mais le jeune mage était déjà parti, se déplaçant dans l'ombre comme s'il se confondait avec elle. Nemiss fit mine de le suivre.

— Je vous demande pardon, chef, intervint Caramon en lui posant une main sur le bras pour la retenir. Mais Raistlin a dit qu'il s'en occupait, et jusqu'à maintenant, vous n'avez pas eu à vous plaindre de lui.

Un gros tonneau de bois, cerclé de fer et rempli d'eau, était adossé au mur pour le cas où l'ennemi tirerait des projectiles incendiaires. Raistlin s'accroupit derrière et regarda l'officier approcher tête baissée, perdu dans ses pensées. Il lui suffirait de lever le nez pour apercevoir la corde qui descendait le long de la falaise.

— Chef, venez vite !

L'officier sursauta et regarda derrière lui.

— Chef, dépêchez-vous ! L'ennemi arrive !

L'homme s'élança le long des remparts.

Raistlin eut un sourire satisfait. Il n'avait pas fait appel à ses talents de ventriloque depuis l'époque où il gagnait sa vie en se produisant sur les champs de foire. Il était bon de constater qu'il n'avait pas perdu la main… si on pouvait dire.

Quand il rejoignit ses camarades, le plus gros de la compagnie était déjà dans l'entrepôt. Seuls Caramon et L'Acrobate attendaient le jeune mage.

— Comment vas-tu descendre ? demanda le colosse à L'Acrobate.

— De la même façon que vous : par la corde.

— Mais alors, qui restera ici pour défaire le nœud ? Si personne ne le fait, on saura que nous sommes en ville !

— C'est une excellente remarque, approuva L'Acrobate. Dans ce cas, je vais descendre le premier et tu ôteras la corde après mon passage.

— D'accord, dit Caramon. (Puis il fronça les sourcils.) Mais si je fais ça, comment vous rejoindrai-je ?

— C'est un problème, admit son camarade, l'air soucieux. Je suppose que tu ne peux pas voler ? Non ? Dans ce cas, tu vas devoir me laisser faire.

Secouant la tête, Caramon prit Raistlin sur son dos et descendit dans la ruelle. L'Acrobate attendit qu'ils le rejoignent, puis les suivit avec agilité.

Dès qu'il fut en bas, il leva la tête vers les remparts et tira un bon coup sur la corde solidement attachée au créneau. Le nœud se défit ; la corde glissa le long du mur et tomba à ses pieds. L'Acrobate fit un clin d'œil aux jumeaux.

— Je croyais que c'était du solide, dit Caramon. Nous aurions pu nous faire tuer !

— Viens, mon frère, lui ordonna Raistlin, irrité. (Son excitation retombait, et la fatigue qui l'assaillait toujours après avoir utilisé sa magie commençait à se faire sentir.) Tu as perdu assez de temps à démontrer que tu étais un imbécile.

— Mais, Raist, je ne comprends pas...

Eberlué, Caramon emboîta le pas à son jumeau. L'Acrobate enroula la corde et la chargea sur son épaule.

Ils se glissèrent dans l'entrepôt au moment où la cité s'éveillait pour se préparer à l'assaut imminent.

CHAPITRE XII

Une fois l'entrepôt fouillé et reconnu comme la cachette la plus valable qu'on puisse trouver dans une ville en état de siège, le sergent Nemiss organisa des tours de garde et ordonna au reste des hommes de prendre un peu de repos. Raistlin dormait déjà profondément, épuisé par l'exercice physique autant que par sa magie.

Les sentinelles firent de leur mieux pour ignorer les ronflements de leurs camarades. Afin de ne pas succomber à la fatigue, elles firent les cent pas dans l'entrepôt, s'arrêtant brièvement pour regarder par une fenêtre ou échanger quelques propos à voix basse. A la fin de leur tour de garde, elles somnolaient debout, dodelinant de la tête pour se réveiller en sursaut quand un rat galopait dans les poutres.

La matinée se déroula sans incident. Très peu de gens s'aventuraient dans cette partie de la ville. La taxe avait provoqué la fermeture des marchés et vidé les entrepôts de leurs marchandises. Les seuls civils qui traversaient le quartier marchaient tête baissée, perdus dans leurs pensées, sans jeter un regard à droite ni à gauche.

Il faillit y avoir une alerte lorsque quatre miliciens passèrent dans la rue. Les sentinelles portèrent la main à leur épée et se préparèrent à réveiller leurs camarades, mais les miliciens ne s'arrêtèrent pas et les hommes se regardèrent en souriant de satisfaction. Visiblement, la tactique du mage avait réussi : personne ne soupçonnait leur intrusion.

La pluie cessa à l'aube. En milieu de matinée, le soleil dardait ses rayons haut dans le ciel. Sous l'œil vigilant de son jumeau, Raistlin dormait comme s'il ne devait plus jamais se réveiller. Les autres soldats ronflaient ou se reposaient à même le sol, profitant de cette occasion, reconstituant leurs forces en vue de la nuit qui promettait d'être longue et périlleuse.

A l'exception de Trocard.

Le jeune homme était plus humain que kender. Pourtant, il arrivait que son sang maternel refasse surface.

En ce moment, il s'ennuyait, et un kender qui s'ennuie est un kender dangereux, comme pourrait le dire n'importe quel habitant d'Ansalonie. Un demi-kender qui s'ennuie n'est qu'à moitié dangereux, mais ceux qui l'entourent font quand même bien de garder leur épée à portée de main en prévision des catastrophes qui risquent de leur tomber sur la tête.

Trocard avait bien assez dormi. Il n'avait jamais eu besoin de beaucoup de sommeil. Quatre heures après l'arrivée de la Compagnie C en ville, il était prêt à passer à l'action.

Hélas, celle-ci ne démarrerait pas avant un bon moment. Pour tuer le temps, Trocard fouilla l'entrepôt de fond en comble dans l'espoir de découvrir quelque chose à échanger. A en juger par la poussière qui couvrait le sol et les graines coincées entre les lattes du plancher, l'endroit avait servi de grenier. Tout ce que le demi-kender découvrit, ce fut des sacs en toile de jute vides, aux coins rongés par les rats.

Quand il revint de son exploration les mains vides, le jeune homme tenta d'engager la conversation avec Caramon. Mais celui-ci lui intima le silence : il ne fallait pas réveiller Raistlin ! Pourtant, selon Trocard, même une Machine Gnome Hurlante à Nettoyer les Carreaux – comme celle qu'il avait vue à l'œuvre dans sa jeunesse – n'aurait pu tirer le mage de son sommeil.

C'était une histoire très intéressante. La machine n'avait pas réussi à nettoyer les carreaux, et elle les avait brisés jusqu'au dernier. Furieux, les propriétaires de la maison avaient failli tailler en pièces les démonstrateurs. Mais ils leur avaient fait remarquer que des fenêtres dépourvues de vitres fournissaient une vue parfaitement claire sur l'extérieur, et que leur contrat était donc rempli.

Ils étaient repartis en se félicitant de leur succès. Peu après, un autre groupe de gnomes, membres du Comité des Vitriers et Réparateurs de Miroirs (qui se faisaient un devoir de suivre les inventeurs dans leurs pérégrinations) étaient arrivés, mais la milice leur avait refusé l'accès de la ville.

Trocard voulut raconter cette anecdote à Caramon, mais le colosse le fit taire quand il arriva au moment où les oreilles du maire s'étaient mises à saigner.

Le demi-kender s'éloigna, boudeur. Il fit un second tour de l'entrepôt, trébuchant au passage sur ses camarades endormis qui lui distribuèrent force coups de pied.

Dans un coin de l'entrepôt, maître Senej et le sergent Nemiss étaient accroupis autour d'une carte et préparaient l'attaque du soir.

Enfin quelque chose d'intéressant ! Trocard s'approcha pour mieux les entendre.

— Voilà l'avenue principale qui conduit à la porte nord, dit maître Senej. Ce bâtiment devrait nous fournir une excellente couverture jusqu'au moment où nous révélerons notre présence pour passer à l'attaque.

— Malheureusement, chef, un de nos espions nous a rapporté que ce bâtiment avait brûlé il y a un mois, objecta Nemiss. Nous ne pouvons pas compter sur sa présence. Or, s'il n'est pas là, nous nous retrouverons à découvert et vulnérables.

— Il y a des arbres ici…

— Ils ont été abattus.

— Toujours selon ton espion.

— Je sais que vous ne l'estimez guère, chef, et j'admets qu'il a omis de nous prévenir au sujet des catapultes, mais…

— Une minute, sergent.

Senej venait d'apercevoir l'ombre qui tombait sur la carte. Il leva la tête.

— Que pouvons-nous faire pour toi, soldat ?

— Je peux y aller, proposa Trocard avec enthousiasme, sans relever l'ironie dans la voix du maître d'armes. Je peux aller voir si le bâtiment et les arbres sont toujours debout. Je vous en prie, chef. Il faut vraiment que je fasse quelque chose. Mes mains et mes pieds me démangent.

— C'est la vermine des tranchées, grogna Senej en fronçant les sourcils.

— Non, c'est son sang kender, fit Nemiss.

Le maître d'armes se rembrunit.

— Je pourrais être de retour en deux battements de queue d'un griffon, plaida Trocard.

— Hors de question, trancha Senej. Le risque que tu te fasses remarquer et capturer est trop grand.

— Mais, chef…, supplia le demi-kender.

Le maître d'armes se tourna vers Nemiss

— Il va falloir l'attacher s'il continue comme ça.

— Vous savez, intervint la jeune femme, ce n'est pas une si mauvaise idée.

— Quoi, de l'attacher ?

— Non, de l'envoyer en reconnaissance. La vie de nos hommes dépend du fait que cette maison soit là ou pas, et Trocard nous a déjà rendu beaucoup de services.

Senej dévisagea le jeune homme qui, pour lui inspirer confiance, s'efforçait de prendre un air plus humain et moins kender.

— C'est vrai que ce serait un renseignement utile, dit enfin le maître d'armes. Très bien, Trocard. Mais tu devras te débrouiller seul : si tu te fais prendre, il n'est pas question que nous compromettions la mission pour venir te délivrer.

— Je comprends parfaitement, chef, assura Trocard. Je ne me ferai pas prendre : j'ai une telle façon de me fondre dans mon environnement que les gens ne me remarquent jamais, ou alors, ils pensent que...

Senej fit la grimace.

— Ne devrais-tu pas déjà être parti ?

— Oui, chef. J'y vais tout de suite, chef.

Trocard revint vers l'endroit où Raistlin dormait et où Caramon montait la garde.

— Caramon, chuchota-t-il, j'ai besoin d'emprunter ta sacoche.

— Il y a nos rations dedans, grogna le colosse avant d'ajouter, mélancolique : Du moins, ce qu'il en reste.

— Je sais. Je te promets que je te les ramènerai.

— Mais tu as aussi une sacoche !

— Le bâton..., murmura Raistlin dans son sommeil. Le bâton... est à moi. Non !

Il gémit et se débattit en agitant les bras.

— Chut, Raist. Tout va bien, lui assura Caramon d'une voix réconfortante. (Tenant son jumeau par les épaules, il jeta un coup d'œil au sergent Nemiss, qui les observait en fronçant les sourcils.) Ton bâton est ici, Raist. Juste là.

Il plaça l'artefact dans la main avide de son frère. Celui-ci le serra contre lui d'un air protecteur, soupira et se rendormit.

— Il va avoir des ennuis avec le sergent s'il continue comme ça, dit Trocard.

— Je sais. C'est pour ça que je suis là. Il est toujours plus calme quand je veille sur lui. (Caramon secoua la tête.) Je ne comprends pas ce qui cloche. Je ne l'avais jamais vu se mettre dans cet état. Il a l'air persuadé que quelqu'un veut lui voler son bâton.

Trocard haussa les épaules. Les paroles et les actes de Raistlin étaient toujours un mystère pour lui.

— Allons, passe-moi ta sacoche, ordonna-t-il, impatient.

Caramon la lui tendit. Il la mit en bandoulière sur son épaule gauche, la droite étant déjà occupée par la sienne.

— Une ou deux de plus, ça ne serait pas du luxe, mais on fera sans. Dommage qu'ils m'aient presque tondu. De quoi ai-je l'air ?

Il passa une main dans ses cheveux pour les ébouriffer, et adressa un joyeux sourire à Caramon.

— D'un kender, répondit le colosse. Sans vouloir t'offenser.

— Ne t'inquiète pas : c'est justement ce que je voulais entendre. A plus tard…

— Où vas-tu ?

— En reconnaissance !

Dans une cité fortifiée humaine, où tout le monde connaît tout le monde – souvent depuis la petite enfance –, un étranger est certain de se faire remarquer en temps de paix. Alors, pendant qu'une troupe ennemie fait le siège de la ville…

Les habitants vaquaient à leurs occupations armés jusqu'aux dents, prêts à riposter à une attaque. Les inconnus qu'ils croisaient se voyaient promptement saucissonnés et emmenés pour un interrogatoire en règle.

A l'exception des kenders.

Le problème n'est pas que tous les kenders se ressemblent aux yeux des humains, mais plutôt qu'un kender n'a jamais la même apparence deux jours de suite. Il peut avoir échangé ses vêtements avec ceux d'un ami ou emprunté des habits plus intéressants que les siens pendus sur une corde à linge. Il peut remplacer les fleurs de ses cheveux par un chapeau à plumes, porter ses chaussures, les vôtres ou pas de chaussures du tout.

Dans ces conditions, il n'est pas étonnant que la plupart des humains – surtout quand ils s'inquiètent pour leur vie, leur famille et leurs biens – soient incapables de dire s'ils ont affaire au même kender ou à différents kenders plus ou moins attifés de la même façon. Voilà pourquoi la présence de Trocard ne suscita pas d'autre réaction, chez les habitants de Findespoir, que de porter une main protectrice à leur bourse.

Le jeune homme descendit l'avenue principale de la cité fortifiée en admirant les maisons qui se pressaient les unes contre les autres, et dont le second étage avançait au-dessus de la chaussée. Dotées de poutres apparentes en bois sombre, la plupart auraient eu besoin d'un bon coup de peinture. D'autres avaient des carreaux cassés ; en temps normal, les habitants ne les auraient pas laissé se dégrader de la sorte, mais ils n'avaient plus les moyens de les entretenir.

Des planches étaient clouées en travers des vitrines. Les étals tristement vides tombaient en morceaux. Seules les tavernes grouillaient de monde, car les gens y allaient pour avoir des nouvelles.

Des nouvelles qui n'avaient rien de réjouissant…

Les habitants que croisa Trocard étaient pâles et avaient l'air abattu. Ceux qui conversaient entre eux parlaient d'une voix basse et inquiète. Le demi-kender en salua quelques-uns au passage, mais aucun ne lui répondit. Les seules personnes à la mine réjouie qu'il rencontra furent deux petits garçons crasseux et dépenaillés qui se battaient à coups d'épée en bois.

— Voilà donc les féroces rebelles de Findespoir, murmura Trocard.

Il passa devant une fenêtre ouverte derrière laquelle une jeune femme maigre qui semblait à demi morte de faim berçait un nourrisson.

Trocard revit Borar s'écroulant avec une flèche dans la gorge. Il se souvint des corps écrasés par les boulets et réussit à éprouver un soupçon de haine envers ces gens. Sa moitié humaine étant la seule capable de détestation, ce fut un Trocard plein de doute qui arriva devant la porte nord de la ville.

L'espion avait en partie raison : le bâtiment dont parlaient Senej et Nemiss avait brûlé, mais les arbres qui se dressaient sous les remparts étaient toujours là, et ils allaient aider les ennemis de Findespoir en leur fournissant une couverture rêvée pour lancer leur assaut.

Trocard traîna dans le coin en ouvrant grand les yeux, s'efforçant de noter le moindre détail pour répondre aux questions dont ses supérieurs ne manqueraient pas de le bombarder. Ça ne lui prit pas longtemps. Il aurait dû rentrer à l'entrepôt ensuite, mais l'idée de passer le reste de la journée enfermé à regarder Raistlin dormir lui était insupportable.

— Le maître d'armes serait encore plus content de moi si je lui ramenais des informations sur l'ennemi. Il doit bien y avoir quelque part des gens qui parlent de leurs plans…

Une rapide exploration lui permit de découvrir un groupe de civils et de miliciens qui s'étaient rassemblés sur le mur d'enceinte, près d'une tour de garde. L'un des hommes, corpulent et bien habillé, portait une épaisse chaîne en or autour du cou. Ce devait être quelqu'un d'important, songea le demi-kender.

Trocard aurait bien voulu se changer en petite souris pour traîner dans leurs pattes et entendre ce que ces gens racontaient. Levant les yeux vers la future couverture de la Compagnie C, il eut une idée : à défaut d'une souris, il pouvait devenir un oiseau.

Le demi-kender choisit l'arbre le plus haut et le plus proche du groupe. Il se glissa derrière le tronc et attendit pour s'assurer que personne ne l'avait remarqué. Puis il se délesta de ses sacoches, qu'il posa dans l'ombre, et grimpa. Souple et agile, il se hissait de branche en branche, prenant son temps pour choisir ses prises et ne pas risquer de trahir sa présence.

Trocard fut tellement silencieux qu'il effraya une femelle écureuil dans son nid. Affolée, celle-ci s'enfuit en entraînant ses petits. Ils firent un tel raffut que le demi-kender put se rapprocher davantage qu'il n'avait espéré. Il enfourcha une branche située directement sous le mur d'enceinte et tendit l'oreille.

Un frisson d'excitation le parcourut quand il entendit un des hommes s'adresser à celui qui portait la grosse chaîne en lui donnant le titre de « seigneur maire ».

— Un conseil de guerre ! Je suis tombé sur un conseil de guerre !

Ce n'était pas tout à fait vrai, comme il ne tarda pas à le découvrir. Le maire était venu s'enquérir des résultats de la dernière attaque ennemie, qui s'était achevée par une retraite.

— Voilà déjà deux assauts que nous repoussons, se félicita-t-il. Je pense que nous avons une bonne chance de gagner cette guerre.

— Ce n'étaient que des feintes, déclara un vieillard chenu. Ils voulaient tester nos défenses. Maintenant, ils en ont une assez bonne idée, grâce au débile qui a ordonné qu'on utilise les catapultes hier matin.

Le maire eut une petite toux contrariée. Puis le vieillard reprit la parole.

— Vous devriez regarder la vérité en face, Votre Honneur. Nous n'avons pas la moindre chance de gagner.

Nouveau silence.

— Pas la moindre chance, répéta-t-il. Les hommes que je dirige n'ont reçu aucun entraînement militaire. J'ai bien quelques archers capables de faire mouche à tous les coups ou presque, mais ils ne sont pas très nombreux, et ils tomberont à la première véritable attaque.

« Savez-vous ce qui s'est passé ce matin ? J'ai découvert trois sentinelles ivres mortes pendant leur tour de garde. Je ne peux pas les en blâmer : j'en aurais fait autant s'il était resté une goutte d'alcool chez moi.

— Que voulez-vous que nous fassions ? demanda le maire d'une voix brisée. (Il semblait au bord de l'hystérie.) Nous avons tenté de nous rendre ! Vous avez entendu ce qu'a dit ce... démon !

— Oui, je l'ai entendu. Et c'est aussi pour ça que je ne me suis pas soûlé hier soir : j'espère vivre assez longtemps pour le tailler en pièces de mes propres mains.

— Aussi incroyable que cela paraisse, on dirait que le roi

Wilhelm souhaite notre mort à tous, soupira le maire. Il savait qu'en nous imposant cette taxe, il provoquerait une rébellion. Il nous a forcés à adopter cette attitude, puis il a envoyé son armée nous punir. Et quand nous avons essayé de négocier, son général nous a proposé des conditions si épouvantables qu'aucune personne saine d'esprit n'aurait pu les accepter.

— Ce n'est pas moi qui vous contredirai sur ce point, Votre Honneur.

— Mais pourquoi ? Pourquoi nous fait-il ça ?

— Si les dieux étaient toujours là, ils le sauraient. Comme ce n'est pas le cas, je suppose que seul le roi Wilhelm est au courant, et qu'il a complètement perdu la boule. Peut-être a-t-il trouvé de nouveaux locataires pour nos maisons. Mais je peux vous dire une chose : ce n'est pas l'armée de Blödehelm qui nous assiège.

— Vraiment ? s'étonna le maire. De quelle armée s'agit-il ?

— Je l'ignore. Mais j'ai servi deux ou trois ans dans l'armée de Blödehelm, et je peux vous assurer que ça n'avait rien à voir. Nous étions des paysans qui lâchions notre bêche pour empoigner notre épée, marchions pendant quelques heures, livrions bataille et rentrions chez nous à temps pour le souper.

« Cette armée, en revanche... C'est une troupe de professionnels, pas un ramassis de fermiers engoncés dans l'armure de leur grand-père.

— Qu'est-ce que ça signifie ? demanda le maire, hébété comme s'il venait de recevoir un coup sur la tête.

— Ça signifie que vous avez raison, Votre Honneur. Quelqu'un souhaite notre mort. Pas forcément le roi Wilhelm...

Le vieillard s'inclina devant le maire, puis s'éloigna. Le gros homme marmonna entre ses dents, lâcha un gros soupir et se dirigea vers l'escalier pour descendre des remparts.

Trocard resta assis sur sa branche, repensant à la conversation qu'il venait de surprendre afin de n'en rien oublier. Puis il glissa le long du tronc, récupéra ses sacoches et émergea dans la rue sous le nez du maire.

Celui-ci fit un bond en arrière et, par réflexe, porta la main à sa bourse.

— Fiche le camp !

Trocard aurait été très heureux d'obéir. Mais le maire l'examina plus attentivement et campa devant lui sa masse considérable.

— Attends une minute. On se connaît ?

— Oh que oui, répondit Trocard sur un ton joyeux.

— Comment ?

— J'ai eu l'honneur d'apparaître devant vous à de nombreuses reprises. Aux assises matinales, vous savez bien. Quand ils nous laissent sortir de prison après nous avoir arrêtés la nuit précédente, qu'ils nous conduisent devant vous et que vous nous faites ces grands discours sur la loi, l'ordre, l'honnêteté et tout le bazar.

— Je vois, grogna le maire, dubitatif.

— Je me suis coupé les cheveux, ajouta Trocard. C'est peut-être pour ça que vous avez du mal à me remettre. Et puis, je n'ai pas été en prison depuis longtemps. Vos discours ont changé ma vie…

— J'en suis heureux. Veille à rester sur le droit chemin. Bonne journée.

Il se dirigea vers la plus belle maison de l'avenue, dont il gravit les marches d'un pas pesant.

— Ouf ! souffla Trocard en partant dans la direction opposée. J'ai eu chaud aux fesses ! Je n'arrive pas à croire qu'un type si gros ait pu descendre des remparts si vite !

— Ils ont tenté de se rendre ? s'exclama maître Senej, consterné. Tu veux dire que nous avons sacrifié des hommes pour prendre une cité qui ne veut pas se battre ?

— Il a dû mal entendre. Tu as dû mal entendre, répéta le sergent Nemiss à Trocard. Quels étaient les mots exacts ?

— « Nous avons tenté de nous rendre », chef. Et ce n'est pas tout. Ecoutez.

Il leur rapporta toute la conversation.

— C'est curieux, murmura Senej, les sourcils froncés, mais j'ai eu la même impression au sujet de cette armée. Je n'ai jamais combattu avec ou contre les soldats de Blödehelm, mais j'en ai entendu parler de la bêche à l'épée et de l'épée à la bêche.

— Si c'est vrai, qu'est-ce que ça signifie ? demanda Nemiss, faisant écho à la question du maire.

— Ça signifie que l'ennemi a agité le drapeau blanc et que nous sommes sur le point de le décapiter. Le baron ne va pas aimer ça du tout…

— Qu'allons-nous faire, chef ? L'assaut est prévu pour demain matin, et nous avons reçu l'ordre d'attaquer les portes de l'intérieur. Nous ne pouvons pas désobéir.

Senej réfléchit un moment.

— Le baron doit être informé de ce qui se passe. Il a la réputation d'être un homme juste et honorable. Pensez combien son image et la nôtre souffriront s'il s'avère que nous prenons part à un massacre !

Personne ne nous engagera plus. Il faut au moins lui donner une chance d'annuler ou de modifier ses ordres.

— Je doute que nous ayons le temps de lui envoyer un messager, chef.

— Il est juste un peu plus de midi, sergent. Un homme seul se déplace beaucoup plus vite qu'une armée. S'il coupe à travers la campagne, il peut rejoindre le camp en trois heures. Une heure pour expliquer la situation au baron et trois autres pour revenir ; même en comptant une ou deux heures de battement au cas où il ait des problèmes en route, il pourra être de retour au coucher du soleil. L'attaque n'est pas prévue avant l'aube. Lequel de vos hommes désigneriez-vous pour cette mission ?

— L'Acrobate, répondit Nemiss sans hésiter. Faites passer le mot à l'Acrobate.

L'homme les rejoignit, tout échevelé et étouffant un énorme bâillement.

— Nous avons besoin que tu livres un message au baron, lui expliqua maître Senej.

— Oui, chef.

— Nous ne pouvons pas attendre la tombée de la nuit ; il faut que tu partes maintenant. Te sens-tu capable de rebrousser chemin ? Nous avons affaire à des miliciens inexpérimentés, mais prends garde. Que tu te fasses tuer par un citoyen ordinaire ou par un véritable soldat, tu seras mort quand même.

— Je connais mon affaire, chef. J'y arriverai.

— Prends la route la plus directe pour rentrer au camp, et demande à parler au baron. Voilà ce que je veux que tu lui dises. As-tu une bonne mémoire ?

— Excellente, chef.

— Trocard, répète-lui ce que tu viens de nous raconter.

Le demi-kender s'exécuta. L'Acrobate écouta attentivement, hocha la tête et dit qu'il avait compris. On lui offrit tout l'équipement qu'il voulait, mais il déclara n'avoir besoin que d'une corde et d'un couteau, qui étaient déjà en sa possession.

Dès que les sentinelles rapportèrent que la voie était libre, il se glissa par la porte entrouverte et disparut à l'angle de l'entrepôt.

— Il ne nous reste plus qu'à attendre, soupira maître Senej.

L'après-midi traîna en longueur. Les hommes tuèrent le temps en jouant au saut du chevalier, où chaque participant appuie sur le bord d'un petit jeton de métal avec un jeton plus gros pour le faire

« sauter » dans un gobelet, le gagnant étant celui qui a réussi à rentrer le plus de jetons dans le gobelet à la fin de la partie.

Le saut du chevalier était un jeu très ancien. On murmurait qu'il avait été le favori du légendaire Huma. Il était très populaire parmi les hommes du baron Ivor, qui accordaient à leurs jetons faits main presque autant de valeur qu'à des pièces d'acier. Chacun commandait les siens au forgeron, qui les fabriquait à partir de ses rognures de métal et les personnalisait en y ajoutant un petit symbole ou un dessin.

Au fil du temps, on avait développé des variations sur le thème initial, comme celle qui consistait – en plus de faire entrer un jeton dans le gobelet – à l'empiler proprement par-dessus ceux qui s'y trouvaient déjà.

Le baron Ivor excellait à ce jeu. Grâce à sa très grande dextérité, Raistlin aussi. C'était l'une des rares occupations « frivoles » à laquelle il s'adonnait volontiers. Il faisait montre d'une concentration et d'une précision qui décourageaient les joueurs occasionnels, mais provoquaient l'admiration de tous les autres.

Par dépit, un de ses camarades prétendit qu'il se servait de sa magie pour gagner. Mais Raistlin démontra aisément qu'il se trompait, pour la plus grande satisfaction de ses nombreux admirateurs – des soldats qui ne l'appréciaient guère à titre personnel, mais le soutenaient parce qu'il leur faisait gagner de l'argent.

Par nature, le jeune mage était économe et peu enclin à risquer des gages durement acquis. En revanche, il trouvait toujours des soldats heureux de miser sur lui et de lui accorder une part des bénéfices.

Avec ses grosses mains maladroites, Caramon était un joueur médiocre. Il préférait regarder son jumeau à l'œuvre, l'abreuvant de conseils bien intentionnés mais pas nécessairement avisés, pour la plus grande irritation de Raistlin.

Tout l'après-midi, on n'entendit dans l'entrepôt que le tintement des jetons atterrissant dans les gobelets, plus les jurons étouffés des perdants et les grognements satisfaits des gagnants. La partie prit fin au coucher du soleil, quand il fit trop sombre pour évaluer les distances.

Les hommes se dispersèrent pour grignoter la viande froide et le pain dur de leur souper, qu'ils firent descendre avec de l'eau. Certains retournèrent se coucher, sachant qu'ils devraient se lever très tôt le lendemain. D'autres passèrent la soirée à se raconter des histoires ou à jouer aux charades.

Raistlin confia sa part des gains à Caramon pour qu'il la mette en lieu sûr, sirota un peu de son thé et s'endormit paisiblement en rêvant de jetons et de gobelets plutôt que de sinistres magiciens rouges.

Tout le monde était au courant de la dangereuse mission confiée à l'Acrobate. Chacun retraçait dans sa tête le chemin qu'il suivait, calculait combien de temps il lui faudrait pour atteindre le camp, se demandait s'il passerait par la route ou prendrait un raccourci, et spéculait sur la réaction du baron Ivor.

Alors que la nuit tombait, les soldats jetèrent des regards de plus en plus fréquents vers la porte, se massèrent autour des fenêtres et sursautèrent chaque fois qu'un bruit de pas retentissait dans la rue déserte. L'heure prévue pour le retour de l'Acrobate était passée depuis longtemps. Dans un coin, maître Senej et le sergent Nemiss continuaient l'élaboration de leur plan de l'attaque.

Puis une des sentinelles appela à voix basse :

— Qui va là ?

— Kiri-Jolith et le martin-pêcheur.

C'était le mot de passe. Epuisé mais souriant, l'Acrobate se glissa dans l'entrepôt.

— Alors, qu'a dit le baron ? demanda maître Senej en lui sautant presque dessus.

— Demandez-lui vous-même, chef, répondit l'Acrobate.

D'un geste du pouce, il désigna Ivor de Langarbre qui se tenait derrière lui. Les soldats écarquillèrent les yeux.

— Garde à vous ! s'exclama le sergent Nemiss en bondissant sur ses pieds.

Les hommes s'empressèrent d'obéir. Le baron leur fit signe de rester où ils étaient.

— J'ai l'intention d'explorer le fond de ce tonneau, annonça-t-il. L'eau est claire en apparence, mais j'ai le sentiment qu'il y a de la vase dessous. Je n'aime pas ce que j'ai entendu dire sur nos foutus alliés, et j'aime encore moins ce que j'en ai vu.

— Oui, seigneur. Quels sont vos ordres ?

— Je veux parler aux autorités de cette ville. Ce commandant, peut-être...

— Ce sera dangereux, seigneur, dit maître Senej.

— Comme si je ne m'en doutais pas ! Je...

— Je vous demande pardon, dit Trocard en apparaissant sous le coude du baron, mais je sais où vit le maire de Findespoir. C'est la plus belle et la plus cossue maison du quartier.

— Qui es-tu ? demanda le baron, qui ne distinguait pas son interlocuteur dans le noir.

— Trocard, messire. C'est moi qui ai surpris la conversation entre le maire et le commandant. Ensuite, j'ai vu le maire descendre la rue et entrer dans une maison.

— Te sens-tu capable de retrouver ton chemin ?

— Oui, messire.

— Dans ce cas, allons-y. Il ne nous reste pas beaucoup de temps avant l'attaque. Maître Senej, sergent Nemiss, restez avec vos hommes. Si nous ne sommes pas revenus à l'aube, procédez comme prévu.

— Oui, seigneur. Puis-je vous suggérer d'emmener quelques hommes au cas où vous… tomberiez sur quelqu'un ?

— Si je *tombe* sur quelqu'un, peu importe que je sois seul avec Trocard ou accompagné d'une poignée d'hommes : tous les citoyens se rameuteront pour nous massacrer ! Plus nous serons nombreux, plus nous courrons de risques de nous faire repérer. Je ne veux pas me promener avec une armée sur les talons.

— Sans aller jusque-là, insista maître Senej, vous devriez emmener le magicien. Il nous a rendu un fier service la nuit dernière. Et son jumeau est un excellent guerrier, aussi large qu'une armoire. Il vaut bien quatre hommes. Leur présence ne peut pas vous nuire.

— Très bien, capitula le baron. Faites passer le mot aux Majere.

— De plus, ajouta Senej à voix basse, si vous n'aimez pas ce que le maire a à vous dire, il fera un excellent otage.

— C'est exactement ce que je pensais, admit Ivor.

CHAPITRE XIII

Bien que la nuit soit tombée depuis peu, les rues de Findespoir étaient désertes. Même les tavernes avaient fermé.

Les habitants étaient claquemurés chez eux ; certains avaient trouvé refuge dans un sommeil agité, tandis que d'autres gisaient les yeux grands ouverts dans le noir, guettant l'aube avec angoisse. Ceux qui entendirent des bruits de pas dehors et qui furent assez curieux ou effrayés pour regarder par la fenêtre ne virent que ce qui ressemblait à une patrouille.

— Si nous rasons les murs et avons l'air d'espions en mission de reconnaissance, nous passerons pour des espions en mission de reconnaissance, avait décrété le baron. Si nous marchons au milieu de la chaussée, sans faire trop de boucan mais sans nous cacher non plus, on nous prendra pour des gardes en train de faire leur ronde.

« Reste qu'à espérer que nous ne tombions pas sur de véritables gardes en train de faire leur ronde. Là, nous aurions des problèmes. Mais notre cause est juste ; Kiri-Jolith veillera sur nous.

Kiri-Jolith ne devait pas avoir grand-chose à faire ces derniers temps, ni beaucoup de prières auxquelles accéder. Peut-être s'ennuyait-il autant que les soldats forcés d'attendre dans l'entrepôt, sans la perspective d'une partie de saut du chevalier pour réjouir sa morne éternité. Les paroles du baron durent lui fournir une occasion rêvée de se rendre utile, car le petit groupe ne croisa pas âme qui vive en chemin – même un chat de gouttière.

— Voilà la maison où je l'ai vu entrer, messire, chuchota Trocard.

— En es-tu certain ? Tu l'observes depuis un angle différent.

— Oui, j'en suis certain. Comme vous pouvez le voir, c'est la plus grande du quartier, et je me souviens qu'il y avait un nid de cigogne sur la cheminée.

Solinari, qui était presque pleine, baignait les rues de la ville de sa lueur argentée. Les hautes cheminées s'alignaient comme des soldats au garde-à-vous, et le nid de cigogne se détachait comme un chapeau au sommet de celle du maire.

— Et s'il avait simplement rendu visite à un ami ? suggéra encore le baron.

— Il n'a pas tapé à la porte, messire, dit Trocard. Il est rentré directement, comme s'il était chez lui.

— De toute façon, intervint Raistlin, à supposer que ça ne soit pas sa maison, nous pourrons capturer et interroger un autre personnage important. Celui ou celle qui vit ici doit être très riche.

Le baron admit que ce serait tout aussi bien et s'engagea dans une ruelle qui longeait l'arrière de la maison.

— J'ai entendu dire que les nids de cigogne portaient chance, chuchota Trocard.

— Espérons que tu as raison, jeune homme, répondit le baron. Pas de lumière à l'intérieur : les occupants doivent être couchés. Je doute qu'ils soient sortis faire la fête. Qui est capable de crocheter la serrure ?

Il fixa Trocard, qui secoua la tête.

— Désolé, messire. Ma mère a bien essayé de m'apprendre, mais je n'ai jamais été doué.

— Je crois pouvoir m'en charger, proposa Raistlin.

— Tu as un sort d'ouverture ?

— Non, messire. Mais du temps où j'étudiais dans une école de magie, mon maître conservait ses grimoires dans une vitrine fermée à clé. Caramon, j'ai besoin de ton couteau !

Un escalier en bois conduisait à la porte de derrière. Raistlin monta les marches en prenant garde à ne pas trébucher sur ses robes pendant que les autres montaient la garde dans la ruelle, une main posée sur la poignée de leur arme. Le baron n'avait pas commencé à donner des signes d'impatience quand Raistlin leur fit un signe de la main. La porte était entrouverte.

Ils entrèrent dans la maison aussi silencieusement que possible vu la présence de Caramon. Les lattes du plancher craquèrent sous le poids du colosse ; les casseroles suspendues à des crochets sur les murs de la cuisine vibrèrent.

— Chut, Majere ! lui intima le baron. Tu vas réveiller toute la maisonnée !

— Désolé, chef, souffla Caramon.

— Tu restes ici pour monter la garde. Si quelqu'un arrive, tu l'assommes et tu le ligotes. Tu évites de le tuer si tu peux faire autrement, mais surtout, tu ne le laisses pas donner l'alerte. Trocard, tu restes avec lui. S'il y a un problème, ne crie pas : monte me chercher.

Caramon hocha la tête et se posta près de la porte, tandis que Trocard s'installait sur un tabouret.

— Rouge, tu viens avec moi, dit le baron en traversant la cuisine sur la pointe des pieds.

Il ouvrit la porte et jeta un coup d'œil de l'autre côté.

— A moins que je ne me trompe, ce doit être l'escalier de service. Les chambres doivent être en haut. Y a-t-il une bougie quelque part ?

— Nous n'en avons pas besoin, messire. Si vous voulez de la lumière, je peux nous en fournir. *Sharak* !

Le cristal de son bâton émit une douce lueur blanche.

L'escalier de service était étroit et montait en colimaçon. L'un derrière l'autre, les deux hommes le gravirent en silence. Le baron se déplaçait avec une grâce féline. Raistlin, qui le suivait, était terrifié à l'idée de faire grincer une marche ou de cogner son bâton contre le mur.

— La chambre du maître des lieux doit être tout en haut, chuchota Ivor, ignorant la première porte qu'ils rencontrèrent. Eteins ta lumière.

— *Dulak*, murmura Raistlin.

Ils se retrouvèrent dans le noir. Le jeune mage attendit, immobile, pendant que le baron ouvrait la porte du second étage. Il aperçut un couloir baigné par le clair de lune, aux murs couverts de tapisseries. Un lourd battant de chêne sculpté se dressait à l'autre bout, laissant filtrer des ronflements sonores.

— Je suis prêt à lancer un sort de sommeil en cas de besoin, déclara Raistlin.

— Le maire – si c'est bien chez lui que nous sommes – dort déjà. Nous avons besoin de le réveiller si nous voulons l'interroger, dit le baron.

— C'est vrai, concéda Raistlin.

— Mais tu pourras utiliser ton sort sur son épouse, le rassura Ivor. Les femmes sont toujours promptes à hurler, et il n'y a rien de tel pour mettre toute une maisonnée sens dessus dessous. Endors-la avant qu'elle puisse donner l'alerte. Moi, je m'occupe du maire.

Il traversa le couloir. Raistlin lui emboîta le pas, les paroles de son sort lui brûlant les lèvres. Il songea soudain qu'il n'avait pas eu une seule quinte de toux de la journée, et comme par hasard, sentit les prémices de la première. Il se concentra désespérément pour la réprimer.

Le baron posa une main sur la poignée, l'actionna doucement et poussa la porte. Les domestiques du maire devaient être consciencieux, car le battant ne grinça pas sur ses gonds. Le clair de lune baignait la chambre, entrant par une fenêtre à meneaux. Ivor avança sur la pointe des pieds, Raistlin sur ses talons.

Le maire dormait seul. Un seul regard suffit au baron pour se convaincre que c'était bien l'homme dont lui avait parlé Trocard : il correspondait en tous points à la description du demi-kender avec son ventre bedonnant et son visage rougeaud, même s'il était vêtu d'une chemise de nuit très simple.

Ecartant les rideaux de son lit à baldaquin, le baron bondit et lui posa une main sur la bouche pour l'empêcher de crier. Le maire s'éveilla avec un hoquet de surprise étouffé, cligna des paupières et posa sur son agresseur un regard embrumé par le sommeil.

— Ne faites pas de bruit ! dit Ivor. Nous ne vous voulons aucun mal. Rouge, ferme la porte !

Raistlin obéit et s'approcha du lit, prêt à intervenir en cas de besoin. Terrifié, le maire tremblait si fort que les rideaux du baldaquin ondulaient sur leurs anneaux dorés.

— Lumière, ordonna le baron.

Raistlin prononça le mot de pouvoir, et le cristal de son bâton s'alluma de nouveau.

— Je suis le baron Ivor de Langarbre. Vous avez peut-être entendu parler de moi : c'est mon armée qui assiège votre ville, prête à attaquer au moment où je lui en donnerai l'ordre. J'ai été engagé par le roi Wilhelm pour mater les rebelles qui ont pris le contrôle de Findespoir. Comprenez-vous ce que je dis ?

Le maire hocha la tête. Il avait toujours l'air à demi mort de peur, mais il avait cessé de trembler.

— Très bien. Je vous lâcherai si vous me promettez de ne pas appeler au secours. Y a-t-il des domestiques dans la maison ?

Le maire secoua la tête. Ivor ricana, certain qu'il lui mentait : personne ne pouvait vivre dans une aussi vaste demeure sans serviteurs. Il se demanda s'il devait insister ou abandonner pour le moment, et opta pour un compromis.

— Rouge, surveille la porte. Si quelqu'un entre, jette-lui ton sort.

Raistlin entrouvrit le battant et se plaqua contre le mur pour voir ce qui se passait dans le couloir aussi bien que ce qui se déroulait dans la chambre.

Pendant ce temps, le baron continua son monologue.

— J'ai vu et entendu des choses qui me poussent à remettre en question mes raisons d'avoir accepté ce travail. J'espère que vous pourrez m'aider. J'exige de vous des réponses franches, Votre Honneur, c'est tout. Je n'ai pas l'intention de vous faire du mal.

Donnez-moi ce que je veux et je repartirai comme je suis venu. C'est bien compris ?

Le maire hocha la tête ; le pompon qui ornait son bonnet de nuit frémit.

— Si vous essayez de me jouer un mauvais tour, ajouta Ivor, mon magicien vous transformera en limace.

Pour appuyer les propos du baron, Raistlin jeta un regard menaçant au maire, même s'il n'aurait pas été plus capable de ce genre de métamorphose que de voler à travers la pièce. A cause de la teinte étrange de sa peau et de ses pupilles en forme de sablier, il était très impressionnant, surtout pour un malheureux qu'on vient de réveiller en sursaut. Le maire écarquilla les yeux, terrifié, et hocha la tête frénétiquement.

Le baron ôta sa main.

Le maire déglutit, passa la langue sur ses lèvres sèches et remonta les couvertures sous son menton comme si elles pouvaient le protéger. Son regard passait sans cesse de Raistlin à Ivor. Il avait l'air si pitoyable que le jeune mage se demanda s'ils arriveraient à en tirer des informations cohérentes.

— Bien, approuva le baron.

Il repéra une chaise, la tira près du lit et s'y assit pour faire face au maire, qui semblait de plus en plus surpris.

— Maintenant, racontez-moi votre histoire depuis le commencement. N'oubliez rien mais faites vite : nous n'avons pas beaucoup de temps. L'attaque est prévue pour l'aube.

Cette nouvelle n'était pas du genre à mettre le maire en confiance. Il commença par bégayer, puis se laissa gagner par l'indignation tandis qu'il énumérait les torts causés à sa ville par l'ex-Bon Roi Wilhelm.

— Nous lui avons envoyé un ambassadeur : il l'a fait torturer et exécuter ! Nous avons essayé de nous rendre, mais le commandant de son armée nous a répondu que nous devions lui livrer nos femmes pour qu'il choisisse les plus belles !

— Et vous l'avez cru ? lança le baron, les sourcils froncés.

— Bien sûr que nous l'avons cru ! s'exclama le maire en épongeant son front baigné de sueur avec le pompon de son bonnet. Quel autre choix avions-nous ? Et puis... (Il frissonna à ce souvenir.) Nous avions entendu les cris des fermiers qu'ils avaient fait prisonniers ; nous avions vu brûler leurs granges et leurs maisons. Oui, nous l'avons cru.

Pour avoir rencontré Kholos, le baron le croyait aussi. Il réfléchit à ce qu'il venait d'apprendre en tirant sur sa courte barbe noire.

— Savez-vous ce qui se passe, seigneur ? couina faiblement le maire.

— Non, avoua Ivor. Mais j'ai l'impression qu'on m'a roulé. Si vous avez entendu parler de moi, vous devez savoir que je suis un homme d'honneur. Mes ancêtres faisaient partie de la Chevalerie Solamnique, et bien que ça ne soit pas mon cas, je me conforme aux préceptes de cet ordre.

— Dans ce cas, allez-vous renoncer à nous attaquer ? demanda le maire, plein d'espoir.

— Je ne sais pas. (Le baron baissa la tête.) J'ai signé un contrat, puis donné ma parole que je lancerais l'assaut à l'aube. Si je change d'avis au dernier moment, on me traitera de parjure, voire de lâche. Aucun de mes employeurs éventuels ne se demandera pourquoi : ils concluront que je ne suis pas fiable et refuseront de travailler avec moi.

« Mais si j'attaque, je passerai pour un homme qui a massacré des innocents prêts à se rendre ! Vraiment, je suis dans une impasse, fulmina-t-il en se levant. Des gobelins à ma gauche et des ogres sur ma droite !

— Ne me dites pas que des gobelins et des ogres nous assiègent aussi ! gémit le maire en serrant si fort sa couverture que les jointures de ses doigts blanchirent.

— C'est une façon de parler, le rassura Ivor. Quelle heure est-il, Rouge ?

Raistlin s'approcha de la fenêtre et vit que la lune commençait à redescendre dans le ciel.

— Près de minuit, messire.

— D'une façon ou d'une autre, je dois me décider, et vite !

Le baron traversa la pièce et, arrivé à un bout, tourna sur ses talons avec une raideur toute militaire, comme s'il était de garde, avant de repartir dans l'autre sens. Dans sa tête, sans doute livrait-il bataille contre les ogres de la manipulation sur un flanc et les gobelins du déshonneur sur l'autre.

Pour Raistlin, la décision aurait été facile à prendre : il aurait annulé l'attaque et serait rentré chez lui. Mais il n'était pas un descendant de Chevalier Solamnique se glorifiant de son honneur, même mal placé. Il n'était pas non plus responsable d'une armée dont les soldats attendaient leur solde. Si Ivor de Langarbre dénonçait son contrat avec le roi Wilhelm, celui-ci ne le paierait pas.

Le jeune mage était content que ce soit le problème du baron. Pour la première fois, il mesurait le fardeau de l'autorité, l'isolement et la terrible solitude d'un commandant.

La vie de milliers de personnes était en jeu : celle de ses hommes mais aussi des habitants de cette ville. Il était le seul à pouvoir prendre une décision, et il devait l'arrêter sans tarder. Pire, il devait agir sans avoir une connaissance parfaite de la situation.

Qu'était-il arrivé au Bon Roi Wilhelm ? Pourquoi tenait-il tant à détruire Findespoir ? Le maire racontait-il la vérité, ou avait-il tout inventé pour sauver ses concitoyens ?

Le baron faisait les cent pas et Raistlin l'observait en silence, bouillant de curiosité. Mais il ne sut pas à quelle conclusion son supérieur était parvenu, car celui-ci s'immobilisa et déclara :

— J'ai pris ma décision. A présent, Votre Honneur, dites-moi la vérité : combien de domestiques y a-t-il dans cette maison et où sont-ils ?

— Deux, seigneur, répondit faiblement le maire. Un couple marié qui me sert depuis très longtemps. Vous n'avez rien à craindre d'eux : ils ont le sommeil si lourd qu'ils ne se réveilleraient pas si la ville s'effondrait sur leur tête.

— Espérons que ça n'en arrivera pas là, murmura le baron. Rouge, va vérifier s'ils dorment bien.

— Oui, messire, dit Raistlin, bien qu'il fût contrarié de s'en aller.

— Ensuite, va dire à mes gardes que je serai bientôt prêt à repartir.

— Il ne va pas leur faire de mal ? demanda le maire, soucieux du bien-être de ses domestiques.

— Non, il ne leur fera pas de mal, affirma Ivor.

Le maire était très pâle et visiblement décontenancé par l'expression maussade de son interlocuteur. Il expliqua où logeaient ses domestiques. Raistlin s'attarda dans l'espoir que le baron laisse échapper un indice sur ses intentions, mais son chef lui jeta un regard sombre, et il n'eut pas d'autre choix que d'obéir et de quitter la pièce.

— Ces domestiques doivent dormir du sommeil du juste, fulmina-t-il en montant l'escalier jusqu'aux combles, où le couple âgé occupait une petite chambre. Le baron le sait ; il cherchait un prétexte pour me congédier. La vérité, c'est qu'il ne me fait pas confiance. S'il avait été avec Horkin, il lui aurait permis de rester.

Mais l'instinct d'Ivor ne l'avait pas trompé. Peut-être avait-il entendu un bruit suspect au-dessus de leur tête. Quoi qu'il en soit, lorsque Raistlin ouvrit la porte de la chambre, il découvrit le vieil homme assis au bord du lit, en train d'enfiler ses bottes pendant que sa femme affirmait qu'elle était certaine que quelqu'un s'était introduit dans la maison.

Raistlin lança son sort au moment où elle l'aperçut et le sommeil la saisit à temps pour étouffer son cri. Le vieil homme lâcha sa seconde botte et retomba en arrière sur le lit. Les effets du sort devraient durer assez longtemps, mais par mesure de sécurité, Raistlin verrouilla la porte et emporta la clé, qu'il déposerait au passage sur la table de la cuisine.

Un peu radouci par sa découverte, il descendit au rez-de-chaussée où il trouva Caramon en train de monter la garde près de la fenêtre.

— Où est Trocard ?

— Il surveille la porte de devant pour s'assurer que personne n'entre par là.

— Je vais aller le chercher. Le baron vous fait dire qu'il sera bientôt prêt à repartir. Vous devez vous assurer que la voie est libre.

— Pas de problème, affirma Caramon. Alors, qu'a-t-il décidé de faire ? Allons-nous attaquer quand même ?

— Dans un cas comme dans l'autre, que nous importe, mon frère ? répliqua Raistlin. Nous sommes payés pour obéir aux ordres, pas pour les discuter.

— Je suppose que tu as raison, soupira Caramon. Tout de même, n'es-tu pas curieux de savoir ?

— Pas le moins du monde, mentit Raistlin avant de partir chercher Trocard.

Sur le chemin du retour, le baron ne fit ni ne dit rien qui leur permît de deviner ses intentions.

Les rues étaient désertes. Ils allaient traverser la dernière quand Caramon, qui marchait en tête, aperçut une lumière et fit un pas en arrière pour s'abriter derrière l'angle d'un bâtiment.

— Que se passe-t-il ? chuchota le baron.

— De la lumière au bout de la rue, répondit Caramon. Il n'y en avait pas quand nous sommes partis.

Faisant signe aux autres de se dissimuler dans l'ombre, Ivor regarda dans la direction que le colosse venait d'indiquer.

— Que je sois béni, souffla-t-il en secouant la tête. Il faut que vous voyiez ça !

Les autres s'avancèrent dans la rue et se figèrent, stupéfaits au point d'oublier qu'ils se tenaient à découvert et qu'ils étaient vulnérables.

Un bâtiment en ruine se dressait devant eux. Autrefois, il avait dû être ravissant. Des colonnes gracieuses soutenaient encore un fronton dont les sculptures avaient été effacées soit par le temps soit par la main de l'homme. Il était entouré par une cour aux pavés brisés.

Sans le clair de lune, Caramon serait passé devant cet endroit sans lui prêter attention. Mais que ce soit volontaire ou accidentel, la pierre capturait les rayons argentés de Solinari comme un enfant enferme des lucioles dans un bocal et inondait les lieux d'une douce lueur.

— Je n'ai jamais rien vu de pareil, lâcha le baron d'une voix respectueuse.

— Moi non plus, avoua Trocard. C'est si beau que ça me fait mal là.

Il posa une main sur son cœur.

— Tu crois que c'est de la magie, Raist ? demanda Caramon.

— Un enchantement, à coup sûr, murmura son frère, craignant que le son de sa voix ne le trompe. Mais pas magique.

— Hein ? s'étonna le colosse. Alors, d'où vient-il ?

— Peut-être des anciens dieux…

— Bien entendu ! s'exclama le baron. Ce doit être le Temple de Paladine ! Il était indiqué sur ma carte. Un des rares lieux de culte consacrés aux anciens dieux qui se dresse encore en Ansalonie.

— Le Temple de Paladine, répéta Raistlin en levant les yeux vers Solinari qui, selon la légende, était le fils de Paladine. Oui, ça expliquerait tout.

— Il faudra que je revienne lui faire mes hommages avant de partir, déclara le baron.

Comme il avait des affaires plus urgentes à superviser avant l'aube, il reprit le chemin de l'entrepôt.

Caramon et Trocard le suivirent de près, tandis que Raistlin traînait les pieds. Arrivé sur le seuil de l'entrepôt, il jeta un dernier coup d'œil vers la vision enchanteresse, puis sur Solinari.

Le dieu de la lune argentée lui était déjà apparu. Lui et ses deux cousins, Lunitari et Nuitari, avaient honoré le jeune mage de leur attention. C'était à Lunitari que Raistlin avait prêté allégeance. Mais il vénérait les trois, même s'il se doutait que le dieu de la Magie Blanche ne devait guère approuver son attitude…

En observant le temple baigné par le clair de lune, Raistlin eut soudain l'impression que Solinari l'avait illuminé à dessein, comme pour leur servir de phare. Mais voulait-il les mettre en garde contre des écueils, ou les guider à travers la tempête ?

— Raist ? (La voix de son jumeau tira le jeune mage de sa rêverie.) Les gars, vous avez vu mon frère ? Il était juste derrière moi…

« Oh, te voilà. Je m'inquiétais. Où étais-tu passé ? Tu admirais ce vieux temple, pas vrai ? Il ne te fait pas une drôle d'impression ? J'aimerais bien y entrer pour voir... Je sais que le dieu à qui il est consacré n'est plus avec nous, mais il me semble que je pourrais y trouver la réponse à mes questions les plus importantes.

— Je doute qu'il te révèle ce que tu mangeras au prochain repas, répondit Raistlin.

Sans qu'il sache pourquoi, il détestait entendre son jumeau formuler à voix haute des choses qu'il était en train de penser tout bas.

Un nuage passa devant la lune, et se drapa telle une cape noire autour de l'orbe argenté. Le temple fut englouti par les ténèbres. S'il avait un jour connu la réponse aux mystères de la vie, il l'avait oubliée depuis longtemps.

— Hum, grogna Caramon. Tu ferais mieux de rentrer, Raist. Nous ne sommes pas censés être là. C'est contre les ordres.

— Merci de me rappeler mon devoir, grogna Raistlin en obéissant.

— A ton service, répondit joyeusement Caramon.

Dans un coin de l'entrepôt, maître Senej et le sergent Nemiss conféraient avec le baron. Personne ne pouvait entendre ce qu'ils disaient, même Trocard qui s'était fait prendre à les espionner et que le sergent avait envoyé monter la garde à titre de punition.

Les soldats étudiaient le visage des trois officiers, s'efforçant de deviner les intentions du baron d'après leurs expressions.

— Maître Senej n'a pas l'air content, fit remarquer Caramon à voix basse.

Le maître d'armes avait froncé les sourcils et secouait la tête.

— Ne faites pas confiance à..., captèrent les hommes qui tendaient l'oreille.

Le sergent Nemiss fit un geste emphatique, comme si elle jetait quelque chose par-dessus son épaule. Le baron écouta tous les arguments et fit mine d'y réfléchir. Mais il finit par secouer la tête : la discussion était close.

— Vous avez reçu vos ordres, maître Senej, dit-il d'une voix forte pour que tout le monde l'entende.

— Oui, messire.

— L'Acrobate ! appela Nemiss. Le baron est prêt à repartir. Tu vas l'escorter jusqu'au camp.

— Oui, chef. Dois-je revenir ensuite ?

— Non. Tu n'auras pas le temps avant le début de l'attaque, dit le sergent d'une voix égale.

Les soldats se regardèrent. Ainsi, l'attaque aurait lieu quand même. Ils ne protestèrent pas : ils étaient venus pour se battre, et c'était ce qu'ils allaient faire.

L'Acrobate salua et s'en fut chercher son rouleau de corde. Puis il s'en alla avec le baron.

Senej et Nemiss s'entretinrent pendant quelques minutes. Puis le sergent alla faire le tour des sentinelles pendant que le maître d'armes s'allongeait sur le sol et tirait son chapeau sur son visage.

Les hommes suivirent son exemple. Bientôt, Caramon ronfla si fort que le sergent Nemiss lui flanqua un coup de pied et lui ordonna de se retourner pour ne pas faire autant de bruit, car on devait l'entendre jusqu'en Solamnie.

Trocard se roula en une boule comme une petite souris, allant même jusqu'à poser les mains sur ses yeux.

Raistlin, qui avait dormi la majeure partie de la journée, n'était pas fatigué. Il s'assit dos au mur et récita ses sorts jusqu'à ce qu'il les ait fixés dans son esprit. Les paroles magiques étaient encore sur ses lèvres quand le sommeil s'abattit sur lui et l'envoya en rêve dans un temple baigné par le clair de lune argenté.

CHAPITRE XIV

— Corps humain fragile, mes fesses ! fulminait Kitiara sur la piste du dragon.

Ayant entendu Immolatus se plaindre chaque fois qu'il devait faire cent pas pour aller de leur auberge jusqu'à *La Lune Gibeuse*, la jeune femme pensait le rattraper dès la première crique où il se serait arrêté pour baigner ses pieds endoloris.

Sa piste était facile à suivre : branches cassées, buissons saccagés, herbes piétinées… Mais le dragon se déplaçait à une vitesse qui stupéfia Kit. Immolatus était tellement concentré sur son objectif qu'il semblait avoir oublié la fragilité de sa forme humaine. Dans son esprit, il traversait la forêt au pas de charge, la déchirant de ses griffes et la balayant de sa queue.

Déjà fatiguée, la jeune femme dut pourtant forcer l'allure, car elle voulait le rejoindre dans la nature, avant qu'il n'atteigne la caverne où il pourrait sans risque reprendre sa forme originelle. Et avant que la nuit ne tombe, car il y voyait dans le noir et pas elle.

Quand Kitiara avait décidé quelque chose, elle se mettait à l'ouvrage résolument, sans céder au doute ou à l'hésitation. A ses yeux, le manque d'assurance était une faiblesse, pareille aux minuscules fissures qui finissent à la longue par abattre le plus massif des murs, ou aux maillons défectueux qui laissent une flèche pénétrer dans une cotte de mailles.

Tanis en était affligé : il ne cessait d'analyser ses actions et ses réactions. Kitiara avait toujours trouvé cette habitude agaçante, et elle avait fait tout son possible pour l'en débarrasser.

— Quand tu décides de faire quelque chose, fais-le ! répétait-elle souvent. Ne passe pas ton temps à t'interroger. Ne te demande pas si tu vas couler après avoir plongé dans la rivière, parce que c'est le plus sûr moyen de te noyer. Tourne le dos à la berge et nage.

— Je suppose que c'est à cause de mon sang elfique, répondait toujours Tanis. Les elfes ne prennent aucune décision importante sans y avoir réfléchi pendant un an ou deux, puis avoir demandé conseil à leur famille et consulté les sages.

— Que se passe-t-il quand ils ont fini ?

— En général, ils ont oublié ce qu'ils voulaient faire.

Kitiara avait ri de cette réponse ; Tanis arrivait toujours à dissiper sa mauvaise humeur.

A présent, elle ne riait pas, et elle était furieuse d'avoir de nouveau pensé à lui. La seule fois qu'il avait suivi son conseil, c'était quand il avait décidé de la quitter ! Kitiara se força à le chasser de son esprit.

La jeune femme avait un avantage sur le dragon : elle savait où elle allait. Avec sa minutie habituelle, elle avait dessiné une carte très précise, bourrée de points de repères et d'indications de distance. « A soixante-dix pas du chêne abattu par la foudre, tourner à gauche sur la piste forestière, traverser le torrent à l'endroit où se dresse un rocher en forme de tête d'ours, et escalader la falaise jusqu'à la corniche. »

Immolatus avait étudié la carte, mais il ne l'avait pas emportée avec lui, sans doute parce qu'il n'était pas habitué à se servir de ce genre d'outil : qu'importent les chemins et les rivières à un dragon qui peut les survoler ?

Kitiara avait vu juste : elle suivait les traces d'Immolatus depuis trois heures quand elle arriva à l'endroit où il avait dévié du bon chemin. Réalisant son erreur, il était revenu sur ses pas. Et il avait dû perdre pas mal de temps…

Kitiara marchait vite, mais pas imprudemment. Elle restait aussi silencieuse que possible, regardant où elle mettait les pieds pour ne pas faire craquer une branche ou rouler des cailloux. Normalement, elle repérerait Immolatus bien avant qu'il ne la voie ou ne l'entende. Elle avait glissé son couteau dans sa ceinture pour le saisir plus facilement ; le dragon n'aurait pas le temps de comprendre ce qui lui arrivait.

Immolatus laissait derrière lui des traces qu'aurait pu suivre un nain des ravins aveugle : empreintes dans la boue, branches cassées, lambeaux de tissu rouge déchiré pris dans les buissons…

Alors qu'elle approchait des montagnes et que la végétation se raréfiait, Kitiara découvrit de moins en moins de signes de son passage sur le sol rocheux, mais elle ne s'affola pas. Elle était forcément sur la bonne piste : après tout, le dragon suivait *ses* instructions.

Les ombres s'allongèrent. Kitiara avait mal aux pieds ; elle était frustrée, fatiguée et affamée. Mais il ne restait plus qu'une heure de jour. L'idée d'abandonner lui vint à l'esprit. Aussitôt, l'ambition lui enfonça ses éperons dans les flancs, et elle pressa le pas de plus belle.

Le soleil se coucha. La jeune femme suivit la piste de berger qu'elle avait indiquée sur sa carte, et qui traversait les collines au pied des montagnes. A l'approche de la guerre, les moutons et leur gardien avaient regagné la sécurité des remparts de la ville, mais non sans laisser des traces derrière eux. Kitiara s'arrêta brièvement pour se reposer dans une petite hutte de paille, buvant à une outre abandonnée là dans la panique d'un départ précipité.

Elle était en train de traverser une rivière au lit étroit mais au courant assez fort, en prenant garde à ne pas glisser sur les pierres mouillées, quand son instinct – à moins qu'elle n'ait entendu un bruit – la poussa à se figer et à lever le nez pour regarder devant elle.

Immolatus se tenait à moins de vingt pas, un peu plus haut sur le chemin qui longeait une falaise abrupte. Il lui tournait le dos.

A cet endroit, il fallait quitter la piste et commencer la difficile ascension : sinon, on aboutissait (fort logiquement) à une petite vallée verdoyante. Immolatus ne devait pas bien s'en rappeler, car il hésitait visiblement sur la route à prendre.

Kitiara jura entre ses dents, saisit son couteau et prépara son sourire le plus charmeur pour saluer le dragon quand il la découvrirait en se retournant. Déjà, elle improvisait une excuse pour l'avoir suivi dans la montagne : le commandant Kholos l'avait chargée de lui transmettre des informations sur la disposition de ses troupes.

Au campement, Kitiara avait entendu dire qu'un groupe de mercenaires s'étaient introduits en ville la veille et prévoyaient d'attaquer les portes de l'intérieur pendant que les troupes de Kholos en feraient autant de l'extérieur. Elle avait pensé que le dragon devait être mis au courant, ct bla bla bla.

Mais Immolatus ne se retourna pas.

Kitiara l'observa d'un œil méfiant, se demandant si c'était une ruse. Il avait dû l'entendre patauger dans le torrent, elle ne voyait pas comment le contraire aurait été possible. Par nécessité, elle s'était davantage concentrée sur sa sécurité que sur la discrétion.

Immolatus demeurait immobile, la tête baissée et le dos tourné, comme s'il étudiait ses chaussures ou… était en train de soulager un besoin naturel.

Kitiara tenait sa chance. Sans perdre de temps à s'interroger, elle se prépara à agir. La Reine Takhisis devrait partir à la guerre avec un dragon rouge de moins. Kit saisit son couteau par la lame, visa et lança.

L'arme passa entre les omoplates d'Immolatus... et continua sa trajectoire, les rayons du couchant scintillant sur sa lame avant que celle-ci ne disparaisse dans les rochers. Kitiara l'entendit tomber avec un petit bruit métallique, puis plus rien.

Stupéfaite, la jeune femme se figea. Elle ne comprenait pas ce qui venait de se passer, mais elle savait qu'elle était en danger.

Dégainant son épée, elle finit de traverser le torrent, prête à affronter la fureur d'Immolatus. Pourtant, le maudit dragon ne bougeait toujours pas.

Kit comprit quand elle fut assez près pour lui trancher la tête. A cet instant, l'illusion se dissipa. Un grattement au-dessus de la tête de la jeune femme lui fit lever le nez juste à temps pour voir un rocher dévaler la pente de la colline.

Kitiara s'aplatit sur le sol, se pressant contre la pierre réchauffée par le soleil et se protégeant la tête avec les bras. Le rocher vola au-dessus d'elle, heurta une saillie et atterrit dans le torrent avec une gerbe d'éclaboussures.

Un deuxième projectile le suivit. Cette fois, il passa plus près de sa cible. Immolatus l'avait encore ratée, mais il ne pouvait pas continuer toute la nuit. Elle n'avait nulle part où se cacher ; tôt ou tard, il finirait par l'atteindre.

— S'il croit que je vais me laisser faire..., grommela Kit.

Elle défit rapidement les lanières de son plastron d'acier, roulant sur le côté pour éviter un troisième rocher.

Quand le suivant dévala la pente vers elle, elle hurla et projeta le plastron sur sa trajectoire. Puis elle se fit aussi minuscule que possible et, profitant du vacarme causé par la chute du projectile, rampa vers les buissons qui bordaient la piste.

Kitiara se glissa dans une étroite crevasse à flanc de falaise. Ses genoux, ses coudes, ses mains et ses pieds étaient couverts d'écorchures. Mais elle était en sécurité pour le moment... A condition que le dragon se soit laissé prendre à sa ruse.

La joue pressée contre la roche, Kitiara attendit, le souffle court. Les rochers avaient cessé de pleuvoir, mais ça ne signifiait rien. Si Immolatus ne pensait pas l'avoir tuée, il pouvait revenir sur ses pas pour finir le travail.

La jeune femme tendit l'oreille en maudissant son cœur de battre si fort. N'entendant rien, elle respira un peu plus librement. Pourtant, elle ne sortit pas de sa cachette, au cas où Immolatus aurait traîné dans le coin pour s'assurer qu'elle ne reparaissait pas.

Quelques minutes s'écoulèrent ; Kitiara eut la conviction que le dragon la croyait morte. Dans son arrogance, il pensait s'être facilement débarrassé d'elle et n'avait pas voulu retarder la destruction des œufs dont l'odeur lui chatouillait désagréablement les narines.

— Tout de même, se morigéna-t-elle, je l'ai sous-estimé, et ça a bien failli me coûter la vie.

Elle ne commettrait pas la même erreur une seconde fois.

La jeune femme attendit encore une ou deux minutes. Mais son impatience ne cessait de croître. Comme elle commençait à avoir des crampes, elle songea qu'un combat serait préférable à la mort par étouffement dans une stupide crevasse.

Elle se glissa prudemment hors de sa cachette. Accroupie sur la piste, elle leva les yeux vers la falaise, scrutant les ombres à la recherche d'une robe rouge ou de l'éclat d'écailles de la même teinte.

Mais il n'y avait rien pour autant qu'elle puisse voir.

Kitiara s'assit en tailleur pour vérifier que la lame de son épée n'avait subi aucun dommage. Puis elle s'examina avec attention. Elle était couverte d'égratignures et d'ecchymoses, rien de plus grave. De l'ongle, elle gratta quelques cailloux incrustés sous sa peau, suça le sang d'une plaie sur son genou gauche et se demanda ce qu'elle allait pouvoir faire.

Abandonne, rentre au campement. C'était la seule option sensée. Mais ça revenait à admettre sa défaite. Kitiara n'avait été vaincue qu'une seule fois dans sa vie. En amour, pas au combat...

Jusque-là, elle se serait contentée d'empêcher Immolatus de détruire les œufs, et les plans d'Ariakas avec. A présent, elle voulait la mort du dragon. Elle lui ferait payer les moments où elle avait dû se cacher, tremblante de peur. S'il le fallait, elle irait jusqu'à le poursuivre toute la nuit dans les montagnes.

Solinari brillerait ce soir. Si Kit avait de la chance, ou si la Reine Takhisis était disposée à lui venir en aide, le dragon réussirait à se perdre une nouvelle fois. A en juger par la direction d'où venaient les rochers, il était déjà parti du mauvais côté de la falaise.

Si tu décides de faire quelque chose, fais-le. Ne perds pas de temps à te demander comment et pourquoi : fais-le, un point c'est tout.

Kitiara entreprit d'escalader la falaise.

CHAPITRE XV

La nuit fut très longue pour Kitiara, qui continua à crapahuter dans les montagnes.

Elle fut aussi très longue pour Immolatus : quelqu'un avait dû entendre les prières de la jeune femme, car il réussit à se perdre. Plus d'une fois, il fut tenté de reprendre sa forme draconique dont les glorieuses ailes auraient pu l'arracher aux falaises pour l'emporter dans le ciel.

Mais Immolatus avait l'impression que le dieu Paladine avait lancé des espions à ses trousses. Il imaginait que des dragons d'or étaient tapis dans les montagnes, attendant qu'il change de forme pour lui bondir dessus.

Bien que ça lui fasse mal de l'avouer, son corps humain était un déguisement pratique. Si seulement il n'avait pas été aussi faible !

S'arrêtant quelques minutes afin de se reposer, il s'était réveillé pour s'apercevoir que c'était presque l'aube.

La nuit fut également très longue pour les soldats cachés dans l'entrepôt, qui avaient reçu confirmation de leurs ordres. Ils ne se réjouissaient pas à l'idée de massacrer des civils. Mais puisqu'il n'y avait pas moyen d'y échapper, ils avaient hâte que tout soit terminé.

En revanche, la nuit fut très courte pour le maire, qui attendit le lever du soleil avec une appréhension extrême. Elle fut aussi très courte pour les habitants de Findespoir, conscients qu'elle risquait bien d'être leur dernière, et pour le baron qui devait absolument rejoindre son camp avant l'aube.

Mais ce fut une nuit pareille à toutes les autres pour le commandant Kholos, qui ronfla tout du long.

— Vous avez demandé qu'on vous réveille de bonne heure, messire.

Maître Vardash venait d'entrer dans la tente de son supérieur ; il se tenait respectueusement près du lit à baldaquin volé dans un des manoirs de la vallée, et traîné jusque-là au prix de gros efforts.

— Quoi ? Qu'y a-t-il ? Que se passe-t-il ? grogna Kholos en

clignant des yeux sous la lumière de la lampe que Vardash venait d'allumer sur son bureau.

— C'est presque l'aube, messire. Vous aviez demandé qu'on vous réveille de bonne heure. C'est aujourd'hui que nous prenons la cité d'assaut.

— Ah, c'est vrai. (Le commandant bâilla et se gratta le postérieur.) Je suppose que je ferais mieux de me lever, dans ce cas.

— Voilà votre bière, messire. Le gibier arrive, et le cuisinier voudrait savoir si vous mangerez des pommes de terre ou du pain.

— Les deux. Et dites-lui de rajouter des oignons dans les patates, ajouta Kholos en s'asseyant au bord du lit pour enfiler ses bottes. Le magicien – Immolatus, c'est bien ça ? – est-il toujours dans les parages ?

— Sans doute. Je ne l'ai pas vu récemment, mais il ne se mêle pas aux autres.

— Bref, il mange nos rations et ne fait rien pour les mériter. Eh bien, j'ai un travail à lui confier. Quand les hommes du baron – ou ce qu'il en restera après que nos archers en auront terminé avec eux – atteindront le mur, il pourrait le faire s'écrouler sur eux. Qu'en penses-tu ?

— C'est un très gros mur, messire, hésita Vardash.

— Je sais bien que c'est un gros mur, répliqua Kholos, mais le bougre doit bien connaître un sort qui lui permette de faire ça. Sinon, à quoi peut-il me servir ? Envoie-le chercher et fais-le venir ; je lui demanderai moi-même.

Le demi-hobgobelin se leva. Il était nu à l'exception de ses bottes. De longs poils épais couvraient son corps, sauf aux endroits marqués par des cicatrices. Tout en parlant, il continua à se gratter, captura une puce et l'écrasa entre ses doigts.

Vardash envoya un soldat chercher Immolatus.

Puis le petit déjeuner arriva. Tout en distribuant ses ordres pour la bataille à venir, Kholos dévora des steaks encore saignants, une miche de pain et des quantités de pommes de terre aux oignons.

Bien qu'il fît encore noir, et que seule une traînée rose préfigurât l'arrivée de l'aube à l'horizon, le campement grouillait d'activité. A en juger par le bruit qui s'échappait de la tente du mess, les soldats aussi étaient en train de déjeuner.

Puis le ciel s'éclaircit. Un oiseau lança quelques trilles hésitants. Son aide de camp aida Kholos à s'habiller et à enfiler son armure ; Vardash dut lui prêter main-forte pour soulever le plastron, si lourd qu'il aurait cloué sur place un humain ordinaire. Kholos grogna, se tapa deux ou trois fois sur la poitrine pour ajuster son plastron et déclara qu'il était prêt.

Un soldat vint annoncer qu'Immolatus n'était pas dans sa tente, tout comme le commandant Uth Matar. Personne ne les avait vus depuis la veille, mais quelqu'un avait entendu la jeune femme dire au magicien que leur mission était terminée et qu'ils devaient retourner à Sanction.

— Qui leur en a donné l'autorisation ? cria Kholos. Ils étaient censés me rapporter une carte pour me montrer où sont cachés ces maudits œufs !

— Ils agissaient sous les ordres directs du général Ariakas, messire, lui rappela Vardash. Le général a peut-être changé d'avis. Et s'il avait l'intention d'aller chercher les œufs lui-même ? Pour être honnête, je suis content d'être débarrassé du magicien. Je ne lui faisais pas confiance.

— Je ne comptais pas lui faire confiance, brailla Kholos, je voulais juste qu'il fasse tomber un foutu mur. Ça ne peut pas être bien difficile !

« Mais je suppose que tu as raison… Passe-moi mon épée. Je prendrai aussi ma hache de guerre. Nous nous en remettrons aux archers pour nous débarrasser des hommes du baron. Ont-ils reçu leurs ordres ? Savent-ils ce qu'ils ont à faire ?

— Oui, messire. Ils doivent leur tirer dans le dos dès l'instant où ils auront pris la porte principale. Un bien meilleur plan que de s'en remettre à la magie, si je puis me permettre.

— Bien vu, Vardash ! Entre nos archers et ceux de la cité, l'armée du baron devrait avoir disparu d'ici… quelle heure, à ton avis ?

— Midi, d'après mes estimations.

— Si tard que ça ? J'aurais plutôt misé sur le milieu de matinée. On parie ?

— J'en serais ravi, messire, répondit Vardash sans enthousiasme.

Il ne gagnait jamais contre son supérieur. Quel que soit le résultat, Kholos se souvenait toujours des termes comme lui étant favorables. Si les hommes du baron ne tombaient pas avant midi, il affirmerait que c'était l'heure qu'il avait donnée, Vardash s'étant montré trop optimiste comme à son habitude.

Kholos était de bonne humeur. La cité lui tomberait dans les bras aujourd'hui. Ce soir, il dormirait dans le lit du maire, peut-être même avec sa femme, si ce n'était pas une grosse vache.

Il passerait un jour ou deux à balayer les éventuels résistants, à faire son choix parmi les esclaves, à exécuter le reste des habitants et à charger le butin dans ses chariots. Puis il mettrait le feu à la ville.

Findespoir réduite en cendres, il retournerait en triomphe à Sanction.

Le campement des mercenaires bourdonnait lui aussi d'activité.

— Messire, vous avez demandé qu'on vous réveille avant le lever du soleil, commença le commandant Morgon, avant de s'aviser que ça n'était pas nécessaire.

Le baron avait déjà les yeux grands ouverts. Rentré depuis une heure, il s'était allongé pour prendre un bref repos. Il se redressa et enfila ses bottes de cuir sur les hauts-de-chausses qu'il n'avait pas pris la peine d'enlever.

— Un petit déjeuner, messire ? demanda Morgon.

— Oui. Demandez à tous les officiers de me rejoindre ici. Nous le prendrons ensemble.

— Gibier et patates aux oignons, messire ? suggéra Morgon.

Ivor leva la tête en plissant les yeux.

— Essayeriez-vous de me tuer avant que l'ennemi ait une chance de le faire ?

Morgon éclata de rire.

— Non, messire ! Mais je reviens du camp de nos charmants alliés, et c'est ce que le commandant Kholos mange toujours avant la bataille.

— J'espère que ça lui donnera des brûlures d'estomac, maugréa le baron. Je prendrai la même chose que d'habitude : des toasts macérés dans du vin de miel. Et dites au cuisinier d'y mélanger un œuf. Alors, quel message nos charmants alliés avaient-ils à nous transmettre ?

— Le commandant nous souhaite bonne chance et nous assure de son soutien inconditionnel pour forcer les portes de la cité, annonça Morgon.

Les deux hommes échangèrent un regard.

— Parfait, dit enfin le baron. Vous avez vos ordres, commandant…

— Oui, messire.

Morgon salua et sortit de la tente.

Peu après, le baron révéla ses plans aux officiers.

— Je ne vous demande pas si vous avez des questions, messires, dit-il en guise de conclusion, parce que je n'ai pas les réponses. Bonne chance à tous.

Huit musiciens (la moitié munis de cors, l'autre de tambours), un porte-étendard, plusieurs officiers, cinq éclaireurs et dix gardes du corps composaient le groupe de commandement au centre de la ligne d'infanterie.

— Montez les couleurs ! ordonna le baron.

Le porte-étendard défit la lanière du drapeau, qui se déroula, révélant le symbole du bison de Kiri-Jolith.

— Sonnez l'appel aux armes, continua le baron.

Les quatre cors émirent de courtes notes qu'ils répétèrent trois fois. Morgon toucha le bras de son supérieur en désignant l'autre côté du champ, où l'armée de Kholos se mettait en position sur le flanc droit.

Quand l'infanterie du demi-hobgobelin se fut rassemblée au centre de sa ligne, le porte-étendard leva son drapeau pour indiquer qu'ils étaient prêts. Le baron hocha la tête.

— Très bien, les enfants. C'est le prélude au grand final, le moment de gagner notre solde. Ou pas, ajouta-t-il dans sa barbe.

Il s'interrompit un instant, se demandant s'il avait pris la bonne décision. Mais il était trop tard pour revenir en arrière. Haussant les épaules, il se redressa sur sa selle.

— Sonnez la marche, ordonna-t-il à ses musiciens.

Une longue note gémissante s'éleva. Elle s'acheva sur le grondement des quatre tambours qui commencèrent à battre une cadence lente et monotone.

Les compagnies s'avancèrent en formation de bataille.

Le baron regarda vers la gauche. Les plastrons polis luisaient sous le soleil matinal, dont les rayons ricochaient sur la pointe des lances.

Les archers s'étaient mis en position à l'extrémité de la ligne ; à défaut d'armure, chacun était muni d'un large bouclier de bois garni de pointes. Quand ils s'arrêteraient pour tirer, ils les planteraient dans le sol et s'abriteraient derrière.

Sur la droite du baron, huit hommes portaient un énorme bélier de chêne cerclé de fer, plus un bouclier dont ils se serviraient pour se protéger la tête et le corps pendant qu'ils tenteraient d'enfoncer les portes de la ville. D'autres soldats marchaient à côté d'eux, prêts à remplacer ceux qui tomberaient.

Les hommes avançaient en rang. Ils distinguaient des miliciens au sommet des remparts de la cité, mais personne ne leur tirait dessus. Pas encore : ils étaient hors de portée pour le moment.

Quand ils atteignirent la rivière, le baron jeta un regard inquisiteur au mur d'enceinte.

— Attends le signal, murmura-t-il pour lui-même.

Un drapeau fut hissé au sommet de la hampe qui se dressait entre deux créneaux, accompagné par le bourdonnement meurtrier de centaines de flèches.

— Maintenant ! cria le baron.

Les cors sonnèrent la charge, tandis que les tambours accéléraient le rythme. Les hommes s'élancèrent assez vite pour esquiver la première volée ; les projectiles se plantèrent dans le sol sans en toucher aucun.

Les défenseurs décochèrent une seconde volée. De nouveau, les hommes coururent pour échapper à cette pluie mortelle. Les flèches s'abattirent derrière eux, et ils poussèrent des cris de joie en se moquant de l'ennemi.

Ils couvrirent les cent derniers pas à la course, les rangs perdant un peu de leur cohésion.

Les soldats qui portaient le bélier s'arrêtèrent, le firent balancer en arrière pour prendre de l'élan et laissèrent sa tête s'écraser contre les portes de la ville. Les battants de bois massif cédèrent et s'ouvrirent dans un craquement.

De l'autre côté du champ, le commandant Kholos se tourna vers ses archers.

— Maintenant ! Maintenant ! Ils ont ouvert les portes ! Tirez !

Une centaine de flèches volèrent vers le dernier rang des mercenaires ; une autre centaine furent décochées avant que les premières atteignent leur cible.

Les troupes du baron avaient atteint l'ouverture et se bousculaient pour s'y engouffrer. Quelques hommes tombèrent, mais pas autant que Kholos l'espérait. Fulminant, il foudroya ses archers du regard.

— Ce sera la mort pour tous ceux qui ne toucheront rien ! s'époumona-t-il.

Les archers tirèrent encore deux volées coup sur coup, mais ils furent rapidement à court de cibles.

— Le combat doit avoir lieu à l'intérieur, messire, dit Vardash. Les hommes du baron ont sans doute ouvert une brèche dans les défenses de la ville. Voulez-vous que j'envoie les archers en avant ? Apparemment, ces imbéciles ne se sont pas rendu compte que nous leur tirions dessus.

Kholos fronça les sourcils. Quelque chose clochait. Il réclama sa longue-vue, la porta à son œil et observa attentivement les portes de la cité.

Livide de fureur, il la referma et se tourna vers ses tambours.

— Sonnez l'attaque, vite !

— L'attaque, messire ? s'étonna Vardash. Je pensais que nous devions laisser les troupes du baron se charger du plus gros du combat ?

Kholos lui flanqua un coup de poing si violent que sa mâchoire se brisa, et qu'il vola en arrière pour aller atterrir sur le dos dans la boue.

— Imbécile ! rugit le demi-hobgobelin en courant prendre place à la tête de ses troupes. Ces chiens nous ont bernés ! Il n'y a pas de combat aux portes de la ville !

CHAPITRE XVI

Kitiara se hissa prudemment sur la corniche de pierre qui conduisait à l'entrée de la caverne. Elle évoluait avec lenteur, testant chaque prise afin de ne pas déloger des cailloux dont la chute pourrait alerter Immolatus.

Quand elle atteignit le sommet, elle s'accroupit, épée en main, pour écouter et regarder autour d'elle. Le dragon l'attendait peut-être ; il avait pu lui tendre une embuscade…

— La voie est libre ! dit une voix masculine. Dépêche-toi, nous n'avons pas beaucoup de temps.

— Qui va là ? demanda Kit en plissant les yeux pour sonder les ombres projetées par les sapins.

Le soleil venait juste de se lever. Des notes de cors se répercutaient sur les rochers autour d'elle, signalant le début de l'attaque sur Findespoir.

— Seigneur Nigel ? Ou quel que soit le nom que vous vous donnez…

Kitiara découvrit l'esprit à l'endroit où elle l'avait laissé, dans la caverne.

— Je t'attendais, déclara-t-il avant de répéter : Dépêche-toi, nous n'avons pas beaucoup de temps.

— Je suppose que vous avez rencontré le magicien…

Kitiara franchit le seuil, et la fraîcheur bienfaisante de la caverne dissipa un peu la fatigue de la nuit.

La chair de poule couvrit ses bras.

— Oui, il est passé il y a quelque temps. Tu lui as dit où étaient les œufs…

— C'étaient mes ordres, répliqua Kitiara. Je suppose que les chevaliers, même fantômes, ont l'obéissance chevillée au corps…

— Mais maintenant, tu es revenue pour l'empêcher de les détruire.

— Ça aussi, ça fait partie de mes ordres, déclara froidement la jeune femme.

Elle passa devant le seigneur Nigel et entra dans la caverne sans se soucier qu'il la suive ou non. Mais il lui emboîta le pas. Une fois de plus, comme quand elle était arrivée du temple, la jeune femme vit son chemin éclairé.

En fait, ce n'était pas tant une lumière qu'un recul des ténèbres. Quand le fantôme levait la main, l'obscurité battait en retraite telles les vagues au bord d'une plage.

Des écailles d'or et d'argent, semées longtemps auparavant, scintillaient sur le sol et les murs. Tant que Kitiara restait près du seigneur Nigel, elle voyait où elle mettait les pieds. Mais les ténèbres se reconstituaient derrière le fantôme après son passage. Si la jeune femme traînait trop, elles se refermaient sur elle.

— Ce type a plus d'un tour dans son sac, marmonna Kitiara en pressant le pas pour ne pas se laisser distancer. Dites-moi comment vous avez su que je reviendrai, lança-t-elle un peu plus fort. Lisez-vous dans les esprits ?

— Oh, ça n'a rien d'aussi mystérieux, la rassura le seigneur Nigel en souriant. Quand Immolatus est arrivé, il n'est pas allé directement dans l'alcôve des œufs : il s'est arrêté pour regarder derrière lui et il a attendu jusqu'à ce qu'il voie quelque chose. Alors, il a hoché la tête. En suivant la direction de son regard, je t'ai aperçue plus bas dans la montagne.

« Immolatus n'était pas content, ajouta le chevalier. Il t'a traitée de vermine, disant qu'il aurait dû t'achever quand il en avait la possibilité. Il a hésité, et j'ai bien cru qu'il allait rester là pour t'attendre. Puis il s'est tourné vers le tunnel, et ses yeux rouges se ont brillé. « Je vais commencer par me venger », a-t-il dit avant d'avancer.

Le seigneur Nigel fixa son interlocutrice.

— Il est sous sa forme draconique à présent, Kitiara Uth Matar.

La jeune femme prit une inspiration ; ses doigts se crispèrent sur la poignée de son épée. La logique voulait qu'Immolatus se métamorphose. Elle s'y attendait. Pourtant, ses boyaux se tordirent à l'annonce de cette nouvelle.

Maintenant que le seigneur Nigel l'avait mentionné, elle sentait les prémices d'un accès de peur débilitant, comme celui qui l'avait saisie la première fois qu'elle avait vu le dragon. Ses paumes devinrent moites. Elle était en colère contre le chevalier et contre elle-même.

— Vous voulez dire que vous étiez dans la caverne ? Pourquoi ne l'avez-vous pas frappé par-derrière avant qu'il change de forme ? Visiblement, il ne se doutait pas de votre présence !

— C'eût été inutile : mon épée ne tranche pas.
— Quel beau gardien vous faites ! ricana Kitiara.
— Je suis le gardien des œufs. Tels sont *mes* ordres.
— Et comment vous proposez-vous de les garder ? En suppliant : « Par pitié, messire le dragon, ne faites pas de mal aux jolis œufs » ?

Le seigneur Nigel s'assombrit. A moins que la lumière qui émanait de lui n'ait diminué, car il sembla que les ténèbres se rapprochaient.

— C'est ma mission, dit-il à voix basse. Je l'ai choisie, personne ne me l'a imposée. Parfois, le fardeau est difficile à porter. Mais bientôt, pour le meilleur ou pour le pire, elle s'achèvera, et je pourrai accomplir ce voyage que je retarde depuis si longtemps.

« Quant à mon plan... Je passerai devant pour distraire le dragon. Pendant que son attention sera concentrée sur moi, tu frapperas.

— Le distraire ? Que comptez-vous faire : lui chanter une petite chanson ? railla Kit, de fort mauvaise humeur.

— Chut ! (Le seigneur Nigel leva la main en guise d'avertissement.) Nous approchons de l'alcôve.

Kitiara savait très bien où elle était. Le couloir qu'ils traversaient décrivait une courbe devant eux. Après, il débouchait sur la caverne où reposaient les œufs. La jeune femme s'immobilisa. Qu'elle dépasse le rocher qui se dressait sur sa droite et elle arriverait en vue d'Immolatus.

Elle entendait la queue massive du dragon racler la pierre, captant son souffle caverneux et le grondement du feu qui couvait dans son estomac.

Elle sentait son odeur reptilienne mêlée à la puanteur du soufre, et en avait la nausée.

Immolatus donna un coup de queue ; les parois du tunnel tremblèrent sous le choc. La jeune femme eut une bouffée de chaleur, puis son corps se glaça. Elle détestait la peur qui la gagnait. Ses mains étaient si moites que son épée menaçait de lui échapper.

Immolatus parlait aux « pas-encore-nés » de ses ennemis, les haranguant dans la langue des dragons. Kitiara ne comprenait pas un mot de ce qu'il racontait.

— Je dois y aller maintenant, dit le seigneur Nigel. Attends mon signal !

— Pas la peine ! cria Kitiara. Retournez dans votre tombe. Peut-être vous y rejoindrai-je.

Le chevalier la dévisagea longuement.

— Ne comprends-tu vraiment rien à ce que tu as vu et entendu depuis que tu es entrée dans le temple ?

— Je comprends que c'est une mission dont je dois venir à bout toute seule. Je ne peux compter sur personne d'autre que sur moi-même, comme il en a toujours été.

— Ah, ça explique tout. (Le seigneur Nigel leva une main pour la saluer.) Adieu, Kitiara Uth Matar.

La lumière s'évanouit. La jeune femme se retrouva seule dans des ténèbres qui n'étaient pas aussi obscures qu'elle l'aurait voulu.

Des ténèbres teintées d'écarlate par le feu du dragon.

— Il m'a laissée, souffla-t-elle, éberluée. (Elle avait pensé que la honte pousserait le chevalier à rester quand même.) Ce fichu fantôme m'a abandonnée à mon sort ! Qu'il soit maudit, et que son âme dégringole dans les Abysses.

Consciente qu'elle devait agir pendant que sa colère était plus forte que sa peur, Kitiara essuya ses paumes moites sur sa tunique, empoigna fermement son épée et entra dans la caverne.

Immolatus se régalait.

Après tout, il avait bien le droit de s'amuser. Il avait payé ce moment de son sang et entendait le faire durer. Et il avait besoin d'un peu de temps pour se réhabituer à sa forme draconique, se réjouir de sa force et de sa puissance retrouvées.

Il racla avec ses pattes avant le plafond de la caverne où ses griffes laissèrent de profonds sillons. Il aurait aimé étendre ses ailes pour étirer ses muscles endoloris. Malheureusement, bien que gigantesque selon des critères humains, l'endroit n'était pas assez large pour le lui permettre. Il dut se contenter de donner des coups de queue désordonnés, ravi de sentir la montagne trembler face à lui.

Immolatus parlait aux « pas-encore-nés » de ses ennemis, persuadé qu'ils pouvaient l'entendre. Ils savaient ce qu'il comptait faire, et ils n'avaient pas le pouvoir de l'arrêter. Il sentait leur angoisse et se moqua d'eux pendant qu'il s'apprêtait à détruire leurs enfants.

Le dragon avait l'intention d'incinérer les œufs. Mais le feu de son estomac s'était presque éteint pour avoir été réduit à une étincelle sous sa forme humaine. Comme il avait besoin de temps pour raviver ses flammes, il résolut de commencer par écraser certains œufs sous ses pattes, voire de gober le jaune d'une douzaine d'entre eux.

Anticipant son triomphe, il grava la scène dans son esprit pour pouvoir la revivre plus tard dans ses rêves séculaires.

Immolatus s'amusait tant qu'il ne prêta pas grande attention au point de lumière argentée qui brillait à ses pieds, pensant qu'il s'agissait d'une écaille abandonnée par ses ennemis. Il inclina simplement la tête, car le phénomène l'irritait comme une poussière dans l'œil.

Mais le point lumineux continua à l'agacer. Faute de pouvoir s'en débarrasser, Immolatus dut interrompre sa litanie pour le regarder en face. Bien que son éclat lui brûle les yeux, il le vit prendre une forme qu'il connaissait trop bien.

Celle d'un des larbins de Paladine.

— Un Chevalier Solamnique à massacrer, gloussa Immolatus. Quelle joie ! Ce sera la cerise sur le gâteau de ma vengeance ! Qui a dit que ma Reine m'avait abandonné ? Elle veille certainement sur moi, puisqu'elle m'envoie ce cadeau.

Le chevalier ne dit rien, se contentant de dégainer une épée. A demi aveuglé, Immolatus battit des paupières. La lumière argentée était une lance qui lui transperçait les yeux. La douleur, déjà atroce, ne cessait d'augmenter.

— Je jouerais bien un peu avec toi, ver de terre, grogna Immolatus, mais tu commences à m'ennuyer.

Il abattit une patte sur le chevalier avec l'intention de fendre son armure en deux.

Au lieu de riposter – sans doute savait-il qu'il ne pourrait échapper à la fureur de son adversaire – le chevalier leva son épée vers le ciel.

— Paladine, dieu de mon ordre et de mon âme, clama-t-il, sois témoin que j'ai été fidèle à mon vœu !

Ces Solamniques sont ridicules, songea Immolatus tandis que ses griffes sifflaient dans l'air. *Ils continuent à prier le dieu ingrat qui les a abandonnés. Comme ma Reine m'a abandonné, pour revenir ensuite exiger mes services et ma dévotion. Mais elle ne les mérite pas !*

Une douleur fulgurante lui déchira les entrailles ; il sursauta en grognant et manqua sa cible. Furieux, il se retourna pour voir qui venait de le frapper.

La limace. Uth Matar. Cet ennuyeux ver de terre que lui avait infligé l'excrément humain Ariakas.

Kitiara était à la fois stupéfaite et ravie de voir réapparaître le fantôme.

La vue du chevalier lui redonna du courage. Contournant la patte arrière gauche d'Immolatus, elle le frappa par-derrière et, des deux mains, lui enfonça son épée dans le flanc.

Bien qu'ignorant tout de l'anatomie des dragons, elle espérait toucher un organe vital, de préférence le cœur. Mais sa lame ripa sur une écaille et n'atteignit qu'une côte.

— Malédiction !

Kitiara dégagea son arme ensanglantée. Sachant qu'elle disposait d'un temps limité, elle s'apprêta à frapper de nouveau.

Attaqué de face et sur le flanc, Immolatus reporta son attention sur celui de ses adversaires qui semblait le plus dangereux, à savoir le Chevalier Solamnique. Un bon coup de queue suffirait à le débarrasser du ver de terre.

La queue du dragon se replia sur elle-même et frappa. Elle atteignit Kitiara à la poitrine, l'envoyant rouler cul par-dessus tête dans le tunnel. Sous le choc, la jeune femme lâcha son épée. Immolatus s'occuperait d'elle dès qu'il aurait réglé son compte au chevalier.

— Récompense ma foi, Paladine ! criait Nigel à pleins poumons. Exauce mon vœu !

Il projeta son épée dans les airs : un mouvement stupide mais très populaire parmi les siens, qui espéraient ainsi toucher un œil du dragon. La lame étincelait d'un feu argenté. Immolatus riposta par la défense standard ; il tendit le cou et recula la tête.

Mais le seigneur Nigel n'avait pas visé son œil. L'épée flamboyante qui ne tranchait pas fusa dans les airs et alla se ficher dans le plafond de la caverne.

Le dragon éclata de rire. Il baissa la tête en faisant claquer ses mâchoires, entre lesquelles il espérait saisir le chevalier pour le broyer. Mais ses crocs se refermèrent sur du vide.

Le seigneur Nigel était toujours debout, les bras levés. Derrière lui, les œufs des dragons d'or et d'argent reposaient encore intacts dans leur alcôve.

Le plafond se fissura. Un gros morceau de roche s'en détacha et vint frapper Immolatus sur le crâne. Un autre suivit, et un encore, jusqu'à ce qu'une cascade s'abatte sur le dragon, menaçant de l'ensevelir vivant. Des pierres pointues tailladèrent ses écailles et meurtrirent sa chair. L'une d'elles lacéra son aile gauche ; une autre lui écrasa un orteil.

A demi assommé, Immolatus voulut se mettre à l'abri. Il battit en retraite dans le tunnel, espérant que la voûte tiendrait bon et ne s'effondrerait pas sur lui. Accroupi, les pattes avant ramenées sur la tête, il sentit le sol trembler. De la poussière emplissait l'air ; il n'y voyait rien et pouvait à peine respirer.

Puis les vibrations cessèrent. L'avalanche s'interrompit, et la poussière retomba.

Immolatus ouvrit prudemment un œil et regarda autour de lui. Il avait peur de remuer et de faire s'écrouler toute la montagne.

Le Chevalier Solamnique avait disparu, englouti par un éboulis. Quant à l'alcôve qui contenait les œufs, elle était scellée par des tonnes de rochers. Les dragons métalliques encore à naître étaient désormais protégés contre la vengeance d'Immolatus.

Rugissant, le dragon cracha un jet de flammes contre le mur de pierre nouvellement formé. Mais il réussit seulement à faire fondre le granit, qui se coagula en une masse solide et inamovible. Le dragon eut beau la gratter avec ses griffes, il n'en délogea qu'un minuscule morceau qui roula à ses pieds.

Immolatus foudroya le mur du regard. La vengeance était bien agréable, mais quels efforts elle exigeait ! Et c'était compter sans Sa Ténébreuse Majesté, qui ne serait pas du tout contente du tour pris par les événements. Même si Immolatus se moquait de sa déesse, la qualifiant d'inconstante et de capricieuse, au fond de lui, il redoutait sa colère.

S'il avait détruit les œufs, il aurait pu l'apaiser avec un peu de baratin. Il ne servait à rien de pleurer sur des coquilles brisées. Mais avoir désobéi à ses ordres pour sceller par inadvertance les œufs dans un endroit où ils demeureraient en sécurité jusqu'au moment de leur éclosion, et où leurs parents n'auraient plus qu'à venir les chercher... Immolatus avait le pressentiment que Takhisis risquait de lui en vouloir.

Un instant, il espéra que les œufs avaient pu être écrasés par l'avalanche, mais il connaissait assez bien Paladine pour se douter que le dieu aurait accédé à la prière du chevalier. Le coup qui avait abattu le plafond de la caverne n'avait pas été porté par une main mortelle.

Pour le moment, Immolatus avait échappé à la colère du dieu ; il n'aurait peut-être pas autant de chance la prochaine fois. D'ailleurs, il lui semblait que la montagne recommençait à frémir sous ses pattes. Mieux valait ficher le camp au plus vite, avant que Paladine ne décide d'essayer à nouveau.

Immolatus fit demi-tour pour repartir par là où il était entré, et s'aperçut que le passage était bloqué par une montagne de débris.

Il lâcha un grognement irrité.

Les dragons avaient l'habitude de vivre sous terre. Leurs yeux pouvaient percer les ténèbres et leurs narines capter le plus petit souffle d'air.

Immolatus sentait de l'air frais. Il en déduisit qu'il y avait une autre ouverture quelque part. Se remémorant la carte dessinée par le ver de terre Uth Matar, il se souvint du tunnel qui remontait vers le Temple de Paladine.

— Même si c'est la seule chose que je dois faire, je raserai cette maudite excroissance de la surface de Krynn, marmonna-t-il. Je l'incinérerai avant de mettre le feu à la ville. L'odeur du charnier flottera jusque dans les Abysses, et malheur à ma Reine ou au dieu qui osera lever la main sur moi ! Qu'ils essayent, pour voir !

Immolatus localisa la source du courant d'air et utilisa ses pattes griffues pour dégager les gravats à un endroit où ils ne s'étaient pas trop accumulés.

Le dragon ne tarda pas à mettre à jour le passage indiqué sur la carte ; apparemment, l'avalanche l'avait épargné. Il était intact, mais étroit et bas de plafond… Juste assez grand pour qu'un humain puisse s'y faufiler.

Immolatus grogna de déception. Il allait de nouveau être obligé d'adopter la forme ridicule et vulnérable qu'il haïssait tant. Heureusement, il n'aurait pas à la conserver longtemps : juste ce qu'il fallait pour atteindre l'autre bout du tunnel. Selon ses calculs, il ne devait pas être très long.

Il prononça les paroles de son sort en grinçant des dents et la métamorphose se produisit, aussi douloureuse et humiliante que de coutume.

Quelques secondes plus tard, Immolatus le mage rouge se dressait au milieu des gravats. Le tissu de sa robe adhéra aussitôt à une plaie qu'il avait à peine remarquée sous sa forme draconique. A présent, elle saignait abondamment.

Maudissant le ver de terre qui la lui avait infligée, Immolatus se demanda ce qu'Uth Matar était devenue. Il jeta un coup d'œil à la ronde, mais n'aperçut pas sa trace. Il tendit l'oreille. Aucun gémissement, aucun appel au secours ne lui parvint. Il supposa donc qu'elle gisait enfouie quelque part sous des tonnes de roche.

Bon débarras, songea-t-il.

Une main pressée contre son flanc ensanglanté, chaque inspiration lui arrachant un hoquet de douleur, Immolatus s'engagea dans le tunnel en maudissant la vulnérabilité de la chair humaine.

Kitiara patienta jusqu'à ce qu'elle n'entende plus de bruit de pas et compta encore jusqu'à cent. Certaine que le dragon était assez loin, elle sortit des gravats qui lui avaient sauvé la vie.

Couverte de plaies, d'ecchymoses, et d'une épaisse couche de poussière de roche, Kitiara commençait à en avoir assez de cette mission. Sa marche nocturne dans la montagne, ajoutée à la peur, avait sapé ses dernières forces. Son ambition vacillait à tel point qu'elle aurait volontiers échangé le poste de général des armées draconiques contre une chope d'eau-de-vie naine et un bon bain chaud.

Si elle avait eu un autre endroit où aller, la jeune femme aurait fichu le camp de ces souterrains maudits, abandonnant le dragon à son triste sort. Hélas, elle ne pouvait sortir qu'en empruntant le même chemin. A moins de rester dans l'obscurité, prisonnière des entrailles d'une montagne instable, elle allait devoir affronter Immolatus.

— Seigneur Nigel ? appela-t-elle à tout hasard.

Mais elle n'obtint pas de réponse. Rien d'étonnant à ça : elle avait vu l'avalanche engloutir le chevalier. Mais son vœu avait été exaucé : il avait réussi à protéger les œufs de dragon. Dommage qu'il n'ait pas tué Immolatus. Une fois encore, Kitiara serait obligée de se débrouiller seule.

Elle récupéra son épée enfouie sous les gravats. Immolatus disposait d'une puissante magie. Mais il était sous sa forme humaine, et il marchait en lui tournant le dos.

Son véritable dos cette fois, pas une illusion.

Kitiara tira son couteau de sa botte, essuya la poussière qui maculait son visage et cracha celle qui avait pénétré dans sa bouche. Puis elle s'engagea dans le tunnel et se lança à la poursuite du dragon.

CHAPITRE XVII

Rompant les rangs, les soldats du baron Ivor passèrent les portes ouvertes de la cité à la suite de leur bélier.

Temporairement hors de danger, ils s'arrêtèrent, le souffle court et bouillant de rage tandis que la nouvelle se répandait parmi eux : une partie des hommes de l'arrière-garde venaient de tomber, des flèches à l'empennage noir plantées dans le dos.

Les premiers rangs voulurent rebrousser chemin pour venger leurs camarades. Mais les officiers hurlèrent pour rétablir le calme, sous le regard inquiet des citoyens de Findespoir massés sur les remparts.

On leur avait dit que ces mercenaires endurcis seraient leurs sauveurs. Quand ils les virent aussi assoiffés de sang, les malheureux pâlirent et commencèrent à trembler. Le maire se souvint du vieux dicton affirmant qu'il vaut mieux avoir un kender en face de soi plutôt qu'avec une main dans votre poche de derrière.

Il regrettait d'avoir ouvert les portes de sa ville à des soldats professionnels qui promettaient une mort atroce à leurs anciens alliés.

— Fermez les portes ! ordonna le baron, juché sur son cheval qui piaffait d'excitation, les narines frémissantes et les oreilles plaquées sur le crâne, faisant mine de mordre tous ceux qui s'approchaient d'un peu trop près. Remettez les chariots en place ! Les archers, sur le mur d'enceinte !

« Les monstres ! cria-t-il à l'attention du commandant Morgon qui venait de saisir la bride de son étalon pour le calmer. Vous avez vu ce qu'ils ont fait ? Ils nous ont tiré dans le dos ! Par les cieux, si je mets la main sur Kholos, je lui découperai le foie pour le manger avec ses fameuses patates aux oignons !

— Oui, seigneur. J'ai vu, répondit Morgon. Vous aviez raison et j'avais tort, je le reconnais volontiers.

— Et ne croyez pas que je vous laisse l'oublier un jour. Ha ! ha ! ha !

Le rire du baron acheva de semer la panique chez les habitants de Findespoir.

— Par Kiri-Jolith, ajouta-t-il, regardant ses troupes piétiner dans le plus grand désordre. Ces imbéciles ont perdu la tête ! Je veux qu'on rétablisse l'ordre immédiatement !

La Compagnie C s'était chargée de dégager les barricades. Au signal convenu – celui du bélier heurtant les énormes battants de bois –, elle avait ouvert les portes de Findespoir. Ses deux archers avaient couvert leurs camarades avant de battre en retraite à l'intérieur.

A présent, elle se tenait à l'écart du tumulte, prête à passer à l'action.

— Fermez les portes ! ordonna maître Senej. Que tout le monde reste dans l'enceinte de la cité !

Les soldats de la Compagnie C se hâtèrent d'obéir. Certains bondirent vers les portes, pendant que d'autres repoussaient d'une bourrade ou du plat de leur lame les hommes qui avaient perdu la raison et revenaient sur leurs pas pour venger leurs camarades tombés.

— Poste-toi ici, Majere ! ordonna le sergent Nemiss en désignant le centre de la route. Ne laisse passer personne !

— Oui, chef.

Caramon se mit en position, sans se soucier des flèches qui volaient entre les portes. Il écarta les jambes pour assurer son équilibre et fléchit ses biceps. Ceux qui tentèrent de le contourner furent repoussés en arrière, arrachés au plancher des vaches ou reçurent sur la tête un aimable coup de poing destiné à leur éclaircir les idées.

Puis les portes se refermèrent et le feu ennemi cessa. Les troupes de Kholos se regroupèrent pour décider du comportement à adopter face à une situation inattendue.

— Et maintenant, messire ? demanda le commandant Morgon. Allons-nous devoir soutenir un siège ?

— Tout dépend de Kholos. A sa place, que feriez-vous ?

— J'ordonnerais à mes troupes de rompre le combat et j'attendrais que tout le monde dans la cité meure de faim.

— Très bien, commandant, approuva Ivor. Et selon vous, que va faire Kholos ?

— Je suppose qu'il doit être plus furieux qu'un wyverne mouillé et qu'il va lancer un assaut frontal pour essayer d'enfoncer les portes et de nous massacrer sur place.

— C'est ce que je pense. Je vais monter sur les remparts. Dites aux officiers de placer leurs compagnies en colonne. Vous avez dix minutes et pas une de plus.

Le commandant Morgon s'éloigna en braillant des ordres. Bientôt, les tambours et les trompettes résonnèrent de nouveau. Les sergents firent mettre leurs hommes en position à grand renfort de cris, d'injures, de bourrades et de coups de pied. Rassurés par ces sons familiers, qui leur promettaient l'ordre et la discipline, les soldats se calmèrent et se hâtèrent de reformer les rangs.

— Devons-nous remettre les barricades en place, messire ? demanda maître Senej.

Le commandant Morgon leva les yeux vers le mur d'enceinte où Ivor s'entretenait avec le maire de Findespoir et les officiers de sa milice.

Il secoua la tête.

— Non, Senej. Je crois que je devine ce que mijote le baron. Mais tenez-les prêtes juste au cas où.

Au plus fort de la confusion, Raistlin s'était mis en quête de Horkin. Comme il avait du mal à le trouver dans le chaos ambiant, alors que la nouvelle de la trahison se répandait autour de lui, il commença à s'inquiéter.

Quand les portes se refermèrent, le jeune mage crut un instant que la « chère Luni » avait abandonné son vieux compagnon de beuverie. Puis il vit Horkin entrer parmi les derniers, un bras passé sous les aisselles d'un soldat qui avait une flèche plantée dans la cuisse. L'homme devait souffrir atrocement, car il criait et frissonnait chaque fois que son pied touchait le sol.

— Je suis bien content de vous voir, messire, dit Raistlin, sincère.

Jusque-là, il n'avait jamais mesuré à quel point il appréciait son maître en dépit – ou peut-être à cause – de son caractère bourru et cynique. Il tendit son bras au soldat et aida Horkin à le conduire jusqu'à un endroit tranquille sous les arbres, où les autres blessés s'étaient rassemblés.

— Je craignais le pire, avoua Raistlin. Que s'est-il passé ?

— De la traîtrise, Rouge ! cracha Horkin en jetant un regard sombre vers les portes. Du meurtre pur et simple ! Nos alliés se sont retournés contre nous. Pour quelle raison ? Je l'ignore tout autant que toi.

Il plissa les yeux pour dévisager son apprenti.

— Tu en sais peut-être davantage que moi, corrigea-t-il. Le baron m'a dit que tu l'avais accompagné chez le maire hier soir, et que tu lui avais rendu un grand service.

— J'ai dû offrir à deux vieillards le sommeil le plus profond qu'ils aient connu depuis des années. C'est toute l'étendue de mon intervention. Pour le reste, je serais bien en peine de dire de quoi le baron a parlé avec le maire, car il m'a renvoyé de la pièce.

— Ne le prends pas mal, Rouge, lui conseilla Horkin. C'est le baron tout craché. Selon lui, quelqu'un qui n'est pas au courant d'un secret a d'autant plus de chances de le garder. C'est en partie pour ça qu'il a survécu jusqu'ici.

Le sorcier regarda autour de lui.

— Et maintenant, qu'allons-nous faire de ces blessés ?

— Justement, messire. Je voulais vous dire que j'ai découvert un endroit parfait pour les abriter. Saviez-vous qu'un ancien temple de Paladine se dressait dans cette ville ?

— Un temple de Paladine ? répéta Horkin, étonné. Ici ?

— Oui, messire. Il est à bonne distance des remparts. Si nous pouvions y transporter les blessés, ils seraient en sécurité.

— Et pourquoi penses-tu que ce temple serait parfait pour eux ?

— Parce que je l'ai vu la nuit dernière. On aurait dit… (Raistlin hésita.) Qu'il était béni.

— Il l'a sûrement été autrefois, soupira Horkin. Mais plus maintenant.

— Qui peut le dire ? Vous et moi savons qu'une déesse au moins n'a pas déserté Krynn…

Horkin réfléchit.

— Tu dis que les blessés y seraient en sécurité ?

— Autant que possible dans une ville assiégée, oui.

— Ce temple doit être très vieux. Ne tombe-t-il pas en ruine ?

— Son entretien a été négligé. Il faudrait entrer pour s'assurer de son état. Mais dans l'ensemble, il tient encore debout.

— Je suppose qu'y jeter un coup d'œil ne pourra pas nous faire de mal. Même si Paladine a disparu depuis longtemps, un peu de sa sainteté plane peut-être toujours sur son temple.

Il leva la tête.

— J'espère seulement que le toit est en bon état, parce qu'il va pleuvoir avant la tombée de la nuit. S'il y a des fuites, béni ou pas, nous trouverons un autre endroit. Je vais faire préparer un chariot. Pendant ce temps, tu iras là-bas en reconnaissance. Demande au sergent Nemiss de te donner une escorte.

— Je n'ai besoin de personne, messire, affirma Raistlin.

Après avoir rêvé toute la nuit du temple baigné par le clair de lune argenté, le jeune mage était convaincu que Solinari avait eu une bonne raison d'attirer son attention dessus. Comme il ignorait laquelle, il préférait y aller seul pour ouvrir son esprit à la volonté du dieu.

S'il voulait être réceptif à la voix qui choisirait peut-être de lui parler, Raistlin ne pouvait pas se laisser distraire par le vacarme que ferait un lourdaud de soldat, ni par ses remarques grossières qui risquaient d'offenser les esprits.

— Emmène au moins ton frère, dit Horkin.

— Surtout pas, messire, répliqua Raistlin, car c'était exactement le lourdaud de soldat qu'il avait en tête.

Le temple était sa découverte ; il lui appartenait. Dans son excitation, le jeune homme oubliait que c'était Caramon qui l'avait vu le premier.

— Je n'ai besoin de personne.

— Si, insista Horkin. On ne sait jamais ce qui peut se tapir dans ces vieilles bâtisses. Je vais parler au sergent Nemiss. Peut-être qu'elle te laissera emmener Trocard.

Raistlin grogna de désespoir.

Dans la journée, un vent glacial descendu des montagnes dissipa les nuages bas et gris qui couvraient la cité depuis l'arrivée des soldats. La température baissa brutalement, comme si le début de l'été avait soudain laissé la place à la fin de l'automne.

La pluie tomberait peut-être avant le soir, comme Horkin l'avait prédit. Mais pour le moment, le soleil étincelant – on l'aurait dit tout juste sorti de la forge – et l'air d'une fraîcheur revigorante gonflaient d'espoir le cœur des défenseurs.

Un espoir qui fut douché par la vue de l'immense armée du commandant Kholos marchant sur la ville.

Le baron exposa son plan. Il se heurta d'abord à la stupéfaction du maire et des officiers de la milice, mais eut tôt fait de les persuader que c'était la dernière chance de Findespoir. Puis il les quitta pour aller donner ses ordres, au moment même où la première flèche à l'empennage noir survolait les remparts de la cité.

Le vent vif fit sécher la sueur sur le corps de Caramon, qui inspira profondément pour se remplir les poumons de bon air frais. Son imposante cage thoracique suscita l'admiration de plusieurs ménagères qui l'observaient en douce derrière leurs volets clos.

Au début, le colosse avait été mortifié de ne pas participer au combat. Mais la pensée de trouver un abri pour ses camarades blessés l'avait quelque peu réconforté.

Trocard était ravi de cette mission, car il savait qu'il n'aurait pas servi à grand-chose sur les remparts. Il avait hâte d'explorer le temple, et régalait ses compagnons avec des histoires de fabuleux trésors perdus et retrouvés dans ce genre de lieu.

— Bien entendu, tu t'imagines être le seul à y avoir pensé depuis trois cents ans, railla Raistlin.

Le jeune mage était de très mauvaise humeur. Tout l'irritait, du changement de temps jusqu'à l'escorte dont on l'avait obligé à s'encombrer. Il frissonnait à cause du froid, manquait trébucher à chaque pas en se prenant les pieds dans ses robes rouges que le vent faisait claquer autour de ses chevilles. Comme si ça ne suffisait pas, ce vent maudit le prit à la gorge et le fit tousser si violemment qu'il dut s'adosser à un mur le temps de retrouver ses forces.

— S'il y a un trésor, il doit y avoir un gardien, chuchota Trocard, tout excité. Tu sais quel genre de créature vit dans les temples abandonnés, n'est-ce pas ? Des morts-vivants ! Des guerriers-squelettes, des goules, voire un ou deux démons…

Caramon commençait à se sentir mal à l'aise.

— Raist, ce n'est peut-être pas une si bonne idée…

— Je te promets de nous débarrasser de toutes les goules que nous rencontrerons, mon frère…

Derrière eux, ils entendirent résonner les cors et les tambours, puis monter le cri de guerre des hommes du baron.

— C'est le signal de l'attaque, dit Caramon en ralentissant pour regarder par-dessus son épaule.

— Ça signifie qu'il ne tardera pas à y avoir encore plus de blessés, dit Raistlin.

Se souvenant de la gravité de leur mission, les trois compagnons pressèrent le pas. Plus personne ne parla de trésor ni de morts-vivants.

Arrivés devant l'entrepôt où ils s'étaient dissimulés la veille, ils s'engagèrent dans la rue qui conduisait au temple et le retrouvèrent facilement.

— Tu es sûr que c'est le bon endroit ? demanda Caramon, les sourcils froncés.

— Ça l'est forcément, répliqua son jumeau avant de recommencer à tousser.

La nuit précédente, alors que les ténèbres les enveloppaient, le temple leur était apparu entouré d'une aura de mystère et de magie. A la lumière du jour, ils le trouvèrent plutôt décevant avec ses colonnes fissurées, son toit affaissé et sa cour envahie par les mauvaises herbes.

Epuisé par ses quintes de toux et glacé jusqu'à la moelle, Raistlin regrettait d'avoir posé les yeux sur ce temple, et encore plus de l'avoir suggéré comme refuge pour les blessés. Le bâtiment était bien plus décrépit qu'il ne l'aurait cru. Se souvenant des inquiétudes de Horkin au sujet de fuites éventuelles, il imagina le vent âpre s'engouffrer dans ces ruines en hurlant.

— C'était une erreur de venir ici, lâcha-t-il.

— Non, Raist, dit son frère. Cet endroit me plaît. Nous devons d'abord nous assurer qu'il est vide et établir un périmètre de sécurité.

Depuis qu'il avait entendu le sergent Nemiss utiliser cette expression, le colosse attendait une occasion de la replacer.

— Quel périmètre ? répliqua Raistlin. Il n'y a rien d'autre qu'un bâtiment en ruine et une cour remplie d'herbes folles !

Le jeune mage éprouvait une profonde déception qu'il s'expliquait mal. Que s'était-il donc attendu à trouver ici : les dieux en personne ?

— Le bâtiment a l'air solide. C'est de la bonne architecture. A mon avis, il a été construit par des nains, dit Caramon avec toute l'autorité de quelqu'un qui n'y connaît absolument rien.

— Il faut bien qu'il soit robuste, pour avoir résisté tous ces siècles, approuva Trocard avec son sens pratique habituel.

— On devrait au moins entrer, insista Caramon.

Raistlin hésita. La veille, il lui avait semblé que Solinari invitait son ancien disciple à entrer en ce lieu saint. Mais c'était la nuit, à la faveur du clair de lune : un moment où un esprit rationnel et pragmatique s'abandonne à ses penchants oniriques et aperçoit dans les ombres toute sorte de créatures effrayantes.

La veille, le temple paraissait magnifique, empreint de sérénité et béni par les dieux. Aujourd'hui, il avait quelque chose de sinistre. Raistlin mourait d'envie de s'en aller à grands pas et de ne plus jamais revenir.

— Tu n'as qu'à rester dans la rue, là où tu seras en sécurité, dit Caramon, plein de sollicitude. Trocard et moi, on va voir à l'intérieur.

Raistlin jeta à son jumeau un regard aussi perçant que les flèches à l'empennage noir de leurs ennemis.

— En sécurité ? balbutia Caramon, aussi rouge que si l'un de ces projectiles s'était planté dans son front, du sang ruisselant sur son visage. J'ai dit : « en sécurité » ? Je voulais dire : « au chaud ».

— Venez, tous les deux ! cria le jeune mage. Je passe devant.

Caramon ouvrit la bouche pour dire que ça lui semblait un peu saugrenu. Il valait mieux que ce soit le plus grand, le plus costaud et le mieux armé – autrement dit, lui – qui prenne la tête du groupe. Mais à la vue des lèvres pincées et des yeux brillants de Raistlin, il se ravisa et lui emboîta le pas.

La cour n'offrait aucune couverture. Si quelqu'un ou quelque chose se tapissait à l'intérieur du temple, les trois compagnons lui fourniraient des cibles faciles. Raistlin s'inquiéta un peu de voir que les mauvaises herbes avaient été piétinées. Récemment, en plus : les tiges brisées étaient encore vertes et les feuilles commençaient à peine à jaunir.

Il désigna ces traces en silence. Caramon posa une main sur la garde de son épée, tandis que Trocard saisissait son couteau. Ils traversèrent la cour, les oreilles et les yeux grands ouverts. Mais ils n'entendirent que le vent qui balayait les feuilles mortes dans les coins et ne virent que l'ombre des nuages blancs ramper sur les pavés brisés.

Alors qu'ils approchaient des portes dorées, Raistlin se détendit. Si d'autres gens étaient passés par là récemment, ils étaient repartis. Le jeune mage avait la certitude que le temple était désert.

Quand il atteignit le bas des marches, il remarqua que les battants qu'il avait cru fermés étaient entrouverts, comme si quelqu'un surveillait les trois compagnons depuis l'intérieur.

Caramon s'en aperçut aussi et se plaça hardiment devant son frère.

— Laisse-nous passer les premiers, Raist.

Dégainant son épée, il gravit les marches et se plaqua dos au mur sur la droite de la porte. Trocard l'imita et se plaça sur la gauche, son couteau à la main.

— Je n'entends rien, chuchota-t-il.

— Je ne vois rien, ajouta Caramon. Il fait aussi noir là-dedans que dans les Abysses.

Il tendit un bras pour pousser un battant et laisser entrer un peu de lumière. A cet instant, le soleil apparut au-dessus des murs de la ville ; un rayon doré toucha la porte en même temps que les doigts du colosse, donnant l'impression que sa main était celle de l'astre, son contact faisant briller le métal.

Alors Raistlin vit le temple non tel qu'il était, mais tel qu'il avait été.

Emerveillé, il écarquilla les yeux.

Les fissures du marbre disparurent. La saleté et la poussière s'envolèrent en fumée. Les murs du temple scintillèrent. La frise du portique fut restaurée. Elle contenait un message, une réponse, une solution… Raistlin la fixa intensément. Qu'on lui laisse quelques secondes pour la déchiffrer et il comprendrait enfin…

Puis le monde pivota sur son axe, et les rayons étincelants du soleil furent masqués par une tour de garde dont l'ombre s'abattit sur les portes dorées. La vision s'évanouit et le temple redevint tel qu'il était : miteux, négligé, oublié.

Raistlin étudia la frise saccagée en essayant de reconstituer les images manquantes, mais elles lui échappaient comme au réveil les fragments d'un rêve.

— Je rentre, annonça Caramon en rengainant son épée.

— Sans armes ? s'étrangla Trocard.

— Il ne serait pas convenable d'entrer une épée à la main, répondit le colosse d'une voix basse et solennelle. Ce serait… irrespectueux.

— Mais il ne reste personne à respecter, dit Trocard.

— Caramon a raison, dit Raistlin à la stupéfaction de son frère. Nous n'avons pas besoin d'armes. Range ton couteau.

— Et on dit « cinglé comme un kender », marmonna Trocard. Tu parles ! C'est mal connaître ces deux-là !

N'ayant aucune envie de discuter avec le mage, il obtempéra et suivit les jumeaux.

Une telle obscurité régnait dans le temple que les trois compagnons n'y virent d'abord goutte.

Pendant que leurs yeux s'accoutumaient, les ténèbres parurent battre en retraite. Bientôt, il leur sembla que la clarté était plus vive à l'intérieur du temple que dans la cour.

Leur crainte se dissipa. Aucun mal ne pouvait leur arriver en ce lieu. Raistlin sentit le nœud de sa gorge se desserrer et l'air circuler plus librement dans ses poumons.

Solinari avait tenu sa promesse. Il eut honte d'avoir douté un instant.

C'était un endroit parfait pour les blessés. La pureté de l'air et la douceur de la lumière devaient avoir des vertus curatives, le jeune mage en était certain. La bénédiction des anciens dieux s'attardait toujours ici, même s'ils avaient déserté Krynn.

— C'était une très bonne idée, Raist, dit Caramon.

— Merci, mon frère… Je suis désolé de m'être mis en colère contre toi tout à l'heure. Je sais que tu ne pensais pas à mal.

Caramon le dévisagea, soufflé. Il ne se souvenait pas d'avoir entendu Raistlin s'excuser. Il allait dire quelque chose quand Trocard lui fit signe de se taire.

Le demi-kender désigna une porte argentée.

— Il me semble avoir entendu un bruit derrière, chuchota-t-il.

— Probablement des souris, fit Caramon.

Il posa une main sur le battant et poussa. La porte s'ouvrit en silence.

De la peur se déversa de l'ouverture, telle une rivière aux flots sombres et empoisonnés. Elle était si forte et si tangible que Caramon la sentit déferler sur lui, menaçant de le noyer. Il tituba, levant les mains comme s'il luttait pour rester à la surface.

Raistlin voulut avertir son frère, lui ordonner de refermer la porte, mais la peur le saisit à la gorge.

La marée noire submergea jusqu'à la moitié kender de Trocard, le livrant à une terreur toute humaine.

— Je... je n'ai jamais rien ressenti de pareil, gémit-il en s'accroupissant contre le mur. Que se passe-t-il ? Je ne comprends pas !

Raistlin ne comprenait pas non plus. Il avait déjà connu la peur, comme tous ceux qui subissaient l'Epreuve à la Tour de Haute Sorcellerie. La peur de l'échec, la peur de la mort... Mais rien qui ressemble à ça.

C'était une peur qui venait de très loin : celle qu'avaient éprouvée les premières créatures ayant arpenté ce monde. La peur primitive de ceux qui avaient levé les yeux vers le firmament et vu le soleil – ce terrible orbe de flammes à la lumière aveuglante – fondre sur eux. La peur des ténèbres quand les lunes et les étoiles sont invisibles dans le ciel, que le bois humide refuse de s'allumer et que des grognements affamés montent de la forêt.

Raistlin aurait voulu s'enfuir, mais la peur aspirait ses forces, ramollissant ses os en les rendant aussi fragiles que ceux d'un nouveau-né. Son cerveau envoyait des éclairs de feu à ses muscles. Ses membres étaient parcourus de spasmes. Agrippant son bâton, il fut étonné de voir le cristal diffuser une étrange lueur.

Ce n'était pas la première fois que le cristal s'éclairait : Raistlin n'avait qu'à prononcer un mot de pouvoir pour obtenir ce résultat. Mais jamais il ne l'avait vu émettre cette lumière, blanche au centre et écarlate sur les bords comme celle d'une forge.

Un chevalier vêtu d'une armure d'argent apparut dans l'encadrement de la porte. L'image d'une rose ornait son tabard, et il tenait une épée dans sa main gantée.

Quand il ôta son heaume, son regard plongea dans le cœur de Raistlin puis dans les profondeurs de son âme.

— Magius, dit-il, j'ai besoin de ton aide pour sauver ce qui ne doit pas périr en ce monde.

— Je ne suis pas Magius, souffla Raistlin, que la noblesse de son interlocuteur contraignait à dire la vérité.

— Tu portes son bâton.

— C'est un cadeau...

— Un cadeau très précieux, oui. En es-tu digne ?
— Je... je l'ignore, balbutia Raistlin.
— Une réponse honnête, approuva le chevalier. (Il avança.) Découvre la réponse en m'aidant à défendre ma cause.
— J'ai si peur, haleta le jeune mage. Je ne peux rien faire pour vous, ni pour quiconque.
— Tu dois vaincre ta peur, dit le chevalier. Sinon, elle t'accompagnera tout le reste de ton existence.

La lumière du cristal était aussi vive que celle d'un éclair. Raistlin dut fermer les yeux pour ne pas être aveuglé.

Quand il les rouvrit, le chevalier avait disparu. La porte d'argent était ouverte devant lui et la mort l'attendait au-delà.

Tu as eu assez de courage pour passer l'Epreuve, lui dit sa voix intérieure.

— Le courage de tuer mon propre frère ! cracha Raistlin.

Par-Salian, Antimodes et les autres le considéraient peut-être avec mépris, mais le jeune homme, lui, se haïssait et se faisait horreur. Ses doutes l'accompagnaient plus fidèlement que son ombre.

— Le courage de tuer Caramon quand il est venu me sauver. De l'abattre alors qu'il se tenait devant moi, sans défense, désarmé par son amour. Voilà mon genre de courage.

La peur t'accompagnera tout le reste de ton existence.

— Non ! Je refuse.

Sans réfléchir, il leva le Bâton de Magius et, le brandissant devant lui, franchit la porte d'argent pour entrer dans les ténèbres.

CHAPITRE XVIII

Caramon n'avait jamais éprouvé une telle peur. Même pendant la terrible attaque contre le mur ouest, quand les flèches avaient tambouriné contre son bouclier et que des rochers avaient écrasé ses camarades.

A ce moment, la peur lui avait tordu les entrailles, mais elle ne l'avait pas paralysé. Son entraînement et sa discipline lui avaient permis de la surmonter – au moins en partie – pour mener à bien sa mission.

Cette peur-là était différente. Elle ne tordait pas les entrailles, elle les liquéfiait. Elle ne galvanisait pas le corps, elle le lessivait, le laissait aussi détrempé qu'une serpillière usagée.

Caramon n'avait qu'une idée en tête : s'enfuir aussi vite que possible pour échapper au mal inconnu que vomissait la porte. Il ignorait ce qu'il y avait de l'autre côté et n'avait aucune envie de le découvrir. Quoi que ce soit, ce n'était pas le genre de chose que des humains étaient censés rencontrer.

L'horreur coupa le souffle du colosse quand il vit son frère franchir cet épouvantable seuil.

— Raist, non ! voulut-il crier.

Mais seul un gémissement pitoyable franchit ses lèvres.

Si le jeune mage l'entendit, il choisit d'ignorer son avertissement. Caramon se demanda quelle force ténébreuse s'était emparée de lui pour le pousser à entrer dans ce lieu maudit.

Il entendit une voix distante appeler à l'aide. Un chevalier en armure se tenait dans l'encadrement de la porte. Il lui rappelait Sturm. Caramon l'aurait volontiers suivi sans cette étrange peur qui le faisait trembler de la tête aux pieds.

Mais Raistlin entra dans les ténèbres et le colosse n'eut pas d'autre choix que de lui emboîter le pas. L'inquiétude qu'il éprouvait pour son jumeau était pareille à un feu qui brûlait dans son cerveau et dans son sang, dissipant sa nausée et sa terreur. Epée au poing, il franchit à son tour le seuil de la porte argentée et s'élança à la suite de Raistlin.

Resté seul dans le temple, Trocard ouvrit de grands yeux incrédules. Son meilleur ami et son frère couraient au suicide.

— Vous êtes fous ! Vous êtes complètement fous !

Ses dents claquaient si fort qu'il avait du mal à parler. Plaqué contre le mur par sa propre terreur, il tenta de faire un pas vers la porte argentée, mais ses pieds refusèrent d'obéir à un ordre qui manquait si singulièrement de conviction.

Où était sa moitié kender quand il avait besoin d'elle ? Toute sa vie, il avait lutté contre cette part de lui-même, remis dans sa poche les mains qui brûlaient de toucher, de saisir, de prendre, combattu la vagabondite qui le poussait à abandonner un emploi honnête pour arpenter des routes inconnues…

A présent qu'il avait besoin de l'intrépidité maternelle – due à la curiosité plutôt qu'au courage –, elle se dérobait à lui.

— C'est bien fait pour toi, lui aurait dit sa mère.

Trocard n'était plus dans le temple. Il était redevenu un petit enfant qui se tenait avec maman devant l'entrée d'une caverne découverte au cours de leurs interminables errances.

— N'es-tu pas curieux de savoir ce qui se cache dedans ? lui avait-elle lancé. Ne te demandes-tu pas ce que nous y trouverons ? Peut-être l'antre d'un sorcier, ou une princesse en détresse. N'as-tu pas envie de le découvrir ?

— Non, avait gémi Trocard. Je ne veux pas y aller. C'est noir et ça sent mauvais !

— Décidément, tu n'es pas mon fils, avait répondu sa mère d'une voix qui n'exprimait aucune colère, juste de l'affection.

Elle lui avait tapoté la tête avant d'entrer dans la caverne… d'où elle était ressortie trois minutes plus tard avec un énorme gobelours à ses trousses.

Trocard se rappelait très bien ce moment. Il se souvenait du gobelours – le premier et le dernier qu'il eût rencontré, espérait-il –, ainsi que du visage rouge d'excitation de sa mère quand, les vêtements en désordre, ses sacoches ouvertes laissant échapper leur contenu, elle l'avait saisi par la main pour l'entraîner dans son sillage.

Heureusement, le gobelours n'avait pas beaucoup de suite dans les idées. Il n'avait pas tardé à abandonner la poursuite.

Trocard avait déduit de cet incident que sa mère avait raison : il n'était pas son fils et n'avait aucune intention de le devenir.

— Je sais ce que je vais faire, marmonna-t-il. Chercher des renforts !

À cet instant, une main pareille à un battoir jaillit des ténèbres, le saisit par le col, le força à se relever et l'attira dans le tunnel.

— Ça-Caramon ! cria Trocard quand il sentit son cœur recommencer à battre. J'ai failli mou-mourir d'une crise cardiaque ! Pour-pourquoi as-tu fait ça ?

— Parce que j'ai besoin de toi pour retrouver Raist, et que tu allais t'enfuir, dit le colosse avec une sinistre détermination.

— J'allais chercher de-de l'aide, corrigea Trocard, vexé mais claquant toujours des dents.

— Tu n'es pas censé avoir peur, grogna Caramon. Quel genre de kender es-tu donc ?

— Demi-kender. Je n'ai pris que la moitié sensée…

Maintenant qu'il était là, Trocard n'avait plus qu'à faire contre mauvaise fortune bon cœur. De toute façon, il était trop effrayé pour rebrousser chemin seul.

— Je peux dégainer mon épée ? Où serait-ce manquer de respect envers la chose qui se prépare à nous massacrer, à nous découper en petits morceaux et à dévorer notre âme ?

— Je pense que dégainer ton épée serait une bonne idée, répondit Caramon.

Ils avançaient dans un passage taillé à même la roche. Ses murs lisses formaient une arche au-dessus d'eux, et le plancher s'inclinait en pente douce vers le bas. Il n'y régnait pas une obscurité aussi profonde que ça. La lumière du soleil, se reflétant sur la porte argentée, éclairait le chemin sur une distance bien plus grande que les compagnons ne l'auraient imaginé.

Mais de Raistlin, nulle trace.

Ils continuèrent à avancer. Le tunnel décrivit une courbe serrée. Quand ils l'eurent franchie, ils aperçurent devant eux une lumière aussi brillante que celle d'une étoile.

— Raist ! appela Caramon.

Le point lumineux vacilla. Quand son porteur se retourna, les deux amis distinguèrent le visage de Raistlin, dont la peau dorée luisait faiblement sous la lumière projetée par le Bâton de Magius. Le jeune homme leur fit signe d'approcher. Caramon pressa le pas, Trocard sur les talons.

La main de Raistlin se referma chaleureusement sur le bras du colosse.

— Je suis content que tu sois là, mon frère, dit-il.

— Eh bien, pas moi ! répliqua Caramon à voix basse. (Il jeta un regard nerveux autour de lui.) Je n'aime pas cet endroit, et je pense que nous devrions nous en aller. Quelque chose ici n'apprécie pas notre présence. Tu te souviens de ce que Trocard a dit au sujet des goules ? Franchement, Raist, je n'ai jamais eu aussi peur de ma vie. Je suis venu seulement pour vous retrouver, le chevalier et toi.

— Quel chevalier ? demanda Trocard.

— Alors, tu l'as vu aussi, murmura Raistlin.

— Quel chevalier ? insista Trocard.

Le jeune mage ne répondit pas tout de suite.

— Venez avec moi, tous les deux, lâcha-t-il enfin. Je veux vous montrer quelque chose.

— Raist, commença Caramon, je ne crois pas…

La montagne trembla. Et le sol vibra sous leurs pieds.

Les trois compagnons se plaquèrent contre les murs, presque trop surpris pour être effrayés. De la poussière de roche leur tomba en pluie sur la tête. Mais le séisme cessa aussi brusquement qu'il avait commencé.

— Ça suffit comme ça ! décréta Caramon. On fiche le camp d'ici !

— Une secousse mineure. Il y en a souvent par ici, le rassura son frère. Le chevalier t'a-t-il dit quelque chose ?

— Qu'il avait besoin d'aide. Ecoute, Raist, je… (Le colosse s'interrompit pour dévisager son frère.) Tu vas bien ?

Raistlin s'étranglait avec la poussière de roche qu'il avait avalée. Il secoua la tête face à l'idiotie de cette question.

— Non, je ne vais pas bien. Mais j'irai mieux dans un moment.

— Fichons le camp ! implora Caramon. Tu ne dois pas rester ici. C'est un environnement nocif pour toi.

— Et pour moi donc ! grommela Trocard.

Ils attendirent que Raistlin se décide. Mais quand le jeune mage put de nouveau respirer, il regarda la porte argentée avant de sonder le passage, devant eux.

— Faites ce que vous voulez. Moi, je continue. Nous ne pouvons pas amener les blessés au temple sans nous être assurés qu'il est sûr. Et puis, je suis curieux de découvrir ce qui se cache dans ces souterrains.

— Ce furent sans doute les derniers mots de ma pauvre mère, marmonna Trocard.

Caramon secoua la tête, mais il suivit son jumeau. Le demi-kender hésita, prêt à accepter l'offre du mage. Mais quand la réconfortante lumière du bâton eut presque disparu et que les ténèbres se refermèrent sur lui, il prit ses jambes à son cou pour rattraper ses compagnons.

Les murs lisses cédèrent la place à des parois de pierre naturelle.

Le passage devint plus difficile à suivre. Il serpentait entre des stalagmites, traversait une série de cavernes et s'enfonçait toujours plus profondément au cœur de la montagne.

Soudain, il s'acheva sur un cul-de-sac.

Un mur de roche leur bloquait le chemin.

— Tout ça pour rien, soupira Caramon. Enfin, maintenant, nous savons que le temple est sûr. Revenons en arrière.

Brandissant son bâton pour éclairer le mur, Raistlin ne tarda pas à découvrir la porte d'or et d'argent, ainsi que la petite pièce ronde qui s'étendait de l'autre côté. Caramon regarda par-dessus l'épaule de son jumeau. La pièce était vide, à l'exception du sarcophage qui se dressait au centre.

— Raist, c'est une tombe...

— Quel sens de l'observation !

Ignorant les supplications de Caramon, il poussa la porte.

Dès qu'il franchit le seuil, le cristal de son bâton émit une lueur argentée qui éclaira la silhouette de pierre sculptée sur le couvercle du sarcophage. Raistlin l'étudia en silence.

— Regarde ça, mon frère, murmura-t-il enfin. Que vois-tu ?

— Une tombe, répéta Caramon, nerveux.

Il s'arrêta sous l'arche, que son corps massif bloquait presque entièrement. Trocard, qui n'avait aucune intention de rester seul dans le tunnel, joua des coudes pour se faufiler à l'intérieur.

— Regarde cette tombe, insista Raistlin. Que vois-tu ?

— Un chevalier, je suppose. C'est difficile à dire, il y a tant de poussière !

Caramon détourna les yeux. Il venait de remarquer que le couvercle du sarcophage était entrouvert.

— Raist, nous ne devrions pas être là ! Ce n'est pas bien !

Son jumeau ne lui prêta aucune attention. S'approchant de la tombe, il jeta un coup d'œil à l'intérieur. Il sursauta et eut un léger mouvement de recul.

— Je le savais, souffla Caramon en serrant son épée si fort que ses jointures blanchirent.

— Approche, mon frère. Il faut que tu voies ça.

— Non, il ne faut pas, fit le colosse en secouant la tête.

— J'ai dit : approche ! ordonna Raistlin.

Caramon s'exécuta à contrecœur tandis que Trocard le suivait, une main posée sur son épée et l'autre accrochée à la ceinture de son ami.

Le colosse regarda dans le sarcophage et recula très vite.

Puis il s'approcha de nouveau, la curiosité l'emportant sur la frayeur.

— Le chevalier, s'étonna-t-il. Le chevalier qui m'a appelé !

Un corps gisait dans le sarcophage, vêtu d'une antique armure qui luisait doucement à la lumière du Bâton de Magius. Son heaume était d'une conception populaire avant le Cataclysme. Par-dessus son plastron, il portait un tabard jauni orné d'une rose de satin fané.

Dans ses mains croisées sur sa poitrine, il serrait une épée. Des pétales de rose séchés, répandus sur son corps, dégageaient une odeur douceâtre.

— Il me semblait bien reconnaître le gisant, murmura Raistlin. L'armure, le tabard, le heaume… Identiques à ceux du chevalier qui est venu réclamer notre aide. Un chevalier mort depuis des siècles !

— Ne dis pas des choses pareilles, couina Trocard. Cet endroit est déjà assez effrayant ! Vous ne croyez pas que c'est le moment de partir ?

Observant le chevalier, Caramon songea à son ami Sturm et espéra que ça ne serait pas un mauvais présage. De la main, il épousseta la silhouette de pierre.

Raistlin se surprit à envier la paix et la sérénité du chevalier mort. Comme il serait bon de ne plus sentir la brûlure constante de ses poumons, et celle encore plus douloureuse de son ambition…

— Regarde, Raist ! appela son frère. Il y a une inscription !

Ecartant la poussière qui recouvrait le gisant, il avait mis à jour une petite plaque de bronze gravée au-dessus de son cœur.

— Je n'arrive pas à lire, soupira-t-il en se tordant le cou pour mieux voir.

— C'est du solamnique, dit Raistlin, reconnaissant aussitôt la langue avec laquelle il bataillait depuis qu'il étudiait le livre parlant du Bâton de Magius.

Il acheva de dégager la plaque et lut à voix haute :

— Ci-gît celui qui défendit le Temple de Paladine et ses serviteurs contre les égarés et les impies. Conformément à la requête qu'il nous fit avec son dernier souffle, nous l'enterrons ici afin qu'il puisse continuer à veiller sur le trésor que nous avons le devoir et le privilège de protéger. Que Paladine lui accorde le repos éternel quand sa mission sera accomplie.

Les trois compagnons se regardèrent et prononcèrent le même mot en même temps.

— Un trésor !

Caramon regarda autour de lui comme s'il s'attendait à découvrir des coffres regorgeant de pièces et de joyaux.

— Trocard avait raison ! Ça dit où est ce trésor ?

Raistlin continua à épousseter la plaque, mais il n'y avait rien d'autre à lire.

— C'est bizarre : je n'ai plus peur du tout, annonça le demi-kender. Continuer notre exploration ne me gênerait pas.

— Oui, ça ne peut pas nous faire de mal, approuva Caramon en se penchant pour essayer de regarder sous la tombe. (Mais celle-ci était solidement encastrée dans le sol de pierre.) Qu'est-ce que tu en penses, Raist ?

Le jeune mage était tenté. La peur qu'il avait ressentie en entrant dans le tunnel s'était évanouie. Certes, il avait une responsabilité envers les blessés, mais comme il l'avait déjà fait remarquer, elle incluait de s'assurer que le temple était un endroit sûr. S'il découvrirait un trésor pendant ses investigations, personne ne pourrait l'en blâmer.

— Caramon, que ferais-tu si tu étais riche ? demanda joyeusement Trocard.

— J'achèterais une auberge, répondit le colosse sans hésiter.

Le demi-kender éclata de rire.

— Tu serais ton meilleur client !

En possession d'un trésor, je ferais du bien avec, songea Raistlin. *Je m'installerais à Palanthas, dans la plus belle maison de la ville. J'engagerais des domestiques pour me servir et des apprentis pour travailler dans mon laboratoire, qui serait le plus vaste et le mieux équipé qu'on puisse imaginer.*

J'achèterais tous les grimoires de toutes les boutiques de magie, et des artefacts, des baguettes, des potions, des parchemins. Je constituerais une bibliothèque capable de rivaliser avec celle de la Tour de Haute Sorcellerie...

Le jeune homme s'imagina riche, puissant, adulé et craint.

Il s'y voyait déjà...

... Il se tenait au sommet d'une tour obscure et sinistre, entouré par la mort. Il portait des robes noires, et autour de son cou, un pendentif vert strié de sang...

— Regardez ce que j'ai trouvé ! s'exclama Trocard, tout excité. Une sortie !

Raistlin l'entendit à peine. Sa vision mit du temps à se dissiper, le laissant avec un vague malaise.

Le demi-kender sautillait devant un portail de fer forgé.

Le visage pressé contre les barreaux, il scrutait les ténèbres au-delà.

— Ça conduit à un autre tunnel, annonça-t-il. Le trésor est peut-être caché là-bas !

— *Sûrement*, tu veux dire ! exulta Caramon. Raist, amène ta lumière !

— Je suppose que ça ne coûte rien de jeter un œil, dit le jeune mage. Ecartez-vous. Laissez-moi la place de voir ce que je fais ! Caramon, n'essaye pas d'ouvrir ce portail ! Il est peut-être piégé...

Obéissants, Caramon et Trocard reculèrent.

Raistlin s'approcha. Il captait un immense pouvoir, mais qui n'émanait pas du portail : plutôt du tunnel qui s'étendait au-delà.

Et s'il contenait des artefacts datant de la période pré-cataclysmique ? Des merveilles oubliées depuis longtemps qui n'attendaient que sa venue ?

Le jeune mage appuya sur la poignée. Le portail de fer forgé s'ouvrit en grinçant. Il fit un pas dans les ténèbres et faillit heurter une silhouette qui lui bloquait le chemin.

— *Sharak,* ordonna-t-il, le cœur battant.

La lumière blanche de son bâton se refléta dans les yeux rouges d'Immolatus.

CHAPITRE XIX

Les yeux du magicien brûlaient d'une lueur écarlate comme les flammes qui rugissaient toujours dans son estomac, auxquelles il ne pouvait laisser libre cours sous cette forme maudite.

Il avait perdu beaucoup de sang et chaque inspiration lui était une nouvelle torture. Ses veines pulsaient douloureusement sur ses tempes. Il lui semblait que son crâne allait exploser.

Les faiblesses qui handicapaient son corps humain vulnérable disparaîtraient dès qu'il retrouverait sa forme draconique.

Dès qu'il serait sorti de ce maudit temple ! Alors, il les ferait tous payer...

Immolatus leva les yeux pour apercevoir une vive lumière qui lui transperça les pupilles telle une lance d'acier. Furieux, il plissa les yeux pour distinguer sa source.

— Le Bâton de Magius ! cria-t-il avec un brusque regain d'énergie. Je retirerai peut-être quelque chose de cette lamentable aventure, après tout.

Le dragon arracha l'artefact à Raistlin et, de sa main libre, lui flanqua un coup qui le fit s'effondrer sur le sol de pierre.

Kitiara avait suivi Immolatus dans les souterrains. Quand il s'arrêta à l'entrée de la chambre funéraire, elle avança sur la pointe des pieds, épée à la main, avec l'intention de l'attaquer dans la pièce, où elle aurait la place de manier son arme.

A sa grande surprise, Immolatus s'immobilisa devant le portail de fer forgé en criant quelque chose à propos d'un bâton. Il semblait exulter, comme s'il venait de retrouver un compagnon perdu de vue depuis longtemps. Craignant qu'il n'ait découvert un allié et qu'il ne réussisse à lui échapper une nouvelle fois, Kitiara regarda par-dessus l'épaule du dragon pour voir à qui elle avait affaire.

Caramon !

La jeune femme douta d'abord de ses sens. Son demi-frère était en sécurité à Solace. Il n'avait aucune raison de traîner dans les souterrains de Findespoir.

Pourtant, elle aurait reconnu entre mille cette carrure massive, ces mains larges comme des battoirs, ces cheveux brun-roux bouclés et cette expression ahurie.

Caramon, ici ! Kitiara était si ébahie qu'elle ne prêta guère attention aux deux compagnons de son demi-frère : un mage en robe rouge et un adolescent malingre. La vue de Caramon, qui portait l'emblème du baron – de son ennemi, donc – la plongea dans une telle confusion qu'elle baissa son épée et battit en retraite pour réfléchir.

Confrontée à une situation inattendue, elle n'avait qu'une certitude : le moment était fort mal choisi pour une réunion de famille.

Le poing du magicien atteignit Raistlin au plexus. Surpris par la vue d'Immolatus jaillissant des ténèbres, le jeune mage ne put réagir assez vite pour se défendre. Il tomba comme si la foudre s'était abattue sur lui, et sa tête heurta le sol de pierre de la caverne. Un éclair de douleur lui traversa le crâne, si fort qu'il faillit s'évanouir.

Levant les yeux, Raistlin vit Immolatus serrer le Bâton de Magius avec délectation. Son bien le plus cher, son trésor le plus précieux, le symbole de sa réussite, son triomphe sur la maladie, sa récompense pour les heures d'études pénibles, sa victoire sur lui-même : l'artefact que le mage rouge venait de lui dérober était tout cela, et bien plus encore.

La perspective de perdre son bâton à jamais chassa la douleur et neutralisa son instinct de survie. Avec un grognement, Raistlin bondit sur ses pieds sans se soucier de la douleur ni des étoiles bleues et jaunes qui dansaient devant ses yeux en menaçant de l'aveugler. Il attaqua Immolatus avec un courage et une férocité qui ébahirent son jumeau, déjà passablement sonné par la brusque apparition du Robe Rouge.

Raistlin ne fut pas obligé de livrer bataille seul : le Bâton de Magius l'aida. Créé par un archimage aux pouvoirs immenses dans l'unique but de combattre Takhisis, l'artefact avait vaincu bien des dragons maléfiques pendant la dernière Guerre Draconique.

Le bâton ignorait tout du sort de son maître. Il avait appris la mort de Magius quand on l'avait posé au sommet de son bûcher funéraire. L'histoire n'avait pas retenu le nom du Robe Blanche qui l'avait sauvé ; certains prétendaient que c'était Solinari en personne, descendu du firmament pour l'arracher aux flammes destructrices. En tout cas, c'était quelqu'un qui avait eu la sagesse et la clairvoyance de comprendre cela : même si la Reine des Ténèbres était vaincue pour le moment, des ailes noires masqueraient de nouveau le soleil de Krynn.

Le Bâton de Magius perça aussitôt à jour le déguisement d'Immolatus. Il sentait qu'un dragon rouge, suppôt de la Reine Takhisis, venait de poser ses pattes avides sur lui. Alors il déchaîna la colère accumulée en lui depuis des siècles.

Il attendit qu'Immolatus l'ait saisi fermement, puis ouvrit les vannes de sa magie.

Une lumière blanche jaillit du bâton, une explosion ébranlant la chambre funéraire. Caramon, qui fixait l'artefact depuis quelques secondes, recula en portant les mains à ses yeux.

Trop tard ! Il était désormais aussi aveugle qu'un fœtus dans le ventre de sa mère. Tandis que retentissait un épouvantable cri, du sang tiède éclaboussa son visage et ses mains.

— Raist ! appela-t-il, effrayé. Raist !

L'onde de choc plaqua Trocard sur le sol de la caverne, faisant vibrer son cerveau à l'intérieur de son crâne. Couché sur le dos, le demi-kender fixa le plafond d'un regard vague, se demandant comment la foudre avait pu frapper à une telle profondeur.

Raistlin avait senti la fureur du bâton, sur le point d'imploser de rage magique contenue. Détournant les yeux, il avait levé un bras pour se protéger le visage.

Le souffle le propulsa contre le sarcophage, où il lui sembla qu'une main le saisissait pour l'empêcher de tomber. Le jeune mage crut que cette main appartenait à son jumeau. Plus tard, il se souvint que Caramon, aveuglé et impuissant, se tenait de l'autre côté de la pièce.

Immolatus hurla. Une douleur telle qu'il n'en avait connue qu'une fois – infligée par une lance-dragon – dévorait son corps comme des flammes liquides. Il lâcha le bâton.

Non qu'il eût le choix : il n'avait plus de main.

Couvert de son propre sang, la chair explosée par ses propres os brisés, Immolatus n'avait jamais été aussi furieux de sa vie. Bien que graves, ses blessures n'étaient pas mortelles. Il n'avait plus qu'un seul désir : tuer les misérables créatures qui les lui avaient infligées.

Il dissipa le sort qui le liait à sa forme humaine. Dès qu'il aurait retrouvé son corps draconique, il incinérerait ces vers de terre à la morsure venimeuse.

Le regard magique de Raistlin surprit Immolatus en pleine transformation. Il vit son corps humain se ratatiner et quelque chose de rouge, de luisant et de monstrueusement maléfique émerger à sa place.

Une seule idée animait le jeune mage : récupérer son bâton qui gisait sur le sol, et dont le cristal brillait toujours de mille feux. Il s'agenouilla et saisit l'artefact. Puis, faisant appel à une force qu'il ignorait avoir – nourrie par sa terreur et sa souffrance –, il l'abattit sur la poitrine d'Immolatus.

La fureur magique du bâton décupla l'énergie de Raistlin. Comme s'il avait été frappé par la foudre, Immolatus fut projeté en arrière ; il vola par le portail ouvert et alla s'écraser contre la paroi du tunnel. Ses os craquèrent et se brisèrent, mais c'était ceux de sa pitoyable forme humaine, et il pourrait les ressouder d'un simple mot magique.

Allongé sur le dos dans les ténèbres, Immolatus resta immobile quelques instants, savourant le retour de la puissance qu'il sentait déferler en lui comme une vague. Ses mâchoires s'allongèrent, ses dents claquèrent, impatientes de se refermer sur de la chair humaine, ses muscles ondulèrent plaisamment sous les écailles qui se formaient peu à peu. Bien qu'encore molles, elles ne tarderaient pas à acquérir la dureté du diamant.

Les flammes qui brûlaient dans son estomac montèrent en gargouillant dans sa gorge. Il commençait à être à l'étroit dans le tunnel, mais ça n'avait pas d'importance. Il allait se relever, pulvériser les parois rocheuses, soulever la montagne et la laisser retomber sur ceux qui avaient eu l'audace de l'insulter. Plus que quelques secondes...

Alors une voix de femme, froide et coupante comme de l'acier, lui transperça le crâne.

— Tu m'as désobéi pour la dernière fois !

La lumière du Bâton de Magius fit briller la lame de Kitiara d'un éclat argenté.

Affaibli par la perte de sang et par sa métamorphose, à demi aveuglé par le cristal, Immolatus leva les yeux vers la jeune femme et crut voir sa Reine.

Furieuse, vengeresse, implacable.

Elle le toisait et venait de prononcer sa condamnation.

L'épée s'enfonça dans le dos d'Immolatus et lui sectionna la colonne vertébrale.

Le dragon poussa un cri de colère et de douleur. Il fixa celle qui venait de le détruire et malgré la brume écarlate qui voilait son regard, reconnut enfin Kitiara.

— Je ne mourrai pas… sous cette forme humaine, siffla-t-il. Ce souterrain sera mon tombeau, mais je veillerai à ce qu'il soit aussi le tien, ver de terre !

Kitiara banda ses muscles pour dégager son épée. Le dragon agonisant continuait la métamorphose qui lui rendrait sa forme originale. Son corps était déjà trop massif pour le tunnel où ils se tenaient.

Immolatus se tordait et se convulsait, sa queue balayant le sol et allant heurter les parois, ses ailes battant frénétiquement, ses pattes griffues raclant contre la roche.

Le plafond se fissura ; la montagne vibra et le plancher trembla sous les pieds de la jeune femme.

— Raist ! cria Caramon, paniqué. Où es-tu ? Je… je n'y vois rien ! Que se passe-t-il ?

— Je suis là, mon frère. Je te tiens. Cesse de t'agiter et prends ma main. Trocard, aide-moi à le faire sortir d'ici. Il faut rebrousser chemin au plus vite !

Kitiara bondit par le portail de fer forgé toujours béant. Elle entra dans la chambre funéraire à temps pour voir un pan de robe rouge disparaître sous la lumière d'un cristal monté à l'extrémité d'un bâton.

Puis le tunnel s'effondra derrière elle. La jeune femme approcha en titubant de la tombe du chevalier, espérant contre toute probabilité que la chambre funéraire serait assez solide pour résister à la fureur d'une déesse vindicative.

Des morceaux de roche pleuvaient autour d'elle.

Kitiara s'accrocha au gisant pour ne pas tomber.

— Je vous ai aidé, seigneur Nigel ! cria-t-elle. A présent, c'est votre tour !

S'accroupissant près du sarcophage, une main sur la garde de son épée, elle vit que les pierres ne s'abattaient pas autour d'elle, mais à l'endroit où elle avait vu le corps de la mourante lors de sa visite précédente.

Son corps !

La jeune femme ferma les yeux pour se protéger de la poussière et, retenant son souffle, se plaqua contre la tombe avec plus d'empressement que contre un amant.

Enfin, le grondement diminua et les secousses s'interrompirent. Kitiara battit des paupières et voulut prendre une inspiration. Mais elle eut une quinte de toux.

Des ténèbres absolues régnaient. Elle ne voyait même pas ses mains. Les bras tendus devant elle, elle s'agrippa au couvercle du sarcophage et sentit le marbre lisse et froid sous ses doigts.

Puis elle se releva avec difficulté.

Une lumière diffuse brilla soudain. Cherchant sa source du regard, Kitiara vit qu'elle émanait de la tombe.

Celle-ci n'était plus vide comme lors de son premier passage : elle contenait un cadavre dont le visage arborait une expression paisible et victorieuse.

— Merci, seigneur Nigel. Je suppose que nous sommes quittes.

La jeune femme regarda autour d'elle pour évaluer la situation. La caverne était remplie de gravats, mais elle ne distinguait aucune fissure dans le sol ou la voûte.

Derrière le portail de fer forgé se dressait un mur de pierre : le corps du dragon gisait sous le cairn que sa Reine avait érigé. Pas moyen d'emprunter cette issue-là. Kitiara n'avait plus qu'à imiter Caramon et ses compagnons en sortant par la porte d'or et d'argent qui conduisait au temple.

— A une autre fois, peut-être ! lança-t-elle au chevalier.

Elle fit mine de s'en aller, mais une force surnaturelle la retint. Sa main droite était collée au marbre du sarcophage comme si elle l'avait posée, mouillée, sur un pain de glace.

La peur noua l'estomac de Kitiara. Elle arriverait peut-être à se dégager, mais pas sans laisser derrière elle un peu de sa chair et de son sang. Une horrible seconde, elle crut que ce serait le prix à payer. Puis elle réalisa qu'elle avait un moyen de s'en tirer à moindres frais.

De sa main libre, la jeune femme fouilla ses poches à la recherche du carnet où elle avait dessiné la carte. Elle tremblait si fort qu'il faillit tomber à ses pieds.

Souhaitant s'en débarrasser, elle le laissa tomber dans le sarcophage ouvert.

— Là, cracha-t-elle amèrement. Vous êtes satisfait ?

La force relâcha son emprise.

Kitiara serra sa main contre sa poitrine, massant ses doigts engourdis.

La chambre funéraire avait été un refuge bienvenu, mais elle ne supporterait pas d'y rester une minute de plus. Elle l'avait assez vue ! Franchissant la porte d'or et d'argent, la jeune femme s'en fut sur les traces de ses frères sans jeter un coup d'œil derrière elle.

Un bruit de pas la fit s'arrêter un peu plus loin. Devant elle, elle entendait Caramon et... oui, c'était bien la voix de Raistlin... converser avec le troisième larron.

Kitiara aurait pu les rattraper en pressant le pas, mais elle n'avait pas envie de les voir, de répondre à leurs questions, d'être obligée d'inventer une excuse à sa présence... Par-dessus tout, elle n'avait pas envie d'évoquer avec eux des souvenirs du bon vieux temps et de leurs connaissances communes. Surtout de leurs connaissances communes.

Elle allait rester là jusqu'à ce qu'ils aient quitté le temple, puis elle se glisserait dehors.

Kitiara s'adossa à la paroi pour attendre confortablement. L'obscurité ne la gênait pas ; elle la trouvait même réconfortante après la lumière étrange et surnaturelle qui avait baigné la tombe du chevalier.

La jeune femme réfléchit à la suite des événements. Elle retournerait à Sanction pour faire son rapport au général Ariakas. Elle avait échoué, mais elle rejetterait tout le blâme sur Immolatus.

Ariakas ne pourrait s'en prendre qu'à lui-même, puisque c'était son idée d'envoyer le dragon à la recherche des œufs. Il n'aurait aucune raison d'en vouloir à Kitiara, qui avait rattrapé son erreur en s'assurant qu'Immolatus paye pour sa désobéissance.

— J'aurai ma promotion, murmura-t-elle en étirant ses jambes aux muscles endoloris. Et ça ne sera que le début. Je saurai me rendre indispensable à Ariakas de plus d'une façon.

Un sourire naquit sur ses lèvres.

— A nous deux, nous régnerons sur Krynn. Au nom de Sa Ténébreuse Majesté, bien sûr, ajouta-t-elle avec une pointe d'appréhension.

Ayant été témoin de la colère de la déesse, elle était désormais bien placée pour respecter son pouvoir.

Ce jour-là, Kitiara avait découvert un autre pouvoir : celui de l'amour et du sacrifice librement consenti. Mais ça ne lui avait enseigné aucune leçon. Tout le respect qu'elle aurait pu éprouver pour le seigneur Nigel s'était évanoui face à sa colère. Sa main lui faisait encore mal…

Epuisée par ses efforts, Kitiara sentit sa tête dodeliner sur sa poitrine. S'était-elle assoupie ? En tout cas, elle n'entendait plus la voix de ses frères. Ils avaient dû atteindre l'entrée du temple depuis longtemps. Juste au cas où, elle leur laisserait encore quelques minutes pour vider les lieux.

Les pensées de la jeune femme s'attardèrent sur Caramon et sur Raistlin. Au début, leur présence l'avait perturbée. Ils ramenaient avec eux les souvenirs d'une période révolue, et de gens qu'elle ne voulait plus se rappeler. A présent qu'ils étaient partis et qu'elle ne les reverrait sans doute jamais, elle se réjouissait d'avoir vu ce qu'ils étaient devenus.

Caramon était un guerrier, et bien qu'il n'ait pu intervenir au cours de cette bataille magique, Kitiara croyait qu'il ferait un bon soldat, efficace et discipliné.

Quant à Raistlin... Elle ne savait qu'en penser. Si elle n'avait pas entendu le son de sa voix, jamais elle ne l'aurait reconnu. C'était un magicien à part entière, et il avait combattu Immolatus avec une férocité et un courage que la jeune femme trouvait admirables.

— Tout s'est passé comme je l'avais prévu, se félicita-t-elle.

Elle s'abandonna à une fierté presque maternelle, attendant le moment de s'échapper de ce temple maudit puis de quitter Findespoir.

— Raist ! Il me semble que je vois de la lumière, dit Caramon. Elle est encore très faible, mais...

— Oui, mon frère, c'est bien de la lumière, confirma le jeune mage. Celle du soleil. Nous sommes de retour dans le temple.

Il n'ajouta pas que c'était une lumière extrêmement vive qui lui brûlait presque les yeux.

— J'y verrai à nouveau, n'est-ce pas, Raist ? insista Caramon. Tu arriveras à me guérir, pas vrai ?

Son jumeau tardant à répondre, il tourna vers lui son regard aveugle. Trocard, qui titubait sous le poids du colosse, fit de même, plein d'espoir.

— Tout ira bien, j'en suis sûr.

— Certainement, lâcha enfin Raistlin. Son état est temporaire.

Il pria le ciel pour que son diagnostic soit juste. Si les dommages étaient permanents, il n'aurait pas le pouvoir de les réparer... Personne n'en serait capable, en cette époque où les véritables prêtres avaient disparu.

Raistlin se souvint d'un des patients de Meggin la Folle, qui avait observé le soleil trop longtemps pendant une éclipse. Jamais il n'avait recouvré la vue. Mais le jeune mage se garda d'en parler à son frère.

— Raist, insista Caramon, anxieux. Quand crois-tu que j'y verrai de nouveau ?

— Raistlin, dit Trocard en même temps, qui était cet horrible magicien ? On aurait dit qu'il te connaissait.

Le jeune homme ne voulait pas révéler la vérité à son jumeau. Il fut donc reconnaissant à Trocard de changer de sujet et lui répondit avec une cordialité qui surprit et ravit le demi-kender.

— Son nom était Immolatus. Je l'avais rencontré dans le camp de nos alliés... De nos ex-alliés, plutôt. Maître Horkin m'avait envoyé pour échanger des objets magiques, mais rien de ce que j'avais à lui proposer n'intéressait Immolatus. Il ne voulait qu'une seule chose : mon bâton.

Le jeune homme s'interrompit, cherchant comment formuler sa question, se demandant s'il devait même la poser. Mais le besoin de savoir eut raison de sa réticence.

— Trocard, Caramon... Qu'avez-vous vu en regardant Immolatus ?

— Euh... un magicien ? risqua son jumeau, craignant que ce soit une question-piège.

— Un magicien en robes rouges comme les tiennes, répondit Trocard avec plus d'assurance. Peut-être un peu plus rouges, maintenant que j'y pense.

— Pourquoi nous demandes-tu ça, Raist ? lança Caramon avec une clairvoyance inhabituelle. Qu'est-ce que tu as vu, toi ?

Raistlin songea à la monstruosité couverte d'écailles qui avait un instant scintillé dans son champ de vision magique. Il tenta de lui donner une forme, mais sans succès. Le Bâton de Magius avait frappé à cet instant, plongeant Immolatus dans les ténèbres.

— J'ai vu un magicien, Caramon, répondit Raistlin. Un magicien qui voulait me voler mon bien.

— Dans ce cas, pourquoi as-tu posé la... ? commença Trocard.

Un regard impérieux de Raistlin le réduisit au silence.

— Le sort que tu as lancé... C'était vraiment quelque chose, dit Caramon. Comment as-tu fait ?

— Tu ne comprendrais pas, répondit Raistlin sur un ton irrité. Et maintenant, cesse de parler : c'est mauvais pour toi.

Trocard voulut savoir en quoi parler pouvait agir sur la vue de Caramon, mais Raistlin fit mine de ne pas l'entendre.

Il réfléchissait.

Depuis que Par-Salian lui avait remis le Bâton de Magius, il avait conscience de la vie qui pulsait dans l'artefact et de l'intelligence surnaturelle que lui avait conférée son créateur. Il avait même eu honte en songeant que le bâton devait le comparer défavorablement à Magius.

Quand Immolatus le lui avait pris, il avait craint que l'artefact ne le quitte de son plein gré, sautant sur cette occasion d'être manié par un jeteur de sorts plus accompli et plus puissant !

Après le choc initial de l'explosion, que Raistlin avait sentie venir mais dans laquelle il n'était pour rien, l'artefact et lui avaient agi comme une équipe.

A présent, le jeune homme avait le sentiment que le bâton était content de lui. Aussi étrange que cela paraisse, il lui semblait avoir gagné son respect.

Sa main serra amoureusement l'artefact alors qu'il franchissait la porte d'argent et émergeait dans la salle principale du temple baignée par la lumière du soleil.

Sentant la tiédeur des rayons sur son visage, Caramon sourit. Sa vue revenait, affirma-t-il. Déjà, il distinguait vaguement la silhouette de son jumeau et celle de Trocard.

— C'est très bien, mon frère, dit Raistlin. Mais garde quand même les yeux fermés : la lumière du soleil est trop forte. Assieds-toi ici le temps que je te fasse un bandage.

Le jeune mage découpa une bande de tissu dans l'ourlet de sa robe et la noua sur les yeux de Caramon.

Le colosse protesta, mais Raistlin ne se laissa pas fléchir. Comme il avait l'habitude d'obéir à son jumeau, Caramon accepta de porter le bandeau qui l'aveuglait.

Il recouvrerait la vue, il en était certain. Faire sa mauvaise tête ne l'avancerait à rien. Il s'assit dos à la pierre réchauffée par le soleil, tandis Raistlin et Trocard se demandaient où en était l'attaque et si leurs camarades avaient déjà dressé la tente du mess…

— Tu peux marcher, Caramon ? demanda le jeune mage.

Les secousses avaient cessé, mais il ignorait si le temple avait subi des dommages. Jusqu'à ce qu'un expert en la matière lui assure le contraire, Raistlin partirait du principe que ce n'était pas un endroit sûr.

Pourtant, le temple semblait avoir une influence bénéfique sur ses visiteurs, constata le jeune mage en regardant la couleur revenir aux joues de son frère.

Le pouls de Caramon était normal, et il se déclara assez en forme pour grimper en courant au sommet du Tord-Boyaux.

Selon lui, il était complètement guéri, et si Raistlin voulait bien lui enlever ce maudit chiffon…

Mais le mage insista pour qu'il conserve le maudit chiffon, et l'aida à se relever avec l'aide de Trocard.

Caramon était capable de marcher ; il avait juste besoin de la main de son frère pour le guider.

Les trois compagnons quittèrent le temple, l'abandonnant à la lumière du soleil et au clair de lune argenté, aux morts, aux vivants et aux dragons qui dormaient à l'abri dans leur coquille, leur esprit volant entre les étoiles jusqu'au moment où ils écloraient.

CHAPITRE XX

— Les voilà ! cria le sergent des archers de Findespoir sur les remparts.

Comme pour témoigner de l'exactitude de cette affirmation, l'homme qui se tenait à sa droite tomba raide mort, une flèche fichée dans son casque.

Les soldats du baron étaient en position derrière les portes. Quelques secondes plus tôt, la confusion régnait dans les rangs, et des cris retentissaient de toutes parts. A présent, on aurait entendu une mouche voler.

Tous les regards étaient rivés sur le baron. Perché au sommet du mur d'enceinte, il observait l'ennemi, dont le nombre ne cessait de croître de manière alarmante. Même en comptant les miliciens de la cité, les défenseurs se battraient à deux contre un. Et leurs ennemis étaient des professionnels bien entraînés, dirigés par un commandant compétent.

Protégés par le tir nourri de leurs archers, les hommes du génie de l'armée de Kholos traversaient la plaine en traînant des échelles de siège et des béliers. L'infanterie avançait derrière sur quatre rangs de profondeur, marchant au rythme monotone des tambours.

Alors qu'il regardait la mort avancer, le baron ne put s'empêcher d'admirer la discipline dont faisaient preuve ses ennemis, qui conservèrent leur formation quand des flèches se mirent à pleuvoir sur eux depuis les remparts de la ville.

Evaluant l'ampleur des forces déployées contre lui, Ivor songea qu'il avait eu raison. Quoi que puissent en penser ses alliés, le plan qu'il avait conçu n'était pas l'œuvre d'un cerveau malade, mais le seul moyen de sauver la cité et ses propres troupes. S'ils restaient ici, tapis derrière le mur d'enceinte, l'ennemi s'abattrait sur eux comme une nuée de vautours sur une charogne.

Le baron se retourna pour observer ses hommes alignés le long de la route. Chaque compagnie présentait un front de huit soldats sur une profondeur pouvant aller jusqu'à vingt hommes. Il n'y avait pas de bavardages dans les rangs, pas de plaisanteries pour masquer la nervosité.

Tous arboraient une expression sinistre mais déterminée. Ivor sentit son cœur se gonfler de fierté.

— Soldats de l'armée du Baron Fou ! cria-t-il.

Les hommes levèrent la tête vers lui et répondirent par des vivats.

— C'est la fin ! continua Ivor. Aujourd'hui, nous vaincrons ou nous mourrons ! (Il pointa un index accusateur vers leurs ennemis.) Quand vous poserez les yeux sur eux, souvenez-vous qu'ils nous ont tiré dans le dos.

Un rugissement de colère parcourut les rangs.

— Il est temps de venger nos morts !

— Hourra pour le baron !

Ivor se tourna vers le maire de Findespoir et le commandant de la milice.

— Bonne chance à vous, dit-il en leur serrant la main.

Le maire avait le teint couleur de cendres. Malgré le vent froid qui descendait de la montagne, son visage était baigné de sueur.

Il aurait pu se réfugier dans sa maison sans que personne ne trouve rien à y redire ni ne le blâme de son absence. Mais il était décidé à ne pas abandonner son poste, même s'il sursautait à chaque coup de trompette et tremblait de la tête aux pieds.

— Bonne chance à vous aussi, mon garçon, dit le commandant de la milice avant de faire un pas sur le côté pour éviter une flèche.

« Malédiction, murmura-t-il en observant le projectile qui gisait à ses pieds. J'espère vivre assez longtemps pour connaître le résultat de la bataille. Que nous perdions ou que nous gagnions, elle promet d'être glorieuse !

Le baron se dirigea vers l'escalier le plus proche, qu'il descendit rapidement pour rejoindre ses troupes.

Il dégaina son épée et la brandit. Puis il s'immobilisa et attendit.

Les portes de la cité vibrèrent : le premier bélier ennemi était déjà à l'œuvre.

Avant qu'il puisse frapper de nouveau, Ivor donna le signal.

Pour la seconde fois de la journée, les portes de Findespoir s'ouvrirent en grand. Persuadés d'avoir ouvert une brèche dans ses défenses, les troupes de Kholos poussèrent des vivats.

Le baron laissa retomber son épée. Les cors et les tambours résonnèrent.

— A l'attaque ! cria Ivor en fonçant vers les rangs ennemis.

Derrière lui marchait la Compagnie du Centre, qui rassemblait les vétérans les plus expérimentés. Avec un cri de guerre, ils s'élancèrent en brandissant leurs épées et leurs haches de bataille.

Pris par surprise, les soldats qui maniaient le bélier le laissèrent tomber et s'efforcèrent maladroitement de dégainer leurs armes. Le baron bondit sur leur chef et lui plongea sa lame dans la poitrine, avec une telle force que la pointe couverte de sang ressortit dans son dos.

Ivor dégagea son arme, para l'attaque vicieuse d'un autre fantassin qui approchait sur sa gauche et lui transperça le flanc. Mais quand il voulut récupérer son épée, il réalisa qu'elle était coincée entre les côtes de son adversaire.

Autour de lui, ses hommes criaient de rage et le sang pleuvait littéralement sur eux.

Le baron posa un pied sur le corps du mourant et tira de toutes ses forces. Il sentit son épée céder et se retourna pour affronter son prochain adversaire. Mais il n'y avait plus personne : le bélier gisait sur le sol, entouré par les cadavres de ses porteurs.

La véritable bataille allait commencer.

— En avant ! cria Ivor.

Il fit signe à son porte-étendard, qui lui emboîta le pas.

Les soldats de la Compagnie du Centre chargèrent. Les flèches décochées par leurs archers sifflaient au-dessus de leur tête et s'abattaient telles des guêpes vicieuses, éclaircissant les premiers rangs de l'armée de l'armée ennemie.

Pour beaucoup d'hommes de Kholos, cette bataille était la première et elle ne ressemblait en rien aux séances d'entraînement. Leurs camarades mouraient autour d'eux tandis qu'une armée de mercenaires sauvages se ruait dans la plaine.

Les soldats hésitèrent et s'arrêtèrent. Les officiers firent claquer leur fouet, leur ordonnant de maintenir la formation. Sans succès.

Puis la Compagnie du Centre, conduite par le baron, entra au contact des premiers rangs de l'armée ennemie, produisant un fracas métallique qu'on entendit depuis le sommet des remparts de la ville.

Les mercenaires tranchèrent, découpèrent et décapitèrent sans faire de quartier.

Ils avaient vu les corps de leurs camarades gisant dans la plaine, une flèche à l'empennage noir plantée dans le dos et ils avaient une seule idée en tête : massacrer les traîtres qui s'étaient servis d'eux ainsi.

Les premiers rangs de l'armée ennemie s'effondrèrent face à la fureur de leur charge. Les rares soldats qui refusèrent de céder du terrain le payèrent de leur vie. Quelques-uns reculèrent en combattant. Beaucoup d'autres lâchèrent leur bouclier et s'enfuirent.

La Compagnie du Centre continua à avancer, ouvrant une tranchée au milieu des rangs ennemis et laissant derrière elle un sillage sanglant.

Les autres compagnies de l'armée du baron se chargèrent de combattre les soldats qui, galvanisés par les coups de fouet de leurs supérieurs, s'empressaient de s'engouffrer dans la brèche.

— Voilà notre objectif ! hurla Ivor de Langarbre en désignant la petite butte où se tenait le commandant Kholos.

Le demi-hobgobelin avait éclaté de rire en voyant les hommes du baron se déverser dans la plaine, abandonnant la sécurité de la ville fortifiée pour une charge ridicule. Confiant, il avait attendu que ses troupes les massacrent, les écrabouillent et les pulvérisent. Dès qu'il avait entendu le choc des plastrons, il avait guetté le moment où le drapeau ennemi tomberait.

Mais le drapeau n'était pas tombé. Pire encore, il avançait vers lui. Quant à ses hommes, s'ils couraient toujours, c'était dans la mauvaise direction.

— Abattez ces lâches ! cria Kholos, fou de colère, à ses archers.

L'écume aux lèvres, il désignait ses propres troupes.

— Commandant !

Maître Vardash le rejoignit, la mâchoire encore douloureuse du coup qu'il avait reçu un peu plus tôt.

— L'ennemi a traversé nos lignes, annonça-t-il, à bout de souffle.

— Mon cheval ! cria Kholos.

D'autres officiers avaient eu la même réaction. Mais avant que les palefreniers puissent leur amener les bêtes, le baron et la Compagnie du Centre attaquèrent. Maître Vardash fut parmi les premiers à tomber, le visage transformé en un masque sanglant.

— Kholos est à moi ! cria le baron en jouant des coudes pour fendre la mêlée et se frayer un chemin jusqu'au commandant qui l'avait insulté avant d'assassiner ses hommes.

Le demi-hobgobelin n'avait pas reculé d'un pouce ; il semblait capable à lui seul de retourner la situation.

Méprisant l'usage du bouclier, il portait une armure impressionnante et se battait avec deux armes à la fois : une épée longue dans la main droite et un poignard dans la gauche.

Il multipliait les attaques, tranchant et découpant sans le moindre effort apparent. Trois hommes s'effondrèrent à ses pieds, l'un avec le crâne fendu en deux, le deuxième décapité, le troisième avec un coup de poignard dans le cœur.

Kholos était un adversaire si formidable qu'il ralentit l'avancée de la Compagnie du Centre. Les vétérans les plus expérimentés tombaient devant lui. Le baron s'immobilisa, choqué par la vue de ce visage gobelinoïde déformé par une grimace où se lisaient la soif de sang et le plaisir de tuer.

— Tu nous as trahis ! rugit-il. Par Kiri-Jolith, je jure de clouer ta tête au pilier de ma tente d'ici ce soir, et de cracher dessus demain matin !

— Vermine mercenaire ! gronda Kholos en piétinant les cadavres de ses victimes. Je te défie en combat singulier ! Un combat à mort ! Si tu as les tripes pour ça.

Le baron eut un large sourire.

— J'accepte ! (Regardant par-dessus son épaule, il lança à ses hommes :) Vous savez que faire…

— Oui, messire, répondit le commandant Morgon.

Ivor s'avança à la rencontre du demi-hobgobelin, tandis que les autres se plaçaient en cercle autour d'eux pour observer le duel.

Kholos porta une attaque vicieuse, mais il avait l'habitude de se battre contre des adversaires de plus haute taille. Sa lame siffla au-dessus de la tête du baron, qui s'accroupit et lui plongea dans les jambes.

Ivor saisit les genoux du demi-hobgobelin pour le plaquer à terre. Surpris, Kholos s'effondra.

— Maintenant ! cria Morgon.

Les hommes de la Compagnie du Centre bondirent sur le commandant ennemi pour l'embrocher.

Ivor rampa hors de la mêlée.

— Etes-vous blessé, messire ? demanda Morgon en l'aidant à se relever.

— Je ne crois pas, répondit le baron en s'examinant. Ce sang doit être celui de Kholos. Ha ! ha ! ha ! Cet abruti a vraiment cru que j'allais le combattre à la loyale !

Morgon se dirigea vers la masse de soldats.

— Ça suffit, les gars ! La partie de plaisir est terminée ! Notre charmant allié doit avoir son compte…

Les hommes reculèrent, à bout de souffle mais satisfaits. Le baron s'approcha du cadavre de Kholos qui baignait dans son propre sang, et dont les yeux pleins de surprise fixaient le ciel sans ciller.

Ivor hocha la tête et se détourna, épée à la main.

— Allons, nous n'en avons pas encore terminé. .

— Je n'en suis pas si certain, messire, coupa le commandant Morgon. Regardez donc par là...

Les officiers ennemis qui n'étaient pas morts ou gravement blessés s'étaient agenouillés sur le champ de bataille, mains levées en signe de reddition. Les soldats s'enfuyaient en direction des bois, les hommes du baron à leurs trousses.

— C'est la déroute, messire, annonça Morgon.

Ivor se rembrunit. Aveuglés par leur fureur, ses troupes avaient rompu les rangs et s'étaient éparpillées dans la plaine. Certes, l'ennemi battait en retraite. Mais il aurait suffi d'un officier un peu plus courageux et lucide que les autres pour regrouper ses hommes et transformer leur défaite en victoire.

— Où sont mes joueurs de cor ? demanda le baron en regardant autour de lui. Par Kiri-Jolith, où sont mes fichus joueurs de cor ?

— Je crois qu'ils ont tous été tués, messire, répondit Morgon.

L'éclat du soleil se reflétant sur du cuivre attira l'œil d'Ivor. Parmi les officiers ennemis, un adolescent tremblant de peur serrait un cor dans ses mains aux jointures blanchies.

— Amenez-moi ce garçon ! ordonna Ivor.

Le commandant Morgon le saisit par les épaules et le poussa vers lui. Terrifié, l'adolescent tomba à genoux.

— Relève-toi et regarde-moi, cria le baron. Tu connais *Le Triomphe Abanasinien* ?

Très pâle, son interlocuteur le dévisagea sans comprendre.

— Alors, tu connais ou pas ? rugit Ivor.

L'adolescent acquiesça en tremblant de la tête aux pieds. C'était un morceau très populaire.

— Parfait. Sonne le premier couplet, et je te laisserai partir.

Paniqué, le petit joueur de cor ne réagit pas.

L'expression du baron s'adoucit.

— Ne t'inquiète pas, le rassura-t-il en lui posant une main sur l'épaule. Mon régiment utilise cet air comme signal de rassemblement. Vas-y, je t'écoute.

Rassuré, l'adolescent porta le cor à sa bouche et produisit un immonde *couac*. Ivor fronça les sourcils. L'adolescent se passa la langue sur les lèvres pour les humecter et essaya de nouveau.

Cette fois, une mélodie forte et claire s'éleva.

— Très bien, mon garçon. Recommence jusqu'à ce que je t'ordonne d'arrêter.

L'adolescent obtempéra.

Les soldats reprirent leurs esprits en entendant cet air familier. Ils s'interrompirent, cherchèrent leurs officiers du regard et commencèrent à reformer les rangs.

— Faites-les rentrer dans la cité, Morgon. Et ramassez les blessés. (Ivor regarda le campement ennemi.) Il se peut que nous devions recommencer demain.

— J'en doute, messire. Leurs officiers sont morts ou prisonniers. Les soldats attendront la tombée de la nuit pour récupérer leurs affaires et rentrer chez eux. Il ne restera pas une tente dans la vallée demain matin.

— Vous voulez parier, Morgon ?
— Je veux bien.

Les deux hommes se serrèrent la main.

— Pour une fois, j'espère bien que je vais perdre, dit Ivor.

Morgon s'en alla superviser la retraite. Le baron se préparait à l'imiter quand il réalisa que le petit joueur de cor continuait à s'époumoner.

— C'est très bien, mon garçon. Tu peux arrêter, maintenant.

L'adolescent baissa son instrument.

Ivor le congédia d'un signe de la main.

— Tu peux t'en aller. J'avais promis de te laisser partir. Tu es libre. Personne ne te fera de mal.

Le jeune garçon ne bougea pas. Les yeux écarquillés, il dévisageait le baron. Celui-ci haussa les épaules et fit mine de s'éloigner.

— Messire ! le rappela le petit joueur de cor. Je pourrais m'engager dans votre armée ?

Ivor s'immobilisa et se retourna.

— Quel âge as-tu, gamin ?
— Dix-huit ans, messire.
— Tu ne veux pas plutôt dire treize ?

L'adolescent baissa la tête.

— Tu es bien trop jeune pour mener ce genre d'existence. Et tu as déjà vu trop de carnage. Rentre chez toi. Ta mère doit se faire un sang d'encre.

Le jeune garçon ne bougeait toujours pas. Le baron secoua la tête et se remit en marche. Entendant un bruit de pas derrière lui, il soupira mais ne se retourna pas.

— Seigneur, vous allez bien ? lui demanda maître Senej.
— Je suis épuisé et j'ai mal partout. Mais rien de grave, grâces en soient rendues à mon dieu.

Il jeta un coup d'œil par-dessus son épaule et fit signe à l'officier de se rapprocher.

— Auriez-vous besoin de bras supplémentaires ?

— Oui, seigneur. Nous avons beaucoup de blessés, sans compter les prisonniers. Je ne sais plus où donner de la tête.

Du pouce, le baron désigna le petit joueur de cor.

— Vous voulez de l'aide ? En voilà. Accompagne maître Senej, gamin, et fais ce qu'il te dira.

— Oui, messire. (L'adolescent le gratifia d'un sourire radieux.) Merci, messire !

Secouant la tête, Ivor traversa le champ de bataille en direction de la cité de Findespoir, dont les cloches célébraient le triomphe.

CHAPITRE XXI

— Une bataille glorieuse, Rouge ! s'exclama Horkin en se frottant les mains, noires de poudre lumineuse.

Franchissant les portes en compagnie des premiers blessés, il découvrit son apprenti qui l'attendait à l'intérieur de la ville.

— Tu aurais dû voir ça !

Mais après avoir dévisagé Raistlin, le sorcier se ravisa.

— Je retire ce que j'ai dit. Il semble que tu n'aies pas chômé, Rouge. Que s'est-il passé ?

— Avons-nous vraiment du temps à perdre en bavardages, messire ? répliqua le jeune mage. Alors que tous ces blessés attendent nos soins ? J'ai retrouvé le temple. Il fera un excellent abri, mais j'aimerais que vous y jetiez un coup d'œil.

— Tu as peut-être raison, concéda Horkin.

— Par ici, indiqua Raistlin.

Pendant qu'ils traversaient la ville, le jeune mage expliqua que le temple venait d'être ébranlé par un séisme. Rien d'inhabituel pour la région, d'après les habitants. Horkin examina les piliers de marbre, flanqua quelques coups sur les murs et jugea l'ensemble assez solide pour ne pas s'effondrer sur leur tête.

Il ne leur manquait plus qu'une source d'eau. Une rapide investigation mit à jour un puits d'eau claire à l'arrière du temple.

Horkin ordonna que les blessés soient transportés dans ce sanctuaire.

Les chariots ne tardèrent pas à affluer, tout comme les citoyens reconnaissants qui venaient offrir des couvertures, de la nourriture ou des médicaments. Bientôt, le sol du temple fut couvert de paillasses proprement alignées. Pendant que le chirurgien affûtait ses instruments, Raistlin, Horkin et les guérisseurs de Findespoir firent la tournée des patients en s'efforçant de soulager leur douleur.

Aucun miracle ne se produisit dans le temple. Certains soldats moururent, d'autres survécurent, mais il sembla à Horkin que ceux qui succombaient avaient une expression sereine, et que les autres se remettaient plus rapidement qu'on aurait pu s'y attendre.

Le baron accourut au chevet des blessés. Il arriva directement du champ de bataille, dans son armure encore couverte du sang de ses ennemis. Bien qu'il soit près de tomber d'épuisement, il mit un point d'honneur à ne pas le montrer.

Au lieu de se hâter, il prit le temps d'adresser quelques paroles réconfortantes à chacun des patients, et de louer le courage dont ils avaient fait preuve pendant la bataille. Il promit aux mourants de s'occuper de leur famille ; Raistlin apprit plus tard qu'il tenait ce vœu pour sacré.

Le baron voulut également s'entretenir avec Horkin et son apprenti au sujet du temple qu'ils avaient découvert. Il fut très intrigué d'apprendre qu'un Chevalier Solamnique reposait dans une chambre funéraire au cœur de la montagne.

Raistlin lui décrivit l'essentiel de son périple souterrain, omettant les quelques détails qui ne regardaient pas son supérieur. Le baron écouta attentivement, et fronça les sourcils quand le jeune mage lui dit qu'il avait trouvé le couvercle du sarcophage ouvert.

— Il faut faire quelque chose ! Quelqu'un a peut-être déjà essayé de piller sa tombe. Ce brave chevalier devrait pouvoir reposer en paix. N'as-tu aucune idée sur la nature de ce trésor, Majere ?

— L'inscription ne le précisait pas, messire, répondit Raistlin. Mais je suppose qu'il repose désormais sous des tonnes de gravats. Le tunnel qui sortait de la chambre funéraire est bloqué. Personne ne l'empruntera plus jamais...

— Je vois, murmura Ivor en dévisageant le jeune mage.

Raistlin soutint son regard ; le baron finit par détourner la tête, incapable de supporter la vue de ces étranges pupilles en forme de sablier.

Continuant la tournée des blessés, il s'arrêta près de la paillasse où s'agitait Caramon, qui n'avait jamais été un patient de tout repos. Le colosse répétait à qui voulait l'entendre qu'il allait très bien, qu'il n'avait rien à faire là et qu'il voulait rejoindre sa compagnie.

Il avait envie d'un vrai repas, pas d'un bol d'eau à qui on avait fait brièvement voir un poulet pour lui donner le nom de soupe. Il y voyait parfaitement. Du moins, il y verrait si on consentait à lui ôter ce maudit bandeau.

Trocard était à son chevet. Il essayait de le distraire avec ses récits abracadabrants et lui rappelait vingt fois par demi-heure de ne pas se frotter les yeux.

Bien qu'il continuât à s'affairer auprès des autres blessés,

Raistlin avait gardé un œil sur les déplacements du baron. Quand il le vit approcher de son jumeau, il le rejoignit pour être présent pendant leur conversation.

— Caramon Majere ? demanda le baron en lui serrant la main. Que t'est-il arrivé ? Je ne me souviens pas de t'avoir vu pendant la bataille, et tu es assez difficile à manquer…

— Baron Ivor ? (Le visage du colosse s'illumina.) Je suis désolé d'avoir raté la bataille. J'ai entendu dire que nous avions remporté une victoire glorieuse. Mais j'étais ici, en train de…

Raistlin posa une main pleine de sollicitude sur l'épaule de son jumeau ; pendant que le baron ne regardait pas, il le pinça sans ménagement.

— Aïe ! glapit Caramon. Que… ?

— Là, là, dit Raistlin sur un ton apaisant. (Puis, plus bas :) Il a parfois des douleurs inexpliquées. Quant à ce qui lui est arrivé, il était avec moi pendant que j'explorais le temple. Nous avons été coincés dans les tunnels pendant le séisme. Il a reçu de la poussière dans les yeux, ce qui l'a temporairement aveuglé. Il a juste besoin de repos, c'est tout.

Le jeune mage avait enfoncé ses ongles dans l'épaule de Caramon pour lui intimer le silence. Un regard perçant incita Trocard, qui avait ouvert la bouche, à la refermer promptement.

— Parfait ! Je suis ravi de l'entendre ! déclara le baron. Tu es un excellent soldat, Majere. Je serais navré de te perdre.

— Vraiment, messire ? Merci beaucoup, dit Caramon, rayonnant.

— Prends autant de repos que nécessaire, ajouta le baron. Pour le moment, je te place sous les ordres du guérisseur. Je te veux de retour en première ligne dès que tu seras remis sur pied.

— C'est promis, messire. Merci beaucoup, répéta Caramon avec un large sourire.

« Raist, chuchota-t-il quand le bruit des bottes du baron se fut éloigné, pourquoi ne lui as-tu pas dit ce qui s'était réellement passé ? Pourquoi ne lui as-tu pas raconté que tu t'étais battu contre le magicien ennemi et que tu l'avais vaincu ?

— Oui, pourquoi ? renchérit Trocard, se penchant par-dessus le lit du colosse pour mieux entendre la réponse.

La réponse ? Parce qu'il était dans la nature de Raistlin de faire des mystères, et parce qu'il ne voulait pas que Horkin ou quiconque d'autre découvre l'étendue des pouvoirs de son bâton, dont il ignorait encore comment se servir. Il aurait pu l'expliquer à son frère et au demi-kender, mais il savait qu'ils ne comprendraient pas.

Assis au chevet de Caramon, Raistlin fit signe à Trocard de se rapprocher.

— Nous ne nous sommes pas précisément couverts de gloire, leur rappela-t-il. Selon nos ordres, nous devions inspecter le temple et revenir faire notre rapport. Au lieu de ça, nous allions nous mettre en quête d'un trésor.

— C'est vrai, reconnu Caramon, rouge d'embarras.

— Tu ne voudrais pas décevoir le baron ? souffla Raistlin.

— Bien sûr que non.

— Moi non plus, dit Trocard, chagriné.

— Dans ce cas, nous garderons la vérité pour nous.

Raistlin se leva et s'apprêta à se remettre au travail, mais le demi-kender le retint par la manche de sa robe.

— Oui, qu'est-ce que tu veux ?

— Quelle est ta véritable raison de ne pas vouloir que nous disions la vérité ?

Le jeune mage s'assura que personne ne les écoutait. Puis il se pencha et chuchota à l'oreille de Trocard :

— Le trésor.

Le demi-kender écarquilla les yeux.

— Je le savais ! On va aller le chercher !

— Un jour, peut-être. N'en parle à personne…

— Promis, juré ! C'est si excitant ! s'exclama Trocard.

Il cligna de l'œil avec tant d'ostentation que tout observateur en aurait aussitôt conçu des soupçons.

Raistlin retourna à ses devoirs, certain que la honte ferait taire son frère et que l'espoir musellerait Trocard. Il n'aurait jamais fait confiance à un kender pour garder un secret. Mais dans le cas de Trocard, il supposa que la moitié humaine veillerait à ce que la moitié kender tienne sa langue.

Raistlin avait l'intention de retourner un jour dans les souterrains. L'avalanche avait peut-être enseveli le trésor… et peut-être pas.

Si seulement je savais de quoi il s'agit, songea-t-il en bandant adroitement la jambe d'un blessé, *ça me donnerait sans doute une idée de l'endroit où le chercher.*

Il s'entretint avec plusieurs habitants de la cité, leur posant des questions subtiles sur l'éventualité qu'un trésor soit enterré dans la montagne. Ses interlocuteurs sourirent : si trésor il y avait eu, des voyageurs avaient dû s'en emparer depuis longtemps. Findespoir était une ville prospère, mais pas vraiment riche.

Raistlin aurait pu croire qu'ils conspiraient pour lui dissimuler l'existence du trésor, s'ils ne s'étaient pas montrés aussi affables et aussi amusés par ses questions. Il commença à penser qu'ils avaient raison. Toute cette histoire n'était qu'une fable de kender.

Cette nuit-là, il se coucha d'une humeur massacrante et dormit d'un sommeil hanté de cauchemars où il se faisait attaquer par une créature monstrueuse qu'il n'arrivait pas à voir parce qu'une lumière argentée l'aveuglait.

Le lendemain, le baron lança une opération de déblaiement de la chambre funéraire et organisa une petite cérémonie pour replacer le couvercle du sarcophage. Il se fit accompagner par ses officiers. Parce qu'ils avaient découvert le tombeau, Raistlin, Caramon et Trocard furent invités à accompagner la garde d'honneur.

Caramon voulait ôter son bandage. Il y voyait très bien, affirmait-il, sauf sur les bords où c'était encore un peu flou. Mais Raistlin se montra inflexible : le bandage resterait. Caramon aurait continué à protester si le baron ne lui avait pas offert son bras.

Rouge de fierté et d'embarras, il se laissa guider jusqu'à la chambre funéraire.

Le baron et les soldats de sa garde d'honneur, qui portaient tous des torches, entrèrent dans un silence respectueux.

Ivor de Langarbre prit place à la tête du gisant, tandis que ses officiers se rangeaient le long des flancs. Ils joignirent les mains et inclinèrent la tête, certains priant Kiri-Jolith, d'autres nourrissant de sombres pensées sur leur propre mortalité.

Raistlin vint se placer à côté de son frère au pied du sarcophage. Regardant à l'intérieur, il se figea de stupéfaction. Un carnet relié de cuir reposait dans la tombe.

Le jeune mage remonta le cours du temps, essayant de se rappeler s'il était déjà là la veille. Il ne se souvenait pas de l'avoir vu, mais à l'exception de la lumière de son bâton, la chambre funéraire était plongée dans l'obscurité.

Le carnet était collé à la paroi du sarcophage ; il aurait facilement pu le manquer.

Raistlin pensa que ce carnet contenait des informations sur le trésor, qu'il révélait peut-être même son emplacement. Tremblant de désir, il cherchait un moyen de s'en emparer quand il réalisa que le baron avait cessé de prier et qu'il ordonnait à ses officiers de remettre en place le couvercle du sarcophage.

— Je vous demande pardon, messire, dit Raistlin d'une voix étouffée par l'excitation et par la peur que quelqu'un d'autre ait aperçu le carnet. Mais j'aimerais rendre un dernier hommage au chevalier

Le baron haussa les sourcils : sans doute se demandait-il pourquoi un mage des Robes Rouges éprouvait le besoin d'honorer un Chevalier Solamnique.

Pourtant, il hocha la tête.

Plongeant la main dans une de ses bourses de composants, Raistlin en tira une poignée de pétales de rose. Il la montra à la ronde ; le baron sourit et fit un signe d'approbation.

— Très approprié, déclara-t-il, dévisageant le jeune mage avec un respect nouveau.

Raistlin plongea sa main dans la tombe pour éparpiller les pétales sur le corps du chevalier. Quand il retira son bras, il s'arrangea pour que la manche de sa robe rouge dissimule ses doigts et y fit glisser habilement le mince carnet de cuir. Puis il inclina la tête et fit un pas en arrière.

Ivor de Langarbre jeta un regard au commandant Morgon, qui ordonna aux officiers de placer leurs mains sur le couvercle du sarcophage. A son signal, ils le soulevèrent.

Le baron leva la main pour faire le salut des Chevaliers Solamniques.

— Que Kiri-Jolith soit avec lui.

Morgon ordonna aux officiers de reposer le couvercle. La plaque de marbre se remit en place, soulevant une poussière chargée du parfum des roses séchées.

CHAPITRE XXII

Raistlin avait des devoirs à accomplir avant de prendre le temps d'examiner son trophée. Sans avertir Caramon, il dissimula le carnet sous le matelas du colosse et revint à la moindre occasion s'assurer qu'il était toujours là.

Caramon fut touché par l'attention inhabituelle que lui prodiguait son jumeau.

En règle générale, Raistlin ou Horkin passaient la nuit auprès des patients. Ils ne veillaient pas comme les sentinelles mais somnolaient sur une chaise, s'éveillant au moindre gémissement de douleur pour dispenser des soins ou aider un blessé à répondre à l'appel de la nature.

Cette nuit-là, Raistlin se porta volontaire pour le premier tour de garde. Horkin était trop fatigué pour le lui disputer ; il s'allongea sur son lit de camp et bientôt, ses ronflements vinrent se mêler à la cacophonie de grognements, de grincements de dents et de quintes de toux qui résonnait dans le temple.

Raistlin fit sa ronde, distribuant du sirop de pavot à ceux qui ne trouvaient pas le sommeil, baignant le front de ceux qui avaient de la fièvre et ajoutant une couverture à ceux qui frissonnaient.

Ses mains étaient douces et sa voix avait des accents de sympathie auxquels les blessés pouvaient croire. Pas comme celle des gens robustes et en pleine santé, aussi bien intentionnés soient-ils.

— Je sais ce que c'est de souffrir, semblait dire le jeune mage. Je connais bien la douleur.

Ses camarades, qui ne s'étaient jamais souciés de lui, sinon pour l'insulter dans son dos ou en face quand son frère était loin, le suppliaient maintenant de rester avec eux « juste un petit moment », lui agrippaient le bras quand la douleur se faisaient trop forte et lui demandaient d'écrire des lettres à leur famille.

Raistlin s'asseyait à leur chevet et leur racontait des histoires pour les distraire de leurs souffrances. Après leur convalescence, ceux qui ne l'avaient jamais aimé avant s'aperçurent qu'ils ne l'aimaient toujours pas. La différence, c'est qu'ils commencèrent à taper sur tous ceux qui osaient dire du mal de lui.

Quand le dernier patient eut succombé au sirop de pavot, Raistlin fut enfin libre d'examiner le carnet. Il le sortit furtivement de sa cachette, même s'il ne s'inquiétait guère de réveiller Caramon : son jumeau dormait du sommeil de plomb attribué aux chiens et aux innocents.

Son trophée dissimulé dans la manche de sa robe, le jeune mage jeta un regard à Horkin, qui ne dormait jamais que d'un œil quand il y avait des blessés à soigner. Le plus petit gémissement suffisait à le tirer du lit.

Il se redressa sur les coudes pour voir ce que faisait Raistlin.

— Tout va bien, messire, souffla son apprenti. Vous pouvez vous rendormir.

Horkin eut un vague sourire, se retourna et se remit aussitôt à ronfler de bon cœur. Raistlin patienta jusqu'à ce qu'il soit certain que son maître était endormi : personne ne pouvait feindre de tels ronflements sans s'étrangler à moitié.

Horkin avait allumé un feu dans un brasero placé à l'endroit où aurait pu se dresser un autel. Il ne l'avait pas fait en signe de dévotion, bien qu'il ait pris garde à se montrer respectueux, mais pour que les blessés n'aient pas froid pendant la nuit.

Raistlin jeta une poignée de sauge et de lavande séchée dans les flammes pour masquer l'odeur de sang, d'urine et de vomi qui régnait dans l'infirmerie improvisée. Puis il tira une chaise près du brasero, dont le charbon émettait une lueur jaune bleutée, et jeta un dernier regard à la ronde. Tout le monde dormait. Alors, il soupira, appuya son bâton contre le mur et entreprit d'examiner son trophée.

Le carnet se composait de feuilles de parchemin cousues ensemble et munies d'une couverture de cuir en guise de protection. Contrairement à celle d'un livre de sorts, elle ne comportait aucune inscription.

Raistlin fronça les sourcils : le carnet ressemblait à ceux que l'intendant utilisait pour noter combien de tonneaux de bière avaient été bus, combien de caisses de porc séché ou de paniers de pommes il restait encore dans ses réserves. Ça commençait plutôt mal...

Le moral du jeune mage remonta en flèche quand il découvrit une carte tracée à la main, avec une liste de chiffres et de lettres sur la page d'en face. Il la parcourut du regard. On aurait dit un inventaire, mais de quoi ? De joyaux, de pièces de monnaie ? Sûrement un des deux. Enfin un indice !

Frémissant d'excitation, Raistlin étudia la carte. Elle semblait avoir été tracée à la hâte, par quelqu'un qui s'appuyait sans doute sur son genou ou sur un rocher. Le jeune mage mit du temps à déchiffrer les annotations qui l'accompagnaient, et conclut enfin qu'elle indiquait le chemin menant à une entrée dissimulée dans la montagne.

Mais il eut beau étudier chaque détail, il dut se rendre à l'évidence : cette carte ne lui serait d'aucune utilité. Son auteur avait tracé une piste facile à suivre à partir du bosquet de trois pins qui constituait son point de départ. Hélas, il avait omis de préciser l'emplacement de celui-ci par rapport à la montagne. Etait-il au nord ou au sud, dans la plaine ou à flanc de falaise ?

Il aurait fallu une vie entière pour retrouver ces trois pins. Mais le cartographe savait où le trouver. Par conséquent, il n'avait pas jugé bon d'indiquer comment y parvenir. Sage précaution au cas où son carnet tomberait entre de mauvaises mains.

Son croquis ne devait servir qu'à lui rafraîchir la mémoire quand il reviendrait chercher le trésor.

Raistlin fixa la carte, essayant de l'influencer par télépathie pour qu'elle lui révèle autre chose, jusqu'à ce que les lignes rouges se brouillent devant ses yeux. Irrité, il passa à la liste, espérant qu'elle se montrerait un peu plus coopérative.

Le jeune mage était tellement absorbé par son travail qu'il n'entendit pas des bruits de pas s'approcher, et ne réalisa pas que quelqu'un se tenait derrière lui jusqu'à ce qu'une ombre tombe sur la page qu'il étudiait.

Sursautant, il referma le carnet en hâte et bondit sur ses pieds. Caramon recula d'un pas en levant les mains comme pour se protéger.

— Désolé, Raist, balbutia-t-il. Je ne voulais pas te faire peur.

— Pourquoi m'as-tu sauté dessus comme ça ? cria son frère.

— Je croyais que tu dormais. Je ne voulais pas te réveiller, lâcha Caramon, penaud.

Le jeune mage se rassit et força son cœur à se calmer. Le soudain afflux de sang et d'adrénaline lui faisait tourner la tête.

— Tu apprenais tes sorts. Je te laisse travailler...

Caramon fit mine de s'éloigner.

— Non, attends ! le retint Raistlin. Je voudrais te montrer quelque chose. Au fait, qui a dit que tu pouvais enlever ton bandage ?

— Personne. Mais j'y vois bien, je t'assure. Ce n'est même plus flou sur les bords. Et j'en ai marre du bouillon de poulet. C'est tout ce qu'on nous donne à manger ici, et mon estomac va très bien.

— Ça me paraît évident, grommela Raistlin en jetant un coup d'œil au ventre rebondi de son jumeau.

Caramon s'assit sur le sol au pied du brasero.

— Qu'est-ce que c'est ? demanda-t-il en désignant le carnet.

Il savait par expérience que les livres de son frère étaient incompréhensibles dans le meilleur des cas, et carrément dangereux dans le pire.

— Je l'ai découvert dans le sarcophage du chevalier, souffla Raistlin.

Caramon écarquilla les yeux.

— Tu l'as pris ? Dans une tombe ?

— Ne me regarde pas comme ça ! Je ne suis pas un pilleur de tombe ! Je pense qu'il avait été placé là à dessein, pour que je le trouve.

— Le chevalier voulait que nous l'ayons ? avança Caramon, très excité. C'est à propos du trésor, n'est-ce pas ? Pour nous aider à le trouver...

— Tu parles d'une aide ! cracha son jumeau. Dis-moi ce que tu lis ici.

Il présenta la liste à Caramon, désignant le mot qui lui tenait lieu de titre. Le colosse n'eut pas la moindre hésitation.

— Œufs.

— En es-tu certain ? insista Raistlin.

— O-e-u-f-s. Œufs. Oui, j'en suis certain.

Le jeune mage soupira. Caramon le dévisagea, et une lueur de compréhension passa dans son regard.

— Tu ne veux pas dire que le trésor serait...

— J'ignore ce qu'est le trésor ! coupa Raistlin. Et le propriétaire de ce carnet aussi, apparemment. On dirait que le chevalier nous a fait cadeau de sa liste de courses !

— Laisse-moi voir.

Caramon prit le carnet et l'examina attentivement.

— Ces chiffres... 2O et 50A. Ça pourrait être vingt-cinq or et cinquante argent, avança-t-il, plein d'espoir.

— Ou vingt-cinq oranges et cinquante artichauts, fit Raistlin, sarcastique.

— Mais il y a une carte...

— ... Qui ne nous servira à rien. Même si nous savions où est le point de départ de la piste, elle mène aux tunnels que nous avons vus s'effondrer.

Le jeune mage tendit la main pour récupérer le carnet. Mais Caramon l'observait encore.

— Tu sais, Raist, cette écriture me semble familière.

Son jumeau ricana.

— Rends-le-moi.

— Je te jure que je la connais, insista Caramon, le front plissé.

— Et tu prétendais avoir recouvré la vue ! Retourne te coucher, et remets ton bandage.

— Mais, Raist...

— Va te coucher, Caramon ! Je suis fatigué et j'ai mal à la tête. Je te réveillerai pour le petit déjeuner.

— Vraiment ? Ce serait gentil. Merci, Raist.

Caramon jeta un dernier regard au carnet et le rendit à son frère. Après tout, Raistlin devait savoir mieux que lui...

Le jeune mage fit une nouvelle ronde. Comme tous les patients dormaient plus ou moins paisiblement, il sortit du temple pour utiliser les latrines, situées à l'extérieur. A son retour, il jeta le carnet sur la pile des déchets qui devaient être brûlés le lendemain.

Quand il entra de nouveau dans le temple, Raistlin découvrit Horkin parfaitement réveillé, en train de se réchauffer les mains aux flammes du brasero. Sous la lumière jaune, son regard brillait d'une lueur inquisitrice.

— Rouge, dit-il sur un ton amical, le mage dont tu m'as parlé n'a pas pris part à la bataille. Je le sais, parce que je l'ai cherché partout. Il aurait pu renverser la situation s'il est aussi puissant que tu le disais. S'il avait été là, nous aurions sans doute été vaincus. Ne trouves-tu pas bizarre que le commandant Kholos ait négligé de se servir de son meilleur atout ?

Horkin secoua la tête et planta son regard dans celui de son apprenti.

— Tu ne saurais pas où était ce magicien, par hasard ?

Il n'était pas là parce que j'étais en train de le combattre, aurait pu dire Raistlin en rougissant de feinte modestie. *Je l'ai vaincu. Je ne me considère pas comme un héros, mais si vous insistez pour m'attribuer une médaille...*

Le Bâton de Magius reposait contre le mur. Il tendit la main pour le toucher et sentir la vie qui brûlait à l'intérieur.

Une vie qui réagissait à son contact, maintenant.

— Je n'ai aucune idée de ce qui a pu lui arriver, déclara Raistlin.

— Toi non plus, tu n'as pas participé à la bataille, fit remarquer Horkin.

— Une coïncidence, répliqua son apprenti.

Le sorcier secoua la tête, l'air peu convaincu.

Haussant les épaules, il changea de sujet.

— Bref... Rouge, tu as survécu à ta première bataille, et laisse-moi te dire que tu t'en es bien tiré. Pour commencer, tu ne t'es pas fait tuer, ce qui est toujours un plus. Ensuite, tu m'as empêché de me faire tuer, ce qui est encore mieux. Tu es doué comme guérisseur... Qui sait ? Un jour, tu feras peut-être un mage honorable.

Horkin lui fit un clin d'œil, et Raistlin choisit de ne pas s'offusquer.

— Merci, messire, dit-il en souriant. Vos compliments me vont droit au cœur.

— Tu les mérites, Rouge. Ce que j'essaye de dire, à ma façon maladroite, c'est que je vais te proposer pour une promotion. Je demanderai qu'on te nomme assistant du maître... et qu'on augmente ta solde, bien sûr. Si tu as l'intention de rester parmi nous.

Une promotion ! Raistlin fut pris au dépourvu. Horkin ne s'était jamais montré tendre envers lui. Le jeune mage n'aurait pas été surpris de se faire renvoyer pour son absence pendant la bataille.

Pourtant, il commençait à connaître son supérieur. Toujours prompt à souligner ses erreurs, Horkin ne le féliciterait pas d'avoir fait quelque chose comme il fallait. Mais il n'oublierait pas non plus.

— Merci de la confiance que vous me témoignez, maître. Je pensais quitter l'armée du baron... Ces derniers temps, j'ai beaucoup réfléchi, et je me suis dit qu'il était mal qu'un homme soit payé pour en tuer un autre...

— Nous avons fait du bien ici, Rouge, dit Horkin. Nous avons sauvé les habitants de cette ville de l'esclavage ou de la mort. Nous étions du côté du Bien.

— Mais nous étions partis du côté du Mal, rappela Raistlin.

— Nous nous sommes repris à temps.

— Par pure chance ! A la faveur d'un hasard...

— Rien ne se produit jamais par hasard, Raistlin. Tout arrive pour une raison. Il se peut que ton cerveau l'ignore et ne réussisse jamais à la comprendre. Mais ton cœur la connaît. Ton cœur sait toujours.

« A présent, ajouta-t-il gentiment, va dormir. Je prends la relève.

Le jeune mage alla se coucher, mais il ne réussit pas à trouver le sommeil. Il réfléchit à ce qui lui était arrivé, repassant les paroles de

Horkin dans sa tête... et réalisant que son maître l'avait appelé Raistlin et pas Rouge pour la première fois.

Il se releva et sortit du temple. Dehors, Solinari était pleine et illuminait la ville comme si elle se réjouissait du dénouement de la bataille. Fouillant dans la pile de détritus, Raistlin découvrit le carnet à l'endroit où il l'avait jeté.

— Tout arrive pour une raison, répéta-t-il en l'ouvrant.

Il regarda la carte inutile, dont les lignes rouges se détachaient au clair de lune.

— Je ne réussirai peut-être jamais à la comprendre, mais si d'autres en étaient capables ?

Raistlin regagna son lit et passa le reste de la nuit à écrire une lettre détaillant ses deux rencontres avec Immolatus. Quand il eut terminé, il enveloppa le carnet dans la feuille de parchemin, incanta en passant sa main sur le tout et l'adressa à *Par-Salian, Chef du Conclave, Tour de Haute Sorcellerie, Wayreth.*

Au matin, il demanderait si un des messagers du baron ne partait pas en direction de Flotsam. En attendant, il fit un petit paquet avec le carnet et sa missive, lança un autre sort pour le protéger contre d'éventuels curieux et écrivit dessus le nom et l'adresse de son mentor, Antimodes.

Quand le jeune mage eut enfin terminé, le jour se levait ; les premiers rayons du soleil s'infiltraient déjà dans le temple pour réveiller les blessés.

Caramon fut le premier debout.

— Viens avec moi, Raist, dit-il à son frère. Il faut que tu manges quelque chose.

Raistlin fut surpris de constater qu'il avait faim. Pendant que les jumeaux se dirigeaient vers le mess, Horkin les rattrapa.

— Ça ne vous embête pas que je vous accompagne ? demanda-t-il. Les blessés ont l'air de s'en sortir, et j'ai une furieuse envie d'un bon petit déjeuner. J'ai entendu dire que le cuisinier nous préparait une petite gâterie ce matin. Et nous avons quelque chose à fêter : ton frère a reçu une promotion, Majere.

— Vraiment ? C'est génial. (Caramon s'interrompit en réalisant ce que ça signifiait.) Alors, on reste ?

— On reste ! confirma Raistlin.

— Hourra ! (L'exclamation de Caramon dut réveiller la moitié de la ville.) Voilà Trocard. Attends un peu que je lui annonce la nouvelle ! Trocard ! rugit-il, réveillant l'autre moitié de la ville. Trocard, viens par ici !

Le demi-kender se réjouit de la promotion de Raistlin, et fut ravi d'apprendre que ses amis n'allaient pas quitter l'armée du baron.

— Au fait, quelle est la petite gâterie dont vous nous parliez, messire ? demanda Caramon, qui salivait déjà.

— Un cadeau des citoyens reconnaissants de Findespoir, répondit Horkin. Un vrai trésor, ajouta-t-il avec un trémolo dans la voix.

Raistlin lui jeta un regard soupçonneux.

— Mais encore, messire ?

— Des œufs, révéla Horkin en lui faisant un clin d'œil.

CHAPITRE XXIII

— Un paquet pour vous, archimage, annonça respectueusement un apprenti sur le seuil du bureau de Par-Salian. Il vient d'arriver de Flotsam.

Par-Salian prit le paquet et l'examina. A l'origine, il était adressé à Antimodes, qui s'était contenté de faire suivre.

L'archimage examina l'écriture de l'expéditeur : nerveuse, pointue, avec des majuscules aiguës et démesurées qui s'inclinaient vers la droite. Le signe d'un esprit créatif et impatient. Quand il ouvrit la missive, il ne fut guère surpris de découvrir qu'elle venait de Raistlin Majere.

L'archimage s'installa confortablement dans son fauteuil et lut avec autant d'intérêt que de stupéfaction le récit des deux rencontres entre Raistlin et un étrange mage renégat qui se faisait appeler Immolatus.

Immolatus. Ce nom lui était familier.

Par-Salian relut la lettre deux fois pour s'imprégner de son contenu, puis s'occupa du mince volume relié de cuir qui l'accompagnait.

Il en perça immédiatement le secret. Ça n'avait rien d'étonnant : les mages qui résidaient à la tour le voyaient souvent debout à sa fenêtre, baigné par le clair de lune argenté, ses lèvres débitant un mystérieux monologue. Tous savaient qu'il communiquait directement avec Solinari.

Le cœur de l'archimage fit un bond dans sa poitrine, et un filet de sueur froide lui coula dans le dos quand il pensa à l'épouvantable tragédie qui avait failli se produire. Un drame auquel ils avaient échappé grâce à la bravoure d'un chevalier mort, à la détermination d'un jeune mage et à la vengeance longtemps ressassée d'un artefact.

Comme Horkin, et sans doute pour de meilleures raisons, Par-Salian croyait que rien n'arrivait par hasard. Pourtant, il trouvait ce récit incroyable et terrifiant.

Il ne faisait aucun doute que la personne qui avait ordonné l'attaque sur Findespoir était au courant de l'existence du trésor et cherchait à s'en emparer. Mais dans quel but ?

L'explication la plus probable, c'est qu'elle voulait détruire les œufs. Pourtant, elle ne satisfaisait pas Par-Salian : pourquoi se donner la peine de mobiliser une armée afin de raser une cité fortifiée, alors que quelques mercenaires armés de pioches auraient pu se charger de ce travail ?

La lettre du jeune Majere avait mis un mois pour parvenir à Wayreth. Pendant ce temps, Par-Salian avait appris que le souverain de Blödehelm, le Bon Roi Wilhelm, avait été retrouvé dans son donjon où des conspirateurs l'avaient emprisonné afin de gouverner le royaume en son nom. Ces imposteurs avaient fui à l'arrivée du baron Ivor de Langarbre, qui avait assiégé la forteresse de Vantal et libéré Wilhelm.

Sur le coup, Par-Salian n'avait pas attaché grande importance à cette nouvelle. A présent, elle lui glaçait les sangs.

Des forces obscures étaient à l'œuvre dans le monde. Elles n'avaient pas encore de visage, mais l'archimage pouvait déjà leur donner un nom. Ce qui le faisait penser à... Immolatus. Il avait déjà entendu parler de lui, mais où ? Ouvrant un compartiment secret dans un tiroir de son bureau, il en sortit l'ouvrage qu'il était en train de lire lorsque Raistlin Majere avait quitté la Tour de Haute Sorcellerie un an plus tôt.

Quand Par-Salian avait lu un livre, il ne se souvenait pas seulement de l'essentiel : chaque page était gravée dans sa mémoire. Il n'avait qu'à feuilleter dans son esprit les milliers de textes qui y étaient catalogués pour retrouver le passage qu'il cherchait.

La liste des ennemis qui se dressaient contre Huma était interminable. Elle comprenait les plus puissants, les plus cruels et les plus terribles dragons maléfiques : Foudre le grand bleu, Garou le noir, Stalagmite le blanc et le favori de Sa Majesté, le rouge connu sous le nom d'Immolatus...

— Immolatus, répéta Par-Salian en frissonnant. Ainsi, ça a commencé. C'est ici que commence notre long voyage dans les ténèbres.

Il relut la missive rédigée d'une écriture nerveuse, et signée « Raistlin Majere, Magus ». Puis il prononça un mot de pouvoir, et des flammes jaillies de nulle part embrasèrent le parchemin.

— Au moins, soupira-t-il, nous ne marcherons pas seuls.

Achevé d'imprimer sur les presses de

BUSSIÈRE CAMEDAN IMPRIMERIES
GROUPE CPI
*à Saint-Amand-Montrond (Cher)
en avril 2002*

FLEUVE NOIR
12, avenue d'Italie
75627 Paris Cedex 13
Tél. : 01-44-16-05-00

— N° d'imp. 021597/1. —
Dépôt légal : octobre 2000.

Imprimé en France